ŒUVRES COMPLÈTES

DE VOLTAIRE

TOME TRENTE-NEUVIÈME

PARIS

LIBRAIRIE DE L. HACHETTE ET Cie

BOULEVARD SAINT-GERMAIN, N° 77

ŒUVRES
DES PRINCIPAUX ÉCRIVAINS FRANÇAIS

VOLUMES IN-18 JÉSUS.

On peut se procurer chaque volume de cette série relié en percaline gaufrée, sans être rogné, moyennant 50 cent.; en demi-reliure, dos en chagrin, tranches jaspées, moyennant 1 fr. 50 cent, et avec tranches dorées, moyennant 2 fr. en sus du prix marqué.

1re Série à 1 franc le volume.

Barthélemy : *Voyage du jeune Anacharsis en Grèce dans le milieu du IVe siècle avant l'ère chrétienne.* 3 volumes.
Atlas pour le Voyage du jeune Anacharsis, dressé par J. D. Barbié du Bocage, revu par A. D. Barbié du Bocage. In-8, 1 fr. 50 c.

Boileau : *OEuvres complètes.* 2 vol.

Bossuet : *OEuvres choisies.* 5 vol.

Corneille : *OEuvres complètes.* 7 vol.

Fénelon : *OEuvres choisies.* 4 vol.

La Fontaine : *OEuvres complètes.* 3 volumes.

Marivaux : *OEuvres choisies.* 2 vol.

Molière : *OEuvres complètes.* 3 vol.

Montaigne : *Essais*, précédés d'une lettre à M. Villemain sur l'éloge de Montaigne, par P. Christian. 2 vol.

Montesquieu : *OEuvres complètes.* 3 volumes.

Pascal : *OEuvres complètes.* 3 vol.

Racine : *OEuvres complètes.* 3 vol.

Rousseau (J. J.) : *OEuvres complètes.* 13 volumes.

Saint-Simon (le duc de) : *Mémoires complets et authentiques* sur le siècle de Louis XIV et la Régence, collationnés sur le manuscrit original par M. Chéruel, et précédés d'une notice de M. Sainte-Beuve, de l'Académie française. 13 vol.

Sédaine : *OEuvres choisies.* 1 vol.

Voltaire : *OEuvres complètes.* 40 vol.

2e Série à 3 francs 50 cent. le volume.

Chateaubriand : *Le génie du Christianisme.* 1 vol.
— *Les martyrs;* — *le dernier des Abencerrages.* 1 vol.
— *Atala;* — *René;* — *les Natchez.* 1 v.

Fléchier : *Mémoires sur les Grands-Jours d'Auvergne en 1665*, annotés par M. Chéruel et précédés d'une notice par M. Sainte-Beuve. 1 vol.

Malherbe : *OEuvres poétiques*, réimprimées pour le texte sur la nouvelle édition des *OEuvres complètes de Malherbe*, publiées par M. Lud. Lalanne dans la Collection des GRANDS ÉCRIVAINS DE LA FRANCE. 1 v.

Sévigné (Mme de): *Lettres de Mme de Sévigné, de sa famille et de ses amis*, réimprimées pour le texte sur la nouvelle édition publiée par M. Monmerqué dans la Collection des GRANDS ÉCRIVAINS DE LA FRANCE. 8 vol.

Imprimerie générale de Ch. Lahure, rue de Fleurus, 9, à Paris.

ŒUVRES COMPLÈTES

DE VOLTAIRE

COULOMMIERS

Imprimerie Paul Brodard.

ŒUVRES COMPLÈTES

DE VOLTAIRE

TOME TRENTE-NEUVIÈME

PARIS

LIBRAIRIE HACHETTE ET Cie

79, BOULEVARD SAINT-GERMAIN, 79

—

1891

C.

CORRESPONDANCE.

(SUITE.)

MMMDXXXVII. — A M. LE CARDINAL DE BERNIS.

Aux Délices, le 10 février.

Puisque vous êtes si bon, monseigneur, puisque les beaux-arts vous sont toujours chers, Votre Éminence permettra que je lui envoie mon commentaire sur *Cinna*; elle me trouvera très-impudent; mais il faut dire la vérité : ce n'est pas pour les neuf lettres qui composent le nom de Corneille que je travaille, c'est pour ceux qui veulent s'instruire.

La critique est aisée, et l'art est difficile[1];

Et je sens plus que personne cette énorme difficulté. Je reprendrai sans doute un certain *Cassandre* en sous-œuvre tant que je pourrai. Je suis trop heureux que vous ayez daigné m'encourager un peu. Vous trouvez dans le fond que je ressemble à ces vieux débauchés qui ont des maîtresses à soixante-dix ans : mais qu'a-t-on de mieux à faire? Ne faut-il pas jouer avec la vie jusqu'au dernier moment? n'est-ce pas un enfant qu'il faut bercer jusqu'à ce qu'il s'endorme? Vous êtes encore dans la fleur de votre âge; que ferez-vous de votre génie, de vos connaissances acquises, de tous vos talents? cela m'embarrasse. Quand vous aurez bâti à Vic, vous trouverez que Vic laisse dans l'âme un grand vide, qu'il faut remplir par quelque chose de mieux. Vous possédez le feu sacré; mais avec quels aromates le nourrirez-vous? Je vous avoue que je suis infiniment curieux de savoir ce que devient une âme comme la vôtre. On dit que vous donnez tous les jours de grands dîners. Eh! mon Dieu, à qui? J'ai du moins des philosophes dans mon canton. Pour que la vie soit agréable, il faut *fari quæ sentias*[2]. Contrainte et ennui sont synonymes.

Vous ne vous douteriez pas que j'ai fait une perte dans l'impératrice de Russie[3]; la chose est pourtant ainsi; mais il faut se consoler de tout. La vie est un songe; rêvons donc le plus gaiement que nous pourrons. Ce n'est pas un rêve quand je vous dis que je suis enchanté des bontés de Votre Éminence, que je suis son plus passionné partisan, plein d'un tendre respect pour elle.

1. Destouches, *Glorieux*, acte II, scène v. (ÉD.)
2. Horace, livre I, épître IV, vers 9. (ÉD.)
3. Elle avait souscrit pour deux cents exemplaires à l'édition du *Théâtre de Corneille*. (ÉD.)

MMMDXXXVIII. — A M. COLINI.

Aux Délices, 12 février.

Mon cher Colini, avez-vous autant de vent et de neige que nous en avons ici? Plus je vis, moins je m'accoutume à ces maudits climats septentrionaux; je m'en irais en Égypte, comme le bonhomme Joseph, si je n'avais pas ici famille et affaires.

J'ai envoyé à Son Altesse Électorale, une tragédie que j'avais faite en six jours, pour la rareté du fait; mais je la supplie de la jeter au feu. Je l'ai corrigée avec le plus grand soin, et je la crois à présent moins indigne de lui être présentée.

Algarotti et Goldoni me flattent qu'ils seront à Ferney au printemps. Je voudrais bien que vous pussiez y être aussi. Je vous embrasse de tout mon cœur.

MMMDXXXIX. — A M. DALEMBERT.

Février.

Si j'ai lu la belle jurisprudence de l'inquisition? Et oui, mordieu, je l'ai lue, et elle a fait sur moi la même impression que fit le corps sanglant de César sur les Romains. Les hommes ne méritent pas de vivre, puisqu'il y a encore du bois et du feu, et qu'on ne s'en sert pas pour brûler ces monstres dans leurs infâmes repaires. Mon cher frère, embrassez en mon nom le digne frère qui a fait cet ouvrage excellent: puisse-t-il être traduit en portugais et en castillan! Plus nous sommes attachés à la sainte religion de notre Sauveur Jésus-Christ, plus nous devons abhorrer l'abominable usage qu'on fait tous les jours de sa divine loi.

Il est bien à souhaiter que vos frères et vous donniez tous les mois quelque ouvrage édifiant qui achève d'établir le royaume du Christ, et de détruire les abus. Le trou du cul est quelque chose; je voudrais qu'on mît en sentinelle un jésuite à cette porte de l'arche.

On a imprimé en Hollande le *Testament de Jean Meslier;* ce n'est qu'un très-petit *extrait* du *Testament* de ce curé. J'ai frémi d'horreur à la lecture. Le témoignage d'un curé qui, en mourant, demande pardon à Dieu d'avoir enseigné le christianisme, peut mettre un grand poids dans la balance des libertins. Je vous enverrai un exemplaire de ce *Testament* de l'antechrist, puisque vous voulez le réfuter. Vous n'avez qu'à me mander par quelle voie vous voulez qu'il vous parvienne; il est écrit avec une simplicité grossière qui, par malheur, ressemble à la candeur. Vraiment il s'agit bien de *Zulime* et du *Droit du seigneur* ou de *l'Écueil du sage*, que le philosophe Crébillon a mutilé et estropié, croyant qu'il égorgeait un de mes enfants! Jurez bien que cette petite bagatelle est d'un académicien de Dijon, et soyez sûr que vous direz la vérité. Mais ces misères ne doivent pas vous occuper; il faut venir au secours de la sainte vérité, qu'on attaque de toutes parts. Engagez vos frères à prêter continuellement leur plume et leur voix à la défense du dépôt sacré.

Vous m'avez envoyé un beau livre de musique [1], à moi qui sais à peine solfier; je l'ai vite mis ès mains de notre nièce la *virtuose*.

Je suis le coq qui trouva une perle dans son fumier, et qui la porta au lapidaire. Mlle Corneille a une jolie voix; mais elle ne peut comprendre ce que c'est qu'un dièse.

Pour son oncle le rabâcheur et le déclamateur, le cardinal de Bernis dit que je suis trop bon, et que je l'épargne trop.

J'ai fait très-sérieusement une très-grande perte dans l'impératrice de toutes les Russies.

On a assassiné Luc, et on l'a manqué; on prétend qu'on sera plus heureux une autre fois. C'est un maître fou que ce Luc, un dangereux fou; il fera une mauvaise fin; je vous l'ai toujours dit. *Interim, vale; te saluto in Christo Salvatore nostro.*

MMMDXL. — À MADAME LA COMTESSE DE LUTZELBOURG.

Aux Délices, 14 février.

J'apprends, madame, par les nouvelles publiques, une nouvelle que je ne veux pas croire : les gazettes sont souvent très-mal informées; mais s'il y a quelque fondement à ce funeste bruit, souffrez, madame, que je mêle ma douleur avec la vôtre [2]. Je suis encore très-incertain. Je ne peux que me borner à vous dire combien je m'intéresse à vos peines, si vous en avez, et à la douceur de votre vie, si elle n'est point troublée. Votre expérience et votre bon esprit vous ont appris que la vie est bien peu de chose, et qu'il faut au moins en jouir, puisque ce peu est tout ce que nous avons. Quelque malheur qui nous arrive, et quelque perte qu'on fasse, la philosophie doit venir à notre secours, et la sensibilité de nos amis est de quelque consolation. Si la nouvelle est malheureusement vraie, je voudrais être près de vous dans le nombre de ceux dont l'amitié vous console. Vivez, madame, et continuez de devoir votre santé à votre régime. Nous avons dans mon voisinage de Genève une femme qui a cent quatre ans passés, et qui gouverne très-bien toute sa famille. Ses règles lui sont revenues à cent deux ans. Mais elle n'a pas voulu se remarier. Voilà l'exemple que je vous propose. Adieu, madame. Daignez agréer le tendre intérêt que je prends à vous, mon attachement, et mon respect.

MMMDXLI. — À MADAME LA MARQUISE DU DEFFAND.

Aux Délices, 14 février.

Il y a longtemps, madame, que le pédant commentateur de Pierre Corneille n'a eu l'honneur de vous écrire; il faut que je vous dise une chose très-consolante pour les femmes.

Il y a dans mon voisinage de Genève une petite femme qui a toujours été d'un tempérament faible : elle a eu hier cent quatre ans, très-régulièrement, et vous jugez bien que les plaisants lui ont proposé de se remarier; mais elle aime trop sa famille pour donner des frères à

---

1. *Éléments de musique théorique et pratique sur les principes de M. Rameau, éclaircis, développés et simplifiés; par Dalembert.* (ÉD.)
2. Le comte de Lutzelbourg était mort le 17 janvier 1762. (ÉD.)

sés enfants. La partie par où l'on pense ne s'est point affaiblie en elle : elle marche, elle digère, elle écrit, gouverne très-bien les affaires de sa maison. Je vous propose cet exemple à suivre un jour.

Pour des hommes de ce caractère, je n'en connais point : Bernard de Fontenelle n'était qu'un petit garçon auprès de ma Génevoise. Je souhaite à M. le président Hénault la centaine au moins de Fontenelle, mais je crois que Moncrif nous enterrera tous. On dit que sa perruque est mieux arrangée et mieux poudrée que jamais. Tout ce qui me fâche, c'est qu'il ne fasse plus de petits vers; c'est grand dommage.

A propos de Moncrif, j'ai fait une perte considérable dans l'impératrice russe; mais sur-le-champ j'ai pris l'impératrice-reine, et elle a souscrit pour Mlle Corneille, tout comme le roi de France. Il faut toujours avoir quelques têtes couronnées dans sa manche. Mlle Corneille, d'ailleurs, joue très-joliment les soubrettes.

Si j'avais de plus grandes nouvelles, madame, je vous en dirais pour vous amuser; mais vous avez la meilleure compagnie de Paris chez vous, et vous n'avez pas besoin de ce qui se passe au pied des Alpes.

Vivez, madame; digérez, pensez, et même riez de toutes les sottises de ce monde, depuis l'inquisition de Lisbonne jusqu'aux pauvretés de Paris, et agréez mon tendre respect.

MMMDXLII. — A M. LE COMTE D'ARGENTAL.

16 février.

La créature du pied des Alpes reçoit la lettre de ses anges, du 9 du courant. Je réponds d'abord à l'article de M. de La Marche : il s'y est pris trop tard : j'ai le vol des présidents. Un M. d'Albertas, d'Aix en Provence, vient de me prendre tout ce qui me restait ; M. de La Marche, huit jours plus tôt, aurait eu certainement la préférence; et, dès que j'aurai quelques fonds, ils seront à lui. Voilà pour le temporel.

Le spirituel m'abasourdit. Vous devenez durs et impitoyables; vous abusez de la bonté que j'ai eue d'avertir, à la tête des scènes de *Cassandre*, que le temple est tantôt ouvert, tantôt fermé, et vous avez la cruauté de me dire en face que, quand le temple sera ouvert, les acteurs viendront jusque dans le péristyle. Est-ce ma faute, à moi malheureux, si vos acteurs n'ont point de voix, s'il faut qu'ils viennent sur le bord du théâtre pour se faire entendre? De plus, quand le temple est ouvert, ne suppose-t-on pas toujours les personnages dans l'endroit où ils doivent être? Et nommez-moi donc la pièce où quatre scènes de suite peuvent naturellement se passer dans la même chambre. Les acteurs ne sont-ils pas tacitement supposés, par le spectateur bénévole, passer d'une chambre à l'autre? Mais vous n'êtes point bénévoles, et vous avez juré de m'exterminer. Eh bien ! je vous sacrifie la place publique : on se battra dans le parvis; et cela même peut produire quelques vers vigoureux sur le sacrilège. Ensuite vous m'accablez toujours de reproches au sujet d'une fille qui *veut servir sa mère*, et vous savez en votre conscience que j'ai changé ce passage [1].

1. Dans la tragédie d'*Olympie*. (ÉD.)

Je ne vous entends point, ou plutôt vous ne m'avez pas entendu quand vous m'écriviez que « c'est une énigme inconcevable, dans *Olympie*, de dire à Cassandre :

De ce temple surtout garde-toi de sortir. »

Quoi! sa mère vient de lui dire que Cassandre doit être assassiné au sortir du temple, et Olympie, qui aime Cassandre, ne l'avertira-t-elle pas malgré elle? et ce n'est pas là une belle situation? Je présume que vous avez lu trop rapidement la scène du quatrième acte entre la mère et la fille; je soupçonne qu'il faut appuyer davantage sur cet assassinat qui doit se commettre au sortir du temple, afin que vous n'ayez plus de prétexte de me persécuter. Vous avez encore la barbarie de ne pas vouloir que Cassandre, le fils de la maison, eût eu mille attentions pour l'esclave de son père. Où est donc la contradiction?

D'ailleurs chaque jour on colle un petit papier; je vous en ai envoyé trois ou quatre, et j'en ai dix ou douze. Je travaille sans relâche, et pour qui? pour un peuple ignorant, égaré, volage, qui s'ennuiera aux scènes de *Catilina* et de *César*, et qui courra en foule à *la Fatale union d'Arlequin et de la Foire* [1].

Voilà ce qui devrait allumer en vous une sainte et courageuse haine.

Hélas! j'avais renoncé au *tripot*; vous m'avez rembâté, vous m'avez renquinaudé, et je suis dans l'amertume.

De vous accabler encore de petits papiers à coller, cela serait très-incommode à la longue; il vaut mieux reprendre la louable coutume de renvoyer l'exemplaire, d'autant plus que, pendant qu'il sera en route, on aura fait encore peut-être force changements nouveaux pour plaire à mes anges.

Mais ils ne m'ont rien dit du livre infernal de ce curé Jean Meslier, ouvrage très-nécessaire aux anges des ténèbres, excellent catéchisme de Belzébuth. Sachez que ce livre est très-rare, c'est un trésor. Faites tant que vous pourrez les plus sages efforts contre l'*inf...*, vous rendrez service au genre humain. Mille tendres respects.

MMMDXLIII. — A MADAME DE FONTAINE.

16 février.

J'ai encore changé d'avis, ma chère nièce, attendu que volonté est ambulatoire. Mon dernier avis est que vous me renvoyiez *Cassandre*. J'y ai fait cent changements; je vous la rédépêcherai toute musquée, mais la toilette n'est pas encore faite. Je me repens bien de vous avoir priée de la faire lire.

Si heureusement vous n'avez point encore fait cette assemblée dont je vous parlais, ne la faites point, je vous en prie. *Cassandre* serait un mauvais plat dans l'état où il est.

1. La réunion de la Comédie-Italienne et de l'Opéra-Comique (ou théâtre de la Foire) est de 1762. (Ep.)

Je crois vous avoir mandé que j'avais fait une grande perte dans l'impératrice de Russie; mais que j'avais mis à sa place l'impératrice-reine. Il faut toujours, comme Moncrif, avoir quelque reine pour soi.

MMMDXLIV. — A M. LE COMTE D'ARGENTAL. — HUMBLE RÉPONSE A L'ÉDIT DE MES ANGES, DONNÉ RUE DE LA SOURDIÈRE, 16 FÉVRIER.

A Ferney, 24 février.

La créature V. fera ponctuellement tout ce que ses anges lui ont signifié.

Il enverra lettres, déclarations conformes à leur sage et bénigne volonté, et ne fera pas comme le parlement de Bourgogne, qui cesse ses fonctions parce qu'il croit qu'on lui a dit des injures.

Il n'attend que la pièce pour la faire repartir sur-le-champ avec force corrections; il avise ses divins anges qu'on a plus étendu, plus circonstancié le meurtre de Cassandre, qui doit s'exécuter au sortir du temple, afin que nul ne soit surpris de voir que la pauvre Olympie, après avoir précédemment prié Cassandre de vider le temple, lui dise tout effarée de n'en pas sortir. Si mes anges s'y sont mépris, bien d'autres s'y méprendraient.

Quant au local, je ne vous entends point, ou vous ne m'entendez pas, et, dans l'un et l'autre cas, c'est ma faute. Peut-être a-t-on oublié dans la copie de marquer que le temple est fermé à la première scène du quatrième acte, et ouvert ensuite. C'est au pied d'un autel et près d'une colonne, que Cassandre trouve Olympie; ils se parlent vers cet autel qui est dans le temple. Si les acteurs n'ont pas la voix assez forte pour se faire entendre de l'intérieur de ce temple, ce n'est pas ma faute; s'ils avancent un peu dans le parvis, le public suppose toujours qu'ils sont dans l'intérieur, et, tant qu'il voit le temple ouvert, il est assez sous-entendu que la scène est dans ce temple. Jamais l'unité du lieu n'a été plus rigoureusement observée. Il serait à souhaiter que la façade du temple ne laissât que huit pieds pour le vestibule; que, les portes du temple étant ouvertes, les acteurs ne s'avançassent jamais jusque dans ce vestibule ouvert, jusque dans ce parvis. Mais, encore une fois, si leur voix alors ne faisait pas assez d'effet, il faudrait bien leur passer de s'avancer deux ou trois pas dans ce parvis. Je soupçonne que vous avez cru que la porte du temple devait être, comme à l'ordinaire, dans le fond du théâtre; mais non, elle est sur le devant. Imaginez qu'au premier acte la toile se lève; on voit sur le bord du théâtre la façade d'un temple fermé; Sostène est à la porte du temple; cette porte s'ouvre. Dès que la toile est levée, Cassandre sort du temple pour parler à Sostène, et la porte se referme incontinent, après avoir laissé voir au spectateur deux longues files de prêtres et de prêtresses couronnés de fleurs, et une décoration magnifiquement illuminée au fond du sanctuaire. L'œil toujours curieux et avide est fâché de ne voir qu'un instant ce beau spectacle; mais il est ravi lorsqu'à la troisième scène il voit la pompe de la cérémonie du mariage dans ce temple, et Antigone qui frémit de colère à la porte.

Il ne s'agit donc que de marquer en marge expressément les endroits où les acteurs doivent être.

Il serait à souhaiter qu'on pût représenter une place, un parvis, un temple; mais, puisque dans nos petits *tripots* parisiens nous ne pouvons imiter la magnificence du théâtre de Lyon, il faut suppléer comme on peut à notre mesquinerie. On fermera donc le temple au commencement du quatrième acte, et Cassandre et Antigone, qui étaient dans l'intérieur à la fin du troisième, seront dans le vestibule ou parvis au commencement du quatrième; ils seront prêts à fondre l'un sur l'autre, partant chacun de la première coulisse, le grand prêtre et sa suite au milieu. Cela doit faire un très-beau spectacle. Tout parle aux yeux dans cette pièce, tout y forme des tableaux, tantôt attendrissants, tantôt terribles.

Ce genre un peu nouveau demande le plus grand concert de tous les acteurs et du décorateur, et ce n'est peut-être pas l'ouvrage de six jours.

Un des tableaux les plus difficiles à exécuter est celui où Statira est mourante entre les mains d'Olympie qui, embrassant sa mère et repoussant Cassandre, appelant du secours, et craignant en même temps pour son amant et pour sa mère, doit exprimer un mélange de mouvements et de passions qui ne peut être rendu que par une actrice consommée. Le tableau du cinquième acte est d'une exécution encore plus difficile; ainsi j'avoue avec mes anges qu'il n'y a que Mlle Clairon qui puisse jouer Olympie. Il me semble qu'elle a pour elle le premier acte, le quatre, et le cinq; Statira n'en a que deux où elle efface sa fille. De plus, on peut donner à la pièce le nom d'*Olympie*, afin que Mlle Clairon ait encore plus d'avantages, et paraisse jouer le premier rôle.

J'avouerai encore, après y avoir bien pensé, qu'il vaut mieux ne point donner la pièce au théâtre que de la hasarder entre des mains qui ne soient pas exercées et accoutumées à faire approcher celles du parterre l'une de l'autre.

MMMDXLV. — A M. DALEMBERT.

A Ferney, 25 février.

Mon cher et universel, vous avez le nez fin, et c'est pour cela que j'ai voulu que vous lussiez *Olympie*; mais, après avoir mandé à Mme de Fontaine de vous donner cette corvée, je lui mandai de n'en rien faire, attendu que j'ai le nez fin aussi, et que je m'étais très-bien aperçu que Cassandre et Olympie ne remuaient pas comme ils doivent remuer. J'avais, Dieu et le duc de Villars m'en sont témoins, j'avais broché en six jours cette besogne. Il n'appartient qu'au dieu de Moïse de créer en six jours un monde. J'avais fait le chaos; j'ai débrouillé beaucoup, et voilà pourquoi je ne voulais plus que vous vissiez mon ours avant je l'eusse léché. Toutes vos critiques me paraissent assez justes; ce n'est point peu pour un auteur d'en convenir : il n'y en a qu'une qui me paraît mauvaise. Vous voulez qu'un homme qui est à la porte d'une église interrompe une cérémonie qu'on fait dans le sanctuaire, et à laquelle il n'a nul droit, nul prétexte de s'opposer.

On voit bien que vous n'allez jamais à la messe. Je suppose que vous vissiez Fréron et Chaumeix, etc., communier à Notre-Dame, iriez-vous leur donner des coups de bâton à l'autel? n'attendriez-vous pas qu'ils allassent de l'église au b.....? Vous ne savez pas combien les cérémonies de l'église sont respectables.

Il y a encore d'autres remarques sur lesquelles je pourrais disputer; mais le grand point est d'intéresser, tout le reste vient ensuite. J'ai choisi ce sujet moins pour faire une tragédie que pour faire un livre de notes à la fin de la pièce, notes sur les mystères, sur la conformité des expiations anciennes et des nôtres, sur les devoirs des prêtres, sur l'unité d'un dieu prêchée dans tous les mystères, sur Alexandre et ses consorts, sur le suicide, sur les bûchers où les femmes se jetaient dans la moitié de l'Asie; cela m'a paru curieux, et susceptible d'une hardiesse honnête. Meslier est curieux aussi. Il part un exemplaire pour vous; le bon grain était étouffé dans l'ivraie de son infolio. Un bon Suisse a fait l'extrait très-fidèlement, et cet extrait peut faire beaucoup de bien. Quelle réponse aux insolents fanatiques qui traitent les sages de libertins! quelle réponse, misérables que vous êtes, que le testament d'un prêtre qui demande pardon à Dieu d'avoir été chrétien! Le livre de Mords-les sur l'inquisition me met toujours en fureur. Si j'étais Candide, un inquisiteur ne mourrait que de ma main.

Mlle Corneille est bien élevée, il faut remercier Dieu d'avoir arraché cette âme à l'horreur d'un couvent.

Je fais un peu de bien dans la mission que le ciel m'a confiée. O mes frères! travaillez sans relâche, semez le bon grain, profitez du temps pendant que nos ennemis s'égorgent. Mme Denis est très-contente de votre musique.

Quoi! Meslier, en mourant, aura dit ce qu'il pense de Jésus, et je ne dirai pas la vérité sur vingt détestables pièces de Pierre, et sur les défauts sensibles des bonnes? Oh! pardieu, je parlerai; le bon goût est préférable au préjugé, salva reverentia. Écrasez l'inf..., je vous en conjure.

MMMDXLVI. - A M. LE MARQUIS DE THIBOUVILLE.

25 février.

Non, cela n'est pas vrai, avec le respect que je vous dois : vous n'avez point lu Cassandre; vous avez lu, monsieur le marquis, une esquisse de Cassandre, à laquelle il manque cent coups de pinceau, et dont quelques figures sont estropiées. Dieu seul peut créer le monde en huit jours; mais moi je n'ai pu créer que le chaos. Ce n'est pas sans peine que je crois enfin l'avoir débrouillé. Cassandre et Olympie n'intéressaient pas assez, et toutes les critiques qu'on peut faire n'approchent pas de celle-là. C'est l'intérêt de ces deux amants qui doit être le pivot de la pièce, sans préjudice de vingt autres détails. La première chose qu'il faut faire est donc que M. d'Argental ait la bonté de me renvoyer l'original, sur lequel on recollera proprement une soixantaine de vers absolument nécessaires; ensuite Mlle Clairon verra peut-être que le

rôle d'Olympie est plus intéressant que celui d'Électre, qu'elle a joué
quand Mlle Dumesnil a joué Clytemnestre.

Au reste, j'ai très-peu d'empressement pour donner cette pièce au
théâtre : nous allons la jouer à Ferney ; il est juste que je travaille un
peu pour mon plaisir et pour celui de Mme Denis. Si je livrais cette
pièce aux comédiens, je ne voudrais pas leur abandonner la part
d'auteur, comme j'ai fait dans les pièces précédentes. Je voudrais que
cette part fût pour Mlle Clairon, Mlle Dumesnil, et Lekain. Mais nous
n'en sommes pas là. Il faudrait que je fusse à Paris pour diriger cette
pièce, qui est toute d'appareil et de spectacle, et qui d'ailleurs n'est
guère du ton ordinaire. Le ridicule est fort à craindre dans tout ce qui
est hasardé. Mais il est impossible que j'aille à Paris : ni mon goût, ni
mon âge, ni ma santé, ni Corneille, ne le permettent. Je me vois avec
douleur privé de la consolation de vous revoir : car vous ne quitterez
point le théâtre de Paris pour celui de Ferney. Conservez-moi vos
bontés, et soyez sûr que j'en sens tout le prix.

MMMDXLVII. — Du cardinal de Bernis.

De Montélimart, le 25 février.

J'ai l'honneur de vous renvoyer, mon cher confrère, *Cassandre*, que
le duc de Villars m'a adressé, ainsi que vos remarques sur *Cinna*. Je
crois qu'en revoyant votre tragédie, vous ferez bien de fonder encore
davantage l'amour d'Olympie pour Cassandre ; il faut que cet amour
soit d'une bonne constitution pour résister à la révélation de tant de
crimes. Ainsi, je crois nécessaire d'établir que Cassandre a sauvé la vie
à Olympie au péril de la sienne, dans un âge où elle ait pu en conserver la mémoire ; qu'elle se rappelle cet événement avec reconnaissance ; qu'elle le raconte à sa mère ; que Cassandre insiste sur ce service, quand il n'a plus d'autres droits à faire valoir, et que tout cela
soit peint avec les traits vifs et piquants dont vos poches sont pleines :
on pardonnera à Olympie d'aimer un homme à qui elle doit la vie, et
de se tuer quand l'honneur lui défend de l'épouser. En un mot, elle
sera plus intéressante.

A l'égard de vos remarques sur *Cinna*, je les adopte toutes ; vous
pouviez même pousser la sévérité plus loin : en disant que *Cinna* « est
plutôt un bel ouvrage qu'une bonne tragédie, » vous avez tout dit.
Qu'Auguste pardonne à Maxime par clémence ou par mépris, à la
bonne heure ; mais on est révolté qu'il le conserve au rang de ses amis.
Je crois que cette observation mérite d'être faite.

Vous êtes en peine de mon âme, dans le vide de l'oisiveté à laquelle
je suis condamné à l'avenir. Avouez que vous me croyez ambitieux
comme tous mes pareils ; si vous me connaissiez davantage, vous sauriez que je suis arrivé en place philosophe, que j'en suis sorti plus philosophe encore, et que trois ans de retraite ont affermi cette façon de
penser au point de la rendre inébranlable. Je sais m'occuper ; mais je
suis assez sage pour ne pas faire part au public de mes occupations ;
je n'avais besoin pour être heureux que de cette liberté dont parle Vir-

gile, *quæ sera tamen respexit inertem*[1]. Je la possède en partie; avec le temps je la posséderai tout entière. Une main invisible m'a conduit des montagnes du Vivarais au faîte des honneurs; laissons-la faire, elle saura me conduire à un état honorable et tranquille; et puis, pour mes menus plaisirs, je dois, selon l'ordre de la nature, être l'électeur de trois ou quatre papes, et revoir souvent cette partie du monde qui a été le berceau de tous les arts. N'en voilà-t-il pas assez pour *bercer cet enfant* que vous appelez *la vie?* Ne me souhaitez que de la santé, mon cher confrère; j'ai ou j'aurai tout le reste. Quand je désire une longue vie, je suppose votre existence et celle de quelques amis; car je suis comme Mlle Scudéri, je ne voudrais pas vivre éternellement *si mes amis n'étaient éternels comme moi*. Adieu, mon cher confrère; je ris comme un fou quand je songe que vous êtes destiné à vivre en Suisse, et moi à habiter un village.

MMMDXLVIII. — A M. LE MARQUIS DE CHAUVELIN.

A Éphèse,[2] 26 février.

Votre Excellence est bien persuadée de tous les sentiments que le roi mon maître[3] a pour elle. Il s'intéresse à votre santé; il m'en a parlé avec une sensibilité qui est bien rare dans les personnes occupées de grandes affaires. C'est un exemple que vous lui avez donné; il sait que dans la guerre et dans les négociations, vous avez toujours cultivé l'amitié, et que vous paraissez toujours occupé de vos amis comme si vous aviez du temps de reste. Votre caractère l'enchante. Il a été lui-même assez malade; mais, dès que Sa Majesté Macédonienne a été en état de raisonner, je lui ai fait part de vos remontrances. Il admire toujours la sagacité de votre génie et la facilité de vos moyens; il dit qu'il n'a jamais connu d'esprit plus conciliant. J'ai pris ce temps pour lui dire : « Faites donc ce qu'il vous propose; » il m'a répondu que cela lui était impossible. « Mettez-vous à ma place, m'a-t-il dit. Que m'importe d'avoir autrefois donné un coup de sabre à une Persane? quels si grands remords pourrais-je en avoir, si je n'étais pas éperdument amoureux de sa fille? n'ai-je pas dit exprès à mon maître de la garde-robe :

> Ces expiations, ces mystères cachés,
> Indifférents aux rois, et par moi recherchés,
> Elle en était l'objet; mon âme criminelle
> N'osait parler aux dieux que pour approcher d'elle.
>
> Acte IV, scène IV.

« Vous savez, a-t-il ajouté, qu'on ne s'intéresse guère qu'à nos passions, et très-peu à nos dévotions; si je me suis confessé, et si j'ai communié, on sent bien que c'est pour Olympie. J'insiste encore sur les ridicules qu'on me donnerait si mon père et moi avions eu pendant

1. Virgile, *Bucol.*, I, v. 28. (ÉD.)
2. C'est à Éphèse qu'est la scène dans *Olympie*. (ÉD.)
3. Cassandre, roi de Macédoine. (ÉD.)

treize ans la fille d'Alexandre entre nos mains, après l'avoir prise dans son palais, et que nous n'en sussions rien. »

Je ne vois d'autre réponse à cet argument que de bâtir un roman à la façon de Calprenède, et de supposer un tas d'aventures improbables, d'amener quelque vieillard, quelque nourrice qu'il faudrait interroger ; et ce nouveau fil romprait infailliblement le fil de la pièce. L'esprit partagé entre tant d'événements perdrait de vue le principal intérêt. « Il y a bien plus, dit-il ; une reconnaissance est touchante quand elle se fait entre deux personnes qui ont intérêt de se reconnaître : mais Cassandre, en apprenant que sa maîtresse est la fille de Statira, n'apprendrait qu'une très-fâcheuse nouvelle. De plus, il faudrait deux reconnaissances au lieu d'une, celle d'Olympie et celle de Statira ; l'une ferait tort à l'autre.

Je vous avoue que j'ai été fort ébranlé de toutes ces raisons que le roi mon maître m'a déduites fort au long, et dont je communique le faible précis à Votre Excellence. Je l'en fais juge, et je la supplie de considérer dans quel embarras elle nous jetterait, s'il fallait refondre toute la pièce uniquement pour faire apprendre par Antigone ce qu'on peut très-bien savoir sans lui.

On m'a envoyé du petit royaume des Gaules, situé au bout de l'Occident, un petit écrit concernant des prêtres des idoles, qu'on appelle jésuites ; je ne sais ce que c'est que cette affaire ; on ne s'en soucie guère à Éphèse. J'en fais part, à tout hasard, à Votre Excellence. Statira, Olympie, et l'hiérophante, font mille vœux pour vous et Mme l'ambassadrice.

MMMDXLIX. — A M. LE MARQUIS D'ARGENCE DE DIRAC.

A Ferney, 26 février.

Je ne savais où vous prendre, monsieur ; vous ne m'avez point informé de votre demeure à Paris ; je ne pouvais vous remercier ni de votre souvenir ni de votre excellent pâté. Je vous crois actuellement dans votre château ; le mien est un peu entouré de neiges. Je crois le climat d'Angoulême plus tempéré que le nôtre ; et je vous avoue que, si je m'applaudis en été d'avoir fixé mon séjour entre les Alpes et le mont Jura, je m'en repens beaucoup pendant l'hiver. Si on pouvait être Périgourdin en janvier et Suisse en mai, ce serait une assez jolie vie. Est-il vrai que vous avez des fleurs au mois de février ? pour moi, je n'ai que des glaces et des rhumatismes.

Je reçois dans ce moment, monsieur, votre lettre du 13 février ; je vois que je ne me suis pas trompé. Je vous tiens très-heureux d'être loin de toutes les tracasseries qui affligent Paris, la cour, et le royaume. Je n'ai point encore vu le mémoire de M. le maréchal de Broglie, mais j'augure mal de cette division. Voici un petit mémoire en faveur des jésuites ; j'ai cru qu'il vous amuserait.

On me mande que Mme de Pompadour est attaquée d'une goutte sereine qui lui a déjà fait perdre un œil, et qui menace l'autre. L'Amour était aveugle, mais il ne faut pas que Vénus le soit. Il y a un autre dieu aveugle, c'est Plutus ; celui-là a non-seulement perdu les yeux, mais les mains; j'entends les mains avec lesquelles on donne : car pour celles avec lesquelles on prend, il en a plus que Briarée. J'ai fait une très-grande perte dans l'impératrice de Russie, et je ne la réparerai pas; elle m'accablait de bontés. Elle venait de souscrire pour deux cents exemplaires en faveur de Mlle Corneille. La philosophie console de tout; et il n'y a de philosophie que dans la retraite. Jouissez de la vôtre, jouissez de vous-même, et conservez-moi vos bontés.

MMMDL. — A M. LE COMTE D'ARGENTAL.

A Ferney, 2 mars.

O mes anges, vous aurez incessamment *Acanthe* conforme à la prud'hommie de la police et aux volontés du parterre, volontés qui sont souvent des caprices auxquels il ne faut pas se rendre aveuglément, mais qu'il ne faut pas choquer avec trop d'obstination.

A l'égard de *Cassandre*, nous avons du temps; et si mon ours de six jours demande six mois pour être léché, nous lécherons six mois entiers sans plaindre notre peine, puisque vous ne la plaignez pas. Vous êtes, vous dis-je, d'impitoyables anges; vous ne faites pas seulement attention que j'ai tout Pierre Corneille sur les bras et encore l'histoire générale des sottises des hommes, depuis Charlemagne jusqu'à notre temps[2]; que je suis vieux et malade, et que je me tue pour une nation un peu ingrate; mais mes anges me tiennent lieu de ma nation.

Vous ne m'avez rien dit de la façon dont le public a appliqué certains vers d'Aménaïde au maréchal de Broglie.

Vous ne daignez pas me rassurer sur la prétendue intelligence de Pierre III et de Frédéric III; j'y suis pourtant très-intéressé en qualité d'historiographe russe; mais vous ne me croyez que citoyen des faubourgs d'Éphèse. Vous savez que ma chère impératrice Élisabeth avait souscrit deux cents exemplaires pour Marie Corneille.

Vous ne me dites rien non plus du parlement de Bourgogne, qui s'est avisé aussi de cesser de rendre justice pour faire dépit au roi, qui sans doute est fort affligé qu'on ne juge point mes procès. Le monde est bien fou, mes chers anges. Pour le parlement de Toulouse, il juge; il vient de condamner un ministre de mes amis à être pendu[3], trois gentilshommes à être décapités, et cinq ou six bourgeois aux galères; le tout pour avoir chanté des chansons de David. Ce parlement de Toulouse n'aime pas les mauvais vers.

Je baise vos ailes avec componction.

MMMDLI. — A M. LEKAIN.

A Ferney, 2 mars.

Mon cher grand acteur, est-il vrai que nous aurons le bonheur de vous voir devers Pâques? Nous communierons ensemble, et nous prendrons des mesures pour faire de *Zulime*, de *Cassandre*, etc., etc., quel-

1. Nom d'un personnage du *Droit du seigneur*, par lequel Voltaire désigne quelquefois cette pièce. (ÉD.)
2. Le tome VIII de l'*Essai sur les mœurs*, publié en 1763. (ÉD.)
3. Rochette, qui avait été pendu le 18 février. (ÉD.)

que chose qui puisse vous être agréable et utile. J'interromps une répétition pour vous dire que toute notre troupe, et surtout Mme Denis et moi, nous vous faisons les plus tendres et les plus sincères compliments. V.

MMMDLII. — A M. LE CARDINAL DE BERNIS.

A Ferney, ce 5 mars.

Oui, monseigneur, ceux qui disaient, quand vous fûtes ministre pour trop peu de temps : *Celui-là du moins sait lire et écrire*, avaient bien raison. Votre Éminence daigne se souvenir de *Cassandre*, et me donne un excellent conseil, que je vais sur-le-champ mettre en pratique. Vous jugez encore mieux *Cinna*; rien n'est mieux dit : *C'est plutôt un bel ouvrage qu'une bonne tragédie*. Je souscris à ce jugement. Nous n'avons guère de tragédies qui arrachent le cœur; c'est pourtant ce qu'il faudrait.

Vous savez peut-être ce qui arriva à *Tancrède*, il y a huit ou dix jours; je ne dis pas que ce *Tancrède* arrache l'âme, ce n'est pas cela dont il s'agit; il y a des vers ainsi tournés :

On dépouille Tancrède, on l'exile, on l'outrage;
C'est le sort d'un héros d'être persécuté.

Acte I, scène VI.

Tout le monde battit des mains, on cria *Broglie ! Broglie !* et les battements recommencèrent; ce fut un bruit, un tapage, dont les échos retentirent jusqu'au château où les deux frères vont faire du cidre. Si les voix des gens qui pensent étaient entendues, les échos de Montélimart feraient aussi bien du bruit. Je fais une réflexion en qualité d'historiographe : c'est que pendant quarante ans, depuis l'aventure du marquis de Vardes, Louis XIV n'exila aucun homme de sa cour.

Pour vous, monseigneur, vous avez un grand *ombrello* d'écarlate qui vous mettra toujours à couvert de la pluie, vous aurez toujours la plus grande considération personnelle. Une chose encore qui met votre âme bien à son aise, c'est que tous les hasards sont pour vous, et qu'il n'y en a point contre; votre jeu, au fond, est donc très-beau.

A propos de hasards, la ville de Genève, qui est celle des nouvellistes, dit que la Martinique est prise, et que Pierre III est d'accord avec Frédéric III; et moi je ne dis rien, parce que je ne sais rien, sinon qu'il fait très-froid dans l'enceinte de nos montagnes, et que je suis actuellement en Sibérie. Mon pays est pendant l'été le paradis terrestre; ainsi je lui pardonne d'avoir un hiver. Je dis mon pays, car je n'en ai pas d'autre. Je n'ai pas un bouge à Paris, et on aime son nid quand on l'a bâti. La retraite m'est nécessaire, comme le vêtement. J'y vis libre, mes terres le sont, je ne dois rien au roi. J'ai un pied en France, l'autre en Suisse; je ne pouvais pas imaginer sur la terre une situation plus selon mon goût. On arrive au bonheur par de plaisants chemins. Ce bonheur serait bien complet, si je pouvais faire ma cour à Votre Éminence. Je la quitte pour aller faire une répétition sur notre théâtre, et très-joli théâtre, d'une comédie de ma façon. Ah ! si vous-

étiez là, comme nous vous ferions une belle harangue, *recreati sacra præsentia !* J'ai le cœur serré de vous présenter de loin mon très-tendre et profond respect.

MMMDLIII. — A M. LE COMTE D'ARGENTAL.

Ferney, 8 mars.

Paire d'anges, Mme Scaliger est plus que Scaliger; elle a du génie : je suis plein de reconnaissance et de vénération. C'est encore peu que du génie, elle est bon génie. Assez de dames disent leurs dégoûts, assez disent, en tournant la tête : *Ah! l'horreur!* et puis vont jouer et souper; mais trouver le mal et le remède, cela n'est pas du train ordinaire. Je ne peux encore prendre un parti sur ce qu'elle propose; j'avais fait ce *Cassandre* ou cette *Olympie* uniquement pour le cinquième acte. Je voulais hasarder de faire voir une femme mourant de douleur; je me disais : « Le président Hénault, dans son petit livre, fait mourir vingt ministres de chagrin; pourquoi Statira n'en mourrait-elle pas ? » En la peignant, surtout dès le second acte, accablée de ses douleurs, et languissante, et invoquant la mort, et n'attendant que ce moment, cela n'était-il pas cent fois plus touchant, cent fois plus naturel que de faire expirer de douleur, en un seul vers et d'une seule bouchée, une sotte princesse, dans *Suréna?* « Ah! que cela est beau! » disaient les cornéliens que j'ai vus dans ma jeunesse.

Non, je ne pleure point, madame; mais je meurs.
Corneille, *Suréna*, acte V, scène v.

Et moi je dis : « Que cela est froid! que cela est pauvre! » Ah! ce que je commente ne me plaît guère. Enfin pourquoi un bûcher ne vaudrait-il pas le pont aux ânes du coup de poignard?

Pourquoi, avant-hier, un acteur qui lisait la pièce aux autres acteurs qui vont la jouer chez moi, dans huit jours, nous fit-il tous fondre en larmes? Attendons ces huit jours; laissez-moi jouer la pièce telle que je l'ai achevée, laissez-moi reprendre mes esprits; je n'en peux plus, je sors du bal, ma tête n'est point à moi. — Un bal, vieux fou? un bal dans tes montagnes? et à qui l'as-tu donné? aux blaireaux? — Non, s'il vous plaît; à très-bonne compagnie; car voici le fait : nous jouâmes hier *le Droit du seigneur*, et cela sur un théâtre qui est plus joli, plus brillant que le vôtre assurément. Notre théâtre est favorable aux cinquièmes actes; la fin du quatrième fut reçue très-froidement, comme elle mérite de l'être; mais à des vers : *Je vais partir... Je ne partirai plus; Avouez donc la gageure perdue... J'aime... Eh bien donc, régnez;* à ces vers si vrais, si naturels, si indignement retranchés, il partait des applaudissements des mains et du cœur. J'avoue que la pièce est bien arrondie; mais enfin c'est notre cinquième acte qui a plu. A des Allobroges, direz-vous : non; à des gens d'un goût très-sûr, et dont l'esprit n'est ni frelaté ni jaloux, qui ne cherchent que leur plaisir, qui ne connaissent pas celui de critiquer à tort et à travers, comme il arrive toujours à Paris à une première représentation, comme il arriva à *l'Enfant prodigue*, à *Nanine*, à *Sémiramis*, à *Mahomet*, à *Zaïre*, oui à *Zaïre*. On est assez lâche pour céder quelquefois à d'impertinentes critiques; on sacrifie des traits noblement hasardés, auxquels le public s'accoutumerait en quatre jours. Il y a un beau milieu à tenir entre l'obstination contre les critiques des sages, et l'esclavage de la critique des fous. Vous êtes mes sages, mais soyez fermes. Oui, *le Droit du seigneur* a enchanté trois cents personnes de tout état et de tout âge, seigneurs et fermiers, dévotes et galantes. On y est venu de Lyon de Dijon, de Turin. Croiriez-vous que Mlle Corneille a enlevé tous les suffrages? Comme elle était naturelle, vive, gaie! comme elle était maîtresse du théâtre, tapant du pied quand on la sifflait mal à propos! Il y a un endroit où le public l'a forcée de répéter. J'ai fait le bailli, et, ne vous déplaise, à faire pouffer de rire. Mais que faire de trois cents personnes au milieu des neiges, à minuit que le spectacle a fini? il a fallu leur donner à souper à toutes; ensuite il a fallu les faire danser : c'était une fête *assez bien troussée*. Je ne comptais que sur cinquante personnes; mais passons, c'est trop me vanter.

Nous jouons *Cassandre* dans huit ou dix jours; je vous dirai l'effet. Comptez que nous sommes très-bons juges, parce que nous sommes la nature pure et éclairée; fiez-vous à nous.

Je reviens de *Cassandre* à mon impératrice. Je savais bien qu'Ivan Schowalow, mon favori et celui d'Élisabeth, avait raccommodé la princesse impériale avec la mourante; mais on me dit que dans le fond il est mal avec l'empereur germanico-russe, aujourd'hui buvant et régnant. C'est son cousin de l'artillerie qui était en grâce, il n'y est plus; il vient de mourir.

Cet empire russe deviendra l'arbitre du Nord; je vous en avertis, messieurs les Français.

Faut-il que les Anglais se moquent partout de vous? Il y a là un Keate qui sait boire, qui a captivé l'empereur; et votre Breteuil n'a captivé personne. Ah! pauvres Français, avec vos vaisseaux de province, vous êtes dans le temps de la décadence, et vous y serez longtemps! Faites votre provision de café et de sucre; vous le payerez cher avant qu'il soit peu.

Mes anges, neige-t-il à Paris?

Mille tendres respects.   V. *la créature*.

MMMDLIV. — A M. DAMILAVILLE.

A MES FRÈRES EN BELZÉBUTH.

8 mars.

Mes frères, vous avez le diable au corps. Un peintre fait en six jours l'esquisse d'un tableau, et, avant d'y mettre des couleurs et d'en arrêter toute l'ordonnance, il le fait voir à des amateurs. Comment peuvent-ils s'étonner que le tableau n'ait pas été achevé? comment peuvent-ils critiquer des couleurs qui ne sont pas encore sur la toile? comment mes frères ont-ils pu imaginer que la pièce était faite? est-ce parce que ce léger croquis a été dessiné en vers, au lieu de l'être en prose? mais ne savez-vous pas que je fais toujours toutes mes esquisses en vers, parce que la prose me glace ? N'en parlons plus, et attendez ; mais songez, comme dit Rabelais, qu'il y a des choses profondes sous cette écorce. On a voulu mettre au théâtre la religion des prétendus païens, faire voir, dans des notes, que notre sainte religion a tout pris de l'ancienne, jusqu'à la confession et à la communion, à laquelle nous avons seulement ajouté, avec le temps, la transsubstantiation, qui est le dernier effort de l'esprit. Je crois rendre, par ces notes, un très-grand service au christianisme, que les impies attaquent de tous côtés. Ainsi, mes frères, priez Dieu que la pièce réussisse, pour l'édification publique.

On joua, samedi dernier, *le Droit du seigneur* sur un théâtre un peu mieux entendu et mieux décoré que celui de la Comédie-Française. Tous les gens qui se piquent d'avoir de l'esprit, depuis Dijon jusqu'à Turin, vinrent à cette fête. La pièce fut très-bien jouée. Nous avions un excellent Mathurin ; Mlle Corneille était Colette elle-même ; c'était la nature pure. Je doute que Mlle Dangeville ait plus de talent ; elle ne peut avoir que plus d'art.

Tout ce qu'on a ridiculement retranché à la police de Paris a été rétabli à la nôtre : aussi n'a-t-on jamais tant ri ; et Acanthe, de son côté, n'a jamais tant intéressé. Le bailli conduisait la noce sur le théâtre ; six femmes jolies, habillées en bergères, six jeunes gens très-galants, précédés de violons, se présentaient avec les acteurs devant monseigneur : c'était un tableau de Téniers.

Nous jouons, dans dix jours, *Cassandre*, qui commence à être colorié ; nous verrons l'effet qu'il fera, avant que nous terminions l'ouvrage. La nature est la même partout : ce qui aura touché les bons esprits de ce pays-ci (et il y en a beaucoup) touchera sans doute à Paris ; ce qui aura déplu aura dû déplaire, et sera réformé. On ne peut pas prendre un parti plus sûr. Jouez une pièce en société, vous n'avez que des flatteurs ; jouez-la devant quatre cents personnes, vous avez des critiques ; et quatre cents personnes assemblées sont comme quatre mille. Les juges de ce pays-ci valent bien ceux de Paris.

N. B. Frère Thieriot me dit qu'il m'envoie le discours de l'avocat général La Chalotais ; et, au lieu de ce discours intéressant, il m'envoie des chiffons hebdomadaires. Je le prie de ne plus se tromper à ce point.

Valete, fratres ; estote fortes contra fanaticos.

MMMDLV. — A M. LE COMTE D'ARGENTAL.

10 mars.

O mes anges ! daignez recevoir, pour vos œufs de Pâques, ce *Droit du seigneur*, que je crois dans son cadre. Je vous demande en grâce qu'il soit joué tel qu'il est. J'ai, malgré toute ma modestie, la sincérité insolente de vous dire que je le crois très-bon ; tâchez de penser comme moi : car, depuis l'effet que cette pièce a fait sur mes Suisses et sur mes Savoyards, j'aurai bien mauvaise opinion de vos pauvres Français s'ils ne rient pas, et s'ils ne sont pas touchés. Je veux qu'une comédie soit intéressante ; mais je la tiens un monstre si elle ne fait pas rire.

Je ne mets pas encore *Olympie* à vos pieds ; j'attends que nous l'ayons jouée, et que je puisse vous rendre compte du jugement de nos Allobroges, et de la manière admirable dont nous disposons notre vestibule, notre temple, nos autels, et notre bûcher. Ce bûcher servira à jeter la pièce au feu, si elle n'est pas reçue avec transport par nos montagnards. Vous êtes bien à plaindre de ne pas voir mes fêtes ; mais pourquoi êtes-vous condamnés à demeurer dans votre vilaine ville de Paris ?

Au lieu d'*Olympie*, je vous supplie d'agréer le présent mémoire. Pouvez-vous, mes divins anges, avoir la bonté de le faire recommander par M. le comte de Choiseul ? Le frère du capitaine qui veut tirer du canon contre les Hanovriens et Prussiens est connu de M. le comte de Choiseul, et reçoit quelquefois des ordres de lui pour nos limites.

On ne demande qu'un mot ; ce mot est juste. L'officier qui a la rage de servir est très-bon ; enfin je vous demande instamment cette grâce.

Je ne sais plus que penser de mon Schowalow : on n'a rien fait pour lui ; il voulait voyager, et il reste à sa cour. Je suis encore très-incertain sur le traité des Borusses avec les Russes. Qui vous eût dit, quand nous étions petits, qu'un jour ces Scythes tiendraient la balance de l'Europe ? Pauvres petits Français, ce n'est pas vous encore qui la tenez. Il faut espérer que nous ne serons pas toujours dans la boue ; mais jusqu'ici nous jouons un triste rôle, malgré le prodigieux succès de la farce italienne.

Divins anges, continuez vos bontés à la marmotte des Alpes.

MMMDLVI. — A M. LE MARQUIS DE THIBOUVILLE.

Ferney, 14 mars.

Mon cher Catilina, vous êtes trop bon et moi trop vif : cela est honteux à mon âge. De quoi me suis-je avisé d'envoyer une esquisse où les couleurs et les attitudes manquaient entièrement ? mais je voulais consulter ; je voulais voir si de cette esquisse on pouvait faire un tableau. L'ouvrage enfin est près d'être terminé : le rôle d'Olympie est sans contredit le plus beau, et son amour nous paraît si touchant, que nous craignons que Statira ne révolte, et qu'on ne la regarde comme une mauvaise religieuse, comme une dévote implacable qui meurt de rage de ce que sa fille aime un très-bon mari, très-repentant de ses fautes de jeunesse. Nous répétons la pièce ; nous la jouons incessamment sur le théâtre le mieux décoré, le mieux éclairé, avec les plus beaux habits, les plus jolies prêtresses, la plus grande illusion ; la pompe, la décence, la magnificence, rien ne nous manquera, qu'une bonne tragédie. Les anges, ni vous, ni moi, ne connaissions la pièce il y a quinze jours. Je ne réponds de rien : si elle ne fait pas d'effet telle qu'elle est à présent, elle n'en fera jamais. On a bien de l'esprit dans notre voisinage, et on a l'esprit de se laisser aller à l'impression que les choses doivent faire. Si on n'est pas ému, je tiens la pièce perdue sans ressource, et je la condamne au portefeuille.

Voilà, *mon cher marquis*, à quel point nous en sommes.

Corneille, *Cinna*, acte I, scène III.

Je ne vois pas pourquoi je ne donnerais pas le profit à des acteurs choisis, puisque M. Picardin, de l'Académie de Dijon, a donné le revenant-bon du *Droit du seigneur* à Thieriot. Il me semble que les deux cas sont absolument semblables; mais c'est à mes amis à me conduire dans tous les cas. Mme Denis vous fait les plus tendres compliments; elle joue Statira supérieurement : nous avons une assez bonne Olympie, un bon Cassandre, un bon hiérophante, un bon Antigone; Mlle Corneille dit des vers comme son oncle les faisait; mais, par une singularité malheureuse, elle n'aime guère les vers de Pierre; elle dit qu'elle n'entend point le raisonner, et qu'elle ne peut jouer que le sentiment; elle est née actrice comique, tragique; c'est un naturel étonnant. Dieu nous la devait : elle a joué Colette dans le *Droit du seigneur* à faire mourir de rire. Je suis trop heureux sur mes vieux jours; mais il me manque le bonheur de vous revoir.

MMMDLVII. — A M. LE COMTE DE SCHOWALOW.

A Ferney, 15 mars.

Monsieur, je reçois la lettre dont vous m'honorez, en date du 14-25 janvier. J'avais eu l'honneur d'écrire à Votre Excellence par la voie de M. le comte de Kaunitz, qui eut la bonté de se charger de mon paquet. Je vous écrivis trois lettres, dès que je sus la triste nouvelle qui m'a fait verser des larmes. Je crois que, des trois lettres, vous en avez reçu deux; la troisième, qui accompagnait un gros paquet, a eu un sort funeste : le maître de poste de Nuremberg, à qui il était adressé, m'a mandé que le courrier qui le portait a été assassiné par des inconnus qui ont pris l'argent dont il était chargé, un paquet destiné pour Vienne, et un autre pour la Suède. J'en rends compte à M. le comte de Kaunitz, qui sans doute en est déjà informé. Je vois, monsieur, par votre lettre, que vous prenez un parti bien digne d'un philosophe; vous voulez vous borner à cultiver les lettres. Vous serez l'Anacharsis moderne. Mais, puisque vous avez une intention si sage et si noble, pourquoi ne feriez-vous pas comme Anacharsis? pourquoi ne voyageriez-vous point? Je parle un peu pour mon intérêt; je me trouverais peut-être sur votre route, j'aurais le bonheur de voir et d'entretenir celui dont les lettres m'ont fait tant de plaisir. Il serait difficile qu'en passant d'Allemagne en France ou en Italie, vous ne vous trouvassiez pas à portée de mon ermitage; je vous en ferais les honneurs de mon mieux, et ce serait le cœur qui les ferait. Je suis trop vieux pour venir vous trouver; vous êtes jeune, et si votre santé est un peu altérée, ce voyage, dans des climats plus doux que le vôtre, la raffermirait. Je vois avec douleur que si la nature donne à vos compatriotes une constitution robuste, elle leur accorde rarement une longue vie. Voyez à quel âge meurent tous vos souverains; aucun n'atteint à une heureuse vieillesse. Je souhaite que l'empereur régnant [1], dont vous faites un si bel éloge, ait ce nombre de jours que je souhaitais à l'impératrice que je pleure. Il mérite de vivre longtemps, lui et son auguste épouse, puisqu'ils ne vivent que pour le bonheur des hommes. Sans doute, monsieur, ils vous attachent l'un et l'autre à Pétersbourg; et d'ailleurs je sens bien que vous ne voulez pas quitter une patrie qui vous aime et que vous illustrez. Si vous êtes toujours, monsieur, dans le dessein d'achever le monument auquel vous avez bien voulu que je travaillasse, je vous prierai de faire adresser les gros paquets à M. Czernichef, à Vienne, qui les remettra à notre ambassadeur, M. le comte du Châtelet; il aura la bonté de me les faire tenir.

Je suis charmé que vous daigniez, monsieur, accepter le témoignage public que je veux vous donner de ma très-respectueuse et très-tendre estime. Si le petit ouvrage dont il est question est reçu favorablement du public, je vous le présenterai avec plus de confiance. Il me faut les suffrages de ma nation pour mériter le vôtre. Votre Excellence sait combien je lui suis dévoué pour jamais.

MMMDLVIII. — A MADAME DE FONTAINE.

Ferney, 19 mars.

Ma chère nièce, je n'ai qu'un moment pour vous dire combien je vous approuve et je vous félicite. Il n'y a rien de si doux et de si sage que d'épouser son ami intime. Vos arrangements, dont vous voulez bien me faire part, me paraissent très-convenables pour toutes les parties intéressées; Hornoy y gagnera, votre château s'embellira, la vie y sera plus animée : tout le mal est dans cette horrible distance de votre château au mien.

Je vous prierai de m'instruire du jour de votre départ : il faut qu'un oncle s'arrange pour un petit présent de noces. Je voudrais bien être de la cérémonie et signer au contrat. Je vais annoncer dans l'instant cette nouvelle à Mme Denis, qui répète actuellement son rôle de Statira, et qui le jouera bientôt sur un théâtre mieux entendu, mieux orné, mieux éclairé que celui de Paris.

Je suis très-fâché de ne vous pas marier dans mon église, en présence du grand Jésus, doré comme un calice, qui a l'air d'un empereur romain, et à qui j'ai ôté sa physionomie niaise. Nous vous donnerions vraiment une belle fête; car nous sommes en train, et la tête m'en tourne.

Mme Denis arrive : elle pense comme moi. Nous vous embrassons tendrement, vous et le grand écuyer de Cyrus [2] devenu mon neveu.

1. Pierre III, qui fut détrôné le 9 juillet de la même année, et étranglé huit jours après. (ÉD.)
2. Le marquis de Florian. (ÉD.)

MMMDLIX. — Du cardinal de Bernis.

A Montélimart, le 20 mars.

Il n'y a que vos lettres, mon cher confrère, que je lise avec plaisir, et que j'attende avec impatience. Les hommes et les femmes n'ont aujourd'hui dans la tête que de gouverner l'État. C'est une dissertation continuelle et ennuyeuse ; rien n'est plus plat qu'une politique superficielle. Vous êtes aujourd'hui le seul homme en France qui voyez les choses avec esprit et gaieté. Rien n'est plus ridicule que cette foule de petits Atlas qui croient porter le monde sur leurs épaules, et qui se chargent de toutes les sollicitudes d'un ministre principal. A propos de ministre, ajoutez à vos réflexions d'historiographe que depuis la disgrâce de M. Fouquet, au commencement du règne de Louis XIV, ce prince n'a renvoyé que le seul marquis de Pomponne, qu'il rappela peu de temps après dans son conseil.

Ce que vous me dites du grand *umbrello* d'écarlate m'a fait rire, et m'a rappelé un propos que je tins le jour que je reçus la barette en cérémonie. Ce jour fut marqué par les circonstances les plus flatteuses : une foule de courtisans de tout ordre m'accompagnait chez moi ; l'un d'eux me dit : « Monsieur le cardinal, voilà un beau jour ! — Dites plutôt, lui répondis-je en riant, *que voilà un bon parapluie.* » Ce mot fut trouvé bon quelques jours après. Faites des comédies sur les comédies de ce monde ; jouez-les sur votre joli théâtre ; entretenez la vigueur de votre esprit ; conservez votre gaieté comme la prunelle de l'œil ; elle est le signe de la santé et de la sagesse : aimez-moi toujours, et écrivez-moi, quand vous n'aurez rien de mieux à faire.

MMMDLX. — A M. Colini.

Ferney, 22 mars.

Vous voilà donc marié ! je voudrais vous venir porter mon présent de noce. Je vous embrasse, vous, madame votre femme, et le petit garçon palatin que vous aurez dans un an. *Evviva!* voici une lettre pour Son Altesse Sérénissime. Voulez-vous bien aussi vous charger de celle pour M. de Beckers, ministre des finances ?

MMMDLXI. — A M. le duc de Villars. (Relation de ma petite drôlerie.)

25 mars.

Hier, mercredi 24 de mars, nous essayâmes *Cassandre*. Notre salle est sur le modèle de celle de Lyon ; le même peintre a fait nos décorations ; la perspective en est étonnante : on n'imagine pas d'abord qu'on puisse entendre les acteurs qui sont au milieu du théâtre : ils paraissent éloignés de cinq cents toises. Ce milieu était occupé par un autel ; un péristyle régnait jusqu'aux portes du temple. La scène s'est toujours passée dans ce péristyle ; mais quand les portes de l'intérieur étaient ouvertes, alors les personnages paraissaient être dans le temple, qui, par son ordre d'architecture, se confondait avec le vestibule ; de sorte que, sans aucun embarras, cette différence essentielle de position a toujours été très-bien marquée.

Le grand intérêt commença dès la première scène, grâce aux conseils d'un de nos confrères de l'Académie[1], qui daigna me suggérer l'idée de supposer d'abord que Cassandre avait sauvé la vie d'Olympie.

> Seul je pris pitié d'elle, et je fléchis mon père ;
> Seul je sauvai la fille, ayant frappé la mère.
>
> *Olympie*, acte I, scène I.

Dès ce moment, je sentis que Cassandre devenait le personnage le plus intéressant.

Le mariage, la cérémonie, la procession des initiés, des prêtres, et des prêtresses couronnées de fleurs, etc., les serments faits sur l'autel, tout cela forma un spectacle auguste.

Au second acte, Statira enfermée dans le temple, obscure, inconnue, accablée de ses infortunes, et n'attendant que la fin d'une vie usée par le malheur, reconnue enfin dans cette assemblée, l'hiérophante à ses genoux, les prêtresses courbées vers elle, ensuite Olympie présentée à sa mère, leur reconnaissance, firent le plus grand effet.

Cassandre, au troisième acte, venant prendre sa femme des mains de la prêtresse qui doit la lui remettre, et trouvant Statira dans cette prêtresse, fit un effet beaucoup plus grand encore. Tout le monde sentit par ce seul vers :

> Bienfaits trop dangereux, pourquoi m'a-t-il aimée ?
>
> Acte III, scène IV.

qu'Olympie aimerait toujours le meurtrier de sa mère ; de sorte qu'on ne savait qui on devait plaindre davantage, ou Cassandre, ou Olympie, ou la veuve d'Alexandre.

Au quatrième, les deux rivaux, Antigone et Cassandre, ont déjà fondu l'un sur l'autre, dans le péristyle même ; les initiés, les Éphésiens les ont séparés. Ils sont tous dans les coulisses du péristyle ; ils en sortent tous à la fois, divisés en deux bandes ; les portes du temple s'ouvrent au même instant, l'hiérophante et les prêtres remplissent le milieu du théâtre, Antigone et Cassandre sont encore l'épée à la main. C'est par cet appareil que commence le quatrième acte. L'hiérophante, après avoir dit aux deux rois :

> Qu'osiez-vous attenter, inhumains que vous êtes? etc.,

continue ainsi :

> Rendez-vous à la loi, respectez sa justice, etc.
>
> Acte IV, scène III.

Alors Cassandre prend la résolution d'enlever son épouse dans le

---

1. Le cardinal de Bernis. (ÉD.)

temple même. Il la trouve au pied d'un autel. Cette scène a été très-attendrissante; et à ces mots :

> Ma haine est-elle juste, et l'as-tu méritée?
> Cassandre, si ta main féroce, ensanglantée,
> Ta main qui de ma mère a déchiré le flanc,
> N'eût frappé que moi seule, et versé que mon sang,
> Je te pardonnerais, je t'aimerais.... barbare.
>
> Acte IV, scène v.

les deux acteurs pleuraient, et tous les spectateurs étaient en larmes.

Cet amour d'Olympie attendrissait d'autant plus qu'elle avait voulu se le cacher à elle-même, qu'elle ne s'était point laissée aller à ces lieux communs des combats entre l'amour et le devoir, et que sa passion avait été plutôt devinée que déployée.

Immédiatement après cette scène, Statira, qui a su qu'on allait enlever sa fille, vient lui apprendre qu'Antigone va la secourir, que son hymen était réprouvé par les lois; elle la donne à son vengeur. Alors Olympie avoue à sa mère qu'elle a le malheur d'aimer Cassandre. Statira évanouie de douleur entre ses bras, Cassandre qui accourt, les divers mouvements dont ils sont agités, forment un tableau supérieur aux trois premiers actes.

Au cinquième, Antigone arrivant pour soutenir ses droits, pour venger Olympie du meurtrier d'Alexandre et de Statira, apprend que Statira vient d'expirer entre les bras de sa fille; elle a conjuré Olympie, en mourant, d'épouser Antigone. Les voilà donc tous deux dans le temple, forcés d'attendre la décision d'Olympie, et elle obligée de choisir : elle promet qu'elle se déclarera quand elle aura rendu les derniers devoirs au bûcher de sa mère. Le bûcher paraît, elle parle aux deux rivaux, et n'avouant son amour qu'au dernier vers, elle se jette dans le bûcher.

La scène a été tellement disposée, que tout a été exécuté avec la précision nécessaire. Deux fermes, sur lesquelles on avait peint des charbons ardents, des flammes véritables qui s'élançaient à travers les découpements de la première ferme, percée de plusieurs trous; cette première ferme s'ouvrant pour recevoir Olympie, et se refermant en un clin d'œil; tout cet artifice enfin a été si bien ménagé, que la pitié et la terreur étaient au comble.

Les larmes ont coulé pendant toute la pièce. Les larmes viennent du cœur. Trois cents personnes, de tout rang et de tout âge, ne s'attendrissent pas, à moins que la nature ne s'en mêle; mais pour produire cet effet, il fallait des acteurs et de l'action : tout a été tableau, tout a été animé. Mme Denis a joué Statira comme Mlle Dumesnil joue Mérope. Mme d'Hermenches, qui faisait Olympie, a la voix de Mlle Gaussin, avec des inflexions et de l'âme; mais ce qui m'a le plus surpris, c'est notre ami Gabriel Cramer. Je n'exagère point; je n'ai jamais vu d'acteur, à commencer par Baron, qui eût pu jouer Cassandre comme lui; il a attendri et effrayé pendant toute la pièce. Je ne lui connaissais pas ce talent supérieur. M. Rilliet a joué le grand prêtre, comme j'aurais voulu que Sarrazin l'eût représenté. Antigone a été rendu par M. d'Hermenches avec la plus grande noblesse. Je ne reviens point de mon étonnement, et je ne me console point de n'avoir pas vu ce spectacle honoré de la présence des deux illustres académiciens [1] qui m'ont daigné aider de leurs conseils pour finir mon œuvre des six jours. Eux, et deux respectables amis [2] à qui je dois tout, et que je consulte à Paris, ont fait mon ouvrage; car malheur à qui ne consulte pas !

MMMDLXII. — A M. LE CARDINAL DE BERNIS.

A Ferney, le 25 mars.

Permettez, monseigneur, que ce vieux barbouilleur vous remercie bien sincèrement du plaisir qu'il a eu. Sans vos bontés, sans vos conseils, mon œuvre de six jours eût toujours été le chaos : permettez que je fasse lire à Votre Éminence la petite relation historique que j'envoie à M. le duc de Villars. Quand elle l'aura lue, si tant est qu'elle daigne lire un tel chiffon, un peu de cire mis proprement sous le cachet par un de vos secrétaires rendra le paquet digne de la poste. Voilà de plaisantes négociations que je vous confie.

Je profite de tous vos conseils; je me donne du bon temps, peut-être un peu trop, car il ne m'appartient pas de donner à souper à deux cents personnes. J'ai eu cette insolence. *Nota bene* que nous avions deux belles loges grillées. Nous avons combattu à Arques : où était le brave Crillon ? pourquoi était-il à Montélimart ?

Voulez-vous, quand vous voudrez vous amuser, que je vous envoie *le Droit du seigneur ?* Cela est gai et honnête; on peut envoyer cette misère à un cardinal. Je ne dis pas à tous les cardinaux, Dieu m'en garde !

..........*Pauci, quos æquus amavit*
Jupiter...............
Virg., *Æneid.*, lib. VI, v. 129.

J'ai encore à vous dire que je suis très-soumis à la leçon que vous me donnez de ne point lire, ou de ne lire guère, tous ces livres où des marquis [3] et des bourgeois gouvernent l'État. Connaissez-vous, monseigneur, la comédie danoise du *Potier d'étain ?* c'est un potier qui laisse sa roue pour faire tourner celle de la Fortune, et pour régler l'Europe : on lui vole son argent, sa femme, sa fille, et il se remet à faire des pots.

Oserai-je, sans abandonner mes pots, supplier Votre Éminence de vouloir bien me dire ce que je dois penser de l'aventure affreuse de ce Calas, roué à Toulouse pour avoir pendu son fils ? c'est qu'on prétend ici qu'il est innocent, et qu'il en a pris Dieu à témoin en expirant. On prétend que trois juges ont protesté contre l'arrêt; cette aventure me tient au cœur; elle m'attriste dans mes plaisirs, elle les corrompt.

1. Le cardinal de Bernis et Dalembert. (ÉD.)—2. M. et Mme d'Argental. (ÉD.) 3. Allusion au marquis de Mirabeau. (ÉD.)

Il faut regarder le parlement de Toulouse ou les protestants avec des yeux d'horreur. J'aime mieux pourtant rejouer *Cassandre*, et labourer mes champs. O le bon parti que j'ai pris !

Le rat retiré dans son fromage de Gruyère souhaite à Votre très-aimable Éminence toutes les satisfactions de toutes les espèces qui lui plairont; il est pénétré pour elle du plus tendre et du plus profond respect.

MMMDLXIII. — A M. LE COMTE D'ARGENTAL.

À Ferney, 27 mars.

Vous me demanderez peut-être, mes divins anges, pourquoi je m'intéresse si fort à ce Calas, qu'on a roué; c'est que je suis homme, c'est que je vois tous les étrangers indignés, c'est que tous vos officiers suisses protestants disent qu'ils ne combattront pas de grand cœur pour une nation qui fait rouer leurs frères sans aucune preuve.

Je me suis trompé sur le nombre des juges, dans ma lettre à M. de La Marche. Ils étaient treize, cinq ont constamment déclaré Calas innocent. S'il avait eu une voix de plus en sa faveur, il était absous. A quoi tient donc la vie des hommes? à quoi tiennent les plus horribles supplices? Quoi! parce qu'il ne s'est pas trouvé un sixième juge raisonnable, on aura fait rouer un père de famille! on l'aura accusé d'avoir pendu son propre fils, tandis que ses quatre autres enfants crient qu'il était le meilleur des pères! Le témoignage de la conscience de cet infortuné ne prévaut-il pas sur l'illusion de huit juges, animés par une confrérie de pénitents blancs qui a soulevé les esprits de Toulouse contre un calviniste? Ce pauvre homme criait sur la roue qu'il était innocent; il pardonnait à ses juges, il pleurait son fils auquel on prétendait qu'il avait donné la mort. Un dominicain, qui l'assistait d'office sur l'échafaud, dit qu'il voudrait mourir aussi saintement qu'il est mort. Il ne m'appartient pas de condamner le parlement de Toulouse; mais enfin il n'y a eu aucun témoin oculaire; le fanatisme du peuple a pu passer jusqu'à des juges prévenus. Plusieurs d'entre eux étaient pénitents blancs; ils peuvent s'être trompés. N'est-il pas de la justice du roi et de sa prudence de se faire au moins représenter les motifs de l'arrêt? Cette seule démarche consolerait tous les protestants de l'Europe, et apaiserait leurs clameurs. Avons-nous besoin de nous rendre odieux? ne pourriez-vous pas engager M. le comte de Choiseul à s'informer de cette horrible aventure qui déshonore la nature humaine, soit que Calas soit coupable, soit qu'il soit innocent? Il y a certainement, d'un côté ou d'un autre, un fanatisme horrible; et il est utile d'approfondir la vérité. Mille tendres respects à mes anges.

MMMDLXIV. — A M. LE MARQUIS DE THIBOUVILLE.

28 mars.

Vous mandez, mon cher marquis, à ma nièce que ma lettre était bien extraordinaire; mais comme dans ce temps-là il se passait des choses beaucoup plus extraordinaires dans votre infâme ville de Paris, ma lettre était très-sage. Certain discours prononcé contre les encyclopédistes [1], certaines cabales, certaines persécutions, sont des orages auxquels un homme de mon âge ne doit pas s'exposer. La personne dont vous parlez dans votre lettre à Mme Denis ne peut pas, ou du moins ne doit pas dire qu'elle a vu ce qu'elle n'a jamais vu. Ce serait une très-grande infidélité et un crime dans la société d'accuser un homme dont on doit être très-content, et de l'accuser après avoir eu sa confiance. Mais ce serait dans ce cas-ci un mensonge affreux. Ce que je vous dis est très-exact, très-vrai, et la personne en question n'a rien vu ni rien pu voir.

Au reste, les modes changent en France : c'était autrefois la mode de faire des campagnes glorieuses, d'être le modèle des autres nations, d'exceller dans les beaux-arts : aujourd'hui on ne connaît plus que des querelles pour un hôpital, des cabriolets, des fêtes de catins sur les remparts [2], et des persécutions contre des hommes sages et retirés. Si je ne suis pas sage, je suis au moins très-retiré, et je ne veux pas donner lieu à des pédants de troubler ma retraite. Croyez que je suis instruit de bien des choses, et que j'ai dû écrire de façon à dérouter les curieux qui se trouvent sur les chemins; mais croyez surtout que je vous aimerai toujours. Mme Denis vous en dira davantage; mais elle ne vous est pas plus attachée que moi.

MMMDLXV. — A M. DALEMBERT.

A Ferney, 29 mars.

Mon cher et grand philosophe, vous avez donc lu cet impertinent petit libelle d'un impertinent petit prêtre qui était venu souvent aux Délices, et à qui nous avions daigné faire trop bonne chère. Le sot libelle de ce misérable [3] était si méprisé, si inconnu à Genève, que je ne vous en avais point parlé. Je viens de lire dans le *Journal encyclopédique* un article où l'on fait l'honneur à ce croquant de relever son infamie. Vous voyez que les presbytériens ne valent pas mieux que les jésuites, et que ceux-ci ne sont pas plus dignes du carcan que les jansénistes.

Vous aviez fait à la ville de Genève un honneur qu'elle ne méritait pas; je ne me suis vengé qu'en amusant ses citoyens. On joua *Cassandre* ces jours passés sur mon théâtre de Ferney, non le *Cassandre* que vous avez vu croqué, mais celui dont j'ai fait un tableau suivant votre goût. Les ministres n'ont osé y aller, mais ils y ont envoyé leurs filles. J'ai vu pleurer Génevois et Génevoises pendant cinq actes, et je n'ai jamais vu une pièce si bien jouée, et puis un souper pour deux cents spectateurs, et puis le bal : c'est ainsi que je me suis vengé.

On venait de pendre un de leurs prédicants [4] à Toulouse, cela les rendait plus doux; mais on vient de rouer un de leurs frères [5], accusé

1. Le réquisitoire d'Omer Joly de Fleury contre l'*Encyclopédie*, du 29 janvier 1759. (ÉD.)
2. Aujourd'hui les boulevarts. (ÉD.)
3. Vernet, auteur des *Lettres critiques d'un voyageur anglais*. (ÉD.)
4. Rochette. (ÉD.) — 5. Calas. (ÉD.)

d'avoir pendu son fils en haine de notre sainte religion, pour laquelle ce bon père soupçonnait dans son fils un secret penchant. La ville de Toulouse, beaucoup plus sotte et plus fanatique que Genève, prit ce jeune pendu pour un martyr. On ne s'avisa pas d'examiner s'il s'était pendu lui-même, comme cela est très-vraisemblable. On l'enterra pompeusement dans la cathédrale; une partie du parlement assista pieds nus à la cérémonie; on invoqua le nouveau saint; après quoi la chambre criminelle fit rouer le père à la pluralité de huit voix contre cinq. Ce jugement était d'autant plus chrétien, qu'il n'y avait aucune preuve contre le roué. Ce roué était un bon bourgeois, un bon père de famille, ayant cinq enfants, en comptant le pendu; il a pleuré son fils en mourant, il a protesté de son innocence sous les coups de barre. Il a cité le parlement au jugement de Dieu. Tous nos cantons hérétiques jettent les hauts cris; tous disent que nous sommes une nation aussi barbare que frivole, qui sait rouer et qui ne sait pas combattre, et qui passe de la Saint-Barthélemy à l'Opéra-Comique. Nous devenons l'horreur et le mépris de l'Europe; j'en suis fâché, car nous étions faits pour être aimables.

Je vous promets de n'aller ni à Genève ni à Toulouse; on n'est bien que chez soi.

Pour l'amour de Dieu, rendez aussi exécrable que vous le pourrez le fanatisme qui a fait pendre un fils par son père, ou qui a fait rouer un innocent par huit conseillers du roi.

Mandez-moi, je vous prie, quel est le corps que vous méprisez le plus; je suis empêché à résoudre ce problème.

Interim, vous savez combien je vous aime, estime, et révère.

MMMDLXVI. — DE M. D'ALEMBERT.

A Paris, ce 31 mars.

Un malentendu a été cause, mon cher philosophe, que je n'ai reçu que depuis peu de jours l'ouvrage de Jean Meslier, que vous m'aviez adressé il y a près d'un mois; j'attendais que je l'eusse pour vous écrire. Il me semble qu'on pourrait mettre sur la tombe de ce curé : « Ci-gît un fort honnête prêtre, curé de village en Champagne, qui, en mourant, a demandé pardon à Dieu d'avoir été chrétien, et qui a prouvé par là que quatre-vingt-dix-neuf moutons et un Champenois ne font pas cent bêtes. » Je soupçonne que l'extrait de son ouvrage est d'un Suisse qui entend fort bien le français, quoiqu'il affecte de le parler mal. Cela est net, pressant, et serré, et je bénis l'auteur de l'extrait, quel qu'il puisse être.

C'est du Seigneur la vigne travailler.
J. B. Rousseau, épigr. obsc.

Après tout, mon cher philosophe, encore un peu de temps, et je ne sais si tous ces livres seront nécessaires, et si le genre humain n'aura pas assez d'esprit pour comprendre par lui-même que trois ne font pas un, et que du pain n'est pas Dieu. Les ennemis de la raison font dans ce moment assez sotte figure, et je crois qu'on pourrait dire comme dans la chanson :

> Pour détruire tous ces gens-là,
> Tu n'avais qu'à les laisser faire [1].

Je ne sais ce que deviendra la religion de Jésus, mais sa compagnie est dans de mauvais draps. Ce que Pascal, Nicole, et Arnauld n'ont pu faire, il y a apparence que trois ou quatre fanatiques absurdes et ignorés en viendront à bout ; la nation fera ce coup de vigueur au dedans, dans le temps où elle en fait si peu au dehors; et on mettra dans les abrégés chronologiques futurs, à l'année 1762 : « Cette année, la France a perdu toutes ses colonies, et chassé les jésuites. » Je ne connais que la poudre à canon qui, avec si peu de force apparente, produise d'aussi grands effets.

Il s'en faut beaucoup, j'en conviens, que les fanatiques d'un certain rang tiennent, entre les fanatiques de Loyola et les fanatiques de Saint-Médard, la balance aussi égale [2] qu'un certain philosophe de vos amis; mais laissons les pandoures détruire les troupes régulières. Quand la raison n'aura plus que les pandoures à combattre, elle en aura bon marché.

A propos de pandoures, savez-vous qu'ils ne laissent pas de faire encore quelques incursions par-ci par-là sur nos terres? Un curé de Saint-Herbland, de Rouen, nommé Le Roi (ce n'est pas le roi des orateurs), qui prêche à Saint-Eustache, vous a honoré, il y a environ quinze jours, d'une sortie apostolique dans laquelle il a pris la liberté de vous mettre en accolade avec Bayle. N'oubliez pas cet honnête homme à la première bonne digestion que vous aurez; son sermon mérite qu'il soit recommandé au prône.

En voilà assez sur les sots et les sottises. Tout cela ne serait rien si nous n'avions pas perdu la Martinique, et si tout, jusqu'aux Russes, ne se moquait pas de nous. Eh bien ! que dites-vous de votre ancien disciple? Je ne crois pas qu'il regrette autant que vous Élisabeth Petrowna. Par ma foi, il avait besoin de cette mort, et il en a bien promptement tiré parti. Je me souviens de ce que vous me disiez il y a six ans : « Il a plus d'esprit qu'eux tous. » Dieu veuille que nous profitions de l'exemple ou du prétexte que les Russes nous donnent pour nous débarrasser de cette maudite alliance autrichienne, qui nous coûtera plus que l'Espagne n'a coûté à Louis XIV !

Laissons les rois s'égorger, ainsi que les parlements et les jésuites, et parlons un peu de votre tragédie. Je suis charmé des corrections que vous y faites; il faut qu'Olympie et Cassandre intéressent, et c'est là la grande affaire. A l'égard de la figure que fait Antigone au premier acte pendant la bénédiction nuptiale de Cassandre et d'Olympie, je ne prétends point du tout qu'Antigone doive troubler cette bénédiction. Je suis trop bon chrétien pour exiger qu'on donne dans l'église des coups de pied dans le cul à un prêtre qui fait ses fonctions; mais,

---

1. Ce sont les deux derniers vers d'un sixain sur les sodomites. (ÉD.)
2. Voltaire venait de publier la *Balance égale*. (ÉD.)

pour s'épargner cette incartade, quand on n'est pas sûr de soi, il faut faire comme vous, mon cher maître, il ne faut point aller à l'église : et pourquoi Antigone y reste-t-il pour y faire une si sotte figure ? que ne se tient-il chez lui pendant ce temps-là ? Il me paraît que sa présence et son silence le rendent en cette occasion un personnage de comédie. Tout cela soit dit, mon cher maître, sauf votre meilleur avis, comme de raison ; je suis aussi flatté de votre confiance que peu attaché à mes opinions.

Où en est l'édition de Corneille ? Il y a bien longtemps que nous n'avons reçu de vos notes. Au nom de Dieu, soyez sur vos gardes ; ayez raison autant qu'il vous plaira, mais soyez poli ; c'est où vos ennemis vous attendent ; ils vous déchireront pour peu que vous maltraitiez Corneille, et quand vous n'y serez plus, il ne leur en coûtera rien pour dire que vous aviez raison : ne serez-vous pas bien avancé ?

Vous ne me dites rien du mémoire de M. de La Chalotais. C'est, à mon avis, un terrible livre contre les jésuites, d'autant plus qu'il est fait avec modération. C'est le seul ouvrage philosophique qui ait été fait jusqu'ici contre cette canaille. Il s'en faut bien que cet esprit de philosophie règne dans les parlements. Vous savez sans doute ce que le parlement de Toulouse vient de faire en condamnant à la corde un pauvre ministre, dont tout le crime était d'avoir fait au désert des baptêmes et des mariages ; et en faisant rouer vif un pauvre vieillard protestant de soixante-dix ans, accusé faussement d'avoir pendu son fils. Tous les inquisiteurs ne sont pas à Lisbonne.

Adieu, mon cher philosophe. Quel atroce et ridicule monde que ce meilleur des mondes possibles ! encore s'il n'était que ridicule sans être atroce, il n'y aurait que demi-mal ; les impertinences jésuitiques, et médardiques, et parlementaires, seraient les menus plaisirs de la philosophie ; mais peut-on avoir le courage de rire quand on voit tant d'hommes s'égorger pour les sottises des prêtres et pour celles des rois ? Tâchons, mon cher maître, de ne nous laisser égorger ni par personne ni pour personne. Je ne sais, mais cette année 1762 me paraît grosse de grands événements politiques et civils. Les bavards auront de quoi parler, les fanatiques de quoi crier, et les philosophes de quoi réfléchir. Adieu ; je suis charmé que Mlle Corneille croisse, comme Jésus-Christ, en sagesse et en grâce, devant Dieu et devant les hommes.

MMMDLXVII. — A M. DAMILAVILLE.

4 avril.

Mes chers frères, il est avéré que les juges toulousains ont roué le plus innocent des hommes. Presque tout le Languedoc en gémit avec horreur. Les nations étrangères, qui nous haïssent et qui nous battent, sont saisies d'indignation. Jamais, depuis le jour de la Saint-Barthélemy, rien n'a tant déshonoré la nature humaine. Criez, et qu'on crie.

Voici un petit ouvrage¹ auquel je n'ai d'autre part que d'en avoir re-

1. *Pièces originales concernant la mort des sieurs Calas*, etc. (ÉD.)

tranché une page de louanges injustes que l'on m'y donnait. Je serais très-fâché qu'on crût que j'en aie eu la moindre connaissance ; mais je serais très-aise qu'il parût, parce qu'il est, d'un bout à l'autre, de la vérité la plus exacte, et que j'aime la vérité. Il faut qu'on la connaisse jusque dans les plus petites choses. Il n'y a qu'à donner cette brochure à imprimer à Grangé ou à Duchesne.

J'ai envoyé à mes frères cette petite relation, adressée à M. le duc de Villars, qui me vit esquisser *Cassandre* si vite, lorsqu'il était chez moi. Je prie mon cher frère de dire au frère Platon [1] que ce qu'il appelle pantomime je l'ai toujours appelé action. Je n'aime point le terme de *pantomime* pour la tragédie. J'ai toujours songé, autant que je l'ai pu, à rendre les scènes tragiques pittoresques. Elles le sont dans *Mahomet*, dans *Mérope*, dans *l'Orphelin de la Chine*, surtout dans *Tancrède*. Mais ici toute la pièce est un tableau continuel. Aussi a-t-elle fait le plus prodigieux effet. *Mérope* n'en approche pas quant à l'appareil et à l'action ; et cette action est toujours nécessaire, elle est toujours annoncée par les acteurs mêmes. Je voudrais qu'on perfectionnât ce genre, qui est le seul tragique ; car les conversations sont à la glace, et les conversations amoureuses sont à l'eau rose.

Je suis affligé de la Martinique et de mon roué. Nous sommes bien sots et bien fanatiques ; mais l'Opéra-Comique répare tout.

Je bénis Dieu de m'avoir donné un frère tel que vous.

MMMDLXVIII. — A M. LE COMTE D'ARGENTAL.

4 avril.

Mes anges, mes anges, rit-on encore à Paris ? va-t-on en foule au savetier *Blaise* et au *Maréchal* [2] ? Pour moi, je pleure. Vos Parisiens ne voient que des Parisiens, et moi je vois des étrangers, des gens de tous les pays, et je vous réponds que toutes les nations nous insultent et nous méprisent. Voilà un commencement bien douloureux pour MM. de Choiseul [3]. Ce n'est certainement pas la faute de M. le comte si Pierre s'unit avec Luc ; ce n'est pas la faute de M. le duc si les Anglais nous ont pris la Martinique, et s'ils vont peut-être détruire la seule flotte qui nous restait : mais ces événements funestes doivent percer le cœur des deux ministres que vous aimez, et à qui je suis attaché. Que faire ? jouer *le Droit du seigneur*. Il n'y a pas d'autre parti à prendre après le saint temps de Pâques. Les Anglais auront dépouillé le vieil homme ; on aura oublié la Martinique ; il ne sera plus question de rien. Je ne crains que *Blaise* et *les Amours de Blaise. Le Droit du seigneur*, en d'autres temps, devrait plaire à une nation qui ne laisse pas d'avoir du bon, et qui avait autrefois du goût.

Nous avons Lekain ; il a l'air d'un gros chanoine :

> Et son corps, ramassé dans sa courte grosseur,
> Fait gémir les coussins sous sa molle épaisseur.
>
> Boileau, *le Lutrin*, ch. I, v. 67.

1. Diderot. (ÉD.)
2. *Blaise le savetier*, opéra comique de Sedaine ; le *Maréchal ferrant*, de Quétant. (ÉD.)
3. L'un était ministre de la guerre, l'autre des affaires étrangères. (ÉD.)

Faites comme il vous plaira, messieurs; mais allons nous réjouir pour oublier vos tribulations. Nous allons jouer *Cassandre, le Droit du seigneur, Sémiramis* et *l'Écossaise*. Notre ami Lekain nous dit que le *tripot* ne va pas mieux que le reste de la France; que les quatre premiers gentilshommes ont la grandeur d'âme d'entrer à la comédie pour rien, eux, leurs parents, leurs laquais, et les commères de leurs laquais. Cela est tout à fait noble. Les grands seigneurs d'Angleterre sont d'une pâte un peu différente. Ils ont de leur côté la gloire, et nous avons la petite vanité.

Pendant que nous sommes la chiasse du genre humain, on parle français à Moscou et à Yassy : mais à qui doit-on ce petit honneur? à une douzaine de citoyens qu'on persécute dans la patrie.

Mes chers anges, je vous remercie très-humblement, très-tendrement pour notre artilleur. J'aurai l'honneur d'écrire à M. le comte de Choiseul; mais, dans la crise où je le crois, je lui épargne mes importunités pour le présent.

Je crois qu'on est si occupé des désastres publics, qu'on ne songe pas à mon roué.

Nous sommes tous à vos pieds et à vos ailes.

MMMDLXIX. — A MADAME LA COMTESSE DE LUTZELBOURG.

Ferney, 5 avril.

Comme monsieur votre fils, madame, n'avait servi ni sous César ni sous Auguste, il ne faut pas d'épitaphe latine. C'est une pédanterie ridicule. Il faut pour un Français une épitaphe française, d'autant plus que les Romains n'ayant point dans leurs armées de grades qui répondent précisément aux nôtres, il est impossible, en ce cas, d'exprimer ce qu'on veut dire. Il est d'ailleurs de l'honneur de la langue française qu'on l'emploie dans les monuments. Elle est entendue plus généralement que la latine. Je suis fâché, madame, de vous parler d'une chose qui renouvelle vos douleurs; mais aussi c'est une consolation que vous vous donnez et que je me donne à moi-même. Sans une occupation qui me tiendra ici une année entière, je viendrais pleurer avec vous. On ne m'a rien mandé de l'œil de Mme de Pompadour, ni des deux de M. d'Argenson. Je les plains l'un et l'autre; mais je suis obligé de plaindre M. d'Argenson au double. Adieu, madame; conservez vos yeux. Ni vous ni moi ne portons encore de lunettes. Remercions la nature. Mille tendres respects.

MMMDLXX. — A MADEMOISELLE ***.

Aux Délices, le 15 avril.

Il est vrai, mademoiselle, que, dans une réponse que j'ai faite à M. de Chazelles, je lui ai demandé des éclaircissements sur l'aventure horrible de Calas, dont le fils a excité ma douleur autant que ma curiosité. J'ai rendu compte à M. de Chazelles des sentiments et des clameurs de tous les étrangers dont je suis environné; mais je ne peux lui avoir parlé de mon opinion sur cette affaire cruelle, puisque je n'en ai aucune. Je ne connais que les factums faits en faveur des Calas, et ce n'est pas assez pour oser prendre parti.

J'ai voulu m'instruire en qualité d'historien. Un événement aussi épouvantable que celui d'une famille entière accusée d'un parricide commis par esprit de religion; un père expirant sur la roue pour avoir étranglé de ses mains son propre fils, sur le simple soupçon que ce fils voulait quitter les opinions de Jean Calvin; un frère violemment chargé d'avoir aidé à étrangler son frère; la mère accusée; un jeune avocat[1] soupçonné d'avoir servi de bourreau dans cette exécution inouïe; cet événement, dis-je, appartient essentiellement à l'histoire de l'esprit humain, et au vaste tableau de nos fureurs et de nos faiblesses, dont j'ai déjà donné une esquisse.

Je demandais donc à M. de Chazelles des instructions; mais je n'attendais pas qu'il dût montrer ma lettre. Quoi qu'il en soit, je persiste à souhaiter que le parlement de Toulouse daigne rendre public le procès de Calas, comme on a publié celui de Damiens. On se met au-dessus des usages dans des cas aussi extraordinaires. Ces deux procès intéressent le genre humain; et si quelque chose peut arrêter chez les hommes la rage du fanatisme, c'est la publicité et la preuve du parricide et du sacrilège qui ont conduit Calas sur la roue, et qui laissent la famille entière en proie aux plus violents soupçons. Tel est mon sentiment.

MMMDLXXI. — A M. DAMILAVILLE.

17 avril.

J'ai l'honneur de vous envoyer, monsieur, de la part de M. Friche-Baume, libraire, la brochure ci-jointe. Vous êtes assez affermi dans notre sainte religion pour lire sans danger ces impiétés; mais je ne voudrais pas que cet ouvrage tombât entre les mains de jeunes gens qu'il pourrait séduire.

On est toujours indigné ici de l'absurde et abominable jugement de Toulouse. On ne s'en soucie guère à Paris, où l'on ne songe qu'à son plaisir, et où la Saint-Barthélemy ferait à peine une sensation. Damiens, Calas, Malagrida, une guerre de sept années sans savoir pourquoi, des convulsions, des billets de confession, des jésuites, le discours et le réquisitoire de Joly de Fleury, la perte de nos colonies, de nos vaisseaux, de notre argent; voilà donc notre siècle. Ajoutez-y l'Opéra-Comique, et vous aurez le tableau complet.

On m'a donné cette lettre pour M. Saurin; je vous supplie de vouloir bien la lui faire parvenir.

J'ai l'honneur d'être, monsieur, votre très-humble et très-obéissant serviteur, RIBIENBOTTE.

MMMDLXXII. — A M. SAURIN.

A Ferney, 17 avril.

J'ai cru, monsieur, que vous ne seriez pas fâché d'apprendre que Mlle Corneille vient de jouer votre rôle de Julie[2] avec un applaudis-

---

1. Lavaysse. (ÉD.) — 2. Personnage des *Mœurs du temps*. (ÉD.)

sement unanime. Vous n'aurez jamais d'actrice d'un si beau nom. Je
ne peux lui donner une meilleure éducation qu'en lui faisant connaître
le monde comme vous l'avez peint.

Votre pièce, d'ailleurs, a été très-bien jouée ; et Lekain, qui était
au nombre des spectateurs, en a été extrêmement content.

Je vous prie de dire à M. Duclos que j'ai cessé l'envoi des *Commentaires sur Corneille*, parce que je me suis remis à l'espagnol. J'ai
voulu donner une traduction de l'*Héraclius* de Caldéron ; elle est d'un
bizarre, d'un sauvage, d'un comique, et, en certains endroits, d'un
sublime, qui méritent d'être connus : c'est la nature pure ; rien ne ressemble plus à Shakspeare.

Si vous écrivez à frère Helvétius, je vous supplie de ne lui pas laisser ignorer ma tendre amitié pour lui. Je n'écris guère, parce que je
n'en ai pas le temps ; et si je ne vous écris pas de ma main, c'est que
j'ai la fièvre. Adieu, mon très-cher confrère.

MMMDLXXIII. — A M. LE COMTE D'ARGENTAL.

17 avril.

Mes divins anges, je ne voulais vous écrire qu'après que Lekain aurait vu Statira ; mais je commence toujours par vous remercier de la
bonté que vous avez eue pour mon capitaine d'artillerie, qui voudrait
bien pointer quelques canons contre Pierre III, qui n'est pas Pierre
le Grand.

Il est vrai que M. le comte de Saxe ne fit que monter dans le vaisseau à Dunkerque, et que, grâce au ciel, nous ne mîmes point en mer ;
mais je ne prends aucun intérêt à cette misérable histoire, dont on a
imprimé des fragments très-incorrects, qu'on m'a volés.

A l'égard de Conculix[1], c'est autre chose. Il faut que j'aie été abandonné de Dieu pour laisser cet animal-là en si bonne compagnie.

Nous avons déjà joué *Tancrède*. Lekain m'a paru admirable ; je lui
ai même trouvé une belle figure. J'étais le bonhomme Argire ; je ne
m'en suis pas mal tiré ; mais ni lui ni moi ne jouons dans *Olympie* ;
nous serons tous deux spectateurs bénévoles. Je devais naturellement
jouer le grand prêtre : ce sont mes triomphes, vu le goût que j'ai pour
l'Église ; mais je suis honoré du même catarrhe qui a osé souffler sur
mes anges : j'ai la fièvre. Je continuerai ma lettre quand on aura joué
Olympie ou *Cassandre*, et je vous en rendrai compte, en oubliant la
petite part que je peux y avoir.

18 avril.

Mes anges sauront qu'hier Lekain nous joua *Zamore* ; il était encore
plus beau que je n'avais cru. Il joua le second acte de manière à me
faire rougir d'avoir loué autrefois Baron et Dufresne. Je ne croyais pas
qu'on pût pousser aussi loin l'art tragique. Il est vrai qu'il ne fut pas
si brillant dans les autres actes. Il a quelquefois des silences trop longs ;

---

1. Personnage de *la Pucelle*, remplacé par *Hermaphrodix*, chant IV et suiv.
(ÉD.)

il en faut, comme en musique, mais il ne faut pas les prodiguer; ils gâtent tout quand ils n'embellissent pas. Il fut bien mal secondé, ma nièce ne jouait point. Cramer, qui avait joué Cassandre supérieurement, joua Alvarès précisément comme le bonhomme Cassandre. Mais enfin nous voulions voir Lekain, et nous l'avons vu.

En attendant qu'on répète *Cassandre* ou *Olympie*, il faut que je vous dise un mot de la Jamaïque, qu'un de nos acteurs, armateur de son métier, prétend que vous avez prise à la suite des Espagnols; car vous êtes à présent *à la suite* sur mer et sur terre. Votre rôle n'est pas beau. Puisse mon armateur comique avoir raison! Mais pourquoi dit-on que Mme de Pompadour est borgne, et M. d'Argenson aveugle? est-il vrai qu'en effet l'un ait perdu un œil, l'autre deux? Vous voyez toutes les mauvaises plaisanteries que font sur cette aventure ceux qui ne savent pas que les railleries sur les malheureux sont odieuses. Il faut que cette nouvelle ait un fondement. Il y a longtemps qu'on m'a mandé que l'un et l'autre avaient une violente fluxion sur les yeux.

Parlons un peu de mon roué. Il s'en faut bien qu'on ait découvert l'auteur de l'assassinat attribué au père; il s'en faut bien qu'on songe à réhabiliter la mémoire du supplicié. Tout le Languedoc est divisé en deux factions : l'une soutient que Calas père avait pendu lui-même un de ses fils, parce que ce fils devait abjurer le calvinisme; l'autre crie que l'esprit de parti, et surtout celui des pénitents blancs, a fait expirer un homme innocent et vertueux sur la roue.

Je crois vous avoir dit que Calas père était âgé de soixante et neuf ans, et que le fils qu'on prétend qu'il a pendu, nommé Marc-Antoine, garçon de vingt-huit ans, était haut de cinq pieds cinq pouces, le plus robuste et le plus adroit de la province; j'ajoute que le père avait les jambes très-affaibles depuis deux ans, ce que je sais d'un de ses enfants. Il était possible à toute force que le fils pendît le père; mais il n'était nullement possible que le père pendît le fils. Il faut qu'il ait été aidé par sa femme, par un de ses autres fils, par un jeune homme de dix-neuf ans qui soupait avec eux : encore auraient-ils eu bien de la peine à en venir à bout. Un jeune homme vigoureux ne se laisse pas pendre ainsi. Vous savez sans doute que la plupart des juges voulaient rouer toute la famille, supposant toujours que Marc-Antoine Calas n'avait été étranglé et pendu de leurs mains que pour prévenir l'abjuration du calvinisme qu'il devait faire le lendemain. Or j'ai des preuves certaines que ce malheureux n'avait nulle envie de se faire catholique. Enfin les juges prévenus ayant ordonné l'enterrement de Marc-Antoine dans une église, les pénitents blancs lui ayant fait un service solennel, et l'ayant invoqué comme un martyr, n'ont point voulu se détacher de leur opinion. Ils ont condamné d'abord le père seul à mourir sur la roue, se flattant qu'en mourant il accuserait sa famille. Le condamné est mort en appelant à Dieu, et les juges ont été confondus. Voilà en deux pages la substance de quatre factums. Ajoutez à cette aventure abominable la persuasion où ces juges (au moins quelques-uns) sont encore que l'on avait résolu, dans une assemblée de réformés, de faire étrangler sans miséricorde celui de leurs frères qui voudrait abjurer, et que ce jeune homme de dix-neuf ans, nommé Lavaysse, qui avait soupé avec les accusés, était le bourreau nommé par les protestants. Vous remarquerez que ce Lavaysse est le fils d'un avocat soupçonné, il est vrai, d'être calviniste, mais de mœurs douces et irréprochables.

Lorsque nous avons joué *Tancrède*, il y a eu un terrible battement de mains, accompagné de cris et de hurlements, à ces vers :

O juges malheureux, qui dans vos faibles mains, etc.
Acte IV, scène VI.

Mais voilà toute la réparation qu'on a faite à la mémoire du plus malheureux des pères. Je ne connais point, après la Saint-Barthélemy, et les autres excès du fanatisme commis par tout un peuple, une aventure particulière plus effrayante.

Voilà bien écrire pour un homme qui a la fièvre. Je continuerai après *Cassandre*.

20 avril.

Je n'ai rien écrit hier 19, parce que j'avais une fièvre violente. Nous sommes accablés de contre-temps dans notre *tripot*. Un oncle d'un acteur s'est avisé de mourir; nous voilà tout dérangés. Notre spectacle se démanche comme le vôtre : vous perdez Grandval; on dit que Mlle Dumesnil va se retirer; il faut que tout finisse. Le théâtre de France avait de la réputation dans l'Europe, et c'était presque le seul de nos beaux-arts qui fût estimé; il va tomber. On dit que M. le maréchal de Richelieu n'aura pas eu peu de part à cette révolution.

Je suis fâché que les autres comédiens, nommés jésuites, tombent aussi. C'est une grande perte pour mes menus plaisirs. Les universités, jointes au parlement, vont établir un terrible pédantisme. Je n'aime pas les mœurs pédantes.

Nous devions jouer aujourd'hui *Cassandre-Olympie* et *le Français à Londres* [1]. Figurez-vous que milord Craff était joué par un Anglais qui s'appelle Craff; mais, comme je vous l'ai dit, un maudit oncle nous dérange. Tout ce que nous pourrons faire, ce sera de répéter devant Lekain en habits pontificaux, afin qu'il juge. En attendant qu'on joue, il faut que je vous dise que je sais un gré infini à Collé d'avoir mis Henri IV sur le théâtre [2]. Son nom seul attirera tout Paris pendant six mois, et l'Opéra-Comique trouvera à qui parler.

Voici la nuit; on va jouer *Cassandre* et *le Français à Londres*, malgré tous les contre-temps : je vais juger.

Parlons d'abord de milord Houzey. Il est si plaisant de voir un Anglais du même nom jouer ce rôle, que j'en ris encore, quoique je sois bien malade. Pour *Cassandre*, le porteur vous pourra dire si cela fait un beau spectacle, s'il y a de l'intérêt, si la fin est terrible, et si tout

1. Comédie de Boissy. (ÉD.)
2. Le 6 janvier 1763 on avait donné à Bagnolet, sur le théâtre du duc d'Orléans, une représentation de la *Partie de chasse de Henri IV*, comédie de Collé, qui fut imprimée dès 1766, mais dont on ne permit pas la représentation sur les théâtres publics tant que régna Louis XV. (*Note de M. Beuchot.*)

n'est pas hors du train ordinaire, depuis le commencement jusqu'à la
fin. Je voulais lui donner la pièce pour vous l'apporter; mais j'ai senti
à la représentation qu'il y avait plus d'une nuance à donner encore
au tableau. Tout ce que je vous peux dire, c'est qu'il ne faut pas qu'il
y ait dans cet ouvrage un seul trait qui ressemble aux tragédies auxquelles on est accoutumé. C'est assurément un spectacle d'un genre
nouveau, aussi difficile peut-être à bien représenter qu'à bien traiter.

Je vous l'enverrai, mes divins anges, avant qu'il soit un mois. Laissez-moi me guérir; la tête me fend et me tourne.

Finie à deux heures après minuit.

MMMDLXXIV. — A M. DUCLOS.

A Ferney, 23 avril.

Il faut vous avouer, monsieur, que le théâtre de Ferney a fait un
peu de tort à nos commentaires, et que nous avons, pendant quelques jours, abandonné Corneille pour Lekain. Nous avons fait de
Mlle Corneille une assez bonne actrice, au lieu de travailler à l'édition de son oncle. Le commentateur, les libraires, la nièce de Corneille, la nièce du commentateur, tout cela a joué la comédie. Cela
n'a pas pourtant interrompu notre entreprise; mais il y a eu du relâ-
chement. Une autre raison encore qui a arrêté le cours de mes consultations, c'est que je me suis mis à traduire l'*Héraclius* espagnol,
imprimé à Madrid en 1643, sous ce titre : *La Famosa Comedia : En
esta vida todo es verdad, y todo es mentira : Fiesta que se representó
á sus Magestades, en el salon real del palacio.* Le savant qui m'a déterré cette édition, prodigieusement rare, prétend que *sus Magestades* veut dire Philippe et Élisabeth, fille de Henri IV, qui aimait
passionnément la comédie, et qui y menait son grave mari. Elle s'en
repentit; car Philippe IV devint amoureux d'une comédienne [1], et en
eut don Juan d'Autriche. Il devint dévot, et n'alla plus au spectacle
après la mort d'Élisabeth. Or Élisabeth mourut en 1644, et mon savant
prétend que *la Famosa Comedia*, jouée en 1640, fut imprimée en
1643; mais comme mon exemplaire est sans date, il faut en croire
mon savant sur sa parole. Le fait est que cette tragédie est à faire
mourir de rire d'un bout à l'autre; les *Mille et une nuits* sont beaucoup moins merveilleuses. Si quelque chose dans le monde a jamais
eu l'air original, c'est assurément cette extravagance, dont aucun roman n'approche. Il suffit d'en lire deux pages pour être convaincu
que l'auteur a tout pris dans sa tête. Je la ferai imprimer, afin qu'on
puisse aisément apercevoir la petite différence qui se trouve entre
notre *Héraclius* et la *Comedia famosa*.

Je dois vous donner avis que le premier volume, contenant seulement *Médée* et *le Cid*, est déjà si énorme, que je serai obligé de re-
jeter à la fin du dernier tome la *Vie de l'auteur*, et les anecdotes et
réflexions que je mettrai dans mon *Épître dédicatoire* à l'Académie.

1. Nommée Marie Calderona. (ÉD.)

L'épître ne pourra plus contenir qu'un simple témoignage de ma respectueuse reconnaissance, et une note avertira que la *Vie de Pierre Corneille* se trouvera au dernier volume, avec quelques pièces curieuses. Cette *Vie*, rejetée à ce dernier tome, fera au moins ouvrir quelquefois un tome que sans cela on n'ouvrirait jamais; car qui peut lire *la Galerie du Palais* et *la Place Royale*? Ce dernier tome sera uniquement destiné à la comédie, avec un discours sur la comédie espagnole, anglaise, et italienne; mais il faut se bien porter, et je suis un peu sur le côté.

Je tâcherai de vous envoyer dans peu les remarques sur *Rodogune* et sur *Sertorius*.

J'ai repris cette lettre cinq ou six fois; je n'en peux plus. J'ai bien peur de ne pas achever cette édition, et dire :

.....Medium solvar et inter opus[1].

MMMDLXXV. — A M. COLINI.

A Ferney, 23 avril.

Mon cher Colini, j'ai différé longtemps à vous répondre sur le *Cassandre*. J'ai voulu auparavant connaître moi-même mon ouvrage, et, pour le connaître, il a fallu le faire jouer. J'ai fait venir Lekain à Ferney; il a eu cette complaisance. J'ai vu l'effet de la pièce : c'est un très-beau coup d'œil, ce sont des tableaux continuels; mais aussi ils demandent des comédiens qui soient autant de grands peintres, et qui sachent se transformer en peintures vivantes. Le moment du bûcher fut terrible : les flammes s'élevaient quatre pieds au-dessus des acteurs. Enfin c'est une tragédie d'une espèce toute nouvelle. Les trois derniers actes sont absolument différents de la première esquisse que je pris la liberté d'envoyer à Son Altesse Electorale; mais il s'en faut bien encore que je sois content. J'ai senti à la représentation qu'il manquait beaucoup de nuances à ce tableau; j'y travaille encore. Je vous prie de me mettre aux pieds de Son Altesse Electorale, moi et *Cassandre*. Si elle voulait me renvoyer mon ancien manuscrit, je lui serais infiniment obligé : il n'y aurait qu'à l'adresser à Mme de Fresney, à Strasbourg; elle me le ferait tenir avec sûreté.

MMMDLXXVI. — A M. LE COMTE D'ARGENTAL.

27 avril.

Mme la duchesse d'Enville, mes anges, fait bien de l'honneur aux Délices. Elle peut arriver quand il lui plaira; il y aura de quoi loger quatre maîtres de plain-pied, même cinq; mais que M. l'archevêque de Rouen ne s'imagine pas être à Gaillon[2]. Que toute cette illustre compagnie pense être aux eaux, et s'attende à être un peu à l'étroit. Tout le monde sera bien couché; c'est la seule chose dont je réponds. On y trouvera de la batterie de cuisine; mais comme la moitié de

---

1. Ovide, *Amor.* II, élég. X, 36. (ÉD.)
2. Gaillon était la maison de campagne des archevêques de Rouen. (ÉD.)

notre linge a été brûlée dans nos fêtes de Ferney, nous ne pouvons en fournir. Je sens combien il est désagréable de ne pas faire la galanterie complète; mais il est bon d'avertir de ce qu'on peut et de ce qu'on ne peut pas.

Je suppose que Mme la duchesse d'Enville enverra à l'avance quelque fourrier, quelque maréchal de ses logis qui viendra préparer les lieux. Tous les secours possibles se trouvent à Genève sous la main. Il ne sera pas mal de me faire avertir du jour de l'arrivée du maréchal de ses logis. Mme Denis arrangera tout avec lui; car, pour moi, il n'y a pas d'apparence que je puisse sitôt sortir de Ferney. Je suis toujours malade; je n'ai point porté santé depuis les journées de *Tancrède* et de *Cassandre*, et Mme la duchesse d'Enville aura en moi un courtisan très-peu assidu; elle sera maîtresse absolue de la maison, et ne sera point gênée par son hôte. Voilà, mes divins anges, tout ce que je puis faire en conscience. Je ne doute pas que mes anges ne fassent mes très-humbles excuses aux personnes que je voudrais mieux recevoir. Après tout, elles seront infiniment mieux qu'en aucune maison de Genève. Elles jouiront d'un assez joli jardin, d'un très-beau paysage ; elles seront à l'abri de tout bruit et de toute importunité. Je crois que je dois au moins réparer par une lettre la mince réception que je fais à Mme d'Enville; permettez donc que j'insère ici ce petit billet, et que je prenne la liberté de vous l'adresser.

Voulez-vous à présent un petit mot pour *Cassandre?* Je persiste à croire que cette pièce ne souffre aucun moyen ordinaire. Lekain a dû le sentir à la représentation. Les choses sont tellement amenées, qu'il n'est ni décent ni possible que les deux rivaux agissent.

Cassandre, au quatrième acte, vient enlever sa femme; mais il trouve la belle-mère expirante. Antigone dispose tout pour tuer Cassandre aux portes du temple; mais il n'en sort pas. Au cinquième, il n'y a pas moyen de troubler la cérémonie du bûcher; les deux princes ne peuvent se douter qu'Olympie va se jeter dedans, puisqu'ils voient les offrandes qu'on apporte à Olympie sur un autel, et qu'elle doit présenter à sa mère avec ses voiles et ses cheveux. Croyez que le tout fait le spectacle le plus singulier, et le plus grand tableau qu'on ait jamais vu au théâtre ; mais, encore une fois, il faut des nuances, et je ne peux travailler dans l'état où je suis; à peine puis-je suffire à Pierre Corneille.

Nous avons ici le père de la petite, qui vient d'arriver de Cassel pour voir sa fille. Celui-ci ne sera jamais commenté, ou je suis le plus trompé du monde.

Eh bien! on vient encore de vous prendre Sainte-Lucie et le dernier de vos vaisseaux qui revenait de l'île de Bourbon.

Pauvres Français! vous n'aviez autre chose à faire qu'à vous réjouir : de quoi vous êtes-vous avisés de faire la guerre?

Mes anges, vivez heureux. Je baise le bout de vos ailes plus que jamais.

J'ai une fluxion de poitrine, et je cesse tout travail.

MMMDLXXVII. — De M. Dalembert.

A Paris, 4 mai.

Oui, mon cher et illustre maître, j'ai lu ou plutôt parcouru en bâillant l'impertinente diatribe de ce petit socinien honteux [1], qui mériterait bien d'être catholique, et qui m'a fait l'honneur de m'associer avec vous pour être l'objet de sa plate satire. Il me serait bien aisé de le couvrir de ridicules, mais c'est un honneur que je ne juge pas à propos de lui faire. Peut-être cependant trouverai-je occasion de lui donner quelque jour une légère marque de reconnaissance : ces variations plaisantes sur la révélation, dont il a d'abord fait valoir la nécessité, qu'il a bornée à de l'utilité dans une édition suivante, et qu'apparemment il assurera dans la troisième être une chose tout à fait commode, et, comme on dit, bien gracieuse ; ces sottises et d'autres donneraient beau jeu à la plaisanterie ; mais l'auteur et le sujet sont trop plats pour qu'on soit tenté d'en plaisanter.

Je pourrais bien en effet mériter un peu les reproches que vous me faites d'avoir fait trop d'honneur à vos prédicants en les peignant comme des hommes raisonnables ; ce sera, si vous voulez, une fable morale que je voulais faire servir d'instruction à nos prêtres fanatiques : mais si vos Génevois sont offensés du bien que j'ai dit d'eux, ils n'ont qu'à parler, et je les tiendrai pour aussi sots qu'ils veulent l'être. Nos jésuites de Paris se défendent à tort ou à droit d'être des assassins, des voleurs, des fourbes, des sodomites ; et encore cela en vaut-il la peine ! Vos jésuites presbytériens se défendent de toutes leurs forces d'avoir le sens commun : ils sont bien plus avancés que les nôtres.

Est-ce que les Génevois osent aller à vos comédies ? On m'avait pourtant assuré que la sérénissime ou obscurissime république avait rendu un décret portant que tout cordonnier, tailleur, barbier, gadquard, ou autre, qui serait atteint et convaincu d'avoir assisté à cette œuvre du démon, ne pourrait jamais devenir magistrat. Vous n'avez que votre théâtre dans la tête, et vous ne vous souciez guère, à ce que je vois, que les États de ce monde soient bien gouvernés.

Quant à nous, malheureuse et drôle de nation, les Anglais nous font jouer la tragédie au dehors, et les jésuites la comédie au dedans. L'évacuation du collège de Clermont [2] nous occupe beaucoup plus que celle de la Martinique. Par ma foi, ceci est très-sérieux, et les *classes* du parlement n'y vont pas de main morte. Ce sont des fanatiques qui en égorgent d'autres, mais il faut les laisser faire : tous ces imbéciles, qui croient servir la religion, servent la raison sans s'en douter ; ce sont des exécuteurs de la haute justice pour la philosophie, dont ils prennent les ordres sans le savoir ; et les jésuites pourraient dire à saint Ignace : « Mon père, pardonnez-leur, car ils ne savent ce qu'ils font [3]. » Ce qui me paraît singulier, c'est que la destruction de ces fantômes,

1. Vernet. (Éd.) — 2. Louis le Grand. (Éd.)
3. Saint Luc, XXIII, 34. (Éd.)

qu'on croyait si redoutables, se fasse avec aussi peu de bruit. La prise du château d'Arensberg n'a pas plus coûté aux Hanovriens que la prise des biens des jésuites à nosseigneurs du parlement. On se contente, à l'ordinaire, d'en plaisanter. On dit que Jésus-Christ est un pauvre capitaine réformé qui a perdu sa compagnie. Il n'y a pas jusqu'aux sulpiciens qui ne s'avisent aussi d'être plaisants. Le curé de Saint-Sulpice, qui n'est pourtant pas un homme à bons mots, dit qu'il n'ose demander pour son petit séminaire la maison du noviciat des jésuites, parce qu'il a peur des revenants. Quant au P. de La Tour, il se croit pour le moins Caton et Socrate : « Il en arrivera, dit-il, tout ce qu'il plaira à Dieu ; je n'en serai pas moins l'être le plus vertueux qui existe. » Cela me fait souvenir de l'abbé de Dangeau, qui disait, dans le temps de nos malheurs à Hochstedt et à Ramillies : « Il en arrivera ce qu'il pourra ; j'ai là dedans, en montrant son bureau, trois mille verbes bien conjugués. »

Votre parlement de Toulouse, qui ne se presse pas de chasser les jésuites, comme il ne s'en pressa pas du temps de l'assassinat de Henri IV, et qui en attendant fait rouer des innocents, ressemble, s'il est permis de rire en matière si triste, à ce capitaine suisse qui faisait enterrer les blessés pour morts, et qui s'écriait sur leurs plaintes : « Bon! bon! si on voulait en croire tous ces gens-là, il n'y en aurait pas un de mort. »

Écrasez l'inf..., me répétez-vous sans cesse : eh! mon Dieu! laissez-la se précipiter elle-même ; elle y court plus vite que vous ne pensez. Savez-vous ce que dit Astruc? « Ce ne sont point les jansénistes qui tuent les jésuites, c'est l'*Encyclopédie,* mordieu, c'est l'*Encyclopédie.* » Il pourrait bien en être quelque chose, et ce maroufle d'Astruc est comme Pasquin, il parle quelquefois d'assez bon sens. Pour moi, qui vois tout en ce moment couleur de rose, je vois d'ici les jansénistes mourant l'année prochaine de leur belle mort, après avoir fait périr cette année-ci les jésuites de mort violente, la tolérance s'établir, les protestants rappelés, les prêtres mariés, la confession abolie, et l'infâme écrasée sans qu'on s'en aperçoive.

A propos, vous ne me parlez plus de votre ancien disciple[1], qui doit offrir une si belle chandelle à Dieu, et dire un si beau *De profundis* pour la czarine. Que dites-vous de sa position actuelle? je ne doute point qu'il n'ait déjà fait des vers pour le czar; assurément la chose en vaut bien la peine. Quant à moi, le papier m'avertit de finir ma prose, en vous embrassant mille fois.

MMMDLXXVIII. — A M. LE COMTE D'ARGENTAL.

Aux Délices, 15 mai

Je vous écris enfin, mes divins anges, je ressuscite, et il est bon que vous sachiez que c'est vous qui m'aviez tué ; c'est le *tripot,* c'est un travail forcé, c'est la rage de vous plaire qui m'avait allumé le sang.

---

1. Le roi de Prusse. (ÉD.)

J'avais, depuis trois mois, une fièvre lente, et je voulais toujours travailler et toujours me réjouir. J'ai succombé, je le mérite bien. Je n'ai pas encore assez de tête pour vous parler d'*Olympie*; mais j'entrevois que, de toutes les pièces du théâtre, ce sera la plus pittoresque, et que les marionnettes que Servandoni donne au Louvre n'en approcheront jamais. Il me faudra une Statira malade, et une Olympie innocente; Dieu y pourvoira peut-être.

Mandez-moi, je vous prie, des nouvelles du *tripot*, cela m'égayera dans ma convalescence. Avez-vous quelqu'un qui remplace Grandval? reprendra-t-on *le Droit du seigneur*?

Mais parlez-moi donc, je vous en prie, de l'œil de Mme de Pompadour. Il est bien singulier qu'une femme sur qui tous les yeux sont fixés en perde un incognito. On parle encore fort mal des deux de M. d'Argenson.

M. le maréchal de Richelieu m'a écrit une grande lettre sur les Calas, mais il n'est pas plus au fait que moi. Le parlement de Toulouse, qui voit qu'il a fait un horrible pas de clerc, empêche que la vérité ne soit connue. Il a toujours été dans l'idée que toute la famille de Calas, assistée de ses amis, avait pendu le jeune Calas, pour empêcher qu'il ne se fît catholique. Dans cette idée, il avait fait rouer le père par provision, espérant que ce bonhomme, âgé de soixante-neuf ans, avouerait le tout sur la roue. Le bonhomme, au lieu d'avouer, a pris Dieu à témoin de son innocence. Les juges, qui l'avaient fait rouer sur de simples conjectures, manquant absolument de preuves juridiques, mais persistant toujours dans leur opinion, ont condamné au bannissement un des fils de Calas, soupçonné d'avoir aidé à étrangler son frère; ils l'ont fait conduire la corde au cou, par le bourreau, à une porte de la ville, et l'ont fait ensuite rentrer par une autre, l'ont enfermé dans un couvent, et l'ont obligé de changer de religion.

Tout cela est si illégal, et l'esprit de parti se fait tellement sentir dans cette horrible aventure, les étrangers en sont si scandalisés, qu'il est inconcevable que M. le chancelier ne se fasse pas représenter cet étrange arrêt. Si jamais la vérité a dû être éclaircie, c'est, ce me semble, dans une telle occasion.

Je passe à d'autres objets plus intéressants. Vous me paraissez, vous autres, mépriser le nouveau czar; mais prenez garde à vous : un homme qui vient d'ôter tout d'un coup cent mille esclaves aux moines, et qui met tous ces moines dans sa dépendance, en ne les faisant subsister que de pensions de la cour, est bien loin d'être un homme méprisable. Le voilà uni avec les Anglais et les Prussiens, gens moins méprisables encore. Prenez garde à vous, vous dis-je; comptez que vous ne voyez point les choses à Paris et à Versailles comme on les voit au milieu des étrangers. Je suis dans le point de perspective; je vois les choses comme elles sont, et c'est avec la plus grande douleur.

Parlons maintenant de Mme la duchesse d'Enville. A peine vous eus-je envoyé, mes divins anges, la lettre par laquelle je lui offrais les Délices, que je fus attaqué d'une fièvre violente et d'une inflammation de poitrine; Tronchin me fit transporter sur-le-champ aux Délices;

il ne me quitta presque point; la nature et lui m'ont sauvé; je suis encore dans la plus grande faiblesse, et je ne puis ni marcher ni écrire.

J'apprends que, pendant ma maladie, on a loué indiscrètement un simple appartement à Genève pour Mme la duchesse d'Enville et sa compagnie, à raison de quatre mille huit cents livres pour trois mois, sans compter les écuries, les remises et les chambres pour les principaux domestiques, qu'il faudra encore louer très-cher. Ajoutez à cela qu'à Genève toutes les commodités, toutes les choses de recherche se vendent au poids de l'or; qu'il faut faire cent vingt-cinq lieues pour arriver, et cent vingt-cinq pour s'en retourner; et qu'une malade qui a la force de faire deux cent cinquante lieues n'est pas excessivement malade. Le paysage est charmant, je l'avoue; il n'y a rien de si agréable dans la nature; mais nous avons des ouragans, formés dans des montagnes couvertes de neiges éternelles, qui viennent contrister la nature dans ses plus beaux jours, et qui n'ont pas peu contribué à me mettre dans le bel état où je suis. Ces vents cruels font beaucoup plus de mal que Tronchin ne peut faire de bien.

Adieu, mes divins anges; je n'ai plus ni voix pour dicter, ni main pour écrire, ni tête pour penser; mais j'espère que tout cela reviendra.

Je crois ne pouvoir mieux remercier Dieu de mon retour à la vie qu'en vous envoyant cet ouvrage édifiant[1]. On devrait bien l'imprimer à Paris.

MMMDLXXIX. — A M. LE CARDINAL DE BERNIS.

Aux Délices, le 15 mai.

J'étais à la mort, monseigneur, quand Votre Éminence eut la bonté de me donner part de la perte cruelle que vous avez faite. Je reprends toute ma sensibilité pour vous et pour tout ce qui vous touche, en revenant un peu à la vie. Je vois quelle a dû être votre affliction; je la partage; je voudrais avoir la force de me transporter auprès de vous pour chercher à vous consoler.

Tronchin et la nature m'ont guéri d'une inflammation de poitrine et d'une fièvre continue; mais je suis toujours dans la plus grande faiblesse.

J'ai la passion de vous voir avant ma mort; faudra-t-il que ce soit une passion malheureuse? je vous avais supplié de vouloir bien vous faire informer de l'horrible aventure des Calas: M. le maréchal de Richelieu n'a pu avoir aucun éclaircissement satisfaisant sur cette affaire. Il est bien étrange qu'on s'efforce de cacher une chose qu'on devrait s'efforcer de rendre publique. Je prends intérêt à cette catastrophe, parce que je vois souvent les enfants de ce malheureux Calas qu'on a fait expirer sur la roue. Si vous pouviez, sans vous compromettre, vous informer de la vérité, ma curiosité et mon humanité vous auraient une bien grande obligation. Votre Éminence pourrait me faire parvenir le mémoire qu'on lui aurait envoyé de Toulouse, et assurément je ne dirais pas qu'il m'est venu par vous.

1. *Extrait des Sentiments de Jean Meslier.* (ÉD.)

Toutes les lettres que j'ai du Languedoc sur cette affaire se contredisent; c'est un chaos qu'il est impossible de débrouiller; mais peut-être Votre Éminence n'est-elle déjà plus à Montélimart, peut-être êtes-vous à Vic-sur-Aisne, où vous embellissez votre retraite, et où vous oubliez les malheurs publics et particuliers.

(Et puis de sa main :)

Il faut absolument que je me serve de ma trop faible main, monseigneur, pour vous dire combien mon cœur est à vous. Que ne puis-je vous entendre une heure ou deux! Il me semble qu'à travers toute votre circonspection, vous me feriez sentir avec quelle douleur on doit envisager l'état présent de la France. Je vous tiens heureux de n'être plus dans un poste où l'on ne peut empêcher les malheurs, et où l'on répond au public de tous les désastres inévitables. Jouissez de votre repos, de vos lumières supérieures, de toutes les espérances pour l'avenir, et surtout du présent. Votre philosophie apportera de la consolation à la douleur de la perte de madame votre nièce. Agréez ma sensibilité et mon tendre respect.

MMMDLXXX. — A M. DE LA CHALOTAIS, PROCUREUR GÉNÉRAL DU PARLEMENT DE BRETAGNE.

Aux Délices, 17 mai.

J'étais à la mort, monsieur, lorsque j'ai reçu la lettre dont vous m'avez honoré; je souhaite vivre pour voir les effets de votre excellent *Compte rendu*. Je ne savais pas que vous m'eussiez fait l'honneur de me l'envoyer, et que j'avais deux remercîments à vous faire, celui d'avoir éclairé la France, et celui de vous être ressouvenu de moi.

Votre réquisitoire a été imprimé à Genève, et répandu dans toute l'Europe avec le succès que mérite le seul ouvrage philosophique qui soit jamais sorti du barreau. Il faut espérer qu'après avoir purgé la France des jésuites, on sentira combien il est honteux d'être soumis à la puissance ridicule qui les a établis. Vous avez fait sentir bien finement l'absurdité d'être soumis à cette puissance, et le danger ou du moins l'inutilité de tous les autres moines, qui sont perdus pour l'État, et qui en dévorent la substance.

Je vous avoue, monsieur, que c'est une grande consolation pour moi de voir mes sentiments justifiés par un magistrat tel que vous. Il faut que je me vante d'avoir le premier attaqué les jésuites en France. J'ai une terre dans le pays de Gex, tout auprès d'un domaine que les jésuites ont usurpé. A force de distinctions, ils avaient ajouté à l'usurpation de ce domaine le bien de six gentilshommes, tous frères, tous pauvres, et tous au service. Ils avaient obtenu des lettres patentes qui leur permettaient d'acquérir ce bien. Ces lettres avaient été enregistrées au parlement de Dijon; et vous noterez qu'ils s'étaient associés avec un huguenot dans cette manœuvre. Ils se fondaient uniquement sur l'espérance que ces six gentilshommes n'auraient jamais le moyen de rentrer dans leurs biens. Je prêtai de l'argent aux orphelins dépouillés; ils sommèrent les jésuites et le huguenot de leur rendre leur patrimoine. Les jésuites consultèrent leur général, le P. Ricci, qui fut cette fois assez sage pour leur ordonner de se désister. Les pauvres gentilshommes sont rentrés dans leur domaine; et j'espère des excommunications dans ce monde-ci, et le paradis dans l'autre, pour cette bonne œuvre.

Je vous envoie cette plaisanterie [1] qui m'est tombée entre les mains. Le bâtiment d'un million sept cent mille livres est une chose vraie, et qui excite l'indignation de tout le monde.

MMMDLXXXI. — A M. DUCLOS.

Aux Délices, 17 mai.

J'étais très-malade, monsieur, lorsque j'eus l'honneur de vous écrire touchant l'édition de Corneille. J'ai été depuis à la mort, et je suis encore assez mal. J'ose me flatter que l'édition n'en souffrira pas beaucoup, les meilleures pièces étant commentées, et les autres ne méritant pas de l'être. Ce qui m'afflige, c'est l'obstacle que mettent les libraires de Paris à cette édition, que j'ai été obligé de diriger moi-même, et qui ne pouvait commencer que sous mes yeux. On a arrêté tous les prospectus chargés des noms des souscripteurs, à la chambre syndicale, sous prétexte qu'il y a des libraires de Paris qui ont le privilège des *OEuvres de Corneille;* mais ce privilège doit être expiré, et appartient naturellement à la famille. D'ailleurs Mlle Corneille ne pourrait-elle pas demander le privilège d'un livre intitulé *Commentaires sur plusieurs tragédies de Pierre Corneille, et sur quelques autres pièces françaises et espagnoles?* On ne pourrait, ce me semble, refuser cette justice, et le livre serait imprimé sous le nom de la veuve Brunet, qui pourrait s'accommoder avec Mlle Corneille d'une manière avantageuse pour l'une et pour l'autre.

Ayez la bonté de me mander, monsieur, si vous approuvez cette idée, et si vous pouvez contribuer à la faire réussir. Il y a déjà deux volumes d'imprimés; si la nature veut que je vive encore quelque temps, l'édition sera achevée dans dix-huit mois.

MMMDLXXXII. — AU SIEUR FEZ, LIBRAIRE D'AVIGNON.

Aux Délices, 17 mai.

Vous me proposez, par votre lettre datée d'Avignon, du 30 d'avril, de me vendre pour mille écus l'édition entière d'un recueil de mes *Erreurs sur les faits historiques et dogmatiques,* que vous avez, dites-vous, imprimé en terre papale. Je suis obligé, en conscience, de vous avertir qu'en relisant, en dernier lieu, une nouvelle édition de mes ouvrages, j'ai découvert dans la précédente pour plus de deux mille écus d'erreurs; et comme en qualité d'auteur je me suis probablement trompé de moitié à mon avantage, en voilà au moins pour douze mille livres. Il est donc clair que je vous ferais tort de neuf mille francs si j'acceptais votre marché.

---

1. *Extrait de la Gazette de Londres.* (ÉD.)

De plus, voyez ce que vous gagnerez au débit du *Dogmatique*; c'est une chose qui intéresse particulièrement toutes les puissances qui sont en guerre, depuis la mer Baltique jusqu'à Gibraltar. Ainsi je ne suis pas étonné que vous me mandiez que *l'ouvrage est désiré universellement.*

M. le général Laudon, et toute l'armée impériale, ne manqueront pas d'en prendre au moins trente mille exemplaires, que vous vendez, dites-vous, deux livres pièce, ci...................... 60 000 liv.

Le roi de Prusse, qui aime passionnément *le Dogmatique*, et qui en est occupé plus que jamais, en fera débiter à peu près la même quantité, ci.............. 60 000

Vous devez aussi compter beaucoup sur Mgr le prince Ferdinand; car j'ai toujours remarqué, quand j'avais l'honneur de lui faire ma cour, qu'il était enchanté qu'on relevât mes erreurs dogmatiques; ainsi vous pouvez lui en envoyer vingt mille exemplaires, ci.............. 40 000

A l'égard de l'armée française, où l'on parle encore plus français que dans les armées autrichiennes et prussiennes, vous y enverrez au moins cent mille exemplaires, qui, à quarante sous la pièce, font............ 200 000

Vous avez sans doute écrit à M. l'amiral Anson, qui vous procurera en Angleterre et dans les colonies le débit de cent mille de vos recueils, ci.................... 200 000

Quant aux moines et aux théologiens, que *le Dogmatique* regarde plus particulièrement, vous ne pouvez en débiter auprès d'eux moins de trois cent mille dans toute l'Europe, ce qui forme tout d'un coup un objet de.... 600 000

Joignez à cette liste environ cent mille amateurs du *Dogmatique* parmi les séculiers, pose................. 200 000

Somme totale.................................. 1 360 000 liv.

Sur quoi il y aura peut-être quelques frais, mais le produit net sera au moins d'un million pour vous.

Je ne puis donc assez admirer votre désintéressement de me sacrifier de si grands intérêts pour la somme de trois mille livres une fois payée.

Ce qui pourrait m'empêcher d'accepter votre proposition, ce serait la crainte de déplaire à M. l'inquisiteur de la foi, ou pour la foi, qui a sans doute approuvé votre édition. Son approbation une fois donnée ne doit point être vaine; il faut que les fidèles en jouissent; et je craindrais d'être excommunié si je supprimais une édition si utile, approuvée par un jacobin, et imprimée dans Avignon.

A l'égard de votre auteur anonyme [1] qui a consacré ses veilles à cet important ouvrage, j'admire sa modestie : je vous prie de lui faire mes tendres compliments, aussi bien qu'à votre marchand d'encre.

1. Le jésuite Nonnotte. (Éd.)

MMMDLXXXIII. — DU CARDINAL DE BERNIS.

Le 18 mai.

Votre dernière lettre m'a fait sentir, mon cher confrère, à quel point je vous aimais, et combien votre conservation importe au bonheur de ma vie. Hélas ! vous êtes le seul homme aujourd'hui qui conserviez à votre patrie l'idée de supériorité sur les autres nations; je sens avec vous combien il est heureux pour moi de n'être plus en place; je n'ai pas la capacité nécessaire pour tout rétablir, et je serais trop sensible aux malheurs de mon pays. Mon cœur est encore flétri de la perte que je viens de faire; ma nièce était mon amie; sa sœur, qui seule peut me consoler, a été pendant trois semaines dans le plus grand danger; et ce n'est que depuis quelques jours que j'ai l'espoir de la conserver. Je pars jeudi avec elle pour aller respirer le bon air des environs de Montpellier. Dès que sa santé sera rétablie, je regagnerai ma paisible retraite. Vos lettres y raniment mon âme. Il n'est pas nécessaire de vous observer qu'elles passent par Paris pour aller à Soissons, et qu'il faut être plus prudent avec moi qu'avec tout autre. Mon frère, qui est à Toulouse, n'a pu approfondir l'aventure des Calas. Je ne crois pas un protestant plus capable d'un crime atroce qu'un catholique; mais je ne crois pas aussi (sans des preuves démonstratives) que des magistrats s'entendent pour faire une horrible injustice. Je puis encore recevoir de vos nouvelles avant mon départ pour Vic-sur-Aisne; adressez-les à Montélimart. Soyez sûr que rien dans le monde ne me satisferait davantage que de vous voir un moment, de vous embrasser, de causer avec vous; mais je suis obligé de retenir jusqu'à ma respiration pour éviter les tracasseries. Mes pareils n'ont cherché dans ma position que les moyens d'en sortir et de faire parler d'eux. Plus philosophe et moins ambitieux, je ne cherche que le repos et l'obscurité. Dès que je n'ai pu faire le bonheur et la gloire de la France, il ne me reste qu'à rendre ma famille heureuse, et à adoucir le sort de mes vassaux. La lecture, des réflexions sur le passé et sur l'avenir, un oubli volontaire du présent, des promenades, un peu de conversation, une vie frugale : voilà tout ce qui entre dans le plan de ma vie; vos lettres en feront l'agrément. Je ne suis pas assez heureux pour me refuser ce secours, et le prix que j'y attache vous fait une loi de me l'accorder.

MMMDLXXXIV. — A M. LE COMTE D'ARGENTAL.

19 mai.

Mes divins anges, je suis un peu retombé, mais Tronchin dit toujours que je me relèverai. Je voudrais qu'on pût en dire autant de la France et de la comédie; je les crois pour le moins aussi malades que moi; je crois Lekain furieusement occupé. Il était naturel qu'il écrivît un petit mot à Mme Denis, qui ne l'a pas mal reçu; mais les héros négligent volontiers les campagnards.

Me permettrez-vous de vous adresser cette lettre d'un Anglais pour

M. le comte de Choiseul? il demande un passe-port pour s'en retourner en Angleterre par la France; je ne sais si cela s'accorde, et si vous permettez à vos vainqueurs d'être témoins de votre misère. Au reste, le suppliant ne vous a jamais battus; c'est un jeune homme qui aime tous les arts, et qui jouait parfaitement du violon dans notre orchestre. Je doute, malgré tout cela, qu'il lui soit permis de passer par Calais. Je serais bien fâché de demander à M. le comte de Choiseul quelque chose qui ne fût pas convenable.

Je vous supplie d'ailleurs de lui dire combien je suis touché de la bonté qu'il a eue de s'intéresser pour mon triste état.

Vous ne me répondez jamais sur l'œil de Mme de Pompadour; cependant je m'y intéresse : j'ai vu, il y a quinze ans, cet œil fort beau, et je serais fâché de sa perte. Dites-moi donc aussi quelque chose de la comédie de *Henri IV* [1]; il me semble qu'elle doit tourner la tête à la nation.

Je me flatte de voir M. Pont-de-Veyle à la Marché au mois de juillet; mais si ma mauvaise santé et Pierre Corneille me privent de ce plaisir, je lui conseillerai de passer par Ferney en s'en retournant par Lyon, et je lui donnerai la comédie.

Adieu, mes adorables anges. Tronchin nous quitte probablement au mois d'octobre pour M. le duc d'Orléans, et il fait fort bien; et moi je veux prendre le prétexte un jour de l'aller consulter, afin de n'avoir pas à me reprocher de mourir sans avoir eu la consolation de vous revoir.

MMMDLXXXV. — A MADAME DE FLORIAN [2], A HORNOI.

Aux Délices, 20 mai.

Je suis encore assez mal, mais tous mes maux sont adoucis par l'idée que M. et Mme de Florian sont heureux. Je les félicite de vivre ensemble, et surtout de vivre à la campagne dans un temps aussi malheureux, où les plaisirs sont aussi dérangés que les affaires.

Je ne sais si M. de Florian a entendu parler de l'horrible aventure de la famille des Calas en Languedoc. Il s'agit de savoir si un père et une mère ont pendu leur fils par tendresse pour la secte de Calvin, et si un frère a aidé à pendre son frère; ou si les juges ont fait expirer sur la roue un père innocent, par amitié pour la religion romaine. L'un ou l'autre cas est digne des siècles les plus barbares, et n'est pas indigne du siècle des Malagrida, des Damiens, et des billets de confession. Heureux les philosophes qui passent leur vie loin des fous et des fanatiques!

Je suppose que M. l'abbé Mignot est dans votre beau château d'Hornoi, et qu'il partage votre bonheur. N'avez-vous pas aussi un oncle de M. de Florian? Voilà un heureux oncle. Ceux qui sont malades, et surtout à cent cinquante lieues de vous, ne sont pas si heureux. Je sens très-bien qu'un beau lac, un paysage de Claude Lorrain, un châ-

1. Par Collé. (ÉD.)
2. Nièce de Voltaire, précédemment Mme de Fontaine. (ÉD.)

teau d'une architecture charmante, un théâtre des plus jolis de l'Europe, ne font pas la félicité, et qu'il vaudrait mieux achever sa vie avec toute sa famille.

Ma chère nièce, il est triste d'être loin de vous. Lisez et relisez *Jean Meslier*; c'est un bon curé.

MMMDLXXXVI. — A M. LE MARQUIS D'ARGENCE DE DIRAC.

Aux Délices, 20 mai.

Non-seulement je suis paresseux, monsieur, mais il s'est joint à ce vice une maladie qui a passé quelque temps pour mortelle; je suis encore très-faible. Je ne peux avoir l'honneur de vous écrire de ma main. On a trouvé vos saucissons excellents; pour moi, j'ai été bien loin d'en pouvoir manger, mais je vous en remercie au nom de tout ce qui est aux Délices.

Que vous êtes sage et heureux, monsieur, d'habiter dans vos terres, et de ne point voir de près tous les malheurs de la France! notre seule félicité consiste à chasser des jésuites, et à conserver environ quatre-vingt mille autres moines qui dévorent le peu de substance qui nous reste. Il est bien ridicule d'avoir tant de moines et si peu de matelots. Adieu, monsieur; un malade ne peut faire de longues lettres. Je regrette toujours que les Délices et Ferney soient si loin d'Angoulême, et je vous regretterai toute ma vie. Comptez que vous n'avez point de serviteur plus inviolablement attaché que V.

MMMDLXXXVII. — A M. LE COMTE DE SCHOWALOW.

Aux Délices, près Genève, 21 mai.

Monsieur, j'ai reçu la lettre dont vous m'honorez, du 17 mars (v. s.). Je suppose que toutes celles que je vous ai écrites vous sont parvenues. J'ai été à la mort depuis que je n'ai eu l'honneur de vous écrire, et j'ai perdu une partie de ma fortune par le contre-coup de nos malheurs publics; mais j'oublie cette dernière disgrâce, et dès que j'aurai un peu réparé l'autre en reprenant un peu de santé, je me remettrai avec courage et avec plaisir à l'*Histoire de Pierre le Grand*.

J'avoue, monsieur, que je serais bien encouragé, si je pouvais en effet me flatter d'avoir l'honneur de vous voir et de vous posséder dans mes petites retraites. Il est digne de vous d'imiter Pierre le Grand, en voyageant comme lui. Vous devez bien sentir que vous seriez accueilli partout comme vous devez l'être; votre voyage serait un triomphe continuel; et on respecterait encore plus votre patrie quand on verrait un homme de votre mérite, orné des plus belles connaissances, et fait pour réussir dans toutes les cours. J'aurais souhaité que vous eussiez pris le parti d'être ambassadeur : cela m'aurait du moins rapproché de Votre Excellence; et, tout malade que je suis, j'aurais volé tôt ou tard pour avoir la consolation de vous voir. Je suis mortifié de n'avoir aucune nouvelle de M. de Soltikof depuis son départ : je l'aimais véritablement, et j'avais eu pour lui toutes les attentions qu'il mérite. Vous ne m'avez point dit, monsieur, si vous aviez reçu la lettre que je vous avais adressée par M. le grand maître d'artillerie ; il est triste d'avoir toujours à craindre que les paquets ne soient perdus. Je crois que le meilleur parti est d'écrire tout simplement par la poste. On doit savoir d'ailleurs que je ne vous parle point d'affaires d'État ; on ne fait point la guerre à la littérature. Adieu, monsieur ; j'ai l'honneur d'être avec les sentiments les plus respectueux et les plus tendres, etc.

MMMDLXXXVIII. — A M. DE CIDEVILLE.

Aux Délices, le 24 mai.

Mon cher et ancien ami, nous commençons l'un et l'autre à être dans l'âge où il faut s'occuper soigneusement de conserver les restes de sa machine. Nous avons vu mourir notre cher abbé du Resnel ; vous avez été malade, mais vous êtes né heureusement. Vous êtes un chêne, et je suis un arbuste ; je me sens encore de la tempête que j'ai essuyée ; je parie que vous buvez du vin de Champagne quand je bois du lait, et que vous mangez des perdrix et des turbots quand je suis réduit à une aile de poularde. Vous allez chez de belles dames, vous courez de Paris à votre terre, et moi je suis confiné.

Le travail, qui était ma consolation, m'est interdit. Je ne peux plus me moquer de frère Berthier, de Pompignan et de Fréron. Je baisse sensiblement. L'édition de Corneille ira pourtant toujours son train.

Il y avait une grande dispute pour savoir si Corneille avait pris *Héraclius* de Caldéron. Pour terminer la dispute, j'ai traduit cette farce espagnole, qu'on appelle tragédie. Il a fallu me remettre à l'espagnol, que j'avais presque oublié : cela m'a coûté quelques peines ; mais je vous assure que j'en ai été bien payé. Il est bon de voir ce que c'était que ce Caldéron tant vanté : c'est le fou le plus extravagant et le plus absurde qui se soit jamais mêlé d'écrire. Je ferai imprimer sa drôlerie à côté de l'*Héraclius* de Corneille, et toutes les nations de l'Europe, qui souscrivent pour cet ouvrage, pourront juger que le bon goût n'est qu'en France. Ce n'est pas qu'il n'y ait des étincelles de génie dans Caldéron, mais c'est le génie des Petites-Maisons.

Au reste, je suis bien sûr que vous ne pensez pas que mon commentaire soit à la Dacier. Je critique avec sévérité, et je loue avec transport. Je crois que l'ouvrage sera utile, parce que je ne cherche jamais que la vérité. Mlle Corneille n'entendra point mon commentaire : elle récite assez joliment des vers ; nous en avons fait une actrice ; mais il se passera encore bien du temps avant qu'elle puisse lire son oncle.

Voilà son père réformé avec M. de Chamousset[1] son protecteur. Il est déjà venu chez nous, il y revient encore ; nous lui avons donné quelque petite avance sur l'édition. Il va à Paris. Qu'y deviendra-t-il quand il n'aura que son nom ?

Adieu, mon cher ami : j'espère que ma lettre vous trouvera à Paris ou à Launay. Mme Denis doit vous écrire. Nous sommes deux ici à qui vous coûtez bien des regrets. Je vous embrasse tendrement. V

---

1. Chamousset, fondateur de la petite poste en 1758. (ÉD.)

P. S. Pardon si je ne vous écris point de ma main; je suis d'une faiblesse extrême.

MMMDLXXXIX. — A M. LE CARDINAL DE BERNIS.

Aux Délices, le 26 mai.

Je ne savais pas, monseigneur, qu'ayant perdu madame votre nièce, vous aviez été encore sur le point de perdre sa sœur. Il y a deux mois que je n'éprouve, que je n'entends, et que je ne vois que des choses tristes. Permettez-moi de compter vos douleurs parmi les miennes. Je vous avais marqué qu'un de mes chagrins était de ne pouvoir jouir de la consolation de m'entretenir avec Votre Éminence. Ce chagrin est d'autant plus fort que je n'ai aucune espérance de vous revoir; il m'est impossible de me transplanter. Tout ce que me permet mon état de langueur est d'aller de Ferney aux Délices, et des Délices à Ferney, c'est-à-dire de faire deux lieues. Certainement vous ne viendrez pas à Genève; aussi je n'ai que trop senti que je ne vous reverrai jamais. Je ne vous en serai pas moins tendrement attaché; vos lettres charmantes, où se peint une très-belle âme, et une âme vraiment philosophe, m'ont sensiblement touché. Je prendrai l'intérêt le plus vif à tout ce qui vous regarde jusqu'au dernier moment de ma vie. Je vous exhorte toujours à joindre à votre philosophie l'amour des lettres. Vous me paraissez faire trop peu de cas du génie aimable avec lequel vous êtes né. N'ayez jamais cette ingratitude. Vous joignez à ce génie un goût fin et cultivé qui est presque aussi rare que le génie même; c'est une grande ressource pour tous les temps de la vie; et je sens que les lettres font la plus grande consolation de la vieillesse, après celle qu'on reçoit de l'amitié. Je vous avouerai qu'elles sont chez moi une passion. Vous allez vous moquer de moi : mais je vous demande la permission de vous envoyer mon ouvrage de six jours, auquel vous m'aviez bien dit qu'il fallait travailler six mois.

J'ai grande envie que cette pièce soit ce que j'ai fait de moins mal, et je ne vois d'autre façon d'en venir à bout que de vous consulter. Vous n'avez vu que les matériaux; vous verrez l'édifice : ce sera pour vous un amusement, et pour moi une instruction. Ayez la bonté de me faire savoir s'il faudra que j'envoie le paquet à Soissons. Je sais bien que les paquets passent par Paris; mais une tragédie n'effarouchera pas votre ami Janel. Auriez-vous lu une réponse d'un jésuite de Lyon ou de Toulouse à l'abbé Chauvelin, intitulée *Acceptation du défi?* il y a de la déclamation de collége, mais elle ne manque pas de raisons très-fortes; cette affaire est une des plus singulières de ce siècle singulier.

On n'est pas content de notre *Dictionnaire;* on le trouve sec, décharné, incomplet, en comparaison de ceux de Madrid et de Florence. Oserai-je vous prier de me dire si vous approuvez cette expression : *Donner de la croyance à quelque chose?* Le papier me manque pour vous dire à quel point j'aime et je respecte Votre Éminence.

Puis-je vous dire que le roi m'a conservé la charge de gentilhomme

ordinaire, et m'a fait payer d'une pension? Je ne me croyais pas si
bien en cour.

MMMDXC. — A M. DAMILAVILLE.

28 mai

Mon chère frère, je suis bien languissant : je serai bien charmé de
revoir frère Thieriot avant de mourir, et très-fâché de ne vous avoir
jamais vu ; mais, en vérité, je ne vous en aime pas moins.

Nous vous avons adressé en dernier lieu une lettre ouverte pour
M. de La Chalotais, procureur général du parlement de Bretagne :
quand je dis nous, j'entends celui qui tient la plume et moi. Je vous
envoie un livre exécrable [1] ; mais votre ami veut l'avoir, et j'obéis à
ses ordres.

Je voudrais savoir comment réussit la nouvelle édition du *Dictionnaire* de notre Académie. Les étrangers se plaignent qu'il est sec et
décharné, et qu'aucun des doutes qui embarrassent tous ceux qui veulent écrire n'y est éclairci. Il est triste que nous ne puissions parvenir à donner un dictionnaire tel que ceux de la Crusca et de Madrid.

Je suis enchanté que *Zelmire* [2] réussisse. Je m'intéresse à l'auteur,
et je m'intéresserai toujours au succès de la scène française ; mais je
m'intéresse bien davantage aux frères et à la destruction de l'*inf...*,
qu'il ne faut jamais perdre de vue. *Valete, fratres.*

P. S. Je n'ai point encore cette *Éducation* [3] de l'homme le plus mal
élevé qui soit au monde : je l'aurai incessamment. Je sais, en attendant, que l'auteur est un monstre d'ingratitude et d'insolence.

MMMDXCI. — A M. LE COMTE D'ARGENTAL.

Aux Délices, 31 mai.

Mes divins anges, je suis pénétré de vos bontés, et je vous dois celles
de M. le comte de Choiseul. Je vais tâcher de lui écrire deux lignes de
ma faible main ; elles seront bien reçues en passant par les vôtres.

Je trouve que M. de Chavigni fait fort bien de se retirer dans ses
terres ; j'approuve tous ceux qui prennent ce parti : il faut savoir mettre un temps entre les affaires et la mort, et n'imiter ni le cardinal de
Fleuri ni le maréchal de Belle-Ile.

Mme la duchesse d'Enville a fait un triste voyage, à mon gré. Elle
désirait passionnément une maison de campagne ; Mme la duchesse de
Grafton en a une pour cent louis, jusqu'à l'hiver ; et Mme d'Enville
paye deux cents louis un simple appartement pour trois mois. Pour
comble de désagrément, elle est logée tout auprès d'un temple où elle
entend détonner des chansons hébraïques, mises en vers français détestables [4]. De plus, toute la bonne compagnie est à la campagne, et
il ne reste à la ville que des pédants.

Je voudrais pouvoir lui céder les Délices ; mais j'ai trop besoin de

1. *L'Extrait des Sentiments de J. Meslier.* (ÉD.)
2. Tragédie de du Belloy. (ÉD.)
3. *Émile, ou de l'Éducation*, par J. J. Rousseau. (ÉD.)
4. Par Marot et de Bèze. (ÉD.)

Tronchin, et malheureusement on vernit actuellement tous les dedans de Ferney. Tout ce que je peux faire est de lui donner une représentation de *Cassandre*. Je n'y jouerai pas mon rôle de grand-prêtre; je suis obligé de renoncer au théâtre, comme Grandval; mais la pièce ne sera pas mal représentée, et je vous assure que c'est l'appareil le plus imposant qui soit au théâtre.

Pour *le Droit du seigneur*, vous êtes maître absolu de le faire jouer par qui il vous plaira, et quand vous voudrez; c'est un service que vous rendrez à Thieriot. Il prétend qu'il vient me voir après les fêtes de la Pentecôte; mais c'est de quoi je doute très-fort.

Il est juste de vous envoyer un exemplaire de la seconde édition de *Meslier;* on avait oublié, dans la première, son *avant-propos*, qui est très-curieux. Vous avez des amis sages qui ne seront pas fâchés d'avoir ce livre dans leur arrière-cabinet; il est tout propre d'ailleurs à former la jeunesse. L'*in-folio*, qu'on vendait en manuscrit huit louis d'or, est inlisible; ce petit extrait est très-édifiant. Remercions les bonnes âmes qui le donnent pour rien, et prions Dieu qu'il répande ses bénédictions sur cette lecture utile.

Je crois que M. l'abbé le coadjuteur [1] sera bien étonné d'avoir été comparé à la fois à Ésope et à Goliath. J'espère, Dieu aidant, que le libelle du jésuite rendra les parlements irréconciliables, et qu'avec le temps on tombera sur tous les autres moines. Je n'en serai pas témoin, mais je mourrai dans cette douce espérance.

Je ne compte pas non plus voir la fin de la guerre. On disait hier Dresde pris par le prince Henri, immédiatement après la déconfiture de l'armée des cercles; cette nouvelle, qui n'est pas encore vraie, pourra l'être dans quelque temps : vous verrez, avant la fin de la campagne, seize mille Russes rendre visite à M. le maréchal d'Estrées. La flotte anglaise est actuellement dans Lisbonne; il n'y a qu'un nouveau tremblement de terre qui puisse faire dénicher cette flotte. Tant de malheurs publics influent sur la fortune des particuliers, excepté de ceux qui pillent les autres : je m'en ressens autant que personne. Mlle Corneille en sentira aussi le contre-coup; la guerre fait tort aux souscriptions. La chambre syndicale des libraires de Paris nous fait plus de tort encore; elle arrête, depuis quatre mois, le ballot des annonces de Cramer, où se trouvent les noms des souscripteurs. M. de Malesherbes souffre cette injustice, laquelle est une insulte au public. Il me semble que les affaires particulières vont à peu près comme les générales.

Le parlement de Dijon continue dans son obstination.

J'admire toujours qu'on ne veuille point rendre la justice au peuple, pour faire de la peine au roi. Les classes du parlement feront un peu de mal; et j'ai bien peur que les classes des matelots ne rendent pas de grands services. Je conclus que tout ceci est un naufrage universel, et je dis toujours : « Sauve qui peut! »

Mille tendres respects.

1. L'abbé de Chauvelin. (ÉD.)

MMMDXCII. — A M. LEKAIN.

Aux Délices, 2 juin.

Mon cher Roscius, vous n'êtes pas heureux, et à vous rien. Et ce privilége? est-ce moins que rien? Ne le lâchez point pourtant, sans que Prault petit-fils vous paye. Ma santé est bien faible, et il y a grande apparence que je ne serai plus excommunié; mais, à ma place, vous aurez force jeunes gens qui se damneront volontiers avec vous. Mes respects à maître Le Dain, quand vous le verrez : pour le sieur Dardelle [1], c'est un mécréant avec lequel je ne veux avoir aucun commerce. Je vous embrasse de tout mon cœur, et vous exhorte à faire votre salut le plus tôt que vous pourrez.   V.

MMMDXCIII. — AU MÊME.

Aux Délices, 2 juin.

Mon cher et grand acteur, je vous fais mon compliment sur le succès de *Zelmire*; je vous prie de dire à l'auteur combien j'avais été content de son *Titus*, et à quel point je suis charmé que le public ait rendu plus de justice à sa seconde pièce. J'espère que *Zelmire* durera assez longtemps pour que vous ne soyez pas obligé de donner *Cassandre*. Nous nous en amuserons encore quelquefois sur mon théâtre de Ferney avant de le livrer au public.

Je crois qu'on ne doit imprimer *Zelmire* que quand on l'aura reprise, et qu'il ne faut pas la reprendre sitôt. Il n'en est pas de même du *Droit du seigneur*; je crois que, s'il est bien joué, il pourra procurer quelque avantage à vos camarades; je m'intéresserai toujours à eux, et particulièrement à vous, pour qui j'aurai toujours autant d'amitié que d'estime.   V.

MMMDXCIV. — A M. LE COMTE DE SCHOWALOW.

Aux Délices, près de Genève, 4 juin.

Monsieur, j'ai reçu par M. le prince de Galitzin la lettre du 19-30 avril, dont vous m'honorez. J'avais déjà eu l'honneur de vous mander plusieurs fois que M. de Soltikof était parti pour l'Angleterre, qu'il avait écrit à Votre Excellence, et que je n'avais aucune de ses nouvelles. Je viens d'apprendre dans le moment que la sœur de l'hôte chez qui il demeurait à Genève a reçu des lettres de lui, datées de Hambourg, il y a environ deux mois. Il lui mandait qu'il allait s'embarquer pour la Russie. Il faut qu'il n'ait demeuré que très-peu de temps en Angleterre, et qu'il se soit hâté de revenir auprès de vous. Je suppose qu'à présent il est à Pétersbourg. Vous le trouverez instruit dans presque toutes les langues de l'Europe, et je suis persuadé que Votre Excellence n'aura pas perdu le fruit de ses bienfaits.

---

1. Nom sous lequel Voltaire avait donné sa *Conversation de l'intendant des menus*. (ÉD.)

Il n'en est pas de même de M. de Pouschkin : on prétend qu'il est en prison à Paris pour ses dettes. Je ne regrette point les deux mille ducats qu'il m'apportait; mais je regrette infiniment les médailles qui faisaient une suite complète, et qui servaient à l'histoire de Pierre le Grand.

Je vous réitère, monsieur, les assurances de l'envie extrême que j'ai de finir l'*Histoire de Pierre le Grand* à votre satisfaction. Tout malade que je suis, tout surchargé du fardeau des commentaires sur Pierre Corneille, je me livrerai à Pierre le Grand [1]. Plût à Dieu que je pusse voir l'architecte dont je ne suis que le maçon !

Je serai toute ma vie, avec les sentiments les plus respectueux et les plus tendres, etc.,   V.

MMMDXCV. — Du cardinal de Bernis.

Gallargues, le 4 juin.

Vous pouvez, mon cher confrère, m'adresser à Soissons l'ouvrage des six jours. Je compte arriver à Vic-sur-Aisne vers le 25. La santé de ma nièce est rétablie; mon âme agitée et déchirée commence à se calmer. Pourquoi renoncez-vous au plaisir de nous revoir? Vous écrirez encore longtemps, et moi aussi; vous éclairerez encore longtemps notre siècle, et moi je l'édifierai encore par mon courage. Je suis très-aise que le roi ait repris pour son gentilhomme le sujet qui fait le plus d'honneur à son règne; votre crédit à la cour m'intéresse et me divertit. Rien n'est si plaisant aux yeux d'un philosophe que la tragi-comédie de ce monde. Vous regrettez mes petits talents : pour moi, je vous avoue que je ne les aurais pas abandonnés, si l'opinion de la cour et du monde ne les avait pas rendus incompatibles avec les emplois que j'ai exercés et l'état auquel je suis attaché. J'ai connu de bonne heure l'empire du ridicule, et j'ai toujours craint le pouvoir qu'il a en France. Dans les pays étrangers où j'ai vécu, on trouvait un mérite de plus à un ministre de savoir écrire des vers faciles. A Paris et à Versailles, j'ai rencontré à chaque pas comme des obstacles les amusements de ma jeunesse; cette pédanterie ridicule m'a enfin dégoûté d'un genre qui m'avait amusé, délassé, et quelquefois consolé. Puisque vous faites cas de mon amitié, et que vous ne méprisez pas mon goût, envoyez-moi vos ouvrages; je vous dirai mon sentiment sans craindre de vous blesser, parce que vous savez que je vous aime, et que je ne vous compare à aucun auteur vivant. Votre gloire m'est aussi chère que ma réputation; c'est beaucoup dire, car je lui ai sacrifié sans hésiter ce que la fortune a de plus brillant. Ce commerce entre nous sera agréable, sans pouvoir paraître suspect. Je n'aime point du tout la phrase *donner de la croyance à quelque chose.* Notre Académie ne fera en corps que des ouvrages médiocres. Dieu veuille que nos confrères présents et futurs soutiennent sa réputation; ou plutôt

1. Le second volume de l'*Histoire de Russie sous Pierre le Grand* ne parut qu'en 1763. (Éd.)

sa considération, par leurs travaux particuliers! Cette Académie n'est utile que par l'émulation qu'elle excite parmi les gens de lettres. Adieu, mon cher confrère; aimez-moi toujours, et voyagez encore trente ans de Ferney aux Délices, comme Philippe II faisait de l'Escurial au Pardo. Je n'ai point vu le défi. Je ne crois pas que la destruction des jésuites soit utile à la France; il me semble qu'on aurait pu les bien gouverner sans les détruire.

MMMDXCVI. — A M. LE COMTE D'ARGENTAL.

5 juin.

Mes divins anges, je suis aussi honteux que pénétré de toutes vos bontés; je vous remercie de celles de M. le comte de Choiseul.

M. Duclos me mande qu'on a rendu les annonces des Cramer, si ridiculement saisies. Mes commentaires sont très-sévères, et doivent l'être, parce qu'il faut qu'ils soient utiles; mais après avoir critiqué en détail, je prodigue les éloges en gros; j'encense Corneille en général, et je dis la vérité à chaque ligne de l'examen de ses pièces.

Je donne au public beaucoup plus que je n'avais promis. Vous aurez bientôt le *Jules César* de Shakspeare, traduit en vers blancs, imprimé à la suite de *Cinna*, et la comparaison de la conspiration contre César avec celle contre Auguste; vous verrez si je loue Corneille, et Shakspeare vous fera bien rire.

La Place n'a pas traduit un mot de Shakspeare.

Vous aurez aussi la traduction de l'*Héraclius* de Calderon, et vous rirez bien davantage. Que les Français ne sont-ils dans la tactique ce qu'ils sont dans le dramatique!

Tronchin ne sait ce qu'il dit; le lait d'ânesse m'a fait mal. J'ai eu le malheur de travailler; mais il est trop affreux de ne rien faire.

J'apprends dans l'instant qu'on vient d'enfermer dans des couvents séparés la veuve Calas et ses deux filles. La famille entière des Calas serait-elle coupable, comme on l'assure, d'un parricide horrible? M. de Saint-Florentin est entièrement au fait; je vous demande à genoux de vous en informer. Parlez-en à M. le comte de Choiseul : il est très-aisé de savoir de M. de Saint-Florentin la vérité; et, à mon avis, cette vérité importe au genre humain. La poste part; je vous adore.

MMMDXCVII. — AU MÊME.

7 juin.

Mes divins anges, vous ne me disiez pas que M. le chevalier de Solar négociait la paix avec l'Angleterre; cela est si intéressant pour mille particuliers menacés d'une ruine entière, que vous pardonnerez, à moi particulier, de vous parler de mes espérances et de ma joie.

M. le comte de Choiseul ne sera-t-il point curieux de savoir de M. de Saint-Florentin la vérité touchant l'horrible aventure des Calas, supposé que M. de Saint-Florentin en soit instruit? Peut-être ne sait-il autre chose, sinon qu'il a signé des lettres de cachet.

On croit à Paris que c'est une bagatelle de rouer un père de famille, et de tenir tous les enfants dans les prisons d'un couvent, sans forme de procès; on ne sait pas quel effet cela produit dans l'Europe.

Permettez-vous que Mlle Corneille prenne la liberté de vous adresser cette lettre? M. le comte de La Tour du Pin a pris l'occasion de la mort de son père pour écrire enfin à Mlle Corneille, conjointement avec l'abbé de La Tour du Pin. Ils la félicitent, ils l'approuvent d'être chez moi; ils me remercient; ils lui témoignent beaucoup d'amitié. Elle leur répond comme elle le doit; mais elle ne sait point la demeure de M. de La Tour du Pin. On s'adresse à mes anges dans tous ses embarras.

La petite poste est d'une commodité extrême pour ces envois.

Je vous demande pardon des extrêmes libertés que nous prenons.

Il est clair qu'on n'a pas voulu souffrir à la tête des hôpitaux des hommes vertueux. M. de Fontanieu veut donc qu'on pille les vivants, les mourants, et les morts.

Lekain nous a enfin écrit, et j'ai répondu.

MMMDXCVIII. — A M. DUCLOS.

Aux Délices, 7 juin.

Mlle Corneille, les frères Cramer, et moi, monsieur, nous vous devons des remercîments. Vous trouverez sans doute les commentaires sur *Rodogune* un peu sévères; mais il faut dire la vérité. J'ai soin de mettre à la tête et à la fin de chaque commentaire une demi-once d'encens pour Corneille; mais, dans les remarques, je ne connais personne, je ne songe qu'à être utile. On dira de mon vivant que je suis fort insolent; mais, après ma mort, on dira que je suis très-juste : et comme je mourrai bientôt, je n'ai rien à craindre.

Voici une petite annonce que je vous prie de montrer à l'Académie, je la ferai insérer dans les papiers publics : on verra que je donne beaucoup plus que je n'ai promis. Je compte vous envoyer dans un mois la traduction de la conspiration contre Auguste; vous verrez ce que c'est que Shakspeare, qu'on oppose à Corneille : c'est Mme Gigogne qu'on met à côté de Mlle Clairon.

L'*Héraclius* de Caldéron est encore pis. Il est bon de faire connaître le génie des nations. La question de savoir si Corneille a pris une demi-douzaine de vers de Caldéron, comme il en a pris deux mille des autres auteurs espagnols, est une question très-frivole.

Ce qui est important, c'est de faire connaître combien Corneille, malgré tous ses défauts, était sublime et sage dans le temps qu'on ne représentait sur les autres théâtres de l'Europe que des rêves extravagants.

Le P. Tournemine, qu'on cite, et qu'on a tort de citer, était connu chez les jésuites par ces deux petits vers :

C'est notre père Tournemine,
Qui croit tout ce qu'il imagine.

Le confesseur du roi d'Espagne, qu'il avait consulté, n'en savait pas plus que lui; et l'ancien bibliothécaire du roi d'Espagne, qui m'a envoyé la première édition de l'*Héraclius* de Caldéron, en sait beaucoup plus que le confesseur et le P. Tournemine. Ce que dit Corneille dans l'examen d'*Héraclius*, loin d'être une preuve que l'*Heraclius* espagnol est une imitation du français, semble prouver tout le contraire. Car, premièrement, il n'y a pas d'imitation; l'*Héraclius* espagnol ne ressemble pas plus à celui de Corneille, que *les Mille et une nuits* ne ressemblent à l'*Énéide*; et il ne s'agit, encore une fois, que d'une douzaine de vers. Secondement, Corneille dit que sa pièce est un original dont il s'est fait plusieurs belles copies; or certainement la pièce de Caldéron n'est pas une belle copie, c'est un monstre ridicule.

Remarquez de plus que, si Corneille avait eu un Espagnol en vue, si un Espagnol avait pu prendre deux lignes d'un Français, ce qui n'est jamais arrivé, Corneille n'eût pas manqué de dire que Caldéron avait fait le même honneur à notre théâtre que Corneille avait fait au théâtre de Madrid, en imitant *le Cid*, *le Menteur*, la *Suite du Menteur*, et *Don Sanche d'Aragon*. Corneille, en parlant de ces prétendues belles copies, entend plusieurs tragédies, soit de son frère, soit d'autres poëtes, dans lesquelles les héros sont méconnus et pris pour d'autres jusqu'à la fin de la pièce.

Enfin il n'y a qu'à lire l'*Héraclius* de Caldéron; cela seul terminera le procès. Vous pouvez lire, monsieur, ma lettre à l'Académie; ne fût-ce que pour l'amuser; mais je me flatte qu'elle voudra bien peser mes raisons. Vous aimez le vrai plus que personne : il y a tant de préjugés dans ce monde, qu'il faut au moins n'en point avoir en littérature.

MMMDXCXIX. — A M. LE COMTE D'ARGENTAL.

11 juin.

Mes divins anges, je me jette réellement à vos pieds et à ceux de M. le comte de Choiseul. La veuve Calas est à Paris dans le dessein de demander justice; l'oserait-elle si son mari eût été coupable? Elle est de l'ancienne maison de Montesquieu, par sa mère (ces Montesquieu sont de Languedoc); elle a des sentiments dignes de sa naissance, et au-dessus de son horrible malheur. Elle a vu son fils renoncer à la vie, et se pendre de désespoir; son mari, accusé d'avoir étranglé son fils, condamné à la roue, et attestant Dieu de son innocence en expirant; un second fils, accusé d'être complice d'un parricide, banni, conduit à une porte de la ville, et reconduit par une autre porte dans un couvent; ses deux filles enlevées; elle-même enfin interrogée sur la sellette, accusée d'avoir tué son fils, élargie, déclarée innocente, et cependant privée de sa dot. Les gens les plus instruits me jurent que la famille est aussi innocente qu'infortunée. Enfin, si malgré toutes les preuves que j'ai, malgré les serments qu'on m'a faits, cette femme avait quelque chose à se reprocher, qu'on la punisse; mais si c'est, comme je le crois, la plus vertueuse et la plus malheureuse femme du monde, au nom du genre humain, protégez-la. Que M. le comte de Choiseul daigne l'écouter ! Je lui fais tenir un petit papier qui sera son passe-port pour être admise chez vous; ce papier contient ces mots :

« La personne en question vient se présenter chez M. d'Argental, conseiller d'honneur du parlement, envoyé de Parme, rue de la Sourdière. »

Mes anges, cette bonne œuvre est digne de votre cœur.

MMMDC. — A M. ÉLIE DE BEAUMONT.

Aux Délices, ce 11 juin.

Je vous adresse, monsieur, la plus infortunée de toutes les femmes[1], qui demande la chose du monde la plus juste. Mandez-moi, je vous prie, sur-le-champ, quelles mesures on peut prendre; je me chargerai de la reconnaissance : je suis trop heureux de l'exercer envers un talent aussi beau qu'est le vôtre. Ce procès, d'ailleurs si étrange et si capital, peut vous faire un honneur infini; et l'honneur, dans votre noble profession, amène tôt ou tard la fortune. Cette affaire, à laquelle je prends le plus vif intérêt, est si extraordinaire, qu'il faudra aussi des moyens extraordinaires. Soyez sûr que le parlement de Toulouse ne donnera point des armes contre lui; il a défendu que l'on communiquât les pièces à personne, et même l'extrait de l'arrêt. Il n'y a qu'une grande protection qui puisse obtenir de M. le chancelier ou du roi un ordre d'envoyer copie des registres. Nous cherchons cette protection : le cri du public, ému et attendri, devrait l'obtenir. Il est de l'intérêt de l'État qu'on découvre de quel côté est le plus horrible fanatisme. Je ne doute pas que cette entreprise ne vous paraisse très-importante; je vous supplie d'en parler aux magistrats et aux jurisconsultes de votre connaissance, et de faire en sorte qu'on parle à M. le chancelier. Tâchons d'exciter sa compassion et sa justice, après quoi vous aurez la gloire d'avoir été le vengeur de l'innocence, et d'avoir appris aux juges à ne se pas jouer impunément du sang des hommes. Les cruels! ils ont oublié qu'ils étaient hommes. Ah! les barbares!

Monsieur, j'ai l'honneur d'être avec tous les sentiments que je vous dois, etc.

MMMDCI. — A M. MAYANS Y SISCAR, ANCIEN BIBLIOTHÉCAIRE DU ROI D'ESPAGNE, A VALENCE.

Aux Délices, 15 juin.

Monsieur, je ne vous écris point en chaldéen, parce que je ne le sais pas; ni en latin, quoique je ne l'aie pas oublié; ni en espagnol, quoique je l'aie appris pour vous plaire; mais en français, que vous entendez très-bien, parce que je suis obligé de dicter ma lettre, étant très-malade.

J'ai renoncé à la cour comme vous; ne m'appelez plus *aulicus*. Mais vous êtes trop *generosus*, de toutes les façons, puisque vous avez la générosité de me fournir les instructions que je vous ai demandées. Je ne savais pas que vos auteurs eussent jamais rien pris, même des

1. La veuve Calas. (ÉD.)

Italiens; je les croyais autochthones en fait de littérature; mais je sais bien qu'il n'ont jamais rien pris de nous, et que nous avons beaucoup pris d'eux.

Entre nous, je pense que Corneille a puisé tout le sujet d'*Héraclius* dans Caldéron. Ce Caldéron me paraît une tête si chaude (sauf respect), si extravagante, et quelquefois si sublime, qu'il est impossible que ce ne soit pas la nature pure. Corneille a mis dans les règles ce que l'autre avait inventé hors des règles. Le point important est de savoir en quelle année *la Famosa Comedia* fut jouée devant *ambas Magestades;* c'est ce que je vous ai demandé; et je vois qu'il est impossible de le savoir.

Je ne sais pas pourquoi vous vous êtes donné la peine de transcrire les vers de Lope de Vega, que vous avez autrefois rapportés dans la Vie de Cervantes; vous imaginez-vous donc que je ne vous aie pas lu? Sachez, monsieur, que je vous ai lu avec grande attention, et que vous m'avez beaucoup éclairé. Non-seulement je savais ces vers, mais je les ai traduits en vers français, et je les fais imprimer au devant de *la Famosa Comedia*, que j'ai traduite aussi.

Je crois qu'il suffit de mettre sous les yeux *la Famosa Comedia*, pour faire voir que Caldéron ne l'a pas volée.

Vous me permettrez de faire usage du passage de maître Emmanuel de Guerra, je n'omettrai pas *les Actes sacramentaux* du pieux Caldéron. Tout ce qui me fâche, c'est que ces *Actes sacramentaux* n'aient pas fait partie des pièces amoureuses et ordurières dont le bonhomme régalait son auditoire.

Votre lettre est aussi pleine de grâces que d'érudition. Si vous voulez faire passer quelque instruction de votre voisinage de l'Afrique à mon voisinage des Alpes, je vous aurai beaucoup d'obligation. Soyez très-persuadé qu'on ne trouve point de seigneur d'Oliva en Savoie.

MMMDCII. — A M. L'ABBÉ D'OLIVET.

A Ferney, 15 juin.

Mon cher maître, j'avais prié frère Cramer de vous demander vos conseils sur cette édition de Pierre Corneille, qui ne me donnera que bien de la peine, mais qui pourra être utile aux jeunes gens, et surtout au petit-neveu et à la petite-nièce, qui ne la liront point; du moins Mlle Corneille ne la lira de longtemps. Son petit nez retroussé n'est pas tourné au tragique. Il me faudra pour le moins encore un an avant que je la mette au *Cid*, et je lui en donne deux pour *Héraclius*.

Je vois avec douleur, mon cher maître, que le secrétaire perpétuel n'a pas eu pour vous toutes les attentions qu'on vous doit. Mais je crois que vous n'en adoptez pas moins un projet que vous avez eu il y a longtemps, et que vous m'avez inspiré. Je n'attends que la réponse à ma lettre, que M. de Nivernais a communiquée à l'Académie, pour entreprendre cet ouvrage. Il sera la consolation de ma vieillesse. Je m'instruirai moi-même en cherchant à instruire les autres. J'aurai le bonheur d'être utile à une famille respectable; je ne peux mieux prendre congé. Ayez donc la bonté de me guider. Conseillez, pressez ces éditions de nos auteurs classiques.

Un imbécile[1] qui avait autrefois le département de la librairie fit faire, par un malheureux La Serre, les préfaces des pièces de Molière. Il faut effacer cette honte.

Au reste, mon cher sous-doyen[2], vivons; vous avez déjà vécu environ quinze ans plus que Cicéron, et moi plus que La Motte. Achevons à la Fontenelle. C'est la seule chose que je vous conseille d'imiter de lui.

MMMDCIII. — A M. ROMAN.

Aux Délices, 16 juin.

Il y a longtemps, monsieur, que je vous dois des remercîments; une maladie assez longue et assez fâcheuse ne m'a pas permis de remplir ce devoir.

Vous faites voir qu'on peut tout traduire, puisque vous traduisez les poëtes allemands. L'auteur d'*Adam*[3] n'est pas, comme son héros, le premier homme du monde; je suis d'ailleurs un peu fâché pour notre mangeur de pomme qu'à l'âge de neuf cent trente ans il fasse tant de façons pour mourir. Si Dieu daigne m'accorder les trois vingtièmes des années de notre père, je vous donne ma parole de mourir très-gaiement; et je vous prie de vouloir bien alors m'aider à passer, en traduisant tout doucement quelque ouvrage plus plaisant que les lamentations du mari d'Ève, qui devait savoir que tout ce qui est né est fait pour mourir, puisqu'il avait la science infuse.

Au reste, vous écrivez si bien, que je vous exhorte à vous faire traduire, au lieu de traduire des tragédies allemandes. Je fais mes compliments à votre pupille, et je vous en ferai à tous deux de vivre l'un avec l'autre. Je serai très-fâché quand Mme d'Albertas quittera notre petit pays, où elle est adorée.

MMMDCIV. — A M. LE COMTE D'ARGENTAL.

21 juin.

Mes divins anges, je suis persuadé plus que jamais de l'innocence des Calas, et de la cruelle bonne foi du parlement de Toulouse, qui a rendu le jugement le plus inique, sur les indices les plus trompeurs. Il y a quelques mois que le conseil cassa un arrêt de ce même parlement qui condamnait des créanciers légitimes à faire réparation à des banqueroutiers frauduleux. L'affaire présente est d'une tout autre conséquence; elle intéresse des nations entières, et elle fait frémir d'horreur. On cherche toutes les protections possibles auprès de M. le comte de Saint-Florentin; on a imaginé que La Popelinière pourrait faire présenter à ce ministre la veuve Calas par André ou La Guerche. Probablement La Popelinière m'écrira une lettre qu'il adressera chez

1. Rouillé. (ÉD.) — 2. Le doyen était le maréchal de Richelieu. (ÉD.)
3. Tragédie de Klopstock. (ÉD.)

vous; je vous supplie de l'ouvrir. La veuve Calas, qui doit venir vous demander votre protection, lira cette lettre de La Popelinière, et se conduira en conséquence.

Daignez, mes anges, mettre toute votre humanité, toute votre vertu, toutes vos bontés, à faire connaître la vérité dans une affaire aussi essentielle. La poste va partir; je n'ai ni le temps ni la force de vous parler d'autre chose que de l'innocence opprimée qui trouvera des protecteurs tels que vous.

Mille tendres respects.

MMMDCV. — A M. LE MARÉCHAL DUC DE RICHELIEU.

A Genève, le 22 juin.

Ma misérable santé, monseigneur, me confine à présent auprès du docteur Tronchin. Je me joins à la foule de ses dévots, qui vont au temple d'Épidaure. Je vous assure que, quoique je sois dans la patrie de J. J. Rousseau, je trouve que vous avez très-grande raison, et je ne suis point du tout de son avis.

Je me flatte que vous distinguez les gens de lettres de Paris de ce philosophe des Petites-Maisons; mais vous savez que, dans la littérature comme dans les autres états, il y a un peu de jalousie. On accusait Corneille d'avoir favorisé le duel, et d'avoir violé toutes les bienséances dans le *Cid*; on reprochait à Racine d'avoir mis les principes du jansénisme dans le rôle de Phèdre; Descartes fut accusé d'athéisme, et Gassendi d'épicuréisme : la mode aujourd'hui est de prétendre que les géomètres et les métaphysiciens inspirent à la nation le dégoût des armes, et que si on a été battu sur terre et sur mer[,] c'est évidemment la faute des philosophes. Mais vous savez que les Anglais sont bien plus philosophes que nous, et que cela ne les a pas empêchés de nous battre.

Vous vous doutez bien, dans le fond de votre cœur, qu'il y a eu d'autres causes de nos malheurs, lesquelles ne ressemblent en rien à la philosophie. Vous êtes trop clairvoyant et trop juste pour vous laisser séduire par les cris de quelques envieux qui, ne pouvant atteindre au mérite de quelques génies que vous avez encore en France, tâchent de les décrier, afin qu'il ne reste plus à la nation aucune gloire. Vous êtes fait pour protéger le mérite; c'est là, dans tous les temps, le partage des hommes supérieurs.

Les bontés mêmes que vous avez toujours eues pour moi me font croire que vous en aurez pour ceux qui valent mieux que moi. Si la calomnie m'impute quelquefois des ouvrages que je n'ai point faits, elle empoisonne ceux dont ils sont les auteurs. Voyez comme on a traité ce pauvre Helvétius[1] pour un livre[1] qui n'est qu'une paraphrase des *Pensées* du duc de La Rochefoucauld.

Il n'y a qu'heur et malheur en ce monde. Mon heur est de vous être attaché jusqu'au dernier moment de ma vie avec le plus tendre et le plus profond respect.

1. Le livre *de l'Esprit*. (ÉD.)

MMMDCVI. — A M. DAMILAVILLE.

Le 25 juin.

Les frères des Délices ont reçu les lettres du 19 juin de leur cher frère. Ils chercheront le *Contrat social* : ce petit livre a été brûlé à Genève dans le même bûcher que le fade roman d'*Émile*; et Jean-Jacques a été décrété de prise de corps comme à Paris. Ce *Contrat social* ou insocial n'est remarquable que par quelques injures dites grossièrement aux rois par le citoyen du bourg de Genève, et par quatre pages insipides contre la religion chrétienne. Ces quatre pages ne sont que des centons de Bayle. Ce n'était pas la peine d'être plagiaire. L'orgueilleux Jean-Jacques est à Amsterdam, où l'on fait plus de cas d'une cargaison de poivre que de ses paradoxes.

L'affaire de mon frère[1] m'intéresse bien davantage; mais si M. le contrôleur général a promis à un ancien ami, personne ne pourra s'y opposer, ni être bien reçu à le solliciter. Tout ce qu'on doit faire, à mon avis, c'est de remontrer fortement qu'il est de son intérêt et de son honneur d'employer utilement un homme qui a été quinze ans utile; et je suis persuadé que par cette voie on pourra obtenir un poste avantageux.

Je suis toujours en peine d'un *Meslier* envoyé à mon frère pour le marquis d'Argence, en son château de Dirac, près d'Angoulême : je prie mon frère de m'en donner des nouvelles. Je répète que le *Despotisme oriental* pourrait bien avoir été pincé, pour avoir été indiscrètement envoyé en forme de livre.

La *Mort de Socrate*[2] est un beau sujet dans une république où l'on peut mettre sur le théâtre l'injustice, l'ignorance, la sottise, et la cruauté des juges. Je souhaite que ce sujet réussisse en France. Voulez-vous des *Meslier* et autres drogues? j'en pourrai découvrir dans les greniers du pays.

MMMDCVII. — A M. LE COMTE DE SCHOWALOW.

Aux Délices, près Genève, 25 juin.

Monsieur, M. le prince Galitzin a eu la bonté de me faire tenir le paquet contenant les chapitres du second tome de *Pierre le Grand*, accompagné de vos judicieuses remarques. Soyez bien persuadé que je me conformerai en tout à vos idées, et que j'aurai la plus grande attention à ne vous point compromettre. L'ouvrage ne pourra paraître que dans l'année 1763, parce que les arrangements pris avec le public pour l'édition de Pierre Corneille ne souffrent aucun délai. J'eus l'honneur de répondre, il y a près d'un mois, par duplicata, aux ordres que vous me donnâtes, touchant M. de Soltikof. Je vous manda qu'on avait reçu de ses lettres datées de Hambourg, au mois de mars. Il notifiait par cette lettre qu'il retournait en Russie, et je me flattais comme je me flatte encore, que ce jeune homme est auprès de vous, aussi digne de vos bontés que je l'en ai vu pénétré.

1. De Damilaville lui-même. (ÉD.) — 2. Tragédie de Sauvigny. (ÉD.)

Pour moi, je n'ai point de ses nouvelles; et j'en ai été d'autant plus affligé, que nous le regardions dans notre maison comme notre fils.

Ce que vous me dites, monsieur, dans votre lettre du 1er mai, me fait concevoir l'espérance de vous voir. Il est naturel de faire voyager monsieur votre neveu, à qui vous tenez lieu de père : vous voyagerez avec lui. Il n'y a point de nation qui ne s'empressât à vous témoigner 'estime qu'on a pour votre personne. Le Mécène de la Russie sera partout reçu comme l'eût été le Mécène de Rome.

Je serai toute ma vie avec le plus tendre respect, etc.,　　　V.

MMMDCVIII. — A M. LE COMTE D'ARGENTAL.

25 juin.

Mes divins anges, Jean-Jacques est un fou à lier, qui a manqué à tous ses amis, et qui n'avait pas encore manqué à Mme de Luxembourg. S'il s'était contenté d'attaquer l'*infâme*, il aurait trouvé partout des défenseurs, car l'*infâme* est bien décriée. Il a trouvé le secret d'offenser le gouvernement de la bourgade de Genève, en se tuant de l'exalter. On a brûlé ses rêveries dans la bourgade, et on l'a décrété de prise de corps comme à Paris; heureusement pour lui, son petit corps est difficile à prendre. Il est, dit-on, à Amsterdam. Je suis fâché de tout cela. Eh! que deviendra la philosophie?

Mes divins anges, ces messieurs de la poste sont plus rétifs que leurs chevaux.

On va donc jouer *Socrate*; Dieu veuille que *Socrate* ne soit pas aussi froid que la ciguë!

Verra-t-on Henri IV à la Comédie, ou se contentera-t-on de le voir sur le pont Neuf?

Le Droit du seigneur est-il oublié? C'est pourtant un beau droit; et il y avait une drôle de dédicace pour M. de Choiseul.

J'ai accablé mes anges d'importunités et de mémoires pour des Suisses; je leur en demande bien pardon. Mais je les conjure plus que jamais de protéger de toutes leurs ailes la veuve du roué et la mère du pendu. Comptez que ces gens-là sont innocents comme vous et moi : je ne doute pas que la veuve infortunée ne soit venue vous implorer. Ah! quel plaisir pour des âmes comme les vôtres, quand vous aurez retiré de l'abîme une famille entière! il ne vous en coûtera que de parler : vous serez comme les enchanteurs qui faisaient fuir les démons avec quatre mots.

Mes anges, c'est une étrange pièce que cette *Zelmire*, et le parterre est un étrange parterre.

Est-il vrai que M. le duc et Mme la duchesse de Choiseul étaient en grande loge au triomphe de Palissot, et que ce Palissot avait donné à Bellecour un discours à prononcer quand on demanderait *l'auteur, l'auteur, l'auteur*?

Et que dites-vous de cet autre Polissot de Fleury, qui crie tant contre la tolérance, et qui dit que Jean-Jacques écrit contre l'existence de la religion chrétienne? Quel est le plus fin de Jean ou d'Omer?

Ah! quel siècle, quel siècle!

MMMDCIX. — A M. LE CARDINAL DE BERNIS.

Aux Délices, 26 juin.

Vivent les lettres! vivent les arts! vivent ceux qui ont un peu de goût pour eux, et même un peu de passion! Monseigneur, plus je vieillis, plus je crois, Dieu me le pardonne, que je deviens sage; car je ne connais plus que littérature et agriculture. Cela donne de la santé au corps et à l'âme; et Dieu sait alors comme on rit de ses folies passées, et de toutes celles de nos confrères les humains! Je vous crois à présent dans votre retraite que vous embellissez; et je m'imagine que Votre Éminence y est très-éminente en réflexions solides, en amusements agréables, en supériorité de raison et de goût, en toutes choses dignes de votre esprit. Ne bâtissez-vous point? n'avez-vous pas une bibliothèque? ne rassemblez-vous pas quelques personnes dignes de vous entendre? Si vous en trouvez, voilà le grand point; il est bien rare de trouver des penseurs en province, et surtout des gens de goût. Je croyais autrefois, en lisant bons ons auteurs, que toute la nation avait de l'esprit, car, disais-je, tout le monde les lit; donc toute la nation est formée par eux. J'ai été bien attrapé, quand j'ai vu que la terre est couverte de gens qui ne méritent pas qu'on leur parle.

C'est un grand malheur pour moi de parler de loin à Votre Éminence. Ma consolation est de vous consulter. Je vous conjure de juger sévèrement l'ouvrage que vous permettez que je vous envoie. Je voudrais bien faire de cette pièce quelque chose de bon. Je suis déjà sûr qu'elle forme un très-beau spectacle. Je l'ai fait exécuter trois fois sur mon théâtre à Ferney: en vérité, rien n'était plus auguste; mais une tragédie ne doit pas plaire seulement aux yeux: je m'adresse à votre cœur et à vos oreilles, *aurium superbissimum judicium*; voyez surtout si vous êtes touché; amusez-vous, je vous en supplie, à me dire mes fautes. Si la pièce est froide, la faute est irréparable; mais si elle ne manque que par les détails, je vous promets d'être bien docile.

Recevez, monseigneur, mon très-tendre respect.

MMMDCX. — A M. DE LA MOTTE GEFRARD.

Aux Délices, 26 juin.

Tout ce qui est de la main de Henri IV, monsieur, est bien précieux. C'était un homme adorable avec ses ennemis et avec ses maîtresses. Des lettres d'amour de ce grand roi valent mieux que tous les édits de ses prédécesseurs. Je ne sais comment reconnaître le plaisir que vous me faites; j'attends votre bienfait avec autant d'impatience que de reconnaissance. J'ai des lettres de lui à la reine Élisabeth, dans lesquelles il paraît plus embarrassé qu'il ne l'est avec ses maîtresses. S'il avait pu coucher avec cette reine, il n'aurait pas fait le saut périlleux, et il n'aurait point rappelé les jésuites, que nos parlements chassent comme les Anglais ont autrefois chassé les loups. Je ne sais pas combien on donne à présent de la tête d'un jésuite; celle du cardinal Mazarin fut autrefois à cinquante mille écus c'est beaucoup trop payer.

MMMDCXI. — A M. L'ABBÉ D'OLIVET.

A Ferney, en Bourgogne, par Genève, 30 juin.

Mon entreprise, mon cher maître, m'attache de plus en plus au grand Corneille. Je l'aime autant que vous aimez Cicéron; et plût à Dieu qu'il eût toujours parlé sa langue aussi purement, aussi noblement que Cicéron parlait la sienne! Vous avez un grand avantage sur moi : Cicéron n'a point fait de mauvais ouvrages, et Corneille en a trop fait, je ne dis pas d'indignes de lui, je dis absolument indignes du théâtre. Je suivrai donc votre sage conseil, je ne commenterai aucune de ses comédies, excepté *le Menteur*, ni aucune des tragédies qui n'ont pu rester au théâtre. Ses beaux ouvrages en seront peut-être plus précieux, quand ils ne paraîtront point avec ceux qui pourraient faire tort à sa gloire.

Vous, mon cher maître, qui partagez avec l'éloquent Pellisson l'honneur d'avoir fait l'*Histoire de l'Académie* avec autant de sagesse que de vérité, vous êtes plus à portée que personne de m'instruire si Chapelain n'a pas eu la plus grande part au jugement sur *le Cid*, jugement très-équitable à mon avis en plusieurs endroits, mais qui, dans d'autres, me paraît, comme au public, un peu trop sévère. Si vous avez quelque anecdote sur le fameux procès, je vous prie de me la communiquer.

Je vous prie surtout d'assurer l'Académie que, si elle se plaint de mon insuffisance dans mes notes sur le grand Corneille, elle n'accusera pas mon orgueil. Je fuirai ce ton décisif que prennent nos jeunes auteurs, et qui ne me convient pas plus qu'à eux.

Où pourrai-je trouver la lettre d'un nommé Claveret[1], qui dit tant de mal du *Cid*, et celle de Balzac, qui lui rend tant de justice? Ne pourriez-vous point demander à M. l'abbé Capperonnier tout ce qu'il a dans la Bibliothèque du roi? Je le rendrais fidèlement. On a déjà daigné m'envoyer des livres qui ne se trouvent que là, et je les ai rendus aussi bien conditionnés qu'on me les avait prêtés. J'aurai l'honneur d'en écrire à M. Capperonnier; mais je me flatte qu'en étant prévenu par vous, il en sera plus disposé à m'accorder ses secours.

M. de Chammeville doit aimer les lettres, puisqu'il permet que vos paquets passent sous son contre-seing. Je ne doute pas qu'il ne trouve bon que son nom soit imprimé dans la liste des souscripteurs qui serviront à encourager les autres.

On rejouera bientôt *Oreste*. Je vous prierai de me dire si cette pièce *sapit antiquitatem*, et ce que j'y dois corriger pour l'impression. Je ne ferai point de tort à l'*Électre* de M. Crébillon, et je me ferai un grand honneur de marcher après lui.

Ama me, et Cornelium tuere et Corneliam.

---

[1] *Lettre du sieur Claveret au sieur Corneille, soi-disant auteur du Cid*, 1637, in-8°. (ÉD.)

MMMDCXII. — A M. LAVAYSSE PÈRE.

4 juillet.

Les personnes qui protégent à Paris la famille Calas sont très-éton-
nées que le sieur Gobert-Lavaysse ne fasse pas cause commune avec
elle. Non-seulement il a son honneur à soutenir, ses fers à venger, le
rapporteur qui conclut au bannissement, à confondre; mais il doit la
vérité au public, et son secours à l'innocence. Le père se couvrirait
d'une gloire immortelle, s'il quittait une ville superstitieuse et un tribunal ignorant et barbare.

Un avocat savant et estimé est certainement au-dessus de ceux qui
ont acheté pour un peu d'argent le droit d'être injustes; un tel avocat
serait un excellent conseiller; mais où est le conseiller qui serait un
bon avocat?

M. Lavaysse peut être sûr que, s'il perd quelque chose à son dépla-
cement, il le retrouvera au décuple. On répand que plusieurs princes
d'Allemagne, plusieurs personnes de France, d'Angleterre, et de Hollande, vont faire un fonds très-considérable. Voilà de ces occasions où
il serait beau de prendre un parti ferme. M. Lavaysse, en élevant la
voix, n'a rien à craindre; il fait rougir le parlement de Toulouse, en
quittant cette ville pour Paris; et s'il veut aller ailleurs, il sera partout respecté.

Quoi qu'il arrive, son fils se rendrait très-suspect dans l'esprit des
protecteurs des Calas, et ferait très-grand tort à la cause, s'il ne faisait
pas son devoir, tandis que tant de personnes indifférentes font au
delà de leur devoir.

*Je prie la personne qui peut faire rendre cette lettre à M. Lavaysse
père de l'envoyer promptement par une voie sûre.*

MMMDCXIII. — A CHARLES-THÉODORE, ÉLECTEUR PALATIN.

Aux Délices, le 5 juillet.

Monseigneur, je voudrais bien que mon bon hiérophante trouvât
grâce devant Votre Altesse Électorale. Il n'est ni janséniste ni moli-
niste; c'est le meilleur prêtre que je connaisse. Si les jésuites lui avaient
ressemblé, ils seraient encore en Portugal, et ne seraient point honnis
en France. Toute la famille d'Alexandre, que j'ai mise à vos pieds il y
a un mois, attend ce que vous pensez d'elle pour savoir si elle doit se
montrer.

Me sera-t-il permis d'avoir recours à votre protection pour le temporel[1], après avoir soumis le spirituel à vos lumières? Votre Altesse Électorale voit que l'âme et le corps du petit Suisse dépendent d'elle. La
petite-fille de Corneille et son édition languissent. J'espère que M. de
Bekers nous ranimera. C'est auprès de M. de Bekers que je vous implore; je crois qu'il n'y a point auprès de lui de meilleure protection
que la vôtre. Daignez donc souffrir, monseigneur, que j'adresse à Votre

1. Il s'agissait d'une rente viagère que lui devait l'électeur. (ÉD.)

Altesse Électorale le triste et discourtois placet que je présente à votre contrôleur général. Il y a de fins courtisans italiens qui prétednent qu'il faut toujours aller au prince par les ministres; et moi, monseigneur, je tiens que dans votre cour il faut aller au ministre par le prince, et c'est toujours à votre belle âme qu'il faut avoir recours.

Que Votre Altesse Électorale daigne agréer, avec sa bonté ordinaire, l'attachement, la reconnaissance, et le profond respect, etc.

MMMDCXIV. — A M. LE COMTE D'ARGENTAL.

Aux Délices, 5 juillet.

Mes divins anges, cette malheureuse veuve a donc eu la consolation de paraître en votre présence; vous avez bien voulu l'assurer de votre protection. Vous avez lu sans doute les *Pièces originales* que je vous ai envoyées par M. de Courteilles; comment peut-on tenir contre les faits avérés que ces pièces contiennent? et que demandons-nous? rien autre chose, sinon que la justice ne soit pas muette comme elle est aveugle, qu'elle parle, qu'elle dise pourquoi elle a condamné Calas. Quelle horreur qu'un jugement secret, une condamnation sans motifs! y a-t-il une plus exécrable tyrannie que celle de verser le sang à son gré, sans en rendre la moindre raison? Ce n'est pas l'usage, disent les juges. Eh! monstres! il faut que cela devienne l'usage : vous devez compte aux hommes du sang des hommes. Le chancelier serait-il assez.... pour ne pas faire venir la procédure?

Pour moi, je persiste à ne vouloir autre chose que la production publique de cette procédure. On imagine qu'il faut préalablement que cette pauvre femme fasse venir des pièces de Toulouse. Où les trouvera-t-elle? qui lui ouvrira l'antre du greffe? où la renvoie-t-on, si elle est réduite à faire elle-même ce que le chancelier ou le conseil seul peut faire? Je ne conçois pas l'idée de ceux qui conseillent cette pauvre infortunée. D'ailleurs ce n'est pas elle seulement qui m'intéresse, c'est le public, c'est l'humanité. Il importe à tout le monde qu'on motive de tels arrêts. Le parlement de Toulouse doit sentir qu'on le regardera comme coupable tant qu'il ne daignera pas montrer que les Calas le sont; il peut s'assurer qu'il sera l'exécration d'une grande partie de l'Europe.

Cette tragédie me fait oublier toutes les autres, jusqu'aux miennes. Puisse celle qu'on joue en Allemagne finir bientôt!

Mes charmants anges, je remercie encore une fois votre belle âme de votre belle action.

MMMDCXV. — AU MÊME.

Aux Délices, 7 juillet

Mes divins anges, nous ne demandons autre chose au conseil, sinon que, sur le simple exposé des jugements contradictoires du parlement de Toulouse, et sur l'impossibilité physique qu'un vieillard faible, de soixante-huit ans, ait pendu un jeune homme de vingt-quatre ans, le plus robuste de la province, sans le secours de personne, on se fasse représenter la procédure.

A cet effet, un des fils de Calas, qui est chez moi, envoie sa requête à M. Mariette, avocat au conseil, lequel la rédigera; et nous espérons qu'elle sera signée de la mère.

Nous craignons que le parti fanatique qui accable cette famille infortunée à Toulouse, et qui a eu le crédit de faire enfermer les deux filles dans un couvent, n'ait encore celui de faire enfermer la mère, pour lui fermer toutes les avenues au conseil du roi.

Mais le fils, qui est en sûreté, remplira l'Europe de ses cris, et soulèvera le ciel et la terre contre cette iniquité horrible.

Je répète qu'il est peu vraisemblable que la veuve Calas puisse tirer les pièces de l'antre du greffe de Toulouse, puisqu'il y a des défenses sévères de les communiquer à personne.

Cette seule défense prouve assez que les juges sentent leur faute.

Si, par impossible, les juges ont eu des convictions que les accusés étaient coupables, s'ils n'ont puni que le père, et si, contre les lois, ils ont élargi les autres, en ce cas il est toujours très-important de découvrir la vérité. Il y a, d'un côté ou d'un autre le plus abominable fanatisme, et il faut le découvrir.

J'implore M. de Courteilles, uniquement pour que la vérité soit connue; la justice viendra ensuite.

Tous les étrangers frémissent de cette aventure. Il est important pour l'honneur de la France que le jugement de Toulouse soit ou confirmé ou condamné.

Je présente mon respect à M. et à Mme de Courteilles, à M. et à Mme d'Argental. Cette affaire est digne de toute leur bonté.

MMMDCXVI. — AU MÊME.

8 juillet.

Nous ne pouvons, dans notre éloignement de Paris, que procurer des protections à cette famille infortunée; c'est à messieurs les avocats, soit du conseil, soit du parlement, à régler la forme. Les *Pièces originales* imprimées intéressent quiconque les a lues; tout le monde plaint la veuve Calas; le cri public s'élève; ce cri peut frapper les oreilles du roi. J'ignore si cette affaire sera portée au conseil privé ou au conseil des parties : tout ce que je sais, c'est qu'elle est juste.

On m'assure que le parlement de Toulouse ne veut pas seulement communiquer l'énoncé de l'arrêt.

Il me paraît qu'on peut commencer par présenter requête pour obtenir la communication de cet arrêt et des motifs; il y a cent exemples que le roi s'est fait rendre compte d'affaires bien moins intéressantes. N'avons-nous pas des raisons assez fortes pour demander et pour obtenir que les pièces soient communiquées par ordre de la cour?

La contradiction évidente des deux jugements, dont l'un condamne à la roue un accusé, et dont l'autre met hors de cour des complices qui n'ont point quitté cet accusé; le bannissement du fils, et sa détention dans un couvent de Toulouse après ce bannissement; l'impossibilité physique qu'un vieillard de soixante-huit ans ait étranglé seul un jeune homme de vingt-huit ans; enfin l'esprit de parti qui domine dans Toulouse; tout cela ne forme-t-il pas des présomptions assez fortes pour forcer le conseil du roi à se faire représenter l'arrêt?

Je demande encore si un fils de l'infortuné Jean Calas, qui est en France, retiré dans un village de Bourgogne, ne peut pas se joindre à sa mère, et envoyer une procuration quand il s'agira de présenter requête? Ce jeune homme, il est vrai, n'était point à Toulouse dans le temps de cette horrible catastrophe; mais il a le même intérêt que sa mère, et leurs noms réunis ne peuvent-ils pas faire un grand effet?

Plus je réfléchis sur le jugement de Toulouse, moins je le comprends : je ne vois aucun temps dans lequel le crime prétendu puisse avoir été commis; je ne vois pas qu'il y ait jamais eu de condamnation plus horrible et plus absurde, et je pense qu'il suffit d'être homme pour prendre le parti de l'innocence cruellement opprimée. J'attends tout de la bonté et des lumières de ceux qui protégent la veuve Calas.

Il est certain qu'elle ne quitta pas son mari d'un moment dans le temps qu'on suppose que son mari commettait un parricide. Si son mari eût été coupable, elle aurait donc été complice : or comment ayant été complice ferait-elle deux cents lieues pour venir demander qu'on revît le procès, et qu'on la condamnât à la mort? Tout cela fait saigner le cœur et lever les épaules. Toute cette aventure est une complication d'événements incroyables, de démence et de cruauté. Je suis témoin qu'elle nous rend odieux dans les pays étrangers, et je suis sûr qu'on bénira la justice du roi, s'il daigne ordonner que la vérité paraisse.

On a écrit à M. le premier président Nicolaï, à M. le premier président d'Auriac, qui ont tous deux un grand crédit sur l'esprit de M. le chancelier. Mme la duchesse d'Enville, M. le maréchal de Richelieu, M. le duc de Villars, doivent avoir écrit à M. de Saint-Florentin. On a écrit à M. de Chaban, en qui M. de Saint-Florentin a beaucoup de confiance; et M. Tronchin, le fermier général, peut tout auprès de M. de Chaban.

Donat Calas, retiré en Bourgogne, a, de son côté, pris la liberté d'écrire à M. le chancelier[1], et a envoyé une requête au conseil; le tout

1. Voici cette lettre de Donat Calas au chancelier ; elle est rédigée par Voltaire, et datée du 7 juillet 1762 :

« Monseigneur, s'il est permis à un sujet d'implorer son roi ; s'il est permis a un fils, à un frère, de parler pour son père, pour sa mère, et pour son frère, je me jette à vos pieds avec confiance.

« Toute ma famille, et le fils d'un avocat célèbre, nommé Lavaysse, ont tous été accusés d'avoir étranglé et pendu un de mes frères, pour cause de religion, dans la ville de Toulouse. Le parlement a fait périr mon père par le supplice de la roue. C'était un vieillard de soixante-huit ans, que j'ai vu incommodé des jambes.

« Vous sentez, monseigneur, qu'il est impossible qu'il ait pendu seul un jeune homme de vingt-huit ans, dix fois plus fort que lui. Il a protesté devant Dieu de son innocence, en expirant. Il est prouvé par le procès-verbal que mon père n'avait pas quitté un instant le reste de sa famille, ni le sieur Lavaysse, pendant qu'on suppose qu'il commettait ce parricide.

« Mon frère, Pierre Calas, accusé comme mon père, a été banni : ce qui est

a été adressé à M. Héron, premier commis du conseil, qui fera rendre les pièces selon qu'il trouvera la chose convenable. Je vous en envoie une copie, parce qu'il me parait nécessaire que vous soyez informés de tout.

J'ai écrit aussi à M. Ménard, premier commis de M. de Saint-Florentin; je pense qu'il faut frapper à toutes les portes, et tenter tous les moyens qui pourraient s'entr'aider, sans pouvoir s'entre-nuire.

Depuis ce mémoire écrit, j'ai reçu une lettre de M. Mariette, avocat au conseil, qui a vu la pauvre Calas, et qui dit ne pouvoir rien sans un extrait des pièces. Mais quoi donc! ne pourrait-on demander justice sans avoir les armes que nos ennemis nous refusent? On pourra donc verser le sang innocent impunément, et en être quitte pour dire : « Je ne veux pas dire pourquoi on l'a versé? » Ah! quelle horreur! quelle abominable justice! y a-t-il dans le monde une tyrannie pareille? et les organes des lois sont-ils faits pour être des Busiris? Voici une lettre que j'écris à M. Mariette; j'y joins un exemplaire des *Pièces originales*, ne sachant point s'il les a vues. Je supplie M. et Mme d'Argental, nos protecteurs, de vouloir bien ajouter à toutes leurs bontés celle de vouloir bien faire rendre cette lettre et ces pièces à M. Mariette. Ils peuvent, je crois, se servir de l'enveloppe de M. de Courteilles.

Je leur présente mes respects.

MMMDCXVII. — A M. DAMILAVILLE.

8 juillet.

Vous savez, mon cher frère, que la place sur laquelle vous avez des vues est promise depuis longtemps, et que vous déplairiez si vous insistiez. Toutes les raisons de justice et de convenance sont pour vous; mais elles doivent céder à l'autorité de M. le contrôleur général, et à son amitié pour M. de Morival. S'il vous avait connu, ce serait vous qu'il aimerait sans doute. Faites-vous un mérite auprès de lui de votre

---

trop s'il est innocent, et trop peu s'il est coupable. Malgré son bannissement, on le retient dans un couvent à Toulouse.

« Ma mère, sans autre appui que son innocence, ayant perdu tout son bien dans cette cruelle affaire, ne trouve encore personne qui la présente devant vous. J'ose, monseigneur, parler en son nom et au mien; on m'assure que les pièces ci-jointes feront impression sur votre esprit et sur votre cœur, si vous daignez les lire.

« Réduit à l'état le plus déplorable, je ne demande autre chose sinon que la vérité s'éclaire. Tous ceux qui dans l'Europe entière ont entendu parler de cette horrible aventure joignent leurs voix à la mienne. Tant que le parlement de Toulouse, qui m'a ravi mon père et mon bien, ne manifestera pas les causes d'un tel malheur, on sera en droit de croire qu'il s'est trompé, et que l'esprit de parti seul a prévalu par les calomnies auprès des juges les plus intègres; je serai surtout en droit de redemander le sang innocent de mon malheureux père.

« Pour mon bien, qui est entièrement perdu, ce n'est pas un objet dont je me plaigne; je ne demande autre chose de votre justice et de celle du conseil du roi sinon que la procédure qui m'a ravi mon père, ma mère, mon frère, ma patrie, vous soit au moins communiquée.

« Je suis avec le plus profond respect, etc. »

sacrifice, afin qu'il vous aime à votre tour. Tâchez de lui parler; donnez-lui des éloges sur ce que l'amitié lui fait faire; remettez votre sort entre ses mains. Cette conduite, la seule que vous deviez tenir, peut contribuer à votre fortune. Mon cher frère, je vous prierai toujours de prendre votre parti en philosophe sur l'affaire de cette direction. Plût à Dieu que vous pussiez demander et obtenir celle de Lyon! Il y a déjà un philosophe dans cette ville[1]; vous seriez deux, et l'archevêque, s'il osait, serait le troisième.

Vous devez avoir reçu un paquet contenant les *Pièces originales* imprimées; je vous prie d'en envoyer un exemplaire à M. Mignot, conseiller au grand conseil, et un chez MM. Dufour et Mallet, banquiers : c'est chez eux que demeure cette veuve si à plaindre. Il est bien à souhaiter qu'on puisse imprimer à son profit ces *Pièces*, qui me paraissent convaincantes, et qu'elles puissent être portées au pied du trône par le public soulevé en faveur de l'innocence. Faites-les imprimer; criez, je vous en prie, et faites crier. Il n'y a que le cri public qui puisse nous obtenir justice. Les formes ont été inventées pour perdre les innocents.

Mon frère Thieriot vous embrasse; mon frère Dalembert me néglige positivement.

MMMDCXVIII. — A M. AUDIBERT, NÉGOCIANT A MARSEILLE
ET DE L'ACADÉMIE DE LA MÊME VILLE.

Aux Délices, le 9 juillet.

Vous avez pu voir, monsieur, les lettres de la veuve Calas et de son fils. J'ai examiné cette affaire pendant trois mois; je peux me tromper, mais il me paraît clair comme le jour que la fureur de la faction et la singularité de la destinée ont concouru à faire assassiner juridiquement sur la roue le plus innocent et le plus malheureux des hommes, à disperser sa famille, et à la réduire à la mendicité. J'ai bien peur qu'à Paris on songe peu à cette affaire. On aurait beau rouer cent innocents, on ne parlera à Paris que d'une pièce nouvelle, et on ne songera qu'à un bon souper.

Cependant, à force d'élever la voix, on se fait entendre des oreilles les plus dures; et quelquefois même les cris des infortunés parviennent jusqu'à la cour. La veuve Calas est à Paris chez MM. Dufour et Mallet, rue Montmartre; le jeune Lavaysse y est aussi. Je crois qu'il a changé de nom; mais la pauvre veuve pourra vous faire parler à lui. Je vous demande en grâce d'avoir la curiosité de les voir l'un et l'autre; c'est une tragédie dont le dénoûment est horrible et absurde, mais dont le nœud n'est pas encore bien débrouillé.

Je vous demande en grâce de faire parler ces deux acteurs, de tirer d'eux tous les éclaircissements possibles, et de vouloir bien m'instruire des particularités principales que vous aurez apprises.

Mandez-moi aussi, monsieur, je vous en conjure, si la veuve Calas

1. Bordes; car Vasselier n'était pas encore en relation avec Voltaire. (*Note de M. Beuchot.*)

est dans le besoin ; je ne doute pas qu'en ce cas MM. Tourton et Baur ne se joignent à vous pour la soulager. Je me suis chargé de payer les frais du procès qu'elle doit intenter au conseil du roi. Je l'ai adressée à M. Mariette, avocat au conseil, qui demande pour agir l'extrait de la procédure de Toulouse. Le parlement, qui paraît honteux de son jugement, a défendu qu'on donnât communication des pièces, et même de l'arrêt. Il n'y a qu'une extrême protection auprès du roi qui puisse forcer ce parlement à mettre au jour la vérité. Nous faisons l'impossible pour avoir cette protection, et nous croyons que le cri public est le meilleur moyen pour y parvenir.

Il me paraît qu'il est de l'intérêt de tous les hommes d'approfondir cette affaire, qui, d'une part ou d'une autre, est le comble du plus horrible fanatisme. C'est renoncer à l'humanité que de traiter une telle aventure avec indifférence. Je suis sûr de votre zèle : il échauffera celui des autres, sans vous compromettre.

Je vous embrasse tendrement, mon cher camarade, et suis avec tous les sentiments que vous méritez, etc.

MMMDCXIX. — DU CARDINAL DE BERNIS.

A Vic-sur-Aisne, le 10 juillet.

Je n'ai lu *Cassandre* que depuis quelques jours, mon cher confrère ; à peine arrivé ici, j'ai appris qu'un de mes neveux, colonel aux grenadiers de France, a été tué dans la dernière affaire ; c'est le seul officier de son grade qui ait péri. Ce second malheur a rouvert les plaies du premier. Mon courage est exercé depuis longtemps, il faut espérer que j'en aurai moins besoin à l'avenir. J'ai trouvé votre tragédie si fort changée en bien, que je ne l'ai presque pas reconnue. Le rôle de Statira est admirable et bien soutenu ; il ne s'agit que de jeter une nuance de fierté dans les discours qu'elle tient à Antigone. Celui du grand prêtre est, dans son genre, tout aussi beau. Je voudrais bien que nos archevêques parlassent avec cette dignité, cette force et cette modération. Le rôle d'Olympie est plus noble qu'il n'était, et plus intéressant ; Cassandre lui-même m'a paru plus digne de vous. J'ai été ému, j'ai pleuré, et mon esprit a été perpétuellement rempli d'idées nobles, de sentiments douloureux et tendres ; en un mot, je crois qu'il s'en faut bien peu que ce ne soit une des plus belles de vos pièces. J'ai dicté à chaque acte quelques réflexions dont vous ferez sûrement bon usage. Je ne connais pas de docilité plus grande que la vôtre, ni de talent plus rare. Il y a quelques rimes faibles que vous ferez bien de laisser, s'il vous en coûtait trop pour les changer. Il faut toujours jeter quelques petits os à ronger à ses ennemis.

Me voilà revenu chez moi. Je n'y ai point bâti, mais j'ai réparé toutes les vieilleries de l'abbé de Pomponne[1]. Je n'ai pas le logement d'un fermier général, mais une assez jolie gentilhommière. Les cardinaux de Lorraine, d'Este, et de Mazarin, s'en sont bien contentés. Je suis et

_____

1. Qui avait possédé avant lui l'abbaye de Saint-Médard. (ÉD.)

dois être moins difficile. Je n'ai point de bibliothèque, mais un simple cabinet de livres que je lis ou que je consulte. Je n'aime point ce qui est plus de représentation que d'usage. Je plante beaucoup d'arbres; j'arrose mes prairies; je soigne beaucoup mes potagers, qui sont devenus mes nourrices, depuis que je ne mange plus de viande. Voilà le fond de mes occupations. J'ai quelques amis qui viennent me voir; tous sont estimables, et plusieurs sont aimables. Vous voyez qu'il en est de plus malheureux. Écrivez-moi de temps en temps; une lettre de vous embellit toute la journée, et je connais le prix d'un jour. Adieu, mon cher confrère; vivez aussi longtemps que Crébillon; je suis bien sûr que vos ouvrages dureront plus que les siens, quoiqu'il ait mérité une place honorable parmi nos auteurs tragiques. Ce que je vous demande de préférence à tout, c'est de m'écrire quand vous serez de bonne humeur. J'ai éprouvé que votre gaieté m'est plus salutaire que le bon régime que j'observe.

*Observations du cardinal de Bernis sur la tragédie d'*Olympie.

ACTE I, SCÈNE II.

Comme il est essentiel de diminuer l'horreur du meurtre de Statira, il paraît nécessaire qu'Antigone s'étende un peu davantage sur l'entreprise de Statira contre Antipatre, en sorte que le lecteur ou le spectateur comprenne aisément, et soit convaincu que Cassandre, en frappant Statira, qui s'était mise à la tête du peuple de Babylone, ne fit que sauver son père par une légitime défense. Cassandre aura toujours à se reprocher d'avoir tué une femme veuve d'Alexandre, sa souveraine, et mère d'Olympie. Rien n'est plus adroit que d'établir ce fait par Antigone lui-même; et lorsque ce même fait sera clairement expliqué au commencement de la pièce, les esprits ne seront plus révoltés, et Cassandre, plus intéressant, pourra mieux se disculper d'un crime presque involontaire, et que le salut d'Antipatre pouvait autoriser ou du moins excuser.

Ne doit point nous coûter de regrets et de larmes.

Ni de larmes paraîtrait plus exact.

Que jamais entre nous la discorde introduite
Ne nous expose en proie à ces tyrans nouveaux.

Je n'aime point la discorde *introduite entre nous; parmi nous* serait plus exact. J'aime encore moins cette expression, *ne nous expose en proie.*

SCÈNE V.

Cassandre est-il le seul accusé de faiblesse?

Ce vers ne rend point ce qu'Antigone veut ou doit dire.

ACTE II, SCÈNE II.

Statira rend Cassandre trop odieux, en disant au grand prêtre que

Cassandre, après l'avoir percée de coups, *la traîne sur le tombeau d'Alexandre*. Cette remarque avait déjà été faite, et mérite attention. Ces vers :

> Une retraite heureuse amène au fond des cœurs
> L'oubli des ennemis et l'oubli des malheurs,

seront gravés sur une colonne dans mon jardin de Vic-sur-Aisne.

SCÈNE III.

...I vaut mieux qu'Olympie entende le bruit du tonnerre qui ébranle le temple, que si elle sentait un véritable tremblement de terre, parce que, dans ce dernier cas, il serait singulier que sa mère et elle s'en fussent seules aperçues. Il n'est point question dans toute la pièce de ce tremblement de terre, événement rare, qui n'aurait pas manqué de faire une vive impression sur les prêtres et sur les prêtresses.

On dit *trancher la vie* et *retrancher de la vie*, et non pas *retrancher la vie*.

ACTE III, SCÈNE I.

Cassandre est amoureux et ambitieux; l'amour doit le porter à rendre justice à Olympie, et à lui déclarer qu'elle est fille de Statira et d'Alexandre. Mais l'ambition aurait dû l'empêcher de révéler ce mystère avant l'accomplissement de son mariage; il paraît donc nécessaire qu'il excuse cette imprudence par quelques motifs raisonnables et relatifs à ses intérêts; il peut faire entendre que le parti d'Antigone grossissant, il était nécessaire d'annoncer au peuple que son sort était lié à l'héritière légitime du trône d'Alexandre; par là, le caractère de l'amant et de l'ambitieux sera mieux soutenu et mieux rempli.

SCÈNE III.

O tonnerres du *ciel*....

Cette fin de vers paraît trop faite pour la rime.

Je n'aime point, *que ma fureur adore*.

SCÈNE V.

Il me semble que Statira jette un peu trop Olympie à la tête d'Antigone, et que, pour l'exciter à la vengeance, elle perd de ce ton de dignité et de fierté qui ennoblit son rôle, et le rend si intéressant; elle peut faire espérer sa fille à un sujet d'Alexandre, mais sans jamais prendre avec lui le ton de l'égalité.

ACTE IV, SCÈNE I.

On ne manquera pas de trouver extraordinaire que Cassandre et Antigone, étant convenus de se battre seuls sans exposer la vie de leurs sujets, choisissent le temple d'Éphèse pour le théâtre de ce combat singulier.

SCÈNE V.

Mais je meurs en t'aimant....

Je ne sais s'il ne serait pas mieux de supprimer cette expression de tendresse, dans un moment où Statira doit être pleine d'indignation et de douleur de l'amour de sa fille pour Cassandre. Du moins ce mot m'a toujours refroidi en lisant cette scène.

ACTE V.

En général, cet acte est écrit avec moins de force et de chaleur que les autres; il est vraisemblable qu'à la représentation ce défaut se fait moins sentir qu'à la lecture. Mais il est bien aisé à M. de Voltaire d'y répandre quelques étincelles du feu de son génie, et quelques-uns de ces vers heureux dont cette pièce est remplie.

MMMDCXX. — A M. DE LA CHALOTAIS.

Aux Délices, 11 juillet.

Monsieur, je suis presque aveugle, et cependant j'écris; mais c'est que les passions donnent de la force, et les sentiments que vos bontés m'inspirent sont une passion. Vous confondez les jésuites, et vous instruisez les historiens. Le mémoire que vous avez daigné m'envoyer est très-plausible : si vous étiez procureur général de quelque parlement de mon voisinage, je volerais pour venir vous remercier, quoique je ne sorte plus de ma chaumière; je viendrais vous prier de guérir les scrupules qui me restent. Si la chose était comme vous le dites, le parlement de Paris, capitale de l'ancienne France, aurait été l'assemblée des états généraux. Pourquoi, dans les états du quatorzième siècle, les parlements n'y eurent-ils pas de séance? pourquoi *le banc du roi* en Angleterre est-il différent des états nommés *parlement?* pourquoi le gouvernement anglais, ayant en tout imité nos usages et les ayant conservés, a-t-il encore ses états généraux, qui sont abolis en France? pourquoi le procureur général du roi d'Angleterre conclut-il à ce banc royal, et non au parlement de la nation? Ce qu'on appelle le grand banc en France est encore le grand banc à Londres; la formule ancienne de vos sessions s'y est conservée; le procureur général n'agit qu'à ce banc Ce qu'on appelle *parlement* en France est donc le *banc du roi*, ainsi que ce qu'on nomme *parlement* en Angleterre représente nos *états généraux*.

Pourquoi le gouvernement goth, tudesque et vandale ayant été partout le même, serions-nous les seuls chez qui une cour suprême de justice aurait été substituée aux représentants des chefs de la nation? Les audiences d'Espagne ne sont point *las cortes*, et n'y ont aucun rapport; la *chambre impériale* de Vetzlar, quoique toujours présidée par un prince, n'a aucune analogie avec la *diète de l'Empire*.

Aucune cour supérieure ne représente la nation dans aucun pays de l'Europe. Comment la France seule aurait-elle établi ce droit public? et si elle l'avait établi, comment ne serait-il pas authentique? Si chaque parlement tient lieu des états généraux pendant la vacance de ces états, il est clair qu'il est à leur place : que devient donc alors le conseil du roi? Vous sentez bien que cela est embarrassant. Mettez la main sur la conscience. Au reste, je suis sans intérêt, ne descendant, que je sache, d'aucun Franc qui ait ravagé les Gaules avec Ildovic nommé Clovis, ni d'aucun seigneur qui ait trahi Louis V et Charles de Lorraine; n'étant d'aucun corps, n'étant ni tonsuré ni maître ès arts; ayant un pied en France et l'autre en Suisse, et les deux sur le bord de la fosse. Je suis assez de l'avis d'un Anglais qui disait que toutes les origines, tous les droits, tous les établissements, ressemblent au *plum-pudding* : le premier n'y mit que de la farine; un second y ajouta des œufs, un troisième du sucre, un quatrième des raisins, et ainsi se forma le *plum-pudding*.

Voyez ce qu'étaient Lin et Clet, supposé qu'il y ait eu des Clet et des Lin; reconnaîtraient-ils aujourd'hui leurs successeurs? Le Fils de Marie même reconnaîtrait-il sa religion? Tout dans l'univers est fait de pièces et de morceaux. La société humaine me paraît ressembler à un grand naufrage : *Sauve qui peut!* est la devise des pauvres diables comme moi. Pour vous, monsieur, qui avez une belle place dans le vaisseau, c'est tout autre chose. Vous avez jeté Loyola à la mer, et votre vaisseau n'en va que mieux. Il y a une chose dont on doit s'apercevoir à Paris, supposé qu'on réfléchisse : c'est que la vraie éloquence n'est plus qu'en province. Les *Comptes rendus* en Bretagne et en Provence sont des chefs-d'œuvre; Paris n'a rien à leur opposer, il s'en faut beaucoup.

Cependant il y a toujours une douzaine de jésuites à la cour; ils triomphent à Strasbourg, à Nanci; le pape donne en Bretagne, chez vous, oui, chez vous, des bénéfices quatre mois de l'année; vos évêques, *proh pudor!* s'intitulent évêques *par la grâce du saint-siège*, etc., etc.

Monsieur, vous me remplissez de respect et d'espérance.

MMMDCXXI. — A M. DALEMBERT.

Aux Délices, 12 juillet.

Le nom de Zoïle me pique, mon cher philosophe; il est très-injuste. Je vais au delà des bornes quand je loue Corneille, et en deçà quand je le critique. Je crois d'ailleurs faire un ouvrage très-utile, et que la comparaison des pièces de Shakspeare et Caldéron avec Corneille sur des sujets à peu près semblables est un grand éloge de Pierre, et un service à la littérature. Je ne me relâcherai en rien, parce que je suis sûr que j'ai raison : j'en suis sûr, parce que j'ai cinquante ans d'expérience, parce que je me connais au théâtre, parce que je consulte toujours des gens qui s'y connaissent, et qui sont entièrement de mon avis. Est-ce à vous à vouloir des ménagements, et à conseiller la faiblesse? Que m'importe que le préjugé crie, quand j'ai pour moi la raison? je ne songe qu'au vrai et à l'utile. La *Bérénice* de Corneille est détestable; je fais imprimer à côté celle de Racine avec des remarques.

Attila est au-dessous des pièces de Danchet. Je m'en tiens au *holà* de Boileau. Je le loue de l'avoir dit, et je ne l'approuve pas de l'avoir imprimé, parce que cela n'en valait pas la peine. Mon cher philosophe, prenez le parti de la vérité, et point de faiblesse humaine.

Sans doute il faut se réjouir que Jean-Jacques ait osé dire ce que tous les honnêtes gens pensent, et ce qu'ils devraient dire tous les jours; mais ce misérable n'en est que plus coupable d'avoir insulté ses amis, ses bienfaiteurs. Sa conduite fait honte à la philosophie. Ce petit monstre n'écrivit contre vous et contre les spectacles que pour plaire aux prédicants de Genève; et voilà ces prédicants qui obtiennent qu'on brûle son livre[1], et qu'on décrète l'auteur de prise de corps. Vous m'avouerez que le magot s'est conduit comme un fou. Pour une trentaine de pages qui se trouvent dans un livre inlisible, qui sera oublié dans un mois, je ne vois pas qu'il nous ait fait grand bien. Il s'est borné à dire que les hommes ont pu nous tromper; et les fripons répondent toujours que Dieu a parlé par la bouche de ces hommes; et les sots croiront les fripons. Il paraît que le *Testament* de Jean Meslier fait un plus grand effet: tous ceux qui le lisent demeurent convaincus; cet homme discute et prouve. Il parle au moment de la mort, au moment où les menteurs disent vrai : voilà le plus fort de tous les arguments. Jean Meslier doit convertir la terre. Pourquoi son évangile est-il en si peu de mains? Que vous êtes tièdes à Paris! vous laissez la lumière sous le boisseau.

Je ne veux point croire que Palissot ait vingt mille livres de rente; mais il en a certainement trop; de pareils exemples découragent. Il m'a envoyé sa comédie[2]; elle est curieuse par la préface et par les notes.

Je suis actuellement occupé d'une tragédie plus importante, d'un pendu, d'un roué, d'une famille ruinée et dispersée, le tout pour la sainte religion. Vous êtes sans doute instruit de l'horrible aventure des Calas à Toulouse. Je vous conjure de crier et de faire crier. Voyez-vous Mme du Deffand et Mme de Luxembourg? pouvez-vous les animer? Adieu, mon grand philosophe. Écrasez l'*inf*...

MMMDCXXII. — A M. LE COMTE D'ARGENTAL.

14 juillet.

Mes chers anges, votre vertu courageuse n'abandonnera pas l'innocence opprimée qui attend tout de votre protection; vous achèverez ce que vous avez si noblement commencé. Mais, avant de mettre la chose en règle, il est d'une nécessité absolue d'avoir des réponses positives à la colonne des questions que je prends la liberté de vous envoyer. Je vous conjure de vouloir bien envoyer chercher la veuve Calas; elle demeure chez MM. Dufour et Mallet, rue Montmartre.

Le fils de l'avocat Lavaysse est caché à Paris. Son malheureux père, qui craint de se compromettre avec le parlement de Toulouse, tremble que son fils n'éclate contre ce même parlement. Joignez à toutes vos bontés celle d'encourager ce jeune homme contre une crainte si infâme. Donnez-vous du moins la satisfaction de le faire venir chez vous. Daignez l'interroger; ce sera une conviction de plus que vous aurez de l'abomination toulousaine. Daignez faire écrire tout ce que la veuve

1. *L'Émile.* (Éd.) — 2. *Les Nouveaux Ménechmes.* (Éd.)

Calas et Lavaysse vous auront répondu; faites-nous-en part, je vous en supplie.

Tous ceux qui prennent part à cette affaire espèrent qu'enfin on rendra justice. Vous savez sans doute que M. de Saint-Florentin a écrit à Toulouse, et est très-bien disposé. M. le chancelier est déjà instruit par M. de Nicolaï et par M. d'Auriac. S'il y a autant de fermeté que de bienveillance, tout ira bien. Mme de Pompadour parlera. Nous comptons, grâce à vos bontés, sur la vertu éclairée de M. le comte de Choiseul.

Je sens bien, après tout, que nous n'obtiendrons qu'une pitié impuissante, si nous n'avons pas la plus grande faveur; mais du moins la mémoire de Calas sera rétablie dans l'esprit du public, et c'est la vraie réhabilitation; le public condamnera les juges, et un arrêt du public vaut un arrêt du conseil.

Mes anges, je n'abandonnerai cette affaire qu'en mourant. J'ai vu et j'ai essuyé des injustices pendant soixante années; je veux me donner le plaisir de confondre celle-ci. J'abandonnerai jusqu'à *Cassandre*, pourvu que je vienne à bout de mes pauvres roués. Je ne connais point de pièce plus intéressante. Au nom de Dieu, faites réussir la tragédie de Calas, malgré la cabale des dévots et des Gascons. Je baise plus que jamais le bout des ailes de mes anges.

N. B. Mme Calas sait où demeure Lavaysse; vous pourrez le faire triompher de sa timidité.

MMMDCXXIII. — A M. PALISSOT.

Aux Délices, 16 juillet.

Je vous dois beaucoup de remercîments, monsieur, de la bonté que vous avez eue de m'envoyer votre dernière pièce. Vous savez que votre style me plaît beaucoup; il est coulant, pur, facile; il ne court point après les saillies et les expressions bizarres, et c'est un très-grand mérite dans ce siècle. J'aurais peut-être désiré que vous n'eussiez point choisi un sujet si semblable à celui des *Ménechmes*, et qui n'en a pas le comique. Peut-être même, si vous vous étiez donné le temps de vous refroidir sur votre ouvrage, vous auriez supprimé quelques notes qui peuvent vous faire des ennemis. J'ai toujours été affligé que vous ayez attaqué mes chers philosophes, d'autant plus que vous prîtes le temps où ils étaient persécutés; j'avoue que j'ai pris les mêmes libertés, mais c'est avec des persécuteurs, avec des ennemis de la littérature, avec des tyrans. Les gens de lettres devraient sans doute être unis : ils pensent tous au fond de la même façon. Pourquoi déchirer ses frères, tandis que les persécuteurs les fouettent? cela me chagrine dans ma retraite, où je ne voulais que rire. Comptez toujours, monsieur, sur les sentiments, etc.

MMMDCXXIV. — A M. LE COMTE D'ARGENTAL.

17 juillet.

Mes divins anges, vous voyez que la tragédie de Calas m'occupe toujours. Daignez faire réussir cette pièce, et je vous promets des tragédies pour le *tripot*. Permettez-vous que je vous adresse ce petit paquet pour l'abbé du grand conseil?

Avez-vous daigné lire la préface et les notes de ce M. Palissot? Mais comment M. le duc de Choiseul a-t-il pu protéger cela, et faire le pacte de famille? Hélas! le cardinal de Richelieu protégeait Scudéri; mais Scudéri valait mieux.

Je n'ai point assez remercié Mme d'Argental, qui a eu la bonté d'ordonner un petit bateau pour Tronchin.

Je baise plus que jamais le bout des ailes de mes anges.

Élie de Beaumont ne pourrait-il pas soulever le corps ou l'ordre des avocats en faveur de mon roué? Je crois que ce Beaumont-là vaut mieux que le Beaumont votre archevêque. Cet archevêque et ses billets de confession m'occupent à présent; je rapporte son procès. Ces temps-là sont aussi absurdes que ceux de la Fronde, et bien plus plats. Mes contemporains n'ont qu'à se bien tenir.

MMMDCXXV. — A M. DAMILAVILLE.

18 juillet.

Est-il bien vrai que l'archevêque de Paris ait puni le curé de Saint-Jean de Latran [1] d'avoir prié Dieu pour les trépassés? Il ne se contente donc pas d'avoir persécuté les mourants, il en veut encore aux morts! Mais il paraît qu'il se brouille toujours avec les vivants. Au reste, qu'on ait mis ou non le curé de Saint-Jean de Latran au séminaire, en tout cas voici ce qu'un tolérant écrit sur cette matière:

« Il paraît bien injuste de refuser des *De profundis* à Crébillon, tandis que toutes ses pièces en méritent, hors *Rhadamiste*; et l'on ne voit pas en quoi a péché ce pauvre curé quand il a fait un service pour l'âme poétique de M. de Crébillon. En effet, quoique cet auteur ait traité le sujet d'*Atrée*, il était chrétien, et son *Rhadamiste* durera peut-être aussi longtemps que les mandements de M. l'archevêque. Si le curé a été suspendu pour avoir fait ce service aux dépens des comédiens du roi, le service n'est-il pas toujours fort bon, et l'argent des comédiens n'a-t-il pas de cours? Il faudrait donc excommunier M. l'archevêque pour recevoir tous les ans environ trois cent mille livres que lui fournissent les spectacles de Paris, et qui sont le plus fort revenu de l'Hôtel-Dieu.

« L'abbé Grizel, qui sait ce que vaut l'argent, et à quoi il faut l'employer, vous dira que le prélat risque beaucoup; car, si les comédiens fermaient leurs spectacles, l'Église serait privée d'un secours considé-

1. Les comédiens français avaient fait, le 6 juillet, célébrer, dans l'église de Saint-Jean de Latran, un service solennel pour le repos de l'âme de Crébillon. L'archevêque de Paris, Christophe de Beaumont, n'avait pu empêcher la cérémonie, parce que Saint-Jean de Latran, ayant le titre de commanderie de Malte, se trouvait hors de la juridiction de l'archevêque; mais, sur ses plaintes à l'ambassadeur de l'ordre, ce dernier craignit de voir les privilèges de l'ordre retirés, et il fut convenu que, quoique soustrait à l'ordinaire, le curé, qui était F. R. Huot, serait puni pour avoir communiqué avec des excommuniés et causé du scandale. Ce curé fut donc condamné à trois mois de séminaire et deux cents francs d'amende envers les pauvres. (*Note de M. Beuchot.*)

rable. Il est vrai qu'on peut persuader aux comédiens de continuer toujours à jouer, malgré la persécution, parce que *la crainte d'une excommunication injuste ne doit empêcher personne de faire son devoir*[1]; mais cette proposition ayant été condamnée par les frères jésuites et par le pape, il se pourrait bien faire qu'on manquât de spectacles à Paris, dans la crainte d'être excommunié par M. l'archevêque.

« Si un Turc vient en cette ville, comme en effet un fils[2] circoncis de M. le bacha de Bonneval y viendra dans quelque temps; s'il fait célébrer un service pour l'âme de quelque chrétien de sa maison, son argent sera reçu sans difficulté; et, tandis qu'il criera *Allah*, *Allah*, on chantera des *De profundis*.

« Pourquoi traiter des comédiens plus mal que les Turcs? ils sont baptisés; ils n'ont point renoncé à leur baptême. Leur sort est bien à plaindre. Ils sont gagés par le roi et excommuniés par les curés. Le roi leur ordonne de jouer tous les jours, et le rituel de Paris le leur défend. S'ils ne jouent pas, on les met en prison; s'ils font leur devoir, on les jette à la voirie. Ils sont défendus dans l'ordre des lois, dans l'ordre des mœurs, dans l'ordre des raisonnements, par maître Huerne, de l'ordre des avocats; et ils sont condamnés par l'avocat Le Dain. On les traite chrétiennement pendant leur vie et après leur mort en Italie, en Espagne, en Angleterre, en Allemagne, tandis qu'à Paris, où ils réussissent le mieux, on cherche à les couvrir d'opprobre. Tout le monde veut entrer pour rien chez eux, et on leur ferme la porte du paradis; on se fait un plaisir de vivre avec eux, et on ne veut pas y être enterré; nous les admettons à nos tables, et nous leur fermons nos cimetières. Il faut avouer que nous sommes des gens bien raisonnables et bien conséquents. »

Mon cher frère, vous nous faites espérer qu'on pourra enfin demander justice pour les Calas. Il est plaisant qu'il faille s'adresser à l'abbé de Chauvelin pour imprimer en sûreté une lettre de Donat Calas. Votre zèle et votre prudence n'ont rien négligé. Nous vous avons, mon cher frère, plus d'obligation qu'à personne.

Est-il possible qu'il soit si aisé d'être roué, et si difficile d'obtenir la permission de s'en plaindre!

MMMDCXXVI. — A M. LE CARDINAL DE BERNIS.

Aux Délices, le 19 juillet.

Ce n'est pas sans raison, monseigneur, *et non sine numine Divûm*[3], que l'effigie de ma maigre physionomie est au Louvre, précisément au-dessous de votre rond et resplendissant et très-aimable visage: c'est, comme disent les docteurs, un vrai type. Cela signifie que mon âme reçoit d'en haut les rayons de la vôtre. Vous avez bien voulu m'illuminer plus d'une fois sur mon œuvre des six jours; vous ne vous

1. C'est une des propositions condamnées par la bulle *Unigenitus*. (ÉD.)
2. Soliman-Aga, auparavant comte de Latour, qui succéda à son père dans la charge de topigi-bachi (commandant de l'artillerie). (ÉD.)
3. *Æn.*, II, 777. (ÉD.)

êtes point rebuté. Comptez que je sens le prix de vos bontés, comme celui de votre esprit et de votre goût. Que Votre Éminence a bien raison de dire que Statira ne parle pas à Antigone d'une manière assez imposante ! J'ai changé sur-le-champ la chose ainsi :

> La majesté peut-être, ou l'orgueil de mon trône,
> N'avait pas destiné, dans mes premiers projets,
> La fille d'Alexandre à l'un de mes sujets ;
> Mais vous la méritez en voulant la défendre ;
> C'est vous qu'en expirant désignait Alexandre ;
> Il nomma le plus digne, et vous le devenez :
> Son trône est votre bien quand vous le soutenez.
> Allez, et que des dieux la faveur vous seconde ;
> Que la vertu vous guide à l'empire du monde ;
> Combattez, et régnez, etc.
>
> Acte III, scène v.

Je profiterai de toutes vos remarques. Il faut tâcher de bien faire ce qu'on fait, fût-ce un bout-rimé ou une antienne. Recevez, avec mes tendres remercîments, les témoignages de ma juste sensibilité pour tout ce qui touche Votre Éminence. Vous essuyez donc encore des pertes particulières dans des malheurs publics, et votre courage est à toutes les épreuves :

Durate, et vosmet rebus servate secundis.
Virg., *Æn.*, lib. I, v. 207.

Je suis bien édifié de votre goût pour les potagers ; je ne savais point que vous fussiez frugivore, je vous croyais seulement *virum frugi*. Je vous parlais de votre belle mine rebondie ; elle est heureuse, et vous serez heureux. Ne serez-vous pas riche comme un puits, quand vous aurez nettoyé vos dettes ? ne serez-vous pas le plus aimable du sacré collège ? ne vivrez-vous pas comme il vous plaira ? ne ferez-vous pas le charme de la société ? On dit que vous voulez être archevêque : à la bonne heure, mais ce n'est qu'une gêne ; un cardinal n'a pas besoin d'une charge d'âmes, et c'est une triste charge. Je vous voudrais à Paris, à la tête du bon goût et de la bonne compagnie, avec cent mille écus de rente ; mais on dit que ce n'est pas assez pour le cœur humain, et qu'il faut autre chose ; je m'en rapporte... Je suis enfoncé dans l'histoire du temps présent ; je suis émerveillé de nos sottises. Quelles misères ! Tendre attachement, profond respect

MMMDCXXVII. — A M. DE LA CHALOTAIS.

Aux Délices, le 21 juillet.

Je crois, monsieur, que c'est à vos bontés que je dois la réception de votre nouveau chef-d'œuvre [1]. Tous les deux sont d'autant plus forts, qu'ils sont ou paraissent être plus modérés. Les jésuites diront : *Hæc*

---

1. *Second compte rendu*, etc. (ÉD.)

est ærugo mera[1]. Tous les bons Français, vous doivent des remerci-ments de ces mots : *En un mot, des maximes ultramontaines.*

Ces deux ouvrages sont la voix de la patrie, qui s'explique par l'or-gane de l'éloquence et de l'érudition. Vous avez jeté des germes qui produiront un jour plus qu'on ne pense. Et quand la France n'aura plus un maître italien qu'il faut payer, elle dira : « C'est à M. de La Chalotais que nous en sommes redevables. »

Vous m'avez donné tant d'enthousiasme, monsieur, que je m'em-porte jusqu'à prendre la liberté de recommander à votre justice l'af-faire de M. Cathala, négociant de Genève. Il implore le parlement pour être payé d'une dette. C'est un très-honnête homme, très-exact, inca-pable de redemander ce qui ne lui est pas dû. Je sais bien qu'en qua-lité d'huguenot, il sera damné; mais en attendant, il faut qu'il ait son argent en ce monde.

Pardonnez-moi, monsieur, la démarche que je fais auprès de vous. Je sais qu'il est très-inutile de vous solliciter, mais je n'ai pu m'em-pêcher de vous dire combien j'estime la probité de mon huguenot. Je ne suis point suspect de favoriser les mécréants, puisque je viens de faire bâtir une église.

Je n'ai point d'expressions pour vous dire avec quel respect j'ai l'honneur d'être, etc.

MMMDCXXVIII. — A M. DE CIDEVILLE.

Aux Délices, le 21 juillet.

Mon cher et ancien ami, nous oublions donc tous deux ce monde frivole et méchant, à cent cinquante lieues l'un de l'autre. Il vaudrait mieux l'oublier ensemble; mais la destinée a arrangé les choses autre-ment. Cette destinée, qui m'a fait tantôt goguenard, tantôt sérieux, qui m'a rendu maçon et laboureur, me force à présent de soutenir un roué contre un parlement. Le fils du roué m'avait fait verser des lar-mes; je me suis trouvé enchaîné insensiblement à cette épouvantable affaire, qui commence à émouvoir tout Paris. Nous ne réussirons peut-être qu'à faire redire :

Tantum relligio potuit suadere malorum!

Lucrèce, liv. I, v. 102.

mais il est important qu'on le redise souvent, et que les hommes puis-sent apprendre enfin que la religion ne doit pas faire des tigres.

Jean-Jacques, qui a écrit à la fois contre les prêtres et contre les philosophes, a été brûlé à Genève dans la personne de son plat *Émile*, et banni du canton de Berne, où il s'était réfugié. Il est à présent en-tre deux rochers, dans le pays de Neuchâtel, croyant toujours avoir raison, et regardant les humains en pitié. Je crois que la chienne d'Érostrate, ayant rencontré le chien de Diogène, fit des petits, dont Jean-Jacques est descendu en droite ligne.

Pour moi, je crois que je suis devenu dévot. J'ai dans certaine tra-

---

1. Horace, livre I, satire IV, vers 100-101. (ÉD.)

gédie de *Cassandre* un grand prêtre qui est aussi modéré que Joad est brutal et fanatique; j'ai une veuve d'Alexandre religieuse dans un couvent; les initiés s'y confessent et communient. Je veux que vous assistiez à cette œuvre pie, quand vous serez à Paris. Jouissez, en attendant, des agréments de la campagne; cultivez votre aimable esprit, et souvenez-vous que vous avez au pied des Alpes des amis qui vous chérissent tendrement.   V

MMMDCXXIX. — A M. LE CARDINAL DE BERNIS.

Aux Délices, le 21 juillet.

Lisez cela [1], monseigneur, je vous en conjure, et voyez s'il est possible que les Calas soient coupables. L'affaire commence à étonner et à attendrir Paris, et peut-être s'en tiendra-t-on là. Il y a d'horribles malheurs qu'on plaint un moment, et qu'on oublie ensuite. Cette aventure s'est passée dans votre province; Votre Eminence s'y intéressera plus qu'un autre. Je peux vous répondre que tous les faits sont vrais; leur singularité mérite d'être mise sous vos yeux.

Cette tragédie ne m'empêche pas de faire à *Cassandre* toutes les corrections que vous m'avez bien voulu indiquer : malheur à qui ne se corrige pas soi et ses œuvres! En relisant une tragédie de *Mariamne*, que j'avais faite il y a quelque quarante ans, je l'ai trouvée plate et le sujet beau; je l'ai entièrement changée; il faut se corriger, eût-on quatre-vingts ans. Je n'aime point les vieillards qui disent : « J'ai pris mon pli. » Eh! vieux fou, prends-en un autre; rabote tes vers, si tu en as fait, et ton humeur, si tu en as. Combattons contre nous-mêmes jusqu'au dernier moment; chaque victoire est douce. Que vous êtes heureux, monseigneur! vous êtes encore jeune, et vous n'avez point à combattre.

Natales grate numeras, ignoscis amicis.
Hor., lib. II, ep. II, v. 210.
E per fine bacio il lembo della sua sacra porpora.

MMMDCXXX. — A M. PINTO, JUIF PORTUGAIS, A PARIS.

Aux Délices, 21 juillet.

Les lignes dont vous vous plaignez, monsieur, sont violentes et injustes. Il y a parmi vous des hommes très-instruits et très-respectables; votre lettre m'en convainc assez. J'aurai soin de faire un carton dans la nouvelle édition [2]. Quand on a un tort, il faut le réparer; et j'ai eu tort d'attribuer à toute une nation les vices de plusieurs particuliers.

Je vous dirai, avec la même franchise, que bien des gens ne peuvent souffrir ni vos lois, ni vos livres, ni vos superstitions. Ils disent que votre nation s'est fait de tout temps beaucoup de mal à elle-même, et en a fait au genre humain. Si vous êtes philosophe, comme vous pa-

---

1. *Histoire d'Élisabeth Canning et des Calas.* (ÉD.)
2. Voltaire oublia cette promesse; il ne fit aucun changement à son article. (ÉD.)

raissez l'être, vous pensez comme ces messieurs, mais vous ne le direz pas. La superstition est le plus abominable fléau de la terre; c'est elle qui, de tous les temps, a fait égorger tant de Juifs et tant de chrétiens; c'est elle qui vous envoie encore au bûcher chez des peuples d'ailleurs estimables. Il y a des aspects sous lesquels la nature humaine est la nature infernale. On sécherait d'horreur si on la regardait toujours par ces côtés; mais les honnêtes gens, en passant par la Grève, où l'on roue, ordonnent à leur cocher d'aller vite, et vont se distraire à l'Opéra du spectacle affreux qu'ils ont vu sur leur chemin.

Je pourrais disputer avec vous sur les sciences que vous attribuez aux anciens Juifs, et vous montrer qu'ils n'en savaient pas plus que les Français du temps de Chilpéric; je pourrais vous faire convenir que le jargon d'une petite province, mêlé de chaldéen, de phénicien, et d'arabe, était une langue aussi indigente et aussi rude que notre ancien gaulois; mais je vous fâcherais peut-être, et vous me paraissez trop galant homme pour que je veuille vous déplaire. Restez juif, puisque vous l'êtes; vous n'égorgerez point quarante-deux mille hommes pour n'avoir pas bien prononcé *shiboleth* [1], ni vingt-quatre mille pour avoir couché avec des Madianites [2]; mais soyez philosophe, c'est tout ce que je peux vous souhaiter de mieux dans cette courte vie.

J'ai l'honneur d'être, monsieur, avec tous les sentiments qui vous sont dus, votre très-humble, etc.

VOLTAIRE, *chrétien, et gentilhomme ordinaire de la chambre du roi très-chrétien.*

MMMDCXXXI. — A M. DE LA MOTTE-GEFRARD.

Aux Délices, le 25 juillet.

Vous m'avez envoyé un trésor, monsieur, j'en ferai bientôt usage; il y a des mots de Henri IV qui pénètrent l'âme. Il y a des anecdotes curieuses, mais les paroles de ce grand roi sont plus curieuses encore. *Il aimerait mieux*, dit-il, *être Turc que catholique;* mais dans quel temps s'exprime-t-il ainsi? c'est lorsque les prédicateurs canonisaient en chaire l'empoisonneur du prince de Condé, et qu'ils excitaient les bons catholiques à empoisonner ou à assassiner le grand Henri. Dieu préserve son successeur des billets de confession, et des Damiens, et de la guerre avec les Anglais! Je vous souhaite, monsieur, l'avancement que vous méritez; et au roi, beaucoup d'officiers qui pensent comme vous. Recevez les très-humbles et très-respectueux remercîments de votre obligé serviteur.

MMMDCXXXII. — A M. DAMILAVILLE.

26 juillet.

Je suis actuellement si occupé de l'affaire épouvantable des Calas, que je suis bien loin de penser à Mathurin et à Colette [3]; je m'intéresse plus à cette tragédie qu'à toutes les comédies du monde.

1. *Juges*, XII, 6. (ÉD.) — 2. *Nombres*, XXV, 6. (ÉD.)
3. Personnages du *Droit du seigneur*. (ÉD.)

Les comédiens de Saint-Sulpice, et le chef de troupe [1] qui a défendu la pièce aux cordeliers, ont-ils prétendu envelopper le sieur Crébillon dans l'anathème? En ce cas, voilà tous les auteurs dramatiques obligés en conscience de se déclarer contre leurs ennemis. Mais l'horreur de Toulouse m'occupe plus que l'impertinence sulpicienne. Je vous demande en grâce de faire imprimer les *Pièces originales*. M. Diderot peut aisément engager quelque libraire à faire cette bonne œuvre. Il nous paraît que ces pièces nous ont déjà attiré quelques partisans. Que votre bon cœur, mon cher frère, rende ce service à la famille la plus infortunée! Voilà la véritable philosophie, et non pas celle de Jean-Jacques. Ce pauvre chien de Diogène n'a pu trouver de loge dans le pays de Berne; il s'est retiré dans celui de Neuchâtel: c'était bien la peine d'aboyer contre les philosophes et contre les spectacles.

Palissot m'a envoyé une étrange pièce, avec sa préface et ses notes plus étranges. Cette pièce est imprimée aussi mal qu'elle le mérite. J'espère que l'*Éloge de Crébillon* le sera mieux.

J'ai reçu le troisième tome, que vous avez eu la bonté de m'envoyer, des *Remarques* du petit Racine sur le grand Racine, et je me suis aperçu que c'est un ouvrage différent de celui que j'ai. Je vois qu'il y a trois tomes de ce dernier ouvrage, et que le troisième est intitulé *Traité de la poésie dramatique ancienne et moderne*. Il me manque les deux premiers. Voulez-vous avoir la bonté de me les faire tenir? Ils pourront m'être utiles pour les commentaires de Corneille.

Frère Thieriot vous embrasse. Je finis toutes mes lettres par dire: *Écr. l'inf...*, comme Caton disait toujours: *Tel est mon avis, et qu'on ruine Carthage.*

MMMDCXXXIII. — A M. AUDIBERT, CHEZ MM. TOURTON ET BAUR, BANQUIERS A PARIS.

Aux Délices, 26 juillet.

Je n'ai que le temps de vous remercier, monsieur, de toutes vos bontés; je ne sais comment les reconnaître. Je vois que vous n'avez pas voulu faire à M. de Saint-Tropez la remise dont je vous avais fait l'arbitre. Vous voulez apparemment que cet argent serve pour les pauvres Calas, et vous avez raison. Je ne conçois pas comment on n'a point encore imprimé à Paris les lettres de la mère et du fils, qui montrent la vérité dans tout son jour. Je me flatte qu'à la fin on permettra qu'elles soient publiées. Je passe les jours et les nuits à écrire à tous ceux qui peuvent se servir de leur crédit pour obtenir une justice qui intéresse le genre humain, et qui me paraît nécessaire à l'honneur de la France.

Nous avons ici Pierre Calas; je l'ai interrogé pendant quatre heures, je frémis et je pleure; mais il faut agir.

Je vous embrasse tendrement. V. t. h. ob. s.

---

1. L'archevêque Christophe de Beaumont. Il avait défendu aux cordeliers de faire pour Crébillon le service que l'Académie française faisait célébrer chez eux à la mort de chacun de ses membres. On en fit un à Saint-Jean de Latran. (ÉD.)

MMMDCXXXIV. — DU CARDINAL DE BERNIS.

A Vic-sur-Aisne, le 26 juillet

Vous ferez de moi la mouche du coche ; vous voulez bien déférer à mes conseils, et vous me prouvez qu'ils sont bons, par les corrections heureuses que vous faites. Le nouveau langage de Statira met dans son rôle toute la dignité et la convenance nécessaires; d'ailleurs les vers sont beaux, et s'imprimeront aisément dans la mémoire du lecteur et du spectateur; en un mot, vous êtes admirable par la grandeur du talent et la facilité du génie. Mais ce que j'aime encore mieux, vous êtes aimable, et je suis tout glorieux d'être votre confrère, et le confident de vos ouvrages. Qui est-ce qui vous a dit que je voulais être archevêque? Mes amis du clergé le désirent ; en général on pense que cela serait convenable : pour moi, je n'aspire qu'à me bien porter et à vivre avec mes amis. Depuis que j'ai pris le cuisinier de Pythagore, ma santé se rétablit, et ce visage rond dont vous parlez reprend son coloris naturel. A l'égard de Paris, je ne désire d'y habiter que lorsque la conversation y sera meilleure, moins passionnée, moins politique. Vous avez vu, de notre temps, que toutes les femmes avaient leur *bel esprit*, ensuite leur *géomètre*, puis leur *abbé Nollet* ; aujourd'hui, on prétend qu'elles ont toutes leur *homme d'État*, leur *politique*, leur *agriculteur*, leur *duc de Sulli*. Vous sentez combien tout cela est ennuyeux et inutile : ainsi, j'attends sans impatience que la bonne compagnie reprenne ses anciens droits; car je me trouverais fort déplacé au milieu de tous ces Machiavels modernes. A l'égard de mes revenus, n'en croyez pas à l'Almanach royal, lequel, dans le passage de 1758 à 1759, augmenta mes revenus de quarante mille francs. Mes dettes payées, j'aurai quatre-vingt mille livres de rente : c'est beaucoup pour un cadet de Languedoc; ce n'est pas trop pour un cardinal, qui est obligé d'avoir un état. Voilà la vérité exacte. Au reste, je suis content et fort heureux quand je me porte bien, et que je reçois vos jolies lettres; elles me consolent des malheurs et des platitudes. Adieu, mon cher confrère; vous sentez bien qu'il est impossible que je me défende de vous aimer de tout mon cœur.

MMMDCXXXV. — DE CHARLES-THÉODORE, ÉLECTEUR PALATIN.

Schwetzingen, ce 28 juillet.

Je ne puis vous exprimer combien votre famille d'Alexandre m'a fait plaisir, monsieur; j'aurais voulu attendre la représentation pour vous marquer les éloges qu'elle mérite; mais la paresse des comédiens, qui d'ailleurs étaient déjà occupés à l'étude de *Tancrède*, m'en a empêché. Lenoble, que vous avez vu ici dans le rôle de Lusignan, fera cet honnête homme de prêtre qui a si peu d'imitateurs : Olympie sera représentée par la Denesle, jeune actrice qui tâche d'imiter la Clairon, et qui a étudié deux ans avec elle. Lekain la connaît. La pièce, telle qu'elle est, me paraît de toute beauté, et ressemble à vos autres productions.

Je crois que vous aurez été content de la réponse du baron de Bekers.

Je sais fort bien qu'après avoir pensé au spirituel, il ne faut pas oublier le temporel. Je vous prie de ne pas oublier tout à fait Schwetzingen, malgré votre faible santé; et soyez persuadé de la sincère estime que j'aurai toujours pour le petit Suisse.

CHARLES-THÉODORE, *électeur*.

MMMDCXXXVI. — DE M. DALEMBERT.

A Paris, le 31 juillet.

Comment avez-vous pu imaginer, mon cher et illustre maître, que j'aie eu intention de vous comparer à Zoïle? Je ne suis ni injuste ni sot à ce point-là; j'ai seulement cru devoir vous représenter que vos ennemis, qui vous ont déjà dit tant d'autres injures plus graves et aussi peu méritées, ne vous épargneraient pas cette nouvelle qualification, pour peu que vous laissiez subsister, dans vos remarques sur Corneille, ce ton sévère qui se montre surtout dans celles sur *Rodogune*, et qui a paru blesser quelques-uns de nos confrères. Il pourrait nuire même à vos critiques les plus justes, et il ne faut pas donner cet avantage à vos ennemis. Il s'en faut de beaucoup, en mon particulier, que je trouve *Rodogune* une bonne pièce, soit pour le fond, soit pour le style; mais si j'avais des coups de bâton à lui donner, ce serait comme Alcidas à Sganarelle, dans le *Mariage forcé* [1], avec de grandes protestations de respect et de désespoir d'y être obligé. « On me fait haïr, dit Montaigne [2], les choses les plus évidentes quand on me les plante pour infaillibles. J'aime ces mots qui adoucissent la témerité de nos propositions : Il me semble, par aventure, il pourroit estre, etc. »

Vous trouvez si mauvais dans votre critique de *Polyeucte* qu'il aille briser à grands coups les autels et les idoles; ne faites donc pas comme lui; faites remarquer doucement au peuple que cette idole, qu'il croyait d'or pur, est farcie d'alliage : vous serez pour lors très-utile, sans vous nuire à vous-même. Les adoucissements que je vous propose sont d'ailleurs d'autant plus nécessaires, qu'en matière de pièce de théâtre (vous le savez mieux que moi) l'opinion peut jouer un grand rôle. Telle critique qui sera trouvée excellente dans une pièce médiocre trouvera des contradicteurs dans une pièce consacrée (à tort ou à droit) par l'estime publique. Et que ne justifie-t-on pas quand on le veut? combien y a-t-il dans Homère d'absurdités qui ne sont encore des absurdités que pour très-peu de gens? Je suis convaincu que la plupart des pièces de Corneille n'auraient aujourd'hui qu'un médiocre succès; qu'elles sont froides, boursouflées, peu théâtrales, et mal écrites; mais je me garderai bien de le dire, et encore moins de l'imprimer, à moins que je ne veuille être banni à perpétuité du royaume, comme les prêtres de paroisse qui refusent les sacrements aux jansénistes. Le public est un animal à longues oreilles, qui se rassasie de chardons, qui s'en dégoûte peu à peu, mais qui brait quand on veut les lui ôter de force; ses opinions moutonnières, et le respect qu'il veut qu'on leur porte, me pa-

1. Comédie de Molière, scène XVI. (ÉD.) — 2. *Essais*, III, 2. (ÉD.)

raissent dire aux auteurs : « Il se peut faire que je ne sois qu'un sot, mais je ne veux pas qu'on me le dise. »

Voyez un peu ce pauvre diable de Jean-Jacques; le voilà bien avancé de s'être brouillé avec les dieux, les prêtres, les rois, et les auteurs! On dit qu'il est actuellement dans les États du roi de Prusse, près de Neuchâtel. Je ne voudrais pas répondre qu'il y restât; car le roi de Prusse, tout roi de Prusse qu'il est, n'est pas le maître à Neuchâtel comme à Berlin; et les vénérables pasteurs de ce pays-là n'entendent point raillerie sur l'affaire de la religion : c'est une vieille.... pour laquelle ils ont d'autant plus d'égards qu'ils s'en soucient moins.

On dit que son livre cause de la rumeur parmi le peuple à Genève; que ce peuple trouve la religion de Jean-Jacques meilleure que celle qu'on lui prêche, et qu'il le dit assez haut pour embarrasser ses dignes pasteurs. La grande utilité ou commodité que le ministre Vernet trouve à la révélation est pourtant bien agréable. Il serait fâcheux d'être obligé de renoncer ainsi aux commodités de ce monde. On prétend que Rousseau fait actuellement trois partis dans la sérénissime république : les ministres pour l'auteur et contre le livre, le conseil pour le livre et contre l'auteur, et le peuple pour le livre et pour l'auteur. Vous y ajouterez, sans doute, un quatrième parti contre le livre et contre l'auteur; et j'avoue que ce parti-là peut avoir aussi ses raisons : mais voilà encore ce qu'il ne faudrait pas dire trop haut, surtout à Paris, car Jean-Jacques y est un peu le roi des halles.

Vous nous reprochez de la tiédeur; mais, je crois vous l'avoir déjà dit, la crainte des fagots est très-rafraîchissante. Vous voudriez que nous fissions imprimer le *Testament de Jean Meslier*, et que nous en distribuassions quatre ou cinq mille exemplaires; l'*infâme*, puisque *infâme* y a, n'y perdrait rien ou peu de chose, et nous serions traités de fous, par ceux mêmes que nous aurions convertis. Le genre humain n'est aujourd'hui éclairé que parce qu'on a eu la précaution ou le bonheur de ne l'éclairer que peu à peu. Si le soleil se montrait tout à coup dans une cave, les habitants ne s'apercevraient que du mal qu'il leur ferait aux yeux; l'excès de lumière ne serait bon qu'à les aveugler sans ressource. Ce que vous savez doit être attaqué, comme Pierre Corneille, avec ménagement.

Ce qui n'en mérite point, c'est le parlement de Toulouse, si en effet, comme il y a toute apparence, les Calas sont innocents. Il est très-important que tout le public soit au fait de cette horrible aventure. Vous n'avez pas donné assez d'exemplaires des *Pièces justificatives* : à peine les connaît-on ici, et tout Paris devrait en être inondé. Je vous réponds bien de ne pas me taire, et de faire crier tous ceux qui m'écouteront : jésuites, parlements, jansénistes, prédicants de Genève, franche canaille que tout cela, et, par malheur, canaille méchante et dangereuse. Enfin le 6 du mois prochain la canaille parlementaire nous délivrera de la canaille jésuitique; mais la raison en sera-t-elle mieux, et l'*inf....* plus mal?

Mme du Deffand me charge de vous faire mille compliments, et de vous dire que si elle ne ne vous importune point de ses lettres, c'est par attention pour vous et par respect pour votre temps; qu'elle a pris beaucoup de part au rétablissement de votre santé; qu'elle est toujours de la bonne doctrine, et n'encense point les faux dieux: c'est ce qu'elle m'a expressément recommandé de vous dire.

Adieu, mon cher et grand philosophe; portez-vous bien; moquez-vous de la sottise des hommes : j'en fais autant que vous; mais je n'ai pas la sottise de m'en moquer trop haut ni trop fort; il ne faut point faire son tourment de ce qui ne doit servir qu'aux menus plaisirs.

MMMDCXXXVII. — A M. DAMILAVILLE.

31 juillet.

Est-il vrai que nous pourrons posséder notre frère, au mois de septembre, dans le pays des parpaillots? Il est juste que les initiés communient ensemble. Frère Diderot ne peut quitter l'*Encyclopédie;* mais frère Dalembert ne pourrait-il pas venir se moquer des sociniens honteux de Genève?

On ne trouve plus ici aucun *Contrat insocial* de Jean-Jacques, et sa personne est cachée entre deux rochers de Neuchâtel. O comme nous aurions chéri ce fou, s'il n'avait pas été faux frère! et qu'il a été un grand sot d'injurier les seuls hommes qui pouvaient lui pardonner!

Est-il possible qu'on n'imprime pas à Paris les *Mémoires de Calas?* Eh bien! en voilà d'autres; lisez et frémissez, mon frère. On a imprimé ces lettres à la Haye et à Lyon. Tous les étrangers parlent de cette aventure avec un attendrissement mêlé d'horreur. Il faut espérer que la cour sauvera l'honneur de la France, en cassant l'indigne arrêt qui révolte l'Europe. Mon Dieu, mes frères, que la vérité est forte! Un parlement a beau employer les bras de ses bourreaux, a beau fermer son greffe, a beau ordonner le silence; la vérité s'élève de toutes parts contre lui, et le force à rougir de lui-même.

Espérez-vous la paix? Tout le monde en parle; mais j'ai bien peur qu'il n'en soit comme de la pluie que nous demandons, et que Dieu nous refuse. Tout est tari dans notre pays, excepté notre lac.

Ne vous livrez pas, mon frère, au dégoût et au dépit; et tâchez de tirer parti du passe-droit que vous essuyez.

Thieriot et moi nous embrassons notre frère.

MMMDCXXXVIII. — A M. LE COMTE D'ARGENTAL.

4 auguste.

Mes divins anges, voici ce que je dis à votre lettre du 27 juillet : C'est une lettre descendue du ciel; mes anges sont les protecteurs de l'innocence, et les ennemis du fanatisme. Ils font le bien, et ils le font sagement. J'envoie au hasard des mémoires, des projets, des idées. Mes anges rectifient tout; il faudra bien qu'ils viennent à bout de réprimer des juges de sang, et de venger l'honneur de la France. J'ai toujours mandé qu'on ne trouverait jamais d'huissier qui osât faire une sommation au greffier du parlement toulousain, après que ce parlement a défendu si sévèrement la communication des pièces, c'est-à-dire de sa honte. Comment pourrait-on trouver un huissier à Toulouse qui signifiât au parlement son opprobre, puisque je n'en ai pas trouvé en Bourgogne qui osât présenter un arrêt du conseil au sieur de Brosses, président à mortier? J'en aurais trouvé dans le siècle de Louis XIV.

Mes anges sont adroits; ils ont gagné le coadjuteur. Hélas! il est bien triste qu'on soit obligé de prendre des précautions pour faire paraître deux lettres où l'on parle respectueusement des moins respectables des hommes, et où la vertu la plus opprimée s'exprime en termes si modestes!

Enfin nous sommes environ cent mille hommes qui nous remettons de tout aux deux anges.

Les Anglais commencent une magnifique souscription dont les Calas ont déjà ressenti les effets.

On a écrit à Lavaysse père une lettre qui doit le faire rentrer en lui-même, ou plutôt l'élever au-dessus de lui-même.

Il faut qu'il abandonne une ville superstitieuse et barbare, aussi ridicule par ses recueils des jeux floraux que par ses pénitents des quatre couleurs. Il trouvera des secours honorables qui l'empêcheront de regretter son barreau. Je supplie mes anges de vouloir bien envoyer le paquet ci-joint à M. le maréchal de Richelieu.

Je me jette aux pieds de Mme d'Argental, et je la remercie du bateau qui parera la table de Tronchin. Elle est trop bonne. C'est de Mme d'Argental dont je parle, et non de la table du docteur.

J'ai lu un factum d'Élie pour des Bourguignons contre un médecin irlandais. Depuis ma maladie, j'aime assez les médecins; mais ce factum ne me fait pas aimer les Irlandais. Je prie mes anges de vouloir bien dire à Élie le moderne que je le préfère à Élie l'évêque de Jérusalem l'infâme, et à l'Élie évêque de Paris la folle.

Mais est-il bien vrai que l'Élie de Paris, ce Beaumont à billets de confession, ait osé mettre au séminaire, pour deux ans [1], le curé de Saint-Jean de Latran, pour avoir prié Dieu? Quoi! il ne sera pas même permis aux acteurs pensionnés du roi de faire dire des psaumes pour un homme qui les a fait vivre! eh! que deviendrai-je donc? Quoi! il n'y aura point pour moi de *Libera!* Oh! je crierai pendant ma vie, si on ne veut pas brailler pour moi après ma mort.

Mes divins anges, je ne vous parle ni de *Cassandre* ni du *Droit du seigneur;* il fait trop chaud.

J'ai Crébillon sur le cœur. Ses vers étaient durs; mais Beaumont l'archevêque l'est davantage.

MMMDCXXXIX. — AU MÊME.

7 auguste.

Mes divins anges, mon cœur est bien gros. Je suis atterré de la piété du bailli de Froulai, et j'aime cent fois mieux le bailli du *Droit du seigneur.* Est-il possible qu'il se soit déclaré contre les comédiens et

1. Pour trois mois. (ÉD.)

contre ce bon curé de Saint-Jean de Latran? Il n'aurait jamais fait pareille infamie du temps de Mlle Lecouvreur et du chevalier d'Aidie.

Mon second tourment est l'inquiétude que j'ai pour dame Catherine[1]; j'ai bien peur que ce vieux héros de comte de Munich n'ait pris le parti de l'ivrogne Pierre Ulric. Il est généralissime. Il aime peu les dames depuis qu'une d'elles l'a envoyé en Sibérie; il est un peu Prussien : tout cela me donne beaucoup d'embarras.

Ma troisième douleur est l'affaire des Calas. Je crains toujours que M. le chancelier ne prenne le prétexte d'un défaut de formalités, pour ne pas choquer le parlement de Toulouse. Je voudrais que quelque bonne âme pût dire au roi : « Sire, voyez à quel point vous devez aimer ce parlement : ce fut lui qui, le premier, remercia Dieu de l'assassinat de Henri III, et ordonna une procession annuelle pour célébrer la mémoire de saint Jacques Clément, en ajoutant la clause qu'on pendrait, sans forme de procès, quiconque parlerait jamais de reconnaître pour roi votre aïeul Henri IV. »

Henri IV gagna enfin son procès; mais je ne sais si les Calas seront aussi heureux. Je n'ai d'espoir que dans mes chers anges, et dans le cri public. Je crois qu'il faut que MM. de Beaumont et Mallard fassent brailler en notre faveur tout l'ordre des avocats, et que, de bouche en bouche, on fasse tinter les oreilles du chancelier; qu'on ne lui donne ni repos ni trêve; qu'on lui crie toujours, *Calas! Calas!*

Ma quatrième inquiétude vient de la famille d'Alexandre[2]. Je l'ai envoyée à l'électeur palatin, en lui disant qu'il ne fallait point la faire jouer, et sur-le-champ il a distribué les rôles. Je vais lui écrire pour le prier de ne la point imprimer, et il l'imprimera. Je crois que, pour me dépiquer, je serai obligé d'en faire autant. Je suis presque aussi content de *Cassandre* qu'un palatin; mais il se pourrait faire que mon extrême dévotion dans cet ouvrage, ma confession, ma communion, ma Statira mourant de mort subite, mon bûcher, etc., donnassent quelque prise à mes bons amis les Fréron et consorts. J'ai écrit la pièce de mon mieux; mais je crois qu'il faut accoutumer le public, par la voie de l'impression, à toutes ces singularités théâtrales; c'est, à mon sens, le meilleur parti, d'autant plus qu'étant dans le goût des commentaires, j'en ai fait un sur cette pièce qui est extrêmement profond et merveilleux. M. Joly de Fleury pourrait en être tout ébouriffé.

Je vous enverrai *Hérode et Mariamne* incessamment; vous y verrez une espèce de janséniste, essénien de son métier, que j'ai substitué à Varus, comme je crois vous l'avoir déjà dit. Ce Varus m'avait paru prodigieusement fade. Je baise toujours du meilleur de mon cœur le bout de vos ailes, et présente mes respects et remerciments à Mme d'Argental.

MMMDCXL. — DU CARDINAL DE BERNIS.

A Vic-sur-Aisne, le 7 août.

J'ai lu, mon cher confrère, la lamentable histoire des Calas, dont j'avais beaucoup entendu parler dans ma province. Il y a du louche

1. Catherine II. (ÉD.) — 2. La tragédie d'*Olympie*. (ÉD.)

des deux côtés, le jugement est incompréhensible, mais le fait ne paraît pas éclairci. J'en vois assez pour être fort mécontent et même fort scandalisé. Est-il possible que l'honneur et la vie soient si fort exposés aux passions, aux caprices, et à l'ignorance des hommes! Je voudrais que le dénoûment des affaires des hommes ne fût jamais précipité; le temps seul peut découvrir de certaines vérités; il faut savoir l'attendre. J'espère que je reverrai Cassandre au sortir de sa toilette. Je prends à cette pièce un intérêt plus fort que celui de l'amitié que j'ai pour vous. Je suis bien aise que vous ayez retouché *Mariamne*. Ne m'ôtez pas le rôle de confident que vous m'avez donné dans vos tragédies : soit justice, soit amour-propre, de tout ce qui se fait aujourd'hui, je ne puis lire que vos ouvrages. Avez vous vu l'éloge de Crébillon? Son panégyriste n'est pas fade, il le censure avec justice, mais il le loue un peu trop sobrement. Notre confrère l'archevêque de Lyon a passé ici quelques jours; nous avons parlé de vous. C'est un des évêques les plus éclairés et les plus aimables. Ma santé va fort bien, et ma philosophie, selon le système de l'abbé de Chaulieu, s'en ressent. Il faut toute la force d'une raison supérieure pour voir en beau ou en gai les choses de ce monde, quand on se porte mal. Adieu, mon cher confrère; je vous aime presque autant que vous êtes aimable.

MMMDCXLI. — A MADAME LA COMTESSE DE LUTZELBOURG.

Aux Délices, 13 auguste.

Ma santé, madame, ne me permet guère d'écrire; je suis réduit à dicter, et à me plaindre de ne pouvoir jouir de la consolation de vous voir. On passe son temps à former des projets, et on n'en exécute guère. L'épitaphe latine que vous m'avez envoyée est pleine de solécismes, mais il n'y a pas grand mal; on dira seulement que le prêtre allemand qui l'a composée ne savait pas le latin; ce petit inconvénient n'est pas à considérer dans une si grande perte. Je vois que madame votre belle-fille aggrave encore vos douleurs; c'est une peine de plus que je partage avec vous. Je me flatte du moins que vous n'aurez pas de procès; ce serait éprouver à la fois de trop grands chagrins.

Vous savez qu'on parle beaucoup de paix. Plût à Dieu qu'on n'eût jamais fait cette guerre qui vous a été si funeste! Les nouvelles de Russie ont bien dû vous étonner [1], madame; peut-être mettront-elles des obstacles à cette paix tant désirée. Je vois de bien loin toutes ces révolutions dans mon heureuse retraite.

J'y serais encore plus heureux, si Ferney n'était pas à cent lieues de l'île Jard. Je regretterai toujours les charmes de votre commerce; je m'intéresserai toujours tendrement à votre conservation et à votre bonheur. Conservez-moi des bontés qui font ma plus chère consolation. Recevez les tendres respects de   V.

1. La mort de Pierre III. (ÉD.)

MMMDCXLII. — A M. LE MARQUIS ALBERGATI CAPACELLI.

Aux Délices, 13 auguste.

Je suis presque toujours réduit, monsieur, à vous écrire d'une main étrangère; cela gêne beaucoup mon cœur et mon impatience. Vous êtes sans doute actuellement dans votre beau château, l'asile des Muses et surtout de Melpomène. Le favori de Thalie a donc pris une autre route que Genève? Je ne saurais me consoler qu'il ait donné la préférence à Lyon; nous lui aurions fait l'accueil qu'on faisait et qu'on devait faire à Ménandre. Je ne sais pas s'il sera fort content de Paris; il trouvera la Comédie-Italienne réunie avec la Foire, et ne donnant plus que des opéras-comiques. D'ailleurs la malheureuse guerre dans laquelle nous sommes engagés depuis sept ans n'est guère favorable aux beaux-arts. Je suis sûr que les connaisseurs rendront ce qu'ils doivent au mérite de M. Goldoni; mais je voudrais que son voyage lui fût utile.

Voilà, monsieur, bien des sujets de tragédie dans ce siècle. L'empereur de Russie, détrôné par sa femme, et mort, dit-on, d'une colique violente; le prince Ivan, empereur légitime, enfermé depuis plus de vingt ans dans une île de la mer Glaciale, où sa mère est morte; la reine de Pologne expirant de douleur sur les ruines de sa capitale; le prince Édouard, héritier du trône de la Grande-Bretagne, traînant sa misère obscure dans les Ardennes; les rois de France et de Portugal assassinés. Vous m'avouerez qu'on aurait tort de ne pas convenir que notre siècle est fertile en sujets de théâtre. Heureux ceux qui voient du port tant d'orages! Il n'y a point de retraite qui ne soit préférable à des trônes élevés au milieu de tant d'écueils.

Jouissez, monsieur, des douceurs de la paix, de votre considération, de votre tranquillité, des beaux-arts que vous protégez. Je m'intéresse vivement à vos succès et à vos plaisirs. Conservez-moi vos bontés; vous savez combien elles me sont chères, et combien je vous respecte.

MMMDCXLIII. — A M. HELVÉTIUS.

13 auguste.

J'ai lu deux fois votre lettre, mon cher philosophe, avec une extrême sensibilité; c'est ma destinée de relire ce que vous écrivez. Mandez-moi, je vous prie, le nom du libraire qui a imprimé votre ouvrage en anglais, et comment il est intitulé; car le mot *esprit*, qui est équivoque chez nous, et qui peut signifier l'âme, l'entendement, n'a pas ce sens louche dans la langue anglaise. *Wit* signifie esprit dans le sens où nous disons avoir de l'esprit, et *understanding* signifie esprit dans le sens que vous l'entendez.

Certainement votre livre ne vous eût point attiré d'ennemis en Angleterre; il n'y a ni fanatiques ni hypocrites dans ce pays-là; les Anglais n'ont que des philosophes qui nous instruisent, et des marins qui nous donnent sur les oreilles. Si nous n'avons point de marins en France, nous commençons à avoir des philosophes; leur nombre augmente par la persécution même. Ils n'ont qu'à être sages, et surtout

être unis, comptez qu'ils triompheront; les sots redouteront leur mépris, les gens d'esprit seront leurs disciples. La lumière se répandra
en France comme en Angleterre, en Prusse, en Hollande, en Suisse,
en Italie même; oui, en Italie. Vous seriez édifié de la multitude des
philosophes qui s'élèvent sourdement dans le pays de la superstition.
Nous ne nous soucions pas que nos laboureurs et nos manœuvres soient
éclairés; mais nous voulons que les gens du monde le soient, et ils le
seront : c'est le plus grand bien que nous puissions faire à la société;
c'est le seul moyen d'adoucir les mœurs, que la superstition rend toujours atroces.

Je ne me console point que vous ayez donné votre livre sous votre
nom; mais il faut partir d'où l'on est.

Comptez que la grande dame[1] a lu les choses comme elles sont imprimées, qu'elle n'a point lu le mot *abominable*, et qu'elle a lu le *Repentir*
du grand Fénelon. Soyez sûr encore que ce mot a fait un très-bon effet; soyez sûr que je suis très-instruit de ce qui se passe.

Je n'ai lu dans Palissot aucune critique des propositions dont vous
me parlez : il faut que ces critiques malhonnêtes soient dans quelques
feuilles ou suppléments de feuilles qui ne me sont pas encore parvenus.

Vous pouvez m'écrire, mon cher philosophe, très-hardiment. Le roi
doit savoir que les philosophes aiment sa personne et sa couronne,
qu'ils ne formeront jamais de cabale contre lui, que le petit-fils de
Henri IV leur est cher, et que les Damiens n'ont jamais écouté des
discours affreux dans nos antichambres. Nous donnerions tous la moitié
de nos biens pour fournir au roi des flottes contre l'Angleterre; je ne
sais si ses tuteurs[2] en feraient autant. Pour moi, je défriche des terres
abandonnées, je dessèche des marais, je bâtis une église, je soulage
comme vous les pauvres, et je dis hardiment par là poste que le discours de maître Joly de Fleury[3] est un très-mauvais discours. Je prends
tout le reste fort gaiement, et j'ai un peu les rieurs de mon côté.

J'ai trouvé de très-beaux vers dans le poëme[4] que vous m'avez envoyé; je souhaite passionnément d'avoir tout l'ouvrage; adressez-le à
M. Le Normand, ou à quelque autre contre-signeur. Vivez, pensez,
écrivez librement, parce que la liberté est un don de Dieu, et n'est
point licence.

Il y a des choses que tout le monde sait, et qu'il ne faut jamais dire,
à moins qu'on ne les dise en plaisantant. Il est permis à La Fontaine[5]
de dire que cocuage n'est point un mal; mais il n'est pas permis à un
philosophe de démontrer qu'il est du droit naturel[6] de coucher avec la
femme de son prochain. Il en est ainsi, ne vous déplaise, de quelques
petites propositions de votre livre. L'auteur de la fable des *Abeilles*[7]
vous a induit dans le piège.

1. Mme de Pompadour. (ÉD.)—2. Les membres du parlement. (ÉD.)
3. Le réquisitoire contre *Émile*, du 9 juin 1762. (ÉD.)
4. *Le Bonheur*, poëme d'Helvétius, qui ne fut imprimé qu'en 1772, après la
mort de l'auteur. (ÉD.)
5. Conte de la *Coupe enchantée*, vers 45. (ÉD)
6. *De l'Esprit*, discours II, chap. XIV, onzième alinéa. (ÉD.)
7. La fable des *Abeilles*, est de Maudeville. (ÉD.)

Au reste, il ne faut jamais rien donner sous son nom. Je n'ai pas même fait *la Pucelle;* maître Joly de Fleury aura beau faire un réquisitoire, je lui dirai qu'il est un calomniateur, que c'est lui qui a fait *la Pucelle,* qu'il veut méchamment mettre sur mon compte.

Adieu, mon cher philosophe; je vous salue en Platon, en Confucius, vous, madame votre femme, vos enfants : élevez-les dans la crainte de Dieu, dans l'amour du roi, et dans l'horreur des fanatiques, qui n'aiment ni Dieu, ni le roi, ni les philosophes.

MMMDCXLIV. — A M. LE COMTE DE SCHOWALOW.

Aux Délices, 13 auguste.

Vous connaiss. donc aussi, monsieur, le prix de la santé par les maladies! Vous avez donc souffert comme moi! Il y a quelque cinquante ans que je fais le métier, et je n'y suis pas encore entièrement accoutumé.

Je vous crois bien persuadé que les rois et les représentants des rois n'ont rien de mieux à faire que de se bien porter. On parle d'une colique violente qui a délivré Pierre Ulric du petit désagrément d'avoir perdu un empire de deux mille lieues. Il ne manquera plus qu'un Ninias à votre Sémiramis pour rendre la ressemblance parfaite. J'avoue que je crains d'avoir le cœur assez corrompu pour n'être pas aussi scandalisé de cette scène qu'un bon chrétien devrait l'être. Il peut résulter un très-grand bien de ce petit mal. La Providence est comme étaient autrefois les jésuites; elle se sert de tout. Et d'ailleurs, quand un ivrogne meurt de la colique, cela nous apprend à être sobres.

Si vous n'avez pas les mémoires des Calas, ordonnez par quelle voie vous voulez qu'on vous en adresse. Cette aventure est bien mince en comparaison de tout ce qui se passe chez les grands de la terre. Mais enfin c'est quelque chose qu'un vieillard, qu'un père de famille, accusé d'avoir pendu son fils par dévotion, et roué sans aucune preuve :

Tantum relligio potuit suadere malorum!

Lucrèce, liv. I, v. 102.

Voici, en attendant, deux petites relations qui pourront vous amuser quelques moments; elles supposent des mémoires précédents, mais ces mémoires enfleraient trop le paquet.

La tragédie des Calas, et celle qui se joue depuis Pétersbourg jusqu'en Portugal, ne m'ont pas fait abandonner la famille d'Alexandre [1]. Je n'ai pas cru devoir laisser imparfait un ouvrage sur lequel vous avez daigné m'honorer de vos conseils : vous m'avez rendu chère cette pièce à laquelle vous avez bien voulu vous intéresser. Si jamais il vous prend envie de la relire, vous n'avez qu'à commander. Pierre Corneille m'occupe encore plus que Pierre Ulric. C'est une terrible tâche que d'être obligé d'avoir toujours raison dans quatorze tomes.

Il faut donc renoncer à l'espérance de voir Vos Excellences dans nos

---

1. La tragédie d'*Olympie.* (ÉD.)

jolis déserts. Cependant le théâtre est tout prêt; et quand Mme l'ambassadrice voudra faire pleurer des Allobroges, il ne tiendra qu'à elle. Il faudra que mademoiselle votre fille joue Joas dans *Athalie*, et moi, si l'on veut, je serai le confident de Mathan,

      Qui ne sert ni Baal ni le dieu d'Israël.

               Racine, *Athalie*, acte III, scène III.

Ma piété en sera effarouchée; mais il faut se faire tout à tous.

Que Votre Excellence me conserve ses bontés; j'en dis autant à Mme l'ambassadrice, à qui ma nièce présente la même requête.

MMMDCXLV. — DE MADAME LA MARGRAVE DE BADE-DOURLACH.

A Carlsruhe, le 17 auguste.

Monsieur, votre souvenir est la chose du monde qui me flatte le plus. Vous pouvez ainsi juger avec quelle joie et reconnaissance je reçois les marques que vous voulez bien m'en donner. Le mémoire que vous m'envoyez, monsieur, ne serait pas sorti de votre plume s'il ne touchait et n'intéressait autant qu'il le fait. Ces infortunés sont heureux, dans leur malheur, que vous vouliez bien prendre leur défense. Personne n'est plus en état que vous, monsieur, de faire percer la vérité au travers des voiles dont la cabale et l'autorité chercheront à la couvrir. Il est bien louable à vous de donner sujet à votre cœur de se signaler autant que votre génie. L'un et l'autre est si parfait, que non-seulement nous, mais la postérité la plus reculée ne cessera de vous chérir et de vous admirer. Conservez-moi votre amitié, je vous en conjure, monsieur; j'ose y prétendre par l'estime très-distinguée avec laquelle j'ai l'honneur d'être, pour toute la vie, monsieur, votre, etc.

     CAROLINE, *margrave de Bade-Dourlach.*

MMMDCXLVI. — A M. LE COMTE D'ARGENTAL.

18 auguste.

Divins anges, le bout de vos ailes m'est plus sacré que jamais. Je vous remercie du bateau : voilà ce qu'on peut donner de plus agréable à M. Tronchin. Je vous prie de joindre à toutes vos bontés celle d'ordonner à l'orfévre d'envoyer par la diligence son bateau à M. Camp, banquier à Lyon, lequel M. Camp me le dépêchera sur-le-champ.

J'espère que je vous aurai bientôt une obligation encore plus grande, et que votre protection fera réformer l'abominable arrêt de Toulouse.

En vérité, si le roi connaissait les conséquences funestes de cette horrible extravagance, il prendrait l'affaire des Calas plus à cœur que moi. Voilà déjà sept familles qui sont sorties de France. Avons-nous donc trop de manufacturiers et de cultivateurs? Je soumets ce petit article à la considération de M. le comte de Choiseul. La France le bénit de travailler à la paix; mais Marie-Thérèse poursuivra toujours Luc.

Catherine se joindra à Marie-Thérèse; don Carlos voudra délivrer don Joseph du soin de régir la Lusitanie.

Cette pièce vraiment n'est pas aisée à faire; et l'auteur y aura assurément bien de l'honneur. On lui battra des mains sur les bords de mon lac, comme sur les bords de la Seine. Il daigne donc aussi protéger le *tripot* et les curés! Dieu le bénira. Il faut que nous lui ayons l'obligation, à lui et à M. le maréchal de Richelieu, d'être débarbarisés.

J'entends Mme de Scaliger à demi-mot; elle veut un *Cassandre*; vous l'aurez, madame; mais je doute que vous et mon autre ange vouliez l'exposer au théâtre et à la dent des malins, qui se moqueront de père Voltaire, et du curé d'Éphèse, et de ma religieuse, et de mon *Cassandre* dûment confessé. Cependant je vous jure que le tout fait un effet auguste et terrible. J'en ai pour garants des huguenots, qui se moquent des sacrements, et à qui pourtant ma confession a fait grand plaisir : enfin vous en jugerez. Je vous soumets tout ce que j'ai de sacré et de profane.

M. le maréchal de Richelieu vient-il? nous lui jouerons *Cassandre*. Mille tendres respects.

MMMDCXLVII. — A M. P. ROUSSEAU.

Aux Délices, 20 auguste.

Pour répondre, monsieur, à votre lettre du 14 auguste, dont je vous suis très-obligé, je vous dirai que M. le duc de Grafton, qui était dans mon voisinage il y a quelque temps, me montra dans *le Saint James Chronicle* du 17 juillet, n° 211, une prétendue lettre de moi, tirée apparemment des archives de Grub-Street ou des charniers Saints-Innocents.

Il fallut tout mon respect et toute ma reconnaissance pour m'engager à désavouer dans les papiers anglais cette rapsodie impertinente. Les honnêtes gens éclairés savent bien à quoi s'en tenir sur ces sottises dont on est inondé et dont on est las.

Au reste, monsieur, vous ferez fort bien, et je vous remercierai de faire imprimer dans votre journal la critique allemande de l'*Histoire de Pierre le Grand*. Ce qu'il y aura de vrai et de judicieux dans cette critique servira pour le second volume. Je peux fort bien m'être trompé, quoique j'aie suivi, aussi exactement que j'ai pu, les mémoires qu'on m'avait envoyés de Pétersbourg.

Il y avait une lourde méprise, dans le manuscrit, concernant la religion. On avait pris le patriarche Nicolas pour le patriarche Photius, qui vivait cent ans auparavant. Cette erreur a été corrigée dans un grand nombre d'exemplaires. On avait mis aussi en un autre endroit Apraxin pour Nariskin.

D'ailleurs, si on conteste les faits, c'est aux archives de Pétersbourg à répondre pour moi. L'*Histoire de Charles XII* a essuyé plus de critiques : ces critiques ont passé, et l'histoire est demeurée.

J'ai l'honneur d'être, etc.　　　　　　　　　VOLTAIRE.

MMMDCXLVIII. — A M. LE MARQUIS D'ARGENCE DE DIRAC.

Aux Délices, 21 auguste.

Le vieux paresseux malade a rarement la consolation d'écrire à son philosophe d'Angoulême. Vous avez dû recevoir un petit imprimé [1] qu'on dit assez curieux, et qui est dans votre goût. Je pense qu'il vous fut envoyé par votre libraire de Genève, avant votre voyage de Paris. Le libraire m'a dit que vous ne lui en aviez point accusé la réception. Il prétend que c'est un ouvrage très-rare, et qu'il a eu beaucoup de peine à vous trouver. Si vous aviez quelque envie de voir les mémoires de Calas, il faudrait donner une adresse par laquelle on pût vous épargner un port considérable; ce qui n'est pas à présent trop aisé. Ces Calas sont, comme peut-être vous l'avez déjà ouï dire, des protestants imbéciles que des catholiques un peu fanatiques ont fait rouer à Toulouse. Si notre siècle a des moments de raison, il en a de folies bien atroces.

Les Turcs prétendent que leur *Alcoran* a tantôt un visage d'ange, et tantôt un visage de bête. Cette définition de l'*Alcoran* convient assez au temps où nous vivons : il y a quelques philosophes; voilà les visages d'anges : tout ce qui se fait ailleurs ressemble fort à des visages de bêtes.

Je crois que nous aurons bientôt ici le gouverneur de votre Guienne [2], il fait, comme vous, un petit pèlerinage chez le vieux gymnosophiste; mais de tous les sages qui sont venus dans cet ermitage, vous serez toujours celui que je regretterai et que j'aimerai le plus.

Nous n'avons point eu de nouvelles intéressantes depuis la dernière colique du czar. Il n'y a eu ni roi détrôné, ni moines abolis; ni batailles données la semaine dernière.

MMMDCXLIX. — A M. DUCLOS.

Aux Délices, 23 auguste.

Je prie l'Académie de considérer que je n'ai pu employer d'autre méthode que celle de lui envoyer les premières idées des *Commentaires sur Corneille*, afin qu'elle eût la bonté de les rectifier; je les travaille avec soin quand elle a eu la bonté de me les renvoyer.

Il arrive quelquefois que, dans les ébauches que je soumets, je m'exprime trop naïvement, parce qu'alors il ne s'agit que de chercher la vérité et non de ménager les convenances. Je ne donne pas aussi toute l'étendue nécessaire à mes remarques, bien sûr que l'Académie m'entendra.

Je découvre souvent à la révision une centaine de vers dont j'avais négligé l'examen. Les fautes sont innombrables dans les pièces qui suivent *Polyeucte;* le travail est souvent désagréable et ingrat. Cependant je suis beaucoup plus prodigue d'éloges que de critiques; et on s'en

1. *Extrait des sentiments de J. Meslier.* (ÉD.)
2. Le maréchal de Richelieu. (ÉD.)

convaincra aisément, si on veut bien jeter les yeux sur les remarques pages 318 et 319.

J'ajoute à cet envoi la traduction de la conspiration de Brutus et de Cassius, ou de *la Mort de César*, que les Anglais préfèrent à *Cinna*. Je mets en parallèle cette pièce de Shakspeare et celle de Corneille. On sera peut-être étonné, et je crois que les nations verront qu'il y a quelque différence entre le théâtre français et le théâtre anglais.

J'espère que l'Académie et le public ne me sauront pas mauvais gré d'avoir exposé ces deux pièces de comparaison.

P. S. Je vous supplie, monsieur, de vouloir bien communiquer à l'Académie ces petites réflexions, et de me dire ce qu'elle pense de cette entreprise.

MMMDCL. — DE MADAME LA MARGRAVE DE BADE-DOURLACH.

A Carlsruhe, le 24 auguste.

Monsieur, je viens de recevoir l'*Histoire d'Élisabeth Canning et de Jean Calas*, que vous m'avez fait l'honneur de m'envoyer. Permettez, monsieur, que je vous en marque toute ma reconnaissance. Je prie le baron de Hahn, qui vous remettra cette lettre, de vous dire avec quel enthousiasme je vous estime, et combien je languis après le moment de vous revoir ici.

Je vous le répète, monsieur, la malheureuse famille de Calas est bien heureuse d'avoir trouvé un avocat tel que vous. Les choses que vous écrivez pour elle sont autant de pièces d'éloquence qui font honneur et à votre plume et à vos sentiments. Le public les recevra, comme moi, avec mille applaudissements, et votre gloire en recevra un nouveau lustre.

J'ai l'honneur d'être avec la considération la plus vraie et la plus parfaite, monsieur, votre, etc. CAROLINE, *margrave de Bade-Dourlach.*

MMMDCLI. — A M. LE MARQUIS ALBERGATI CAPACELLI.

Aux Délices, 25 auguste.

Il caro Goldoni, il figlio della Natura veut donc, monsieur, me laisser mourir sans me donner la consolation de le voir. Il m'a écrit de Lyon qu'il n'avait pu passer chez moi parce qu'il a sa femme; mais certainement je ne lui aurais pas pris sa femme, et je les aurais reçus tous deux avec autant d'empressement qu'il le sera partout ailleurs. Il m'a mandé que de Lyon il allait à Paris, mais il ne m'a pas donné d'adresse; ainsi je ne sais où lui répondre.

Je suis tout à fait *angustiato*. Vous m'étonnez, monsieur, de m'apprendre que vous voulez ressusciter en Italie la tragédie d'*Idoménée*[1], qui est morte à Paris dès sa naissance, il y a quelque soixante ans. C'est un des plus insipides ouvrages qu'on ait jamais donnés au théâtre, et aussi mal écrit que mal conduit. Assurément *Phèdre* et *Po-*

1. Tragédie de Crébillon. (Éd.)

lycucte seraient bien étonnés de se trouver en pareille compagnie. Non, vous ne serez pas comme ceux qui tiennent table ouverte, et qui reçoivent également les gens aimables et les importuns.

Dieu a béni votre théâtre, et n'a pas accordé au mien beaucoup de faveur cette année. J'ai été si malade, qu'il m'a fallu quitter le château de Ferney pour aller aux Délices près de Genève, et pour être longtemps entre les mains des médecins. Pendant ce temps-là, vous donniez de belles fêtes; et il vous est plus aisé de trouver des acteurs à Bologne, qu'à moi d'en trouver à Genève. *Bologna la dota* vaut mieux que Genève la pédante, où il n'y a que des prédicants, des marchands, et des truites. Je ne m'accommode pas tout à fait de cela, moi qui aime la bonne tragédie. Ce que nous avons de plus agréable dans ce pays-ci, c'est que nous sommes instruits les premiers de toutes les sottises sanguinaires qui se passent dans le Nord. Nous sommes tout juste entre la France, l'Allemagne, et l'Italie; et on ne tue personne vers Dresde que nous ne le sachions les premiers. Avec tout cela j'aimerais beaucoup mieux avoir bâti un château vers Bologna que vers les Allobroges, et être votre voisin que celui des Savoyards; mais Dieu n'a pas voulu que je visse la belle Italie. Il faut que je vive et que je meure où je suis; j'y vivrai et j'y mourrai plein d'estime et de respect pour vous.

MMMDCLII. — A M. GOLDONI.

Aux Délices, près de Genève, 28 auguste.

Adasio un poco, caro sior; cosa che avete ditto che avete una moglie al lato, vol dir che siete un *contade perfetto*. Basta, che il sior e la siora moglie sarebbero stati ricevuti con ogni rispetto, e col più gran zelo nelle mie capanne, e che la via di Ginevra è così bella come quella di Lione; e che me dispiace che la sia disgustada, et che non habbia avu la volontà de' vegnir, e xe un pezzo che l'aspettava, e che io vo mi ramaricando; vardè, che cosa fa di non aver preso la via di Ginevra; vardè, che bisogna che diga tutto e po vedrà se le cose van ben.

Volete dunque, mio caro sior, sanar la piaga che mi fate, coll' onore della vostra dedicazione; ma se questa gloria innalza il mio spirito, e lusinga la vanità mia, il dolor di non avervi tenuto nelle mie braccia, non è meno acerbo nel mio cuore. Leggerò le vostre vezzose commedie fino al giorno che potrò riverire l'autore.

Non so dove siete adesso. Non so come indirizzare la mia lettera. Ma il vostro nome basta; e mi confido che siete già conosciuto à Parigi, come à Venezia. Non ho ancora ricevuto il regalo che mi accennate. Ma non posso differire i miei ringraziamenti.

Giacchè siete, o sarete ben presto cittadino di Parigi, vorrei farvi una visita, ma il Corneille non lo permetterà. Mi ritrovo fra il Corneille ed il Goldoni. Stamperò l'uno, ed aspetterò l'altro quando egli tornerà a riveder la sua bella Italia. Ma di grazia non mi deludete più colle illusioni della speranza.

Addio; vi stimo, vi onoro, vi amo senza illusione veruna; e sarò sempre il vostro ammiratore, amico, e servitore.

29 auguste.

Divins anges, je m'aperçois pourtant qu'il est difficile de faire à la fois une tragédie, l'*Histoire du czar*, l'*Histoire générale*, les *Remarques sur Corneille*, et de défricher le tout avec un procès pour un cimetière.

J'apprends que vous n'êtes plus chez vous, et que la petite vérole vous en a chassés : voilà ce que c'est que de ne pas faire inoculer tous les petits garçons et toutes les petites filles d'un pays à l'âge de sept ans ; mais j'ai peur que Tronchin et La Condamine n'aient décrédité l'inoculation, l'un en excitant trop d'envie, et l'autre en y mêlant un peu de ridicule.

Je vous envoie *Mariamne* pour vous amuser dans votre exil ; vous avez dû recevoir le *Jules César* de Shakspeare. Je crois que vous serez convaincus que La Place est fort loin d'avoir fait connaître le théâtre anglais ; avouez que l'excès énorme de son extravagance était pourtant bon à connaître.

J'ai vu la requête de Mariette pour les Calas ; j'ai vu l'arrêt. La jurisprudence de Toulouse est bien étrange ; cet arrêt ne dit pas seulement de quoi Jean Calas était accusé. Je ne regarde ce jugement que comme un assassinat fait en robe et en bonnet carré. Je me flatte qu'enfin votre protection fera rendre justice à l'innocence. Je sais bien que les lois ne permettent pas les dédommagements que l'équité exigerait ; les juges devraient au moins demander pardon à la famille, et la nourrir. Que pourra faire le conseil ? Il dira que Calas n'a point pendu son fils ; nous le savions bien ; et quand le conseil se laisserait séduire par le parlement de Toulouse, l'Europe ne croira pas moins Calas innocent. Le cri public l'emporte sur tous les arrêts ; mais enfin c'est toujours beaucoup que le conseil réprime un peu de fanatisme.

Mes chers anges, je ne ferai point imprimer *Cassandre* [1] : que votre volonté soit faite dans la terre comme aux cieux ; mais il arrivera sûrement quelque malheur dans le Palatinat.

L'électeur fait une belle dépense pour cette représentation : nous jouerons la pièce à Ferney ; mais, quoique ce ne soit pas en électeurs, le spectacle ne laissera pas que d'être beau. J'espère que nous en régalerons M. le maréchal de Richelieu. Nous verrons, à cette représentation, s'il y a encore quelque chose à changer, et ensuite nous l'enverrons à nos juges en dernier ressort.

Mes divins anges, nous avons des fluxions qui ne permettent pas trop d'écrire. Mille tendres respects.

MMMDCLIV. — A M. DAMILAVILLE.

Aux Délices, 29 auguste.

Mon cher frère, il y a deux pièces dont je suis fort content : l'une es l'arrêt du parlement qui nous débarrasse des jésuites, l'autre est la r.

1. *Olympie*. (ÉD.)

quête de M. Mariette contre le parlement de Toulouse. Je me flatte qu'à la fin nous viendrons à bout de faire rendre justice à l'innocence. Mais quelle justice ! elle se bornera à déclarer que Jean Calas a été roué mal à propos. Le sang innocent, dans d'autres pays, obtiendrait une autre vengeance. Je regarde le supplice de Calas comme un assassinat revêtu des formes de la justice. Les assassins devraient bien être condamnés au moins à demander pardon à la famille, et à la nourrir.

Vous ne vous souvenez peut-être pas d'une lettre qui est, je crois, la première que je vous écrivis sur cette affaire, et qui était adressée à M. Dalembert. Je vous l'envoyai, afin que tous les frères fussent instruits de cet horrible exemple de fanatisme. Je ne sais quel exécrable polisson a pris cette lettre pour son texte, et y a ajouté tout ce qu'on peut dire de plus extravagant, de plus offensant, et de plus punissable contre le gouvernement. L'auteur a poussé la sottise jusqu'à dire du mal du roi, et du bien du poëme du *Balai*; le tout, écrit dans les charniers Saints-Innocents, a été mis dans les papiers publics d'Angleterre.

Il se trouve encore que le *Journal encyclopédique*, qui est le seul journal que j'aime, est attaqué violemment dans ce bel écrit qu'on m'attribue. Les auteurs de ce journal s'en sont plaints à moi; enfin j'ai été obligé d'avoir la condescendance de désavouer publiquement cette impertinence, par la raison qu'il y a bien plus de gens qui se connaissent en méchancetés, qu'il n'y en a qui se connaissent en style. Il faut avouer que la lettre est si insolente, que M. Dalembert serait presque aussi coupable de l'avoir reçue, que moi de l'avoir écrite.

Quand vous verrez M. Dalembert, je vous prie de l'instruire de tout cela.

Mon frère Thieriot a trouvé ici de la santé, et moi je perds la mienne. Je suis accablé de fluxions, je deviens sourd. Les tempéraments faibles, à mon âge, s'en vont pièce à pièce. Nous allons jouer ici la comédie : je ne pourrai être tout au plus que spectateur; c'est bien dommage, je ne faisais pas mal mes rôles de vieillard.

Ne pensez-vous pas qu'il faut attendre, pour reprendre à Paris *le Droit du seigneur*, que la Comédie-Française soit sur un autre pied et sur un autre ton? Je crois que vous avez à Paris Goldoni. Vous me ferez plaisir de me dire comment il réussira. Je ne parle pas de ses pièces; je crois la chose décidée. On dit l'auteur très-bon homme et fort naturel.

J'embrasse tendrement mon cher frère.

MMMDCLV. — A M. COLINI.

Aux Délices, 30 août.

Vous allez donc, mon cher ami, être l'inspecteur des jeux[1]. Si la trappe réussit, je suis pour la trappe. Je ne me servis de coulisses pour brûler Olympie que parce que je ne pouvais avoir de trappe. Je faisais

---

1. C'est-à-dire de la représentation d'*Olympie*, qui eut lieu à Schwetzingen le 30 septembre. (ÉD.)

apporter un autel haut d'environ trois pieds; on portait sur cet autel les offrandes qu'Olympie devait fair — elle montait sur un petit gradin derrière cet autel. Les flammes cependant s'élançaient à droite et à gauche fort au-dessus des deux coulisses fermées, sur lesquels étaient peints des tisons enflammés. Olympie descendait rapidement de son petit marchepied, elle passait comme un trait, en se baissant un peu, entre les deux coulisses ouvertes, qui se refermaient sur-le-champ; elle se mettait en sûreté, et alors les flammes redoublaient.

Au reste, s'il en est encore temps, vous trouverez ci-joint un petit changement, au cinquième acte, qui m'a paru nécessaire. Nous allons jouer aussi *Cassandre* à Ferney; mais à peine pourrai-je l'entendre; car, en vérité, je deviens sourd et aveugle. Le pays de Gex est charmant, mais il est entouré de montagnes de neige que je crois fort malsaines.

On dit que la tragédie de Russie recommence; qu'on est sur le point de voir une seconde révolution. Je ne crois pas cette nouvelle fondée; mais enfin, dans ce monde, il faut s'attendre à tout. Ma fluxion m'empêche de vous écrire de ma main; je suis dans un état désagréable; c'est le partage de la vieillesse.

Je vous prie très-instamment d'empêcher l'impression de la pièce; de ne la donner au souffleur qu'au moment de la représentation, et de retirer les rôles dès qu'elle aura été jouée. Je vous embrasse de tout mon cœur.

MMMDCLVI. — A M. LE CARDINAL DE BERNIS.

Aux Délices, 3 septembre.

Je suis affligé en mon étui, monseigneur; mes sens me quittent l'un après l'autre, en dépit de Tronchin. La nature est plus forte que lui dans une machine frêle qu'elle mine de tous les côtés. Une fluxion diabolique m'a privé de l'ouïe, et presque de la vue. La famille d'Alexandre s'en est mal trouvée; je l'ai abandonnée jusqu'à ce que je souffre moins; mais je n'ai pas abandonné la famille des Calas, qui est aussi malheureuse que celle d'Alexandre. Je prends la liberté d'envoyer à Votre Éminence un petit mémoire assez curieux sur cette cruelle affaire; la première partie pourra vous amuser, la seconde pourra vous attendrir et vous indigner. Le conseil enfin est saisi des pièces, et l'on va revoir le jugement de Toulouse. Vous me demanderez pourquoi je me suis chargé de ce procès; c'est parce que personne ne s'en chargeait, et qu'il m'a paru que les hommes étaient trop indifférents sur les malheurs d'autrui. Si Pierre III n'avait pas été un ivrogne, son aventure serait un beau sujet de tragédie. Deux rivales, une femme près d'être répudiée, une révolution subite; l'étoffe ne manque pas. L'amour encore a fait assassiner le roi de Portugal; et puis qu'on aille dire que nous avons tort de mettre de l'amour dans nos pièces!

En voilà trop pour un sourd presque aveugle. Nous répétons *Cassandre*. Mlle Corneille ne jouera pas mal Olympie; mais elle jouera mieux Chimène, comme de raison.

Je vous réitère mes très-tendres respects.

MMMDCLVII. — A M. COLINI.

Aux Délices, 4 septembre.

Voici tout ce que peut répondre un pauvre homme qui perd l'ouïe et la vue, et qui perdra bientôt le reste.

Il y a toujours quelque chose à refaire à une tragédie. Je me suis aperçu que, dans la troisième scène du quatrième acte, l'hiérophante ne donne nulle raison de cette loi qui n'accorde qu'un seul jour à Olympie pour renoncer à son époux, et pour faire un nouveau choix. La voici, cette raison :

....

Son épouse en un jour peut former d'autres nœuds;
Elle le peut sans honte; à moins que sa clémence,
A l'exemple des dieux ne pardonne l'offense.
La loi donne un seul jour : elle accourcit les temps
Des chagrins attachés à ces grands changements.
Mais surtout attendez les ordres d'une mère;
Elle a repris ses droits, ce sacré caractère, etc.

M. Colini est prié de faire ce petit changement sur le rôle de l'hiérophante. La pièce aurait encore besoin de quelques autres changements; mais comme le temps presse, on ne veut pas fatiguer les acteurs.

On a déjà dit, dans la dernière lettre, comment la scène du bûcher fut exécutée au château de Ferney. On prendra sur le théâtre de Schwetzingen le parti que l'on voudra; mais il est essentiel que les prêtresses apportent un autel sur le devant du bûcher, et qu'Olympie monte sur ce petit gradin à l'autel.

Ce qu'il y a de plus nécessaire, c'est que l'actrice chargée du rôle d'Olympie soit très-attendrissante, qu'elle soupire, qu'elle sanglote; que dans la scène avec sa mère elle observe de longues pauses, de longs silences, qui sont le caractère de la modestie, de la douleur, et de l'embarras.

Il faut, au dernier acte, un air recueilli et plein d'un sombre désespoir; c'est là surtout qu'il est nécessaire de mettre de longs silences entre les vers. Il faut au moins deux ou trois secondes en récitant :

Apprends.... que je t'adore.... et que je m'en punis.

Un silence après *apprends*, un silence après *que je t'adore*. Le rôle de Cassandre doit être joué avec la plus grande chaleur, et celui de l'hiérophante avec une dignité attendrissante.

M. Colini est instamment prié de ne point faire imprimer la pièce avant qu'on y ait donné la dernière main. Le malade lui fait mille compliments.

MMMDCLVIII. — A M. LE COMTE D'ARGENTAL.

6 septembre.

Mes divins anges, je prends donc la liberté de faire mon compliment à M. le comte de Choiseul. Ce compliment est court, mais il part du cœur; et malheur aux compliments quand, ils sont longs! D'ailleurs ma fluxion ne me permet pas une éloquence bien prolixe. Je joins à mon paquet un *Canning-Calas* qui me reste : on peut toujours le placer. J'attends avec bien de l'impatience le mémoire instructif de Mariette, et la philippique d'Élie. J'espère que cette philippique fera un très-grand effet, et qu'elle sera signée d'un grand nombre d'avocats. C'est un point important. Ces témoignages réunis tiennent lieu d'un arrêt, et dirigent celui des juges. Ah! mes anges, que vos louanges seront chantées, quand vous aurez consommé votre bonne action!

Je vous prie de faire mes compliments à frère Berthier (quand vous le verrez) sur sa résurrection, et sur sa place de sous-précepteur. Il faut espérer qu'il sera un jour un petit cardinal de Fleury.

Eh bien! ce *Henri IV*, dont j'espérais tant, n'a pas même réussi à Bagnolet. Lekain m'en avait dit merveilles; il m'a dit aussi miracle d'*Éponine* [1]. Je n'ai pas grande foi au goût de Lekain.

Les Délices sont aux pieds de mes anges.

MMMDCLIX, — A M. LE COMTE DE CHOISEUL.

Aux Délices, 6 septembre.

Si je ne voulais faire entendre ma voix, cher seigneur, je me tairais dans la crise des affaires où vous êtes; mais j'entends la voix de beaucoup d'étrangers : tous disent qu'on doit vous bénir, si vous faites la paix à quelque prix que ce soit. Permettez-moi donc, monseigneur, de vous en faire mon compliment. Je suis comme le public, j'aime beaucoup mieux la paix que le Canada; et je crois que la France peut être heureuse sans Québec. Vous nous donnez précisément ce dont nous avons besoin. Nous vous devons des actions de grâces. Recevez en attendant, avec votre bonté ordinaire, le profond respect de VOLTAIRE.

MMMDCLX. — DE M. DALEMBERT.

A Paris, 8 septembre.

L'Académie m'a chargé, mon cher confrère, en l'absence de M. Duclos, de vous remercier de la traduction que vous lui avez envoyée du *Jules-César* de Shakspeare. Elle l'a lue avec plaisir, et elle pense que vous avez très-bien fait de relever par ce parallèle le mérite de notre théâtre. Elle s'en rapporte à vous pour la fidélité de la traduction, n'ayant pas eu d'ailleurs l'original sous les yeux. Elle est étonnée qu'une nation qui n'est pas barbare puisse applaudir à des rapsodies si grossières; et rien ne lui paraît plus propre, comme vous l'avez très-bien pensé, à assurer la gloire de Corneille.

Après m'être acquitté des ordres de l'Académie, voici maintenant pour mon compte. Quelque absurde que me paraisse la pièce de Shakspeare, quelque grossiers que soient réellement les personnages, quelque fidélité que je pense que vous ayez mise dans votre traduction, j'ai peine à croire qu'en certains endroits l'original soit aussi mauvais qu'il le

_____

1. Tragédie de Chabanon. (ÉD.)

paraît dans cette traduction. Il y a un endroit, par exemple, où vous faites dire à un des acteurs, *mes braves gentilshommes*; il y a apparence que l'anglais porte *gentleman* ou peut-être *worthy gentleman*, expression qui ne renferme pas l'idée de familiarité qui est attachée dans notre langue à celle-ci, *mes braves gentilshommes*. Vous savez d'ailleurs mieux que moi que *gentleman*, en anglais, ne signifie pas ce que nous entendons par *gentilhomme*. Vous faites dire à un des conjurés, après l'assassinat de César : *L'ambition vient de payer ses dettes;* cela est ridicule en français, et je ne doute point que cela ne soit fidèlement traduit; mais cette façon de parler est-elle ridicule en anglais? je m'en rapporte à vous pour le savoir. Si je disais de quelqu'un qui est mort : *Il a payé ses dettes à la nature*, je m'exprimerais ridiculement; cependant la phrase latine correspondante, *Naturæ solvit debitum*, n'aurait rien de répréhensible. Vous sentez bien, mon cher maître, que je ne fais en tout ceci que vous proposer mes doutes; je sais très-médiocrement l'anglais; je n'ai point l'original sous les yeux; la présomption est pour vous à tous égards; et moi-même tout le premier je parierais pour vous contre moi : mais comme l'anglais et le français sont deux langues vivantes, et dans lesquelles par conséquent on connaît parfaitement ce qui est bas ou noble, propre ou impropre, sérieux ou familier, il est très-important que dans votre traduction vous ayez conservé partout le caractère de l'original dans chaque phrase, afin que les Anglais ne vous reprochent pas ou d'ignorer la valeur des expressions dans leur langue, ou d'avoir défiguré leur idole, pour ne pas dire leur magot.

J'ai lu aussi dans l'imprimé la fin des notes sur *Cinna*. Le ton m'en paraît convenable, et beaucoup mieux que dans les notes manuscrites. Vous pouvez tout dire, et vous ferez même très-bien; il ne s'agit que de la manière.

J'ai lu à l'Académie française, le jour de la Saint-Louis, un morceau sur la poésie, et principalement sur l'ode : les partisans de Rousseau (qui n'en a plus guère) ne seront pas trop contents de moi, car j'ai osé dire que ce poëte pensait peu, et que chez lui la partie du sentiment est nulle. Comme rien n'est plus vrai, les clameurs que cette décision pourra exciter ne m'inquiètent guère, d'autant que Rousseau n'a pas encore, comme Corneille, les honneurs de l'apothéose. J'ai trouvé occasion, dans le même écrit, de vous rendre la justice que vous méritez, à l'occasion de l'usage de la philosophie dans la poésie, genre de mérite rare et précieux que vous seul avez eu parmi nous.

Qu'est-ce qu'un *Éloge de Crébillon*[1], ou plutôt une satire sous le nom d'éloge, qu'on vous attribue? Quoique je pense absolument comme l'auteur de cette brochure sur le mérite de Crébillon, je suis très-fâché qu'on ait choisi le moment de sa mort pour jeter des pierres sur son cadavre; il fallait le laisser pourrir de lui-même, et cela n'eût pas été long.

Les amis de Rousseau (non plus de Rousseau le poëte, mais de Rous-

---

1. Il est de Voltaire. (ÉD.)

seau de Genève) répandent ici que vous le persécutez, que vous l'avez
fait chasser de Berne, et que vous travaillez à le faire chasser de Neuchâtel. Je suis persuadé qu'il n'en est rien, et que, malgré les torts que
Rousseau peut avoir avec vous, vous ne voudriez pas l'écraser à terre.
Je me souviens d'un beau vers de *Sémiramis* :

> . . . . La pitié, dont la voix,
> Alors qu'on est vengé, fait entendre ses lois.

Souvenez-vous d'ailleurs que si Rousseau est persécuté, c'est pour
avoir jeté des pierres, et d'assez bonnes pierres, à cette infâme que
vous voudriez voir écrasée, et qui fait le refrain de toutes vos lettres,
comme la destruction de Carthage était le refrain de tous les discours
de Caton au sénat. Rousseau ressemble à cet homme des *Fables d'Ésope*,
qui donnait des soufflets aux passants, et à qui on conseilla, pour son
malheur, d'aller souffleter aussi un sot accrédité qui se trouva sur son
chemin, et qui lui fit payer les soufflets pour lui et pour les autres
passants. Mais il ne faut pas que la philosophie, tout insultée qu'elle
est par lui, puisse être accusée d'avoir contribué ou même d'insulter à
son malheur. L'archevêque vient de faire contre lui un grand diable
de mandement qui donnera envie de lire sa profession de foi à ceux
qui ne la connaissent pas. Un mandement d'archevêque n'est qu'un
titre de plus pour la célébrité ; cela s'appelle sortir avec les honneurs
de la guerre.

On dit que le parlement est assemblé dans ce moment pour défendre
aux jésuites de prêcher :

> C'est ainsi qu'en partant *il leur fait ses adieux* [1].

Je n'aurais jamais cru que la destruction de cette vermine dût faire un
si petit événement. A peine en a-t-on parlé deux jours, et ces jésuites
si orgueilleux périssent comme des capucins, sans faire de sensation ;
on dit pourtant qu'il y a des personnes très-considérables à Versailles
qui ne prennent pas la chose si fort en patience, qui en maigrissent à
vue d'œil, et dont les joues rentrent en dedans, à mesure que les jésuites sont poussés dehors. A propos de cela, savez-vous que frère
Berthier a pensé être instituteur des enfants de France? heureusement
ce ridicule choix n'a pas eu lieu ; voilà en effet un plaisant instituteur
qu'un capelan sans philosophie, sans goût, sans connaissance des
hommes ! Si on le faisait balayeur de la bibliothèque du roi, je le
trouverais mieux placé.

Que dites-vous de la révolution de Russie, et de votre ancien disciple, dont vous vous obstinez à ne me point parler? Vous avez toujours cru qu'il périrait ; il s'en tirera pourtant, si je ne me trompe,
grâce à son activité et à son courage. Je me flatte qu'après la paix
qu'on nous fait espérer bientôt, il redeviendra notre ami, et que tout
rentrera dans l'ordre accoutumé.

1. Quinault, *Thésée*, acte V, scène VI. (ÉD.)

Adieu, mon cher et illustre philosophe; vous me négligez un peu; je ne reçois plus de vos nouvelles que de loin à loin, et je trouve cela très-mauvais.

MMMDCLXI. — A M. LE COMTE D'ARGENTAL.

Au château de Ferney, par Genève, 14 septembre.

Je reçois la lettre de mes divins anges du 7 de septembre, avec les plus tendres remercîments. Mme Scaliger a donc aussi une fluxion; je la plains bien, non pas à cause de ma triste expérience, mais par extrême sensibilité. Cependant il y a fluxion et fluxion; j'en connais qui rendent sourd et borgne vers les soixante-neuf ans, et qui glacent ce génie que vous prétendez qui me reste. Je ne suis pas trop actuellement en état de raboter des vers; j'attends quelques petits moments favorables pour obéir à tout ce que mes anges m'ordonnent : mais si malheureusement mon imbécillité présente se prolongeait, ne pourrait-on pas toujours jouer *Mariamne* à Fontainebleau, en attendant que le sens commun de la poésie me fût revenu?

La barque à Tronchin est extrêmement jolie; elle semble convenir très-fort à celui qui sauve les gens de la barque à Caron.

J'ai écrit à l'électeur palatin, pour lui demander en grâce qu'il empêche, par son autorité électorale, que *Cassandre* ne soit livré au bras séculier, et imprimé. Il m'a déjà promis d'avoir cette attention, et je me flatte qu'il tiendra sa parole.

Il a fait, en dernier lieu, exécuter *Tancrède* d'une façon qui ne laisse pas soupçonner qu'on viole la terrible unité de lieu. On voit la maison d'Argire, un temple, l'hôtel des chevaliers, et deux rues : voilà le goût antique dans toute sa régularité.

Je relis la lettre de mes anges. Je soupçonne qu'il y a quelque malentendu dans la copie de *Mariamne* que j'ai envoyée; et, dès que j'aurai la tête moins emmitouflée, je reverrai ce procès avec attention.

Celui des Calas me paraît en bon train, grâce à votre protection.

Je ne connais ni le nom du rapporteur ni celui des juges, tant la veuve a pris soin de me bien informer. J'attendrai patiemment le mémoire de Mariette; mais je vous avoue que j'attends avec impatience celui d'Élie.

Ne faudrait-il pas, quand les juges seront nommés, les faire solliciter fort et longtemps, soir et matin, par leurs amis, leurs parents, leurs confesseurs, leurs maîtresses? Ceci est la cause du bon sens contre l'absurdité, et de l'humanité contre la barbarie fanatique. Il sera bien doux de gagner ce procès contre les pénitents blancs. Est-il possible qu'il y ait encore de pareils masques en France?

Mes anges, il y a longtemps que j'ai envie de vous écrire sur le philosophe qui veut épouser. Voici l'état des choses. Quand l'extrême protection, et la grande considération qu'on me prodiguait, força ma modestie à quitter la France, j'avais des rentes viagères et de l'argent comptant. Je me suis défait de ce dernier embarras, en assurant à Mme Denis seize mille livres de rente; j'en ai donné trois à Mme de Fontaine; j'en ai assuré quinze cents livres ou environ à Mlle Cor-

neille; .e reste a été englouti en maisons, châteaux, meubles, et théâtre. Je ne sais pas encore ce qui reviendra à Mlle Corneille de l'édition
de Pierre, mais je crois que cela lui formera un fonds d'environ quarante mille livres. Je lui donnerai une petite rente pour ma souscription. Il ne faut pas se flatter que je puisse davantage. Ne comptons
même l'édition de Corneille que pour trente mille livres, afin de ne
pas porter nos espérances trop haut, et de n'être pas obligé de dé-
compter.

Si le philosophe est vraiment philosophe, et veut demeurer avec nous
jusqu'à ce que son père lui cède son château, il jouira d'une assez bonne
maison; mais qu'il ne croie pas épouser une philosophe formée. Nous
commençons à écrire un peu, nous lisons avec quelque peine, nous
apprenons aisément des vers par cœur, et nous ne les récitons pas
mal : la santé est très-faible, le caractère est doux, gai, caressant; le
mot de bonne enfant semble avoir été fait pour elle. J'ai rendu un
compte fidèle du spirituel et du temporel, du physique et du moral,
et je m'en tiens là, en me remettant à la Providence.

Voilà les juges nommés pour la révision du procès des Calas. On est
instruit du nom des juges; on espère que nos anges protecteurs les
feront bien solliciter, et on se flatte que la cause elle-même les sol-
licite.

Mille tendres respects.

MMMDCLXII. — A M. DALEMBERT.

Au château de Ferney, par Genève, 15 septembre.

Mon très-aimable et très-grand philosophe, je suis emmitouflé. Je
vise à être sourd et aveugle. Si je n'étais qu'aveugle, je reviendrais
voir Mme du Deffand; mais étant sourd, il n'y a pas moyen.

Je vous prie de dire à l'Académie que je la régalerai incessamment
de l'*Héraclius* de Calderon, qui pourra réjouir autant que le *César*
de Shakspeare. Soyez très-persuadé que j'ai traduit Gilles Shakspeare
selon l'esprit et selon la lettre. *L'ambition qui paye ses dettes* est tout
aussi familier en anglais qu'en français, et le *dimitte nobis debita
nostra* n'en est pas plus noble pour être dans le *Pater*.

On a bien de la peine avec les Calas; on n'a été instruit que petit à
petit, et ce n'est qu'avec des difficultés extrêmes qu'on a fait venir les
enfants à Genève l'un après l'autre, et la mère à Paris. Les mémoires
on été faits successivement, à mesure qu'on a été instruit. Ces mémoires ne sont faits que pour préparer les esprits, pour acquérir des
protecteurs, et pour avoir le plaisir de rendre un parlement et des pénitents blancs exécrables et ridicules.

Comment peut-on imaginer que j'aie persécuté Jean-Jacques? voilà
une étrange idée; cela est absurde. Je me suis moqué de son *Émile*,
qui est assurément un plat personnage : son livre m'a ennuyé; mais
il y a cinquante pages que je veux faire relier en maroquin. En vérité,
ai-je le nez tourné à la persécution? Croit-on que j'aie un grand crédit
auprès des prêtres de Berne? Je vous assure que la prêtraille de Ge-

nève aurait fait retomber sur moi, si elle avait pu, la petite correction qu'on a faite à Jean-Jacques, et j'aurais pu dire :

>................. *Jam proximus ardet*
> *Ucalegon* [1] ....,

si je n'avais pas des terres en France avec un peu de protection. Quelques cuistres de calvinistes ont été fort ébahis et fort scandalisés que l'illustre république me permît d'avoir une maison dans son territoire, dans le temps qu'on brûle et qu'on décrète de prise de corps Jean-Jacques le citoyen ; mais comme je suis fort insolent, j'en impose un peu, et cela contient les sots. Il y a d'ailleurs plus de *Jean Meslier* et de *Sermon des cinquante* dans l'enceinte des montagnes qu'il n'y en a à Paris. Ma mission va bien, et la moisson est assez abondante. Tâchez de votre côté d'éclairer la jeunesse autant que vous le pourrez.

J'ai envoyé à frère Damilaville un long détail d'une bêtise imprimée dans les journaux d'Angleterre ; c'est une lettre qu'on prétend que je vous ai écrite : vous auriez un bien plat correspondant, si je vous avais en effet écrit de ce style.

Le factum de l'archevêque de Paris contre Jean-Jacques me paraît plus plat que l'éducation d'*Émile* ; mais il n'approche pas du réquisitoire d'Omer. Quand un homme public est bête, il faut l'être comme Omer, ou ne point s'en mêler. Je suis très-sûr qu'on a proposé Berthier pour la place de maître *Éditue*. Il faut avouer qu'il y a certaines familles où l'on élève bien les enfants ; mais, Dieu merci, nous n'avons eu qu'une fausse alarme.

Je vous parle rarement de Luc, parce que je ne pense plus à lui : cependant s'il était capable de vivre tranquille et en philosophe, et de mettre à écraser l'*inf*... la centième partie de ce qu'il lui en a coûté pour faire égorger du monde, je sens que je pourrais lui pardonner. Vous avez vu, sans doute, la belle lettre que Jean-Jacques a écrite à son pasteur, pour être reçu à la sainte table : je l'ai envoyée à frère Damilaville. Vous voyez bien que ce pauvre homme est fou : pour peu qu'il eût un reste de sens commun, il serait venu au château de Tournay, que je lui offrais ; c'est une terre entièrement libre. Il y eût bravé également et les prêtres ariens, et l'imbécile Omer, et tous les fanatiques ; mais son orgueil ne lui a pas permis d'accepter les bienfaits d'un homme qu'il avait outragé.

Criez partout, je vous en prie, pour les Calas et contre le fanatisme, car c'est l'*inf*... qui a fait leur malheur. Vous devriez bien venir un jour à Ferney avec quelque bon cacouac. Je voudrais vous embrasser avant que de mourir, cela me ferait grand plaisir.

MMMDCLXIII. — A M. DAMILAVILLE.

                        18 septembre.

Ah ! ah ! mon frère, on croit donc que je veux immoler Corneille sur l'autel que je lui dresse ! Il est vrai que je respecte la vérité beau-

---

1. Virgile, *Æn.*, II, 311-12. (ÉD.)

coup plus que Pierre, mais lisez, et renvoyez-moi ces cahiers, après les avoir fait lire à frère Platon.

J'attends la prophétie d'Élie Beaumont, qui fera condamner les juges iniques, comme l'autre Élie fit condamner les prêtres de Baal. Nous prions mon cher frère de dire au second Élie que cent mille hommes le loueront, le béniront, et le remercieront.

Nous envoyons au cher frère la belle lettre de J. J. Rousseau au cuistre de Motiers-Travers. On peut juger de la conduite noble et conséquente de ce Jean-Jacques. Ne trouvez-vous pas que voilà une belle fin? Je mourrai avec le chagrin d'avoir vu la philosophie trahie par les philosophes et des hommes qui pouvaient éclairer le monde, s'ils avaient été réunis. Mais, mon cher frère, malgré la trahison de Judas, les apôtres persévérèrent.

On cherche à connaître quel est l'auteur d'un libelle intitulé *les Erreurs de Voltaire*, imprimé à Avignon; on prétend que c'est un jésuite[1]. Son livre contient en effet beaucoup d'erreurs, mais ce sont les siennes; cela est tout à fait jésuitique. C'est un tissu de sottises et d'injures, le tout pour la plus grande gloire de Dieu. Il est bon de lui donner sur les oreilles. M. Diderot est prié de savoir le nom du porteur d'oreilles.

Les farceurs de Paris joueront *le Droit du seigneur* quand ils voudront; mais ils n'auront *Cassandre* que quand ils auront satisfait à ce devoir.

Je désire chrétiennement que le *Testament* du curé se multiplie comme les cinq pains[2], et nourrisse les âmes de quatre à cinq mille hommes; car j'ai plus que jamais l'*inf*... en horreur, et j'aime plus que jamais mon frère.

MMMDCLXIV. — A M. LE COMTE DE LA TOURAILLE.

Genève, 20 septembre.

Je vous félicite, monsieur, sur les deux dernières victoires que M. le prince de Condé vient de remporter[3]. Les héros de cette maison se sont tous fait une habitude de vaincre; ils ont été successivement la terreur et la gloire de leurs souverains.

Quand reviendrez-vous à Paris? Je vous aimerais tout autant à l'hôtel de Condé qu'à la poursuite du prince héréditaire.

Vous m'avez l'air, monsieur, de penser un jour comme un de vos précurseurs, homme de qualité, attaché à un autre grand Condé qu'il se lassa d'accompagner dans ses dernières campagnes.

Autant que je m'en souviens, voici de petits vers qu'il fit en se retirant dans ses terres. Je les tiens d'un intime ami de feu Son Altesse Sérénissime Monsieur le Duc. Ces vers sont très-bons pour un militaire : le

1. Nonnotte. (ÉD.) — 2. Marc, chap. VI. (ÉD.)
3. La division de Condé avait eu un succès à Gruningen, et avait contribué à la victoire remportée à Johannisberg, le 30 août 1762, par les maréchaux d'Estrées et de Soubise. (ÉD.)

héros, tout héros qu'il était, en connaissait le prix. Cela prouve du moins que l'âge amène quelquefois la sagesse.

> Je laisse mon illustre maître,
> Insatiable de lauriers;
> Philosophe autant qu'on peut l'être,
> Je vais mourir dans mes foyers,
> Où, traînant ma faible vieillesse,
> Dont je sens déjà le fardeau,
> J'irai, conduit par la Paresse,
> Occuper mon petit tombeau.
> Je suis las du bruit que vous faites,
> Dieu des combats, terrible Mars;
> Et sans tambours et sans trompettes,
> Je vais quitter vos étendards
> Pour aller dans ma solitude,
> Au lieu de foudres entouré,
> Commencer ma béatitude
> Près de mon paisible curé,
> Qui, s'en tenant à son bréviaire,
> Doux, charitable, et point cafard,
> Ne recommande, à tout hasard,
> Que l'aumône et que la prière, etc., etc.

Vous vous plaignez de votre santé, monsieur; c'est bien à vous d'en parler à un homme qui attend la mort dans son lit de douleur, tandis que vous courez la chercher sur des champs de bataille! Dans tous les cas, monsieur, appelez à votre secours la bonne philosophie, qui soutient le faible, et qui console le malade.

Mais j'ose à peine prononcer ce mot de philosophie. Tant de gens sont payés pour la craindre et pour la combattre, qu'on ne sait à qui l'on parle. Vous me paraissez, monsieur, digne d'en sentir et d'en prouver les avantages. Recevez, avec vos bontés ordinaires, le sincère hommage du vieux malade.

MMMDCLXV. — A M. COLINI.

A Ferney, 20 septembre.

Si le désir extrême de revoir Schwetzingen pouvait recevoir d'autre motif que celui de faire ma cour à Leurs Altesses Électorales, je sens que l'envie de voir votre beau théâtre pourrait entrer pour quelque chose dans mes idées. Votre bûcher, mon cher intendant du temple, est bien au-dessus de mon bûcher; mais aussi, je n'ai pas un théâtre aussi étendu que le vôtre. Il n'appartient pas au philosophe de Ferney d'avoir le théâtre d'un électeur. J'ai été obligé de me servir de coulisses, parce que la place me manquait. J'ai fait percer ces coulisses à jour; les flammes qui s'élevaient derrière ces coulisses jetaient des étincelles à travers ces ouvertures; tout était enflammé: mais ma petite invention n'approche pas de celle dont vous m'envoyez le plan. Présentez, je vous prie, à Son Altesse Électorale mes remercîments et mon respect.

Je ne doute pas que vous n'ayez donné à l'actrice qui représente Olympie l'intelligence de son rôle. Elle doit en général dire *Je vous hais* avec la plus douloureuse tendresse ; elle doit varier ses tons, être pénétrée. Tout doit être animé dans cette pièce, sans quoi la magnificence du spectacle ne servirait qu'à faire remarquer davantage la froideur des acteurs.

J'attends votre *Précis de l'histoire du palatinat du Rhin ;* et si je n'ai pas le bonheur de revoir ce beau pays, j'aurai la consolation de le voir dans votre ouvrage. Je vous embrasse du meilleur de mon cœur.

MMMDCLXVI. — A M. LE MARQUIS DE CHAUVELIN.

A Ferney, 21 septembre.

Dieu m'a rendu une oreille et un œil ; Votre Excellence m'avouera que je ne peux pas chanter la chanson de l'aveugle :

> Dieu qui fait tout pour le mieux,
> M'a fait une grande grâce ;
> Il m'a crevé les deux yeux,
> Et réduit à la besace.

J'ai lu très-aisément la lettre dont vous m'avez honoré ; mais c'est que le plaisir rend la visière plus nette. Je ne sais, monsieur, si vous en aurez beaucoup en relisant *Cassandre :* elle est mieux qu'elle n'était ; mais je crois qu'elle a encore grand besoin de vos lumières et de vos bontés. Un moine, très-honnête homme, doit vous l'avoir remise : vous le connaissez déjà, sans doute ; c'est le bibliothécaire de l'infant, qui accompagne M. le prince Lanti. Je l'aurais bien chargé d'un paquet de Calas, mais j'étais à Ferney ; je n'avais plus d'exemplaires de ces mémoires ; Cramer n'était point à Genève. J'ai manqué l'occasion ; je vous en demande pardon. J'envoie chez M. de Montpéroux un petit ballot de ces écritures ou écrits : il pourra aisément vous le faire tenir ; il y a toujours quelqu'un qui va à Turin : mais je vous avertis que ces mémoires ne sont que de faibles escarmouches ; la vraie bataille se donne actuellement par seize avocats de Paris, qui ont signé une consultation. Cet ouvrage me paraît un chef-d'œuvre de raison, de jurisprudence, et d'éloquence. Cette affaire devient bien importante ; elle intéresse les nations et les religions. Quelle satisfaction le parlement de Toulouse pourra-t-il jamais faire à une veuve dont il a roué le mari, et qu'il a réduite à la mendicité, avec deux filles et trois garçons qui ne peuvent plus avoir d'état ? Pour moi, je ne connais point d'assassinat plus horrible et plus punissable que celui qui est commis avec le glaive de la loi.

Je ne crois pas que Catherine II jouisse longtemps de la mort de son mari. Vous savez quel désordre agite à présent la Russie.

Dieu veuille que le duc de Bedfort ne vienne pas jouer à Paris le rôle de M. Stanley[1] !

Mille profonds respects à Vos Excellences.

1. Stanley, défenseur de Minorque en 1756, avait été fait prisonnier et amené à Paris. (ÉD.)

MMMDCLXVII. — A M. ÉLIE DE BEAUMONT.

A Ferney, ce 22 septembre.

Jusqu'à présent il ne s'était trouvé qu'une voix dans le désert qui avait crié : *Parate vias Domini*[1]. Votre *Mémoire* est assurément l'ouvrage du maître : je ne sais rien de si convaincant et de si touchant. Mon indignation contre l'arrêt de Toulouse en a redoublé, et mes larmes ont recommencé à couler.

Je suis convaincu que vous parviendrez à faire réformer l'arrêt de Toulouse. Votre conduite généreuse est digne de votre éloquence. Cette cruelle affaire, qui doit vous faire un honneur infini, achève de me prouver ce que j'ai toujours pensé, que nos lois sont bien imparfaites. Presque tout me paraît abandonné au sentiment arbitraire des juges. Il est bien étrange que l'ordonnance criminelle de Louis XIV ait si peu pourvu à la sûreté de la vie des hommes, et qu'on soit obligé de recourir aux *Capitulaires* de Charlemagne.

Votre *Mémoire* doit désormais servir de règle dans des cas pareils. Le fanatisme en fournit quelquefois. J'ai lu trois fois votre ouvrage ; j'ai été aussi touché à la troisième lecture qu'à la première.

J'ajoute aux trois impossibilités que vous mettez dans un si beau jour, une quatrième : c'est celle de résister à vos raisons. Je joins ma reconnaissance à celle que les Calas vous doivent. J'ose dire que les juges de Toulouse vous en doivent aussi, vous les avez éclairés sur leurs fautes. Si j'avais le malheur d'être de leur corps, je leur proposerais, sur la seule lecture de votre factum, de demander pardon à la famille qu'ils ont perdue, et de lui faire une pension. Je les tiens indignes de leur place s'ils ne prennent pas ce parti.

L'estime que vous m'inspirez, monsieur, me met presque en droit de vous demander instamment votre amitié. Vous avez une femme digne de vous ; agréez mes respects l'un et l'autre, et tous les sentiments avec lesquels je serai toute ma vie, monsieur, votre, etc.

MMMDCLXVIII. — A M. LE COMTE D'ARGENTAL.

Au château de Ferney, 23 septembre.

Mes divins anges, je dois d'abord vous dire combien j'ai été frappé du *Mémoire* de M. de Beaumont. Il me semble que chaque ligne porte la conviction avec elle. Je lui en ai fait mon compliment. Je crois qu'il est impossible que les juges résistent à la vérité et à l'éloquence.

Voici une autre affaire dont les objets peuvent être plus importants, quoique moins tragiques. C'est à M. le comte de Choiseul à voir s'il trouvera mon idée praticable ; je la soumets à ses lumières et à sa prudence. Le secrétaire de l'ambassade anglaise est, comme vous savez, l'âme unique de cette négociation, et elle peut avoir quelques épines. Ce secrétaire a un beau-frère et un ami dans un homme de la famille des Tronchin.

1. Isaïe, chap. XL, verset 6. (ÉD.)

Vous n'ignorez pas combien cette famille est attachée à la France. Celui dont je vous parle y a tout son bien; il est fils d'un premier syndic de Genève, homme d'esprit et de probité, comme tous les Tronchin le sont, très-capable de rendre des services avec autant d'honneur que de zèle. Son beau-frère a en lui une entière confiance. Peut-être n'y a-t-il pas de moyen plus sûr et plus honnête d'aplanir les difficultés qui pourront survenir, et de faire agréer les insinuations contre lesquelles on serait en garde si elles venaient de la part du ministère de France, et qu'on recevrait avec moins de défiance si elles étaient inspirées par un parent et par un ami. Je peux vous répondre que M. Tronchin servira la France avec le plus grand empressement, sans manquer en rien à ce qu'il doit à son beau-frère. Je n'imagine pas que M. le comte de Choiseul puisse jamais trouver une personne plus capable de répondre à ses vues pacifiques et généreuses, et plus digne de toute sa confiance dans une négociation si importante.

C'est une idée qui m'est venue, et qui peut-être mérite d'être approfondie et suivie. Mon suffrage est bien peu de chose; mais soyez bien persuadé que je ne ferais pas une telle proposition, si je n'étais sûr de la probité et du zèle de M. Tronchin. Si on ne trouve pas mon offre déraisonnable, que M. le comte de Choiseul me donne ses ordres ou par lui-même ou par vous, c'est la même chose; et que Dieu nous donne la paix. Je ne sais s'il est bien vrai qu'il y ait une guerre commencée en Russie, mais je suis sûr qu'il y a des nuages.

Je n'ai point encore eu de nouvelles de M. le maréchal de Richelieu; je le crois à Lyon avec Mme la comtesse de Lauraguais. S'ils viennent tous deux chez Baucis et Philémon, Ferney sera bien étonné d'être la cour des pairs.

Nous avons joué aujourd'hui *Olympie* devant MM. de La Rocheguyon et de Villars. Cela n'a pas été trop mal; mais cela pourrait être mieux. Il n'y avait que moi qui ne savais pas mon rôle, tant je songeais à ceux des autres. Mille tendres respects.

MMMDCLXIX. — A M. LE COMTE DE SCHOWALOW.

A Ferney, 25 septembre.

Monsieur, j'ai reçu votre lettre à table, et nous avons tous pris la liberté de boire à la santé de Sa Majesté Impériale, et de lui souhaiter une vie aussi longue et aussi heureuse qu'elle le mérite. M. le duc de Villars, fils de l'illustre maréchal dont le nom a pénétré sans doute dans votre cour, était à la tête de nos buveurs. Nous avions quelques philosophes qui s'intéressent à l'*Encyclopédie*. Nous avons tous senti les transports que la magnanimité de votre auguste souveraine doit inspirer. Nous vous avons béni, monsieur; et, sans manquer au respect que nous avons pour Sa Majesté, nous avons joint votre nom au sien, comme on joignait autrefois celui de Mécène à celui d'Auguste. Je doute que les savants qui ont entrepris l'*Encyclopédie* puissent profiter des bontés de Sa Majesté Impériale, attendu les engagements qu'ils ont pris en France; mais sûrement l'offre que Votre Excellence leur fait sera regardée par eux comme la plus digne récompense de leurs travaux, et votre nom sera célébré par eux comme il doit l'être. Il faut avouer qu'il y a beaucoup d'articles, dans ce dictionnaire utile, qui ne sont pas dignes de MM. Dalembert et Diderot, parce qu'ils ne sont pas de leur main. Il faudra absolument les refondre dans une seconde édition, et mon avis serait que cette seconde édition se fît dans votre empire. Rien ne serait plus honorable aux lettres : j'ose dire que la gloire de votre illustre souveraine n'en serait pas diminuée. Il n'y a jamais eu que les grands hommes qui aient fait fleurir les arts. L'impératrice sera regardée comme un grand homme. J'écris fortement à M. Diderot pour lui persuader, s'il est possible, d'achever la première édition sous vos auspices. Votre Excellence a dû recevoir, par la poste de Strasbourg, ma réponse aux nouvelles heureuses dont vous m'avez honoré. Je vous réitère mes hommages, ma reconnaissance, et tous les sentiments que je vous dois. On commencera l'*Histoire de Pierre le Grand* dans peu de mois : on fait fondre de nouveaux caractères. Il y a déjà six volumes imprimés du Corneille, et il n'est pas possible d'imprimer à la fois deux ouvrages, dont chacun demande la plus grande attention. Puisse bientôt la paix, rendue à l'Europe, laisser aux esprits la liberté de cultiver les arts et de vous imiter ! J'ai écrit à M. Boris de Soltikof. Je serais bien fâché qu'un homme de son mérite, et d'un mérite formé par vous, ne conservât pas pour moi un peu d'amitié.

Agréez le tendre respect avec lequel je serai toute ma vie, etc

MMMDCLXX. — DE M. DALEMBERT.

A Paris, ce 25 septembre.

Ce que vous me mandez de votre santé, mon cher et illustre maître, m'inquiète et m'afflige. Votre conversation et la lecture de vos ouvrages m'ont tant fait remercier Dieu de n'être ni sourd ni aveugle, que je le trouverais bien injuste s'il vous punissait par deux sens que vous avez rendus si précieux à tous ceux qui savent penser. J'espère que vous conserverez vos yeux en les ménageant, et c'est de quoi je vous prie bien fort. A l'égard des oreilles, je n'y sais point d'autre remède que d'entendre le moins de sottises que vous pourrez; par malheur ce remède n'est pas d'une observation facile.

J'ai annoncé à l'Académie l'*Héraclius* de Caldéron, et je ne doute point qu'elle ne le lise avec plaisir, comme elle a lu l'arlequinade de Gilles Shakspeare. Ce que je vous marquais sur votre traduction n'était qu'un doute; et je suis convaincu, puisque vous m'en assurez, que vous avez conservé dans cette traduction le génie des deux langues; personne n'est plus à portée de cela que vous.

Grâce à vous, j'espère que les Calas viendront à bout de prouver leur innocence; mais savez-vous ce qu'il y a de plus fort à objecter à leurs mémoires? c'est qu'il n'est pas possible d'imaginer, je ne dis pas que des magistrats, mais que des hommes qui ne marchent pas à quatre pattes, aient condamné sur de pareilles preuves un père de famille à la roue. Il est absolument nécessaire (et je le leur ai dit) qu'ils préviennent dans leurs mémoires cette objection, en demandant que les pièces du procès soient mises sous les yeux du public. Cela est d'autant plus important qu'il y a ici des émissaires du parlement de Toulouse qui répandent que Calas le père a été justement condamné, que toute la ville de Toulouse en est convaincue, et que c'est par commisération qu'on n'a pas fait mourir les trois autres, qui le méritaient aussi. La justification est bien ridicule, puisque de façon ou d'autre il s'ensuivrait que les juges auraient prévariqué; mais n'importe, il y a des sots qui se payent de pareilles raisons, et ces sots-là en entraînent d'autres, et de sots en sots l'innocence et la vérité restent opprimées.

Je ne suis pas plus édifié que vous de la profession de foi de Jean-Jacques, d'autant que je ne crois pas cette mômerie fort nécessaire pour dîner et souper tranquillement, et dormir de même, dans les États de votre ancien disciple, où Jean-Jacques s'est réfugié après avoir dit assez de mal du maître. Je plains le malheur que sa bile et ses persécuteurs lui causent; mais s'il a besoin pour être heureux d'approcher de la sainte table, et d'appeler *sainte*, comme il le fait, une religion qu'il a vilipendée, j'avoue que je rabats beaucoup de l'intérêt. Au reste, je ne suis surpris ni que vous lui ayez offert un asile, ni qu'il l'ait refusé; il eût été trop inconséquent d'aller demeurer chez le corrupteur de son pays, car c'est ainsi que vous m'avez mandé qu'il vous appelait. Mais enfin il a travaillé sans le vouloir, et beaucoup mieux qu'il ne pensait, pour la vigne du Seigneur, et, pour ma part, je lui en tiens beaucoup de compte.

Je ne sais ce que c'est que cette bêtise qu'on a imprimée, sous votre nom et sous le mien, dans les journaux d'Angleterre. Si vous voulez me la faire parvenir, je suis prêt à donner tous les désaveux que vous jugerez nécessaires.

Frère Berthier avait envie, à ce qu'il disait, d'aller à la Trappe, et il a fini par vouloir être à Versailles. Il y a actuellement dans ce pays à dix-sept ou dix-huit ci-devant soi-disant jésuites, comme les *classes* du parlement les appellent; ils se sont réfugiés là; jamais il n'y en a tant eu, et ils ont dit, en quittant Paris, à frère Berthier, comme Strabon au paysan son pourvoyeur :

Nous allons à la cour, on t'a mis du voyage [1].

On dit qu'il se mêlera de l'éducation sans avoir de titre; il se contentera d'être appelé sans être élu.

A propos de cela, savez-vous qu'on m'a proposé, à moi qui n'ai pas l'honneur d'être jésuité, l'éducation du grand-duc de Russie? Mais je suis trop sujet aux hémorroïdes [2], elles sont trop dangereuses en ce pays-là, et je veux avoir mal au derrière en toute sûreté.

Savez-vous ce qu'on me dit hier de vous? que les jésuites commençaient à vous faire pitié, et que vous seriez presque tenté d'écrire en leur faveur, s'il était possible de rendre intéressants des gens que vous

1. Regnard, *Démocrite amoureux*, acte I, scène VII. (ÉD.)
2. Allusion à la colique hémorroïdale dont on disait que Pierre III était mort. (ÉD.)

avez rendus si ridicules. Croyez-moi, point de faiblesse humaine; laissez la canaille janséniste et parlementaire nous défaire tranquillement de la canaille jésuitique, et n'empêchez point ces araignées de se dévorer les unes les autres.

Je ne puis être fâché ni pour la France ni pour la philosophie de voir votre ancien disciple remonté sur sa bête. Il m'a envoyé, il y a un mois, trois pages de vers contre la géométrie. J'attends pour lui répondre qu'il ait fini le siége de Schweidnitz; ce serait trop d'avoir à la fois la maison d'Autriche et la géométrie sur les bras.

Adieu, mon cher et illustre philosophe; conservez votre santé, vos yeux, vos oreilles, votre gaieté, et surtout votre amitié pour moi. Mille respects à Mme Denis, et mille compliments à frère Thieriot. S'il plaît aux rois de faire la paix, je ne désespère pas d'avoir encore le plaisir de vous embrasser.

MMMDCLXXI. — A M. DALEMBERT.

25 septembre.

Avez-vous répondu, mon cher philosophe, à M. de Schowalow [1]? Vous voilà entre Frédéric et Catherine. Voyez de laquelle de ces deux planètes vous voulez grêler sur le persil d'Omer. Vous resterez en France; mais il est bon de faire connaître que, si la superstition et la sottise contristent la face de votre beau pays, les Vandales et les Scythes se disputent l'honneur de venger les Socrate des Anitus.

Ce misérable Omer et ses impertinents consorts doivent être bien humiliés, et moi bien joyeux. Voulez-vous m'adresser votre réponse à M. de Schowalow, et la donner à notre frère Damilaville?

MMMDCLXXII. — A M. DIDEROT.

25 septembre.

Eh bien! illustre philosophe, que dites-vous de l'impératrice de Russie? ne trouvez-vous pas que sa proposition est le plus énorme soufflet qu'on pût appliquer sur la joue d'un Omer? En quel temps sommes-nous! c'est la France qui persécute la philosophie, et ce sont les Scythes qui la favorisent! M. de Schowalow me charge d'obtenir de vous que la Russie soit honorée de l'impression de votre *Encyclopédie*. M. de Schowalow est fort au-dessus d'Anacharsis, et il a toute la ferveur de ce zéle que donnent les arts naissants, et que nous avions sous François I*.

Je doute que vos engagaments pris à Paris vous permettent de faire à Riga la faveur qu'on demande; mais goûtez la consolation et l'honneur d'être recherché par une héroïne, tandis que des Chaumeix, des Berthier et des Omer osent vous persécuter. Quelque parti que vous preniez, je vous recommande l'*inf.*..; il faut la détruire chez les hon-

---

1. M. le comte de Schowalow avait proposé à M. Dalembert, de la part de l'impératrice de Russie, d'être l'instituteur du grand-duc son fils. (ÉD.)

nêtes gens, et la laisser à la canaille grande ou petite, pour laquelle elle est faite.

Je vous révère autant que je le dois. Voulez-vous m'envoyer votre éponse à M. de Schowalow? Il n'y a qu'à la donner à notre frère.

MMMDCLXXIII. — A M. LE COMTE D'ARGENTAL.

28 septembre.

Je réponds, ô mes anges gardiens! à votre béatifique lettre dont Roscius a été le scribe, et je vous envoie la façon dont nous jouons toujours *Zulime*. Je peux vous répondre que cette fin est déchirante, et que si on suit notre leçon, on ne s'en trouvera pas mal.

Ce n'est pas que j'aie jamais regardé *Zulime* comme une tragédie du premier ordre. Vous savez combien j'ai résisté à ceux qui avaient le malheur de la préférer à *Tancrède*, qui est, à mon gré, un ouvrage très-théâtral, un véritable spectacle, et qui a de plus le mérite de l'invention et de la singularité, mérite que n'a point *Zulime*.

Je vous supplie très-instamment de vous opposer à cette fureur d'écourter toutes les fins des pièces : il vaut bien mieux ne les point jouer. Quel est le père qui voulût qu'on coupât les pieds à son fils?

Lekain m'a envoyé la façon dont il dit qu'on joue *Zaïre;* cela est abominable. Pourquoi estropier ma pièce au bout de vingt ans? Il me semble qu'il se prépare un siècle d'un goût bien dépravé. Je n'ai pas mal fait de renoncer au monde : je ne regrette que vous dans Paris.

Je n'aurai M. le maréchal de Richelieu que dans quelques jours. Notre *tripot* ne laisse pas de nous donner de la peine. Ce n'est pas toujours une chose aisée de rassembler une quinzaine d'acteurs au pied du mont Jura, et il est encore plus difficile de conserver ses yeux et ses oreilles à soixante-huit ans passés, avec un corps des plus minces et des plus frêles.

Je vous ai écrit sur les Calas. Je vous ai adressé mon compliment à M. le comte de Choiseul. Vous ne m'avez point dit s'il en est bien mécontent.

Je vous ai adressé un petit mémoire très-politique qui ne me regarde pas.

Je suis un peu en peine de mon impératrice Catherine. Vous savez qu'elle m'avait engagé à obtenir des encyclopédistes, persécutés par cet Omer, de venir imprimer leur Dictionnaire chez elle. Ce soufflet, donné aux sots et aux fripons, du fond de la Scythie, était pour moi une grande consolation, et devait vous plaire; mais je crains bien qu'Ivan ne détrône notre bienfaitrice, et que ce jeune Russe, élevé en Russe chez des moines russes, ne soit point du tout philosophe.

Je vous conjure, mes divins anges, de me dire ce que vous savez de ma Catherine.

Je baise le bout de vos ailes plus que jamais

MMMDCLXXIV. — De M. Dalembert.

A Paris, 2 octobre.

Oui, mon cher et illustre maître, j'ai reçu l'invitation de M. de Sçhó-walow, et j'y ai répondu comme vous vous y attendiez.

Scipion, accusé sur des prétextes vains,
Remercia les dieux, et quitta les Romains.
Je puis en quelque chose imiter ce grand homme ;
Je rendrai grâce au ciel, et resterai dans Rome[1].

Quand je dis que je rendrai grâce au ciel, je crois que cela est bien honnête à moi, que je n'en ai pas trop de sujet, et que le ciel pourrait répondre à mes remercîments : *Il n'y a pas de quoi.* Je mettrais bien plus volontiers à la tête de l'*Encyclopédie*, si jamais nous la finissons :

Faites rougir ces dieux qui vous ont condamnée.
                              Racine, *Iphigénie*, acte IV, scène IV.

Vous mettriez peut-être *ces sots* au lieu de *ces dieux*, et vous auriez raison.
Mais demandez à ces sots s'ils ne se croient pas les dieux de la France, ses dieux *tutélaires*, ses dieux *vengeurs*, ses dieux *lares*, surtout depuis qu'ils ont chassé les dieux *lares* des jésuites.
L'air doux qu'on respire en France me fait supporter l'air du fanatisme dont on voudrait l'infecter, et je pardonne au moral en faveur du physique. Il faut faire dans ce pays-ci comme en temps de peste, prendre les précautions raisonnables, et ensuite aller son chemin, et s'abandonner à la Providence, si Providence y a. Voilà, mon cher et grand philosophe, mes dispositions ; je ne désire, même dans mon propre pays, ni places, ni honneurs ; jugez si j'en irai chercher à huit cents lieues : mais je suis d'ailleurs de votre avis. Il faut faire servir les offres qu'on nous fait à l'humiliation de la superstition et de la sottise ; il faut que toute l'Europe sache que la vérité, persécutée par les bourgeois de Paris, trouve un asile chez des souverains qui auraient dû l'y venir chercher ; et que la lumière, chassée par le vent du midi, est prête à se réfugier dans le nord de l'Europe, pour venir ensuite refluer de là contre ses persécuteurs, soit en les éclairant, soit en les écrasant.
Avouez pourtant, mon cher philosophe, malgré vos plaintes continuelles, que vous ne devez pas être trop mécontent de votre mission ; vous voyez que la philosophie commence déjà très-sensiblement à gagner les trônes ; et adieu l'*infâme*, pour peu qu'elle en perde encore quelques-uns. Votre illustre et ancien disciple a commencé le branle ; la reine de Suède a continué ; Catherine les imite tous deux, et fera peut-être mieux encore ; quelques autres, à ce qu'on dit, branlent au manche ; et je rirais bien de voir le chapelet se défiler de mon vivant, pourvu néanmoins que le chapelet, avant de se défiler, ne nous donne pas encore quelque coup sur les oreilles.

1. **Voltaire,** *Rome sauvée,* **acte V, scène III. (Éd.)**

Il n'y a point ici de sottises nouvelles qui méritent que je vous en parle. On dit du bien d'une lettre adressée à Jean-Jacques sur son *Émile;* je ne l'ai point encore lue : j'entends dire qu'elle est gaie et de bon goût, à l'exception de la réfutation du Savoyard, qui est plate et ennuyeuse. Si la czarine avait proposé à Jean-Jacques l'éducation de son fils, j'imagine que sa première question aurait été : « Madame, quel métier voulez-vous que je lui fasse apprendre ? » Il y a aussi une grosse et longue réfutation de Rousseau par quelque prêtre de paroisse : on pourrait l'intituler *Réfutation du Vicaire savoyard par un décrotteur* [1].

Un homme d'esprit, qui par malheur a besoin d'être théologien ou de le contrefaire, vient de donner, en deux gros volumes in-douze, un *Dictionnaire des hérésies* [2], qui mérite d'être parcouru; il y a mis, avec beaucoup de bonne foi, les objections d'un côté et les réponses de l'autre, et on peut bien dire, pour le coup, que la foi ne trouve pas son compte avec la bonne foi. Par ma foi, c'est un terrible livre, à mon avis, contre l'*inf...*, que vous haïssez tant. Ce que l'auteur dit, entre autres choses, pour expliquer la transsubstantiation (voilà un mot cruel à concevoir et à prononcer), est tout à fait comique; il prétend qu'au moyen d'une vitesse infinie un corps peut être en plusieurs lieux à la fois, et que moyennant un million de fois plus d'agilité qu'un lévrier, le corps de Jésus-Christ peut se trouver à la fois dans les gaufres de Paris et dans celles de Goa.

Avouez que tous les matins ce pauvre corps-là ne sait à qui entendre, et qu'il doit avoir besoin de repos l'après-midi. Pauvre espèce humaine! je serais tenté de dire à l'auteur :

> C'est trop peu si c'est raillerie;
> C'en est trop si c'est tout de bon.

Adieu, mon très-cher et très-illustre maître. Comment vont les oreilles et les yeux?

MMMDCLXXV. — A M. LE CARDINAL DE BERNIS.

A Ferney, le 7 octobre.

Vous n'avez peut-être pas été content, monseigneur, des derniers mémoires que j'ai envoyés à Votre Éminence sur les Calas. Vous avez pu croire que toutes ces brochures étaient des pièces inutiles. Cependant, j'ai tant fait que l'affaire est au conseil d'État. Nous avons une consultation de quinze avocats. C'est un grand préjugé en faveur de la cause. La voix impartiale de quinze avocats doit diriger celle des juges.

Je ne vous ai point envoyé *Olympie*, parce que je l'ai fait jouer, et que, l'ayant vue, je n'ai point du tout été content. J'ai trouvé que Statira s'évanouissait mal à propos. J'ai senti que l'amour d'Olympie n'é-

---

1. Cette réfutation est de M. André, bibliothécaire de Daguesseau. (ÉD.)
2. Par l'abbé Pluquet. (ÉD.)

tait pas assez développé, et que les passions doivent être un peu plus babillardes pour toucher le cœur. Je refais donc les trois derniers actes, car je veux mériter votre suffrage, et je persiste à croire qu'il faut se corriger jusqu'à ce que la mort nous empêche de mieux faire. Nous avons eu dans mon trou une demi-douzaine de pairs, soit anglais, soit français. C'est la monnaie d'un cardinal : mais je ne me console point que vous n'ayez pas eu quelque bonne maladie en Jésus-Christ qui vous ait mené consulter Tronchin. C'est un malheur pour moi que votre bonne santé ; mais je pardonne à Votre Éminence.

Permettra-t-elle que je mette dans cette enveloppe un petit paquet pour notre secrétaire perpétuel? car je soupçonne qu'ayant été auprès de vous, il y est encore. Assurément j'en aurais usé ainsi. Agréez toujours le tendre respect du vieillard des Alpes, qui n'est pas le Vieux de la Montagne.

MMMDCLXXVI. — A M. Duclos.

A Ferney, 7 octobre.

Je présume, monsieur, que vous êtes encore à Vic-sur-Aisne. Je me doute qu'on ne peut pas quitter aisément le maître du château[1]. J'attendrai que je sois sûr de votre retour à Paris pour amuser l'Académie d'un *Héraclius* traduit de l'espagnol, qui est à peu près à l'*Héraclius* de Corneille ce que le *César* de Shakspeare est à *Cinna*.

Je vous prie, en attendant, de vouloir bien faire passer ma réponse et nos remercîments à M. le secrétaire du bureau d'agriculture de Bretagne, supposé que ce soit là son titre. Je n'ai ici ni son livre ni sa lettre, qui sont aux Délices, sous un tas de paperasses qu'on a transportées à la hâte pour faire place à ceux à qui j'ai prêté cette maison. Ayez la bonté, je vous prie, de faire mettre le dessus.

Le *Corneille* avance : *Héraclius* et *Rodogune* sont imprimés. Le reste demandera moins de peine. Je compte toujours sur les bontés de l'Académie et sur les vôtres.

Vous avez dû recevoir des mémoires pour les Calas. Je demande votre suffrage pour cette famille si infortunée et si innocente. La voix des gens d'esprit dirige quelquefois celle des juges.

MMMDCLXXVII. — A M. Colini.

7 octobre.

Voici ce qui m'est arrivé, mon cher secrétaire de la famille d'Alexandre et de Son Altesse Électorale Palatine. On a représenté *Olympie* chez moi. Mme Denis y a joué comme Mlle Clairon, et Mlle Corneille s'est surpassée. Mais la mort de Statira, son évanouissement sur le théâtre, m'ont glacé, et l'amour d'Olympie ne m'a pas paru assez développé. Je deviens très-difficile quand il faut plaire à Leurs Altesses Électorales. J'ai tout changé; et la nouvelle leçon que je vous envoie me paraît infiniment mieux ou infiniment moins mal. Si la pièce n'est

---

1. Le cardinal de Bernis. (Éd.)

pas encore jouée à Schwetzingen, je demande en grâce qu'on diffère jusqu'à ce que les acteurs sachent les trois derniers actes tels que je les ai corrigés. Il s'agit de mériter le suffrage de Mgr l'électeur; il ne serait certainement pas content de l'évanouissement de Statira. Il vaut mieux tard que mal, et cela en tout genre.

Je vous supplie instamment de présenter mes très-humbles obéissances au chambellan qui dirige les spectacles, et à son ami, dont j'ignore le nom, mais dont je connais le mérite par des lettres qu'il a écrites à M. de Chenevières, premier commis de la guerre à Versailles. Vous trouverez aisément à débrouiller tout cela. En vérité, je n'ai pas un moment à moi, je suis surchargé de tous côtés. Aimez-moi toujours un peu.

MMMDCLXXVIII. — A M. DAMILAVILLE.

10 octobre.

Mes frères et maîtres ont donc envoyé leur réponse à M. de Schowalow. Il est plaisant qu'un Russe favorise des philosophes français, et il est bien horrible que des Français persécutent ces philosophes. J'avais déjà assuré la cour russe de la reconnaissance et des refus de nos sages.

Mes chers frères, continuez à éclairer le monde, que vous devez tant mépriser. Que de bien on ferait, si on s'entendait! Jean-Jacques eût été un Paul, s'il n'avait pas mieux aimé être un Judas. Helvétius a eu le malheur d'avouer un livre[1] qui l'empêchera d'en faire d'utiles : mais j'en reviens toujours à Jean Meslier. Je ne crois pas que rien puisse jamais faire plus d'effet que le testament d'un prêtre qui demande pardon à Dieu, en mourant, d'avoir trompé les hommes. Son écrit est trop long, trop ennuyeux, et même trop révoltant; mais l'*Extrait* est court, et contient tout ce qui mérite d'être lu dans l'original.

Le *Sermon des cinquante*, attribué à La Métrie, à Dumarsais, à un grand prince, est tout à fait édifiant. Il y a vingt exemplaires de ces deux opuscules dans le coin du monde que j'habite. Ils ont fait beaucoup de fruit. Les sages prêtent l'Évangile aux sages; les jeunes gens se forment, les esprits s'éclairent. Quatre ou cinq personnes à Versailles ont de ces exemplaires sacrés. J'en ai attrapé deux pour ma part, et j'en suis tout à fait édifié. Pourquoi la lampe reste-t-elle sous le boisseau à Paris? Mes frères, *in hoc non laudo*. Le brave libraire qui imprime des factums en faveur de l'innocence[2] ne pourrait-il pas aussi imprimer en faveur de la vérité?

Quoi! la *Gazette ecclésiastique* s'imprimera hardiment, et on ne trouvera personne qui se charge de *Meslier*? J'ai vu Woolston, à Londres, vendre chez lui vingt mille exemplaires de son livre contre les miracles. Les Anglais, vainqueurs dans les quatre parties du monde, sont encore les vainqueurs des préjugés; et nous, nous ne chassons que les jésuites, et nous ne chassons point les erreurs. Qu'importe

1. *De l'Esprit.* (ÉD.) — 2. Les mémoires pour les Calas. (ÉD.)

d'être empoisonné par frère Berthier ou par un janséniste? Mes frères, écrasez cette canaille. Nous n'avons pas la marine des Anglais, ayons du moins leur raison. Mes chers frères, c'est à vous à donner cette raison à nos pauvres Français.

Thieriot est parti pour embrasser nos frères. Ne pourrais-je pas rendre quelque service à ce bon libraire Marlin ou Merlin? car je n'ai pu lire son nom.

J'embrasse mes frères en Confucius, en Platon, etc. — Ah! l'*inf...!* Je voudrais que mon frère me fît avoir le livre de l'abbé Houtteville, avec les lettres de l'abbé Desfontaines contre l'auteur.

Il est plaisant de voir le mercure du fermier général Laugeois et du cardinal Dubois écrire pour notre sainte religion, et un b..... comme Desfontaines écrire contre. Mais enfin la grâce tire parti de tout.

MMMDCLXXIX. — A M. P. ROUSSEAU.

Au château de Ferney, 10 octobre.

Vous m'écrivîtes il y a quelque temps, monsieur, au sujet d'une lettre aussi absurde que criminelle qu'on imprima sous mon nom, au mois de juin, dans le *Monthley*, journal de Londres.

Je vous marquai mon indignation et mon mépris pour cette plate imposture. Mais comme les noms les plus respectables sont indignement compromis dans cette lettre, il est important d'en connaître l'auteur. Je m'engage de donner cinquante louis à quiconque fournira des preuves convaincantes.

J'ai l'honneur d'être, etc.   VOLTAIRE.

MMMDCLXXX. — A M. LE COMTE D'ARGENTAL.

A Ferney, 10 octobre.

Mes divins anges, j'ai bien des tribulations : la première, c'est de ne point recevoir de vos nouvelles ;

La seconde, c'est d'avoir vu jouer *Cassandre*, d'avoir été glacé de l'évanouissement de Statira, et d'avoir été obligé de refaire la valeur de deux actes ;

La troisième, c'est d'être malade ;

La quatrième, c'est la belle lettre qu'on m'impute, et que je vous envoie. Je voudrais qu'on en connût l'auteur, et qu'il fût pendu. Il y a, dit-on, des personnes à Versailles qui croient ce bel ouvrage de moi, et c'est de Versailles qu'on me l'envoie. Il y a apparemment peu de goût dans ce pays-là ; mais je n'imagine pas qu'on puisse m'attribuer longtemps de si énormes bêtises et de si grandes absurdités. Pour peu qu'on réfléchisse, l'impossibilité saute aux yeux. D'ailleurs je suis accoutumé à la calomnie.

Vous ne m'avez jamais dit si vous aviez présenté ma petite félicitation à M. le comte de Choiseul. J'attends votre réponse sur le Tronchin, qui peut lui être utile, et qui a assez de mérite et de bien pour se passer d'être utile.

Vous pensez bien qu'en refaisant *Olympie*, je n'ai pu songer ni à

Mariamne ni à *OEdipe*. Je ne me porte pas assez bien pour avoir à la fois trois tragédies sur le métier, et une calomnie sur les bras.

Je vous renouvelle mes tendres respects.

MMMDCLXXXI. — AU MÊME.

11 octobre.

Je reçois la lettre, du 4 d'octobre, de mes divins anges. Tant mieux que M. le comte de Choiseul n'ait besoin de personne; tant mieux que la prise de la Havane (que nous savions il y a huit jours) ne nuise point aux négociations de la paix; tant mieux que les malheurs de la France et de l'Espagne, qui, réunies à la maison d'Autriche, auraient dû donner la loi à l'Europe, contribuent à cette paix devenue si nécessaire.

Pour revenir au *tripot*, M. le maréchal de Richelieu m'a montré un projet de déclaration du roi, enregistrable au parlement, en faveur des comédiens. J'ai pris la liberté d'y mettre quelques mots qu'il a approuvés.

Il faut que mes anges n'aient pas reçu en leur temps les vers qui terminent la tragédie de *Zulime* tels qu'ils ont été en dernier lieu récités dans notre *tripot*, et tels qu'ils doivent faire effet à Paris, à moins qu'on n'ait le diable au corps.

J'ai mandé que nous avions joué *Olympie*; j'étais souffleur : j'ai jugé, j'ai condamné, j'ai refait, et tout va bien. Le rôle d'Olympie est devenu le rôle principal; cela était absolument nécessaire.

J'ai fait part à mes anges de l'infâme tracasserie qu'on me fait : je leur ai envoyé la lettre qu'on m'impute. Je serais bien fâché, pour M. le duc de Choiseul, qu'il m'eût soupçonné un moment. Comment, avec le goût et l'esprit qu'il a, pourrait-il avoir eu un si abominable moment de distraction? J'avoue que je voudrais qu'on pût trouver et punir l'auteur de cette coupable impertinence.

Mes anges ne m'ont jamais dit s'ils avaient donné mon petit compliment à M. le comte de Choiseul.

MMMDCLXXXII. — A M. DAMILAVILLE.

15 octobre.

Je vous ai déjà, mon cher frère, envoyé une lettre importante pour M. Dalembert; en voici une seconde : la chose presse, c'est une blessure qui demande un prompt appareil. Mais comment se peut-il faire qu'un billet innocent, à vous envoyé il y a près de cinq mois, ait pu produire une pareille horreur? Tâchez, mes frères, de remonter à la source. Vous voyez quels coups on veut porter aux bons citoyens, qu'on appelle par dérision *philosophes*, et qu'on ne doit nommer ainsi que par respect. La calomnie sera confondue.

M. le duc de Choiseul m'a écrit quatre pages sur cette horreur dont il m'a cru coupable. Mais comment m'a-t-il pu soupçonner d'une telle bêtise, d'une telle folie, de telles expressions, d'un tel style, lui qui a de l'esprit et du goût? Le poids des affaires publiques empêche qu'on ne voie avec attention les affaires des particuliers; on juge rapidement, on juge au hasard, on n'examine rien; on avale la calomnie comme du vin de Champagne, et on rend son vin sur le visage du calomnié. Je suis pénétré de colère et de douleur. J'envoie à M. le duc de Choiseul le duplicata de ma lettre à M. Dalembert; je crierai jusqu'à ce que je sois mort.

Je crois que j'envoyai à mon frère le billet qui a causé tant de fracas et produit tant de calomnies; c'était au mois de mai [1], où je suis fort trompé. A qui l'a-t-on montré? Ce billet, autant qu'il m'en souvient, était très-vif et très-innocent; on l'a brodé d'infamies et d'horreurs. Recherche et vengeance.

MMMDCLXXXIII. — A M. LE MARQUIS DE CHAUVELIN.

17 octobre.

Vous me donnez une furieuse vanité. Que Votre Excellence m'écoute. Je fis jouer cette *famille d'Alexandre* le jour que je vous envoyai le quatrième acte; je m'aperçus que Statira, en s'évanouissant sur le théâtre, tuait la pièce : car pourquoi mourir quand votre fille vous dit qu'elle aime son mari, et qu'elle l'abandonne pour vous? Je vis encore clairement que le duel proposé à la fin du troisième devenait ridicule au commencement du quatrième. Je confiai ma critique à M. le maréchal de Richelieu, qui me dit que ces défauts lui avaient fait la même impression, et qu'il me faudrait six mois pour les corriger. Je fus piqué des six mois : cette lenteur ne s'accorde pas avec ma manière d'être : je corrigeai en deux jours. Plus de duel à la fin du troisième acte, mais une scène attendrissante entre la mère et la fille. Olympie, en pleurant, avoue son amour :

OLYMPIE.

Hélas! écoutez-moi.

STATIRA.

Que veux-tu?

OLYMPIE.

Je vous jure
Par les dieux, par mon nom, par vous, par la nature,
Que je m'en punirai; qu'Olympie aujourd'hui
Répandra tout son sang plutôt que d'être à lui.
Mon cœur vous est connu; je vous ai dit que j'aime.
Jugez par ma faiblesse, et par mon aveu même,
Si ce cœur est à vous, et si vous l'emportez
Sur mes sens éperdus, que l'amour a domptés!
Ne considérez point ma faiblesse et mon âge;
Du sang dont je naquis je me sens le courage.
J'ai pu vous offenser, je ne peux vous trahir,
Et vous me connaîtrez en me voyant mourir.

Acte III, scène VI.

1. C'était en mars. (Éd.)

Remarquons que l'amour d'Olympie avait besoin d'être plus développé, pour être plus touchant.

N'oublions pas que Cassandre, en revenant, pour la seconde fois, pour enlever sa femme, faisait un mauvais effet, parce qu'on supposait alors qu'il était vainqueur d'Antigone, et qu'effectivement il ne l'était pas. Il a donc fallu supprimer tout cela, et mettre en récit son irruption dans le temple, l'effroi, l'évanouissement, et la mort de Statira : moyennant ces arrangements, tout est plus naturel, et rien ne me choque.

Vous voyez que je vous avais deviné; et voilà ce qui me rend si vain. Reste à rendre Cassandre moins odieux, en lui faisant frapper Statira uniquement pour sauver son père. Je ne l'ai pas assez dit, et votre critique est excellente.

Pour l'amour emporté de Cassandre, qui jure d'enlever sa femme au troisième acte, et de l'arracher aux dieux et à sa mère, ce morceau a enlevé tous les suffrages, et même le mien : il est dans la nature, dans la passion, dans le caractère de Cassandre. Je ne diffère donc de vous que dans ce seul point : mais je suis bien moins échauffé sur une pièce que sur la reconnaissance que je vous dois. Votre goût m'enchante ; vous ne vous êtes pas rouillé à Turin. Mon Dieu ! que je voudrais vous jouer *Olympie!* Mme l'ambassadrice daignerait-elle prendre ce rôle? elle ferait fondre en larmes. Pourquoi ne pas venir passer huit jours à Ferney? il n'y a qu'à dire qu'on est malade. Venez, venez; nous donnerons de belles audiences à Vos Excellences. Venez, vous serez reçus comme il faut. La vie est courte; pourquoi se gêner? Vous m'avez enthousiasmé.

Mille tendres respects.

MMMDCLXXXIV. — A M. DALEMBERT.

Ferney, 17 octobre.

Mon cher confrère, mon cher et vrai philosophe, je vous ai envoyé la traduction de cette infâme lettre anglaise insérée dans les papiers de Londres du mois de juin. C'est la même que M. le duc de Choiseul a eu la bonté de me faire parvenir. Si je vous avais écrit une pareille lettre, il faudrait me pendre à la porte des Petites-Maisons; et il serait très-triste pour vous d'être en correspondance avec un malhonnête homme si insensé.

Après y avoir bien rêvé, je crois que vous n'avez autre chose à faire qu'à m'envoyer, sous l'enveloppe de M. le duc de Choiseul, la lettre que je vous écrivis au mois de mai ou d'avril, sur laquelle on a mis cette abominable broderie. Je crois que c'était un billet en petit papier; que ce billet était ouvert, et que je l'avais adressé chez M. d'Argental, ou chez M. Damilaville, ou chez M. Thieriot. Je me souviens que je vous instruisais de l'affaire des Calas, et que je vous disais très-librement mon avis sur les huit juges de Toulouse qui, malgré les remontrances de cinq autres, ont fait un service solennel à un jeune protestant comme à un martyr, et ont roué un père innocent comme un parricide. J'ai pu vous dire ce que je pensais de ces juges, ainsi que quinze avocats de Paris et un avocat du conseil l'ont dit et imprimé dans leurs mémoires. J'ai pris, comme je le devais, le parti d'un vieillard que je connaissais, et dont les enfants sont chez moi. J'ai pu vous parler avec peu de respect pour les juges, comme je leur parlerais à eux-mêmes; mais il me paraît essentiel que M. de Choiseul voie si le roi et les ministres sont mêlés si indignement et si mal à propos dans ma lettre, et si j'ai écrit les bêtises, les absurdités, et les horreurs qu'on a si charitablement ajoutées à mon billet. Cherchez-le, je vous en conjure; vous devez à vous et à moi la preuve de la vérité qu'on demande; c'est la seule manière de confondre une telle imposture, et il est bon que le ministère voie combien on calomnie les gens de lettres. Il y a soixante ans que j'y suis accoutumé; mais je n'y suis pas encore entièrement fait. Tâchez, encore une fois, de retrouver mon billet; envoyez, je vous en supplie, l'original de ma main à M. le duc de Choiseul, et à moi copie. S'il y a quelque chose de trop fort dans ce billet, je veux bien en porter la peine : je n'ai point d'ailleurs fait serment de fidélité aux juges de Toulouse, je l'ai fait au roi; je me crois un de ses plus fidèles sujets, et je pense que quiconque a écrit ce qui se trouve dans la lettre anglaise mérite une punition exemplaire.

Pour une cour de judicature, c'est autre chose; je ne lui dois rien que des épices quand j'ai des procès. En un mot, je vous supplie de chercher ce billet, et de l'envoyer à M. le duc de Choiseul, à mes risques, périls, et fortunes.

Il y a un Mehégan, place Sainte-Geneviève, Anglais ou Irlandais d'origine, travaillant au *Journal encyclopédique;* il est à portée de découvrir l'auteur de la sotte et coupable lettre, d'autant plus que le *Journal encyclopédique* y est maltraité, et qu'il doit connaître ses ennemis. Je le récompenserai bien, s'il en vient à bout. Joignez-vous à moi, je vous en supplie; vous en voyez l'importance.

Je ne vous écris pas de ma main; je suis malade, j'ai peur d'être assez sot pour être malade de chagrin; mais que mes ennemis ne le sachent pas!

MMMDCLXXXV. — DU CARDINAL DE BERNIS.

A Vic-sur-Aisne, le 17 octobre.

J'ai eu tort, mon cher confrère, de ne pas vous dire que le dernier mémoire des Calas m'a fait mal à force de me faire impression. Je vous loue beaucoup d'avoir tendu la main à une famille malheureuse. L'oppression de l'innocence est le plus grand des crimes; il devrait donc être le plus rare. Je savais que vous aviez chez vous l'assemblée des pairs; ce n'était pas pour juger les hospitalières, ou telle autre cause de cette importance, mais pour savoir si la famille de Darius ou d'Alexandre et leurs successeurs parlent et agissent comme ils doivent. Je vous avoue que j'aurais été fort aise d'assister à ce jugement, et d'applaudir de ma loge grillée à une tragédie pour laquelle je me sens des entrailles de nourrice. Vous faites bien de la corriger, et de vous corriger sans fin et sans cesse. La modestie est l'attribut distinctif des grands génies; comme la vanité est l'enseigne des petits esprits. Vous êtes le premier homme de l'Europe par les talents, et le seul aujourd'hui, parmi les Français, qui ayez la représentation d'un grand seigneur. Je loue fort cet emploi de votre temps et de votre argent. Je ne vous défends que cet excès de travail auquel j'ai vu que vous vous abandonniez autrefois. L'esprit est le même, mais le corps n'a plus les mêmes ressources : il ne manque à votre réputation que celle de la santé. Je veux absolument que vous viviez autant que Fontenelle, puisque vos ouvrages vivront plus longtemps que les siens. Pour moi, qui n'ai de droit à une longue vie que la couleur de mon chapeau, je vous promets que je n'oublierai rien pour devenir doyen du sacré collége; et si ma santé se dérangeait à un certain point, j'irais chercher chez vous le remède. Je doute que l'art de guérir soit aussi sûr que l'art de plaire. Adieu, mon cher confrère; aimez-moi toujours un peu.

J'ai fait passer votre paquet à notre secrétaire perpétuel.

MMMDCLXXXVI. — A M. COLINI.

18 octobre.

Mon cher confident de Statira [1], je vous ai assassiné inutilement d'une petite partie des corrections faites à la famille d'Alexandre. Une tragédie ne se jette pas au moule : cela demande un temps prodigieux. Je ne veux plus en faire, mais je veux vous aimer toujours. V.

MMMDCLXXXVII. — De M. D'ALEMBERT.

A Paris, 26 octobre.

Je crois, mon cher et illustre confrère, avoir fait encore mieux que vous ne me paraissez désirer. Vous me demandiez, il y a huit jours, copie de la lettre que vous m'avez écrite le 29 de mars, et je vous ai envoyé l'original même. Vous me priez aujourd'hui d'envoyer l'original à M. le duc de Choiseul; vous êtes à portée de le lui faire parvenir, si vous le jugez à propos. Quant à moi, comme il ne m'est rien revenu de sa part sur cette ridicule et atroce imputation qu'on nous fait à tous deux, j'ai supposé qu'il en avait fait le cas qu'elle mérite; je me suis tenu et me tiendrai tranquille; et j'ai trop bonne opinion, comme je vous l'ai déjà dit, de l'équité du gouvernement, pour croire qu'il ajoute foi si légèrement à de pareilles infamies. Il faudrait avoir aussi peu de lumière que de goût, et se connaître aussi mal en style qu'en hommes, pour vous croire capable d'écrire une aussi plate et aussi indigne lettre, et moi de la faire courir de quelque part que je l'eusse reçue; pour imaginer que vous donniez des éloges à un aussi mauvais poëme que celui du *Balai*, que vous vous déchaîniez indignement contre la majesté royale, dont vous n'avez jamais parlé ni écrit qu'avec le respect qui lui est dû, et que vous vouliez manquer grossièrement et bêtement à des ministres dont vous avez tout lieu de vous louer. Il vous est trop facile, mon cher et illustre

1. Personnage d'*Olympie*. (ÉD.)

maître, de confondre la calomnie, pour être aussi affecté que vous me le paraissez de l'impression qu'elle peut faire. Quant à moi, je fais comme Horace, je m'enveloppe de ma vertu [1]; je ne crains ni n'attends rien de personne; ma conduite et mes écrits parlent pour moi à ceux qui voudront les écouter. Je défie la calomnie, et je la mets à pis faire.

Nous sommes fort heureux, vous et moi, que l'imbécile et impudent faussaire ait conservé quelques phrases de votre lettre du 29 mars; il vous a fourni les moyens, en produisant l'original, de mettre l'imposture à découvert. Il est certain, mon cher confrère, qu'il a couru des copies de ce véritable original; j'en ai vu une, il y a trois ou quatre mois, entre les mains de l'abbé Trublet. On les vendait manuscrites, à ce qu'il m'a dit lui-même, à la porte des Tuileries, où il avait acheté la sienne. De vous dire comment ces copies ont couru, c'est ce que j'ignore; ce qu'il y a de certain, c'est que je n'en ai donné ni laissé prendre à personne : mais d'ailleurs il n'y a pas grand mal à cela, puisqu'il y a une différence énorme entre l'original et la lettre infâme qu'on vous impute, et que l'on vous met à portée de vous justifier pleinement de l'autre. Si vous avez traité messieurs de Toulouse comme le méritent des pénitents blancs, je n'imagine pas que Versailles puisse vous en faire un crime; la canaille fanatique, tant jésuitique que parlementaire, est ici-bas pour le menu plaisir des sages; il faut s'en amuser comme de chiens qui se battent.

Il me paraît bien difficile, pour ne pas dire impossible, de remonter jusqu'au fabricateur de la lettre en question : on pourrait savoir de l'auteur du journal anglais où elle a été imprimée, de qui il l'a reçue. Pour moi, j'imagine que c'est l'ouvrage de quelque maraud de Français réfugié à Londres, qui me paraît avoir eu principalement en vue de rendre la religion catholique et la nation française odieuses à toute l'Europe. Je lui abandonne de tout mon cœur la religion catholique, et même une grande partie de la nation, comme qui dirait la classe du parlement et la hiérarchie ecclésiastique, aussi méprisables l'une que l'autre; mais je respecte le roi et j'aime ma patrie, et je crois l'avoir prouvé aux dépens de ma fortune. La Prusse et la Russie peuvent me rendre ce témoignage [2], et méritent bien autant d'en être crues qu'un faussaire obscur, sans esprit et sans pudeur.

Adieu, mon cher et illustre philosophe; vous ne mériteriez pas ce dernier nom, si une plate calomnie, facile à confondre, avait pu vous rendre malade : j'aime mieux en accuser le travail et le changement de saison que la bêtise et l'imposture. Je me garderai vraiment bien de convenir qu'une pareille cause ait pu altérer votre santé; ce serait bien le cas de dire :

Et vous, heureux Romains, quel triomphe pour vous!
              Racine, *Mithridate*, act. IV, sc. v.

Adieu; le ciel vous tienne en paix et en joie! Quand aurons-nous

---

1. *Odes*, liv. III, XXIX, 54-55. (ÉD.)
2. Frédéric lui offrait la présidence de l'Académie de Berlin; Catherine II, l'éducation du grand-duc. (ÉD.)

Corneille, la suite du Czar [1], *Olympie*, etc.? Voilà ce qui mérite de vous occuper, et non pas des atrocités absurdes.

MMMDCLXXXVIII. — A M. LE MARQUIS ALBERGATI CAPACELLI.

A Ferney, 27 octobre.

Je craindrais, monsieur, de vous écrire de l'autre monde, si je différais plus longtemps. La journée n'a que vingt-quatre heures; j'en souffre dix-huit, et je ne me porte pas trop bien pendant les six autres malgré le docteur Tronchin et le régime le plus sévère.

Je fais comme les anciens Romains, qui donnèrent la comédie pour guérir de la peste. Mais apparemment que les spectacles ne sont bons que contre la peste, et ne valent rien contre l'accablement d'un homme de soixante-neuf ans : aussi tout mon plaisir se bornera à jouir de celui des autres. J'ai pourtant fait un effort pour écrire deux lettres à notre cher ami M. Goldoni. Je ne sais où le prendre, je ne sais où il loge à Paris : il ne m'a point envoyé son adresse. Le voilà englouti dans le tourbillon de cette grande ville; chacun sans doute le veut avoir, et je suis persuadé qu'il n'a pas un moment à lui.

Je voudrais bien que son voyage lui fût aussi utile qu'agréable, et que ma patrie eût la gloire de rendre solidement justice à son mérite.

Pour moi, je ne lui pardonnerai pas s'il ne revient point par Ferney. Je veux absolument avoir la consolation de m'entretenir de vous avec lui avant que je meure. On dit qu'il est aussi aimable par la douceur et la facilité de ses mœurs que par ses talents.

Je suis toujours émerveillé de la bonté qu'ont vos virtuoses de traduire la malheureuse pièce d'*Idoménée*; c'est bien pis que d'admettre à sa table un ennuyeux parmi des gens d'esprit; c'est aller soi-même choisir dans sa cuisine tout ce qu'il y a de plus mauvais, et se donner la peine de préparer de ses mains un fort méchant dîner.

Je n'ai pu, monsieur, vous envoyer la tragédie que je vous ai promise; mes souffrances continuelles ne m'ont pas permis d'y mettre la dernière main, et j'ai bien peur qu'elle ne soit qu'une espèce d'*Idoménée*. Si M. Goldoni passe par chez moi, je la lui donnerai pour vous. Je vous jure que j'aurai la plus vive tentation d'accompagner M. Goldoni à Bologne; et si j'étais un peu moins vieux et un peu moins malade, je ne résisterais pas à la tentation. Je suis né avec la passion des voyages; vous l'augmentez furieusement en moi, et cependant il y a huit ans que je ne suis sorti de l'enceinte de mes montagnes.

Il faut que je sois un mauvais physicien, car j'avais imaginé que la ceinture des Alpes et du mont Jura serait une barrière contre les vents, mais nous en avons ici d'épouvantables, et la faiblesse de mon tempérament ne s'en accommode guère. J'avais désiré de finir ma vie dans une entière liberté et dans un beau climat; je n'ai que la moitié de ce que je désirais : cela est encore bien honnête. Je crois que *Bologna la*

1. La première partie de l'*Histoire de Russie sous Pierre le Grand* avait paru en 1759; la seconde ne parut qu'en 1763. (ÉD.)

grassa vaut mieux que le pays de Gex, mais je crois surtout que vous l'embellissez. Votre goût pour la littérature, vos spectacles, vos fêtes, doivent attirer chez vous la meilleure compagnie d'Italie. Vous êtes à la fois auteur et protecteur : Mécène n'avait qu'un de vos avantages. Vous ne sauriez croire, monsieur, à quel point je vous révère; j'ose encore ajouter que je prends la liberté de vous aimer de tout mon cœur. Jouissez longtemps de votre considération, de votre fortune, de votre mérite, et de vos plaisirs; ce sont les vœux de votre serviteur le plus sincère et le plus tendre.

MMMDCLXXXIX. — A M. DAMILAVILLE.

Octobre.

Il est heureux que M. Mariette n'ait pas encore imprimé sa requête au conseil. C'est sur cette requête qu'on jugera. Les erreurs où M. de Beaumont peut être tombé seront rectifiées dans le mémoire juridique de M. Mariette.

La plus importante de ces erreurs, et peut-être la seule importante, est celle où M. de Beaumont, page 11, dit qu'à l'hôtel de ville il n'y eut point de serment prêté. Il ne faut pas, sans doute, donner lieu aux juges de Toulouse de demander raison d'une fausse imputation, et de faire voir que les accusés, ayant prêté serment, se sont parjurés, et surtout de dire que ce parjure est une des choses qui peuvent justifier leur arrêt rigoureux.

Il faut avouer que ce concert, cette unanimité des Calas à dire sous serment que Marc-Antoine a été trouvé étendu sur le plancher, tandis qu'en effet Marc-Antoine a été étranglé, est l'unique prétexte qui puisse en quelque sorte excuser l'arrêt du parlement de Toulouse. C'est ce mensonge qui a fait croire que Marc-Antoine avait été étranglé par sa famille; c'est ce mensonge qui a fait passer le mort pour un martyr, et qui lui a fait décerner trois pompes funèbres. Voilà ce qui a mené Jean Calas au supplice. Il ne faut donc pas à ce mensonge funeste en ajouter un nouveau qui pourrait faire succomber l'innocence dans la révision du procès.

M. Mariette est prié de consulter le mémoire de Donat Calas, et la *Déclaration* de Pierre Calas, page 23 : « Mon père, dans l'excès de sa « douleur, me dit : Ne va pas répandre le bruit que ton frère s'est dé- « fait lui-même; sauve au moins l'honneur de ta misérable famille. »

Il est essentiel de rapporter ces paroles; il l'est de faire voir que le mensonge, en ce cas, est une piété paternelle; que nul homme n'est obligé de s'accuser soi-même, ni d'accuser son fils; que l'on n'est point censé faire un faux serment, quand, après avoir prêté serment en justice, on n'avoue pas d'abord ce qu'on avoue ensuite; que jamais on n'a fait un crime à un accusé de ne pas faire au premier moment les aveux nécessaires; qu'enfin les Calas n'ont fait que ce qu'ils ont dû faire. Ils ont commencé par vouloir défendre la mémoire du mort, et ils ont fini par se défendre eux-mêmes. Il n'y a dans ce procédé rien que de naturel et d'équitable. Les autres erreurs sont peu de chose, mais il est toujours bon que M. Mariette en soit instruit, afin qu'il n'y ait rien dans sa requête juridique qui ne soit dans l'exacte vérité.

Au reste, il est fort étrange que Mme Calas et M. Lavaysse aient laissé subsister, dans le factum de M. de Beaumont, une méprise si préjudiciable.

MMMDCXC. — A M. DALEMBERT.

Aux Délices, 1er novembre.

Mon très-digne philosophe, n'est-ce pas Mécène[1] qui disait : *Non omnibus dormio ?* et moi, chétif, je vous dis : *Non omnibus ægroto.* J'étais du moins fort aise que M. le duc de Choiseul sût à quel point il m'avait chagriné : il avait pu me soupçonner d'être ingrat. Je lui ai les plus grandes obligations; c'est à lui seul que je dois les priviléges de ma terre. Toutes les grâces que je lui ai demandées pour mes amis, il me les a accordées sur-le-champ : je suis d'ailleurs attaché depuis vingt ans à M. le comte de Choiseul. Il faudrait que je fusse un monstre pour parler mal du ministère dans de telles circonstances. Vous avez parfaitement senti combien cette infâme accusation retombait sur vous. On voulait nous faire regarder, nous et nos amis, comme de mauvais citoyens, et rendre notre correspondance criminelle ; cette abominable manœuvre a dû m'être infiniment sensible. Mon cœur en a été d'autant plus pénétré, que dans le temps même que M. le duc de Choiseul me faisait des reproches, il daignait accorder, à ma recommandation, le grade de lieutenant-colonel à un de mes amis : c'était Auguste qui comblait Cinna de faveurs. J'en ai le cœur percé, et je ne lui pardonne pas encore de nous avoir pris pour des conjurés. Je ne conçois pas comment il a pu imaginer un moment que cette infâme et sotte lettre fût de moi. Je lui ai envoyé la véritable avec votre petit billet. Il verra à qui il a affaire, et que nous sommes dignes de son estime et de ses bontés.

Je persiste à croire que le parlement de Toulouse doit réparation à la famille des Calas, qu'Omer doit faire amende honorable à la philosophie, et que ce n'est pas assez d'abolir les jésuites quand on a tant d'autres moines.

Nous sommes au sixième tome de Corneille le sublime et le rabâcheur. Sa nièce joue la comédie très-joliment, et me fait plus de plaisir que son oncle. Nous avons à Ferney des spectacles toutes les semaines, et en vérité d'excellents acteurs. Il y a beaucoup à travailler à l'*Olympie ;* l'ouvrage des six jours était fait pour que l'auteur se repentît. Il m'a fallu mettre un an à polir ce qu'une semaine avait ébauché. Les difficultés ont été grandes; nous verrons si j'en serai venu à bout. Au bout du compte, il est assez plaisant de faire les pièces, le théâtre, les acteurs, les spectateurs. Les déserts du pays de Gex sont fort étonnés. L'*infâme* commence à y être fort bafouée. Rendez-lui toujours le petit

1. Ce n'était pas Mécène, mais un Romain chez qui Mécène dînait. Le Romain faisait semblant de dormir pendant que Mécène caressait sa femme. Un esclave, croyant son maître endormi, voulait voler un vase d'or et fut arrêté par ces paroles : *Non omnibus dormio.* (*Note de M. Beuchot.*)

service de la montrer dans tout son ridicule et dans toute sa laideur. Le curé d'Étrepigny [1] fait de merveilleux effets en Allemagne. J'ai lu le *Dictionnaire des hérésies*; je connais quelque chose d'un peu plus fort. Dieu nous aidera.

Adieu; je vous embrasse tendrement.

MMMDCXCI. — A M. LE MARQUIS DE CHAUVELIN.

Aux Délices, 1er novembre.

Puisque Votre Excellence aime notre *tripot* à ce point, puisqu'elle se prête avec tant de bonté à nos tragiques bagatelles, voici la scène qui finit l'acte troisième, et voici tout le quatrième acte. Il n'y a plus, à la vérité, tant de fracas à la fin de cet acte quatrième. C'est un beau sujet de tableau qu'une femme mourante, sa fille à ses pieds, un amant furieux venant enlever cette fille qui le repousse, l'amant saisi d'horreur et de pitié, tous les assistants empressés, etc. C'est même pour parvenir à produire ce tableau sur la scène que j'avais arrangé toute la pièce; mais il est impossible que cette situation subsiste. Je me suis aperçu que Statira n'était là qu'un trouble-fête. Elle venait après une scène intéressante de deux amants, on souhaitait qu'elle pardonnât; mais au contraire elle se réjouissait avec sa fille de ce qu'on allait tuer son amant; elle s'évanouissait quand sa fille lui représentait qu'une religieuse ne devait pas être si vindicative; alors Statira devenait presque odieuse, et sa mort était très-froide. Ainsi tout ce spectacle préparé pour émouvoir ne faisait qu'un effet ridicule. De plus, le retour de Cassandre auprès d'Olympie n'était pas vraisemblable. Pourquoi quitter le combat? comment Antigone ne le suivait-il pas? Mille raisons enfin concouraient pour faire supprimer une situation qui, belle en elle-même, était très-mal placée.

Nous venons de jouer *le Droit du seigneur* avec un prodigieux succès pour le pays de Gex. Mais quel pays au mois de novembre! et que mes montagnes sont vilaines en hiver, quand on ne joue pas la comédie!

Je ne renverrai à mes anges d'Argental notre *Olympie* (vos bontés la font nôtre) que quand vous et moi serons contents. Je trouve que cette pièce est comme la paix; elle me paraissait faite, et à mesure qu'on avance elle est difficile à faire. Je supputais hier avec des Anglais qu'ils doivent plus de livres tournois qu'il n'y a de minutes depuis la création du monde, et je crois que nous autres Français nous ne nous éloignons pas trop de ce compte.

Notre troupe se prosterne devant Vos Excellences, et moi je joins la plus tendre reconnaissance à mon respect.

MMMDCXCII. — A M. DAMILAVILLE.

3 novembre.

Mon cher frère, je suis toujours émerveillé que trois vingtièmes ne vous dérobent ni à la philosophie ni à la littérature. Il me semble que

1. Jean Meslier. (ÉD.)

cela fait honneur à l'esprit humain. Sera-t-il dit que je mourrai sans vous avoir vu dans ma retraite avec le cher frère Thieriot et l'illustre frère Diderot?

Voici une lettre pour un digne frère[1]; ce n'est pas un Omer : je vous supplie de la faire tenir. Que Dieu nous donne des procureurs généraux qui ressemblent à celui-là!

Notre cher frère saura qu'on est honteux sur cette méprise de cette belle lettre anglaise. J'ai bien crié, et je le devais. Il n'est pas mal de mettre une bonne fois le ministère en garde contre les calomnies dont on affuble les gens de lettres.

Je ne sais point encore les conditions de la paix; mais qu'importent les conditions? on ne peut trop l'acheter.

L'affaire des Calas n'avance point; elle est comme la paix. Puissions-nous avoir pour nos étrennes de 1763 un bon arrêt et un bon traité! mais tout cela est fort rare. Poursuivez l'*inf....*; je ne fais point de traité avec elle. — Et frère Thieriot, où dort-il? *Valete, fratres*

MMMDCXCIII. — A M. DE LA CHALOTAIS.

Le 3 novembre.

Vous donnerez sans doute, monsieur, un plan d'éducation[2] digne de vos excellents mémoires, qui ont servi à détruire ceux qui donnaient une assez méchante éducation à notre jeunesse. Plût à Dieu que vous voulussiez y mêler quelques leçons pour ceux qui se croient hommes faits! Ce sont de terribles enfants que des gens qui, avec de la barbe au menton, payent à un prêtre italien la première année du revenu des terres que le roi leur donne en France, et qui, avec cela, disent qu'on leur fait tort quand on ne les laisse pas les maîtres absolus de tout. Vous êtes procureur général d'une province où un Italien donne encore des bénéfices. Les Anglais ont été longtemps plus imbéciles que nous, il est vrai; mais voyez comme ils se sont corrigés; Ils n'ont plus de moines ni de couvents, mais ils ont des flottes victorieuses; leur clergé fait de bons livres et des enfants; leurs paysans ont rendu fertiles des terres qui ne l'étaient pas; leur commerce embrasse le monde, et leurs philosophes nous ont appris des vérités dont nous ne nous doutions pas. J'avoue que je suis jaloux quand je jette les yeux sur l'Angleterre.

Vous avez rendu, monsieur, à la nation un service essentiel, en l'éclairant sur les jésuites. Vous avez démontré que des émissaires du pape, étrangers dans leur patrie, n'étaient pas faits pour instruire notre jeunesse. Vous pensez qu'il vaut mieux qu'un jeune homme apprenne de bonne heure les quatre maximes fondamentales de l'année 1682, que de savoir par cœur des vers de Jean Despautère. En un mot, je suis persuadé que vous saurez mêler, avec votre habileté ordinaire, dans votre plan d'éducation, bien des choses qui serviront à l'instruction de l'âge mûr. Le siècle du gland est passé; vous donnerez du

1. M. de La Chalotais. (ÉD.) — 2. La Chalotais en donna un. (ÉD.)

pain aux hommes. Quelques superstitieux regretteront encore le gland qui leur convient si bien; et le reste de la nation sera nourri par vous.

C'est une belle époque que l'abolissement des jésuites; j'oserais dire avec Horace :

Quid te exempta juvat spinis e pluribus una?
Lib. II, ep. II, 212.

On me répondra que, de toutes les épines, c'était la plus pointue et la plus embarrassante, et qu'il faut commencer par l'arracher; je répliquerai :

Perge quo cœpisti pede.

La raison fait de grands progrès parmi nous; mais gare qu'un jour le jansénisme ne fasse autant de mal que les jésuites en ont fait! Que me servirait d'être délivré des renards, si on me livrait aux loups? Dieu nous donne beaucoup de procureurs généraux qui aient, s'il est possible, votre éloquence et votre philosophie! Je remarque que la philosophie est presque toujours venue à Paris des contrées septentrionales; en récompense, Paris leur a toujours envoyé des modes.

J'oubliais de vous parler, monsieur, du procès de mes huguenots. Fussent-ils mahométans, vous leur donneriez gain de cause, s'ils avaient raison.

Permettez, monsieur, que je vous renouvelle les sincères protestations de mon estime et de mon respect.

MMMDCXCIV. — A M. L'ABBÉ D'OLIVET.

4 novembre.

Mon cher Cicéron, je vous remercie de votre anecdote de Théodore Bèze; et, sans vanité, je sais bon gré à Bèze d'avoir pensé comme moi. Je n'aurais pas soupçonné ce Bèze, ce plat traducteur de David, d'avoir eu de l'oreille. Peu de gens en ont, peu ont du goût, bien peu connaissent le théâtre. Je me suis pressé d'obtenir des instructions de l'Académie; mais je ne me presserai pas d'en donner au public. Je travaillerai à loisir, et je dirai la vérité avec tout le respect qu'on doit à Corneille, avec toute l'estime que j'ai pour lui; mais n'ayant jamais flatté les souverains, je ne flatterai pas même l'auteur que je commente. Les Cramer ne diront leur dernier mot que cet hiver; il faut que j'achève *Pierre le Grand* avant d'achever *le grand Corneille*. Je peux mal employer mon temps; mais je ne suis pas oisif. Je m'aperçois tous les jours, mon cher maître, que le travail est la vie de l'homme. La société amuse et dissipe; le travail ramasse les forces de l'âme, et rend heureux. Vivez, vous qui avez utilement travaillé; car vous commencez à entrer dans la vieillesse. Moi, qui suis jeune, et qui n'ai que soixante-huit ans, je dois travailler pour mériter un jour de me reposer. J'ai quelquefois du chagrin de ne vous point voir. Il faut que, dans quelques années, l'un de nous deux fasse le voyage. Venez à Ferney dans dix ans, ou je vais à Paris.

À Ferney, novembre.

Mon cher ange, il est bien juste que M. le comte de Choiseul ait la consolation de vous tenir à Fontainebleau. Je m'imagine que votre esprit conciliant ne nuira pas à l'œuvre de la paix. Je vois bien des Anglais qui n'en veulent point, mais ils ne songent point que leur gouvernement doit plus de livres tournois qu'il n'y a de minutes depuis la création. J'en faisais le compte avec eux ces jours-ci, et il s'est trouvé juste.

Que M. le comte de Choiseul se garde bien de perdre un temps précieux à écrire à une marmotte des Alpes; c'est bien assez qu'il soit content de mes sentiments, et qu'il ait la bonté de m'en assurer par vous.

Je ne sais plus où j'en suis pour *Mariamne;* je n'ai point ici votre lettre où vous me parliez de quelques changements; je me souviens seulement que vous me disiez que le second acte n'était pas fini. Cependant Mariamne sort pour aller

..... Consulter Dieu, l'honneur, et le devoir.

Act. II, sc. v.

N'est-ce pas une raison de sortir quand on a de telles consultations à faire? et ne voilà-t-il pas l'acte fini? Vous parliez, mon divin ange, de distributions de rôles : je ne m'en souviens plus : tous mes papiers sont entassés aux Délices, que M. le duc de Villars occupe; mais voici mon blanc seing tragique que vous ferez remplir comme il vous plaira, et que vous appuierez de votre protection.

Nous ne faisons pas comme vous; nous allons rejouer *le Droit du seigneur.* Je vous avertis que je joue le bailli, et le grand prêtre dans *Sémiramis,* et que je suis fort claqué.

Pour *Olympie,* vous l'aurez quand vous voudrez : mon ouvrage de six jours est devenu un ouvrage d'un an. Cette maudite opiniâtreté de vouloir faire évanouir Statira sur le théâtre m'avait écarté de la bonne voie. J'y ai mis tous mes soins et mon petit savoir-faire.

Je ne me console point de ce que Zulime n'a point dit : *J'en suis indigne;* mais ce qui fait ma vraie tribulation, c'est que M. le duc de Choiseul m'a cru l'auteur de cette belle rapsodie anglaise, c'est qu'il me l'a écrit, avec bonté, il est vrai; mais cette bonté est affreuse. J'en ai été outré, et je lui ai dit bien des injures qu'il mérite; il faut absolument que M. le comte de Choiseul le gronde.

Il est vrai que M. le duc de Richelieu se porte fort bien, et qu'il en a donné de belles preuves; mais, de moi, ce n'est pas de même, de vingt-quatre heures j'en souffre dix-huit, je griffonne les six autres, et je vous aime tous les moments de ma vie.

MMMDCXCVI. — A M. LE COMTE DE CHOISEUL.

Ferney, 10 novembre.

Monseigneur, comme tout ce que je pourrais avoir l'honneur de vous dire se trouve dans la lettre ci-jointe, qu'il ne faut pas plus multiplier les importunités que les êtres sans nécessité, et qu'à grand seigneur peu de paroles, daignez permettre que je vous supplie de lire ma lettre à mes anges.

M. et Mme d'Argental m'apprennent que vous avez bien voulu vous intéresser au rétablissement d'un ancien officier d'artillerie, qui a grande envie de tirer sur les Russes, Anglais, Hanovriens, Hessois, et Prussiens; je n'ai pas osé vous solliciter, mais j'ose vous remercier : la reconnaissance enhardit.

Je jette avec douleur les yeux sur la terre et sur la mer, et sur le théâtre de Paris : je vois que les Russes et l'Opéra-Comique feront du mal; je lève les yeux au ciel dans ma douleur profonde.

Je souhaite que nos grenadiers et nos marins vous donnent de beaux sujets d'*ultimatum;* car quand il s'agit d'un traité de paix, ce sont leurs sabres qui taillent vos plumes.

Vous connaissez, monseigneur, le respect infini du Suisse V..., et sa discrétion qui l'empêche de vous fatiguer de ses inutiles lettres.

Ah! j'apprends dans le moment que tout le monde vous bénit, monseigneur; et moi je vous remercie de m'avoir fait achever une *Histoire générale* qui finit par le bien que vous faites aux hommes.

Le vieil Ermite des Alpes.

MMMDCXCVII. — A M. LE COMTE D'ARGENTAL.

A Ferney, 10 novembre.

Vivent le roi et monsieur le duc de Praslin !

Mon divin ange, quoique nos Suisses *vendent leur sang à qui veut le payer,* quoique les Génevois n'aiment pas la France passionnément, quoique notre petit pays de Gex soit séparé du reste du monde, cependant je ne vois que des gens enthousiasmés de la paix, et je n'entends que des cris de joie.

Je vous prie de vouloir bien donner à M. le duc de Praslin ces trois mots, que je prends la liberté de lui écrire. Il y a soixante et quatre ans qu'un marquis de Praslin, que je peindrais, avait beaucoup de bonté pour moi; cela m'a été d'un bon augure.

Voici le temps des plaisirs et des spectacles. Il y avait une plaisante dédicace à deux seigneurs de Praslin qu'on devait mettre à la tête du *Droit du seigneur,* comédie de Jodelle, du temps de Henri II, rajusté depuis peu au théâtre par un quidam.

Nous avons joué depuis peu *le Droit du seigneur,* avec tout le succès possible, à Ferney. Mlle Corneille a joué Colette supérieurement; elle avait une cabale contre elle; la cabale a été forcée de battre des mains.

Je soupçonne que M. de Chauvelin vous a envoyé, de Turin, une fin du troisième acte de *Cassandre,* et le quatrième tout entier; je ne voulais pas vous envoyer la pièce par morceaux; j'attendais vos ordres angéliques pour vous faire parvenir la pièce entière; mais ce que M. de Chauvelin aura fait sera bien fait.

Il y a un conseiller au parlement de Toulouse [1] qui vient, je crois, à Paris, pour rendre justice à l'innocence des Calas, et gloire à la vérité. Il y a de belles âmes; celle-là sera bien digne de connaître la vôtre.

Je vous embrasse avec les plus tendres respects, et je me mets aux pieds de Mme d'Argental.

MMMDCXCVIII. — De M. Dalembert.

A Paris, le 17 novembre.

Vous auriez eu très-grand tort, mon cher et illustre maître, de faire une satire contre un ministre à qui vous avez, dites-vous, de si grandes obligations; vous auriez même eu tort de l'outrager, quand vous eussiez été intéressé dans la comédie des *Philosophes*, dont il a procuré et favorisé la représentation. Il ne faut jamais attaquer plus fort que soi. D'ailleurs c'est peine perdue que l'éloge ou la satire d'un homme en place, parce que toutes ses actions étant pour ainsi dire au soleil, il n'y a personne qui ne sache par soi-même ce qu'il peut mériter de louanges ou de blâme; et j'ai toujours remarqué qu'à cet égard le public était très-juste, et sait bien mettre à leur place les auteurs ou les objets de l'éloge ou de la critique. Quant à moi, qui par bonheur ou par malheur (comme il vous plaira) n'ai pas la plus petite obligation à aucun de ceux qui gouvernent aujourd'hui, et à qui ils n'ont fait proprement ni bien ni mal, j'ai pris pour devise, à leur égard, ce beau passage de Tacite [2] : *Mihi Galba, Otho, Vitellius, nec beneficio, nec injuria cogniti.... sed incorruptam fidem professis, nec amore quisquam, et sine odio dicendus est.* J'aurais été très-fâché que l'on m'eût soupçonné d'être le bureau d'adresse des satires qu'on s'avise de faire contre le gouvernement, dont je n'ai ni à me louer ni à me plaindre, et dont je ne voudrais d'ailleurs me venger, si j'en étais persécuté, que par une conduite qui fît rougir les persécuteurs. Mais de quoi je suis bien étonné, c'est qu'on ait pu vous attribuer un moment une rapsodie où il n'y a ni goût, ni style, ni finesse, et où on a même eu l'esprit de défigurer le peu qu'on a conservé de votre véritable lettre. Je crois en effet que M. de Choiseul doit voir à présent que nous sommes dignes de son estime; à l'égard de ses bontés, je vous en souhaite la continuation. Vous devriez l'engager, puisqu'il vous écoute et vous aime, à accorder quelque protection aux pauvres roués de Toulouse. La veuve vint me voir il y a quelques jours, et m'apporter son mémoire; ce spectacle me fit grande pitié. Il ne faut pas pas se plaindre d'être malheureux quand on voit une famille qui l'est à ce point-là. Je parlerai et crierai même en leur faveur, c'est tout ce que je puis faire; mais s'ils sont innocents, comme j'en suis persuadé, et qu'on ne force

1. Lasalle. (Éd.) — 2. *Histoires*, liv. I, chap. I. (Éd.)

pas le parlement de Toulouse à leur faire réparation, je ne pourrai m'empêcher de dire : Dans quel pays sommes-nous ?

Pour la philosophie, je ne crois pas qu'Omer et Palissot lui fassent réparation sitôt; mais, en attendant, on fait justice de ses ennemis. Cependant il y a, dit-on, vingt-quatre jésuites retirés à Versailles; ce sont les vingt-quatre vieillards des *Provinciales* ou de l'*Apocalypse*, comme il vous plaira. Le parlement ne les y voit pas de bon œil, et se propose, dit-on, dès qu'il sera rentré, d'enfumer le terrier où se sont accroupis ces renards, ou plutôt ces vieux lapins, car ils ne sont plus guère renards. L'abbé de Chauvelin sera dans cette chasse le basset à jambes torses.

Eh bien! que dites-vous de la paix? et croyez-vous pour le coup que votre ancien disciple s'en tire? Ce serait un grand malheur pour la philosophie que la maison d'Autriche, encore superstitieuse, fût la maîtresse de l'Allemagne, où la vigne du Seigneur ne laisse pas de fructifier. On dit que pour dédommager la maison de Saxe, qui a bien l'air de payer les frais, on donnera un évêché en France ou en Allemagne au prince Clément; ce sera une maison crossée et mitrée. A propos de ceux qui la crossent, avez-vous des nouvelles de la czarine? On a mis dans le *Journal encyclopédique* une lettre où on parle des propositions qu'elle a eu la bonté de me faire; les journalistes ont ajouté une note où ils disent, assez mal à propos, que je suis aussi cher à la France qu'à la Russie. Je crois bien être cher à quelques Français qui me le sont aussi; mais cher à la France, tout me prouve que je n'ai pas l'honneur de l'être.

Je vois, par ce que vous me mandez, que nous ne tarderons pas à avoir le *Corneille*. N'oubliez pas de le louer beaucoup quand il est sublime; et quand il est rabâcheur, faites-le sentir sans le dire : vous y gagnerez, et l'art y gagnera, parce que vous direz vrai, et ne blesserez personne. Je vous félicite au surplus de tous les plaisirs dont vous jouissez; je ne doute point, sur ce que vous m'en dites, de la bonté de vos acteurs; je crois pourtant que vous aimeriez bien autant Clairon et Préville, si vous les aviez. On vient de m'apporter le billet d'enterrement du pauvre Sarrazin, que vous m'avez entendu si bien contrefaire. Vous pourriez me dire comme Phèdre :

Seigneur, il n'est point mort, puisqu'il respire en vous [1].

A l'égard de l'*infâme*, si les dégoûts qu'on lui donne continuent, il ne sera pas nécessaire de lui arracher le masque, il tombera de lui-même; en tout cas je crois trop dangereux de l'arracher, mais très-bien fait de le décoller peu à peu.

Plus fait douceur que violence.
La Fontaine, liv. VI, fab. III.

Adieu, mon cher et illustre philosophe; portez-vous bien, moquez-vous de tout, et même des méchancetés qu'on veut vous faire, et aimez-

1. *Phèdre*, acte II, scène v. (Éd.)

moi comme je vous aime. Je vous embrasse de tout mon cœur. Je
serai bien content de voir *Olympie* régénérée ; je crois qu'elle en avait
besoin : il n'y a que Candide au monde qui puisse trouver que tout
soit bien dans l'ouvrage des six jours. J'ai bien entendu parler de ce
Dictionnaire des hérésies [1] dont vous ne me dites qu'un mot, et j'ai
grande envie de le voir ; la mine est précieuse et abondante.

MMMDCXCIX. — A M. LE COMTE D'ARGENTAL.

21 novembre.

O mes anges ! n'avez-vous jamais vu un ministre donner audience,
écouter cent affaires, et ne se soucier d'aucune ? n'avez-vous jamais
vu un avocat plaider trois ou quatre causes sans s'en mettre en peine,
et les juges prononcer sans les entendre ? Vous croyez donc qu'il en
est de même de votre créature des Alpes ? Il me faut à la fois faire
imprimer, revoir, corriger une *Histoire générale*, une *Histoire de
Pierre le Grand* ou *le Cruel*, et Corneille avec ses commentaires, et
passer de cet abîme à une tragédie. Le *tripot*, le *tripot* doit l'emporter ; j'en conviens ; mais, encore une fois, je n'ai qu'une âme logée
dans un chétif corps usé, sec, et souffrant. J'avais mis votre *Olympie*
en séquestre, afin de la revoir avec un œil sain et frais. Il était nécessaire de laisser tomber les grosses taies que l'enthousiasme étend sur
les prunelles d'un auteur, dans la première ivresse d'une composition
rapide. Je vous donnerai votre *Olympie* pour votre carême ; c'est un
temps tout à fait sacerdotal, et digne d'une pièce dont l'action se passe
dans un couvent. L'Opéra-Comique célébrera gaiement, au commencement de l'hiver, les plaisirs de la paix, et Paris aura mon grave
hiérophante pour sa quadragésime. Ne trouvez-vous pas cet arrangement tout à fait convenable ? Puisque je suis à présent enfoncé dans
l'historique, permettez-moi de vous demander simplement le secret de
l'État, qui est le secret de la comédie. Les Espagnols cèdent-ils bien
réellement la Floride ? la chose m'intéresse. Une famille suisse, qui
m'est très-recommandée, veut aller s'établir dans ce pays-là, et ne veut
point vendre son petit fonds helvétique sans être sûre de son fait. Ne
négligez pas, je vous en prie, ma question ; elle peut être hasardée,
mais elle est charitable, et vous êtes anges du temporel comme du
spirituel. Avez-vous à Paris M. de La Marche ? c'e... encore un point
dont je vous supplie de m'instruire.

Le philosophe épouseur arrivera donc. Nous requinquerons Cornélie-
Chiffon, nous la parerons. Elle prétend qu'elle pourra savoir un peu
d'orthographe : c'est déjà quelque chose pour un philosophe. Enfin
nous ferons comme nous pourrons ; ces aventures-là s'arrangent toujours d'elles-mêmes : il y a une Providence pour les filles.

J'avais bien deviné que M. de Chauvelin m'avait trahi. Vous vous
entendez comme larrons en foire. Il a sans doute beaucoup d'esprit
et de goût. Plus vous en avez, mes chers anges, plus vous sentez

1. Par *Dictionnaire des hérésies*, Dalembert, qui avait indiqué à Voltaire
l'ouvrage de Pluquet, désigne ici le *Dictionnaire philosophique* de Voltaire,
dont l'impression devait être bien avancée. (ÉD.)

combien une tragédie est une œuvre difficile, surtout quand le goût du public est usé.

Je voudrais bien que M. le duc de Bedford vît *Tancrède*, et qu'il souscrivît pour Mlle Corneille.

Zulime est de *mediocribus*. Mille tendres respects.

MMMDCC. — A M. LE MARQUIS DE CHAUVELIN.

A Ferney, 22 novembre.

Bénies soient Vos Excellences, qui aiment notre *tripot*, et qui l'aiment au point de vouloir bien payer un port exorbitant pour une pièce médiocre[1] Le titre en est beau, je l'avoue; mais je tiens avec vous, monsieur l'ambassadeur, qu'il vaut mieux être possesseur de Mme de Chauvelin que d'avoir le droit des prémices de toutes les filles de village.

Quand vous serez bien las de cette comédie, ne pourriez-vous pas l'envoyer à M. d'Argental, sous l'enveloppe de M. le duc de Praslin? Il pourra, en qualité d'amateur du *tripot*, se donner l'amusement de la faire jouer, pour divertir les Anglais qui sont à Paris.

Vous êtes un vrai ministre. Vous avez vite envoyé à M. d'Argental certain quatrième acte tragique sans m'en rien dire; mais je m'en suis bien douté, et je vous jure que je vous ai pardonné ce tour de tout mon cœur. Je sens bien qu'il serait bon que ce quatrième acte fût aussi plein de fracas que les autres; je veux laisser reposer quelque temps la pièce et moi. Les choses ont souvent besoin d'être quittées pour être senties. Vous avez un goût infini; je suis aussi charmé de vos judicieuses réflexions que de vos bontés. Si j'avais autant de génie que vous avez de lumières, je vous assure qu'on verrait beau jeu. Mais avouez que le rôle d'Olympie ferait un effet merveilleux dans la bouche de Mme l'ambassadrice, à Ferney. Vous m'avez promis de revenir à la paix; la voilà faite. Quand ferons-nous venir les violons pour l'orchestre? passerez-vous votre vie à Turin? Vos amis de Paris n'auront point de repos s'ils ne vous revoient. La société de ce pays-là a besoin de vous; vous en faites le charme, et il faut surtout que vous aidiez au bon goût à se maintenir : on dit qu'il va un peu en décadence. Vous me réchaufferez en passant. Je crois que je suis à présent le seul vieillard qui fasse des tragédies et qui plante. Je vous donne rendez-vous au printemps, moi, mes arbres, et mon théâtre. S'il me vient quelques idées bien tragiques cet hiver, je vous consulterai sur-le-champ; mais à présent c'est le quartier de l'histoire. Je m'amuse à peindre les sottises des hommes, et je vais jusqu'à l'année présente; la matière est abondante. Adieu, monsieur; conservez-moi des bontés qui font la consolation de ma vieillesse dans ma retraite, et de mes travaux. Je me mets aux pieds de Mme l'ambassadrice.

MMMDCCVII. — A M. DAMILAVILLE.

28 novembre

Salut à mes frères en Dieu et en la nature. Je prie mon frère Thieriot de m'aider dans mes besoins, et de m'envoyer la meilleure *Histoire*

1. Le *Droit du seigneur*. (ÉD.)

du *Languedoc*; cela ne sera peut-être pas inutile aux Calas, et pourra produire un écrit intéressant [1].

On a fini par se moquer de moi de ce que j'avais pris tant à cœur la tracasserie de la lettre; mais si je n'avais pas tant crié, on aurait peut-être crié contre moi. Il n'est pas mal de couper une tête de l'hydre de la calomnie, dès qu'on en trouve une qui remue.

Je vous remercie, mon cher frère, de l'ouvrage odieux que je vous avais demandé, et dont j'ai reçu le premier volume. Je ne l'avais parcouru autrefois qu'avec mépris, je ne le lis aujourd'hui qu'avec horreur. Ce scélérat hypocrite [2] appelle, dans sa préface, la tolérance *système monstrueux*. Je ne connais de monstrueux que le livre de ce misérable, et sa conduite digne de son livre. Notre frère Thieriot l'a vu autrefois m....... chez Laugeois; je l'ai vu depuis secrétaire d'un athée, et il a fini par être l'avocat bavard de la superstition. On m'a dit que son détestable livre avait du crédit en Sorbonne; c'est de quoi je ne suis pas surpris. Je me flatte au moins que ceux de mes frères qui travaillent à éclairer le genre humain, dans l'*Encyclopédie*, nous donneront des antidotes contre tous les poisons assoupissants que tant de charlatans ne cessent de nous présenter. J'achèverai ma vie dans la douce espérance qu'un jour un de nos dignes frères écrasera l'hydre. C'est le plus grand service qu'il puisse rendre au genre humain : tous les êtres pensants le béniront.

Continuez, mon cher frère, à égayer la tristesse de votre emploi, et à vous soutenir par la solidité de la philosophie.

Felix qui potuit rerum cognoscere causas!
Virg., *Georg.*, II, 490.

Quoique je ne m'intéresse guère aux choses de ce monde, je serais pourtant curieux de savoir ce qu'est devenu le procès criminel du sieur Bigot [3]. On disait que le peuple aurait la consolation de voir pendre un intendant; mais je n'en crois rien.

Il me paraît que frère Thieriot a renoncé à la philosophie active. Il a raison de faire grand cas du dîner et du dormir : ce sont deux fort bonnes choses; mais il faut trouver à son réveil quelques quarts d'heure pour ses amis.

J'envoie à Esculape-Tronchin le mémoire à consulter; mais songez que j'ai chez moi un parent de vingt et un ans [4], auquel Esculape fit ouvrir la cuisse il y a deux ans, et qui suppure depuis ce temps-là sans

---

1. Le *Traité sur la tolérance*. (ÉD.)
2. L'abbé Houtteville, auteur du livre intitulé *la Vérité de la religion chrétienne prouvée par les faits*. (ÉD.)
3. Bigot, intendant de la Nouvelle-France ou Canada pendant la guerre de 1756, accusé de malversation, avait été arrêté le 17 décembre 1761, et mis dans un des cachots de la Bastille. Plus de cinquante personnes étaient compromises. Une commission du Châtelet fut chargée d'instruire le procès. Le jugement ne fut rendu que le 10 décembre 1763. Il ordonnait la restitution de douze millions dans les coffres de l'État, et condamnait au bannissement Bigot, Varin et Bréard : quelques autres furent admonestés. (*Note de M. Beuchot*.)
4. Daumart. (ÉD.)

pouvoir se remuer. Il est difficile de guérir de loin, quand on estropie de près. Tronchin est assurément un grand médecin, mais la médecine est souvent bien dangereuse.

Voulez-vous bien faire parvenir ces deux saintes épîtres à nos frères Dalembert et Saurin ? J'embrasse en Platon, en Diagoras, notre grand frère Diderot.

MMMDCCII. — A M. DALEMBERT.

28 novembre.

Mon cher confrère, mon grand philosophe, vous ne me paraissez pas trop compter sur l'amitié des grands; n'avez-vous jamais éprouvé que les petits n'aiment guère mieux? Pour moi, qui ai le bonheur d'être petit, je vous avertis que je vous aime de tout mon cœur. A l'égard du duc de Choiseul, convenez que je lui ai une très-grande obligation, puisque je lui dois d'être libre chez moi, et de ne pas dépendre d'un intendant. Vous ne savez pas ce que c'est qu'un intendant de province. Le frère d'Omer[1] me manda un jour qu'il n'était en place que pour faire du mal; aussi voulut-il m'en faire, et j'eus la franchise de ma terre malgré lui. Vous voyez que je me suis toujours moqué de la famille d'Omer. C'est à M. le duc de Choiseul que je dois tout cela. S'il a eu le malheur de croire, sur une lecture rapide, que j'avais écrit une sotte lettre, il a bien réparé son erreur; il a noblement avoué son tort : autrefois les ministres ne faisaient jamais de tels aveux.

Pour Luc, quoique je doive être fâché contre lui, je vous avoue qu'en qualité d'être pensant et de Français, je suis fort aise qu'une très-dévote maison n'ait pas englouti l'Allemagne, et que les jésuites ne confessent pas à Berlin. La superstition est bien puissante vers le Danube. Vous me dites qu'elle perd son crédit vers la Seine. Je le souhaite; mais songez qu'il y a trois cent mille hommes gagés pour soutenir ce colosse affreux, c'est-à-dire plus de combattants pour la superstition que la France n'a de soldats. Tout ce que peuvent faire les honnêtes gens, c'est de gémir entre eux quand cette infâme est persécutante, et de rire quand elle n'est qu'absurde; d'éclairer le plus d'esprits bien nés qu'on peut, et de former insensiblement dans l'esprit des hommes destinés aux places une barrière contre ce fléau abominable. Ils doivent savoir que, sans les disputes sur la transsubstantiation et sur la bulle, Henri III, Henri IV et Louis XV n'auraient pas été assassinés. C'est un bon arbre, disent les scélérats dévots, qui a produit de mauvais fruits; mais puisqu'il en a tant produit, ne mérite-t-il pas qu'on le jette au feu? Chauffez-vous-en donc tant que vous pourrez, vous et vos amis. Vous pensez bien que je ne parle que de la superstition; car, pour la religion chrétienne, je la respecte et l'aime comme vous.

Courage, mes frères ! Prêchez avec force, et écrivez avec adresse : Dieu vous bénira.

Protégez, mon frère, tant que vous pourrez, la veuve Calas : c'est

1. Joly de Fleury de La Valette. (ÉD.)

une huguenote imbécile, mais son mari a été la victime des pénitents blancs. Il importe au genre humain que les fanatiques de Toulouse soient confondus.

Un autre fanatique de Patouillet, aidé de Caveirac, a écrit deux volumes[1] contre l'*Histoire générale*. Tant mieux si on lit leurs livres : cela fera naître des éclaircissements. J'avais levé un coin du voile dans la première édition ; je le déchire un peu dans la seconde. Vous y trouverez de quoi vous édifier.

En attendant, j'enverrai à l'Académie l'*Héraclius* de Calderon ; il fera connaître le génie espagnol. En vérité ils sont dignes d'avoir chez eux l'inquisition.

Que faites-vous à présent ? travaillez-vous en géométrie, en histoire, en littérature ? Quoi que vous fassiez, écrasez l'infâme, et aimez qui vous aime.

MMMDCCIII. — A M. SAURIN.

A Ferney, 28 novembre.

Je vous sais très-bon gré, mon cher confrère, d'avoir fait un Saurin, et je vous remercie tendrement de me l'avoir appris dans une si jolie lettre. Je suis de votre avis : c'était un garçon qu'il vous fallait.

> J'aime le sexe assurément,
> Je l'estime, je sais qu'il brille
> Par les grâces, par l'enjouement ;
> Que souvent d'esprit il petille,
> Qu'en ses défauts il est charmant :
> Mais j'aime mieux garçon que fille.

Cela ne veut pas dire que je sois du goût de Socrate ou des jésuites ; j'entends seulement que je vous souhaitais un garçon.

> Nous avons besoin de Saurins
> Qui vengent la philosophie
> De ces fanatiques gredins
> Ergotants en théologie.
> En vain depuis peu la Raison
> Vient d'ouvrir en secret son temple ;
> L'infâme Superstition,
> Qu'un vulgaire hébété contemple,
> Monte toujours sur ses tréteaux.
> Elle nous vend son mithridate :
> Chaumeix la suit, Omer la flatte,
> Et des fripons et des cagots
> En violet, en écarlate,
> Sont ses Gilles et ses bedeaux.

Votre enfant, mon cher confrère, apprendra de vous à penser. Je

---

1. Les *Erreurs de Voltaire* sont de Nonnotte. (ÉD.)

fais mes compliments à la mère de donner à son fils ses beaux tetons : c'est encore là une sorte de philosophie qui n'est pas à la mode.

Vous devriez bien, avant que je meure, passer quelque temps à Ferney avec la mère et le fils. Les philosophes sont trop dispersés, et les ennemis de la raison trop réunis.

C'est une bonne acquisition que celle de l'abbé de Voisenon, tant qu'il se portera bien : mais c'est un saint dès qu'il est malade.

J'ai ouï dire en effet beaucoup de bien d'une tragédie d'*Éponine*.[1] Il faut au moins que la France brille par le théâtre ; c'est toute la supériorité qui lui reste. Je crois que vous avez assisté aux assemblées où l'on a lu le *Jules César* de Gilles Shakspeare. J'enverrai incessamment l'*Héraclius* de Scaramouche Caldéron ; cela vous amusera.

Je vous embrasse, mon cher confrère, de tout mon cœur.

MMMDCCIV. — A M. P. ROUSSEAU, A BOUILLON.

Au château de Ferney, en Bourgogne, par Genève, 28 novembre.

Ce que vous m'apprenez, monsieur, me surprend beaucoup, si pourtant quelque chose dans ce monde doit nous surprendre. Je vous croyais à l'abri de tout dans le pays des Ardennes, et au milieu des rochers.

Je m'imaginais que M. le duc de Bouillon y était absolument le maître, et en état de vous favoriser. Vous me paraissiez avoir sa protection ; je ne vois pas ce qui a pu vous l'ôter. Si vous m'aviez averti plus tôt, j'aurais tâché de vous être utile ; il aurait été peut-être plus convenable à vos intérêts que vous eussiez accepté le château que je vous offrais dans le voisinage de Genève. Vous y auriez joui de la plus grande indépendance, et vous auriez eu les débouchés les plus sûrs pour le débit de votre *Journal*[2] ; mais votre dernier naufrage vous a conduit dans un port qui est bien au-dessus de tout ce que je pouvais vous offrir ; vous n'auriez eu chez moi que de la liberté, et vous avez à Manheim la protection d'un prince aussi éclairé que bienfaisant. Heureusement pour vous il n'y a dans le Palatinat que des jésuites allemands qui n'entendent pas le français, et qui ne savent que boire. Ne doutez pas que je n'aie l'honneur d'écrire à Son Altesse Électorale tout ce que je pense de vous et de votre journal. Je n'ai point ici la tragédie d'*Olympie* ; je l'ai envoyée à un de mes amis, dans le dessein de la corriger encore. Elle a servi aux amusements de Mgr l'électeur palatin ; elle a même servi aux miens. Je l'ai fait jouer sur mon petit théâtre de Ferney ; mais ce n'est pas assez de s'amuser, il faut tâcher de bien faire, et cela est prodigieusement difficile. Je suis fâché qu'un autre prince[3] dont vous parlez vous ait pris pour un whig, et qu'il ait cassé vos vitres ; on s'attendait autrefois qu'il casserait celles de Londres. Il paraît que les temps sont bien changés, et qu'il l'est encore davantage. Les horribles malheurs qu'il a essuyés doivent, ce me semble, consoler les particuliers qui ont à se plaindre de la fortune. Je m'inté-

1. Tragédie de Chabanon. (ÉD.) — 2. Le *Journal encyclopédique*. (ÉD.)
3. Le roi de Prusse. (ÉD.)

resse extrêmement, monsieur, à tous les chagrins que vous avez essuyés; et si mon faible suffrage peut contribuer à votre félicité à la cour de Manheim, vous pouvez y compter, comme sur mon estime et mon attachement.

MMMDCCV. — A M. DAMILAVILLE.

Le 30 novembre.

Mon frère, j'ai aussi *prouvé par les faits* [1], et j'espère que ces faits, rapportés avec fidélité dans l'*Essai sur l'histoire générale*, feront plus d'impression sur les esprits bien faits que les détestables sophismes du m...... Houtteville, de l'Académie française. Ces faits font deviner au lecteur bien des vérités qu'on n'oserait lui dire. Les hommes s'attachent plus aux vérités qu'ils croient avoir découvertes, qu'à celles qu'on leur a enseignées. Cette seconde édition pourra faire du bien; elle est augmentée de plus d'un tiers, et elle est de deux tiers plus hardie. Je vous l'enverrai dès qu'elle sera finie.

Voici, en attendant, un petit article [2] de la lettre *M* d'un *Dictionnaire* que j'avais fait pour mon usage; je le soumets au grand frère Diderot. Ne pourrai-je point avoir quelque article manuscrit du *Dictionnaire encyclopédique?*

Nardi parvus onyx eliciat cadum!
Hor., lib. IV, od. XII, v. 17.

Je fus bien indigné des articles *Ame* et *Enfer* du premier volume; et c'est cet article *Ame*, cet article sottement théologique, qu'un Omer accuse de matérialisme. Que ces absurdités me mettent en colère! mais, patience; il faut que la raison soit paisible.

Frère Thieriot m'avait promis de me faire avoir les *Dialogues* de cet imbécile saint Grégoire le Grand; c'est un monument de bêtise que je veux avoir dans ma bibliothèque. Thieriot m'abandonne.

J'embrasse mes frères. Renvoyez-moi *M*, quand les frères l'auront lu.

MMMDCCVI. — A M. LE MARQUIS D'ARGENCE DE DIRAC.

Ferney, 2 décembre.

Pardonnez à un ami qui écrit si rarement. La philosophie et l'amitié en murmurent, mais elles n'en sont point altérées, et la mauvaise santé et l'âge ne sont que des excuses trop valables. Aimez toujours, monsieur, un solitaire que votre sagesse et les folies des hommes vous attachent pour jamais. Une espèce de colporteur suisse m'a dit qu'il vous avait envoyé, il y a un mois, une brochure. Je soupçonne, par le titre, que vous n'en serez pas trop content. C'est, dit-il, l'ouvrage d'un curé; et ce n'est pas un prône [3]. Vous lisez tout, bon ou mauvais,

1. Allusion au titre de l'ouvrage de l'abbé Houtteville: *la Vérité de la religion chrétienne prouvée par les faits.* (ÉD.)
2. L'article Moïse du *Dictionnaire philosophique.* (ÉD.)
3. *Extrait des sentiments de J. Meslier.* (ÉD.)

et vous pensez que, dans les plus méchants livres, il y a toujours quelque chose dont on peut faire son profit.

La paix va nous rendre les plaisirs, et ne fera pas de tort à la philosophie; il vaut mieux cultiver sa raison que se battre. Je viens de détruire des maisons comme on faisait en Vestphalie; mais je les ai changées en jardins, et à la guerre on ne les change qu'en déserts. Je vous souhaite, dans votre agréable retraite, des journées remplies et heureuses, des amis qui pensent, l'exclusion des sots, et une bonne santé. Je m'imagine que cela est votre lot; il ne manque au mien que d'être avec vous.

MMMDCCVII. — A M. DAMILAVILLE

6 décembre.

Mes frères, les *Pensées tirées des objections diverses*, etc., sont un excellent ouvrage. Il faut en tirer quelques exemplaires pour les sages; mais je crois que rien ne fera jamais plus d'impression que le livre de Meslier. Songez de quel poids est le témoignage d'un mourant et d'un prêtre homme de bien. On dit qu'il paraîtra quelque chose[2] à l'occasion des Calas et des pénitents blancs, mais qu'on attendra que la révision ait été jugée.

Le docteur Tronchin m'a enfin mandé qu'il n'y avait point de guérison pour le petit enfant[3] à qui mon frère s'intéresse; je souhaite que le docteur se trompe.

Qu'est-ce donc que ce drôle de fou qui traite le public comme Ajax traitait ses moutons[4], et qui tombe sur lui en furieux? Il a donc fait une tragédie d'*Ajax?* l'a-t-on mis aux Petites-Maisons? comment se nomme-t-il?

Est-il vrai qu'Élie de Beaumont est très-courroucé de voir la famille de Loyseau dans sa moisson[5]? Mon cher frère, s'il est vrai, calmez ses douleurs; représentez-lui que dans une affaire telle que celle des Calas, il est bon que plusieurs voix s'élèvent; c'est un concert d'âmes vertueuses. Il s'agit de venger l'humanité et non de disputer un peu de renommée. Il y aura place pour Beaumont et pour Loyseau dans le temple de la gloire et de la vertu, et aucun d'eux n'entrera dans la caverne de l'Envie.

J'embrasse mon frère et mes frères.

P. S. Il y a un enfant qui se dit petit-neveu de Corneille. Il demeure chez M. Noël, maître de pension, faubourg Saint-Marceau. Son nom est Vannier. Il demande un exemplaire de Corneille; cela est assurément bien juste. Je prie très-instamment mon frère de lui faire passer ce petit billet.

---

1. Elle fut signée le 10 février 1763. (ÉD.)
2. *Traité sur la tolérance*, etc. (ÉD.) — 3. Daumart. (ÉD.)
4. Poinsinet de Sivry, ayant donné sa tragédie d'*Ajax*, en publia une défense sous ce titre : *Appel au petit nombre, ou le Procès de la multitude*, avec cette épigraphe : « Ajax ayant été mal jugé entra en fureur, et prit un fouet pour châtier ses juges. » (ÉD.)
5. La gloire de défendre les Calas. (ÉD.)

MMMDCCVIII. — A M. LE COMTE D'ARGENTAL.

10 décembre.

Mes divins anges, vous avez beau faire, on ne commande point au diable; les sorciers seuls ont ce privilége, et c'est le diable qui me commande. Il s'empara de moi il y a bientôt dix-huit mois, et me fit faire en six jours la sottise que vous savez [1]. J'étais ivre de mon ouvrage au septième; mais l'âge m'a rendu un peu défiant, et surtout je me défie de moi-même. Mes chers anges, je vous parlais d'attendre au carême; à présent je vous supplie de remettre à Pâques. Plus on attend, plus valent les tragédies. Vous ne chômerez point cet hiver. Vous avez *Éponine*, dont on dit beaucoup de bien. Il y a force tragédies, force comédies; vous aurez le plaisir de voir des succès et des chutes. Souffrez que, cet hiver, je me donne tout entier à mon paradis de Ferney, au czar Pierre, à Corneille, à l'*Histoire générale*; quand j'aurai fait tout cela, et que ma tête sera libre, alors vous aurez tant de vers qu'il vous plaira. Sachez de plus, ô anges! qu'il y a sur le métier un ouvrage à l'occasion des Calas [2] qui pourrait être de quelque utilité, à ce que disent les bons cœurs, et pour lequel on vous demandera votre suffrage et votre protection.

Je vous remercie historiquement de m'avoir confirmé la cession de la Floride. Quelle honte! quelle guerre! les ministères de Philippe III et de Philippe IV ne se conduisirent pas plus misérablement que les Espagnols d'aujourd'hui.

Oh! que votre aimable duc de Praslin a bien fait de finir tant de pauvretés! il a rendu service au genre humain, et surtout aux Français. Je me soucie très peu du Canada, je ne l'ai jamais aimé; mais la paix nous devenait nécessaire comme le manger et le dormir. Je l'en remercie encore, et je suis enchanté que ce soit votre ami qui ait fait une si bonne œuvre.

Vous me dites toujours que je ne réponds point aux chefs d'accusation que je me fais sur *Zulime*, sur *Mariamne*. Je reverrai *Mariamne* et *Zulime* quand je retrouverai ma tête, j'entends ma tête poétique. A présent je suis tout prose; me voilà cunctateur. Attendons *Zulime*, *Mariamne*; *Olympie*, tout cela viendra si je vis. Savez-vous que je suis bien vieux? Le duc de Villars, quoique plus jeune, est plus vieux que moi; il a des convulsions de Saint-Médard à le faire canoniser par les jansénistes. Il souffre héroïquement; il a dans les maux plus de courage que son père. Il y a bien des sortes de courage.

MMMDCCIX. — A M. LE COMTE D'ARGENTAL.

Ferney, 13 décembre.

O mes anges! l'épouseur est arrivé : c'est un demi-philosophe. Il n'a rien pour le présent, mais il y a quelque apparence qu'il aura Mlle Corneille, et que Mlle Corneille aura plus que je ne vous avais dit.

1. *Olympie*. (ÉD.) — 2. *Traité sur la tolérance*. (ÉD.)

La terre qui doit revenir au philosophe est dans la Bresse, dans mon voisinage; tout cadre à merveille. Le père ne donnera probablement à son fils que son approbation, et peu d'argent; on y suppléera comme on pourra. Il est assez plaisant que je marie une nièce de Corneille; c'est une plaisanterie que j'aime beaucoup.

Le demi-philosophe n'est point effarouché que la future ait fait peu de progrès dans la musique, dans la danse et autres beaux-arts; il ne danse, ni ne chante, ni ne joue : il est pour la conversation, et il veut penser.

Je pense qu'il conviendrait que M. le duc de Choiseul ne réformât pas la compagnie du futur; il ne faut pas donner ce dégoût à *Cinna*, ce serait un triste présent de noces; il est bon d'ailleurs de conserver des officiers qui ne sont pas des petits-maîtres.

Ma famille suisse, dont je vous avais parlé, va partir pour la Floride. C'est le plus beau des climats; l'inquisition va en être bannie[1]. Si je n'étais pas à Ferney, il me semble que j'irais à la Floride.

Conservez vos bontés à qui vous adore.

MMMDCCX. — A M. DAMILAVILLE.

13 décembre.

O mon cher frère! vous faites une action digne des beaux siècles de la philosophie. Je vous remercie au nom de la vérité et au mien. J'ai fait sur-le-champ transcrire votre écrit[2], qui m'enchante autant qu'il m'honore; je vous renvoie le mien, qui sera bien honoré d'être à côté du vôtre : il est mieux qu'il n'était, parce qu'il est conforme à vos remarques autant que je l'ai pu. On m'assure que l'impertinent ouvrage que vous daignez réfuter, et qui peut en imposer aux ignorants, est de la façon de Patouillet et de Caveirac; j'ai cru y reconnaître le style de l'abominable auteur de l'*Apologie* de la Saint-Barthélemy. Il est juste que, de mon côté, je serve un peu la philosophie et les frères. Je vais insérer dans l'*Histoire générale* un chapitre sur les gens de lettres et sur l'*Encyclopédie*; il sera fait de façon qu'Omer Fleury en rougira, et ne pourra ni se fâcher ni nuire.

Le mémoire de Loyseau vient fort bien après les autres : ce sont trois batteries de canon qui battent la persécution en brèche. Je crois vous avoir déjà mandé qu'il paraîtrait en son temps, à l'occasion des Calas, un écrit sur la tolérance *prouvée par les faits*. O mes frères! combattons l'*inf*... jusqu'au dernier soupir. Frère Thieriot est du nombre des tièdes; il faut secouer son âme. Je n'ai reçu que douze lignes de lui depuis qu'il dort à Paris.

Joue-t-on encore *Éponine*? l'Opéra-Comique soutient-il toujours la gloire de la France? Écr. l'*inf*...

1. Par le traité de paix du 10 février 1763, l'Espagne céda la Floride à l'Angleterre. (ÉD.)
2. Ce sont les *Additions aux observations*, etc., que Voltaire fit imprimer à la suite de ses *Éclaircissements historiques*. (ÉD.)

MMMDCCXI. — A M. LE COMTE D'ARGENTAL.

16 décembre.

O mes anges! vous avez entrepris d'affubler Mlle Corneille du sacrement de mariage, seul sacrement que vous devez aimer. Mon demi-philosophe, que vous m'avez dépêché, n'est pas demi-pauvre, il l'est complétement. Son père n'est pas demi-dur, c'est une barre de fer. Il veut donner à son fils mille livres de pension; mais en récompense, il demande que je fasse de très-grands avantages; de sorte que je ne suis pas demi-embarrassé. Je n'ai presque à donner à Mlle Corneille que les vingt mille francs que j'ai prêtés à M. de La Marche, qui devraient être hypothéqués sur la terre de la Marche, et sur lesquels M. de La Marche devait s'être mis en règle depuis un an; au lieu que je n'ai pas même de lui un billet qui soit valable. Cela s'est fait amicalement, et les affaires doivent se traiter régulièrement.

Ces vingt mille francs donc, quatorze cents livres de rente déjà assurées, environ quarante mille livres de souscription, le marié et la mariée nourris, chauffés, désaltérés, portés pendant notre vie, c'est là une raison qui n'est pas la raison sans dot; et si un père qui ne donne rien à son fils le philosophe trouve que je ne donne pas assez, vous sentez, mes anges, que ce père n'est pas un homme accommodant.

Cependant il faut tâcher de faire réussir une affaire que vous m'avez rendue chère en me la proposant.

Notre futur a fait noblement son métier de meurtrier, tout comme un autre; puis il me paraît trop philosophe pour aimer beaucoup l'emploi de tuer du monde pour de l'argent ou pour une croix de Saint-Louis. Je le crois très-propre aux importantes négociations que nous avons avec la petitissime et très-pédantissime république de Genève. Voici un temps favorable pour employer ailleurs M. de Montpéroux, résident à Genève. Il y a bien des places dont M. le duc de Praslin dispose. Il me semble que si vous vouliez placer à Genève notre futur, vous obtiendriez aisément cette grâce de M. le duc de Praslin : rien ne serait plus convenable pour les Génevois et pour moi, et surtout pour Mme Denis, qui commence à trouver les hivers rudes à la campagne au milieu des neiges. Mlle Corneille vous devrait son établissement, Mme Denis et moi nous vous devrions la santé, M. de Vaugrenant vous devrait tout. Voyez, anges bienfaisants, si vous pouvez faire tant de bien, si M. le duc de Praslin veut s'y prêter. Vous pouvez faire quatre heureux, et c'est la seule manière de célébrer ce beau sacrement de mariage sous vos auspices; sans cela l'inflexible père ne donnera point son consentement, et voici comment il raisonne : l'argent des souscriptions est peut-être peu de chose, et l'on ne saura que dans dix-huit mois à quoi s'en tenir. On ne veut guère articuler dans un contrat de mariage l'espérance d'un produit de souscription pour un livre imprimé par des Génevois. Les quatorze cents livres de rente qui appartiendront à Mlle Corneille ne sont que viagères; elle n'aura donc que mille livres de rente à stipuler réellement.

Il pourra même pousser plus loin ses scrupules, s'il sait que le premier président actuel de Dijon dispute à son père jusqu'à la propriété de la terre de la Marche. Notre sacrement est donc hérissé de difficultés, et toutes seraient aplanies par l'arrangement que j'imagine. Le sort de Mlle Corneille est donc entre les mains de mes anges.

Je baise le bout de leurs ailes avec plus de ferveur que jamais; il est vrai que je ne leur envoie point de tragédie pour les séduire. Je suis occupé à présent à faire un parc d'une lieue de circuit, qui a pour point de vue, en vingt endroits, dix, quinze, vingt, trente lieues de paysage. Si je peux trouver d'aussi belles situations au théâtre, vous aurez des drames; mais laissons passer les plus pressés, et faisons-nous un peu désirer. Je sais bien que M. de Marigny ne m'élèvera point de mausolée; mais mes anges diront : « Il avait quelque talent, il nous aimait. »

Au reste, je n'ai confié à personne qu'à vous mes propositions politiques. Tâchez de faire notre affaire : si vous voulez que M. de Vaugrenant et Mlle Corneille fassent des philosophes et des faiseurs de tragédies, donnez-nous la résidence de Genève. Mes anges, faites comme vous voudrez, comme vous pourrez ; pour moi je suis à vos ordres, à vos pieds, à vos ailes jusqu'au dernier moment de ma vie.

N. B. Mme Denis et Mlle Corneille ne sont pas si contentes que moi du demi-philosophe; elles le trouvent sombre, duriuscule, peu poli, peu complaisant, marchandant, et marchandant mal; mais si la résidence génevoise était attachée à ce mariage, nos dames pourraient être plus contentes. Enfin ordonnez.

MMMDCCXII. — AU MÊME.

18 décembre.

Autres considérations présentées à mes anges au sujet du futur. Nos dames sont aujourd'hui beaucoup plus contentes : je l'avais bien prévu. Il avait fait un traité sur le mariage, que Mme Denis prétendait ressembler au catéchisme d'Arnolphe dans *l'École des femmes*. Il s'est bien donné de garde de me lire ce rabâchage; mais s'il épouse notre petite, nous lui ferons abjurer son catéchisme par une clause expresse du contrat, et il le brûlera en notre présence. Je crois que de notre demi-philosophe on pourra faire un philosophe complet, en rabotant un peu.

Je persiste à croire qu'on peut en toute sûreté l'employer aux grandes négociations avec la république de Genève. Mes anges, mon idée est divine! mes anges, il plaira beaucoup aux Génevois, car il est sérieux et il raisonne. Figurez-vous, encore une fois, combien cette place nous ajusterait. Allons, monsieur le duc de Praslin, faites quelque chose en faveur de *Cinna* et des belles scènes d'*Horace* et de *Pompée*. Mes anges, regardez cette affaire comme la plus digne de vos soins angéliques.

Vous y réussirez, n'est-il pas vrai? Mon Dieu, quel plaisir!

MMMDCCXIII. — A M. ÉLIE DE BEAUMONT.

A Ferney, 19 décembre.

C'est une belle époque, monsieur, dans les courtes archives de la raison humaine, que votre empressement généreux et celui de vos confrères à protéger l'innocence opprimée par le fanatisme. Personne ne s'est plus signalé que vous. Non-seulement vous êtes le premier qui ayez écrit en faveur des Calas, mais votre mémoire étant signé de quatorze avocats, devient une espèce de jugement authentique dont l'arrêt du conseil ne pourra guère s'écarter. M. Mariette a travaillé judiciairement pour le conseil, et M. Loyseau, en s'exerçant sur la même matière, rend un nouveau témoignage à la bonté de la cause et à votre générosité. Tout ce que j'ai lu de vous me rend déjà précieux tout ce que vous voudrez bien m'envoyer. Vous joignez la philosophie à la jurisprudence, et vous ne plaiderez jamais que pour la raison.

Je suis enchanté que vous soyez lié avec M. de Cideville; son ancienne amitié pour moi me donnera de nouveaux droits sur la vôtre. Je présente mes respects à Mme de Beaumont, et je vous jure que je vous donne toujours la préférence sur les autres Beaumont, fussent-ils papes.

MMMDCCXIV. — A M. LE COMTE DE SCHOWALOW.

A Ferney, 19 décembre.

Enfin donc, monsieur, j'aurai la consolation de ne point mourir sans avoir eu l'honneur de vous voir. J'étais fort malade quand j'ai reçu par M. le prince Gallitzin les douces espérances que vous m'avez données. Je vous ai déjà dit, je crois, du moins j'ai dû vous dire, que vous êtes, pour les arts de l'esprit et de l'agrément, ce que Pierre le Grand a été pour la police de son empire : la différence sera, que vous voyagerez chez les nations étrangères avec plus de connaissance et de goût que vous n'en trouverez peut-être dans la plupart des pays que vous verrez. Je me flatte, monsieur, que vous aurez la bonté de m'informer du temps de votre départ. Vous passerez sans doute par l'Allemagne et par Genève pour aller en France : vous verrez tantôt des cours brillantes, et tantôt des ermitages rustiques. Je suis dans le dernier cas : vous ne verrez en moi qu'un philosophe champêtre; vous passerez de la magnificence à la simplicité, mais songez que c'est dans cette simplicité champêtre que se trouve la vérité et l'effusion du cœur. La vanité vous donnera ailleurs des fêtes; mais la cordialité vous fera les honneurs de Ferney et des Délices. Si vous venez en hiver, vous trouverez autant de neige que chez vous; si vous venez au printemps, vous trouverez des fleurs.

Comme je suis précisément entre la France et l'Allemagne, je me flatte d'avoir l'honneur de vous voir à votre passage et à votre retour. Ce seront deux époques bien agréables dans ma vie. Cette espérance adoucit tous les maux auxquels la nature m'a livré; je les souffre patiemment, et je vous désire ardemment. Votre Excellence doit être bien persuadée des sentiments tendres et respectueux de votre, etc.

MMMDCCXV. — A M. LE COMTE D'ARGENTAL.

A Ferney, 23 décembre.

Je ne peux rien ajouter, mes favorables anges, à tout ce que je vous ai dit sur le futur, sinon que je suis content de lui de plus en plus. Les bons caractères sont, dit-on, comme les bons ouvrages ; on en est moins frappé d'abord qu'on ne les goûte à la longue ; mais comme il n'a rien, et que de longtemps il n'aura rien, il est difficile de le marier sans la protection de M. le duc de Praslin, et c'est sur quoi nous attendons vos ordres.

En attendant, il faut que je vous parle de Mlle d'Épinay ou de L'Épinay [1] ; ce n'est pas pour la marier. M. le maréchal de Richelieu paraît avoir usé de ses droits de premier gentilhomme de la chambre avec cette infante ; il veut la payer en partie par les rôles qu'avait Mlle Gaussin dans les pièces de votre serviteur ; il me demande une déclaration en faveur de la demoiselle, et même au détriment de l'infante Hus. Dites-moi, mes souverains, ce que je dois faire. Jamais je n'ai été moins au fait du tripot, et moins en état d'y travailler. Il faut finir mes tâches prosaïques, et attendre l'inspiration. Je crois que, s'il arrivait malheur aux pièces nouvelles, les comédiens pourraient trouver quelque ressource dans le Droit du seigneur et dans Mariamne, telle qu'elle est ; car je vous avoue que je trouve très-bon que la Salome dise à Mariamne qu'elle ne la regarde plus que comme une rivale. C'est précisément cette rivalité dont il s'agit, c'est de quoi Salome est piquée ; et une femme à qui on joue ce tour dit volontiers à son adverse partie ce qu'elle a sur le cœur.

A l'égard de Zulime, pourquoi l'imprimer, si elle ne peut rester au théâtre ? et il me semble qu'elle ne peut y rester si on ne laisse la fin telle que je l'envoyai, et telle que nous l'avons jouée sur le théâtre de Ferney. Vous m'avouerez qu'il est dur pour un pauvre auteur qu'on change malgré lui ce qu'il croit avoir bien fait. Il peut se tromper, cela n'arrive que trop souvent : mais vous savez qu'il n'en est pas moins sensible, et surtout quand il a vu l'effet heureux des choses qu'on veut rayer dans son ouvrage, et qu'on y substitue des corrections dont il est mécontent. Il a quelque droit d'être affligé.

Quant au duc de Foix rechangé en un autre personnage, n'est-ce pas un peu trop d'inconstance ? Souffrira-t-on plus aujourd'hui une méchante action dans un prince du sang qu'on ne la supporta autrefois ? n'y a-t-il pas des choses qu'il faut placer dans des temps éloignés, et qui révoltent quand elles sont présentées dans des temps plus récents ? ne vaut-il pas mieux mettre une proposition sanguinaire et barbare dans la bouche d'un Maure que dans celle des Anglais ? Ce sont les Maures qui demandent le sang du héros de la pièce ; ce sont eux qui exigent qu'un prince français leur sacrifie son frère. En vérité, je ne vois pas comment on pourrait supposer que des Anglais (qui se piquent aujourd'hui d'être une nation généreuse) pussent faire une telle

1. Depuis femme de Molé. (ÉD.)

proposition à un prince de la race qui est à présent sur le trône. Assurément le moment n'est pas propre; ce n'est pas le temps d'insulter les Anglais. Je crois que nos princes du sang et le duc de Bedford seraient également indignés, et que le public le serait comme eux.

Si cette idée insoutenable est tombée dans la tête de Lekain, vous lui ferez comprendre sans doute à quel excès il se trompe. Cela lui arrive bien souvent. Je confierai volontiers des rôles aux Lekain et aux Clairon, mais je ne les consulterai jamais.

Croyez-moi, encore une fois, qu'ils jouent *le Droit du seigneur* et *Mariamne*, s'ils n'ont rien de nouveau ce carême. Je tâche d'oublier *Olympie*, afin d'en mieux juger, et de vous l'envoyer plus digne de vous. J'ai presque achevé l'*Histoire générale*, que j'ai conduite jusqu'à la paix pour ce qui regarde les événements politiques, et jusqu'à l'arrêt singulier du parlement contre l'*Encyclopédie* pour ce qui concerne l'histoire de l'esprit humain. On finit d'imprimer *Pierre le Grand*. Je serai bientôt libre, et je me rendrai au *tripot*; car, entre nous, je l'aime autant que vous l'aimez.

Puissé-je, en attendant, faire un épithalame! mais cela dépend de M. le duc de Praslin. Voilà bientôt ce qu'on appelle le jour de l'an : je souhaite à mes anges toutes les félicités terrestres; car, pour les célestes, n'y comptons pas.

MMMDCCXVI. — A M. DAMILAVILLE.

26 décembre.

Mon frère, renvoyez-moi, je vous prie, mon *Moïse* et mon canevas de chapitre pour l'histoire, dûment revu par les frères.

Il me paraît que l'affaire des Calas prend un bon tour dans les esprits. L'élargissement des demoiselles Calas prouve bien que le ministère ne croit point Calas coupable; c'est beaucoup. Il me paraît impossible à présent que le conseil n'ordonne pas la révision : ce sera un grand coup porté au fanatisme. Ne pourra-t-on pas en profiter? ne coupera-t-on pas à la fin les têtes de cette hydre?

Je certifie toujours que je n'ai reçu de frère Thieriot qu'un petit billet du 1er de novembre. Je lui avais demandé la meilleure histoire du Languedoc; car ce Languedoc est un peu le pays du fanatisme, et on pourrait y trouver de bons mémoires. Dieu merci, ce monstre fournit toujours des armes contre lui-même.

Mon cher frère voudrait-il me faire avoir *presto, presto,* un petit *Dictionnaire des Conciles*[1] qui a paru, je crois, l'année passée? cela cadrerait fort bien avec mon *Dictionnaire d'hérésies*[2]. La théologie m'amuse, la folie de l'esprit humain y est dans toute sa plénitude.

Je voudrais bien savoir ce que frère Thieriot a fait d'un sermon[3] dont

1. Le *Dictionnaire portatif des conciles*, par Alletz. (ED.)
2. Ce titre avait été donné au *Dictionnaire philosophique* par Dalembert, à la fin de sa lettre du 17 novembre. (ED.)
3. Probablement le *Sermon du rabbin*.

il avait trois exemplaires; il doit au moins avoir converti trois personnes.

Aimez-moi, mes chers frères; *écr. l'inf....*

MMMDCCXVII. — A MADAME DE FLORIAN

29 décembre.

J'ai tort, ma chère nièce; je n'ai pas rempli mon devoir; mais si vous saviez tout ce qui m'est arrivé, vous me pardonneriez. Je vous souhaite à vous et au grand écuyer de Cyrus toute la félicité que vous méritez tous deux. On dit que d'Hornoy a le ventre d'un président, et qu'il ne sera pourtant pas conseiller au grand conseil. L'abbé est donc en retraite, dans son abbaye, avec une fille et des livres? Je suis fort content de son *Irène*, et je le trouve très-avisé, étant sous-diacre, de n'avoir pas donné au concile de Nicée tous les ridicules qu'il mérite. Pour moi, qui n'ai pas l'honneur d'être dans les ordres sacrés, je n'épargne pas les impertinences de l'Église quand je les rencontre dans mon chemin. Je me suis fait un petit tribunal assez libre, où je fais comparaître la superstition, le fanatisme, l'extravagance, et la tyrannie. Je vous enverrai quelque jour *Olympie*, qui est dans un autre goût. Vous la verrez à peu près telle que nous l'avons jouée devant notre premier gentilhomme de la chambre, M. le maréchal de Richelieu.

Je m'occupe à présent de la tragédie des Calas, et je crois que le dénoûment en sera heureux. Le ministère a déjà élargi ses filles. Ce mot d'*élargir* ne convient guère, mais cela veut dire qu'on les a tirées de la prison appelée *couvent*, où on les avait renfermées. C'est un gage infaillible du gain du procès; car si le ministère ne croyait pas Calas innocent, il n'aurait pas rendu les filles à la mère. Il est honteux que cette affaire traîne au conseil si longtemps : des juges ne doivent pas aller à la campagne quand il s'agit d'une cause qui intéresse le genre humain.

Je vous pardonne de tout mon cœur, ma chère nièce, de ne m'avoir point écrit quand vous étiez dans vos terres; car il faut que les lettres aient un objet; et quand on a mandé qu'on a achevé son salon et meublé un appartement, on a tout dit. Mais à Paris, les nouvelles publiques, les pièces nouvelles, les nouvelles folies, les sottises nouvelles, sont un champ assez vaste, et vous peignez tout cela très-joliment.

Il n'y a pas d'apparence que je puisse aller dans votre bruyante ville; ni ma mauvaise santé, ni l'édition de Pierre Corneille, ni mes bâtiments, ni un parc d'une lieue de circuit, que je m'avise de faire, ne me permettent de me transplanter sitôt. Il faut au moins remettre ce voyage à une année, si la nature m'accorde une année de vie. Soyez sûre que toutes celles qui me pourront être réservées seront employées à vous aimer. Votre sœur vous embrasse aussi de tout son cœur.

MMMDCCXVIII. — A M. LE COMTE D'ARGENTAL.

Ferney.

O anges! vous connaissez les faibles mortels, ils se traînent à pas lents. Quatre vers le matin, six le soir, dix ou douze le lendemain, toujours rentrayant, toujours rapetassant, et ayant bien de la peine pour peu de chose. Renvoyez-moi donc ma guenille, afin que sur-le-champ elle réparte avec pièces et morceaux, et que la hideuse créature se présente devant votre face, toute recousue et toute recrépie.

Mais, ô mes divins anges! le drame de *Cassandre* est plus mystérieux que vous ne pensez. Vous ne songez qu'au brillant théâtre de la petite ville de Paris, et le grave auteur de *Cassandre* a de plus longues vues. Cet ouvrage est un emblème. Que veut-il dire? que la confession, la communion, la profession de foi, etc., etc., sont visiblement prises des anciens. Un des plus profonds pédants de ce monde (et c'est moi) a fait une douzaine de commentaires par A et par B à la suite de cet ouvrage mystique, et je vous assure que cela est édifiant et curieux. Le tout ensemble fera un singulier recueil pour les âmes dévotes.

J'ai lu la belle lettre de Mme Scaliger à la nièce. Nous sommes dans un furieux embarras : si Mlle Dumesnil est ivre, adieu le rôle de Statira. Si elle n'est pas ivre, elle sera sublime. Mademoiselle Clairon, vous refusez Olympie! mais vraiment vous, n'êtes pas trop faite pour Olympie ; et cependant il n'y a que vous, car on dit que cette Dubois est une grande marionnette, et que Mlle Hus n'est qu'une grande catin. Tirez-vous de là, mes anges; vous serez bien habiles avec ces demoiselles de coulisses.

Et ma tracasserie avec cet animal de Gui-Duchesne? Vous ne me l'avez jamais mise au net. Encore une fois, je ne crois pas avoir fait un don positif à Gui-Duchesne; et je voudrais savoir précisément de quel degré est ma sottise. Sot homme est celui qui se laisse duper. Oh! oh! mes anges, mon cœur n'est accessible à l'amitié que pour vous seuls; il est dur comme le pot de fer pour tout le reste, il n'y a que pour vous qu'il sache s'attendrir.

Mon plus grand malheur, vous dis-je, est la mort d'Elisabeth. Je crois mon Schowalow disgracié. On dit la paix faite entre Pierre III et Frédéric III. Ma chère Elisabeth détestait Luc, et je n'y avais pas peu contribué, et je riais dans ma barbe, car je suis un drôle de corps; mais je ne ris plus. Mlle Clairon m'embarrasse.

Mes divins anges, c'est bien dommage que la *Gazette littéraire*, a, elle existe, se soit laissé prévenir sur le compte qu'elle pouvait rendre des *Lettres de mylady Montague*, qui paraissent en Angleterre. Les *Lettres de Mme de Sévigné* sont faites pour les Français, et celles de mylady Montague, pour toutes les nations. Si jamais elles sont bien traduites (ce qui est fort difficile), vous serez enchantés de voir des choses curieuses et nouvelles, embellies par la science, par le goût, et par le style. Figurez-vous que depuis plus de mille ans nul voyageur, à portée de s'instruire et de nous instruire, n'avait été à Constantinople par les pays que Mme de Montague a traversés; elle a vu la patrie d'Orphée et d'Alexandre, elle a dîné tête à tête avec la veuve de l'empereur Mustapha; elle a traduit des chansons turques, et des déclarations d'amour, qui sont tout à fait dans le goût du *Cantique des cantiques*; elle a vu des mœurs qui ressemblent à celles qu'Homère a décrites, elle a voyagé avec son *Homère* à la main. Nous apprenons d'elle à nous défaire de bien des préjugés. Les Turcs ne sont ni si brutes ni si brutaux qu'on le dit. Elle a trouvé autant de déistes à Constantinople qu'il y en a à Paris et à Londres. J'avoue que j'ai été fâché qu'elle traite notre musique et notre sainte religion avec le plus profond mépris; mais nous devons nous accoutumer à cette petite mortification.

Apprenez-moi donc, je vous en prie, ce que devient cette *Gazette littéraire*. M. le duc de Praslin l'aura-t-il vainement protégée? y travaille-t-on, et y met-on un peu de sel? car sans sel il n'y a pas moyen de faire bonne chère; c'est la sauce qui fait le cuisinier.

Je songe qu'une inscription[1] ne peut être salée, c'est un grand malheur; elle ne doit point être, à mon gré, en prose latine pour un roi de France; elle ne peut être en prose française; le style lapidaire ne convient point à notre langue chargée d'articles, qui rendent sa marche languissante; il faut deux vers, mais deux vers français détachés sont toujours froids; c'est alors que la rime paraît dans toute sa misère. Pourriez-vous souffrir ce distique :

Il chérit ses sujets comme il est aimé d'eux :
C'est un père entouré de ses enfants heureux;

ou bien,

Heureux père, entouré de ses enfants heureux?

Dites-moi, je vous en supplie, s'il est vrai que M. le duc de Praslin a la bonté d'être notre rapporteur. L'affaire paraît être du ressort de M. le comte de Saint-Florentin, qui a le département de l'Église, mais M. le duc de Praslin a le département des traités et de la bienfaisance; ainsi nous devons être entre ses mains. Pour moi, je me mets toujours sous vos ailes; il n'y a que là où je suis bien.

Que faites-vous de mes roués[2]? Quand je vous dis qu'il y a des vers raboteux, n'allez pas, s'il vous plaît, me prendre si fort au mot. Toute notre petite famille se met aux ailes de mes anges.

Le Patriarche du Jura.

P. S. Pont-de-Veyle est toujours très-aimable; on voit bien qu'il est de la famille céleste; car il se distingue aussi par le bout de ses ailes légères; mais il est trop indifférent avec les gens qui l'aiment. Il me donne toujours des inquiétudes : je tremble qu'il ne me traite comme une de ses passions. La mienne sera de vous aimer toujours; je ne connais point de bonheur sans elle, mais avec elle tout m'est égal.

1. Il s'agit ici de l'inscription pour la statue de Louis XV. (ÉD.)
2. Voltaire désigne ainsi sa tragédie du *Triumvirat*. (ÉD.)

MMMDCCXIX. — A MADAME LA COMTESSE D'ARGENTAL

A Ferney, 2 janvier 1763.

Madame l'ange, le bonhomme V. répond à la belle lettre, bien éloquente, bien pensée, bien agréable, que vous avez adressée à ma nièce, en attendant qu'elle vous remercie elle-même.

1° Il est vrai que j'ai toujours pensé que mes deux anges favorisaient beaucoup mon demi-philosophe. Comment ne l'aurais-je pas cru, puisque mes deux anges me l'ont proposé? Ils savent à présent de quoi il est question, mais notre demi-philosophe n'en sait rien, et n'en saura rien, si la chose ne se fait pas.

Ce qui nous peut intriguer un peu, c'est que votre capitaine a fait confidence de son dessein coquet [1] à M. Micault, aide-major de l'armée d'Estrées, son compatriote, neveu de Montmartel, qui est à Genève au nombre des patients de Tronchin. M. Micault en a parlé en secret [2] à une dame qui se porte bien, laquelle l'a redit en secret à une autre dame discrète; de sorte que notre secret est public, et que si le mariage manque, la longue cohabitation dans le même château pourra faire grand tort à notre enfant, qui est bien loin de mériter ce tort, et qui est digne assurément de l'estime et de l'amitié de tous ceux qui la connaissent. Elle raisonne sur tout cela fort sensément; elle se conduit avec sagesse. Je n'ai point connu de plus aimable naturel, et de plus digne de votre protection.

Le futur, comme j'ai déjà dit, n'a rien. Je me trompe, il a des dettes, et ces dettes étaient inévitables à l'armée. Je le crois honnête homme; j'espère qu'il se conduira très-bien. Mais, encore une fois, il n'a que des dettes, une compagnie qui probablement sera réformée, un père et une mère qui ont l'air de ne laisser de longtemps leur mort à pleurer à leur philosophe, qui se sont donné mutuellement leur bien par contrat de mariage, et qui ont une fille qu'ils aiment.

Voilà, belle Émilie, à quel point nous en sommes.

Corneille, *Cinna*, acte I, scène III.

2° Vous pensez bien que je souhaite que l'édition de Pierre vaille beaucoup à Marie. Mais, si nous avons compté sur tous les beaux seigneurs français qui ont donné leurs noms, nous sommes un peu loin de compte : la plupart n'ont rien payé, quelques-uns ont payé pour un exemplaire, après avoir souscrit pour cinq ou six.

M. le contrôleur général a fait pis : il a écrit qu'il fallait que les frères Cramer lui envoyassent deux cents exemplaires, pour lesquels le roi a souscrit; qu'il les payerait en papiers royaux, à quarante francs l'exemplaire, tandis qu'on les paye, argent comptant, quarante-huit livres. Si ce ministre fait toujours d'aussi bonnes affaires pour le roi, Sa Majesté sera très à son aise.

1. Le dessein d'épouser Mlle Corneille. (ÉD.)
2. Bertin. (ÉD.)

Philibert Cramer, très-beau garçon, quoique un peu bossu, devait solliciter les payements à Paris, mais c'est un seigneur aussi paresseux qu'aimable, et plus attaché à l'hôtel de La Rochefoucauld qu'aux vers de Corneille. Il a de l'esprit, du goût; il n'aime ni *Héraclius* ni *Rodogune*, et a renoncé à la dignité de libraire. Leurs Sacrées Majestés l'empereur et l'impératrice ont souscrit pour deux cents exemplaires, et la caisse impériale n'a pas donné un denier. J'ai pressé les Cramer d'agir, mais il n'y a eu de souscriptions que celles que j'ai procurées. Cependant je sue sang et eau depuis un an; je sacrifie tout mon temps. Il me faut commenter trente-trois pièces, traduire de l'espagnol et de l'anglais, rechercher des anecdotes, revoir et corriger toutes les feuilles, finir l'*Histoire générale* et celle du *czar Pierre*, travailler pour les Calas, faire des tragédies, en retoucher, planter et bâtir, recevoir cent étrangers, le tout avec une santé déplorable. Vous m'avouerez que je n'ai guère le temps d'écrire à des souscripteurs, que c'est aux Cramer à s'en charger. Je leur ai donné des modèles d'avertissement; ils ne s'en sont pas encore servis; il faut prendre patience.

3° J'ai toujours bien entendu qu'on ferait, sur le produit, une pension au père et à la mère, et cette pension sera plus ou moins forte, selon la recette. Si Mlle Corneille a quarante mille francs de cette affaire, il faudra remercier sa destinée; si la somme est plus forte, il faudra bénir Dieu encore davantage. Nous avons déjà donné soixante louis au père et à la mère. Les frais sont grands, la recette médiocre. Les Cramer nous donneront un compte en règle.

Je baise bien humblement le bout des ailes de mes anges. Je suis leur créature attachée jusqu'au dernier moment de ma drôle de vie.

MMMDCCXX. — A M. DAMILAVILLE.

A Ferney, 2 janvier.

J'ai reçu, mon très-cher frère, le *petit* chapitre concernant l'*Encyclopédie*, et j'ai retranché sur-le-champ le *petit* article où je combattais les droits du parlement, quoique je sois bien persuadé que le parlement n'a aucun droit sur les priviléges du sceau; mais je ne veux point compromettre mes frères. Je sais fort bien que, quand on s'avise de prendre le parti de l'autorité royale contre *messieurs*, *messieurs* vous brûlent, et le roi en rit. D'ailleurs, dans le petit chapitre des billets de confession, et des querelles parlementaires et épiscopales, j'ai dit assez rondement la vérité. J'ai peint les uns et les autres tout aussi ridicules qu'ils étaient, sans pourtant y mettre de caricature.

J'ai une envie extrême de lire un mémoire que M. Loyseau fit il y a quelques années, pour Mlle Allyot de Lorraine. J'ai connu cette demoiselle à Lunéville; et le style de M. Loyseau augmente ma curiosité. Je demande en grâce à mon frère de m'obtenir cette grâce de M. Loyseau.

J'attends la *Population* de M. de Beaumont. Ce livre sera, sans doute, ma condamnation. Je n'ai point peuplé, et j'en demande pardon à Dieu. Mais aussi la vie est-elle toujours quelque chose de si plaisant qu'il faille se repentir de ne l'avoir pas donnée à d'autres?

Nous touchons, je crois, à la décision du conseil sur l'affaire des Calas. Est-il vrai qu'il faudra préalablement faire venir les pièces de Toulouse? ne sera-ce pas plutôt après la révision ordonnée que le parlement de Toulouse sera obligé d'envoyer la procédure?

Au reste, mes frères, gardez-vous bien de m'imputer le petit livre *sur la Tolérance* [1], quand il paraîtra. Il ne sera point de moi. Il ne doit point en être. Il est de quelque bonne âme qui aime la persécution comme la colique.

Si l'*Histoire du Languedoc* arrive à temps, elle pourra servir aux Calas, en fournissant un petit résumé des horreurs visigothes langue-dociennes.

Frère Thieriot se tue à écrire; dites-lui qu'il se ménage. Cependant, raillerie à part, je lui pardonne s'il mange bien, s'il dort bien, et sur-tout si son frère m'écrit.

J'embrasse tous les frères. Ma santé est pitoyable. *Écr. l'inf*....

P. S. Il y a un petit mémoire incendié d'un président au mortier ou à mortier [2], frère peu sensé de l'insensé d'Argens. Je ne hais pas à voir les *classes* du parlement se brûler les unes les autres en cérémonie; cela me paraît fort plaisant, et digne de notre profonde nation : mais vous me feriez surtout un plaisir extrême de m'envoyer par la pre-mière poste le mémoire du président au mortier.

MMMDCCXXI. — A M. VERNES.

2 janvier.

Je suis ravi, mon cher rabbi, de l'intérêt que vous prenez à la chose. Je sens bien que je marche sur des charbons ardents : il faut toucher le cœur, il faut rendre l'intolérance absurde, ridicule et hor-rible; mais il faut respecter les préjugés.

Il est bien difficile, en montrant les fruits amers qu'un arbre a por-tés, de ne pas donner lieu de penser que l'arbre ne vaut rien; on a beau dire que c'est la faute des jardiniers, bien des gens sentent que c'est à l'arbre qu'il faut s'en prendre.

Au reste, il y a dans le *Contrains-les d'entrer* [3], de Bayle, des choses beaucoup plus hardies. A peine s'en est-on aperçu, parce que l'ouvrage est long et abstrus. Ceci est court et à la portée de tout le monde; ainsi je dois être très-circonspect.

J'ai beaucoup ajouté, beaucoup retranché, corrigé, refondu. La crainte de déplaire est l'éteignoir de l'imagination. Il faudrait que vous vinssiez rallumer la mienne avec votre ami; nous tiendrions ensemble

1. *Traité sur la tolérance.* (ÉD.)
2. Jean-Baptiste Boyer, marquis d'Aiguilles, était venu à Versailles présenter contre ses confrères du parlement d'Aix, et en faveur des jésuites, deux mé-moires dont le parlement d'Aix prononça la condamnation. (*Note de M. Beu-chot.*)
3. *Commentaire philosophique sur ces paroles de Jésus-Christ : « Contrains-les d'entrer. »* (ÉD.)

un petit conciliabule de tolérance. Je voudrais qu'en inspirant la modération, l'ouvrage fût modéré.

Gardez-moi un profond secret, mes frères. Il ne faut pas que mon nom paraisse; je n'ai pas bon bruit.

Tenez, voilà un petit chapitre pour vous amuser. Renvoyez-le, ou plutôt rapportez-le, et raisonnons.

J'ai donné, à tout hasard, une lettre pour M. le baron de Breteuil, parce qu'il faut que je fasse tout ce que vous m'ordonnez. Il y a environ trente ans que je ne l'ai vu, mais cela n'y fait rien; on est impudent avec bienséance, quand il s'agit de rendre service et de vous obéir.

La *Lettre à Christophe*[1] me donne la pepie. Je ne dormirai point que je n'aie vu la *Lettre à Christophe*: avez-vous lu la *Lettre à Christophe?* pouvez-vous me faire avoir la *Lettre à Christophe?* où trouve-t-on la *Lettre à Christophe?*

Bonsoir, mon cher philosophe; mes respects à Arius.

MMMDCCXXII. — A M. LE COMTE D'ARGENTAL

A Ferney, 5 janvier.

O mes anges! ce n'est pas ma faute si nous avons cru, Mme Denis et moi, que vous vous intéressiez au demi-philosophe qui est arrivé sous vos auspices, qui nous a dit venir de votre part, et qu'il fallait conclure *subito, allegro, presto;* qu'il n'attendait qu'une lettre de son père, et que cette lettre viendrait dans trois jours.

Ce père est l'homme du monde qui dépense le moins en papier et en encre; il y a un an qu'il n'a écrit à monsieur son fils. Il lui faisait une pension de mille livres avant d'avoir payé sa compagnie, et, depuis ce temps, il lui retranche sa pension. Ce fils n'a donc que sa compagnie, qu'on va réformer, trois chevaux que nous nourrissons, et des dettes. La philosophie est quelque chose, je l'avoue; mais cette philosophie est celle de M. de Valbelle et de Mlle Clairon, qui ont imaginé d'envoyer le capitaine faire main basse sur la recette des souscriptions, recette qui n'est pas prête, comme je l'ai mandé à mes anges. Je ne crois donc pas que je puisse lui dire:

Mettez-vous là, mon gendre, et dînez avec moi.

Tout cela ne laisse pas d'être triste, parce qu'on sait tout, et que cette aventure peut aisément être tournée en ridicule par les malins, dont le nombre est grand.

Vous croyez donc que je vais aux Délices, et que je suis assidu auprès de M. le duc de Villars? Je suis assiégé par quatre pieds de neige, à perte de vue, et je la fais ranger pour transporter des pierres. Je me console d'ailleurs de mes quatre pieds autour de moi, en considérant les délices de la Suisse, qui consistent, comme vous savez, en qua-

1. Par J. J. Rousseau. (ÉD.)

rante lieues de montagnes de glace qui forment mon horizon hyperbo-
réen. Le duc de Villars a quitté les Délices :

> Tout auprès de son juge il s'est venu loger [1],
> Racine, *les Plaideurs*, acte I, scène v.

dans une maison assez convenable à un valet de chambre retiré du
monde. Il vient quelquefois dîner à Ferney; mais, tant que j'aurai
mes neiges, je n'irai point chez lui. Je suis d'ailleurs très-malingre,
et assurément plus que lui, malgré ses convulsions de Saint-Médard;
et observez qu'il n'a que soixante ans, et que j'en ai bientôt septante,
quoi qu'on die [2].

O mes anges! tant que mon vieux sang circulera dans mes vieilles
veines, mon cœur sera à vous. Mais, à présent, comment renvoyer
notre jeune soudard au milieu des glaces et des neiges? savez-vous
bien que cela est embarrassant? Tout ce qui m'arrive est comique;
Dieu soit béni! Je remercie M. de Parcieux, et je n'ai que faire de lui
pour savoir que la vie est courte.

Pour ce nigaud de Laugeois, neveu de Laugeois, vous pouvez avoir
la bonté de m'envoyer son rabâchage davidique [3], en deux envois,
contre-signés duc de Praslin. Je mettrai sa prose à côté des chansons
hébraïques de Le Franc de Pompignan.

Mes chers anges, seriez-vous assez bons pour m'envoyer ce mémoire
d'un président au mortier, incendié par vos présidents au mortier?
cela doit être divertissant.

Portez-vous bien, mes anges; c'est là le grand point.

Respect et tendresse.

MMMDCCXXIII. — A M. LE MARQUIS DE CHAUVELIN.

Dans les neiges, 5 janvier.

Ma main n'a pas suivi mon cœur; tout ce que je souhaite, c'est que
Votre Excellence daigne être fâchée de ma paresse. J'ai été malade,
j'ai travaillé, j'ai voulu vous écrire de jour en jour, et je ne l'ai point
fait. Je suis très-coupable envers moi, car je me suis privé d'un très-
grand plaisir. Si vous étiez à Paris, j'aurais bien plus d'amitié pour
Olympie et pour *le Droit du seigneur*. Les entrailles paternelles s'é-
mouvraient bien davantage pour mes enfants quand vous en seriez le
parrain. Tout ce que je crains, c'est d'acquérir de l'indifférence avec
l'âge : l'indifférence glace les talents. Qui voit les choses de sang-froid
n'est bon que pour votre illustre métier.

> Le ministère, à ce qu'on dit,
> Veut une âme tranquille et sage,
> Tandis que mon métier maudit
> En veut une ardente et volage.

1. Le duc de Villars était venu consulter le médecin Tronchin. (ÉD.)
2. *Femmes savantes*, acte III, scène II. (ÉD.)
3. *Traduction nouvelle des Psaumes de David, faite sur l'hébreu, justifiée
par des remarques sur le génie de la langue.* (ÉD.)

Vous n'employez que des raisons
Quand il faut vous ouvrir ou feindre;
Je ne peins que des passions :
Il faut les sentir pour les peindre.

Eh! des passions! il y a longtemps que je n'en ai plus. Vous, monsieur, qui en avez une si belle, et que la plus charmante ambassadrice du monde doit inspirer, c'est à vous de faire des vers.

Malgré mon âge décrépit,
J'en ferais bien aussi pour elle,
Si vous me donniez votre esprit
Et votre grâce naturelle.

J'aurai quelque chose à vous envoyer le mois prochain; mais comment m'y prendrai-je? Ce mois-ci vous n'aurez rien. Je n'ai que des neiges; j'en suis entouré, et elles passent dans ma tête. Peut-être en avez-vous autant à Turin; et je ne sais si vous direz de la neige du Piémont ce que le cardinal de Polignac disait de la pluie de Marly [1]. M. et Mme d'Argental ont cru que je plaisantais en vous suppliant de leur envoyer le Droit du seigneur. Ils l'avaient en effet, mais ils n'avaient pas une si bonne copie que la vôtre. Mes anges d'ailleurs me rendent la vie bien dure : ils me donnent des commissions comme on en donnerait au diable de Papefiguière [2]; et des corrections pour cette pièce-ci, et des changements pour cette pièce-là, et des additions, et des retranchements. Mes anges, je ne suis pas de fer; ayez pitié de moi.

Je demande à Votre Excellence sa protection envers mes anges.

Je vous souhaite force années heureuses, et je vous présente mon très-tendre respect.

MMMDCCXXIV. — DE LOUIS-EUGÈNE, PRINCE DE WURTEMBERG.

Renan, 8 janvier.

Le marquis de Genti, monsieur, s'est acquitté à son retour de Ferney de la commission dont vous m'avez fait l'honneur de le charger, avec cette politesse qui lui paraît naturelle, et avec toute la chaleur de l'amitié que vous avez su lui inspirer.

Je sens tout le prix des offres qu'il vous a plu de me faire faire par lui. J'y suis sensible comme je le dois, monsieur; mais certes je n'en abuserai pas, et parce que je serais au désespoir de paraître importun à une personne que j'aime tant que vous, et parce que les engagements que j'ai pris m'ont déjà fixé ailleurs. Mais je profiterai avec empressement du bonheur que j'ai d'être dans votre voisinage, et je

1. Louis XIV lui faisait voir les jardins de Marly, et lui en faisait remarquer les beautés : une averse survint; le roi voulait interrompre la promenade « Sire, dit Polignac, la pluie de Marly ne mouille point. » (ÉD.)
2. Rabelais, *Pantagruel*, livre IV, chap. XLV, XLVI, XLVII. (ÉD.)

compte, si vous voulez bien l'agréer, rendre mardi prochain mes devoirs à mon ancien maître et ami.

Je me réjouis d'avance du plaisir que j'aurai de vous renouveler de
bouche les assurances sincères de la tendre amitié et de la haute estime avec lesquelles je n'ai jamais cessé d'être, monsieur, votre, etc.

LOUIS-EUGÈNE, *duc de Wurtemberg.*

MMMDCCXXV. — A M. DE CIDEVILLE.

Au château de Ferney, par Genève, 9 janvier.

Oui, mon cher contemporain, mon cher confrère en Apollon, je
compte sur votre amitié; elle vous fascine les yeux en ma faveur, et
je lui en sais le meilleur gré du monde. Plus vos lettres sont aimables,
plus nous devons nous plaindre de leur rareté, Mme Denis et moi.
Vous êtes, à Paris, à la source de tout, et nous ne sommes, dans les
Alpes, qu'à la source des neiges.

Vous me feriez grand plaisir de me mander si l'on a donné quelque
pièce de Goldoni, et comment elle aura réussi. Je suis persuadé que
l'évêque de Montrouge [1] fera un discours fort salé, et tout plein d'épigrammes, à l'Académie. Pour M. le duc de Saint-Aignan, je n'ai pas
l'honneur de connaître son style.

Vous voyez donc quelquefois frère Thieriot? Il me paraît qu'il fait
plus d'usage d'une table à manger que d'une table à écrire. S'il fait jamais un ouvrage, ce sera en faveur de la paresse. Pour moi, quand
je n'écris point, ce n'est pas à la paresse qu'il faut s'en prendre, c'est
aux fardeaux dont je suis surchargé. Nous avons bientôt sept volumes
de Corneille imprimés, et il y en aura peut-être quatorze; il faut, avec
cela, achever l'édition d'une *Histoire générale,* continuée jusqu'à ce
temps-ci; il faut achever celle du *czar,* mettre la dernière main à cette
Olympie, répondre à cent lettres, dont aucune ne vaut les vôtres; en
voilà bien assez pour un vieux malade.

Vous m'aviez bien dit que la plupart de nos grands seigneurs ne
donneraient que leur nom pour la souscription de Corneille. Les Anglais n'en ont pas usé ainsi, et vous saurez encore que ce sont les Anglais qui ont le plus puissamment secouru la veuve Calas. Le roi a
rendu à cette infortunée ses deux filles, qu'on avait enfermées dans un
couvent; elles iront bientôt toutes trois montrer leur habit de deuil et
leurs larmes à messieurs du conseil d'État, que M. de Beaumont a si
bien prévenus en faveur de l'innocence. Je soupire après le jugement,
comme si j'étais parent du mort.

Je ne crois pas que je prenne fait et cause avec tant de chaleur que
ce fou de Verberie, qu'on a pendu; on prétend que c'est un jésuite.
Et que dites-vous, je vous prie, du fou à mortier, digne frère d'Argens?
ne vaut-il pas mieux travailler pour l'Opéra-Comique, comme mon confrère l'abbé de Voisenon [2]?

1. L'abbé de Voisenon, élu à l'Académie française. (ÉD.)
2. On disait que Voisenon travaillait aux opéras-comiques de Favart. (ÉD.)

Mon cher ami, écrivez-moi tout ce que vous savez, et tout ce que vous pensez. Vous nous direz que ce monde est fort ridicule; mais un peu de détails, je vous prie, pour égayer nos neiges.

Je vais vous dire une nouvelle, moi; c'est que nous avons été sur le point de marier Mlle Corneille. Si vous avez quelque parent de Racine, envoyez-le-nous; cela produira peut-être quelque bonne pièce de théâtre, dont on dit que vous avez grand besoin dans votre capitale.

Adieu, mon cher ami; je suis réduit à dicter, comme vous voyez; car, quoique je sois aussi jeune que vous, je n'ai pas votre vigueur.

Je vous embrasse de tout mon cœur.   V.

MMMDCCXXVI. — A M. BERTRAND.

Au château de Ferney, 9 janvier.

Votre *Dictionnaire* [1] doit faire fortune, mon cher philosophe : il est neuf, il est utile, et il me paraît très-bien fait. Je crois qu'il faudra dorénavant tout mettre en dictionnaires. La vie est trop courte pour lire de suite tant de gros livres. Malheur aux longues dissertations ! Un dictionnaire vous met sous la main, et dans le moment, la chose dont vous avez besoin. Ils sont utiles surtout aux personnes déjà instruites qui cherchent à se rappeler ce qu'elles ont su.

Je vous suis infiniment obligé de votre très-bon livre. Vous pouvez ajouter, dans une seconde édition, à l'article *Fer*, que tous ceux qui ont voulu entreprendre des fabriques de fer fondu avec M. de Réaumur se sont ruinés. Dès qu'il était instruit d'une découverte faite dans les pays étrangers, il l'inventait sur-le-champ. Il avait même inventé jusqu'à la porcelaine. Il faut avouer d'ailleurs que c'était un fort bon observateur.

Vous êtes bien bon de dire que vous ajoutez peu de foi à la baguette divinatoire. Est-ce qu'il y aurait des gens qui y crussent, à Berne ? Pour moi, j'ai beaucoup de *foi* à toutes vos observations; j'y ajoute *l'espérance* de vous revoir quelque jour, et la *charité*, c'est-à-dire l'amitié qui unit les philosophes : voilà mes trois vertus théologales.

Ne m'oubliez pas, je vous en prie, auprès de M. et de Mme de Freudenreich.

Votre très-attaché et très-fidèle serviteur.

MMMDCCXXVII. — A M. LE COMTE D'ARGENTAL.

10 janvier.

Mes divins anges, si les mariages sont écrits dans le ciel, celui de M. de Cormont et de notre marmotte a été rayé. Encore une fois, comment pouvions-nous ne pas croire que vous vous intéressiez vivement à ce mariage? Le futur était venu avec une copie d'une de mes lettres; il s'était annoncé de votre part; il se disait sûr du consente-

---

1. *Dictionnaire universel des fossiles propres et des fossiles accidentels.* (**Éd.**)

ment de ses parents; il avait débuté par demander si la souscription du Corneille n'allait pas déjà à quarante mille livres; et la première confidence qu'il fit était que son dessein était de voyager en Italie avec cet argent.

Il nous avoua qu'il avait cru que Mlle Corneille était élevée dans notre maison comme une personne qu'on a prise par charité. Il lui parla comme Arnolphe, à cela près qu'Arnolphe aimait, et que le futur n'aimait point.

Il fut un peu surpris de voir que Mlle Corneille était élevée, et mise, et considérée chez nous, comme le serait une fille de la première distinction qu'on nous aurait confiée. Nous rectifiâmes, Mme Denis et moi, les idées de notre homme.

Cependant, l'affaire s'ébruitait, comme je vous l'ai mandé; il fallait prendre un parti. M. de Cormont nous apprit lui-même que ses parents n'étaient ni si vieux ni si riches qu'on nous l'avait dit; mais il attendait toujours le consentement. M. Micault nous assurait qu'il était honnête homme, quoique un peu dur, entier et bizarre. Il devait avoir un jour cinq mille livres de rente; mais en attendant il n'avait rien du tout.

Dans cette perplexité, et surtout dans l'idée que vous vouliez bien vous intéresser à sa personne, nous crûmes ne pouvoir mieux faire que de tâcher de lui procurer par votre protection la place que vous savez.

Cet emploi était précisément à notre porte; les terres de son père sont assez voisines des nôtres; rien ne nous paraissait plus convenable pour notre situation.

Nous savions que cette place dépend absolument de votre ami, qu'on la donne à qui l'on veut, que ce n'est point d'ordinaire une récompense de secrétaire d'ambassade, puisque ni le présent titulaire (qu'on aurait pu placer ailleurs), ni Champot son prédécesseur, ni Closure, ni aucun de ceux qui ont eu cet emploi, n'ont été secrétaires d'ambassade.

Nous vous représentons tout cela, non pas pour désapprouver les arrangements que M. le duc de Praslin a pris, et que nous trouvons très-justes, mais seulement pour justifier notre démarche auprès de vous; démarche qui n'a été fondée que sur la persuasion où nous devions être, par les discours du prétendu, et par la copie de mes lettres dont il était armé, que vous souhaitiez ce mariage. La seule manière d'y parvenir était d'obtenir la place que nous demandions; car le père ne voulait absolument rien donner, le fils n'ayant que des dettes, et n'ayant précisément pas de quoi vivre à la réforme de sa compagnie, quel autre moyen pouvions-nous imaginer? Nous n'avons pas laissé d'avoir quelque peine à faire partir ce jeune homme, qui, sans avoir le moindre goût pour Mlle Corneille, voulait absolument rester chez nous, uniquement pour avoir un asile. Toute cette aventure a été assez triste.

Il est vraisemblable que M. de Cormont a toujours caché à M. de Valbelle et à Mlle Clairon l'état de ses affaires; sans quoi nous serions en droit de penser que ni l'un ni l'autre n'ont eu pour nous d'égards. Nous serions d'autant plus autorisés dans nos soupçons, que Mlle Clairon ayant dit qu'elle allait marier Mlle Corneille, Lekain nous écrivit qu'elle épouserait un comédien, et nous en félicitait.

J'estime les comédiens quand ils sont bons, et je veux qu'ils ne soient ni infâmes dans ce monde, ni damnés dans l'autre; mais l'idée de donner la cousine de M. de La Tour-du-Pin à un comédien est un peu révoltante, et cela paraissait tout simple à Lekain.

En voilà beaucoup, mes anges, sur cette triste aventure : nous nous en sommes tirés très-honorablement; et la conduite de Mlle Corneille n'a donné aucune prise à la malignité des Génevois ni des Français qui sont à Genève; car il y a des malins partout.

Mais est-il vrai que le fou de Verberie qu'on a pendu était un jésuite? Aurez-vous la bonté de me faire lire le discours du fou au mortier? M. de La Salle, ce M. de La Salle, conseiller de Toulouse, qui était si persuadé de l'innocence des Calas, et qui les a fait rouer en se récusant, est-il venu chez vous?

Le beau Cramer, qui sait par ouï-dire qu'il imprime le Corneille, est-il venu s'entretenir avec vous des intérêts des princes? savez-vous à présent à quoi vous en tenir sur les souscriptions? savez-vous que ni Mme de Pompadour, ni prince, ni seigneur, n'ont donné un écu? n'êtes-vous pas fatigué de mes longues lettres? ne pardonnez-vous pas à votre créature V.?

MMMDCCXXVIII. — A M. COLINI.

Ferney, 11 janvier.

Voici enfin *Olympie* [1] telle que j'ai pu la faire après bien des soins; elle n'était encore digne ni de Son Altesse Électorale ni de l'impression, quand je vous l'envoyai.

Je souhaite, mon cher Colini, que l'édition par vous projetée vous procure quelque avantage. Les remarques à la fin de l'ouvrage sont assez curieuses.

Je vous embrasse, et vous prie de me mettre aux pieds de Leurs Altesses Électorales.

MMMDCCXXIX. — A M. L'ABBÉ D'OLIVET.

A Ferney, à quelques lieues de votre patrie, 12 janvier.

Mon cher et gros et respectable sous-doyen, soyez très-sûr que je mets en pratique vos belles et bonnes leçons. Je n'ai pas votre santé, je n'en ai jamais eu; mais mon régime est la gaieté. Votre

---

1. *Olympie*, tragédie en cinq actes dont Colini, le premier, donna une édition en 1763. (ÉD.)

doyen[1] peut me rendre témoignage; c'est lui qui donnerait des leçons de gaieté à vous et à moi. Je l'ai trouvé plus jeune que je l'avais laissé. Vivez cent ans, messieurs les doyens, et donnez-moi votre recette.

Vos séances académiques vont être plus agréables que jamais avec l'abbé de Voisenon, qui est très-aimable et très-gai. Je vous réjouirai, dès que les grands froids seront passés, par l'envoi de l'*Héraclius* espagnol; il est bien plus plaisant que le *César* anglais. Qui croirait que deux nations si graves furent si bouffonnes dans la tragédie?

Nous sommes au septième tome de Pierre Corneille, et il y en aura probablement douze ou treize.

J'ai été sur le point de faire un ouvrage qui m'aurait plu autant que *Cinna*, c'était le mariage de Mlle Corneille; mais, comme le futur ne fait point de vers, le mariage a été rompu. Si vous connaissez quelque neveu de Racine, envoyez-le-moi au plus vite, et nous conclurons l'affaire. Mais je veux que vous soyez de noces; et comme je vous crois prêtre, vous ferez la célébration.

Je vous avertis que notre petit jardin est la plus jolie chose du monde. Tout le monde y vient, tout le monde s'y établit. Le prince de Wurtemberg a tout quitté pour venir s'établir dans le voisinage; vous n'êtes pas assez courageux pour revoir votre patrie. Fi! que cela est peu philosophe! C'est avec douleur que je vous embrasse de si loin; seriez-vous assez aimable pour présenter mes respects à l'Académie?

1. Le doyen de l'Académie française était le maréchal de Richelieu, reçu en 1720; d'Olivet n'en était que depuis 1723. (ÉD.)

MMMDCCXXX. — De M. Dalembert

A Paris, 12 janvier.

Il est vrai, mon cher et illustre maître, que je n'aime les grands que quand ils le sont comme vous, c'est-à-dire par eux-mêmes, et qu'on peut vraiment se tenir pour honoré de leur amitié et de leur estime; pour les autres, je les salue de loin, je les respecte comme je dois, et je les estime comme je peux. Je ne dis pas cependant que si j'avais, comme vous, le bonheur d'avoir des terres et le malheur d'avoir affaire à des intendants, je ne fusse très-reconnaissant envers le ministre qui me délivrerait de l'intendant, et qui affranchirait mes terres;

> Mais *pour* moi, *Dieu merci*, qui n'ai ni feu ni lieu,
> Je me loge où je puis, et comme il plaît à Dieu [1],

dit Despréaux. J'ajoute : Et je ne dis ni bien ni mal des gens en place; pourvu que je conserve la mienne, qui est trop petite pour incommoder personne, et pour faire envie aux intendants.

S'il est vrai que le duc de Choiseul ait protégé la comédie des *Philosophes*, et qu'en même temps il rende à la philosophie (peut-être sans le vouloir) le bon service de la délivrer des jésuites, la philosophie pourra dire de lui ce que Corneille disait du cardinal de Richelieu :

> Il m'a trop fait de bien pour en dire du mal,
> Il m'a trop fait de mal pour en dire du bien.
> Quatrain, *Poésies diverses.*

Au surplus, si vous voulez savoir mon tarif, je trouve qu'un philosophe vaut mieux qu'un roi, un roi qu'un ministre, un ministre qu'un intendant, un intendant qu'un conseiller, un conseiller qu'un jésuite, et un jésuite qu'un janséniste; et qu'un ami comme vous vaut mieux que tout cela pris ensemble.

En vérité, on a eu bien de la bonté à Versailles de juger enfin, à force de discernement, que vous n'aviez pas écrit une lettre insolente et absurde; il est vrai que dans ce pays-là on dit, à toutes les sottises qui se font : *C'est la philosophie*, comme Crispin dit : *C'est votre léthargie* [2].

Savez-vous que c'est à la philosophie que ces messieurs imputent

1. A quatre mots près, ce sont les deux derniers mots de la satire VI de Boileau. (Éd.)
2. Dans *le Légataire universel* de Regnard, acte V, scène VII. (Éd.)

nos disgrâces? Il est vrai, leur a-t-on répondu, que les Anglais et le roi de Prusse ne sont pas philosophes.

A propos de ce roi de Prusse, le voilà pourtant qui surnage; et je pense bien comme vous, en qualité de Français et d'être pensant, que c'est un grand bonheur pour la France et pour la philosophie. Ces Autrichiens sont des capucins insolents qui nous haïssent et nous méprisent, et que je voudrais voir anéantis avec la superstition qu'ils protégent : je parle, comme vous, de la superstition, et non pas de la religion chrétienne, que j'honore comme les sociniens honteux de Genève honorent son divin fondateur. Voilà encore le socinien Vernet qui vient d'imprimer deux lettres contre vous et contre moi; il ne m'a pas été possible de les achever : cela est d'un style et d'un goût exécrables. Ne pourrait-on pas pourtant donner sur les oreilles à ce prestolet? mais il faudrait avoir pour cela ce qui a été écrit contre lui en Hollande et ailleurs au sujet de son catéchisme; et puis il faudrait avoir du temps de reste pour lire toutes ces rapsodies, et pour en écrire d'autres sur celles-là; et ni vous ni moi n'avons de temps à perdre.

Avez-vous entendu parler d'une nouvelle feuille périodique intitulée *la Renommée littéraire* [1], où on dit que vous êtes assez maltraité? Que de chenilles qui rongent la littérature! Par malheur ces chenilles durent toute l'année, et celles des bois n'ont qu'une saison. On dit que l'auteur de cette infamie, que je n'ai pas eu le temps ni le courage de lire, est un certain Le Brun, à qui vous avez eu la bonté d'écrire une lettre de remerciment sur une mauvaise ode qu'il vous avait adressée. Je me souviens que, dans cette ode, il y avait un vers qui finissait par les *lauriers touffus*. Une femme avec qui je lisais cette ode trouva l'épithète singulière. « Je la trouve comme vous, lui dis-je; je ne crois pourtant pas que ce soit une faute d'impression. Les lauriers de M. Le Brun se contentent de rimer à touffus, mais ne le sont pas. »

Laissons là toutes ces vilenies, et dites-moi où vous en êtes de *Corneille*, du *Czar*, et d'*Olympie*. A propos, on dit que vous serez obligé de changer le titre de cette dernière pièce, à cause de l'équivoque, *O l'impie!* Et puis dites que nous ne sommes pas plaisants.

Il paraît que l'affaire des Calas prend une tournure assez favorable; cependant ces pauvres gens-là ont bien des ennemis, et on écrit de Toulouse que les absous sont coupables, mais que le roué n'était pas innocent. Pour moi, je suis persuadé, comme vous, que cette malheureuse famille a été la victime des pénitents blancs. Croiriez-vous qu'un conseiller au parlement disait, il y a quelques jours, à un des avocats de la veuve Calas, que sa requête ne serait point admise, parce qu'il y avait en France plus de magistrats que de Calas? Voilà où en sont ces pères de la patrie.

En attendant que vous répondiez à Caveyrac, qui n'en vaut pas la peine, le Châtelet vient de décréter ce Caveyrac de prise de corps pour avoir fait l'*Appel à la raison*, en faveur des jésuites. Tous ces fana-

_____

1. Ce journal, rédigé par Le Brun, a commencé le 1ᵉʳ décembre 1762 et fini en 1763. La Collection forme deux volumes in-12. (*Note de M. Beuchot.*)

tiques en appellent de part et d'autre à la raison; mais la raison fait pour
eux comme la mort :

> La cruelle qu'elle est se bouche les oreilles,
>   Et *les* laisse crier.
>   Malherbe, *Ode à du Perrier.*

On dit que frère Griffet pourrait bien se trouver impliqué dans l'affaire de Caveyrac, qui très-sagement a pris la fuite. Notez que ledit
Caveyrac est l'auteur de l'apologie de la Saint-Barthélemy, pour laquelle
on ne lui a pas dit plus haut que son nom; mais on veut le pendre pour
l'apologie des jésuites. Au surplus, pourvu qu'il soit pendu, n'importe
le pourquoi. Le parlement vient déjà de faire pendre un prêtre pour
quelques mauvais propos [1]; cela affriande ces messieurs, et l'appétit
leur vient en mangeant. Adieu, mon cher et illustre maître.

P. S. Damilaville, qui sort d'ici, m'a dit qu'il vous enverrait *la Renommée littéraire.* On dit qu'il y en a une seconde feuille : on dit aussi
que Le Brun a pour associé un abbé Aubry, qui est apparemment un
descendant d'un bâtard d'Aubry le boucher.

Nous n'avons point encore reçu à l'Académie l'*Héraclius* de Calderon;
je le crois sans peine digne d'être placé à côté du *César* de Shakspeare. A propos de Caldéron et de Shakspeare, que dites-vous du mausolée qu'on fait élever à Crébillon? Je crois que vous pouvez être tranquille; ce mausolée-là sera bien son tombeau, et ne sera pas le vôtre.
Voilà le premier monument que le ministère élève aux lettres; il me
semble qu'on aurait pu commencer plus tôt et commencer mieux.
Adieu, mon cher philosophe; je suis actuellement absorbé dans la géométrie : on m'a reproché que je n'en faisais plus, et de rage j'ai donné
deux volumes de diablerie l'an passé [2], et j'en vais encore donner deux.
Damilaville m'a montré ce que vous dites de l'*Encyclopédie* dans l'*Histoire générale*; vous avez bien fait de retrancher ce qui regarde le parlement; vous avez pourtant toute raison, mais ces messieurs ne l'entendent pas. Adieu, encore une fois.

MMMDCCXXXI. — DE MADAME LA MARGRAVE DE BADE-DOURLACH.

                                        A Carlsruhe, le 14 janvier.

Monsieur, vous qui devez connaître le cas que je fais de votre souvenir, et le prix dont m'est chaque trait de votre plume, pourrez mieux
comprendre que personne ma douleur d'avoir été privée jusqu'à cette
heure, par une maladie, du plaisir de vous remercier de la lettre charmante qu'il vous a plu m'écrire. J'en fus transportée, et le marquis de
Bellegarde ne pouvait se charger de rien qui me fît plus de plaisir. Je
vous consacre donc ici, monsieur, les premiers moments où je puis
écrire, trop heureuse de pouvoir enfin vous témoigner une reconnaissance dont je suis vivement pénétrée. J'ai bien envié au marquis le
bonheur de vous avoir vu à Babylone. Si je dépendais de moi, j'irais

---

1. Jacques Ringuet. (ÉD.)
2. Les deux premiers volumes de ses *Opuscules mathématiques.* (ÉD.)

avec bien de la joie vous trouver dans cette capitale, vous y porter mes hommages, vous y vénérer, vous y admirer, ce qui me siérait beaucoup mieux que de vous faire ici mon aumônier, comme vous dites bien agréablement. Enfin, monsieur, le désir de vous revoir m'occupe tout entièrement. Il n'est pas raisonnable d'exiger que vous quittiez un pays de délices et d'une philosophie si séduisante, pour vous jeter dans une solitude; mais comme les choses dont on se prive un temps acquièrent de nouveaux charmes, vous devriez vous en arracher, venir vous ennuyer un peu avec nous, emporter nos cœurs et nos regrets, puis rentrer dans tous les agréments que vous seuls savez si bien procurer à tous ceux qui vous entourent. Je me flatte, monsieur, que votre santé vous permettra un jour cette petite échappade, et que j'aurai la satisfaction de vous renouveler de bouche ces sentiments de la plus haute estime avec laquelle j'ai l'honneur d'être, monsieur, votre, etc.

CAROLINE, *margrave de Bade-Dourlach.*

MMMDCCXXXII. — A M. LE MARQUIS D'ARGENCE DE DIRAC.

A Ferney, 14 janvier.

Mon cher philosophe, vous m'envoyez toujours des pâtés farcis de truffes. Vous êtes un philosophe faisant bonne chère, et voulant qu'on la fasse : vous jugez avec raison que nous avons besoin, dans notre pays de glaces, du souvenir des seigneurs de vos beaux climats.

Savez-vous que j'ai reçu une lettre de quatre dames d'Angoulême? Je n'ai pas l'honneur de les connaître; mais je n'en suis que plus flatté de leurs bontés; elles ne signent point leurs noms; elles m'ordonnent d'adresser ma réponse à Mme la marquise de Théobon. Que puis-je leur répondre? c'est jouer à colin-maillard.

> Quatre beautés font tout mon embarras;
> De faire un choix mon âme est occupée :
> Qu'eût fait Pâris en un semblable cas?
> En quatre parts la pomme il eût coupée.

Si vous voulez leur donner cette réponse ou cette excuse, c'est assez pour un vieux malade qui ne ressemble point du tout à Pâris.

On va juger à Paris le procès de Calas : cela intéresse l'humanité tout entière. On a pendu un ex-jésuite pour avoir dit des sottises; cela n'intéresse que la pauvre société de Jésus.

Bonsoir, monsieur; sans les neiges et votre absence, mon château, l'œuvre de mes mains, serait un charmant séjour. Je suis à vous bien tendrement pour jamais.

MMMDCCXXXIII. — A M. LE PRÉSIDENT DE RUFFEY.

A Ferney, 14 janvier.

Je ne vous écris point de ma main, mon cher président, parce que je suis malingre, à mon ordinaire; mais mon cœur vous écrit : il est pénétré de vos bontés. Je vois qu'il vous est dû quelque argent que vous avez bien voulu avancer pour moi. J'ai mandé à mon banquier de

Lyon, M. Camp, de vous le faire rembourser par son correspondant de Dijon. Pour moi, je vous le rembourse par mille remercîments.

Je me mêle peu du temporel de Corneille : je ne suis que pour le spirituel. Je crois qu'il y a dans votre capitale de Bourgogne un libraire correspondant des Cramer pour les souscriptions; c'est tout ce que j'en sais.

Je vous remercie de votre nouvelle liste : je vois avec grand plaisir que le nombre et le mérite de vos académiciens augmentent tous les jours : c'est votre ouvrage, et je n'en suis pas étonné.

Malgré les neiges qui me gèlent, et une bonne fluxion sur les deux yeux, je vous dirai que celui qui se proposait pour épouser Mlle Corneille était M. de Cormont, capitaine de cavalerie, fils du commissaire des guerres de Châlons. Je donnais une dot honnête, mais le commissaire ne donnait rien du tout; et la raison sans dot n'a pas réussi.

Je vous embrasse bien tendrement.   V.

MMMDCCXXXIV. — A M. LE COMTE D'ARGENTAL.

17 janvier.

Voyez, mes anges, si ceci vous amusera, et s'il amusera M. le duc de Praslin. Les laquais des Français et des Anglais, ou bien des Anglais et des Français, qui sont à Genève, ont voulu donner un bal aux filles en l'honneur de la paix. Les maîtres ont prodigué l'argent; on a fait des habits magnifiques, des cartouches aux armes de France et d'Angleterre, des fusées, des confitures : on a fait venir des gelinottes et des violons de vingt lieues à la ronde, des rubans, des nœuds d'épaules, et *vivent MM. le duc de Praslin et de Bedfort!* dessinés dans l'illumination d'un beau feu d'artifice. Les perruques carrées de Genève ont trouvé cela mauvais; elles ont dit que Calvin défendait le bal expressément; qu'ils savaient mieux l'Écriture que M. le duc de Praslin; que d'ailleurs pendant la guerre ils vendaient plus cher leurs marchandises de contrebande : en un mot, toutes les dépenses étant faites, ils ont empêché la cérémonie.

Alors la bande joyeuse a pris un parti fort sage : vous allez croire que c'est de mettre le feu à la ville de Genève, point du tout; les deux partis sont allés célébrer leur orgie sur le territoire de France (il n'y a pas bien loin). Rien n'a été plus gai, plus splendide, et plus plaisant. Cela ne vous paraîtra peut-être pas si agréable qu'à nous; mais nous sommes de ces gens sérieux que les moindres choses amusent.

Je me flatte que mes anges ont reçu mon testament en faveur de Mlle d'Épinai, par lequel je lui donne et lègue les rôles d'Aganthe et de Nanine. Si elle veut encore celui de Lise, dans *l'Enfant prodigue*, je le lui donne par un codicille, révoquant à cet effet tous les testaments antérieurs.

Qu'est-ce que c'est que le vieux *Dupuis* [1]? On dit que la pièce est de Collé. Si cela est, elle doit être extrêmement gaie, comme toute honnête comédie doit l'être; car, pour les comédies où il n'y a pas le mot

---

1. *Dupuis et Desronais*, comédie en trois actes et en vers libres, de Collé. (ÉD.)

pour rire, c'est une infamie que je ne pardonnerai jamais à cette folle de Quinault, qui mit à la mode ce monstre si opposé à son caractère.

Dieu vous ait, mes bons anges, en sa sainte et digne garde! Respect et tendresse.

MMMDCCXXXV. — A M. LE COMTE ALGAROTTI.

A Ferney, 17 janvier.

Mon cher cygne de Padoue, si le climat de Bologne est aussi dur et aussi froid que le mien pendant l'hiver, vous avez très-bien fait de le quitter pour aller je ne sais où; car je n'ai pu lire l'endroit d'où vous datez, et je vous écris à Venise, ne doutant pas que ma lettre ne vous soit rendue où vous êtes. Pour moi, je reste dans mon lit comme Charles XII, en attendant le printemps. Je ne suis pas étonné que vous ayez des lauriers dans la campagne où vous êtes; vous en feriez naître à Pétersbourg.

En relisant votre lettre, et en tâchant de la déchiffrer, je vois que vous êtes à Pise, ou du moins je crois le voir. C'est donc un beau pays que Pise? Je voudrais bien vous y aller trouver; mais j'ai bâti et planté en Laponie; je me suis fait Lapon, et je mourrai Lapon.

Je vous enverrai incessamment le deuxième tome du *Czar Pierre*. Je me suis d'ailleurs amusé à pousser l'*Histoire générale* jusqu'à cette paix dont nous avions tant besoin. Vous sentez bien que je n'entre pas dans le détail des opérations militaires; je n'ai jamais pu supporter ces minuties de carnage. Toutes les guerres se ressemblent à peu près : c'est comme si on faisait l'histoire de la chasse, et que l'on supputât le nombre des chiens mangés par les loups. J'aime bien mieux vos lettres militaires, où il s'agit des principes de l'art. Cet art est, à la vérité, fort vilain; mais il est nécessaire. Le prince Louis de Wurtemberg, que vous avez vu à Berlin, a renoncé à cet art comme au roi de Prusse, et est venu s'établir dans mon voisinage. Nous avons des neiges, j'en conviens; mais nous ne manquons pas de bois. On a des théâtres chez soi, si on en manque à Genève; on fait bonne chère; on est le maître de son château; on ne paye de tribut à personne : cela ne laisse pas de faire une position assez agréable. Vous, qui aimez à courir, je voudrais que vous allassiez de Pise à Gênes, de Gênes à Turin, et de Turin dans mon ermitage; mais je ne suis pas assez heureux pour m'en flatter.

Buona notte, caro cigno di Pisa!

MMMDCCXXXVI. — A M. DALEMBERT.

18 janvier.

Mon cher philosophe, si vous faites de la géométrie pour votre plaisir, vous faites bien; s'il s'agit de vérités utiles, encore mieux; mais s'il ne s'agit que de difficultés surmontées, je vous plains un peu de prendre tant de peine. J'aimerais bien mieux, pour ma satisfaction, que vous donnassiez de nouveaux mémoires de littérature, qui amusent et qui instruisent tout le monde; mais l'esprit souffle où il veut.

Dès qu'il ne fera plus si froid, j'enverrai à M. le secrétaire l'*Héraclius* espagnol, et j'espère qu'il vous fera rire.

Nous ne connaissons point du tout ici les deux lettres de ce pauvre Vernet. Vous savez que le père du cardinal Mazarin étant mort à Rome, on mit dans la gazette de Rome : « Nous apprenons de Paris que le seigneur Pierre Mazarin, père du cardinal, est mort ici; » de même nous apprenons de Paris qu'il y a à Genève un nommé Vernet qui a écrit deux lettres.

La philosophie a fait de si merveilleux progrès depuis cinq ou six ans dans ce pays-ci, qu'on ignore parfaitement tout ce que font ces cuistres-là. Cette philosophie n'a pourtant pas empêché qu'on ait incendié le livre de Jean-Jacques; mais ç'a été une affaire de parti dans la petitissime république. Jean-Jacques fait des lacets dans son village avec les montagnards; il faut espérer qu'il ne se servira pas de ces lacets pour se pendre. C'est un étrange original, et il est triste qu'il y ait de pareils fous parmi les philosophes. Les jésuites ne sont pas encore détruits; ils sont conservés en Alsace; ils prêchent à Dijon, à Grenoble, à Besançon; il y en a onze à Versailles, et un autre qui me dit la messe [1].

Je suis vraiment très-édifié du discours sage et mesuré de votre conseiller au parlement, qui s'adresse à l'avocat des Calas pour lui dire qu'ils n'obtiendront point justice, parce qu'ils plaident contre *messieurs*, et qu'il y a plus de *messieurs* que de roués. Je crois pourtant que nous avons affaire à des juges intègres, qui ont une autre jurisprudence.

O l'impie! n'est pas juste, car rien n'est plus pie que cette pièce; et j'ai grand'peur qu'elle ne soit bonne qu'à être jouée dans un couvent de nonnes le jour de la fête de l'abbesse.

Comment donc, ce Le Brun, sous les *lauriers touffus*, me pique de ses épines! lui qui m'a fait une si belle ode pour m'engager à prendre la nièce à Pierre! On ne sait plus à qui se fier dans le monde.

Il est difficile de plaindre l'abbé Caveyrac, quoique persécuté. Cet aumônier de la Saint-Barthélemy est, dit-on, un des plus grands fripons du royaume, et employé par plusieurs évêques pour soutenir la bonne cause.

Pour l'autre prêtre, qu'on a pendu pour avoir parlé, il me semble qu'il a l'honneur d'être unique en son genre; c'est, je crois, le premier, depuis la fondation de la monarchie, qu'on se soit avisé d'étrangler pour avoir dit son mot; mais aussi on prétend qu'à souper, chez les mathurins, il s'était un peu lâché sur l'abbé de Chauvelin; cela rend le cas plus grave, et il est bon que *messieurs* [2] apprennent aux gens à parler.

Depuis quelque temps les folies de Paris ne sont pas trop gaies, il n'y a que l'Opéra-Comique qui soutienne l'honneur de la nation. Nos laquais pourtant le soutiennent ici, car ils ont donné un bal avec un feu d'artifice, en l'honneur de la paix, avec les laquais anglais. Un scélérat de Génevois a dit qu'il n'y avait que les laquais qui pussent se ré-

---

1. Le P. Adam. (ÉD.)
2. C'était ainsi qu'on appelait les conseillers au parlement. (ÉD.)

jouir de cette paix : il se trompe, tous les honnêtes gens s'en réjouissent. J'espère que l'auguste maison d'Autriche fera aussi la sienne, et que les révérends frères jésuites de Prague et de Vienne ne seront pas despotiques dans le saint-empire romain.

Mon cher philosophe, je dicte, parce que je perds les yeux au milieu des neiges. Je vous embrasse de tout mon cœur, et je vous serai attaché tant que je végéterai et que je souffrirai sur notre globule terraqué.

N. B. On a lu le *Sermon des cinquante* publiquement pendant la messe de minuit, dans une province de ce royaume [1], à plus de cent lieues de Genève; là raison va grand train. Écrasez l'*infâme*.

MMMDCCXXXVII. — A M. LE COMTE D'ARGENTAL

A Ferney, 20 janvier.

J'envoie à mes anges la copie d'une lettre d'une brave et honnête religieuse de Toulouse. Cette lettre me paraît bien favorable pour nos pauvres Calas; et quoique la religieuse avoue que Mlle Calas sera damnée dans l'autre monde, elle avoue qu'elle et toute sa famille méritent beaucoup de protection dans celui-ci.

Il y a longtemps que mes anges ne m'ont parlé de cette importante affaire; j'ose espérer que la révision sera incessamment accordée. Si mes anges veulent avoir la bonté de m'envoyer les chansons du roi David, traduites par ce Laugeois, ci-devant directeur des fermes, je lirai avec componction les psaumes pénitentiaux, attendu que je suis malade.

Je ne sais point de nouvelles du *tripot*; j'ignore s'il y a des tragédies, des comédies nouvelles : mes anges m'abandonnent. Peut-être aurai-je demain la consolation de recevoir une de leurs lettres. En attendant, je baise le bout de leurs ailes avec toute l'humilité possible, et j'ai toujours pour eux le culte de dulie. Savez-vous ce que c'est que le culte de dulie, mes anges?

MMMDCCXXXVIII. — A M. ÉLIE DE BEAUMONT.

A Ferney, 21 janvier.

Notre ami commun, M. Damilaville, m'avait envoyé, monsieur, votre très-beau et très-solide discours, et je ne croyais pas l'avoir. Le titre m'avait trompé; je viens enfin de m'apercevoir de mon erreur. J'ai vu votre nom à la trente-cinquième page, et je vous ai lu avec un plaisir extrême. Tout célibataire que je suis, j'avoue que vous faites très-bien de prêcher le mariage; je suis aussi fort de votre avis sur les défrichements. Je me suis avisé de défricher, ne m'étant pas avisé de peupler; mais voici comme je m'y suis pris. J'ai assemblé les propriétaires des terres abandonnées, et je leur ai dit : « Mes amis, je vais défricher à mes frais, et quand la terre sera en valeur, nous partagerons. »

Je n'ai point fait de citoyens, mais j'ai fait de la terre.

---

1. Au château du marquis d'Argence de Dirac, près d'Angoulême. (Éd.)

Je me flatte, monsieur, que vous serez célèbre pour avoir fait une bien meilleure action, pour avoir fait rendre justice à l'innocence opprimée et rouée[1]. Vous avez vu, sans doute, la lettre de la religieuse de Toulouse; elle me paraît importante; et je vois avec plaisir que les sœurs de la Visitation n'ont pas le cœur si dur que *messieurs*. J'espère que le conseil pensera comme la dame de la Visitation.

Si vous voyez M. de Cideville, je vous prie de lui dire combien je l'aime. C'est un sentiment que vos ouvrages m'inspirent pour vous, qui se joint bien naturellement à l'estime infinie avec laquelle j'ai l'honneur d'être, etc.

MMMDCCXXXIX. — A M. COLINI.

21 janvier.

J'ai reçu votre *Palatinat*[2], mon cher historiographe; me voilà au fait, grâce à vos recherches, de bien des choses que j'ignorais. Les palatins vous auront obligation.

Nous sommes ici dans les neiges jusqu'au cou; cela gèle l'imagination d'un pauvre malade d'environ soixante-dix ans, et je n'ose écrire à Mgr l'électeur, de peur de l'ennuyer.

Vous avez probablement reçu le petit paquet que je vous ai adressé. Je vous embrasse de tout mon cœur.

P. S. Voudriez-vous bien à ces vers de la troisième scène du quatrième acte :

La loi donne un seul jour, elle accourcit les temps
Des chagrins attachés à ces grands changements;
Mais surtout attendez les ordres d'une mère;
Elle a repris ses droits, ce sacré caractère, etc.

substituer ceux-ci :

Statira vit encor, et vous devez penser
Que du sort de sa fille elle peut disposer.
Respectez les malheurs et les droits d'une mère,
Les lois des nations, le sacré caractère
Que la nature donne, et que rien n'affaiblit.

Vous voyez que je me contente difficilement. Je fais vite, et je corrige longtemps. Je vous embrasse.

MMMDCCXL. — A M. LE COMTE D'ARGENTAL.

23 janvier.

Divins anges, vous peignez les seigneurs genevois[3] du pinceau de Rigault : nous verrons si le prince[4] fera donner de bons ordres pour les souscriptions.

Je me hâte de justifier Mlle Corneille, que vous accusez avec toutes les apparences de raison. Or vous savez qu'il ne faut pas toujours condamner les filles sur les apparences. Il est vrai qu'elle a fait plus de

1. A la famille Calas. (ÉD.) — 2. *Précis de l'histoire du palatinat du Rhin.* (ÉD.) 3. Les frères Cramer. (ÉD.) — 4. Philibert Cramer. (ÉD.)

progrès dans la comète et le trictrac que dans l'orthographe, et qu'elle met la comète pour neuf plus aisément qu'elle n'écrit une lettre : mais le fait est qu'à l'aide de Mme Denis, qui lui sert en tout de mère, elle est venue à bout d'écrire à son père, à sa mère, et à Mlles Félix et de Vilgenou. Nous avons chargé du paquet, il y a longtemps, un citoyen de Genève; c'est M. Miqueli, breveté de colonel suisse, qui s'en allait à Paris à petites journées. Elle ne sait point la demeure de son père; je crois aussi que Mlles Félix et de Vilgenou ont changé d'habitation : en un mot, on a écrit, cela est certain.

A présent disons un petit mot du *tripot*.

Des préfaces à *Zulime*, vous en aurez, mes anges, et c'est à mon grand regret; car, sans me flatter, Zulime est un Bajazet tout pur, sans qu'il y ait un Acomat. Je suis plus difficile que vous ne pensez. Figurez-vous que quand j'envoyai *Olympie* pour être jouée à Manheim, je faisais correction sur correction, changement sur changement, carton sur carton, vers sur vers, précisément comme autrefois j'allais donner à Mlle Desmares des corrections par le trou de la serrure [1].

Donnez-moi quelques jours de délai encore, car je n'ai pas le temps de me reconnaître : je vous l'ai déjà dit, vous ne me plaignez point. Je suis vieux comme le Temps, faible comme un roseau, accablé d'une douzaine de fardeaux. Figurez-vous un ver à soie qui s'enterre dans sa coque en filant; voilà mon état : un peu de pitié, je vous prie.

Voilà un bien digne homme que M. le duc de Praslin! je suis à ses pieds : je vois que son bon esprit a été convaincu par les raisons des avocats, et que son cœur a été touché. Mais quoi! cette affaire sera donc portée à tout le conseil, après avoir été jugée au bureau de M. Daguesseau? Je n'entends rien aux rubriques du conseil. A propos de conseil, savez-vous que je crois le mémoire de Mariette le meilleur de tous pour instruire les juges? Les autres ont plus d'*éthos* et de *pathos*, mais celui-là va au fait plus judiciairement : en un mot, tous les trois sont fort bons. Il y en a encore un quatrième que je n'ai pas vu.

Voici bien autre chose. Je marie Mlle Corneille, non pas à un demi-philosophe dégoûté du service, mal avec ses parents, avec lui-même, et chargé de dettes, mais à un jeune cornette de dragons, gentilhomme très-aimable, de mœurs charmantes, d'une très-jolie figure, amoureux, aimé, assez riche. Nous sommes d'accord, et en un moment, et sans discussion, comme on arrange une partie de souper. Je garderai chez moi futur et future; je serai patriarche, si vous nous approuvez. Mes bons anges, vous savez qu'il faut, je ne sais comment, le consentement des père et mère Corneille. Seriez-vous assez adorables pour les envoyer chercher, et leur faire signer : « Nous *consentons* au mariage de Marie avec N. Dupuits [2], cornette dans la colonelle-générale; » et tout est dit.

Que dira M. le duc de Praslin de cette négociation si promptement

1. Pour la tragédie d'*Œdipe*. (ÉD.)
2. Claude Dupuits de La Chaux épousa Mlle Corneille le 12 février 1763. (ÉD.)

entamée et conclue? Il m'a donné de l'ardeur. Je pense qu'il conviendrait que Sa Majesté permît qu'on mît dans le contrat qu'elle donne huit mille livres à Marie, en forme de dot, et pour payement de ses souscriptions. Je tournerais cette clause; elle me paraît agréable; cela fait un terrible effet en province : le nom du roi dans un contrat de mariage au mont Jura ! figurez-vous ! et puis cette clause réparerait la petite vilenie de M. le contrôleur général. J'en écris deux mots à M. le duc de Choiseul et à Mme la duchesse de Grammont. La petite est charmée, et ıe dit tout naïvement : elle ne pouvait pas souffrir notre demi-philosophe.

Au reste, vous sentez bien que mariage arrêté n'est pas mariage fait, qu'il peut arriver des obstacles, comme mort subite ou autre accident; mais je crois l'affaire au rang des plus grandes probabilités équivalentes à certitude.

Mes divins anges, mettez tout cela à l'ombre de vos ailes.

N. B. Hier il parut que les deux partis s'aimaient.

Depuis ma lettre écrite, j'ai signé les articles. Si nous avions le consentement de la petite poste [1], je ferais le mariage demain; ce n'est pas la peine de traîner, la vie est trop courte.

MMMDCCXLI. — A M. DAMILAVILLE.

24 janvier.

Mon cher frère, on ne peut empêcher, à la vérité, que Jean Calas ne soit roué; mais on peut rendre les juges exécrables, et c'est ce que je leur souhaite. Je me suis avisé de mettre par écrit toutes les raisons qui pourraient justifier ces juges; je me suis distillé la tête pour trouver de quoi les excuser, et je n'ai trouvé que de quoi les décimer.

Gardez-vous bien d'imputer aux laïques un petit ouvrage sur la tolérance qui va bientôt paraître [2]. Il est, dit-on, d'un bon prêtre; il y a des endroits qui font frémir, et d'autres qui font pouffer de rire; car, Dieu merci, l'intolérance est aussi absurde qu'horrible.

Mon cher frère, m'enverra donc la petite feuille qu'on attribue à M. Le Brun [3]. Mais est-il possible que Le Brun, qui m'adressait de si belles odes pour m'engager à prendre Mlle Corneille, et m'envoie souvent de si jolis vers, ne soit qu'un petit perfide?

Nous marions Mlle Corneille à un gentilhomme du voisinage, officier de dragons, sage, doux, brave, d'une jolie figure, aimant le service du roi et sa femme, possédant dix mille livres de rente, à peu près, à la porte de Ferney. Je les loge tous deux. Nous sommes tous heureux. Je finis en patriarche. Je voudrais à présent marier Mlles Calas à deux conseillers au parlement de Toulouse.

On dit la comédie de M. Dupuis fort jolie; cela est heureux. Le nom de notre futur est Dupuits. Frère Thieriot doit être fort aise de la fortune de Mlle Corneille; elle la mérite. Savez-vous bien que cette enfant

1. Le père de Mlle Corneille était facteur de la petite poste. (ÉD.)
2. Traité sur la tolérance. (ÉD.)
3. Le Brun, dans sa Renommée littéraire, avait inséré une réponse à l'éloge de Crébillon (par Voltaire). (ÉD.)

a nourri longtemps son père et sa mère du travail de ses petites mains ?
La voilà récompensée. Sa vie est un roman.

Je vous embrasse tendrement, mon cher frère. *Écr. l'inf.*, vous dis-je.

MMMDCCXLII. — A MADAME DE FLORIAN.

A Ferney, 26 janvier.

Je perds les yeux, ma chère nièce, mais j'entrevois encore assez pour
vous dire que j'aime presque autant votre petit Dupuits qu'il aime
Mlle Corneille. Voilà tous les dragons mariés : Dieu soit béni ! Il est
plaisant qu'on joue à la Comédie le mariage d'un *Dupuis*. On dit la
pièce très-jolie ; Dupuits l'est aussi : tout cela va le mieux du monde.
O destinée ! voilà Mlle Corneille heureuse. Daumart est couché sur le
dos depuis deux ans et demi, toujours suppurant, sans pouvoir remuer ;
il faut lui donner à manger comme à un enfant : quel contraste ! Soyez
heureuse, vous et le grand écuyer de Cyrus. Le nombre des gens qui
remercient Dieu est petit ; ceux qui se donnent au diable composent
la grande partie de ce monde. Pour moi, je jouis du bonheur d'autrui, mais surtout du vôtre. Si vous écrivez à votre sœur, fourrez dans
votre lettre un petit mot pour l'oncle, qui vous aimera tant qu'il respi-
rera. Pourvu que nous sachions que vous vous portez bien, que vous
vous réjouissez, nous sommes contents. Il faut aussi que les Calas gagnent leur procès. Bonsoir, bonsoir ; je n'en peux plus, et je vous
embrasse tous deux.

MMMDCCXLIII. — A M. DE CIDEVILLE.

A Ferney, le 26 janvier.

Mon ancien ami, votre jolie relation du mariage du jeune *Dupuis*
nous vient comme de cire ; car figurez-vous que nous marions Mlle Corneille, dans quelques jours, à un jeune Dupuits d'environ vingt-trois
ans et demi, cornette de dragons, possédant environ huit milles livres
de rente en fonds de terre, à la porte de notre château, d'une figure
très-agréable, de mœurs charmantes qui n'ont rien du dragon. La différence entre ce Dupuits et celui de la comédie, c'est que le nôtre n'a
point de père qui fasse des niches à ses enfants : c'est un orphelin.
Nous logeons chez nous l'orphelin et l'orpheline. Ils s'aiment passionnément ; cela me ragaillardit, et n'empêche pourtant pas que je n'aie
une grosse fluxion sur les yeux, et que je ne sois menacé de perdre
la vue comme La Motte.

Avouez, mon ancien ami, que la destinée de ce chiffon d'enfant est
singulière. Je voudrais que le bonhomme Pierre revînt au monde
pour être témoin de tout cela, et qu'il vît le bonhomme Voltaire me-
nant à l'église la seule personne qui reste de son nom. Je comménte
l'oncle, je marie la nièce ; ce mariage est venu tout à propos pour me
consoler de n'avoir plus à travailler sur des *Cid*, des *Horaces*, des
Cinna, des *Pompée*, des *Polyeucte*. J'en suis à *Pertharite*, ne vous
déplaise. La commission est triste, et ce qui suit n'est pas trop ra-
goûtant. Il fallait que Pierre eût le diable au corps pour faire imprimer tous ces détestables fatras. Mlle Corneille, avec sa petite mine, a

deux yeux noirs qui valent cent fois mieux que les douze dernières pièces de l'oncle Pierre. L'avez-vous vue ? la connaissez-vous ? c'est une enfant gaie, sensible, honnête, douce, le meilleur petit caractère du monde. Il est vrai qu'elle n'est pas encore parvenue à lire les pièces de son oncle, mais elle a déjà lu quelques romans; et puis vous savez *comment l'esprit vient aux filles.*

Adieu, mon cher et ancien ami; je vous embrasse le plus tendre-ment du monde.   V.

MMMDCCXLIV. — A M. LE BRUN.

Ferney, 26 janvier.

Puisque, à la réception de ma lettre, monsieur, vous ne m'avez pas envoyé un parent de Racine pour épouser Mlle Corneille, nous avons pris un jeune cornette de dragons, de vingt-trois ans, d'une très-jolie figure, de mœurs charmantes, bon gentilhomme, mon voisin, possé-dant à ma porte environ dix mille livres de rente en terres. J'arrange ses affaires; je donne une dot honnête, je garde chez moi les mariés. Il est juste que vous ayez la première nouvelle de cet arrangement, puisque c'est à vous que je dois Mlle Corneille. Il faut que votre nom soit au bas du contrat. Envoyez-moi un ordre par lequel vous me com-mettrez pour signer en votre nom.

Je ne sais pas où Mlles Félix et de Vilgenou demeurent. Je leur dois la même attention; je vous supplie de leur faire rendre mes lettres, et de vouloir bien envoyer le paquet contenant leur réponse et la vôtre à M. Damilaville, premier commis du vingtième, quai Saint-Bernard. Je quitte la plume pour la donner à une main plus agréable que la mienne.

« Vous êtes, monsieur, le premier auteur de mon bonheur, il m'en est plus précieux. Je me joins à M. de Voltaire pour vous dire que je serai toute ma vie avec la plus sensible reconnaissance, monsieur, votre très-humble et très-obéissante servante,   CORNEILLE.

« Je présente mes obéissances à madame votre femme, que je n'ou-blierai jamais. »

Je ne sais où prendre M. Dumolard; si vous le voyez, monsieur, je vous prie de vouloir bien l'assurer de mes sentiments. Mais soyez sur-tout persuadé de ceux que je vous ai voués bien sincèrement.

Il est plaisant que le nom de notre mari soit Dupuits, tandis qu'on donne le mariage de *M. Dupuis* à la Comédie. Cela est d'un bon au-gure : on dit que la pièce est très-jolie; notre Dupuits l'est aussi.

Avouez, monsieur, que Mlle Corneille a eu une étoile bien singulière, si tant est qu'on ait une étoile.

De tout mon cœur, votre très-humble et très-obéissant serviteur,
                                                        VOLTAIRE.

Mes respects à Mme Le Brun.

MMMDCCXLV. — A M. LE COMTE D'ARGENTAL.

Ferney, 26 janvier.

Mes divins anges, nous marions donc Mlle Corneille ! Il est très-juste de faire un petit présent au père et à la mère; mais dès que ce père a un louis, il ne l'a plus; il jette l'argent comme Pierre faisait des vers, très à la hâte. Vous protégez cette famille; pourriez-vous charger quelqu'un de vos gens de donner à Pierre le trotteur vingt-cinq louis à plusieurs fois, afin qu'il ne jetât pas tout en un jour? Je vous demande bien pardon; je sais à quel point j'abuse de votre bonté, mais on n'est pas ange pour rien.

Nota bene qu'on pourrait confier cet argent à la mère, qui le ferait durer.

Il y a plus. Vous sentez combien il doit être désagréable à un gentilhomme, à un officier, d'avoir un beau-père facteur de la petite poste dans les rues de Paris. Il serait convenable qu'il se retirât à Évreux avec sa femme, et qu'on lui donnât un entrepôt de tabac, ou quelque autre dignité semblable qui n'exigeât ni une belle écriture ni l'esprit de Cinna. Je vous soumets ma lettre aux fermiers généraux : si vous la trouvez bien, je vous supplie de vouloir bien ordonner qu'elle soit envoyée. Peut-être même on trouverait quelque membre de la compagnie pour l'appuyer.

Cet emploi n'aurait lieu, si on voulait, que jusqu'à ce qu'on vît clair dans les souscriptions, et qu'on pût assurer une subsistance honnête au père et à la mère. Je crois aussi qu'il est convenable que j'écrive à M. de La Tour-du-Pin, et que Marie écrive aussi un petit mot, quoique elle dise à Mme Denis : « Maman, je n'ai pas de génie pour la composition. »

« Il est vrai que, pour la composition, ce n'est pas mon fort; mais pour les sentiments du cœur, je le dispute aux héros de mon oncle : je conserverai toute ma vie la reconnaissance que je dois aux anges de M. de Voltaire, qui sont les miens. Je vous prie, monsieur et madame, d'agréer, avec votre bonté ordinaire, mon attachement inviolable, mon respect, et, si vous le permettez, la tendresse avec laquelle je serai toute ma vie votre très-humble et très-obéissante et très-obligée servante, COANEILLE. »

D'ordinaire, elle forme mieux ses caractères; mais aujourd'hui la main lui tremble. Mes anges lui pardonneront sans doute.

J'ai cru aussi qu'il était bon qu'elle écrivît à M. le comte de La Tour-du-Pin, son parent. Il y a un petit mot pour son frère; il ne le mérite guère, après la manière indigne dont il s'est conduit si chrétiennement à l'aide de Fréron : mais cet abbé avait mis deux lignes au bas d'une lettre du comte, à la mort de leur père; ainsi on peut faire ici mention de lui, et cela est honnête.

P. S. On n'a eu la lettre, pour père et mère, qu'après avoir fermé le gros paquet. Mes anges auront donc toute l'endosse. Personne ne sait ici où demeure le cousin, issu de germain, des Horaces et de Cinna. Mes anges ont du crédit; ils protégent Marie, et ils feront trouver père et mère; ils remettront entre les mains de nos anges l'extrait baptistaire demandé, supposé qu'il y en ait un. S'il n'y en a point, nous nous en passerons très-bien. Le sacrement du baptême est peu de chose en comparaison de celui du mariage.

MMMDCCXLVI. — A M. LEKAIN.

A Ferney, 27 janvier.

En attendant, mon grand acteur, que j'érige un monument à Corneille, Racine et Molière, je fais une œuvre plus plaisante, je marie la nièce de Corneille; et ce qu'il y a de bon, c'est que tandis qu'on joue *Dupuis* à la Comédie, je la marie à un Dupuits. Ce n'est pas le vieux *Dupuis*, c'est un jeune gentilhomme, officier de dragons, dont les terres touchent précisément les miennes. Je garde chez moi futur et future; et quand vous viendrez nous voir, nous jouerons tous la comédie. Je ferai l'aveugle à merveille, car je le suis; mais je ne dirai pas :

Dieu, qui fait tout pour le mieux,
M'a fait une grande grâce
De m'avoir crevé les yeux,
Et réduit à la besace.

Je vous embrasse de tout mon cœur.

MMMDCCXLVII. — A M. DAMILAVILLE.

30 janvier.

M. de Beaumont, mon cher frère, est donc aussi un de nos frères. Il n'y a qu'un philosophe qui puisse faire tant de bien. Il se trouvera que Mme Calas aura beaucoup plus d'argent qu'elle n'en aurait eu en reprenant tranquillement sa dot et son douaire. Tout cela est d'un bien bon augure pour la révision. Nous sommes dans un étrange temps, où il faut craindre qu'un parlement ne falsifie les pièces !

Aurai-je l'*Appel à la raison*, pour lequel on dit que Kroust et Griffet, et feu Berner, sont décrétés ? Toute cette aventure de jésuites fait rire les philosophes, car il est permis au sage de rire. Il y a un grand malheur pour *la Poule à ma tante*[1] : c'est qu'il n'y a jamais eu de tante qui voulût que sa poule ne pondît point. Ce qui n'est pas dans la nature ne peut jamais plaire. Le conte est trop long et trop faible; cette poulaille-là ne doit pas faire fortune.

Je prie mon cher frère de faire parvenir cette lettre à frère Protagoras. Frère Helvétius est-il à Paris ? Il faudrait l'engager à faire quelque chose d'honnête, à condition qu'il ne demanderait point de privilège[2].

Frère Platon est occupé à son *Encyclopédie*; mais n'y a-t-il point quelque bon frère qui puisse rendre service ? *Écr. l'inf...*, vous dis-je.

MMMDCCXLVIII. — A M. LE COMTE D'ARGENTAL.

30 janvier.

Vraiment, mes anges, j'avais oublié de vous supplier d'empêcher François Corneille, père, de venir à la noce. Si c'était l'oncle Pierre, ou même l'oncle Thomas, je le prierais en grande cérémonie; mais

---

1. *Caquet Bonbec ou la Poule à ma tante*, poëme de J. B. de Junquières. (ÉD.)
2. Il en avait demandé et obtenu un pour son livre *de l'Esprit*. (ÉD.)

pour François, il n'y a pas moyen. Il est singulier qu'un père soit un trouble-fête dans une noce; mais la chose est ainsi, comme vous savez. On prétend que la première chose que fera le père, dès qu'il aura reçu quelque argent, ce sera de venir vite à Ferney : Dieu nous en préserve! Nous nous jetons aux ailes de nos anges, pour qu'ils l'empêchent d'être de la noce. Sa personne, ses propos, son emploi, ne réussiraient pas auprès de la famille dans laquelle entre Mlle Corneille. M. le duc de Villars, et les autres Français qui seront de la cérémonie, feraient quelques mauvaises plaisanteries. Si je ne consultais que moi, je n'aurais assurément aucune répugnance; mais tout le monde n'est pas aussi philosophe que votre serviteur, et, patriarcalement parlant, je serais fort aise de rendre le père et la mère témoins du bonheur de leur fille.

C'est bien de la faute du père de M. Cormont, si un autre que lui épouse Mlle Corneille; il a été un mois sans lui répondre, et enfin sa mère a écrit à M. Micault quand il n'était plus temps. Il faut avouer aussi que ce Cormont s'est conduit de la manière la plus gauche. Enfin il n'était point aimé, et notre petit Dupuits l'est; il n'y a pas à répondre à cela.

Je ne cesse d'importuner mes anges, et de leur demander pardon de mes importunités : c'est ma destinée; mais que M. d'Argental me parle donc de ses yeux! car, comme je suis en train de perdre les miens, je voudrais savoir en quel état les siens se trouvent. Il ne m'en dit jamais mot; cela vaut pourtant la peine qu'on en parle.

MMMDCCXLIX. — A M. THIROUX DE CROSNE [1], MAÎTRE DES REQUÊTES, ETC.

A Ferney, le 30 janvier.

Monsieur, je me crois autorisé à prendre la liberté de vous écrire; l'amour de la vérité me l'ordonne.

Pierre Calas, accusé d'un fratricide, et qui en serait indubitablement coupable si son père l'eût été, demeure auprès de mes terres; je l'ai vu souvent. Je fus d'abord en défiance; j'ai fait épier, pendant quatre mois, sa conduite et ses paroles; elles sont de l'innocence la plus pure et de la douleur la plus vraie. Il est près d'aller à Paris, ainsi que sa mère, qui n'a pu ignorer le crime, supposé qu'il ait été commis, qui, dans ce cas, en serait complice, et dont vous connaissez la candeur et la vertu.

Je dois, monsieur, avoir l'honneur de vous parler d'un fait dont les avocats n'étaient point instruits; vous jugerez de son importance.

La servante catholique, et qui a élevé tous les enfants de Calas, est encore en Languedoc; elle se confesse et communie tous les huit jours; elle a été témoin que le père, la mère, les enfants, et Lavaysse, ne se quittèrent point dans le temps qu'on suppose le parricide commis. Si elle a fait un faux serment en justice pour sauver ses maîtres, elle s'en est accusée dans la confession; on lui aurait refusé

1. Depuis lieutenant général de police, mort sur l'échafaud en 1794. (ÉD.)

l'absolution, elle ne communierait pas. Ce n'est pas une preuve juridique; mais elle peut servir à fortifier toutes les autres; et j'ai cru qu'il était de mon devoir de vous en parler.

L'affaire commence à intéresser toute l'Europe. Ou le fanatisme a rendu une famille entière coupable d'un parricide, ou il a fasciné les yeux des juges jusqu'à faire rouer un père de famille innocent; il n'y a pas de milieu. Tout le monde s'en rapportera à vos lumières et à votre équité.

J'ai l'honneur d'être avec respect, etc.

MMMDCCL. — A M. DE CHENÉVIÈRES.

Janvier.

Je vous donne avis, mon cher ami, que je marie Mlle Corneille : je deviens aveugle; mais ce ne sera pas moi qui jouerai dans cette affaire le rôle de l'Amour; c'est un jeune gentilhomme de mon voisinage, dont les terres touchent les miennes : il a environ huit mille livres de rente; il est sage et doux, fort aimable, fort amoureux, et fort aimé. Je me flatte qu'ils seront tous deux heureux chez moi; leur bonheur fera le mien : je finis ma vie en vrai patriarche. Que dites-vous de la destinée de Mlle Corneille ? ne la trouvez-vous pas singulière ? Une nouvelle singularité, c'est que l'on joue *Dupuis* à la Comédie-Française, et que mon gendre s'appelle Dupuits. Je crois que vous et la sœur du pot [1] vous vous intéressez à cette nouvelle. Voilà l'occasion de faire de ces jolis vers dont vous me favorisez quelquefois. Pour moi, je peux faire des mariages, mais je ne puis plus faire d'épithalames. Je vous embrasse du meilleur de mon cœur.

MMMDCCLI. — DE LOUIS-EUGÈNE, DUC DE WURTEMBERG.

A Renan, ce 1er février.

Je préfère, monsieur, les marques que vous voulez bien me donner de votre amitié aux faveurs des héros et des rois. Celles-ci sont intéressées et trompeuses, tandis que j'ose regarder vos sentiments pour moi comme une sorte de récompense due au tendre attachement que je vous ai voué depuis si longtemps. Ce n'est pas d'aujourd'hui seulement que vous daignez m'aimer, et que je vous chéris et vous admire avec tout l'enthousiasme que vous savez si bien inspirer.

Je n'ai garde, monsieur, de charger mes épaules de l'orgueil d'un manteau; son poids m'accablerait. D'ailleurs c'est pour pouvoir être en veste que je suis venu habiter la Suisse. Cependant, comme la véritable philosophie consiste principalement dans la jouissance du bonheur, je me crois, lorsque je suis à Ferney, plus philosophe que Socrate et que vous-même; car j'ose penser que vous ne fûtes jamais aussi heureux que je le suis alors.

Encore suis-je heureux quand je me trouve auprès de la tendre épouse qui a su fixer mon cœur. Elle est simple, ingénue, pleine de douceur, de sens, et de vertus. Nous nous aimons avec une ardeur

---

1. La duchesse d'Aiguillon (ÉD.)

égale ; le jour elle est mon amie, la nuit je suis son amant, et nous ne nous souvenons du titre d'époux que parce qu'il constate notre bonheur, et que nous chérissons également tous les liens qui nous unissent davantage. Vous voyez bien, monsieur, que, dans ce sens, il m'est facile d'être un peu philosophe.

Les regards de ses deux grands yeux noirs pleins de feu vous exprimeraient bien plus vivement que ma faible plume la reconnaissance qu'elle vous porte de l'intérêt que vous daignez prendre à notre situation. Aussi espère-t-elle, quand sa santé le lui permettra, de venir à Ferney vous rendre cette espèce d'hommage, qui certes ne vous déplaira pas. Voilà, mon cher maître, les nouvelles les plus fraîches de mon cœur, sur lequel vous vous êtes acquis tant de droits. Elles ne ressemblent pas à celles de la gazette, car elles sont toutes bien vraies.

J'oubliais de vous dire que j'ai renoncé à toutes mes starosties. Je ne suis plus aujourd'hui que ce que j'ai toujours été, votre ami et votre admirateur ; et ces titres me sont bien plus chers que tous ceux que la vanité accorde.

C'est du fond de Renan et de nos brouillards que j'ose présenter mes hommages aux heureux habitants de Ferney. Sensible à l'honneur de leur souvenir et de leurs bontés, je me hâterai de venir les joindre, et de grossir votre cour le plus tôt qu'il me sera possible.

Que le papa daigne se charger de mes vœux pour son aimable fille [1]. Je désire que le nouvel état qu'elle va embrasser la rende aussi heureuse que je le suis. C'est tout ce que je peux lui souhaiter de plus agréable et de plus doux. Je l'aime, puisqu'elle paraît ajouter à votre gloire la réputation de bienfaisance que vos actions respirent autant que vos écrits immortels.

Recevez les assurances de l'amitié la plus sincère et la plus invariable.

MMMDCCLII. — A M. COLINI,

A Ferney, 1ᵉʳ février.

Je fais un effort pour vous écrire, mon cher Colini ; car je vois à peine mon papier. Je deviens aveugle ; et si jamais je fais ma cour à Leurs Altesses Electorales, je me ferai conduire par un petit chien. Si vous êtes dans l'intention d'imprimer *Olympie*, je vous prie de faire une petite préface par laquelle il paraisse, et comme il est vrai que je n'ai nulle part à l'impression. Si mes amis de Paris pouvaient s'imaginer que je fais imprimer cette pièce en pays étranger, au lieu de la donner en France, ils m'en sauraient mauvais gré avec raison. Je vous assure d'ailleurs que l'ouvrage acquerra un nouveau prix, s'il en a quelqu'un, par une préface de votre main. Je vous serai plus obligé que vous ne me l'êtes. *Addio, caro !*

---

1 Mlle Corneille. (ÉD.)

MMMDCCLIII. — A M. DAMILAVILLE.

1er février.

J'ai pris la liberté, mon cher frère, d'écrire à M. Daguesseau et à M. de Crosne la lettre dont je vous envoie copie. Je ne sais si MM. de Beaumont, Mariette et Loyseau, ne feraient pas bien de présenter requête contre l'insolence du présidial de Montpellier, qui a fait saisir leurs factums. Il me semble que c'est outrager à la fois le conseil à qui on les a présentés, et les avocats qui les ont faits. Si les avocats n'ont pas le droit de plaider, il n'y aura donc plus ni droit ni loi en France. Je m'imagine que ces trois messieurs ne souffriront pas un tel outrage. Il n'appartient qu'aux juges devant qui l'on plaide de supprimer un factum, en le déclarant injurieux et abusif; mais ce n'est pas assurément aux parties à se faire justice elles-mêmes. J'espère surtout que cette démarche du présidial de Montpellier, commandée par le parlement de Toulouse, sera une excellente pièce en faveur des Calas. On ne doit plus regarder les juges du Languedoc que comme des criminels qui cherchent à écarter les preuves de leur crime des yeux de leur province.

Je serais bien fâché, mon cher frère, que le libraire Cramer eût apporté un exemplaire de l'*Essai sur les mœurs* à Paris, s'il l'avait déposé en d'autres mains que les vôtres : non-seulement il y manque les cartons nécessaires pour les fautes d'impression, mais pour les miennes. Nous étions convenus, malgré la loi de l'histoire, de supprimer des vérités, et surtout celles dont vous me parlez; les corrections sont faites, mais elles ne sont pas placées dans les quatre tomes qui sont entre vos mains. Donnez-vous, à votre loisir, mon cher frère, le plaisir ou le dégoût de les parcourir; et si vous y trouvez quelque vérité qu'il faille encore immoler aux convenances, ayez la bonté de m'en avertir.

Que cette édition soit munie ou non d'une permission, qu'elle entre ou non dans le royaume, c'est l'affaire des Cramer, et non la mienne; je leur ai fait présent du manuscrit : ils entendent assez bien leurs intérêts pour débiter leur marchandise.

Catherine s'immortalise par sa lettre, et frère Dalembert par ses refus. Ainsi donc on avertit de mille lieues notre ministère que nous avons dans notre patrie des hommes d'un génie supérieur.

C'est une aventure assez comique que celle que j'ai eue avec Pindare Le Brun, en vous envoyant un paquet pour lui, dans le temps que vous me dépêchiez ses rabâchages contre moi. Je lui fais part, dans ce paquet, du mariage de Mlle Corneille, qui est le fruit de sa belle ode; je lui envoie des lettres pour Mlles de Vilgenou et Félix, nièces de M. du Tilet, qui, les premières, tirèrent Mlle Corneille de son état malheureux, et auxquelles elle doit une reconnaissance éternelle. Je l'accable de politesses qui doivent lui tenir lieu de châtiment.

Je vous embrasse bien cordialement, mon cher frère *Écr. l'inf.*...

Je rouvre ma lettre pour supplier mon frère de faire parvenir mon certificat de vie à de Laleu, notaire; car enfin je suis en vie encore, et c'est assurément pour vous aimer.

MMMDCCLIV. — A MADAME LA MARGRÂVE DE BADE-DOURLACH.

Au château de Ferney, par Genève, 4 février.

Madame, j'aime mieux avoir l'honneur d'écrire à Votre Altesse Sérénissime d'une main étrangère, que de ne vous point écrire du tout. Je deviens presque aveugle, et il ne faut pas l'être quand on veut faire sa cour à Carlsruhe. J'apprends avec bien de la douleur que Votre Altesse Sérénissime a été malade tout comme une autre; la beauté et le mérite ne guérissent de rien; les médecins ne guérissent pas davantage; il n'y a que le régime qui rétablisse la santé.

Je ne suis point en état, madame, de venir me mettre à vos pieds; que feriez-vous d'un vieil aveugle? Mais si quelqu'un de mes enfants peut trouver grâce devant vos yeux, ils viendront demander votre protection.

Je marie dans quelques jours la nièce de Pierre Corneille à un jeune gentilhomme de mon voisinage; la consolation de la vieillesse est de rendre la jeunesse heureuse. S'il faisait plus beau, et si j'étais moins décrépit, je mènerais la noce danser devant votre château, comme faisaient les anciens troubadours; nous y chanterions les plaisirs de la paix, dont l'Allemagne avait besoin comme nous.

J'espère dans quelques semaines envoyer à vos pieds le second tome de la vie de Pierre le Grand, ne pouvant le porter moi-même. Votre Altesse Sérénissime y verra des choses assez curieuses; mais ma plume ne vaut pas vos crayons, et mes peintures ne valent pas vos pastels.

La czarine régnante a grande envie d'imiter la reine Christine, non pas en abdiquant, mais en cultivant les arts et les sciences; on la dit fort belle et fort aimable; voilà quatre impératrices tout de suite; cela tourne un peu la loi salique en ridicule. Pour moi, madame, depuis que j'ai eu l'honneur de vous faire ma cour, j'ai toujours souhaité que les femmes gouvernassent.

Agréez le profond respect avec lequel je serai toute ma vie, madame, de Votre Altesse Sérénissime, etc.

MMMDCCLV. — A M. DALEMBERT.

4 février.

Mon cher et illustre confrère, il semble que si quelques pédants ont attaqué en France la philosophie, ils ne s'en sont pas bien trouvés, et qu'elle a fait une alliance avec les puissances du Nord. Cette belle lettre de l'impératrice de Russie vous venge bien; elle ressemble à la lettre que Philippe écrivit à Aristote le jour de la naissance d'Alexandre.

Je me souviens que dans mon enfance je n'aurais pas imaginé qu'on écrirait un jour de pareilles lettres de Moscou à un académicien de Paris. Je suis du temps de la création, et voilà quatre femmes de suite [1] qui ont perfectionné en Russie ce qu'un grand homme y avait commencé. Votre galanterie française doit quelques compliments au sexe féminin sur cette singularité dont l'histoire ne fournit aucun exemple.

1. Catherine Ire, Anne, Élisabeth, Catherine II. (Éd.)

La belle lettre que celle de Catherine ! Ni sainte Catherine de Sienne, ni sainte Catherine de Bologne, ni sainte catherine d'Alexandrie, n'en auraient jamais écrit de pareilles. Si les princesses se mettent ainsi à cultiver leur esprit, la loi salique n'aura pas beau jeu. Ne remarquez-vous pas que les grands exemples et les grandes leçons nous viennent du Nord ? Les Newton, les Locke, les Gustave, les Pierre le Grand, et gens de cette espèce, ne furent point élevés à Rome dans le collége de la Propagande.

J'ai parcouru, ces jours derniers, une grosse apologie des jésuites pleine d'*ithos* et de *pathos* [1]. On y fait le dénombrement des grands génies qui illustrent notre siècle; ils sont tous jésuites. C'est, dit l'auteur, un Perusseau, un Neuville, un Griffet, un Chapelain, un Baudori, un Buffier, un Desbillons, un Castel, un La Borde, un Briet, un Pezenas, un Garnier, un Simonet, un Huth, et enfin ce Berthier, ajoute-t-on, qui a été si longtemps l'oracle des gens de lettres.

Je suis assez comme M. Chicaneau, je ne connais pas un de ces gens-là, excepté frère Berthier, que je croyais mort sur le chemin de Versailles; mais enfin je suis ra... que la France ait encore tant de grands hommes.

On dit aussi que l'on compte parmi ces sublimes génies un M. Le Roi, prédicateur de Saint-Eustache, qui prêche contre les philosophes avec l'éloquence du R. P. Garasse.

A vous parler sérieusement, je trouve que si quelque chose fait honneur à notre siècle, ce sont les trois factums de MM. Mariette, Elie de Beaumont, et Loyseau, en faveur de la famille infortunée des Calas.

Employer ainsi son temps, sa peine, son éloquence, son crédit, et, loin de recevoir aucun salaire, procurer des secours à des opprimés; c'est là ce qui est véritablement grand, et ce qui ressemble plus au temps des Cicéron et des Hortensius qu'à celui de Briet, de Huth, et de frère Berthier. Je m'embarrasse fort peu du jugement qu'on rendra; car, Dieu merci, l'Europe a déjà jugé, et je ne connais de tribunal infaillible que celui des honnêtes gens de différents pays, qui pensent de même, et composent, sans le savoir, un corps qui ne peut errer, parce qu'ils n'ont pas l'esprit de corps.

Je ne sais ce que c'est que le petit libelle dont vous me parlez, où l'on me dit des injures à propos d'un examen de quelques pièces de Crébillon. Je ne connais ni cet examen ni ces injures; j'aurais trop à faire s'il fallait lire tous ces rogatons. Pierre le Grand et le grand Corneille m'occupent assez: j'en suis malheureusement à *Pertharite*, et je marie sa nièce pour me consoler. Nous mettrons dans le contrat de mariage qu'elle est cousine germaine de Chimène, et qu'elle ne reconnaît pour ses parents ni Grimoald ni Unulphe [2]. Elle pourra bien avoir fait un enfant avant que l'édition soit achevée. Beaucoup de

1. *Apologie générale de l'institut et de la doctrine des jésuites*, par Cerutti. (ÉD.)
2. Personnages de *Pertharite*. (ÉD.)

grands seigneurs ont souscrit très-généreusement; les graveurs disent que leurs noms ne sont pas des lettres de change.

J'envoie à l'Académie l'*Héraclius* espagnol, que j'ai traduit de Calderon, et qui est imprimé avec l'*Héraclius* français. Vous jugerez quel est l'original de Calderon ou de Corneille; vous pâmerez de rire. Cependant vous verrez qu'il y a de temps en temps dans le Calderon de bien brillantes étincelles de génie. Vous recevrez aussi bientôt une certaine *Histoire générale*. Le genre humain y est peint cette fois de trois quarts; il ne l'était que de profil aux autres éditions. Quoique je sois bien vieux, j'apprends tous les jours à le connaître.

Adieu, mon illustre philosophe; je suis obligé de dicter, je deviens aveugle comme La Motte; quand l'abbé Trublet le saura [1], il trouvera mes vers meilleurs.

MMMDCCLVI. — A M. LE COMTE D'ARGENTAL.

A Ferney, 6 février.

Nous commençons par dire que nos anges sont toujours aussi injustes qu'adorables. Ils ont condamné Marie Corneille pour n'avoir point écrit depuis longtemps à père et mère, à Mlles de Vilgenou et de Félix, et même à l'étonnant Le Brun; et cependant Marie avait rempli tous ses devoirs, sans oublier même ce Le Brun.

Nos anges gardiens condamnent ladite Marie pour n'avoir point demandé le consentement de père et mère à son mariage; et nos anges doivent avoir entre leurs mains la lettre de Marie à père et mère, accompagnée de la mienne.

Nos anges ont condamné M. Dupuits pour n'avoir point écrit au beau-père et à la belle-mère futurs; et la lettre de M. Dupuits doit avoir été adressée à nos anges mêmes : M. Dupuits m'assure qu'il a pris cette liberté.

Il ne nous manque que de savoir la demeure du père Corneille; car, jusqu'à ce que nous soyons instruits, nous ne pouvons mettre qu'à *monsieur, monsieur Corneille, dans les rues.*

Vous demandez les noms et qualités du gendre et de ses père et mère, et vous devez les avoir reçus avec une lettre de Mme Denis et une de M. Dupuits. Il ne me reste qu'à vous demander pardon pour Mme Denis, qui oublia d'envoyer le paquet à l'adresse de M. de Courteilles.

Vous voyez donc, mes chers anges, que nous avons rempli tous nos devoirs dans la plus grande exactitude. Je vous confie que Mme Denis craint beaucoup que la tête de François Corneille ne ressemble à *Pertharite, Agésilas, Suréna*, et ne soit fort mal timbrée. Je n'ai su que depuis quelques jours que, dans le voyage que fit chez moi François Corneille lorsque j'étais très-malade, François dit à Marie : « Gardez-vous surtout de vous marier jamais; je n'y consentirai point : fuyez le mariage comme la peste; ma fille, point de mariage, je vous en prie. »

Je vous confie encore une autre douleur de Mme Denis : elle tremble

---

1. L'abbé Trublet était grand admirateur de La Motte. (ÉD.)

que les réponses ne viennent pas assez tôt, qu'elle ne soit obligée de marier Marie en carême; qu'il faille demander une permission à l'évêque d'Annecy, difficile à obtenir; que ses perdrix de Valais, ses coqs de bruyère, ne soient inutiles, et qu'on ne soit réduit à manger des carpes et des truites un jour de noce, attendu que M. le comte d'Harcourt et compagnie, qui seront de la noce, sont d'excellents catholiques. Pour moi, qui ne suis ni papiste ni huguenot, et qui depuis un mois ne me mets point à table, j'avoue ingénument que je suis de la plus grande indifférence sur le gras et sur le maigre :

> Je ne sers ni Baal ni le dieu d'Israël,
>
>   Racine; *Athalie*, acte III, scène III.

et je ne mange ni coq de bruyère ni truite.

Je suis profondément affligé que Son Altesse Philibert Cramer se soit mêlée de la négociation entre M. le contrôleur général et M. Tronchin, pour la souscription du roi; je l'avais priée, par son frère le libraire, de n'en rien faire, parce qu'il ne tenait qu'à moi de toucher huit mille livres du roi pour Mlle Corneille par les mains de M. de La Borde, et qui s'en serait bien fait rembourser. Il aurait donné même dix mille livres.

Vous avez très-grande raison, mes divins anges, de dire que les rentes viagères ne conviennent point. Je vois que Philibert veut avoir pour lui les rentes viagères, et payer les dix mille livres; je suis bien aise qu'il soit en état de faire ces virements de parties, et qu'il ait fait avec moi cette petite fortune.

A l'égard de Sa Majesté, si nous pouvions obtenir qu'il fût permis de mettre dans le contrat qu'elle daigne donner huit ou dix mille livres, cela n'empêcherait pas de lui envoyer tant d'exemplaires de Corneille qu'elle en voudrait; ce serait seulement une chose très-honorable pour Mlle Corneille, pour les lettres, et pour nous. J'en ai écrit à M. le duc de Choiseul. Si la chose se fait, tant mieux; sinon il faudra se consoler comme de toutes les choses de ce monde, et assurément le malheur est léger.

Toutes ces terribles affaires, mes divins anges, n'empêcheront point que vous n'ayez l'amoureuse Zulime, le bon Bénassar, et le froid Ramire, avec la manière absolument nécessaire dont il faut jouer la dernière scène. Cela sera joint à une p.... préface, en forme de lettre, à la demoiselle Clairon, attendu que la pièce est tout amour, et que nous disserterons beaucoup sur cette passion agréable et honnête. Daignez donc me mander quand vous voudrez jouer *Zulime*, et alors tous vos ordres seront exécutés.

Je reviens, avec votre permission, mes anges, à notre mariage, qui m'intéresse plus que celui d'Atide et de Ramire. En voilà déjà un de rompu; il ne faut pas qu'il arrive la même chose à l'autre. Est-il vrai que François Corneille soit aussi têtu qu'imbécile, et diamétralement opposé à l'hymen de Marie? En ce cas, il faudrait lui détacher Mlle Félix, qui sait comme il faut le conduire, et le mettre à la charrue sans qu'il regimbe; mais je ne sais point la demeure de Mlle Félix.

Quand nous lui avons écrit, c'était par le canal du pindarique Le Brun. Nous ne savons encore si nos lettres ont été reçues, et il me paraît difficile que j'aie un commerce bien régulier avec cet élève de Pindare. Le mieux serait de ne point lâcher les vingt-cinq louis à François qu'il n'eût signé; et si, par une impertinence imprévue, François refusait d'écrire tout ce qu'il sait, c'est-à-dire d'écrire son nom, alors François de Voltaire, qui est la justice même, le laisserait mourir de faim, et il ne tâterait jamais des souscriptions. Marie Corneille est majeure dans deux mois, nous la marierions malgré François, et nous abandonnerions le père à son sens réprouvé.

Calmez-vous, mes chers anges, sur la fatale feuille qui déplairait tant à *messieurs*[1]. Cette feuille n'a point été tirée, je l'ai bien empêché. Philibert Cramer a très-mal fait de la coudre à son exemplaire. Je sentis bien que ces mots: « Cent quatre-vingts membres se démirent de leurs charges; les murmures furent grands dans la ville, et le roi fut assassiné, etc. : » que ces mots, dis-je, pourraient faire soupçonner à des grammairiens que cet assassinat fut le fruit immédiat du lit de justice, comme en effet Damiens l'avoua dans ses interrogatoires à Versailles et à Paris. Je sais bien qu'il est permis de dire une vérité que le parlement a fait imprimer lui-même; mais j'ai bien senti aussi que le parlement serait fâché qu'on vît dans l'histoire ce qu'on voit dans le procès-verbal. Cette seule particule *et* est un coup mortel. Un seul mot peut quelquefois causer un grand mal. Cette même particule, très-mal expliquée par M. de Silhouette dans le traité d'Utrecht, a causé la dernière guerre, dans laquelle nous avons perdu le Canada. Je ne perdrais pas même Ferney, car je l'ai donné à ma nièce; mais malgré mon juste ressentiment contre l'infâme condamnation de *la Loi naturelle*[2], je fis jeter au feu cette feuille; je mis à la place : « Ces émotions furent bientôt ensevelies dans une consternation générale, par l'accident le plus imprévu et le plus effroyable : le roi fut assassiné, le 5 de janvier, dans la cour de Versailles, etc. » J'ai inséré même des choses trop flatteuses pour le parlement dans la même feuille; et je dis expressément: « Le parlement faisait voir qu'il n'avait en vue que le bien de l'État, et qu'il croyait que son devoir n'était pas de plaire, mais de servir. » En un mot, j'ai tourné les choses de manière que, sans blesser la vérité, j'ai tâché de ne déplaire à personne. D'ailleurs, dans toute l'histoire de Damiens, je me borne uniquement à citer les interrogatoires. Au reste, l'ouvrage n'est pas encore achevé d'imprimer.

Ce dimanche 6, sexagésime, nous venons de fiancer nos futurs; de là je conclus qu'il faut que François se presse.

Voici, mes anges, une lettre de M. Dupuits, par laquelle il vous remercie de toutes vos bontés.

Je me prosterne devant mes deux anges gardiens.

---

1. Les conseillers au parlement. (ÉD.)
2. La condamnation est du 6 février 1759. (ÉD.)

MMMDCCLVII. — A MADAME LA COMTESSE D'ARGENTAL

9 février.

Madame ange, nos lettres se croisent comme les conversations de Paris. Celle-ci est une action de grâces de la part de Mme Denis, qui a un érésipèle, un point de côté, la fièvre, etc.; de la part de mon cornette de dragons, qui se jette à vos pieds, et qui baise le bas de votre robe avec transport; de la part de Marie Corneille, qui vous écrirait un volume, si elle savait l'orthographe; et enfin de la part de moi, aveugle, qui réunis tous leurs sentiments de respect et de reconnaisance. Il n'y a rien que vous n'ayez fait : vous échauffez les abbés de La Tour du Pin, vous allez exciter la générosité des fermiers généraux. Il n'y a qu'un point sur lequel j'ose me plaindre de vous : c'est que vous avez omis la permission de la signature d'honneur de mes deux anges. Je vous avertis que j'irai en avant, et que le contrat de Marie sera honoré de votre nom; vous me désavouerez après si vous voulez.

J'ai reçu aujourd'hui une lettre de Mme de Cormont. Elle demande pardon pour son dur mari; elle me conjure de donner Mlle Corneille à son fils; je lui réponds que la chose est difficile, attendu que Mlle Corneille est fiancée à un autre. Il y a de la destinée dans tout cela, et je crois fermement à la destinée, moi qui vous parle. Celle de M. Le Franc de Pompignan est de me faire toujours pouffer de rire (moi et le public s'entend). O la plaisante chose que son sermon et la relation de sa dédicace! On est trop heureux qu'il y ait de pareilles gens dans le monde.

J'insiste pour que mon neveu d'Hornoy soit conseiller au parlement. Il ne fera jamais tant de bruit que l'abbé de Chauvelin; mais enfin il sera tuteur des rois, et fera brûler son oncle tout comme un autre. En vérité, *messieurs* sont bien tendres aux mouches. S'ils criaient pour une particule conjonctive, je leur dirais : « Messieurs, vous avez oublié la grammaire que les jésuites vous avaient enseignée. »

Tout le public murmura, et le roi fut assassiné. Quel rapport cette phrase peut-elle avoir avec le parlement de Paris? je présenterais requête au roi et à son conseil, comme les Calas; mais ce serait avant d'être roué; et je ferais l'Europe juge entre le parlement et la grammaire. Je vous parle ainsi, mes anges, parce que je vous crois plutôt ministres d'un petit-fils de Louis XIV que partisans de la fronde. Il est doux de dire ce qu'on pense à ses anges. Je vous avoue que je suis comme Platon; je n'aime pas la tyrannie de plusieurs. Je sais que le parlement ne m'aime guère, parce que j'ai dit dans le *Siècle de Louis XIV* des vérités que je ne pouvais taire. Ce motif d'animosité n'est pas trop honorable. Je vous ai dit tout ce que j'avais sur le cœur, cela me pesait. Mais que vos bontés pour moi ne s'alarment point; je vous réponds qu'il ne subsiste aucune particule qui puisse déplaire.

Parlons du *tripot* pour vous égayer.

On dit que la très-sublime Clairon ne veut pas ôter le rôle de Marianne à la très-dépenaillée Gaussin. Que voulez-vous? ce n'est pa ma faute; je ne peux rendre ni le hommes ni les filles raisonnables. Qui est-ce qui se rend justice? quel est le prédicateur de Saint-Roch qui ne croie surpasser Massillon ?

Je me rends justice, mes anges, en disant que mon cœur vous adore.

MMMDCCLVIII. — A M. DAMILAVILLE.

Février.

Mais, mon Dieu, pourquoi un libraire est-il assez imbécile pour avoir son magasin chez lui? il était si aisé de dérober une petite brochure aux yeux des infidèles et des fripons !

Voici pour amuser nos frères. Si cela n'est pas bon, du moins cela est gai. Je présume qu'on en donnera à frère Dalembert. L'hymne est assez plaisant à chanter avec des accompagnements[1].

J'ai actuellement une bibliothèque sur l'abolition de la société de Jésus. Avant-hier il y avait deux jésuites chez moi avec une nombreuse compagnie : nous jouâmes une parade, et la voici : j'étais M. le premier président, j'interrogeai mes deux moines; je leur dis : « Renoncez-vous à tous les privilèges, à toutes les bulles, à toutes les opinions, ou ridicules, ou dangereuses, que les lois de l'État réprouvent? jurez-vous de ne jamais obéir à votre général ni au pape, quand cette obéissance sera contraire aux intérêts et aux ordres du roi? jurez-vous que vous êtes citoyens avant d'être jésuites ? jurez-vous sans restriction mentale? » A tout cela ils répondirent : « Oui. » Et je prononçai : « La cour vous donne acte de votre innocence présente, et, faisant droit sur vos délits passés et futurs, vous condamne à être lapidés sur le tombeau d'Arnaud avec les pierres de Port-Royal. »

Je salue tous les frères : cependant *écr. l'inf....*

MMMDCCLIX. — A M. DUCLOS.

Au château de Ferney, 12 février.

Je croirais, monsieur, manquer à mon devoir, si je ne donnais part à l'Académie du mariage de l'unique héritière du nom de Corneille avec M. Dupuits, jeune gentilhomme plein de mérite, cornette de dragons dans le régiment de M. le duc de Chevreuse, gouverneur de Paris. Ses terres touchent aux miennes; rien n'était plus convenable. C'est un établissement avantageux. Mlle Corneille en est en partie redevable à la protection de l'Académie, qui a honoré en elle le nom du grand Corneille, et qui a favorisé les souscriptions de l'édition à laquelle je travaille continuellement, en faveur de sa nièce.

Je crois qu'il serait honorable pour la littérature que l'Académie daignât m'autoriser à signer pour elle au contrat de mariage. Le nom de Corneille peut mériter cette distinction. Vous me donneriez permission, monsieur, de mettre le nom du secrétaire perpétuel, de la part de l'Académie[2]; ou bien vous auriez la bonté de m'envoyer les noms de messieurs les académiciens présents, en m'autorisant à ho-

1. *Hymne chanté au village de Pompignan.* (ÉD.)
2. Duclos signa au nom de l'Académie. (ÉD.)

norer le contrat de leurs signatures. Ce dernier parti me paraît d'autant plus convenable que je compte signer pour M. le maréchal de Richelieu, comme doyen de l'Académie. J'attends les ordres de l'Académie, en laissant pour leur exécution une place dans le contrat.

Je vous prie, monsieur, de présenter à nos confrères mon profond respect.

MMMDCCLX. — DE M. DALEMBERT.

A Paris, ce 12 février.

Je commence à croire, mon cher et illustre maître, que le fanatisme pourrait bien avoir le même sort que l'empire romain, d'être détruit par les Tartares. Les souverains de la zone glaciale donneront ce grand exemple aux princes des zones tempérées; et Fontenelle eût dit à Catherine qu'elle est destinée à être l'aurore boréale de l'Europe. En attendant, je ris, à part moi, de la manière dont les choses sont arrangées dans ce meilleur des mondes possibles : au Midi, la philosophie persécutée, vilipendée sur le théâtre; au fond du Nord, une princesse qui la protège et qui la cultive :

C'est dommage, Garo, que tu n'es point entré
Au conseil de celui que prêche ton curé;
Tout en eût été mieux.

J'ai bien peur que Catherine d'Alexandrie, qui confondit, comme vous savez, les philosophes avec tant de succès, ne voie de fort mauvais œil l'accueil que leur fait Catherine de Russie, et ne se récuse pour sa patronne. Il faut espérer que la cour de Pétersbourg sera plus fidèle au traité qu'elle fait avec la philosophie, qu'elle ne l'a été à ceux qu'elle a faits avec le cardinal de Bernis. Il est vrai que le fruit de ces derniers a été de faire égorger un million d'hommes, et que la philosophie aura peut-être le bonheur d'en éclairer un plus grand nombre. Je ne sais pourtant si jusqu'ici elle doit se réjouir ou s'affliger, tant ses succès sont équivoques, du moins sur les bords de la Seine. Expliquez-moi par quelle fatalité la philosophie ne peut se résoudre à quitter ses bords, malgré les dégoûts qu'elle y éprouve et le peu de prosélytes qu'elle y fait. Les philosophes sont comme la femme du *Médecin malgré lui*, qui veut que son mari la batte. Il est vrai que, pour se dédommager, ils viennent de faire donner aux jésuites quelques coups de bâton, et qu'ils se flattent même d'être au moment d'en faire maison nette; il faudra voir ce que cela produira.

Je n'ai point lu l'*Apologie* des jésuites dont vous me parlez; mais je trouve la France fort à plaindre de perdre d'un coup de filet tant de grands génies. Il faut espérer que le collège de la Propagande en fera recrue. Nous pourrions même y ajouter par-dessus le marché ce prédicateur Le Roi, qui vraisemblablement n'est pas le roi des prédicateurs, et dont le nom, ignoré dans son quartier, a eu le bonheur de parvenir jusqu'à vous. Vous m'apprenez de Genève que M. Le Roi prêche à Paris. Je voudrais que les avocats de la famille infortunée des Calas eussent mis dans leurs mémoires moins de *pathos* et plus de pathétique; mais je conviens avec vous que leur zèle et leur désintéressement font un véritable honneur à notre siècle; tant de vertu me fait désirer une éloquence qui y réponde. Je plaindrais Mlle Corneille, si elle n'avait pour dot que les souscriptions des gens de Versailles. Tout le *Mercure* est infecté d'épitaphes de Crébillon, qui sont ignorées comme ses vers; voici celle que je ferais à quelqu'un de votre connaissance, à condition qu'elle ne servirait de longtemps : « Il fut l'auteur de *la Henriade*, etc., etc., et maria la nièce du grand Corneille. »

Avec cette épitaphe-là, on peut se passer d'un mausolée fait par Le Moine [1], et même d'être loué après sa mort dans le *Mercure*; mais en attendant les petits-cousins que vous allez donner à *Cinna*, puissiez-vous, mon cher maître, donner encore longtemps des frères à *Tancrède !* J'attends l'*Héraclius* de Calderon, mais je suis bien plus curieux de l'*Histoire générale*. Vous avez bien fait de n'y pas peindre le genre humain tout à fait de face; ce triste visage n'est pas bon à être vu dans toute la difformité de ses traits; je crains même qu'il ne se trouve trop hideux étant montré de trois quarts, et qu'il ne lui prenne envie de brûler le tableau, et de crier au feu contre le peintre, qui heureusement se trouvera à cent lieues des Omer et des Berthier. Adieu, mon cher et illustre philosophe; conservez bien vos yeux, sans quoi les fanatiques diraient que vous ressemblez à Tirésie, que les dieux aveuglèrent pour avoir révélé leur secret aux hommes. Vivez, voyez, et écrivez longtemps pour l'honneur des lettres, pour le progrès de la raison, et pour le bien de l'humanité; et souvenez-vous quelquefois qu'il y a sur les bords de la Seine un homme qui vous aime, vous honore, et vous admire, et qui vous eût conservé les mêmes sentiments sur les bords de la Sprée et sur ceux de la Néva.

MMMDCCLXI. — A M. LE COMTE D'ARGENTAL

13 février.

Mme Denis étant malade, le jeune Dupuits et Marie Corneille étant très-occupés de leur premier devoir, qui n'est pas tout à fait d'écrire, moi, l'aveugle V., entouré de quatre pieds de neige, je dicte la réponse à Mme d'Argental l'ange, du 7 de février; et voici comme je m'y prends.

Cujas, Charles Dumoulin, Tiraqueau, n'auraient jamais parlé plus doctement et plus solidement de la validité d'un contrat; et nous tombons d'accord de tout ce que disent nos anges. Je n'ai point vu le modèle de consentement paternel que Mme Denis avait envoyé à Mme d'Argental; elle écrit quelquefois sans daigner me consulter. Je ne sais quel est l'âne qui lui avait donné ce beau modèle de consentement. Le contrat est dressé dans toutes les règles et le mariage fait dans toutes les formes, les deux amants très-heureux, les parents enchantés; et, à nos neiges près, tout va le mieux du monde. Ce qu'il y a de bon, c'est que, quand même les souscriptions ne rendraient pas ce qu'on a espéré, le conjoint et la conjointe jouiraient encore

1. Nom du sculpteur à qui fut confié le mausolée de Crébillon. (ÉD.)

d'un sort très-agréable. Il ne nous reste donc qu'à nous mettre aux pieds de nos anges, et à les remercier du fond de notre cœur.

S'ils veulent s'amuser de cette terrible feuille qui devait tant déplaire à *messieurs*, la voici; elle est un peu contre ma conscience. Je veux bien que M. le coadjuteur sache qu'on trouve, à la feuille suivante, qu'un de *messieurs*, qui avait été traité avec plus de sévérité que les autres, fonda, dans son abbaye, à perpétuité, une messe pour la conservation du roi. J'ai cru ce trait digne d'être remarqué, j'ai cru qu'il peignait nos mœurs; et il y a environ douze batailles dont je n'ai point parlé, Dieu merci, parce que j'écris l'histoire de l'esprit humain, et non une gazette.

Je ne doute pas que vous n'ayez la petite addition à l'*Histoire générale*, sous le nom d'*Éclaircissements historiques*. Il ne m'importe guère qu'il y en ait peu ou beaucoup d'exemplaires répandus; cela n'est bon d'ailleurs que pour un certain nombre de personnes qui sont au fait de l'histoire, le reste de Paris n'étant qu'au fait des romans.

Passons de l'histoire au *tripot*. Mon avis est que, ce carême, on donne *Zulime*, suivant la petite leçon que j'ai envoyée. Pendant ce temps-là j'achèverai une belle lettre scientifique sur l'amour, j'entends l'amour du théâtre, dédiée à Mlle Clairon.

Au reste, le débit de *Zulime* est un très-mince objet, et je doute qu'il se trouve un libraire qui en donne cinq cents livres, encore voudra-t-il un abandon de privilége, comme a fait ce petit misérable Prault; ce qui gêne extrêmement l'impression du *Théâtre* de V. Les libraires sont comme les prêtres, ils se ressemblent tous. Il n'y a aucun qui ne sacrifiât son père et sa mère à un petit intérêt typographique.

Je pense qu'il ne serait pas mal de faire un petit volume de *Zulime*, *Mariamne*, *Olympie*, *le Droit du seigneur*, et d'exiger du libraire qu'il donnât une somme honnête à Mlle Clairon et à Lekain, soit que ce libraire fût Cramer, soit un autre.

Mais mes anges ne me parlent jamais de ce qui se passe dans le royaume du *tripot*; ils ne me disent point si Mlle *Dupuis* et M. *Desronais* enchantent tout Paris; si Goldoni est venu apporter en France la véritable comédie; si l'Opéra-Comique est toujours le spectacle des nations; s'il est vrai qu'il y a deux jésuites qui vendent de l'orviétan sur le pont Neuf. Jamais mes anges ne me disent rien ni des livres nouveaux, ni des nouvelles sottises, ni de tout ce qui peut amuser les honnêtes gens; rien sur l'abbé de Voisenon, rien même sur les Calas, objet très-important, dont je n'ai aucune notion depuis huit jours. Cela n'empêche pas que je ne baise avec transport le bout des ailes de mes anges.

MMMDCCLXII. — A M. DAMILAVILLE.

13 février.

Mon cher frère, si vous n'avez pas des *Éclaircissements historiques*, en voici. Il est assez plaisant qu'on puisse imprimer la calomnie, et qu'on ne puisse pas imprimer la justification. Je joins à ces deux exemplaires la véritable feuille de l'*Essai sur les mœurs*, de laquelle assurément *messieurs* doivent être contents, à moins qu'ils ne soient extrêmement difficiles. Comme il n'y a rien dans cette feuille qui ne se trouve dans le procès de Damiens, que le parlement lui-même a fait imprimer, je ne vois pas que *messieurs* aient le moindre prétexte de me traiter comme les jésuites : d'ailleurs j'aime la vérité, et je ne crains point *messieurs*; je suis à l'abri de leur greffier. Au reste, il me semble qu'il y a, à la page 325, une chose bien flatteuse pour un de *messieurs* [1].

Quant à la roture de *messieurs*, il faudrait être aussi ignorant qu'un jeune conseiller au parlement, pour ne pas savoir que jamais les simples conseillers ne furent nobles. Voyez le chapitre *De la noblesse*, c'est bien pis; les chanceliers n'étaient pas nobles par leur charge, ils avaient besoin de lettres d'anoblissement. Quand on écrit l'histoire, il faut dire la vérité, et ne point craindre ceux qui se croient intéressés à l'opprimer.

Le traité sur l'*Éducation* [2] me paraît un très-bon ouvrage, et, pour tout dire, digne de l'honneur que frère Platon-Diderot lui a fait d'en être l'éditeur.

Si frère Thieriot ne sait pas l'air de Béchamel, je vais vous l'envoyer noté; car il faut avoir le plaisir de chanter :

Vive le roi et Simon le Franc!

Avez-vous entendu parler de la pièce [3] dont M. Goldoni a régalé le Théâtre-Italien? a-t-elle du succès? joue-t-on encore le vieux *Dupuis et M. Desronais* [4]? J'avais prié mon cher frère de m'envoyer ce *Dupuis*; j'attendais le *Discours* de mon confrère l'évêque de Montrouge [5]; il m'avait écrit qu'il me l'envoyait; mais point de nouvelles : M. l'évêque est occupé auprès de quelques filles de l'Opéra-Comique. Mais c'est à frère Thieriot que j'en veux. Il est bien cruel qu'il n'ait pas encore cherché les *Dialogues de Grégoire le Grand*. Je les avais autrefois; c'est un livre admirable en son espèce; la bêtise ne peut aller plus loin.

Je reçois *Tout le monde a tort* [6]; ce *Tout le monde a tort* ne serait-il point de Mme Bellot? Il me paraît qu'une ironie de soixante pages, en faveur des jésuites, pourrait être dégoûtante. Je reçois aussi la belle et bonne lettre de mon frère, le tout enveloppé dans un papier destiné aux opérations du vingtième. Je suis toujours émerveillé que mon frère, enseveli dans ses occupations désagréables, ait du temps de reste pour les belles-lettres et pour la philosophie.

1. C'est la phrase concernant la messe fondée par l'abbé de Chauvelin. (ÉD.)
2. Attribué à Diderot; plus probablement de Crévier. (ÉD.)
3. L'*Amour paternel*, comédie de Goldoni. (ÉD.)
4. Comédie de Collé. (ÉD.) — 5. L'abbé de Voisenon. (ÉD.)
6. *Tout le monde a tort, ou Jugement impartial d'une dame philosophe sur l'affaire des jésuites.* (ÉD.)

MMMDCCLXIII. — A M. DE LA MICHODIÈRE, INTENDANT DE ROUEN.

A Ferney, le 13 février.

Si j'avais des yeux, monsieur, j'aurais l'honneur de vous remercier, de ma main, de la lettre dont vous avez bien voulu m'honorer. Recevez mes très-humbles compliments pour vous et M. Thiroux de Crosne, sur le mariage de madame votre fille. Celui de Mlle Corneille n'est pas si brillant; je l'ai donnée à un jeune gentilhomme nommé Dupuits, dont les terres sont voisines des miennes. Il n'est encore que cornette de dragons; mais il a un avantage commun avec M. de Crosne, celui d'être heureux par la possession de sa femme.

L'affaire que M. de Crosne rapporte est un peu éloignée des agréments dont il jouit; elle est bien funeste, et je n'en connais guère de plus honteuse pour l'esprit humain. J'ai pris la liberté d'écrire à M. de Crosne sur cette affaire. Je dois me regarder en quelque façon comme un témoin. Il y a plusieurs mois que Pierre Calas, accusé d'avoir aidé son père et sa mère dans un parricide, est dans mon voisinage avec un autre de ses frères. J'ai balancé longtemps sur l'innocence de cette famille; je ne pouvais croire que des juges eussent fait périr, par un supplice affreux, un père de famille innocent. Il n'y a rien que je n'aie fait pour m'éclaircir de la vérité; j'ai employé plusieurs personnes auprès des Calas, pour m'instruire de leurs mœurs et de leur conduite; je les ai interrogés eux-mêmes très-souvent. J'ose être sûr de l'innocence de cette famille comme de mon existence : ainsi j'espère que M. de Crosne aura reçu avec bonté la lettre que j'ai eu l'honneur de lui écrire. Ce n'est pas une sollicitation que j'ai prétendu faire; ce n'est qu'un hommage que j'ai cru devoir à la vérité. Il me semble que les sollicitations ne doivent avoir lieu dans aucun procès, encore moins dans une affaire qui intéresse le genre humain; c'est pourquoi, monsieur, je n'ose même vous supplier d'accorder vos bons offices; on ne doit implorer que l'équité et les lumières de M. de Crosne. Vous avez lu les factums, et je regarde l'affaire comme déjà décidée dans votre cœur et dans celui de monsieur votre gendre.

J'ai l'honneur d'être avec bien du respect, etc.

MMMDCCLXIV. — A M. LE MARQUIS DE CHAUVELIN.

A Ferney, 13 février.

Je deviens à peu près aveugle, monsieur. Un petit garçon, qui passe pour être plus aveugle que moi, et qui vous a servi comme s'il était clairvoyant, s'est un peu mêlé des affaires de Ferney. Ce fut hier que le mariage fut consommé; je comptais avoir l'honneur d'en écrire à Votre Excellence. Deux époux qui s'aiment sont les vassaux naturels de madame l'ambassadrice et de vous. Je goûte le seul bonheur convenable à mon âge, celui de voir des heureux. Il y a de la destinée dans tout ceci; et où n'y en a-t-il point?

J'arrive au pied des Alpes, je m'y établis; Dieu m'envoie Mlle Corneille, je la marie à un jeune gentilhomme qui se trouve tout juste mon plus proche voisin; je me fais deux enfants que la nature ne m'avait point donnés; ma famille, loin d'en murmurer, en est charmée : tout cela tient un peu du roman.

Pour rendre le roman plus plaisant, c'est un jésuite qui a marié mes deux petits. Joignez à tout cela la naïveté de Mlle Corneille, à présent Mme Dupuits; naïveté aussi singulière que l'était la sublimité de son grand-père.

Je jouis d'un autre plaisir, c'est celui d'un succès de l'affaire des Calas : elle a déjà été rapportée au conseil de la manière la plus favorable, c'est-à-dire la plus juste. Ceci est bien une autre preuve de la destinée. La veuve Calas était mourante auprès de Toulouse; elle était bien loin de venir demander justice à Paris. Elle disait : « Si le fanatisme a roué mon mari dans la province, on me brûlera dans la capitale. » Son fils vient me trouver au milieu de mes neiges. Quel rapport, je vous prie, d'une roue de Toulouse à ma retraite! Enfin nous venons à bout de former cette femme infortunée à faire le voyage, et, malgré tous les obstacles imaginables, nous sommes sur le point de réussir : et contre qui? contre un parlement entier; et dans quel temps? Repassez, je vous prie, dans votre esprit, tout ce que vous avez fait et tout ce que vous avez vu; examinez si ce qui n'était pas vraisemblable n'est pas toujours précisément ce qui est arrivé, et jugez s'il ne faut pas croire au destin, comme les Turcs. Qui aurait dit, il y a cinq ans, que le roi de Prusse résisterait aux trois quarts de l'Europe, et que vous seriez trop heureux de céder le Canada aux Anglais?

Vous n'aurez rien de moi, monsieur, pour le mois de février; mais, à la fin de mars, je vous demanderai votre attention sur quelque chose de fort sérieux.

Je me mets aux pieds de vos deux très-aimables Excellences; Mme Denis et mes deux petits[1], qui demeurent toujours avec moi, joignent leurs sentiments aux miens, et notre petit château espère toujours avoir l'honneur de vous héberger quand vous prendrez le chemin de la France. VOLTAIRE *l'aveugle*.

MMMDCCLXV. — A M. LE MARQUIS ALBERGATI CAPACELLI.

A Ferney, 14 février.

Que vous êtes heureux, monsieur, et que je suis malheureux! Vous et vos amis vous faites de beaux vers; vous avez votre beau théâtre parmi de jeunes seigneurs et de jeunes dames qui se perfectionnent dans le bel art de la déclamation, c'est-à-dire dans l'art de se rendre maître des cœurs. Pour moi, je deviens sourd et aveugle de plus en plus. La ville de Genève ne me fournit presque plus d'acteurs ni d'actrices; j'avais fait venir Lekain, qui est le meilleur comédien de Paris; mais il a fallu bientôt le rendre à la capitale : en un mot, je crois que je ferai bientôt une grange de mon théâtre, et que j'y mettrai des gerbes de blé au lieu de lauriers.

J'avais un peu de honte de me donner du plaisir à l'âge de soixante et dix ans, mais j'ai été un peu rassuré par un vieux fou qui en a

---

1. M. et Mme Dupuits. (ÉD.)

soixante et dix-huit, et qui joue la comédie, étant paralytique; il s'appelle Le.... Il m'a mandé qu'il jouait Lusignan dans *Zaïre* avec beaucoup de succès; qu'il se faisait porter sur un brancard, et qu'en un mot on n'avait pas besoin de jambes pour jouer la comédie. Il a raison, mais on a besoin d'yeux et d'oreilles.

Je crois qu'on aura incessamment à Paris une pièce du peintre de la nature, notre cher Goldoni. Je souhaite que tous les Français soient en état de sentir tout son mérite. Un homme qui entend parfaitement l'italien me mande qu'il est extrêmement content de la pièce [1] dont notre cher Goldoni a honoré notre théâtre.

Ah! monsieur, si je n'avais pas bientôt soixante-dix ans, vous me verriez à *Bologna la grassa*.

La riverisco di cuore.

MMMDCCLXVI. — DE LOUIS-EUGÈNE, DUC DE WURTEMBERG.

A Renan, ce 14 février.

J'apprends, monsieur, que madame votre nièce est malade: j'en suis très-inquiet. Daignez, de grâce, me faire savoir ce qui en est. Je suis très-fâché que vous ne m'en ayez rien dit, car vous n'ignorez pas la part que je prends à ce qui vous intéresse. Ce procédé n'est pas dans l'ordre, et vous ne pouvez le réparer qu'en me donnant des nouvelles plus consolantes de sa santé.

Je suis bien fâché que cet incident ait converti vos fêtes en des jours de tristesse; mais l'habileté et les soins de M. Tronchin me rassurent et me tranquillisent.

Il faut bien que la vie de l'homme soit mêlée de plaisirs et de peines, puisque à Ferney même l'amertume en corrompt quelquefois la douceur.

Les nouvelles d'aujourd'hui confirment la grande nouvelle de la paix. Un courrier de M. Werelst a apporté à la Haye la signature des préliminaires. Notre postérité aura de la peine à croire qu'on se soit, pendant sept ans, exterminé de part et d'autre en Allemagne, pour se reposer ensuite dans le même système qu'on avait abandonné.

En vérité, les hommes ont de singuliers conducteurs; mais ceux qui rampent aujourd'hui sur la surface de la terre en méritent-ils d'autres?

Croyez-moi, les humains, que j'ai trop su connaître,
Méritent peu, mon fils, qu'on veuille être leur maître.
Alzire, act. I, sc. I.

Vous les connaissiez dès lors, monsieur; et il semble que depuis ils sont devenus encore plus petits et plus méprisables.

J'ai vu de près plusieurs de ceux que les siècles à venir illustreront sous la qualification de héros. Ils m'ont fait pitié, et je le dis non par rancune ou par amour-propre, mais par le respect que je porte à la vérité.

Je voudrais avoir trouvé dans les espaces ce point qu'Archimède cherchait : je vous y placerais, mon cher maître, non pour sauver le monde,

1. *L'Amour paternel.* (ÉD.)

mais pour nous apprendre des vérités qui confondraient à jamais l'orgueil et l'imposture.

Ma petite femme me charge de vous faire bien des compliments de sa part; et, quoique fort incommodée, elle me paraît plus inquiète de vos inquiétudes que des maux qui l'affligent. Cette façon de penser est commune à tout ce qui m'appartient, et elle découle bien naturellement des sentiments de la tendre amitié que je vous ai vouée depuis si longtemps.

MMMDCCLXVII. — A M. LE COMTE D'ARGENTAL.

15 février.

Mes anges, maman Denis est toujours malade, moi aveugle, et le tuteur de M. Dupuits sourd; tout cela a dérangé notre petite fête à la Pompignan. Nous n'avons point tiré de canon, maman n'a point soupé, et on s'est marié sans cérémonie.

Je réponds à la lettre dont Mme d'Argental honore ma nièce. Elle me l'a montrée, et j'ai été très-affligé qu'elle ait pu s'attirer quelques reproches en vous donnant, sans me consulter, des paroles qu'elle ne pouvait pas donner, et qui ne dépendent point du tout d'elle. Elle m'a répondu que, dans sa lettre du 6 de janvier, elle avait eu l'honneur de vous écrire nos intentions; mais des intentions ne sont pas un contrat. Nous avons eu beaucoup de peine à faire regarder, par ce tuteur de M. Dupuits, l'espérance de la vente d'un livre comme une dot. Ce sourdaud est un vieux marin à peu près de mon âge, et plus difficile que moi en affaires. Son neveu a un très-joli bien, précisément à ma porte; il était parfaitement informé de la condition du père et de la mère, qui ne descendent point de Pierre Corneille, et qui ne participent en rien aux prérogatives de la branche éteinte. C'est, par parenthèse, une obligation que nous avons à Fréron, qui eut, il y a plus d'un an, l'insolence impunie d'imprimer dans ses feuilles que le père de Mlle Corneille était un facteur de la petite poste, à cinquante francs par mois; et cette injure personnelle nous fit manquer alors un mariage. Celui-ci est beaucoup plus avantageux que celui qui fut manqué; mais nous n'aurions jamais pu parvenir à le faire si nous avions insisté sur le partage du produit des souscriptions, que le tuteur a regardé et regarde encore comme un objet fort mince.

Le Cramer que vous voyez à Paris avait offert de donner quarante mille francs du produit des souscriptions et de la vente de l'édition, et ensuite il avait laissé tomber cette offre. On savait très-bien dans Genève que nos seigneurs de France avaient donné leurs noms, et rien de plus, et qu'un d'eux ayant souscrit pour vingt louis d'or, en avait payé un. Les Cramer avaient fait retentir que M. le contrôleur général avait demandé deux cents exemplaires payables en papiers royaux, à huit francs l'exemplaire au-dessous de la valeur; et ce n'est qu'après les fiançailles que nous avons appris les nouvelles offres de M. Bertin.

Les Anglais qui sont à Genève se moquaient un peu de notre générosité française. On nous disait encore que les libraires de Paris, ayant dans leurs magasins deux éditions de Corneille qui pourrissent, se plaignaient continuellement de la nôtre, et empêchaient plusieurs personnes de souscrire. Le sieur Philibert Cramer était trop occupé des plaisirs de Paris pour me rendre le moindre compte, pendant que je travaillais nuit et jour à des commentaires très-fatigants qui me font enfin perdre les yeux.

Si dans de pareilles circonstances j'avais voulu couper en deux la partie de la dot fondée sur les souscriptions, soyez très-sûrs, mes anges, qu'on m'aurait remercié sur-le-champ, en se moquant de moi. Le père et la mère de Mme Dupuits n'y perdront rien; leur fille les a nourris du bout de ses dix doigts, avant qu'ils eussent été présentés à M. de Fontenelle; elle ne manquera jamais à son devoir, et j'y mettrai bon ordre. Le contrat est fait dans la meilleure forme possible. Ne troublons point les plaisirs de deux amants, et jouissons tranquillement du fruit de nos peines, et de la consolation que me donne Mme Dupuits dans ma vieillesse.

Permettez-moi de vous supplier encore d'empêcher Philibert Cramer de faire présenter aux spectacles et aux promenades des billets de souscription, comme des billets d'huîtres vertes: l'ami Fréron ne manquerait pas d'en faire de mauvaises plaisanteries dans ses belles feuilles. On m'a mandé que l'affaire des Calas avait été rapportée par M. de Crosne, et qu'il a très-bien parlé. Je vous assure que toute l'Europe a les yeux sur cet événement.

J'ai lu le *Second appel à la raison*[1]. Je ne sais rien de si insolent et de si maladroit. Les jésuites ont des amis dans le parlement de Bourgogne, mais certainement ils n'en auront plus quand on connaîtra ce libelle. Ils étaient des tyrans du temps du P. Le Tellier; ils ne sont aujourd'hui que des fous.

J'ai un jésuite pour aumônier, mais je donnerais volontiers ma voix pour abolir l'ordre. Je n'ai vu qu'une seule bonne chose dans tout ce qu'ils ont écrit, c'est qu'ils ont prouvé invinciblement ce que j'avais déjà dit dans quelques petites réflexions sur Pascal, que les jacobins avaient écrit plus de sottises qu'eux. J'ai eu le plaisir de vérifier, dans saint Thomas, le docteur angélique, toute la doctrine du régicide. Que conclure de là? qu'il serait très-expédient de se défaire de tous les moines, et de se défier de tous les saints.

MMMDCCLXVIII. — DU CARDINAL DE BERNIS.

Au château du Plessis, par Senlis, le 17 février.

A quel jeu vous ai-je perdu, mon cher confrère? Depuis votre lettre où vous me parlez de la visite de M. de Richelieu et de la refonte de *Cassandre*, je n'ai plus entendu parler de vous que par le bruit des histoires générales et particulières que vous préparez, et des jolies lettres que vous écrivez à M. Dalembert. Pourquoi suis-je tombé dans votre disgrâce? Vos lettres ne me sont-elles pas parvenues, ou n'avez-vous pas reçu mes réponses? J'ai été fort exact. Je ne saurais penser que vous m'avez totalement quitté; si ce n'est qu'une infidélité passagère,

1. *Nouvel appel à la raison.* (ÉD.)

je sens que je vous aime assez pour vous la pardonner. Dites-moi donc ce que c'est, et ne me laissez pas croire que je suis un sot de vous aimer, et vous un ingrat de ne pas répondre à tous les sentiments qui m'attachent à vous pour la vie.

MMMDCCLXIX. — A M. LE COMTE D'ARGENTAL.

19 février.

Mes anges, ceci vous amusera peut-être; du moins en ai-je été amusé. Ce n'est qu'une chanson d'aveugle[1], mais on dit que les aveugles sont gais. J'enverrai bientôt quelque chose à mes anges de fort sérieux, car je ne laisse pas de l'être parfois. Vous savez que mon patron est *l'Intimé*[2], qui avait plusieurs tons.

Corneille m'ennuie à présent autant que Marie m'amuse. Quel exécrable fatras que quinze ou seize pièces de ce grand homme! Pradon est un Sophocle en comparaison, et Danchet un Euripide. Comment a-t-on pu préférer à un homme tel que Racine un rabâcheur d'un si mauvais goût, qui, jusque dans ses plus beaux morceaux, qui ne sont, après tout, que des déclamations, pèche continuellement contre la langue, et est toujours ou trivial ou hors de la nature? Que Boileau avait bien raison de ne faire nul cas de toutes ces amplifications de rhétorique! qu'il est rare, dans notre nation, d'avoir du goût!

Mme Denis est toujours bien malade : il y a quinze jours qu'elle a la fièvre. Nous espérons que, dans peu, elle sera en état de vous écrire. Nous vous promettons d'appeler Pierre Corneille le premier enfant mâle qu'aura Manon Cornélie. Il y a en effet un pape nommé Corneille, dont on a fait un saint, parce que, dans les premiers siècles, tous les évêques prenaient le nom de saint, au lieu de celui de monseigneur.

Au reste, mes divins anges, ne soyez nullement en peine de François Corneille ni de sa petite femme; je suis toujours le maître des arrangements, et je proportionnerai la part du père à la recette. Ai-je eu l'honneur de vous mander que le roi ne prend que douze exemplaires, et non pas cent, comme disait M. le contrôleur général? Sa Majesté approuve beaucoup ce mariage, et fera les choses noblement.

Le sang me bout sur les Calas; quand la révision sera-t-elle donc ordonnée?

N'entendrai-je parler que du triste succès de l'impression de *Dupuis et Desronais?* Le *tripot* a bien fait ses affaires; mais le libraire, dit-on, fait mal les siennes. Il n'y a que la pièce de M. le duc de Praslin qui réussisse parfaitement[3].

Toute la famille se met sous les ailes des anges.

MMMDCCLXX. — A M. GOLDONI.

Au château de Ferney, 19 février.

J'ai respecté longtemps vos occupations, monsieur; mais la meilleure raison qui m'ait empêché de vous écrire, c'est qu'on dit que je deviens

1. L'*Hymne chanté au village de Pompignan.* (ÉD.)
2. Dans *les Plaideurs*, acte III, scène III. (ÉD.)
3. La paix de 1763. (ÉD.)

aveugle; ce n'est pas comme Homère, c'est comme La Motte-Houdard, dont vous avez peut-être entendu parler à Paris, et qui faisait des vers médiocres tout comme moi. Je suis menacé de perdre la vue, et ce petit accident me prive d'un grand plaisir, qui est celui de lire vos pièces.

Un homme de beaucoup d'esprit, et qui entend parfaitement l'italien, m'a mandé qu'il était extrêmement satisfait de la dernière comédie dont vous avez gratifié notre public de Paris. Si elle est imprimée, je vous demande en grâce de me l'envoyer. Mes yeux feront un effort pour la lire, ou bien ma nièce nous la lira.

Je vous destine une quarantaine de volumes :

Nardi parvus onyx eliciet cadum.

Hor., lib. IV, od. xii, v. 17.

Mais ne vous effarouchez pas de cet énorme fardeau; il y a vingt volumes de votre serviteur que vous pourrez jeter dans le feu; et, pour vous consoler, le reste est de Corneille. Je reçois quelquefois des nouvelles de votre ami M. le marquis Albergati. Si j'étais jeune, je vous accompagnerais à votre retour pour aller l'embrasser; mais j'ai soixante et dix ans, et il faut que je meure entre les Alpes et le mont Jura, dans ma petite retraite. Vous aurez un vrai serviteur jusqu'au dernier moment de ma vie.

MMMDCCLXXI. — A M. LEKAIN.

À Ferney, 20 février.

Mon grand acteur, je proteste contre *Adélaïde* pour bien des raisons. Une des plus fortes, c'est qu'il n'est pas permis d'imputer à un prince du sang un crime qu'il n'a pas fait. Cette fiction révolta le public, et m'obligea de changer la pièce. L'aventure sur laquelle cette tragédie est fondée arriva en effet à un duc de Bretagne, mais non à un prince du sang de France. Les gens sensés qui savent l'histoire seront révoltés à la cour, je vous en avertis, et je présente requête par cette lettre à M. le duc de Duras; je le supplie très-instamment de faire jouer *le Duc de Foix*, que je crois incomparablement moins mauvais qu'*Adélaïde*.

Mlle Corneille, devenue Mme Dupuits, vous fera de petits Corneilles, qui vous donneront de bonnes tragédies dont vous avez besoin. Je vous embrasse du meilleur de mon cœur.

J'ajoute à ma lettre qu'il y a encore dans cette *Adélaïde* un héros blessé dans le combat; que cette blessure, étant absolument inutile au dénoûment, n'est qu'une puérilité; que cela seul suffirait pour gâter une pièce. Il faut m'en croire quand je me condamne moi-même. Je vous demande en grâce de montrer cette lettre à M. le duc de Duras. Bonsoir : je suis fort occupé avec Pierre Corneille; il me fait trouver Racine admirable.

MMMDCCLXXII. — A M. LE COMTE D'ARGENTAL.

21 février.

Il est bon quelquefois que des anges s'égayent. L'accompagnement de l'*Hymne* à M. de Pompignan est fort bon, et le refrain, quand on

1. L'*Amour paternel.* (Éd.)

est dix ou douze, est très-plaisant à chanter. Pour les *Éclaircissements historiques*, ils sont du plus grand sérieux.

Pour *Zulime*, je crois qu'il ne la faut pas donner seule, mais attendre qu'on puisse imprimer deux ou trois pièces à la fois. Si je pouvais fortifier un peu le rôle de ce benêt de Ramire, je crois que je ne ferais point mal. Pour *Mariamne*, je la trouve assez bien ; je crois qu'elle fera effet ; je crois qu'on pourra l'imprimer avec *le Droit du seigneur*. Pour *Olympie*, qu'on appelle *O l'impie !* et qui cependant est très-pie, je dirai comme M. de Pompignan : *De moi je suis assez content; allons, saute, marquis* [1] !

Corneille va son train. Ah! le pauvre homme! qu'il me fait trouver Racine divin !

Et mes anges ne me parlent point de la pièce de *Dupuis et Desronais*, et pas un mot du *Discours de l'abbé de Voisenon*; et M. le président de La Marche ne m'envoie point ma pancarte nécessaire; et Mme Denis est toujours malade ; et mes petits mariés s'aiment encore à la folie, quoique au bout de huit jours. Mes anges, il y a tantôt soixante ans que j'ai commencé à aimer l'un de vous deux, et je suis toujours à tous deux avec respect et tendresse.

Mais dites donc comment vont vos yeux; je perds les miens, et je deviens sourd comme un pot.

MMMDCCLXXIII. — A M. DALEMBERT.

Le 21 février.

J'envoie à mon digne et parfait philosophe ces colonneries qui me sont venues de Montauban. Nous avons chanté l'hymne avec l'accompagnement. Je joins ici l'air noté [2]. Les philosophes devraient le chanter en goguettes, car il faut que les philosophes se réjouissent.

MMMDCCLXXIV. — A M. LE CARDINAL DE BERNIS.

Au château de Ferney, le 25 février.

Une des raisons, monseigneur, qui font que je n'ai eu depuis longtemps l'honneur d'écrire à Votre Éminence, n'est pas que je sois fier ou négligents avec les cardinaux et les plus beaux esprits de l'Europe; mais le fait est que je deviens aveugle, au milieu de quarante lieues de neige, pays admirable pendant l'été, et séjour des trembleurs d'Isis pendant l'hiver. On dit que la même chose arrive aux lièvres des montagnes. Je me suis mêlé ces jours-ci des affaires d'un autre aveugle, petit garçon fort aimable, inconnu sans doute aux princes de l'Église romaine, mais avec lequel on ne laisse pas de jouer avant qu'on ne soit prince. J'ai marié Mlle Corneille à un jeune gentilhomme dont les terres touchent les miennes; il se nomme Dupuits, il est officier de dragons, estimé et aimé dans son corps, très-attaché au service, et voulant absolument faire de petits militaires qui se feront tuer par des Anglais ou des Allemands.

---

1. Regnard, *le Joueur*, acte IV, scène x. (ÉD.)
2. *L'Hymne chanté au village de Pompignan*. (ÉD.)

Je regarde comme un devoir de vous donner part de ce mariage, comme à un des protecteurs du nom de Corneille, et au meilleur connaisseur et de ses beautés et de ses fatras. Je cherchais un descendant de Racine pour ressusciter le théâtre; mais n'en ayant point trouvé, j'ai pris un officier de dragons. J'écris à l'Académie française, à laquelle je dédie l'édition qui fera une partie de la dot, et je demande que ceux qui assisteront à la séance, à la réception de ma lettre, me permettent de signer pour eux au contrat.

Je commence par demander la même grâce à Votre Éminence. L'ombre de Pierre vous en sera très-obligée, et moi, autre ombre, je regarderai cette permission comme une très-grande faveur. Nous n'avons point clos le contrat, et nous vous laissons, comme de raison, la première place parmi les signatures, si vous daignez l'accepter.

Je suppose que vous vous faites apporter les nouveaux ouvrages qui en valent la peine, et que vous avez vu les *factums* pour les Calas. L'affaire a été rapportée au conseil avec beaucoup d'équité, c'est-à-dire de la manière la plus favorable; nous espérons justice; une grande partie de l'Europe la demande avec nous. Cette affaire pourra faire rentrer bien des gens en eux-mêmes, inspirer quelque indulgence, et apprendre à ne pas rouer son prochain, uniquement parce qu'il est d'une autre religion que nous.

Voulez-vous, monseigneur, vous amuser avec l'*Héraclius* de Calderon, et la *Conspiration contre César* de Shakspeare? J'ai traduit ces deux pièces, et elles sont imprimée, l'une après *Cinna*, l'autre après l'*Héraclius* de Corneille, comme objet de comparaison. Cela rendra cette édition assez piquante. J'aurai l'honneur de vous adresser ces deux morceaux, si vous me le commandez. Je n'ai pas encore reçu le discours de notre nouveau confrère l'abbé de Voisenon : on en dit beaucoup de bien.

Agréez, monseigneur, les tendres respects du vieil aveugle de soixante-dix ans, car il est né en 1693 : il est bien faible, mais il est fort gai; il prend toutes les choses de ce monde pour des bouteilles de savon, et franchement elles ne sont que cela.

MMMDCCLXXV. — A M. LE COMTE D'ARGENTAL.

Ferney, 25 février.

Plus anges que jamais, Mme Denis est toujours malade, et moi toujours aveugle, et vous ne me dites rien de vos yeux. L'âge avance; on n'est pas plus tôt sorti du collége qu'on a soixante ans; en un clin d'œil on en a soixante-dix; on voit tomber ses contemporains comme des mouches. Mes nouveaux mariés, qui sont à vos pieds, ne savent rien de tout cela. Je voudrais que vous eussiez vu la crainte où était Marie de ne point avoir son Dupuits. « Mon père m'a signifié que je ne devais pas me marier; qu'il n'y consentirait point. » Mes anges, que vouliez-vous que je pensasse? Vous voulez que je commente François Corneille; c'est bien assez de commenter Pierre. Ce Pierre me fait passer de mauvais quarts d'heure; je suis outré contre lui. Il est comme les bouquetins et les chamois de nos montagnes, qui bondissent sur un rocher escarpé, et descendent dans des précipices. J'avais cru que Racine serait ma consolation, mais il est mon désespoir. C'est le comble de l'insolence de faire une tragédie après ce grand homme-là. Aussi après lui je ne connais que de mauvaises pièces, et avant lui quelques bonnes scènes.

Au nom de Dieu, laissez là votre *Adélaïde*. Que veut dire ce héros blessé? à quoi sert sa blessure? à rien du tout, et je vous répète qu'il est impertinent d'imputer à un prince du sang le crime qu'il n'a point commis; cela seul détruit tout intérêt.

Laissons un peu dormir *Zulime* ce carême. C'est bien dommage que cette Zulime ressemble à toutes les femmes délaissées qu'on a tant mises sur le théâtre; sans cela, elle pourrait être passable.

J'aime assez *le Droit du seigneur*, je vous l'avoue; mais je voudrais qu'il y eût un peu plus de ces honnêtes libertés que le sujet comporte, et que les dames aiment beaucoup, quoi qu'elles en disent.

Mariamne est médiocre, malgré mon essénien.

Olympie est prodigieusement supérieure à cette *Mariamne*, et n'est pas encore trop bonne. Tout m'humilie et me chagrine; je suis difficile pou. moi-même comme pour les autres. Il est dur de sentir la perfection et de n'y pouvoir atteindre.

Ne remplissez pas mes vieux jours d'amertume; ne me faites point mourir, en ressuscitant *Adélaïde*; empêchez-moi de boire ce calice; je vous le demande avec la plus vive instance.

Eh bien! a-t-on enfin rapporté l'affaire des Calas? Je vois qu'il est beaucoup plus aisé de rouer un homme que d'admettre une requête. Il me semble que M. de Crosne ne demande pas mieux que de parler, et assurément il parlera bien. J'aurai fait trois ou quatre actes depuis le temps qu'on fait languir cette pauvre veuve. J'avoue que son aventure ne contribue pas à me faire aimer les parlements. Malheur à qui a affaire à eux! fût-on jésuite, on s'en trouve toujours fort mal.

Puisque j'ai du papier de reste, il faut que je dise à mes anges que j'ai jugé les jésuites. Il y en avait trois chez moi, ces jours passés, avec une nombreuse compagnie. Je m'établis premier président; je leur fis prêter serment de signer les quatre propositions de 1682, de détester la doctrine du régicide, du probabilisme, de renoncer à tout privilége contraire à nos lois, et d'obéir au roi plutôt qu'au pape. Ils firent serment, après quoi je prononçai :

« La cour, sans avoir égard à tous les fatras qu'on vient d'écrire contre vous, et à toutes les sottises que vous avez écrites depuis deux cent cinquante ans, vous déclare innocents de tout ce que les parlements disent contre vous aujourd'hui, et vous déclare coupables de ce qu'ils ne disent pas; elle vous condamne à être lapidés avec les pierres de Port-Royal, sur le tombeau d'Arnauld. »

Tout le monde convint que j'avais raison, et les jésuites l'avouèrent aussi. Et vous, mes anges, qu'en pensez-vous? Respect et tendresse.

MMMDCCLXXVI. — A M. DE LA CHALOTAIS.

À Ferney, le 28 février.

J'aimerais beaucoup mieux, monsieur, que vous m'eussiez fait l'honneur de m'envoyer votre ouvrage imprimé plutôt que manuscrit ; le public en jouirait déjà. Je crois très-sincèrement que c'est un des meilleurs présents qu'on puisse lui faire.

J'ai été obligé de me faire lire presque tout votre mémoire, parce que je deviens un peu aveugle, à la suite d'une grande fluxion qui m'est tombée sur les yeux.

Je ne puis trop vous remercier, monsieur, de me donner un avant-goût de ce que vous destinez à la France. Pour former des enfants, vous commencez par former des hommes. Vous intitulez l'ouvrage : *Essai d'un plan d'études pour les colléges*[1] ; et moi je l'intitule : *Instruction d'un homme d'État, pour éclairer toutes les conditions*. Je trouve toutes vos vues utiles. Que je vous sais bon gré, monsieur, de vouloir que ceux qui instruisent les enfants en aient eux-mêmes! Ils sentent certainement mieux que les célibataires comment il faut instruire l'enfance et la jeunesse. Je vous remercie de proscrire l'étude chez les laboureurs. Moi, qui cultive la terre, je vous présente requête pour avoir des manœuvres, et non des clercs tonsurés. Envoyez-moi surtout des frères ignorantins pour conduire mes charrues, ou pour les atteler. Je tâche de réparer sur la fin de ma vie l'inutilité dont j'ai été au monde ; j'expie mes vaines occupations en défrichant des terres qui n'avaient rien porté depuis des siècles. Il y a dans Paris trois ou quatre cents barbouilleurs de papier, aussi inutiles que moi, qui devraient bien faire la même pénitence.

Vous faites bien de l'honneur à Jean-Jacques de réfuter son ridicule paradoxe[2] qu'il faut exclure l'histoire de l'éducation des enfants ; mais vous rendez bien justice à M. Clairault, en recommandant ses *Éléments de géométrie*, qui sont trop négligés par les maîtres, et qui mèneraient les enfants par la route que la nature a indiquée elle-même. Il n'y aura point de père de famille qui ne regarde votre livre comme le meuble le plus nécessaire de sa maison, et il servira de règle à tous ceux qui se mêleront d'enseigner. Vous vous élevez partout au-dessus de votre matière. Je ne sais pas pourquoi vous mettez le livre de M. Vattel[3] au rang des livres nécessaires. Je n'avais regardé son livre que comme une copie assez médiocre, et vous me le ferez relire.

Je m'en tiens, pour la religion, à ce que vous dites avec l'abbé Gédoyn, et même à ce que vous ne dites pas. La religion la plus simple et la plus sensiblement fondée sur la loi naturelle est sans doute la meilleure.

Je vous rends compte, monsieur, avec autant de bonne foi que de reconnaissance, de l'impression que votre mémoire m'a faite. À présent que m'ordonnez-vous? voulez-vous que je vous renvoie le manuscrit? voulez-vous me permettre qu'on l'imprime dans les pays étran-

---

1. *Essai d'éducation nationale, ou Plan d'études pour la jeunesse.* (ÉD.)
2. *Émile*, liv. II. (ÉD.) — 3. *Le Droit des gens.* (ÉD.)

gers? J'obéirai exactement à vos ordres. Votre confiance m'honore autant qu'elle m'est chère.

Je ne suis point du tout de votre avis sur le style; je trouve qu'il est ce qu'il doit être, convenable à votre place et à la matière que vous traitez. Malheur à ceux qui cherchent des phrases et de l'esprit, et qui veulent éblouir par des épigrammes, quand il faut être solide!

Ne mettez-vous pas en titre les matières que vous avez mises en marge? Cela délasse les yeux et repose l'esprit.

Je suis bien faible, bien vieux, bien malade; mais je défie qu'on soit plus sensible à votre mérite que moi. Je ne peux vous exprimer avec combien de respect et d'estime j'ai l'honneur d'être, etc.

MMMDCCLXXVII. — A M. L'ABBÉ DE VOISENON.

A Ferney, 28 février.

Mon très-cher et très-aimable confrère, *en même temps que c'est à ce que vous avez déjà fait connaître de vos talents que,* etc.; voilà une belle phrase; mais il me paraît que mon cher évêque a tout un autre style. Je ne sais pas si votre teint était couleur jaune ce jour-là, mais le coloris de votre discours était fort brillant.

En vous remerciant de la félicité et de la fleurette dont vous m'honorez, voulez-vous que je vous parle net? ni Crébillon ni moi ne méritons tant de bontés. Entre nous, je ne connais pas une bonne pièce depuis Racine, et aucune avant lui où il n'y ait d'horribles défauts. Si vous avez jamais pu vous résoudre à lire tout Corneille (ce qui est une très-rude pénitence), vous aurez vu que c'est lui qui a toujours cherché à être tendre; il n'y a pas une de ses pièces (j'en excepte *Chimène* et *Pauline)* où il n'y ait un amour postiche et ridicule, très-ridiculement exprimé.

C'est Racine qui est véritablement grand, et d'autant plus grand qu'il ne paraît jamais chercher à l'être; c'est l'auteur d'*Athalie* qui est l'homme parfait. Je vous confie qu'en commentant Corneille je deviens idolâtre de Racine. Je ne peux plus souffrir le boursouflé et une grandeur hors de nature.

Vous savez bien, fripon que vous êtes, que les tragédies de Crébillon ne valent rien; et je vous avoue en conscience que les miennes ne valent pas mieux; je les brûlerais toutes, si je pouvais; et cependant j'ai encore la sottise d'en faire, comme le président Lubert jouait du violon à soixante-dix ans, quoiqu'il en jouât fort mal, et qu'il fût cependant le meilleur violon du parlement.

Savez-vous la musique? tenez, voilà ce qu'on m'envoie; je vous le confie; mais ne me trahissez pas [1].

Vous embrassez Mme Denis : eh bien! elle vous embrasse aussi; mais elle est bien malade. Je lui lirai votre discours dès qu'elle se portera mieux. J'ai envie de vous faire une niche, de copier tout ce que vous me dites de Mme la duchesse de Grammont, et de le lui envoyer. Je n'ai l'honneur de la connaître que par ses lettres, où il n'y a jamais

---

1. La musique de l'hymne sur Pompignan. (ÉD.)

rien de trop ni de trop peu, et dont chaque mot marque une âme noble et bienfaisante. Je lui ai beaucoup d'obligation; elle a été la première et la plus généreuse protectrice de Mlle Corneille. Il s'est trouvé heureusement que Mlle Corneille en était digne; c'est la naïveté, l'enfance, la vérité, la vertu même. Je rends grâce à Fontenelle de n'avoir pas voulu connaître cette enfant-là.

Mon cher confrère, je ne souhaite plus qu'une chose, c'est que vous soyez bien malade, que vous ayez besoin de Tronchin, et que vous veniez nous voir. Je vous embrasse de tout mon cœur, et en vérité je vous aime de même. Je vise à être un peu aveugle. Dieu me punit d'a voir été quelquefois malin; mais vous me donnerez l'absolution.

MMMDCCLXXVIII. — A M. DAMILAVILLE.

Le 2 mars.

En réponse à la lettre de mon cher frère, du 23 février, je lui dirai : Mes frères, il ne faut pas calomnier les malheureux, surtout quand on n'a pas besoin de leur imputer des crimes. Vous devez vous apercevoir que je n'ai pas ménagé les jésuites; mais je soulèverais la postérité en leur faveur, si je les accusais d'un crime dont l'Europe et Damiens les ont justifiés. Je ne puis et ne dois dire que ce qui est dans le procès. J'ai rempli le devoir d'historien; et je ne serais qu'un vil écho des jansénistes, si je parlais autrement.

Comment pouvez-vous dire que *l'inf..!!* n'a aucune part au crime de ce scélérat ? Lisez donc sa réponse : *C'est la religion qui m'a fait faire ce que j'ai fait.* Voilà ce qu'il dit dans son interrogatoire : je ne suis que son greffier.

Mon cher frère, je hais toute tyrannie, et je ne serai jamais ni jésuite, ni janséniste, ni parlementaire.

J'avais depuis longtemps l'énorme compte du procureur général de Provence [1] : j'ai une bibliothèque entière des livres faits depuis trois ans contre les jésuites. Dans quelque temps on ne se souviendra plus de tous ces livres, et l'on dira seulement : « Il y eut des jésuites. » Je suis honteux de demander toujours des livres, et de vous fatiguer de mes importunités : je crois que j'aurai bientôt une bibliothèque aussi nombreuse que celle de M. le marquis de Pompignan.

On a oublié, ce me semble, dans les petites plaisanteries que mérite Simon Le Franc, *la guerre éternelle qu'il a jurée aux incrédules,* dans le village de Pompignan. Remercions bien Dieu de l'excès de son ridicule. Je vous réponds que si ce petit président des aides de province n'était pas le plus impertinent des hommes, il serait le plus dangereux.

Il y a bien une autre bouffonnerie de ce Simon. Vous savez sans doute l'aventure du garde des sceaux, du secrétaire Carpot, et des lettres patentes; cela est délicieux, et l'emporte sur tout le reste.

Et vive le roi et Simon Le Franc !

Écr. l'inf.

1. Par Ripert de Monclar. (ÉD.)

MMMDCCLXXIX. — A M. LE MARQUIS D'ARGENCE DE DIRAC.

A Ferney, le 2 mars.

Je vois, monsieur, par votre lettre du 18 février, que vous êtes l'apôtre de la raison. Vous rendez service à l'humanité, en détruisant, autant que vous le pouvez, dans votre province, la plus infâme superstition qui ait jamais souillé la terre. Nous sommes défaits des jésuites; mais je ne sais si c'est un si grand bien; ceux qui prendront leur place se croiront obligés d'affecter plus d'austérité et plus de pédantisme. Rien ne fut plus atrabilaire et plus féroce que les huguenots, parce qu'ils voulaient combattre la morale relâchée. Nous sommes défaits des renards, et nous tomberons dans la main des loups. La seule philosophie peut nous défendre. Il serait à souhaiter que le *Sermon des Cinquante* fût dans beaucoup de mains; mais malheureusement je ne puis plus en trouver.

J'ai trouvé un *Testament de Jean Meslier* que je vous envoie. La simplicité de cet homme, la pureté de ses mœurs, le pardon qu'il demande à Dieu, et l'authenticité de son livre, doivent faire un grand effet.

Je vous enverrai tant d'exemplaires que vous voudrez du *Testament* de ce bon curé. L'affaire des Calas a été rapportée; elle est en très-bon train; je réponds du succès. C'est un grand coup porté à la superstition; j'espère qu'il aura d'heureuses suites.

J'ai marié Mlle Corneille à un jeune gentilhomme de mon voisinage infiniment aimable; c'est un de nos adeptes, car il a du bon sens. Adieu, monsieur, cultivez la vigne du Seigneur; conservez-moi vos bontés, et soyez persuadé de mon tendre respect. *Christmoque.*

MMMDCCLXXX. — A M. THIERIOT.

2 mars.

Des pigeons dans un casque ont niché leurs petits[1]:
Le dieu Mars et Vénus de tout temps sont amis.

Il en est de ces imitations de vers latins comme des sottises, les plus courtes sont les meilleures.

Les plats que nous sert Simon Le Franc sont bien plus plaisants et plus originaux. Je ne sais rien de comparable à l'aventure des lettres patentes et de M. Carpot.

Enfin, mon cher frère, je suis content de vous.

Vitanda est improba Siren
Desidia.

Hor. lib. II, sat. III, v. 14.

Il serait bon que *Pindare* Le Brun ou *Lycophron Zoïle* eût la lettre à M. Dalembert. Il m'a mandé que vous désapprouviez le mariage de M. Dupuits avec Mlle Corneille; mais je crois que vous ne désapprou-

1. Imitation d'une épigramme de l'*Anthologie grecque* qui avait été traduite ainsi en latin:

« Militis in galea nidum posuere columbæ:
« Apparet Marti quam sit amica Venus. » (ÉD.)

vez que ses écrits et ses méchancetés. Écrivez-moi, je vous en prie. Mme Denis a besoin de vos lettres autant que moi. Elle est très-malade depuis un mois, et vos lettres lui font plus de bien que Tronchin. Je vous embrasse de tout mon cœur.

MMMDCCLXXXI. — A M. DAMILAVILLE.

Le 5 mars.

Mon cher frère, j'attends votre petite *Pompignade*[1], dont les notes me réjouiront. J'attends surtout des nouvelles de la seconde représentation de la pièce de M. de Crosne[2], qu'on dit fort bonne. Je me flatte toujours que cette affaire des Calas fera un bien infini à la raison humaine, et autant de mal à *l'inf*....

Mettez-moi au fait, je vous en conjure, de l'aventure de l'*Encyclopédie*. Est-il bien vrai qu'après avoir été persécutée par les Omer et les Chaumeix, elle l'est par les libraires? est-il vrai que la mauvaise foi et l'avarice aient succédé à la superstition, pour anéantir cet ouvrage? Si cela est, ne pourrait-on pas renouer avec l'impératrice de Russie? Après tout, si les auteurs sont en possession de leurs manuscrits, ils n'ont qu'à aller où ils voudront. La véritable manière de faire cet ouvrage en sûreté était de s'en rendre entièrement le maître, et d'y travailler en pays étranger. Je plains bien le sort des gens de lettres; tantôt un Omer leur coupe les ailes, et tantôt des fripons leur coupent la bourse.

Est-il vrai que M. Saurin aura le poste que Catherine destinait à mon frère Dalembert? En ce cas, ce poste serait toujours occupé par un frère, et il y aurait de quoi lever les mains au ciel en action de grâces, tandis qu'à Paris on lève les épaules sur les Pompignan et sur les Le Brun, et sur tant d'autres misères.

On demande dans les provinces des *Sermons*[3] et des *Meslier*: la vigne ne laisse pas de se cultiver, quoi qu'on en dise.

Mon frère Thiériot est prié de me dire combien il y a encore de petits Corneille dans le monde; il vient de m'en arriver un qui est réellement arrière-petit-fils de Pierre, par conséquent très-bon gentilhomme. Il a été longtemps soldat et manœuvre; il a une sœur cuisinière en province, et il s'est imaginé que Mlle Corneille, qui est chez moi, était cette sœur. Il vient tout exprès pour que je le marie aussi; mais comme il ressemble plus à un petit-fils de Suréna et de Pulchérie qu'à celui de Cornélie et de Cinna, je ne crois pas que je fasse sitôt ses noces.

J'embrasse tendrement mon frère. Je suis aveugle et malingre. *Éck. l'inf*....

MMMDCCLXXXII. — A M. LE CARDINAL DE BERNIS.

Aux Délices, le 7 mars.

Votre Éminence, monseigneur, doit avoir reçu une lettre du pauvre Tirésie, adressée à Vic-sur-Aisne, pendant qu'elle daignait me faire

1. *Lettres de Paris*. (ÉD.) — 2. Rapporteur de l'affaire des Calas. (ÉD.)
3. *Sermon des cinquante*. (ÉD.)

des reproches de mon silence. Vous êtes englobé dans l'Académie française, qui a daigné signer en corps au mariage de notre Marie Corneille.

Il faut, pour vous amuser, que M. Duclos vous envoie l'*Héraclius* espagnol, dont on dit que Corneille a tiré le sien; vous rirez, et il est bon de rire.

Votre Éminence a la bonté de me parler d'*Olympie*, j'aurai l'honneur de la lui envoyer dans quelque temps; elle en aura perdu la mémoire, et ne jugera que mieux de l'effet qu'elle peut faire.

L'affaire des Calas, ma fluxion sur les yeux, le mariage de Mme Dupuits, une grosse maladie de ma nièce, m'ont un peu dérouté des amusements tragiques; mais rien ne me détachera de Votre Éminence, à qui j'ai voué le plus profond et le plus tendre respect.

MMMDCCLXXXIII. — A M. COLINI.

Aux Délices, 7 mars.

Mon cher historien palatin, mon cher éditeur, envoyez-moi, je vous prie, sur-le-champ, par les voitures publiques, trois douzaines d'*Olympie* en feuilles; je vous serai obligé. Je ne peux écrire une longue lettre, attendu que mes yeux me refusent le service.

Je vous embrasse de tout mon cœur.   V.

MMMDCCLXXXIV. — A M. P. ROUSSEAU.

A Ferney, 7 mars.

Je n'ai jamais conçu, monsieur, comment vous vous étiez fait esclave, pouvant être libre. Votre *journal* avait une grande réputation; vous y auriez travaillé dans le château de Ferney beaucoup plus facilement qu'ailleurs, étant à un pas d'une ville de commerce, et pouvant établir toutes vos correspondances sans demander permission à personne. Malheureusement j'ai prêté cette habitation pour une année. Je ne vous conseille pas d'aigrir M. le duc de Bouillon; si je peux vous servir auprès de lui, dites-moi précisément ce que vous lui demandez; prescrivez-moi aussi ce que je dois écrire à M. l'abbé Coyer : vous serez servi sur-le-champ. Vous me mandâtes, il y a quelque temps, que je vous avais écrit à Bouillon; cela m'étonna beaucoup. Il faut que ce soit quelqu'un qui ait pris mon nom; car il me semble qu'il y a plus de quatre mois que je ne vous ai adressé de lettre dans ce pays-là. Je suis malade, je perds la vue; mais je ne perdrai jamais ni l'envie de vous servir, ni l'estime véritable avec laquelle j'ai l'honneur d'être, monsieur, votre, etc.

MMMDCCLXXXV. — A M. LE COMTE D'ARGENTAL.

Aux Délices, 9 mars.

Assurément vous êtes bien anges; et je suis bien payé pour le croire et pour le dire. Vous me traitez précisément comme Gabriel[1] traita

1. C'est Raphaël et non Gabriel; voyez Tobie, chap. VI, v. 5. (ÉD.)

Tobie. Vous m'enseignez un remède pour mes yeux ; mais ce n'est pas du fiel de brochet. Je vous remercie bien tendrement, mes chers anges.

Je vois qu'il faut abandonner le *tripot* pour longtemps. Vous n'ignorez pas sans doute que Mlle Clairon est dans le cas de l'hémorroïsse, et que le sauveur Tronchin lui a mandé qu'il ne pouvait la guérir, si elle ne venait toucher le bas de sa robe. Il la déclare morte, si elle joue la comédie. Je me bornerai donc à commenter Corneille et à admirer Racine.

Mais admirez dans quel embarras me jette Pierre Corneille. Ce n'est pas assez pour lui d'avoir fait *Pertharite*, *Théodore*, *Agésilas*, *Attila*, *Suréna*, *Pulchérie*, *Othon*, *Bérénice*, il faut encore qu'un arrière-petit-fils de tous ces gens-là vienne du pays de la mère aux gaines[1] me relancer aux Délices.

C'est réellement l'arrière-petit-fils de Pierre. Il se nomme Claude-Étienne Corneille, fils de Pierre-Alexis Corneille, lequel Alexis était fils de Pierre Corneille, gentilhomme ordinaire du roi ; lequel Pierre était fils de Pierre, auteur de *Cinna* et de *Pertharite*.

Claude-Étienne, dont il s'agit ici, est né avec soixante livres de rente malvenant. Il a été soldat, déserteur, manœuvre, et d'ailleurs fort honnête homme. En passant par Grenoble, il a représenté son nom et ses besoins à M. de M***, que vous connaissez. Ce président, qui est le plus généreux de tous les hommes, ne lui a pas donné un sou, mais lui a conseillé de poursuivre son voyage à pied, et de venir chez moi, l'assurant que ce conseil valait beaucoup mieux que de l'argent, et que sa fortune était faite.

Claude-Étienne lui a représenté qu'il n'avait que quatre livres dix sous pour venir de Grenoble aux Délices. Le président a fait son décompte, et lui a prouvé qu'en vivant sobrement il en aurait encore de reste à son arrivée.

Le pauvre diable enfin arrive mourant de faim, et ressemblant au Lazare ou à moi. Il entre dans la maison, et demande d'abord à boire et à manger, ce qu'on ne trouve point chez le président de M***. Quand il est un peu refait, il dit son nom, et demande à embrasser sa cousine. Il montre les papiers qu'il a en poche ; ils sont en très-bonne forme. Nous n'avons pas jugé à propos de le présenter à sa cousine ni à son cousin M. Dupuits, et je crois que nous nous en déferons avec quelque argent comptant. Il descend pourtant de Pierre Corneille en droite ligne, et Mlle Corneille, à la rigueur, n'est rien à Pierre Corneille. Nous aurions pu marier Marie à Claude-Étienne, sans être obligés de demander une dispense au pape.

Mais comme M. Dupuits est en possession, et qu'il s'appelle Claude, l'autre Claude videra la maison. Voilà, je crois, ce que nous avons de meilleur à faire.

On nous menace d'une douzaine d'autres petits Cornillons, cousins germains de *Pertharite*, qui viendront l'un après l'autre demander la

1. La ville de Moulins ; voyez le conte du *Bélier*, par Hamilton. (ÉD.)

Decquée. Mais Marie Corneille est comme Marie, sœur de Marthe, elle a pris la meilleure part [1].

Le bon de l'histoire, c'est que c'est un nommé Dumolard, pauvre diable de son métier, qui est le premier auteur de la fortune de Marie. Tout cela, combiné ensemble, me fait croire plus que jamais à la destinée.

Heureusement le roi s'est moqué des beaux arrangements de M. Bertin; il nous envoie de l'argent comptant, autre destinée encore très-singulière.

Celle de la veuve Calas ne l'est pas moins; elle ne se doutait pas, il y a un an, que le conseil d'État s'assemblerait pour elle.

Olympie a encore sa destinée; elle sera jouée à Moscou avant de l'être à Paris. Une très-mauvaise copie a été imprimée en Allemagne, et j'ai été obligé d'en envoyer une moins mauvaise. La pièce me paraît singulière, et assez rondement écrite. Je la trouve admirable quand je lis *Attila;* mais je la trouve détestable quand je lis les pièces de Racine, et je voudrais avoir brûlé tout ce que j'ai fait. Mes divins anges, il n'y a que Racine dans le monde; s'il me vient quelqu'un de sa famille, je vous promets de le bien traiter : mais pour Campistron, La Grange-Chancel, Crébillon, et moi, nous sommes des gens excessivement médiocres. Ce n'est pas qu'il n'y ait de très-belles choses dans Corneille; mais pour une pièce parfaite de lui, je n'en connais point. Mes chers anges, je baise le bout de vos ailes avec tendresse et respect.

MMMDCCLXXXVI. — DU CARDINAL DE BERNIS.

Au Plessis, près Senlis, ce 10 mars.

Je vous sais très-bon gré, mon cher confrère, de me communiquer le mariage de Mlle Corneille; tous les amateurs des lettres y doivent prendre part. Puisque vous, successeur de Corneille, qui avez su l'imiter et le corriger, n'épousez pas sa petite-nièce, je trouve que vous avez bien fait de lui choisir pour mari un capitaine de dragons; il doit naître d'eux des militaires plus nerveux et plus mâles que la plupart de ceux qui ont figuré dans cette guerre. Je consens très-volontiers que mon nom soit inscrit au bas du contrat. Je n'en connais aucun dans l'Europe qui ne soit honoré d'être à côté du vôtre. Si vous n'aviez fait que de belles tragédies, et le seul poëme héroïque qu'on lise avec plaisir dans notre langue; si vous n'étiez qu'un historien élégant et philosophe, qu'un homme du monde facile dans son style, piquant et agréable dans ses plaisanteries, vous ne laisseriez pas que d'être le premier homme de lettres de votre siècle; mais outre les talents de l'esprit et les ressources du génie, vous avez de l'humanité dans le cœur, vous faites du bien aux malheureux, vous dotez la petite-nièce du grand Pierre, après l'avoir élevée : voilà ce qui vous met au-dessus des autres hommes. La bienfaisance est la première des vertus. Je vois assez la plupart des choses de ce monde avec la même lunette

1. Saint Luc, x, 42. (ÉD.)

que vous, mais il faut convenir que parmi les *bouteilles de savon* dont vous parlez, il n'en est point de plus brillantes, de plus durables ni de plus utiles que les bienfaits répandus. Puisque vous êtes arrivé à soixante-dix ans avec la machine frêle que je vous ai connue, et les travaux sans nombre auxquels vous l'avez assujettie, je vous promets une vie aussi longue que celle de la maréchale de Villars, qui s'est défendue dans son lit comme le maréchal à Malplaquet. Tant que vous serez gai, vous vous porterez bien. Ménagez vos yeux, dictez, et n'écrivez jamais. Quoique je sois assez sévère sur ce qui regarde le prochain, je vous permets pourtant des plaisanteries sur l'orgueil sans mérite et les vanités déplacées en tout genre : vous en digérerez mieux, et ferez mieux digérer les autres.

L'affaire des Calas, après avoir intéressé le public, commence à intéresser les juges. Le conseil a demandé au parlement de Toulouse les pièces du procès.

Envoyez-moi vos traductions de Shakspeare et de Calderon. J'ai été fort aise de la réception de l'abbé de Voisenon à notre Académie. Il a de la grâce dans l'esprit, et une gaieté très-utile pour les réformateurs éternels d'un dictionnaire. Nous allons avoir un nouveau confrère; mais, grand Dieu! quand est-ce donc qu'on dispensera les nouveaux académiciens de remplir, dans leur discours de réception, un vieux bout-rimé qui désole celui qui le fait et ennuie celui qui le lit? Adieu, mon cher confrère; aimez-moi toujours, et dites à Mlle Corneille que c'est sa faute d'être si jeune; il y a vingt ans, j'aurais fait son épithalame.

MMMDCCLXXXVII. — A M. LE COMTE D'ARGENTAL.

Aux Délices, 11 mars.

Pour peu que mes anges soient curieux, ils pourront se mettre au fait de mon aventure des trois brancards[1], car me voici avec trois Corneille. La véritable est Mme Dupuits, les deux autres sont les descendants en ligne directe de Pierre, et sa sœur, dont on me menace, est la troisième; mais Pierre est beaucoup plus embarrassant que les trois autres. Il n'y a pas, révérence parler, le sens commun dans ses six dernières pièces; et, à la réserve de la conférence de Sertorius et de Pompée, et de la moitié d'une scène d'*Othon*, qui ne sont, après tout, que de la politique très-froide, tout le reste est fort au-dessous de Pradon et de Danchet.

L'embarras du commentateur est plus grand chez moi que celui du père de famille. Mme Dupuits m'amuse par sa gaieté et par sa naïveté; mais son oncle Pierre est bien loin de m'amuser. M. Dupuits et elle présentent leurs très-humbles et très-tendres reconnaissances à leurs anges; il y a beau temps qu'ils ont écrit au père. J'ai vraiment grand soin que mes deux marmots remplissent leurs devoirs. Savez-vous bien que je les fais aller à la messe tout comme s'ils y croyaient? Je ne sais si mes anges sont de la paroisse de Saint-Eustache; je

---

1. *Roman comique* de Scarron, chap. III. (ÉD.)

les crois de Saint-Roch, et cela est fort égal, car Roch n'a pas plus
existé qu'Eustache; mais je hais Eustache, où l'on ne voulut point enterrer Molière, qui valait mieux que lui. Mes anges connaîtront sans
doute quelque marguillier d'honneur de ce Saint-Eustache, quelque
honnête dame, amie du curé, et on obtiendra aisément de lui qu'il
fasse examiner les registres de la paroisse. Voici un petit mémoire qui
mettra au fait. N'avez-vous pas la plus grande envie du monde de
savoir comment mon confrère Pierre, gentilhomme ordinaire de
Louis XIV, et fils de Pierre mon maître, a eu un fils mort à l'hôpital?

J'en reviens toujours à la destinée. L'arrière-petit-fils de Pierre Corneille demande l'aumône; Marie Corneille, qui est à peine sa parente,
a fait fortune sans le savoir.

Le prince Ferdinand de Brunswick nous a battus pendant quatre ou
cinq ans, et son frère, régent de Russie, est en prison depuis vingt-
trois ans, dans une île de la mer Glaciale. L'empereur Ivan est enfermé chez des moines, et la fille de cette princesse de Zerbst, que
vous avez vue à Paris, gouverne gaiement deux mille lieues de pays.
George III nous a pris le Canada, tandis que le prétendant dit son
chapelet à Rome, et que son fils s'enivre à Bouillon, et donne des
coups de pied au cul à toutes les femmes qu'il rencontre. Ne voilà-t-il
pas un monde bien arrangé!

Vivez gaiement, mes anges; jouissez tranquillement de cette courte
vie. Tout ce que j'ai vu et tout ce que j'ai fait n'a pas l'ombre du bon
sens. Celui qui a pris le nom de Salomon pour dire que tout est vanité, et que tout va comme il peut, était un philosophe d'Alexandrie
bien raisonnable. Il faut que l'Église ait eu le diable au corps pour
attribuer cet ouvrage à Salomon, et pour le mettre dans le canon.

Les hommes sont bien fous, mais les ecclésiastiques sont les premiers de la bande. Je n'ai fait qu'une chose de raisonnable dans ma
vie, c'est de cultiver la terre. Celui qui défriche un champ rend plus
de service au genre humain que tous les barbouilleurs de papier de
l'Europe.

Mme Denis est toujours bien malingre, et moi toujours un petit
Homère, un petit La Motte[1], versifiant et n'y voyant goutte, me moquant de tout, et surtout de moi, vous aimant de tout mon cœur,
et persistant pour vous dans mon culte de dulie, jusqu'à ce que je
rende mon corps aux quatre éléments qui me l'ont donné.

MMMDCCLXXXVIII. — A M. DAMILAVILLE.

Le 11 mars.

C'est donc lundi passé, 7 du mois, que tout le conseil d'État assemblé
a écouté M. de Crosne. Je ne sais pas encore ce qui aura été résolu,
mais j'ai encore assez bonne opinion des hommes pour croire que les
premières têtes de l'État n'auront pas été de l'avis des huit juges de
Toulouse. Ces huit indignes juges ont servi la philosophie plus qu'ils

1. La Motte était aveugle les dernières années de sa vie. (ÉD.)

ne pensent. Dieu et les philosophes savent tirer le bien des plus grands maux.

Que dites-vous de l'aventure de notre nouveau Corneille? C'est un véritable coup de théâtre. Que dit frère Thieriot l'apathique? vous réjouissez-vous à m'envoyer des *Pompignades?* On rit beaucoup à Versailles de la conversation du roi avec le marquis Simon Le Franc. On en aurait ri sous Louis XI; comment voulez-vous qu'on ne se tienne pas les côtes sous Louis XV, le plus indulgent et le plus aimable des souverains?

J'embrasse tendrement mon frère et mes frères. *Écr. l'inf....*

P. S. Je vois par votre lettre qu'il faudra encore quelques cartons à l'*Essai sur les mœurs;* rien n'est si difficile à dire aux hommes que la vérité.

MMMDCCLXXXIX. — A M. THIROUX DE CROSNE.

Aux Délices, mars.

Monsieur, vous vous êtes couvert de gloire, et vous avez donné de vous la plus haute idée par la manière dont vous avez parlé dans ce nombreux conseil, dont vous avez enlevé les suffrages. Permettez-moi de vous en faire mon compliment, ainsi que mes remercîments. Si vous faites ce petit voyage que vous avez projeté dans nos cantons moitié catholiques, moitié hérétiques, vous verrez tous les cœurs voler au-devant de vous, et je vous assure que votre arrivée sera un triomphe. Je ne serai pas, monsieur, le moins empressé à vous rendre mes hommages. Les philosophes doivent vous chérir, et les intolérants mêmes doivent vous estimer. Je vous respecte, et je prends la liberté de vous aimer. Je souhaite, pour le bien des hommes, que votre réputation vous mène incessamment aux grandes places que vous méritez. En faisant des vœux pour vous, j'en fais pour ma patrie, que j'aimerais davantage si elle avait plus de citoyens tels que vous.

Je n'ose me flatter du bonheur de vous voir, mais je le désire avec une passion égale au respect avec lequel j'ai l'honneur d'être, etc.

MMMDCCXC. — A M. DAMILAVILLE.

Le 15 mars.

Mon cher frère, il y a donc de la justice sur la terre; il y a donc de l'humanité. Les hommes ne sont donc pas tous de méchants coquins comme on le dit.

Il me semble que le jour du conseil d'État est un grand jour pour la philosophie. C'est le jour de votre triomphe, mon cher frère; vous avez bien aidé à la victoire; vous avez servi les Calas mieux que personne.

Tout le monde dit que M. de Crosne a rapporté l'affaire avec une éloquence digne de l'auguste assemblée devant laquelle il parlait. Il est devenu célèbre tout d'un coup. C'est un jeune homme d'un rare mérite, et qui est un peu de nos adeptes, avec la prudence convenable : le temps n'est pas encore venu de s'expliquer tout haut. Je parie que le marquis Simon Le Franc est fâché de ce succès, et que son frère a dit la messe pour obtenir de Dieu que la requête fût rejetée.

Je reçois la jolie préface imprimée à Genève aux dépens des chi-
rurgiens-dentistes; je crois que vous recevrez bientôt la *Relation d'un
voyage*, imprimée à Paris *aux dépens* de Simon Le Franc.

J'embrasse plus que jamais mon cher frère. *Écr. l'inf....*

On dit que Mlle Clairon viendra bientôt voir le sauveur Tronchin à
Genève; nous la prierons de jouer sur notre petit théâtre quand elle
se portera bien. Ce sera une de nos singularités d'avoir eu Clairon et
Lekain dans notre bassin des Alpes. Pour les comédiens de Paris, je
leur conseille de mettre sur leur porte : *Maison à louer.*

MMMDCCXCI. — A MADEMOISELLE CLAIRON.

Aux Délices, 15 mars.

M. Tronchin, mademoiselle, m'a dit que votre état demande les
plus grands ménagements et l'attention la plus scrupuleuse, et que
vous risquez beaucoup si vous voyagez dans le temps de vos accès.

Vous avez demandé qu'on vous louât un appartement à Genève,
dans le voisinage de M. Tronchin; non-seulement il n'y en a point,
mais s'il y en avait, il serait d'une cherté excessive. Il y a même une
famille considérable de Genève qui, ne pouvant trouver à se loger cette
année, est obligée d'aller habiter un petit château que je possède à une
lieue de la ville. Genève d'ailleurs n'est pas un séjour qui vous convienne, et on n'y honorerait pas vos talents comme à Paris.

Nous sommes actuellement, Mme Denis et moi, aux Délices. C'est
une maison de campagne assez agréable; mais les appartements que
nous pouvons donner sont bien mal disposés. Vous choisirez celui qui
vous conviendra le mieux : ce sont plutôt des chambres que des appartements. Mme Denis est malade, je le suis aussi; M. Tronchin viendra dans notre hôpital pour nous trois. Nous irons passer la belle saison
dans le petit château de Ferney, où vous serez beaucoup plus commo-
dément logée. Ferney est à deux lieues de Genève; on rendra compte
tous les jours de votre état à M. Tronchin, qui veillera sur votre santé.

Voilà, mademoiselle, ce que je vous propose : l'état de Mme Denis
et le mien nous condamnent à un régime et à une retraite convenables
à votre situation présente. Cependant, si vous voulez apporter un habit
de fête pour le temps de votre convalescence, nous mettrons aussi les
nôtres pour la célébrer. Il est juste que la descendante de Corneille
voie la personne du monde qui fait le plus d'honneur à son grand-
père, et que j'aie la consolation, dans ma vieillesse, de me trouver
entre vous et elle.

J'ai l'honneur d'être, mademoiselle, avec tous les sentiments qui
vous sont dus, etc.

MMMDCCXCII. — A M. BERTRAND.

Aux Délices, 15 mars.

Le parlement de Toulouse ayant condamné, sur des indices, Jean
Calas, négociant de Toulouse, protestant, à être rompu vif et à expirer
sur la roue, convaincu d'avoir étranglé son fils aîné en haine de la religion catholique; la veuve Calas et ses deux filles étant venues se je-

ter aux pieds du roi, un conseil extraordinaire s'est tenu le lundi 7 mars 1763, composé de tous les ministres d'État, de tous les conseillers d'État, et de tous les maîtres des requêtes. Ce conseil, en admettant la requête en cassation, a ordonné d'une voix unanime que le parlement de Toulouse enverrait incessamment les procédures et les motifs de son arrêt.

J'envoie ces nouvelles à M. B.; il me semble qu'on devrait les insérer dans la gazette. Ma fluxion sur les yeux, qui continue toujours, et qui me menace de la perte de la vue, m'empêche d'avoir l'honneur de lui écrire. Je présente mille sincères respects à tous nos amis. V.

MMMDCCXCIII. — A M. LE CHEVALIER DE LA MOTTE-GEFRARD, LIEUTENANT-COLONEL, ETC.

Mars.

Je suis très-fâché, monsieur, que vous soyez compris dans la réforme; mais consolez-vous : la France a la guerre tous les sept ans, et, pour peu que la bonne volonté vous dure, vous exercerez le grand art de faire tuer du monde méthodiquement. Je me croirais très-heureux, très-honoré, et je me donnerais les airs d'un homme considérable, si je pouvais recevoir quelques-uns de vos ordres, et être à portée de faire parvenir à M. le duc de Choiseul la commission que vous me donneriez. Vous savez ce que c'est que les faibles bontés d'un ministre pour un pauvre reclus de mon espèce. Il souffre quelquefois que je lui écrive, et c'est très-rarement. Je suis confondu, comme de raison, dans la foule de ceux dont il se souvient. Je ne dois pas, en vérité, prétendre davantage; mais s'il se présentait quelque occasion où je pusse, sans faire l'insolent, être votre commissionnaire, je ne manquerais pas de vous obéir. Je recevrai avec reconnaissance le manuscrit du bacha de Bonneval, que vous voulez bien m'offrir, et j'en ferai l'usage que vous ordonnerez. Je vous avoue que je serais curieux de savoir les motifs de sa conversion à la foi musulmane. Apparemment qu'un brave guerrier comme lui a été plus touché des conquêtes de Mahomet que de l'humilité de Jésus-Christ. Il y a je ne sais quoi dans ce Mahomet qui impose. Les religions sont comme les jeux du trictrac et des échecs : elles nous viennent de l'Asie. Il faut que ce soit un pays bien supérieur au nôtre, car nous n'avons jamais inventé que des pompons et des falbalas; tout nous vient d'ailleurs, jusqu'à l'inoculation. Je n'ai pas l'honneur de vous répondre de ma main, parce que je deviens aveugle comme le vieux Tobie

J'ai l'honneur d'être avec les sentiments les plus respectueux et les plus vrais, monsieur, votre, etc.

MMMDCCXCIV. — DE LOUIS-EUGÈNE, DUC DE WURTEMBERG.

Au château de Renan, ce 20 mars.

Ce n'est pas à ma philosophie, monsieur, qu'il faut attribuer l'ignorance dans laquelle j'ai laissé Mme la duchesse de Wurtemberg du lieu de mon habitation. Mais la fatalité des circonstances, qui m'a fait éprouver tant de caprices et de bizarreries différentes, et à qui je dois peut-être la douceur de ma vie présente, aurait aussi interrompu l'honneur qu'elle me faisait de recevoir et de me donner de ses nouvelles.

Je suis fâché qu'une occasion si triste pour elle la rappelle à ses anciennes habitudes; mais je suis encore plus affligé d'ignorer absolument ce qui la regarde.

Je désire du fond de mon cœur que des jours plus heureux puissent la consoler de tant de malheurs et de pertes qui l'ont frappée à la fois.

Je prends la liberté, monsieur, de vous charger de l'incluse. Adoucissez, s'il se peut, les chagrins amers d'une femme charmante. Qui pourra essuyer ses pleurs, si ce n'est vous? C'est au patriarche à répandre de nouveau le sourire sur la physionomie d'une Grâce affligée.

Vous êtes donc présentement aux Délices. Mais les élus qui ont le bonheur de pouvoir être les plus assidus auprès de votre personne ont l'avantage sur vous d'y être sans cesse.

M. Tronchin est digne sans doute de toutes vos préférences. Mais vous feriez encore mieux, monsieur, de le voir que de le consulter.

Cependant, mon cher maître, je vous défie de devenir aveugle; car, quand même ces yeux brillants et si pleins du génie qui vous inspire se couvriraient, vous n'en seriez pas moins l'homme du monde qui voit le mieux.

Selon les calculs faits à Vienne, il est prouvé que les dépenses dans lesquelles cette guerre a entraîné Sa Majesté l'impératrice montent à cinq cents millions de florins; mais ce qui est plus exorbitant et plus fâcheux encore, c'est que cette même guerre coûte à ses États un demi-million d'hommes.

Je l'ai déjà dit, et j'ose le répéter encore, que la postérité aura de la peine à croire que l'Europe se soit exposée pour rien à tant de pertes irréparables.

Est-ce là ce siècle de lumières que vous embellissez et que vous éclairez? Hélas! les temps et les hommes se ressemblent et se ressembleront toujours. La multitude aveugle se courbera sans cesse sous le joug d'un petit nombre d'hommes puissants, et l'ambition des rois de la terre foulera toujours les lois sacrées de l'humanité.

Daignez présenter mes hommages à Mme Denis, recevoir ceux de ma petite femme, et ne pas douter de la tendre amitié que vous m'avez inspirée depuis si longtemps.

J'apprends tout à l'heure, monsieur, que c'est à vous que je dois le chocolat excellent que je prends depuis quelques jours. C'est le présent le plus convenable qu'on puisse faire à un homme marié; aussi ma petite femme vous en est-elle très-obligée.

MMMDCCXCV. — A M. LE COMTE D'ARGENTAL.

Aux Délices, 21 mars.

Mes anges croient recevoir un gros paquet de vers, mais ce n'est que de la prose. Cette prose vaut mieux que des vers; c'est un projet d'éducation que M. de La Chalotais doit présenter au parlement de Bretagne, et sur lequel il m'a fait l'honneur de me consulter. Si mes angés veulent le parcourir, je crois qu'ils en seront contents. Je vous supplie de vouloir bien le lui renvoyer contre-signé, soit *duc de Praslin*, soit *Courteilles*.

Si le procureur général de Toulouse avait fait de tels ouvrages, au lieu de poursuivre la mort de Jean Calas, je le bénirais au lieu de le maudire.

Je ne sais point encore quel parti prendra Mlle Clairon. Je lui ai offert un logement chez moi; car assurément elle n'en trouverait pas à Genève, et cette ville à consistoire n'est pas trop faite pour une comédienne. M. Tronchin prétend que le voyage peut lui être funeste dans l'état où elle est. Il assure de plus qu'elle ne peut jouer d'une année entière sans être en danger de mort. La comédie va être abandonnée; la nôtre l'est aussi. Mme Denis est toujours malade, et je suis plus misérable que jamais. Ma consolation est la journée du 7 mars, ce conseil d'État de cent personnes, ce qui ne s'était jamais vu, cet arrêt qui est déjà la justification des Calas, cette joie du public, et ce cri unanime contre le capitoul David. Tous ces David me déplaisent, à commencer par le roi David, et à finir par David le libraire [1].

Mes anges ont-ils trouvé quelque gros marguillier de Saint-Eustache qui ait déterré l'extrait baptistaire d'un Corneille, fils d'un Pierre Corneille, gentilhomme ordinaire du roi, et d'une Le Cochois? Il ne m'est point venu de nouveaux Corneille; mais s'il m'en venait, ils ne m'ennuieraient pas plus que la *Sophonisbe* du grand Pierre, que je fais actuellement imprimer. Je ne sais si je vivrai assez longtemps pour finir cet ouvrage. Je presse Cramer tant que je peux, car j'aime à corriger des épreuves, et je crains les œuvres posthumes.

Je présente mes tendres respects à mes anges, et je leur demande pardon du gros paquet.

MMMDCCXCVI. — A M. DE LA CHALOTAIS.

Aux Délices, 21 mars.

J'ai l'honneur, monsieur, de vous renvoyer par M. d'Argental le manuscrit que vous avez bien voulu me confier, et je vous assure que c'est avec bien de la peine que je m'en dessaisis. Il le fera contre-signer par M. le duc de Praslin, ou par quelque autre contre-signeur.

Ne doutez pas que cet ouvrage ne soit imprimé dans plus d'une ville, dès qu'il l'aura été à Rennes. Il sera bien plus aisé de le contrefaire que de l'imiter. Vous me ferez une très-grande grâce, monsieur, de daigner me faire parvenir le mémoire sur l'origine du parlement. Si le paquet est gros, je vous prierai de l'adresser pour moi à M. Damilaville, premier commis du vingtième, quai Saint-Bernard, à Paris. Si le volume n'est pas considérable, comme je le crains, ayez la bonté de me l'envoyer en droiture.

J'ai peur de n'avoir pas des notions assez justes de cette origine;

---

1. C'est au nom de Michel-Étienne David, libraire à Paris, qu'est le privilège du roi, du 26 juillet 1720, pour l'impression des œuvres de Corneille, et les ayants droit de ce David s'opposaient à l'annonce du *Théâtre de Corneille avec le commentaire* (de Voltaire). (*Note de M. Beuchot.*)

car, à commencer par l'origine du monde, je n'en vois aucune bien claire. Elles ressemblent assez aux généalogies des grandes maisons, qui commencent toutes par des fables. Quoique le nouveau tableau des sottises du genre humain soit déjà achevé d'imprimer sous le titre d'*Essai sur l'histoire générale*, je n'en profiterai pas moins des lumières que vous aurez la bonté de me communiquer. Tout se rajuste au moyen de quelques cartons.

Vraiment, monsieur, le *Jugement de la Raison* est un joli sujet; mais les *Appels à la Raison* sont déjà oubliés, et les plaisanteries ne sont bonnes que quand elles sont servies toutes chaudes. D'ailleurs il me paraît bien difficile que la Raison prononce sur les enfants de Loyola, sans dire son avis sur ceux de cet extravagant François d'Assise, et de cet énergumène de Dominique, et de cet insolent Norbert, et de tous ces instituteurs de milice papale, toujours à charge aux citoyens, et toujours dangereuse pour les gouvernements.

Je me chargerai bien pourtant, et très-volontiers, d'être le greffier de la Raison dans un tribunal dont vous êtes le premier président; mais je suis depuis longtemps occupé d'une affaire qui n'est ni moins raisonnable ni moins pressante, c'est malheureusement contre le parlement de Toulouse. La destinée a voulu qu'on me vînt chercher dans les antres des Alpes pour secourir une famille infortunée, sacrifiée au fanatisme le plus absurde, et dont le père a été condamné à la roue sur les indices les plus trompeurs. Vous aurez sans doute entendu parler de cette aventure : elle intéresse toute l'Europe; car c'est le zèle de la religion qui a produit ce désastre. Il me paraît que, grâce à vous, monsieur, on est plus raisonnable dans l'Armorique que dans la Septimanie. Les têtes bretonnes tiennent de Locke et de Newton, et les têtes toulousaines tiennent un peu de Dominique et de Torquemada.

Je vous avoue que j'ai eu une grande satisfaction quand j'ai su que tout le conseil, au nombre de cent juges, avait condamné, d'une voix unanime, le zèle avec lequel huit catholiques toulousains ont condamné à la roue un père de famille, parce qu'il était huguenot; car voilà à quoi se réduit tout le procès.

J'ai lu les deux tomes de votre *Société d'agriculture*, et j'en ai profité. J'ai fait semer du fromental; j'ai défriché; j'ai fait une terre de sept à huit mille livres de rente d'une terre qui n'en valait pas trois mille. Cette occupation de la vieillesse vaut mieux que de faire des *Agésilas* et des *Suréna*. Cependant j'en fais encore pour mon malheur, mais je n'en ferai pas longtemps : *vox quoque Mœrim deficit* [1]; ce qui ne me *deficit* point, c'est l'estime très-respectueuse et le sincère attachement avec lesquels j'ai l'honneur d'être, etc.

MMMDCCXCVII. — A M. DAMILAVILLE.

Aux Délices, 23 mars.

Mon cher frère, l'illustre frère [2] qui daigne tant aimer *Brutus* me paraît avoir suppléé, par sa brillante imagination, à ce qui manque à

1. Virg., eclog IX, vers 53. (ÉD.) — 2. Grimm. (ÉD.)

cette pièce. Je ne peux en conscience lui en savoir mauvais gré. Un tel suffrage et le vôtre sont d'une grande consolation. Je me souviens que, dans la nouveauté de cette pièce, feu Bernard de Fontenelle, et compagnie, prièrent l'ami Thieriot de m'avertir sérieusement de ne plus faire de tragédies. Ils lui dirent que je ne réussirais jamais à ce métier-là. J'en crus quelque chose, et cependant le démon du théâtre l'emporta. Parlez-en à frère Thieriot, il vous confirmera cette anecdote, car il a la mémoire bonne.

Je vous renouvelle mes félicitations sur le succès des Calas. J'ai appris une des raisons du jugement de Toulouse qui va bien étonner votre raison.

Ces visigoths ont pour maxime que quatre quarts de preuve et huit huitièmes font deux preuves complètes; et ils donnent à des ouï-dire le nom de quarts de preuve et de huitièmes.

Que dites-vous de cette manière de raisonner et de juger? est-il possible que la vie des hommes dépende de gens aussi absurdes? Les têtes des Hurons et des Topinambous sont mieux faites.

Pour notre ami Pompignan, les preuves de son ridicule sont complètes. Je vous répète que cet homme serait bien dangereux s'il avait autant de pouvoir que d'impertinence. Je sais de très-bonne part qu'il ne vint à Paris que dans le dessein de se faire valoir auprès de la cour, en persécutant les philosophes. Les *quarts* de plaisanterie qui sont dans la *Relation du voyage de Fontainebleau*, et les *huitièmes* de ridicule dont l'hymne est parsemé, seront pour lui un affublement complet. Cet homme voulait nuire, et il ne fera que nous réjouir.

Vous m'avez promis quelques articles de l'*Encyclopédie*, je les attends comme les articles de mon symbole.

Buvez, mes très-chers frères, à la santé de votre vieux frère V.

MMMDCCXCVIII. — A M. LE COMTE D'ARGENTAL.

24 mars.

La lettre de mes anges, du 15 de mars, est vraiment un bien bon ouvrage; mais je voudrais qu'on leur donnât par plaisir à commenter *Othon*, *la Toison d'Or*, et *Sophonisbe*, etc., etc.; la patience leur échapperait comme à moi; et si, pour se consoler, ils relisaient *Iphigénie*, ils se mettraient à genoux devant Jean Racine.

Que m'importe que Pierre soit venu avant ou après? cela n'entre pour rien dans mes plaisirs ou dans mes dégoûts; c'est l'ouvrage que je juge, et non l'homme. Je veux que Pierre ait cent fois plus de génie que Jean; Pierre n'en est que plus condamnable d'avoir fait un si détestable usage de son génie dans la force de son âge. Je ne peux me plaindre de la bonté avec laquelle vous parlez d'un *Brutus* et d'un *Orphelin*; j'avouerai même qu'il y a quelques beautés dans ces deux ouvrages; mais encore une fois, vive Jean! plus on le lit, et plus on lui découvre un talent unique, soutenu par toutes les finesses de l'art. En un mot, s'il y a quelque chose sur la terre qui approche de la perfection, c'est Jean. Je n'ai commenté Pierre que pour être utile à ma pupille et au public, et je ne peux être utile qu'en disant la vérité.

Comme il faut joindre l'agréable à l'utile, voici quelques exemplaires de la *Relation* du marquis de Pompignan, faite par lui-même; il y a là je ne sais quoi de naïf qui me fait plaisir.

Vous m'ordonnez de vous envoyer une certaine *Olympie* pour laquelle je me refroidissais beaucoup; c'est un enfant que j'étouffais de caresses. Quand il était au berceau je l'aimai trop, et peut-être à présent je ne l'aime pas assez; je crains qu'on ne lui donne du ridicule dans le monde; car, à moins que le bûcher ne soit le plus beau des spectacles, il peut devenir grande matière à sifflets. Je vais sur-le-champ faire chercher *Olympie*; je dois en avoir encore une assez mauvaise copie; mais je vous l'enverrai telle qu'elle est, pour ne pas vous faire attendre.

MMMDCCXCIX. — AU MÊME.

25 mars.

Je viens de la lire [1]; la voilà donc! Il en sera ce qu'il pourra; mais c'est à cette seule condition qu'on la jouera comme je l'ai faite, et non point comme je ne l'ai pas faite, parce que c'est mon ouvrage que je donne, et non pas celui d'un autre. J'aime encore mieux un sifflet qu'un changement fait malgré moi. S'il y a la moindre difficulté, je supplie mes anges de supprimer tout.

Le rôle d'Olympie demande de la naïveté, de la tendresse, et au cinquième acte une douleur renfermée en elle-même : cela n'exige pas des talents bien supérieurs; pour peu que l'actrice ait une voix et une figure intéressantes, le rôle doit être touchant.

Il s'agirait d'avoir un Cassandre qui eût de la voix, de la figure, et de la chaleur; sans quoi le risque est assez grand. Enfin voilà de quoi amuser mes anges pendant le saint temps de Pâques.

Ils n'ont pas daigné me dire s'il est vrai qu'on ait mis à la Bastille un réviseur théâtral nommé Marin, pour quatre vers d'un *Théagène* [2] dont on a fait, dit-on, l'application la plus maligne et la plus injuste au roi : il me paraît qu'au contraire ce Marin est très-louable de n'avoir pas seulement soupçonné que ces vers pussent regarder Sa Majesté. Je ne crois pas qu'il y ait de pièce qui pût rester au théâtre, si on y cherchait des allusions. Cela est du plus mauvais exemple du monde.

On dit que Jean-Jacques a écrit une lettre à l'archevêque de Paris, dont le titre est : *Jean-Jacques à Christophe*. La lettre, dit-on, est fort salée : on peut écrire comme on veut à des archevêques quand on est à Neuchâtel, dans le pays du roi de Prusse.

Mme Denis remercie bien mes anges : elle est fort languissante : mes yeux vont en dépérissant, comme de raison. Lisez le bonhomme Salomon : vous verrez que quand celles qui se mettent à la fenêtre ne s'y mettent plus, quand celles qui allaient au moulin n'y vont plus, quand la corde est cassée sur le bord du puits, il faut faire une honnête retraite.

Mes tendres respects pour moi et ma pupille.

---

1. *Olympie*. (ÉD.) — 2. *Théagène et Chariclée*, tragédie de Dorat. (ÉD.)

MMMDCCC. — A M. COLINI.

Aux Délices, 26 mars.

Je vous fais mon compliment de tout mon cœur, mon cher ami, de votre historiographerie [1]. Vous voilà en pied de toute façon. Envoyez-moi, je vous prie, par les messageries les plus promptes, le paquet que je vous ai demandé, et mettez aux pieds de Son Altesse Électorale son vieux serviteur, qui est presque aveugle. Je vous embrasse du meilleur de mon âme.   V.

MMMDCCCI. — A M. DAMILAVILLE.

26 mars.

Est-il donc bien vrai que maître Marin a été fourré à la Bastille pour quatre vers d'une tragédie oubliée, composée par maître Dorat? On m'a envoyé ces quatre vers. Ils peuvent regarder les rois fainéants de la première race, mais comment peut-on les appliquer à un roi qui a gagné deux batailles en personne; qui a volé de Flandre en Allemagne; qui a pris Fribourg en relevant d'une maladie mortelle; qui tient conseil tous les jours, et qui est lui-même son premier ministre? tout cela est exactement vrai. Je ne peux croire qu'on lui ait fait l'outrage de mettre Marin à la Bastille. Je vous prie, mon cher frère, de me dire ce qui en est.

Voulez-vous bien avoir la bonté d'envoyer par la petite poste ce chiffon à Mme de Florian?

Je soupire après les feuilles de l'*Encyclopédie*, que mon frère m'a promises.

J'embrasse toujours mes frères.

MMMDCCCII. — AU MÊME.

28 mars.

Mon cher frère, vraiment l'aventure de l'Académie est tout à fait singulière! Mais comment se peut-il faire qu'il n'y ait eu que quatre boules noires [2]? Il faut que mes confrères soient de bien bonnes gens. Mlle Clairon ne vient plus à Ferney; mais si mon frère y vient, je ne regretterai personne; car la philosophie et l'amitié me sont bien plus précieuses que des tragédies. J'ai mandé à mon frère et à l'ange d'Argental que la tragédie d'*Olympie*, que j'avais donnée à Manheim, était imprimée je ne sais où, et que j'avais été obligé d'en envoyer une copie plus correcte. Mon ange d'Argental veut la faire jouer après Pâques; il est bien le maître. Il légitimera ce bâtard comme il lui plaira; mais si on joue la pièce, je crois qu'il serait bon d'en empêcher le débit à Paris, avant qu'elle eût été sifflée ou supportée.

Je prie mon frère d'en conférer avec mon ange.

Le livre sur la tolérance, dont il a paru quelques exemplaires en Suisse et à Genève, est intitulé *les Lettres Toulousaines*. Ce livre est

1. La publication du *Précis de l'histoire du palatinat du Rhin* avait valu à Colini le titre d'historiographe du Palatinat. (ÉD.)
2. A l'élection de l'abbé de Radonvilliers. (ÉD.)

d'un bon parpaillot, nommé Decourt [1], fils d'un prédicant. Il y a des anecdotes assez curieuses; mais nous avons craint que ce livre ne fît un peu de tort à la cause des Calas, et l'auteur le supprime de bonne grâce, jusqu'à ce que le parlement toulousain ait envoyé ses procédures et ses motifs.

Quant au *Traité* véritable *de la Tolérance*, ce sera un secret entre les adeptes. Il y a des viandes que l'estomac du peuple ne peut pas digérer, et qu'il ne faut servir qu'aux honnêtes gens : c'est une bonne méthode dont tous nos frères devraient user.

Je n'ai point encore vu la lettre de *Jean-Jacques à Christophe*; j'ai grand'peur qu'elle ne fasse du mal à la philosophie.

Est-il vrai qu'on a envoyé à M. le marquis de Pompignan la *Relation de son voyage à Fontainebleau*, et qu'il est résolu d'aller faire rire en personne tout Versailles? Faites-lui, je vous prie, mes baisemains.

J'embrasse mes frères.

MMMDCCCIII. — A M. LE MARÉCHAL DUC DE RICHELIEU.

Aux Délices, 30 mars.

J'ai envoyé votre lettre à M. le duc de Villars, à l'instant que je l'ai reçue. Je n'ai pu, monseigneur le duc, la porter moi-même, attendu que les vents et les neiges me poursuivent jusque dans le printemps; c'est un petit inconvénient attaché à la beauté de notre paysage, bordé par quarante lieues de glace. On dit que c'est ce qui me rend quinze-vingts, et que j'aurai des yeux avec les beaux jours; j'en doute beaucoup, car lorsqu'on est dans la soixante-dixième année, rien ne revient. Je ne parle pas pour les maréchaux de France qui auront leurs septante ans comme nous autres chétifs; nosseigneurs les maréchaux sont d'une meilleure pâte; et je suis sûr que quand vous serez leur doyen, comme vous l'êtes de l'Académie, vous serez le plus joyeux de la bande. Notre confrère M. de Pompignan n'est pas si gai, quoiqu'il fasse rire tout le monde. Je ne crois pas que son *Sermon* [2] soit parvenu jusqu'à vous; c'est son panégyrique qu'il a fait prononcer dans l'église de son village de Pompignan, et dont il est l'auteur; il l'a fait imprimer à Paris, et vous croyez bien qu'il a été affublé de plus de brocards que n'en a jamais essuyé feu M. *Chiant-pot-la-perruque*.

Un M. de Radonvilliers, ci-devant jésuite, est votre autre frère académicien. Il était, comme vous savez, fort recommandé par la cour, et en conséquence il a obtenu six boules noires. Nos pauvres gens de lettres, tout effrayés, craignant d'être perdus à la cour, ont fouillé vite dans leurs poches et ont montré, par les boules noires qui leur restaient, qu'ils en avaient donné de blanches; de façon qu'il a été bien avéré que c'étaient messieurs de la cour eux-mêmes qui avaient

1. Il est appelé Court dans la seconde édition du *Dictionnaire des anonymes*, par Barbier, n° 17857. (ÉD.)
2. Le *Discours* de Revrac, que Voltaire disait être de Le Franc. (ÉD.)

fait ce petit présent à M. de Radonvilliers. Cela fait voir qu'il y a des malins partout.

Pour M. le duc de Villars, votre confrère en pairie, en Académie et en gouvernement de province, il est engraissé et embelli depuis environ trois semaines; ses créanciers ont appris avec une joie incroyable la mort de Mme la maréchale sa mère; mais, pour moi, j'en ai été très-affligé. Je crois qu'il restera encore quelque temps à Genève; ce n'est pas qu'il y soit amoureux; mais Tronchin, qui est malade et qui ne sort pas de son lit, lui promet de le guérir radicalement.

Ah! monseigneur, je n'ai point du tout l'esprit plaisant, et je ne sais plus que faire de ma fiancée. Vous devriez bien, quand vous serez de loisir, faire des mémoires de votre vie; ils seraient écrits du style de ceux de M. le comte de Grammont, et ils contiendraient des choses plus intéressantes, plus nobles et plus gaies. Est-ce que vous ne serez jamais assez sage pour passer trois à quatre mois à Richelieu? Vous repasseriez tout ce que vous avez fait dans votre illustre et singulière vie, et personne ne peindrait mieux que vous les ridicules de votre siècle. Vraiment notre victoire des Calas est bien plus grande qu'on ne vous l'a dit : non-seulement on a ordonné l'apport des pièces, mais on a demandé au parlement compte de ses motifs.

Cette demande est déjà une espèce de réprimande : quand on est content de la conduite des gens, on n'exige point qu'ils disent leurs raisons. Aussi M. Gilbert [1], grand parlementaire, n'était point de cet avis.

Le quinze-vingts V. se met à vos pieds.

MMMDCCCIV. — A M. LE CARDINAL DE BERNIS.

Aux Délices, le 31 mars.

Je ne sais, monseigneur, si notre secrétaire perpétuel a envoyé à Votre Éminence l'*Héraclius* de Calderon, que je lui ai remis pour divertir l'Académie. Vous verrez quel est l'original de Calderon ou de Corneille : cette lecture peut amuser infiniment un homme de goût tel que vous; et c'est une chose, à mon gré, assez plaisante, de voir jusqu'à quel point la plus grave de toutes les nations méprise le sens commun.

Voici, en attendant, la traduction très-fidèle de la *Conspiration contre César* par Cassius et Brutus, qu'on joue tous les jours à Londres, et qu'on préfère infiniment au *Cinna* de Corneille. Je vous supplie de me dire comment un peuple qui a tant de philosophes peut avoir si peu de goût. Vous me répondrez peut-être que c'est parce qu'ils sont philosophes; mais quoi! la philosophie mènerait-elle tout droit à l'absurdité? et le goût cultivé n'est-il pas même une vraie partie de la philosophie?

Oserai-je, monseigneur, vous demander à quoi vous placez la vôtre

1. Gilbert de Voisins, fils de l'avocat general qui, en 1734, requit la condamnation des *Lettres philosophiques*. (ÉD.)

à présent? Le Plessis, dont vous avez daté vos dernières lettres, est-il un château qui vous appartienne et que vous embellissiez?

On attrape bien vite le bout de la journée avec des ouvriers, des livres et quelques amis ; et c'est bien assurément tout ce qu'il faut que d'attraper ce bout gaiement. Le *sufficit diei malitia sua* [1] a bien quelque vérité. Mais pourquoi ne pas dire aussi *sufficit diei lætitia sua?*

Je suis toujours un peu quinze-vingts ; mais j'ai pris la chose en patience. On dit que ce sont les neiges des Alpes qui m'ont rendu ce mauvais service, et qu'avec les beaux jours j'aurai la visière plus nette. Je vous félicite toujours, monseigneur, d'avoir vos cinq sens en bon état ; *porro unum necessarium* [2], c'est apparemment *sanitas.* Je ne sais pas de quoi je m'avise de citer tant la sainte Écriture devant un prince de l'Église ; cela sent bien son huguenot ; je ne le suis pourtant pas, quoique je me trouve à présent sur le vaste territoire de Genève. M. le duc de Villars y est, comme moi, pour sa santé ; il a été fort mal ; Dieu et Tronchin l'ont guéri, pour le consoler de la mort de Mme la maréchale sa mère.

Notre canton va s'embellir. Le duc de Chablais établira sa cour près de notre lac, vis-à-vis mes fenêtres. C'est une cour que je ne verrai guère. J'ai renoncé à tous les princes ; je n'en dis pas autant des cardinaux : il y en a un à qui j'aurais voulu rendre mes hommages avant de prendre congé de ce monde : je lui serai toujours attaché avec le plus tendre et le plus profond respect.

MMMDCCCV. — A M. Thieriot.

Mon ancien ami, si M. Simon Le Franc de Pompignan n'eût point épuisé tous les éloges qu'il a fait faire dans la magnifique église de son village, je compilerais, compilerais, compilerais éloges sur éloges pour louer les succès que Mlle Dubois a eus dans ma tragédie de *Tancrède.* Je ne connaissais pas cette aimable actrice ; ce que vous m'en écrivez me charme. Je tremblais pour le Théâtre-Français : Mlle Clairon est prête à lui échapper. Remercions la Providence d'être venue à notre secours. Si les suffrages d'un vieux philosophe peuvent encourager notre jeune actrice, faites-lui dire, mon ancien ami, tout ce que j'ai dit autrefois à l'immortelle Lecouvreur. Dites-lui qu'elle laisse crier l'envie, que c'est un mal nécessaire ; c'est un coup d'aiguillon qui doit forcer à mieux faire encore. Dites-lui surtout d'aimer : le théâtre appartient à l'amour ; ses héros sont enfants de Cythère. Dites-lui de mépriser les éloges de Jean Fréron et des auteurs de cette espèce. Que le public soit son juge, il sera constamment son admirateur.

1. Matthieu, VI, 34. (ÉD.) — 2. Luc, X, 42. (ÉD.)

MMMDCCCVI. — A M. HELVÉTIUS.

Mars.

Orate, fratres, et vigilate. Sera-t-il donc possible que, depuis quarante ans, la *Gazette ecclésiastique* ait infecté Paris et la France, et que cinq ou six honnêtes gens bien unis ne se soient pas avisés de prendre le parti de la raison? Pourquoi ses adorateurs restent-ils dans le silence et dans la crainte? Ils ne connaissent pas leurs forces. Qui les empêcherait d'avoir chez eux une petite imprimerie, et de donner des ouvrages utiles et corrects, dont leurs amis seraient les seuls dépositaires? C'est ainsi qu'en ont usé ceux qui ont imprimé les dernières volontés de ce bon et honnête curé. Il est certain que son témoignage est du plus grand poids, et qu'il peut faire un bien infini. Il est encore certain que vous et vos amis vous pourriez faire de meilleurs ouvrages avec la plus grande facilité, et les faire débiter sans vous compromettre. Quelle plus belle vengeance à prendre de la sottise et de la persécution que de les éclairer? Soyez sûr que l'Europe est remplie d'hommes raisonnables qui ouvrent les yeux à la lumière. En vérité, le nombre en est prodigieux; et je n'ai pas vu, depuis dix ans, un seul honnête homme, de quelque pays et de quelque religion qu'il fût, qui ne pensât absolument comme vous. Si je trouve en mon chemin quelque étranger qui aille à Paris, et qui soit digne de vous connaître, je le chargerai pour vous de quelques exemplaires, que j'espère avoir bientôt, du même ouvrage qu'un Anglais vous a déjà remis. C'est à peu près dans ce goût simple que je voudrais qu'on écrivît; il est à la portée de tous les esprits. L'auteur ne cherche point à se faire valoir; il n'envie point la répuation, il est bien loin de cette faiblesse : il n'en a qu'une, c'est l'amour extrême de la vérité. Vous m'objecterez qu'il ne l'a dite qu'à sa mort : je l'avoue; et c'est pour cela même que son ouvrage doit produire le plus grand fruit, et qu'il faut le distribuer; mais si on peut en faire un meilleur sans rien risquer, sans attendre la mort pour donner la vie aux âmes, pourquoi ne le pas faire? Il y a cinq ou six pages excellentes, et de la plus grande force, dans une petite brochure qui paraît depuis peu [1], qui perce avec peine à Paris, et que vous aurez vue sans doute. C'est un grand dommage que l'auteur y parle sans cesse de lui-même, quand il ne doit parler que de choses utiles. Son titre est d'une indécence impertinente, son ridicule amour-propre révolte : c'est Diogène, mais il s'exprime quelquefois en Platon. Croiriez-vous que ses audacieuses sorties contre un monstre respecté n'ont révolté personne, et que sa philosophie a trouvé autant de partisans que sa vanité cynique a eu de censeurs? Oh! si quelqu'un pouvait rendre aux hommes le service de leur montrer les mêmes vérités, dépouillées de tout ce qui les défigure et les avilit chez cet écrivain, que je le bénirais! Vous êtes l'homme, mais je suis bien loin de vous prier de courir le moindre risque. Je suis idolâtre du vrai, mais je ne veux pas que vous hasar-

1. *Lettre de J. J. Rousseau à Christophe de Beaumont*, archevêque de Paris. Ed. de Kehl.).

diez d'en être la victime. Tâchez de rendre service au genre humain sans vous faire le moindre tort.

Ce sont là, monsieur, les vœux de la personne du monde qui vous estime le plus, et qui vous est le plus attachée. J'ai l'honneur d'être votre très-humble et très-obéissante servante,   DE MITÈLE.

MMMDCCCVII. — A M. LE DUC DE CHOISEUL.

Mars.

Mon protecteur, si on me demande comment il faut défricher un désert, et donner du pain à des familles qui n'en avaient pas, je le dirai bien; mais j'ignore comment il faut présenter au roi le détail de Fontenoy, l'érection de l'école militaire, et les autres événements qui ne peuvent choquer que sa modestie. J'ignore surtout si on peut lui présenter cette édition, qui est pourtant la neuvième. Tout ce que je sais, c'est que je prends la liberté de l'adresser à mon protecteur, qui en fera tout ce qu'il voudra. Il sait mieux que moi

Quid deceat, quid non.............
HOR., lib. I, ep. VI, v. 62.

Je ne demanderai jamais rien qui puisse être le moins du monde hasardé. Sa bonté pour moi me tient lieu de tout. Je suis comme le *Bourgeois gentilhomme*, j'aime mieux être incivil qu'importun.

Je lui souhaite du fond de mon âme succès dans toutes ses entreprises, gaieté inaltérable, et point de gravelle.

La vieille marmotte des Alpes est à ses pieds avec le plus tendre respect.

MMMDCCCVIII. — AU MÊME. (FRAGMENT.)

J'ignore ce que mes oreilles ont pu faire aux Pompignan. L'un me les fatigue par ses mandements, l'autre me les écorche par ses vers, et le troisième me menace de les couper. Je vous prie de me garantir du spadassin : je me charge des deux écrivains. Si quelque chose, monseigneur, me faisait regretter la perte de mes oreilles, ce serait de ne pas entendre tout le bien que l'on dit de vous à Paris.

MMMDCCCIX. — A M. LE COMTE D'ARGENTAL.

Aux Délices, 2 avril 1763, veille de Pâques.

Mes yeux permettent à ma main d'écrire. Mes anges, vous êtes bien tutélaires, et vous n'êtes pas oisifs. Le P. Mabillon n'a jamais tant fait de recherches que vous daignez m'en envoyer. Il y a surtout un Corneille, vinaigrier, dans le treizième siècle, qui est un point d'érudition assez rare. N'est-ce point ce vinaigrier-là qui a fait *Suréna* et *Pulchérie?* Il est vrai, mes anges, que je me plains quelquefois du temps que ces dernières pièces me font perdre. Figurez-vous la mine que fait un pauvre homme qui a été presque aveugle tout l'hiver, et qui était forcé de lire *Attila* imprimé menu. Ma mauvaise humeur n'empêche pas que je ne rende à notre père Pierre toute la justice qui lui est due;

et si je révèle la turpitude [1] de notre père, c'est en adorant ce qu'il a de bon.

Adélaïde Du Guesclin, ou *le Duc de Foix*, bonnet sale ou sale bonnet, c'est la même chose; c'est-à-dire que ces deux pièces sont également médiocres, à cela près que le bonnet sale d'*Adélaïde* est encore plus sale que celui du *Duc de Foix*.

Puisque me voilà sur l'article du *tripot*, je vous avouerai que j'ai du faible pour *le Droit du seigneur*, et que l'ouvrage me paraît neuf et piquant. J'ai peut-être tort; je sens encore entrailles de père pour *Olympie*. Croyez-moi, cela fait un beau spectacle. Je compte les yeux pour quelque chose. Une petite fille tendre, naïve, avec un petit grain de noblesse et de fermeté, est plus mon affaire pour Olympie qu'une héroïne fière, vigoureuse, connaissant toutes les finesses de l'art, et ayant l'air d'avoir rôti le balai; Olympie ressemble plus à Zaïre qu'à Cornélie.

Passons à la prose, mes anges. Je mets à l'ombre de vos ailes ce tome du *Czar Pierre*. Lisez les chapitres *sur la religion* et *sur la mort d'Alexis*.

Il y a une autre prose plus intéressante, c'est celle des derniers chapitres de l'*Histoire générale*. J'estime qu'il faut absolument que ni M. de Malesherbes ni personne n'en permettent l'entrée en France avant que mes anges et leurs amis aient donné leur approbation, et qu'ils aient indiqué ce qui pourrait trop déplaire. On sait bien qu'il faut dire la vérité, mais les vérités contemporaines exigent quelque discrétion.

Mes anges, nous baisons tous le bout de vos ailes.

MMMDCCCX. — A M. MARMONTEL.

3 avril.

Vous m'écrivez, mon cher ami, le dimanche des Rameaux, et moi je vous écris le dimanche de Pâques. Laissez-moi faire : je me charge de faire entendre raison aux personnes dont vous parlez. Vous moquez-vous du monde de m'envoyer votre *Poétique* par les frères Cramer? Je ne l'aurai que dans un mois. Je suis sûr qu'il y a des choses excellentes; je veux la citer dans le commentaire de notre père Pierre; cela ne sera peut-être pas inutile pour nos desseins académiques. On imprime notre père à force: il n'y a pas un moment à perdre. Envoyez-moi, je vous prie, votre *Poétique* par la poste, contre-signée *le généreux Bouret*. Je suis bien aise que notre ami Pompignan inspire la joie à sa famille. Mes respects, je vous prie, à sa belle-sœur, qui ne rit point par oubli. Où demeurez-vous? que faites-vous? Aimez-moi toujours.

Je suis toujours un peu quinze-vingts.

1. *Lévitique*, XVIII, 7. (ÉD.)

MMMDCCCXI. — A M. LE COMTE D'ARGENTAL.

Aux Délices, 9 avril.

Mes anges, déployez vos ailes et couvrez-moi. Les frères Cramer se
sont avisés de mettre mon nom en gros caractères à la tête de cet
Essai sur l'histoire générale, où je peins le genre humain assez en
laid pour le rendre ressemblant. Ils m'avaient toujours promis de supprimer mon nom. *Messieurs* peuvent très-bien brûler mon livre comme
un mandement d'évêque; mais j'ai toujours dit aux Cramer que je
voulais être brûlé anonyme. Ils me l'avaient promis. Ils me manquent
de parole, et leur édition est déjà en chemin; ils manquent à la foi
des traités, et ils me doivent assez pour être fidèles. Je suis outré. J'ai
recours à vous. Je ne veux point être brûlé en mon propre et privé
nom. Vous avez un Cramer à Paris, vous me direz qu'il n'est point libraire, qu'il est prince de Genève; mais un prince doit avoir de la
clémence. Le fait est que s'ils n'ôtent pas mon nom, et s'ils n'insèrent
pas dans l'ouvrage les cartons nécessaires, je demanderai net la saisie
des exemplaires fataux et fatals.

Les dernières pièces du père Pierre, et les dernières sottises de ma
chère nation, ne laissent pas de me gêner; car, en qualité de critique
et d'historien, vous savez que la vérité est mon premier devoir; et la
dire sans déplaire aux gens de mauvaise humeur, c'est la pierre phi-
losophale.

Ce qui m'est encore fort amer, c'est que lesdits Cramer ont recueilli
tous les traits nouveaux que j'ai ajoutés à la nouvelle édition de l'*Histoire générale*; et de tous ces petits morceaux ils ont fait un recueil
qui se trouve être la satire du genre humain. Ils prétendent donner ce
recueil comme un supplément pour ceux qui ont la première édition.
Qu'arrivera-t-il? Les traits qui ne frappaient pas quand ils étaient épars
dans huit volumes paraîtront un peu trop piquants quand ils seront
rassemblés dans un seul tome; ce sera là le corps du délit. J'ai souvent représenté que la chose était dangereuse; mais ces messieurs, en
pesant mon danger et leur intérêt, ont vu que leur intérêt avait beaucoup plus de poids. Ils ont dit que s'ils n'avaient pas fait ce recueil,
d'autres l'auraient fait; et leur maudit recueil est en chemin avec l'é-
dition entière de l'*Histoire*. Voilà donc dangers sur dangers; et s'ils
mettent mon nom au petit recueil, et s'ils n'y mettent pas les cartons,
je me tiens pour brûlé, et, Dieu merci, c'est la seule récompense de
cinquante ans de travaux. *Messieurs* devraient cependant me ménager
un peu; car, en vérité, pourront-ils empêcher que leur refus de rendre justice au peuple ne soit consigné dans toutes les gazettes? pourront-ils empêcher que ce refus ne soit aussi ridicule qu'injuste? plai-
ront-ils beaucoup au gouvernement en proscrivant des ouvrages où la
conduite du roi se trouve, par le seul exposé et sans aucune louange,
le modèle de la modération et de la sagesse, et où leurs irrégularités
paraissent, sans aucun trait de satire, le comble de la mauvaise humeur, pour ne rien dire de plus?

Le parlement est puissant, mais la vérité est plus forte que lui. Rien ne résiste à une histoire simple et vraie; et ce qu'il a certainement de mieux à faire, c'est de ne rien dire. Vous sentez bien que je parle toujours au ministre d'un petit-fils de Louis XIV, à l'ami de MM. de Praslin et de Choiseul, et non pas au conseiller d'honneur.

Le but et le résumé de cette longue lettre est qu'il m'importe très-peu qu'Omer dénonce mon livre, mais que je ne veux pas qu'il dénonce mon nom, et que je vous supplie, mes divins anges, d'engager le prince Cramer à ordonner à quelqu'un des officiers de sa garde d'ôter ce nom, qui n'est pas en odeur de sainteté. Cette précaution et quelques cartons sont tout ce que je veux.

Si j'étais seulement commis de la chambre syndicale, j'arrêterais le débit d'*Olympie* jusqu'à ce qu'elle ait été tolérée ou sifflée au théâtre; mais je ne suis pas fait pour avoir des dignités en France; je ne veux qu'un titre, et le voici:

Je ne sais quel Anglais fit mettre sur son tombeau : CI-GÎT L'AMI DE PHILIPPE SIDNEY; je veux qu'on grave sur le mien : CI-GÎT L'AMI DE MONSIEUR ET DE MADAME D'ARGENTAL.

MMMDCCCXII [1]. — A M. LE COMTE D'ARGENTAL.

Aux Délices, 13 avril.

Mes divins anges, je vois à peine, en écrivant, ce que j'écris; mon clerc est bien malade, et moi aussi; maman Denis a un engorgement au foie. Nous sommes tout auprès d'*Esculape*-Tronchin, mais Esculape a la goutte, et nous avons le ridicule de demander la santé à un malade. Il n'y a que le ridicule de prier les saints qui soit plus fort. Mes anges, nous ne sommes nullement de votre avis sur la figure d'Antigone au mariage d'Olympie. Nous savons ce que c'est que d'assister à des mariages. Vous ne nous aviez jamais fait cette objection; pourquoi la faites-vous aujourd'hui? quel ennemi vous a parlé contre nous? comment pouvez-vous me dire qu'*Antigone a les raisons les plus fortes pour s'opposer à ce mariage?* Il n'en a certainement aucune; il n'a pas le moindre droit, il n'a pas la possibilité, il est hors du temple, dans le parvis : il faudrait qu'il fût fou pour troubler les cérémonies sacrées. Comment peut-il empêcher que Cassandre donne la main à son esclave? Il n'est sûr de rien; il n'a encore pris aucune mesure; il n'a que des doutes, il n'est venu que pour les éclaircir. Dira-t-il : « Je m'oppose à ce mariage, parce que je crois Olympie fille d'Alexandre? » Tout le monde, le grand prêtre, Cassandre, Olympie, répondraient : « Tant mieux, c'est un mariage fort sortable; vous n'êtes point en droit de vous y opposer; vous ne connaissez pas seulement Olympie; le droit civil et le droit canon sont contre vous; de quoi vous avisez-vous de faire du bruit à la messe? »

Antigone n'est donc pas si sot que de faire un tapage inutile; il s'y prend plus prudemment; il soulève les peuples, et fait venir des troupes; il agit en prince, en ambitieux, en méchant homme.

1. M. Beuchot, dont le numérotage est employé partout pour les citations de Voltaire, donne ici le n° MMMDCCCXII à côté du n° MMMDCCCXIV, sans qu'il y ait aucune lettre de supprimée. (ÉD.)

Sentez-vous bien, mes anges, à quel point il serait ridicule de faire le mariage devant un confident qui ensuite en rendrait compte à Antigone? Je suis si convaincu de tout ce que je vous dis, que le parterre même ne me ferait pas changer de sentiment. Cette pièce d'ailleurs n'est point du tout dans le système ordinaire du théâtre. Elle nous a fait un très-grand effet, à nous autres habitants des Alpes, qui ne connaissons point la tyrannie de l'usage. Le spectacle en est fort beau. Si vous aviez vu Statira entourée de ses prêtresses, et la scène où Olympie, en embrassant sa mère, lui avoue en larmes qu'elle aime le meurtrier de son père et de sa mère; si vous aviez vu notre bûcher, vous auriez eu du plaisir comme nous. L'hiérophante est un digne prêtre; catholiques, huguenots, luthériens, déistes, tout le monde l'aime. Je ne réponds point de Paris; je crois bien que la cabale de Fréron criera, et c'est pourquoi j'ai toujours été dans le dessein de hasarder cette tragédie plutôt à l'impression qu'au théâtre. Mes chers anges, vous la ferez jouer si vous voulez; je n'ai sur cela aucune volonté que la vôtre. Vous vous doutez bien qu'il m'importe assez peu quelle pièce on représente dans une ville que j'ai quittée pour jamais, quand la moitié de la ville s'efforçait de louer *Catilina*, et que tous les *Mercures* et toutes les brochures m'accablaient de mépris en croyant faire leur cour à Mme de Pompadour. Après avoir vécu malheureusement pour le public, j'ai pris le parti de vivre pour moi. J'avoue que l'an passé je fus un peu trop séduit d'*Olympie*, mais je me suis tempéré.

Jean-Jacques ne se tempère pas comme moi. Jean a écrit à Christophe. Il y a un mois que sa lettre est imprimée, mais il n'y en a eu que trois exemplaires dans Genève. L'abbé Quesnel l'a eue à Versailles. Malheureusement l'auteur fait des cartons, et c'est ce qui retarde la publicité de ce modeste ouvrage. L'auteur y disait qu'*on aurait dû lui élever des statues*. On lui a fait voir qu'en effet on pourrait bien lui en dresser une dans la place de Grève; qu'à la vérité elle ne serait pas ressemblante, mais qu'il y aurait un écriteau dans le goût de celui d'*Inri*[1]. Enfin il cartonne[2], et moi je cartonne aussi l'*Histoire générale*, de peur de l'*Inri*.

Vous ne me parlez point, mes anges, de l'incendie de l'Opéra[3]; c'est une justice de Dieu; on dit que ce spectacle était si mauvais, qu'il fallait tôt ou tard que la vengeance divine éclatât.

Je suis en peine de mon contemporain le président Hénault; il aura pris sa pleurésie à Versailles. Cet accident devrait le corriger. J'ai connu une femme qu'une grande maladie guérit de sa surdité. Le président est sourd, et moi aussi; mais j'ai par-dessus lui une propension extrême vers l'aveuglement. J'ai perdu ma jolie petite écriture, les yeux me cuisent. Je finis en baisant le bout de vos ailes avec les respects les plus tendres.

1. J. N. R. J. (Jésus de Nazareth, roi des Juifs.) (Éd.)
2. J. J. Rousseau n'a pas cartonné sa lettre à Christophe de Beaumont. (Éd.)
3. L'incendie de l'Opéra éclata le 6 avril 1763, à onze heures du matin. (Éd.)

MMMDCCCXIV. — A M. LE MARQUIS D'ARGENCE DE DIRAC.

22 avril.

Le bon Dieu vous le rende, monsieur, d'avoir guéri M. le comte de Brassac de sa peur. Non-seulement vous êtes philosophe, mais vous en faites. Je suis bien fâché de n'avoir plus de sermons[1], mais vous aurez des curé *Meslier* tant que vous en voudrez. Je ne sais si le dernier ouvrage de J. J. Rousseau, intitulé *Émile*, est parvenu jusqu'à vous. Il est vrai que dans ce livre, qui est un plan d'éducation, il y a bien des choses ridicules et absurdes. Il a un jeune homme de qualité à élever, et il en fait un menuisier : voilà le fond de ce livre; mais il introduit au troisième tome un vicaire savoyard, qui sans doute était vicaire du curé Jean Meslier. Ce vicaire fait une sortie contre la religion chrétienne avec beaucoup d'éloquence et de sagesse. Vous avez su que l'archevêque de Paris a donné un mandement violent contre Jean-Jacques; que Jean-Jacques, poursuivi d'ailleurs par le parlement de Paris, brûlé à Genève sa patrie, brûlé à Berne, c'est-à-dire dans la personne de son livre, s'est retiré dans un désert près de Neuchâtel, qui appartient au roi de Prusse. C'est de là que ce pauvre martyr écrit une lettre de deux cents pages à l'archevêque de Paris, intitulée Lettre de *J. J. Rousseau à Christophe de Beaumont.* Il est fort difficile d'en avoir des exemplaires : s'il m'en tombe entre les mains, je tâcherai de vous les faire parvenir contre-signés. Adieu, monsieur; continuez à détruire l'erreur et à aimer vos amis. Daignez toujours me compter parmi ceux qui vous sont le plus dévoués.

MMMDCCCXV. — DU CARDINAL DE BERNIS.

Au Plessis, le 24 avril.

Notre secrétaire m'a envoyé l'*Héraclius* de Calderon, mon cher confrère, et je viens de lire le *Jules César* de Shakspeare; ces deux pièces m'ont fait grand plaisir, comme servant à l'histoire de l'esprit humain et du goût particulier des nations. Il faut pourtant convenir que ces tragédies, tout extravagantes ou grossières qu'elles sont, n'ennuient point; et je vous dirai, à ma honte, que ces vieilles rapsodies, où il y a de temps en temps des traits de génie et des sentiments fort naturels, me sont moins odieuses que les froides élégies de nos tragiques médiocres. Voyez les tableaux de Paul Véronèse, de Rubens, et de tant d'autres peintres flamands ou italiens; ils pèchent souvent contre le costume, ils blessent les convenances et offensent le goût, mais la force de leur pinceau et la vérité de leur coloris font excuser ces défauts. Il en est à peu près de même des ouvrages dramatiques. Au reste, je ne suis point étonné que le peuple anglais, qui ressemble à certains égards au peuple romain, ou qui du moins est flatté de lui ressembler, soit enchanté d'entendre les grands personnages de Rome s'exprimer comme la bourgeoisie et quelquefois comme la populace de Londres. Vous paraissez étonné que la philosophie, éclairant l'esprit et rectifiant les idées,

1. Le *Sermon du rabbin Akib*, ou le *Sermon des Cinquante*. (ÉD.)

influe si peu sur le goût d'une nation. Vous avez bien raison ; mais cependant vous aurez observé que les mœurs ont encore plus d'empire sur le goût que les sciences : il me semble qu'en fait d'art et de littérature, les progrès du goût dépendent plus de l'esprit de société que de l'esprit philosophique. La nation anglaise est politique et marchande ; par là même elle est moins frivole, mais moins polie, que la nôtre. Les Anglais parlent de leurs affaires : notre unique occupation à nous, est de parler de nos amusements ; il n'est donc pas singulier que nous soyons plus difficiles et plus délicats que les Anglais sur le choix de nos plaisirs, et sur les moyens de nous en procurer. Au reste, qu'étions-nous avant le siècle de Corneille ? Il nous sied bien, à tous égards, d'être modestes ; vous seul en France auriez la permission de ne pas l'être, si vous vouliez ; mais votre esprit est trop étendu pour ne pas apercevoir les bornes de l'esprit humain. Ainsi vous êtes indulgent, avec plus de droit que personne pour être sévère.

J'espère que la fonte des neiges vous rendra la vue, et que vous perdrez bientôt ce côté de ressemblance avec le bon Homère. Pour moi, qui n'ai pas l'honneur de ressembler aux grands hommes, je suis fort content de ma santé, de ma gaieté, et de mon courage. Le château du Plessis, dont vous me demandez des nouvelles, appartient à un de mes parents qui me le prête six mois de l'année ; il est à dix lieues de Paris, dans une situation riante, à côté de la forêt d'Hallate, que votre Pierre le Grand de Russie appelait le jardin de la France. J'y vois mes véritables amis ; j'y ai des livres, et toutes sortes d'amusements champêtres ; en voilà assez pour une *manière de sage* qui rit sans éclat des folies du genre humain, qui est assez jeune pour voir encore bien des changements dans la lanterne magique de ce monde, et qui a pris la ferme résolution de vivre cent ans, sans se mêler d'autre chose que de ses affaires.

Quand vous voudrez me renvoyer Olympie, au sortir de sa toilette, elle sera bien reçue. Je retourne dans quinze jours à Vic-sur-Aisne, pour y passer tout l'été ; ainsi adressez, à cette époque, vos lettres à Soissons. Adieu, mon cher confrère ; personne ne sent plus vivement que moi les charmes de votre amitié.

MMMDCCCXVI. — A M. LE COMTE D'ARGENTAL.

25 avril.

Mes chers anges, je vous envoie *Olympie*, que j'ai fait imprimer pour deux raisons assez fortes. La première, à cause des remarques, que je crois très-intéressantes et très-utiles, si utiles même qu'on ne les aurait jamais imprimées à Paris, où les véritables gens de lettres sont persécutés, et où l'insolent et ridicule Omer de Fleury ose proscrire la *Religion naturelle*, ainsi que le *Bon Sens*.

La seconde raison, c'est que ni Lekain ni Mlle Clairon ne mutileront mon ouvrage. Je vous avoue que, dans l'état où sont les choses, j'aime mieux les suffrages de l'Europe que ceux de la ville de Paris. Vous m'avouerez, mes chers anges, que c'est aux seuls gens de lettres qu'on doit actuellement la réputation de la France. L'impératrice de Russie veut faire imprimer chez elle l'*Encyclopédie*, tandis qu'Omer de Fleury veut qu'on vole à Paris les souscripteurs. On représente à Moscou et à Rome ce même *Mahomet* qu'Omer de Fleury voulait anéantir à Paris, etc., etc.

J'avoue qu'on a protégé dans notre ville une comédie [1] dont tout le mérite consistait à dire que Diderot et Dalembert étaient des fripons. J'avoue qu'on élève un mausolée à un assez mauvais poète [2] boursouflé qui n'a presque jamais parlé français; mais ces petites faveurs si bien appliquées ne me font pas changer de sentiment.

Je crois que Mlle Clairon est la plus grande actrice que vous ayez eue; mais permettez-moi de ne m'en rapporter en aucune manière à aucun de ses jugements.

Permettez-moi aussi de vous dire que vous me faites une vraie peine de céder à ceux qui ont assez peu de goût pour vouloir retrancher ces vers que dit Antigone au premier acte :

Nous verrons.... Mais on ouvre, et ce temple sacré
Nous découvre un autel de guirlandes paré.
Je vois des deux côtés les prêtresses paraître;
Au fond du sanctuaire est assis le grand prêtre,
Olympie et Cassandre arrivent à l'autel ! — (Scène III).

Chaque mot que dit Antigone est la peinture d'un spectacle qui lui sera funeste; et lui-même, en prononçant ces paroles, ajoute beaucoup à la solennité du spectacle. Rien n'est si pauvre, si mesquin, si opposé à la vérité de la véritable tragédie, que de vouloir tout étriquer, tout tronquer; d'ôter aux mouvements et aux sentiments l'étendue qui leur est nécessaire. Si on resserrait, par exemple, la catastrophe de la fin, il n'y aurait plus rien de pathétique : j'aimerais autant entendre des chanoines dépêcher leurs complies pour gagner plus vite leur argent.

En un mot, mes chers anges, je n'ai nullement envie que l'on joue à présent *Olympie*; et puisqu'on n'a pas voulu reprendre *le Droit du seigneur*, et qu'on a violé toutes les règles pour me faire cet outrage, je ne me soucie point du tout de me risquer au hasard de la représentation, au caprice du parterre et aux fureurs de la cabale. J'avais peut-être quelque talent, et je me faisais un plaisir de le consacrer aux amusements de mes anges; mais eux-mêmes ne me conseilleraient pas, dans les circonstances présentes, d'essuyer de nouvelles humiliations.

Je suis bien étonné qu'on me reproche d'avoir dit dans l'*Histoire de Pierre le Grand* ce que j'avais déjà dit dans celle de Louis XIV. Vous me direz que j'ai eu tort dans l'une et dans l'autre; malheureusement ce tort est irréparable, tous les exemplaires étant partis de Genève il y a plus de trois mois, à ce que disent les Cramer; et ces torts consistent à avoir dit des vérités dont tout le monde convient, et qui ne nuisent à personne. Au reste, si vous avez trouvé quelque petite odeur de philosophie morale et d'amour de la vérité dans l'*Histoire de Pierre le Grand*, je me tiens très-récompensé de mon travail; car c'est à des lecteurs tels que vous que je cherche à plaire.

---

1. *Les Philosophes*, par Palissot. (ÉD.) — 2. Crébillon. (ÉD.)

Vous aurez incessamment la *Lettre de Jean-Jacques à Christophe*. Il n'a point fait de cartons, comme on le croyait : il persiste toujours à dire qu'il fallait lui élever des statues au lieu de le brûler; il assure que si on trouve quelques traits voluptueux dans son *Héloïse*, il y en a davantage dans l'*Aloïsia* [1], que tous les prêtres ont à Paris dans leurs bibliothèques. Il proteste à Christophe qu'il est chrétien ; et en même temps il couvre la religion chrétienne d'opprobres et de ridicules; il y a une douzaine de pages sublimes contre cette sainte religion. Peut-être ce qu'il dit est-il trop fort ; car, après tout, le christianisme n'a fait périr qu'environ cinquante millions de personnes de tout âge et de tout sexe, depuis environ quatorze cents ans, pour des querelles théologiques. J'oubliais de vous dire que Jean-Jacques, dans son épître, prouve à Omer qu'il est un sot, en quoi je suis entièrement de son avis.

Mes divins anges, la plus grande consolation de ma vie est votre amitié ; il est vrai que je ne vous verrai plus, mais je songerai toujours que vous daignez m'aimer. Mme Denis est infiniment sensible à toutes vos bontés. Tronchin prétend qu'elle sera guérie après qu'elle aura pris quatre ou cinq mille pilules. J'aimerais mieux faire un voyage aux eaux, pourvu que vous y fussiez.

Mes divins anges, il faut encore que je vous dise que j'exige absolument des Cramer d'ôter mon misérable nom des frontispices de leur recueil. Vous savez que rien n'est plus aisé que de brûler un livre. Un Chaumeix, un Gauchat, n'ont qu'à recueillir, falsifier, empoisonner quelques phrases, et donner un extrait calomnieux à un Omer; Omer fera son réquisitoire, et des hommes extrêmement ignorants condamneront au brasier un livre qu'ils n'auront pas lu. A la bonne heure, les Cramer n'en seront pas fâchés; mais moi, si mon nom est à la tête d'une histoire sage et instructive, je suis décrété en personne, et mes biens confisqués, si je ne comparais pas devant *Messieurs*. Or c'est ce qui est absolument inutile. Je veux bien qu'on décrète un quidam qui pouvait prouver que le parlement n'a aucun droit de faire des remontrances que par la pure concession des rois, et qui ne l'a pas dit; qui pouvait prouver que les enregistrements ne viennent que des *regesta*, des compilations qu'on s'avisa de faire sous Philippe le Bel, des *olim*, de l'habitude enfin qu'on prit de tenir registre (l'habitude qui succéda au trésor des chartres), qui pouvait éclaircir cette matière, et qui ne l'a pas fait. On peut brûler une histoire dans laquelle la conduite du parlement est toujours ménagée; on peut brûler ce livre par arrêt du parlement, cela est dans l'ordre; mais je ne veux pas être brûlé en effigie. N'êtes-vous pas de mon avis?

Mes anges, un petit mot d'*Olympie*, et je finis. Un homme qui a été à moi, qui a été volé à Francfort avec moi, l'a imprimée à ses dépens; c'est un plaisir que je lui devais. Serait-il juste d'empêcher son édition d'entrer en France, et de le priver du fruit de ses avances? Je m'en rapporte à vos cœurs angéliques.

1. On désigne ainsi l'ouvrage de Chorier intitulé : *Johannis Meursii Elegantiæ latini sermonis*, ouvrage obscène, dont il existe deux traductions françaises. (*Note de M. Beuchot.*)

Vous m'avez, j'en suis sûr, trouvé sombre, chagrin dans mon épître. Je ne sais pourquoi je suis triste; car votre humeur est toujours
égale, et je voudrais vous imiter. Je crois que c'est parce que le vent
du nord souffle; mais je suis à vous à tout vent, ô anges

Respect et tendresse.

MMMDCCCXVII. — A M. COLINI.

26 avril.

Mon cher historiographe, j'ai reçu votre petit paquet, et je vous en
remercie. Je vous prie de me faire un second envoi, et de régaler
Mme de Fresney d'un exemplaire. Ayez la bonté de lui écrire un petit
mot; cette attention l'engagera à me faire tenir les paquets sans se
rebuter.

Voilà les beaux jours qui arrivent; que ne puis-je venir vous voir!
Mais je suis dans ma soixante-douzième année, et il faut que j'achève
l'édition de Corneille, etc.   V.

MMMDCCCXVIII. — A M. LE CHEVALIER DE LA MOTTE-GEFRARD.

Avril.

J'ai lu, monsieur, la lettre de votre bacha [1]; tout ce qui m'étonne,
c'est qu'ayant été exilé dans l'Asie Mineure, il n'alla pas servir le sophi
de Perse Thamas Kouli-kan; il aurait pu avoir le plaisir d'aller à la
Chine, en se brouillant successivement avec tous les ministres : sa tête
me paraît avoir eu plus besoin de cervelle que d'un turban. Il y avait
un peu de folie à vouloir se battre avec le prince Eugène, président du
conseil de guerre; c'est à peu près comme si un de nos officiers appelait en duel le doyen des maréchaux de France. Que ne proposait-il
aussi un duel au grand vizir? Cependant on pourrait tirer quelque parti
de sa lettre, en élaguant les inutilités, en adoucissant les choses flatteuses qu'il dit de notre ambassadeur M. de Villeneuve, et en donnant
quelques coups de lime au style grivois du bacha; on lui passera tout,
parce qu'il était un homme aimable.

Je voudrais bien être à portée, monsieur, de vous prouver avec quels
sentiments respectueux j'ai l'honneur d'être, etc.

MMMDCCCXIX. — A M. LE DUC DE PRASLIN.

Permettez que je vous informe de ce qui vient de m'arriver avec
M. Macartney, gentilhomme anglais très-jeune, et pourtant très-sage;
très-instruit, mais modeste; fort riche et fort simple; et qui criera bientôt en parlement mieux qu'un autre. Il m'a nié que vous eussiez des
bontés pour moi : je me suis échauffé, je me suis vanté de votre protection. Il m'a répondu que si je disais vrai, je prendrais la liberté de
vous écrire. J'ai les passions vives. Pardonnez donc, monseigneur, au
zèle, à l'attachement, et au profond respect du vieux montagnard.

1. M. de Bonneval, qui s'était fait Turc. (ÉD.)

MMMDCCCXX. — A M. Helvétius.

Le 1er mai.

Voici, mon illustre philosophe, un gentilhomme anglais très-instruit, et qui par conséquent vous estime.

Je me suis vanté à lui d'avoir quelque part à votre amitié; car j'aime à me faire valoir auprès des gens qui pensent. M. Macartney pense tout comme vous. Il croit, malgré Omer et Christophe, que si nous n'avions point de mains [1], il serait assez difficile de faire des rabats à Christophe et à Omer, et des sifflets pour les bourdons de Simon Le Franc, favori du roi, etc., etc., etc.

Il trouve notre nation fort drôle; il dit que sitôt qu'il paraît une vérité parmi nous, tout le monde est alarmé comme si les Anglais faisaient une descente.

Puisque vous avez eu la bonté de rester parmi les singes, tâchez donc d'en faire des hommes. Dieu vous demandera compte de vos talents. Vous pouvez plus que personne écraser l'erreur, sans montrer la main qui la frappe. Un bon petit catéchisme [2] imprimé à vos frais par un inconnu, dans un pays inconnu, donné à quelques amis qui le donnent à d'autres; avec cette précaution, on fait du bien et on ne craint point de se faire du mal, et on se moque des Christophe, des Omer, etc., etc.

Jean-Jacques dit, à mon gré, une chose bien plaisante, quoique géométrique, dans sa *Lettre à Christophe*, pour prouver que dans notre secte, la partie est plus grande que le tout. Il suppose que notre Sauveur Jésus-Christ communie avec ses apôtres : en ce cas, dit-il, il est clair que Jésus mit sa tête dans sa bouche. Il y a par-ci par-là de bons traits dans ce Jean-Jacques.

On m'a envoyé les deux extraits de Jean Meslier; il est vrai que cela est écrit du style d'un cheval de carrosse; mais qu'il rue bien à propos! et quel témoignage que celui d'un prêtre qui demande pardon en mourant d'avoir enseigné des choses absurdes et horribles! quelle réponse aux lieux communs des fanatiques qui ont l'audace d'assurer que la philosophie n'est que le fruit du libertinage!

Oh! si quelque galant homme, écrivant avec pureté et avec force, donnant à la raison les grâces de l'imagination, daignait consacrer un mois ou deux à éclairer le genre humain? Il y a de bonnes âmes qui font ce qu'elles peuvent, elles donnent quelques coups de bêche à la vigne du Seigneur; mais vous la feriez fructifier au centuple. *Amen!* Toutefois ne faites point apprendre à vos enfants le métier de menuisier; cela me paraît assez inutile pour l'éducation d'un gentilhomme.

Vale; je vous estime autant que je vous aime.

MMMDCCCXXI. — A M. Dalembert.

1er mai.

Mon cher et grand philosophe, je suis aveugle quand il neige; et je commence à voir quand la terre a pris sa robe verte. Vous me de-

---

1. *De l'Esprit*, discours I, chap. I. (Éd.)
2. *Catéchisme de l'honnête homme.* (Éd.)

mandez ce que je fais; je vois, et voudrais bien vous voir : comptez que c'est un très-grand plaisir d'avoir les yeux crevés pendant quatre mois; cela rend les huit autres délicieux. Je souhaite que Mme du Deffand puisse avoir mon secret. Quand je serai aveugle tout à fait, je lui écrirai régulièrement; mais je ne suis pas encore digne d'elle.

J'ai lu la *Poétique* dont vous me parlez : on voit que c'est un philosophe poëte qui a fait cela. Si vous ne le faites pas *intrare in nostro digno corpore* à la première occasion, en vérité, messieurs, vous aurez grand tort. Il faut qu'il entre, et qu'ensuite Diderot entre; et si Jean-Jacques avait été sage, Jean-Jacques aurait entré ou serait entré; mais c'est le plus grand petit fou qui soit au monde. Il y a des choses charmantes dans sa *Lettre à Christophe* : il lui prouve que le tout est plus petit que la partie chez les papistes. Il prétend qu'il est très-vraisemblable que Christ, en instituant la divine Eucharistie, mangea de son pain bénit, et qu'alors il est visible qu'il mit sa tête dans sa bouche; mais nous répondrons à cela que la tête dans le pain n'était pas plus grosse qu'une tête d'épingle. Au reste, Jean-Jacques parle un peu trop de lui dans sa lettre; il assure que tous les États policés lui doivent une statue; il jure qu'il est chrétien, et donne à notre sainte religion tous les ridicules imaginables. Il y a un petit mot sur Omer Fleury; il soupçonne Omer d'être un sot, mais ce n'est qu'en passant : Christophe et Christ sont ses grands objets. Luc lui donne un habit par an, du bois, et du blé, et il vit dans son tonneau assez fièrement à Motiers-Travers, entre deux montagnes.

Pour Simon Le Franc, apprenez qu'on se moque de lui à Montauban comme à Paris : on y chante sa chanson, et il fait de nouveaux cantiques hébraïques dans sa belle bibliothèque. Depuis Montmor, l'abbé Malotru[2] et M. Chiantpot-la-perruque, personne n'a plus égayé sa nation.

Si vous allez voir Luc, passez par chez nous : vous trouverez que Genève a fait de grands progrès, et qu'il y a plus de philosophes que de sociniens. Luc est l'ami de votre impératrice; rien ne vous empêchera d'aller voir votre Catherine. Vous serez plus fêté, plus honoré que tous nos ambassadeurs; mais repassez par chez nous en revenant. Je vous avertis que toute la cour de Catherine joue des pièces françaises. Bientôt on parlera français chez les Calmoucks. Ce n'est pourtant ni à messieurs du parlement, ni à messieurs des convulsions, ni à nos généraux, ni à nos premiers commis, qu'on doit cette petite distinction. Une douzaine d'êtres pensants, à la tête desquels vous êtes, empêche que la France ne soit la dernière des nations. Continuez, mon cher philosophe, à lui faire honneur; jouissez de votre

---

1. Par Marmontel. (ÉD.)

2. Dans des recueils manuscrits de chansons et autres pièces, de 1711 à 1727, on en trouve une intitulée : *Portrait de l'abbé Malotru*, avec un abrégé de *l'histoire de sa vie*, dédié et présenté à M. l'abbé de Saint-Martin. L'abbé de Saint-Martin est bien connu par la *Mandarinade*. Né à Saint-Lô en 1614, il est mort en 1687. Quant à l'abbé Malotru, il paraît qu'il était protonotaire et écuyer, et auteur de diverses pièces. Il habitait peut-être Caen. (*Note de M. Beuchot.*)

considération personnelle et de votre noble indépendance. C'est à vous qu'il appartient de rire de tout, car vous vous portez bien, et je ne suis qu'un vieux malade. Au surplus, *écr. l'inf.*

N. B. Voici un jeune Anglais, digne de vous voir, et qui veut vous voir : c'est M. Macartney, savant pour son âge, philosophe, et qui brillera comme un autre et mieux qu'un autre en *parliament.* Je prends la liberté de recommander *liberum hominem homini libero.*

MMMDCCCXXII. — A M. Colini.

Aux Délices, 3 mai.

Je vous prie instamment d'envoyer sur-le-champ, par la poste, un exemplaire d'*Olympie* à Son *Éminence monseigneur le cardinal de Bernis*, à Soissons. Vous me ferez très-grand plaisir, mon cher historiographe.

Êtes-vous à Schwetzingen? êtes-vous à Manheim? pour moi je suis au coin de mon feu, n'en pouvant plus.

MMMDCCCXXIII. — A M. le marquis Albergati Capacelli.

Aux Délices, 5 mai.

Le pauvre vieux malade a reçu, monsieur, des bouteilles de vin dont il vous remercie, et dont il boira, s'il peut jamais boire; il y a aussi des saucissons dont il mangera, s'il peut manger : il est dans un état fort triste, et ne peut guère actuellement parler ni de vers ni de saucissons. Vraiment, monsieur, vous me faites bien de l'honneur de vous regarder comme mon fils; il est vrai que je me sens pour vous la tendresse d'un père, et que de plus j'ai l'âge requis pour l'être.

N'attribuez, monsieur, qu'à ma vieillesse si je ne me souviens pas du P. Paciaudi ou Pacciardi; je n'ai pas la mémoire bien fraîche et bien sûre. Il se peut faire que j'aie eu l'honneur de voir ce théatin; mais je prie son ordre de me pardonner, si je ne m'en souviens pas.

Rien ne peut égaler l'honneur que vous et vos amis m'avez daigné faire en traduisant quelques-uns de mes faibles ouvrages, et rien ne peut diminuer à mes yeux le mérite des traducteurs, ni affaiblir ma reconnaissance.

Comme l'état où je suis ne me permet d'écrire que très-rarement, et encore par une main étrangère, je n'entretiens pas un commerce fort suivi avec notre cher Goldoni; mais j'aime toujours passionnément ses écrits et sa personne. J'imagine qu'il restera longtemps à Paris où son mérite doit lui procurer chaque jour de nouveaux amis et de nouveaux agréments. Mais, quand il retournera dans la belle Italie, je le supplierai de passer par notre ermitage ; nous aurons le plaisir de nous entretenir de vous. Il vous portera, monsieur, mon respect extrême pour votre personne, et mes regrets de mourir sans avoir eu la consolation de vous voir.

MMMDCCCXXIV. — A M. DAMILAVILLE.

7 mai.

Les choses changent, mon cher frère, selon les temps. Par le dernier ordinaire, je souhaitais le débit de l'*Histoire générale*, et par celui-ci je souhaite qu'on enferme tout sous quatre clefs jusqu'à nouvel ordre. Le président de Meynières et l'abbé de Chauvelin prétendent qu'on m'a fourni quelques fausses dates et quelques faits peu exacts sur les affaires du parlement, quoique ces dates et ces faits soient d'après les *Nouvelles ecclésiastiques*, dont assurément le parlement ne doit pas être mécontent.

Il faut donc attendre les mémoires qu'on doit m'envoyer; c'est pour le moment présent le seul parti que j'aie à prendre.

Je vous écris très à la hâte, et je vous réitère [1] ma prière à propos du paquet de M. le comte de Bruc. *Écr. l'inf.*

MMMDCCCXXV. — A M. ROUSSEAU.

Aux Délices, 8 mai.

La plus petite de toutes les méprises imprimées, et la moins importante, est l'honneur qu'on me fait, dans le *Journal encyclopédique* du mois de mars 1763, d'avoir reçu de Mme l'archiduchesse des bouts-rimés à remplir. Je n'ai, Dieu merci, ni reçu cet ordre, ni fait ces bouts-rimés. Cependant, comme il faut obéir aux princesses, quelque vieux qu'on soit, je déclare que je ferai de mauvais bouts-rimés, quand Leurs Altesses Impériales l'ordonneront positivement.

MMMDCCCXXVI. — A M. LE COMTE D'ARGENTAL.

8 mai.

Anges exterminateurs, celui qui vous appelait furie avait bien raison. Vous êtes mon berger, et vous écorchez votre vieux mouton. Voici les derniers bêlements de votre ouaille misérable.

1° Vous voulez qu'on imprime la médiocre *Zulime* au profit de Mlle Clairon : très-volontiers, pourvu qu'elle la fasse imprimer comme je l'ai faite. Je doute qu'elle trouve un libraire qui lui en donne cent écus; mais je consens à tout, pourvu qu'on donne l'ouvrage tel que je l'ai envoyé en dernier lieu.

2° Voulez-vous supprimer l'édition de l'*Olympie*, ou en faire imprimer une autre, en adoucissant quelques passages sur ce détestable grand prêtre Joad, et le tout au profit de Mlle Clairon? de tout mon cœur, avec plaisir assurément.

3° L'*Histoire générale* est peut-être un peu plus sérieuse. Le parlement sera irrité, de quoi? de ce que j'ai dit la vérité. Le gouvernement ne me pardonnera donc pas d'avoir dit que les Anglais ont pris le Canada, que j'avais, par parenthèse, offert, il y a quatre ans, de vendre aux Anglais; ce qui aurait tout fini, et ce que le frère de M. Pitt m'avait proposé. Mais laissons là le Canada, et parlons des iro-

---

1. Le paquet pour le comte de Bruc contenait un exemplaire de l'*Extrait des sentiments de J. Meslier*, et avait été arrêté dans les bureaux de la poste. (ÉD.)

quois qui me feraient brûler pour avoir laissé entrevoir un air d'ironie sur des choses très-ridicules.

Entre nous, y aurait-il rien de plus tyrannique et de plus absurde que d'oser condamner un homme pour avoir représenté le roi comme un père qui veut mettre la paix entre ses enfants ? Voilà le précis de toute la conduite du roi. J'ai rendu gloire à la vérité, et cette vérité n'a point été souillée par la flatterie. La cour peut ne m'en pas savoir gré; mais, de bonne foi, le parlement ferait-il une démarche honnête de rendre un arrêt contre un miroir qui le montre à la postérité? miroir qu'il ne cassera pas, et qui est d'un assez bon métal. Ne saura-t-on pas que c'est la vérité qui l'a indisposé personnellement? et quand il condamnera le livre en général, quel homme ignorera qu'il n'a vengé que ses prétendues injures particulières? Je n'ai d'ailleurs rien à craindre du parlement de Paris, et j'ai beaucoup à m'en plaindre, il ne peut rien ni sur mon bien ni sur ma personne. Ma réponse est toute prête, et la voici:

Il y avait un roi de la Chine qui dit un jour à l'historien de l'État : « Quoi! vous voulez écrire mes fautes? — Sire, répondit le griffonnier chinois, mon devoir m'oblige d'aller écrire tout à l'heure le reproche que vous venez de me faire.

— Eh bien donc, dit l'empereur, allez, et je tâcherai de ne plus faire de fautes, » etc., etc.

Mais s'il est vrai que j'aie altéré des faits et des dates, j'ai beaucoup d'obligation à M. l'abbé de Chauvelin et à M. le président de Meynières. Ces dates et ces faits ont été pris dans tous les journaux du temps, et même dans la *Gazette ecclésiastique*, qui certainement n'a pas eu envie de déplaire au parlement. J'attends avec empressement l'effet des bontés de MM. de Meynières et de Chauvelin; et je corrigerai les chapitres concernant les billets de confession et la cessation de la justice. J'avoue que j'aurai bien de la peine à louer ces deux choses; elles me paraissent absurdes, comme à toute la terre. Je m'en rapporte à votre ami M. le duc de Praslin; je m'en rapporte à vous, mes anges. Vous savez votre histoire de France; il y a eu des temps plus funestes; mais y en a-t-il eu de plus impertinents? Je voudrais que vous fussiez aux Délices; oui assurément, je le voudrais; vous y verriez des Anglais, des Tudesques, des Polacres, des Russes; vous verriez ce qu'on pense de notre pauvre nation; vous verriez comme l'Europe la traite; vous me trouveriez le plus circonspect de tous les hommes dans la manière dont j'ai parlé de vos belles querelles.

A l'égard du czar Pierre Ier, vous en usez avec moi précisément comme le docteur Tronchin avec Mme Denis : elle lui a demandé quatre pilules de moins, et il lui fait prendre quatre pilules de plus. Mais, mes divins anges, quand un livre est lâché dans l'Europe, il n'y a plus de remède. Je griffonne, Cramer imprime, bien ou mal, et il fait ses envois sans me consulter. Je n'ai assurément aucun intérêt à la chose, je n'en ai que la peine. Qu'on supprime ses livres à Paris, c'est son affaire. Pourquoi ne vous a-t-il pas fait présenter le premier exemplaire?

Voilà M. de Thibouville qui m'envoie vraiment de beaux projets pour *Olympie* : c'est bien prendre son temps.

Ma conclusion est que je vous suis très-obligé de me procurer les remarques de MM. de Meynières et de Chauvelin. La vérité, que je préfère à tout, me les fera adopter sur-le-champ. Mais je vous jure que la crainte de tous les parlements du royaume ne me ferait pas altérer un fait vrai ; de même que les trois états du royaume assemblés ne m'empêcheraient pas de vous aimer.

Ne me faites pas peur des parlements, je vous en prie ; car je ne tiens en nulle manière à mes terres au bout de la Bourgogne. Je vais vendre tout ce que j'ai en France dont je peux disposer ; j'enverrai ma nièce avec M. et Mme Dupuits à Paris : le parlement ne saisira pas ce que je lui aurai donné, et il m'en restera assez pour vivre et pour mourir libre, et même pour aller mourir dans un pays plus chaud que le mont Jura et les Alpes, dont la neige me rend aveugle six mois de l'année.

Mes anges, tout diables que vous êtes, je suis sous vos ailes à la vie et à la mort.

MMMDCCCXXVII. — A M. DAMILAVILLE.

9 mai.

C'est pour vous confirmer, mon cher frère, que je ne peux me dispenser d'attendre les remarques que M. d'Argental a eu la bonté de me promettre de la part de M. le président de Meynières et de M. l'abbé de Chauvelin. Je dois certainement attendre ces remarques, et y déférer ; ils sont instruits, et ils veulent bien m'instruire : c'est à moi de profiter de leurs lumières, et de les remercier. L'enchanteur Merlin n'a donc qu'à tenir bien renfermés tous les grimoires que les frères Cramer lui ont envoyés : il n'y perdra rien ; on pourra même, pour plus de facilité, imprimer à Paris les deux chapitres qu'il faudra corriger. Il serait bon que le nom de ce Merlin fût absolument ignoré de tout le monde ; il faut qu'il soit le libraire des philosophes : cette dignité peut mener un jour à la fortune ou au martyre ; ainsi il doit être invisible comme les rose-croix.

Plus je vieillis, et plus je deviens implacable envers *l'infâme !* quel monstre abominable ! J'embrasse tendrement tous les frères.

Dites-moi, je vous en conjure, des nouvelles du paquet que je vous ai adressé pour M. le comte de Bruc ; si vous ne l'avez pas reçu, il est important que vous le redemandiez, et M. Janel vous le fera remettre sans doute en payant. M. Dalembert ne vous a-t-il pas fait remettre six cents livres ? Je crois que je vous en dois davantage pour le payement des livres que vous avez eu la bonté de me faire avoir.

Est-il vrai que le parlement fait des difficultés sur les édits du roi ? Ces édits m'ont paru de la plus grande sagesse.

Les Anglais, nos vainqueurs, sont obligés de s'imposer des taxes pour payer leurs dettes ; il faut au moins que les vaincus en fassent autant.

Souvenez-vous encore, mon cher frère, qu'il y a un Anglais chargé d'un paquet pour M. Dalembert ; et si vous voyez ce cacouac, ayez la bonté de le lui dire.

Voilà bien des articles sur lesquels je vous supplie de me répondre. Adieu; ne vous verrai-je point avant de mourir? *Écr. l'inf.*

Je rouvre ma lettre pour vous dire, mon cher frère, qu'il est important que vous alliez voir M. Janel. Je suis au désespoir de ce contre-temps. Vous offrirez le payement du paquet qu'on a retenu. C'est une bagatelle qui ne peut faire de difficulté; mais le point essentiel est qu'on vous rende la lettre pour M. le comte de Bruc, l'un de nos frères, très-zélé. Il faut au moins obtenir que M. Janel ne nous fasse pas de la peine; c'était, ne vous déplaise, un *Meslier* dont il s'agissait; c'était un de mes amis qui envoyait ce *Meslier* à M. de Bruc : ni la lettre ni la brochure ne sont parvenues. Je vous ai écrit trois fois sur cette affaire sans avoir eu de réponse. M. de Janel est généreux et bienfaisant; il ne refusera pas de nous tirer de ce petit embarras. Je vous répète que je n'avais aucune part ni à la lettre écrite à M. de Bruc, ni à la brochure. Ce paquet fut retenu dans les premiers jours où l'on parlait du mandement de Jean-Jacques à Christophe, et il y a quelque apparence que ce mandement de Jean-Jacques nous aura nui. Je m'en remets à votre prudence; mais je vous assure que la chose mérite d'être approfondie.

J'ai reçu tous les livres que vous avez eu la bonté de m'envoyer. Je reçois *les Troyennes* [1] : cela prouve qu'il y a des envois heureux et d'autres malheureux.

MMMDCCCXXVIII. — A M. GOLDONI.

Aux Délices, 10 mai.

Je n'ai reçu que depuis peu de jours, monsieur, vos bienfaits. La personne qui m'avait tant dit de bien de la pièce dont vous avez gratifié Paris [2] ne m'avait pas trompé. Je ne me plains que de la peine que m'ont faite mes pauvres yeux en la lisant; mais le plaisir de l'esprit m'a bien consolé des tourments de mes yeux. Je viens de relire *l'Avventuriere onorato*, *il Cavaliero di buon gusto*, et *la Locandiera* [3]. Tout cela est d'un goût entièrement nouveau, et c'est, à mon sens, un très-grand mérite dans ce siècle-ci. Je suis toujours enchanté du naturel et de la facilité de votre style. Que j'aime ce bon et honnête aventurier! que je voudrais vivre avec lui! il n'y a personne qui ne voulût ressembler au *cavaliero di buon gusto*, et je suis toujours près de demander au marquis de Forlipopoli sa protection. En vérité, vous êtes un homme charmant.

Quand j'aurai l'honneur de vous faire parvenir mes rêveries, qui ne sont pas encore tout à fait prêtes, je ferai avec vous le marché des Espagnols avec les Indiens; ils donnaient de petits couteaux et des épingles pour de bon or.

Je reçois quelquefois des lettres de Lélius Albergati, l'ami intime de Térence. Heureux ceux qui peuvent se trouver à table entre Térence et Lélius!

Bonsoir, monsieur; je vous aime et vous estime trop pour faire ici les plats compliments de la fin des lettres.

1. Tragédie de Châteaubrun. (Éd.) — 2. *L'Amour paternel.* (Éd.)
3. Comédies de Goldoni. (Éd.)

MMMDCCCXXIX. — A M. LE COMTE D'ARGENTAL.

11 mai.

Encore un mot, mes anges exterminateurs. J'écris à MM. de Meynières et de Chauvelin, pour les remercier de la bonté qu'ils ont : voilà déjà un devoir de rempli pour la prose.

A l'égard des vers, j'ai toujours oublié de vous dire que j'avais fait quelques changements dans *Zulime*, pour la tirer, autant qu'il est possible, du genre médiocre.

Quand il vient une idée, on s'en sert, et on remercie Dieu; car les idées viennent, Dieu sait comment. J'ai beau rêver à *Olympie*, je suis à sec. Point de grâce à rendre à Dieu. Je dédie *Zulime* à Mlle Clairon; mais, dans ma dédicace, je suis si fort de l'avis de l'intendant des menus contre l'abbé Grizel, que je doute fort que cette brave dédicace soit honorée de l'approbation d'un censeur royal, et d'un privilége. Quel chien de pays que le vôtre, où l'on ne peut pas dire ce qu'on pense! On le dit en Angleterre, quel mal en arrive-t-il? la liberté de penser empêche-t-elle les Anglais d'être les dominateurs des mers et des guinées? Ah, Français! Français! vous avez beau chasser les jésuites, vous n'êtes encore hommes qu'à demi.

On me mande que votre parlement examine les manuscrits de monsieur le contrôleur général avec une extrême sévérité, et qu'on parle d'un lit de justice[1]. Les arrangements de finance ne laissent pas de nous intéresser, nous autres Génevois; mais vous vous donnerez bien de garde de m'en dire un mot. Vous seriez pourtant de vrais anges, si vous daigniez en toucher quelque chose.

Je prends la liberté de vous adresser cette lettre pour frère Damilaville. Je vous supplie de la lui faire tenir par la petite poste, ou de la lui donner, s'il vous fait sa cour. Pardon de la liberté grande.

Mes anges, soyez donc plus doux, plus traitables. Peut-on accabler ainsi un pauvre montagnard!

Mon Dieu! que je trouve les tracasseries des billets de confession, et tout ce qui s'en est suivi, ridicules! C'est la farce de l'histoire. Peut-on traiter sérieusement un sujet de farce? passez-moi un peu de plaisanterie, je vous en prie; cela fait du bien aux malades.

Mes anges, ne soyez pas impitoyables envers votre vieille créature, qui vous aime tant.

MMMDCCCXXX. — A M. DAMILAVILLE.

11 mai.

Je vous ai écrit plusieurs fois, mon cher frère, et je ne vous ai envoyé d'autre paquet que celui qui était pour *M. le comte de Bruc, chez M. le marquis de Rosmadec, à l'hôtel Rosmadec, rue de Sèvres, faubourg Saint-Germain.* Je vois que vous ne l'avez pas reçu. Je vous ai prié de parler à M. Janel, d'offrir le paiement du paquet, et de redemander la lettre à vous adressée, qui était sous votre enveloppe. Je vous ai accusé la réception des livres que vous avez eu la bonté de me

---

1. Il eut lieu le 31 mai. (ÉD.)

faire parvenir. Je vous ai demandé s'il était vrai que M. Dalembert vous eût fait toucher six cents livres.

Je vous ai surtout écrit au sujet de l'*Histoire générale*, et je vous ai prié, en dernier lieu, d'empêcher l'ami Merlin de rien débiter avant que j'eusse vu les mémoires que M. le président de Meynières et M. l'abbé de Chauvelin ont la bonté de me fournir, et sur lesquels je compte rectifier les derniers chapitres.

Je vous ai encore prié de faire savoir à Protagoras qu'un Anglais était chargé d'une lettre pour lui. Voilà à peu près la substance de tout ce que j'ai mandé à mon frère depuis un mois. J'y ajoutais peut-être que l'*infâme* était traitée dans nos cantons comme elle le mérite, et que le nombre des fidèles se multipliait chaque jour; ce qui est une grande consolation pour les bonnes âmes.

Il est bien douloureux que la poste soit infidèle, et que le commerce de l'amitié, la consolation de l'absence, soient empoisonnés par un brigandage digne des houssards. C'est répandre trop d'amertume sur la vie. Je me sers cette fois-ci de la voie de M. d'Argental, sous l'enveloppe de M. de Courteilles.

Il faut encore que je vous dise que je vous ai demandé des nouvelles de l'arrangement des finances. On nous a mandé que le parlement s'opposait aux vues de la cour, et que le roi pourrait bien tenir un lit de justice. Voilà ma confession faite.

Je suis toujours dans une grande inquiétude sur le paquet de M. de Bruc; nous vivons dans un bois rempli de voleurs.

Faut-il donc en France être oppresseur ou opprimé, et n'y a-t-il pas un état mitoyen?

Je vous embrasse, mon frère, vous et les frères. *Écrasez l'infâme.*

MMMDCCCXXXI. — A M. LE CARDINAL DE BERNIS.

Aux Délices, ce 14 mai.

Votre Éminence m'a écrit une lettre instructive et charmante. Je pense comme elle; l'extravagant vaut mieux que le plat : ajoutons encore, je vous en prie, que des discours entortillés de politique sont encore pires que la fadeur. Je pousse le blasphème si loin, que si j'étais condamné à relire ou l'*Héraclius* de Corneille ou celui de Calderon, je donnerais la préférence à l'espagnol.

> J'aime mieux Bergerac et sa burlesque audace,
> Que ces vers où Motin se morfond et nous glace.
>
> Boileau, *Art. poét.*, ch. IV, v. 39.

Daignez donc me rendre raison de la réputation de notre *Héraclius.* Y a-t-il quelque vraie beauté, hors ces vers :

> O malheureux Phocas! ô trop heureux Maurice!
> Tu recouvres deux fils pour mourir après toi :
> Je n'en puis trouver un pour régner après moi.
>
> *Héraclius*, acte IV, scène IV.

Et encore ces vers ne sont-ils pas pris de l'espagnol!

Cette Léontine, qui se vante de tout faire et qui ne fait rien, qui n'a que des billets à montrer, qui parle toujours à l'empereur comme au dernier des hommes, dans sa propre maison, est-elle bien dans la nature? Et ce Phocas, qui se laisse gourmander par tout le monde, est-il un beau personnage? Vous voyez bien que je ne suis pas un commentateur idolâtre, comme ils le sont tous. Il faut tâcher seulement de ne pas donner dans l'excès opposé. Je tremble de vous envoyer *Olympie*, après avoir osé vous dire du mal d'*Héraclius*. Si Votre Éminence n'a pas encore reçu *Olympie* imprimée, elle la recevra bientôt d'Allemagne; c'est toujours une heure d'amusement de lire une pièce bonne ou mauvaise, comme c'est un amusement de six mois de la composer, et qu'il ne s'agit guère, dans cette vie, que de passer son temps.

Votre Éminence passera toujours le sien d'une manière supérieure; car, avec tant de goût, tant de talent, tant d'esprit, il faut bien qu'un cardinal vive plus agréablement qu'un autre homme. Je conçois bien que le doyen du sacré collége, avec la gravelle et de l'ennui, ne vaut pas un jeune cordelier; mais vous m'avouerez qu'un cardinal de votre âge et de votre sorte, qui n'a devant lui qu'un avenir heureux, peut jouir, comme vous faites, d'un présent auquel il ne manque que des illusions. Vous êtes bon physicien, monseigneur; vous m'avez dit que je perdrais ma qualité de quinze-vingts avec les neiges. Il est vrai que la robe verte de la nature m'a rendu la vue; mais que devenir quand les neiges reviendront? Je suis voué aux Alpes. Le mari de Mlle Corneille y est établi. J'ai bâti chez les Allobroges; il faut mourir Allobroge. Il nous vient toujours du monde des Gaules; mais des passants ne font pas société : heureux ceux qui jouissent de la vôtre, s'ils en sont dignes! Je ne jouirai pas d'un tel bonheur, et je m'en irai dans l'autre monde sans avoir fait que vous entrevoir dans celui-ci. Voilà ce qui me fâche; je mets à la place le souvenir le plus respectueux et le plus tendre; mais cela ne fait pas mon compte. Consolez-moi, en me conservant vos bontés. Relisez l'*Héraclius* de Corneille, je vous en prie.

MMMDCCCXXXII. — A M. LE COMTE D'ARGENTAL.

Aux Délices, 19 mai.

Je reçois la lettre et le paquet, du 14 de mai, de mes anges. Non vraiment ils ne sont point exterminateurs, et je les rétablis dans leur titre naturel, et dans leur dignité d'anges sauveurs. Ils ont daigné prendre le seul parti convenable; je les remercie également de leurs bontés et de leur peine. Il est vrai que vous en aurez beaucoup, mes divins anges, à empêcher que l'Europe ne trouve les querelles pour les billets de confession, et pour une supérieure de l'hôpital, extrêmement ridicules. On n'avait parlé de ces misères que pour faire voir combien les plus petites choses produisent quelquefois des événements terribles. Il y a loin d'un billet de confession à l'assassinat d'un roi, et cependant ces deux objets tiennent l'un à l'autre, grâce à la démence humaine. C'était ce qu'il fallait faire sentir dans une histoire qui n'est que celle de l'esprit humain, et, sans cela, on aurait abandonné au mépris et à l'oubli toutes ces petites tracasseries passagères qui ne sont faites que pour le recueil D ou le recueil E[1].

Je vous avoue que je suis un peu étonné des remarques que vous m'avez envoyées; l'auteur de ces remarques semble marquer un peu d'aigreur. Est-il possible qu'il puisse me reprocher de n'avoir pas nommé, dans plusieurs endroits, un conseiller[2] auquel je suis très-attaché, et dont je rapporte une belle action[3] quoique étrangère à mon sujet? aurait-il fallu que je le nommasse dans ce vaste tableau des affaires de l'Europe, lorsque je ne nomme pas M. le duc de Praslin, à qui nous devons la paix, et que je me contente de dire : *Deux sages crurent la paix nécessaire, la proposèrent, et la firent?* En vérité la plupart des hommes ressemblent aux moines, qui pensent qu'il n'y a rien d'intéressant dans le monde que ce qui se passe dans leur couvent.

J'ai peine à concilier ce que dit l'auteur des remarques sur les billets de confession, en deux endroits différents. Au premier, il prétend qu'il n'est pas dans l'exacte vérité « qu'il fallait que ces billets fussent signés par des prêtres adhérant à la bulle, sans quoi point d'extrême-onction, point de viatique. » Et, au second endroit, il dit que « dans les remontrances du parlement on prouvait jusqu'à la démonstration combien il était absurde d'attacher la réception ou l'exclusion des sacrements à un billet de confession. »

Il dit donc précisément ce que j'ai dit, et ce qu'il me reproche d'avoir dit.

Je vois en général, et vous le voyez bien mieux que moi, qu'il règne dans les esprits un peu de chaleur et de fermentation. J'ai été de sang-froid quand j'ai fait cette histoire; on est un peu animé quand on la critique. Mes anges conciliants ont pris un *mezzo termine* dont, encore une fois, je ne peux trop les remercier. Si le parlement brûle le livre, ce sera donc vous qu'il brûlera; je serai enchanté d'être incendié en si bonne compagnie.

Je tâcherai de servir M. le duc de Praslin dans sa *Gazette littéraire*, qu'il protége. S'il le veut, je ferai moi-même les extraits de tout ce qui paraîtra en Suisse, où l'on fait quelquefois d'assez bonnes choses : on me gardera le secret; mais probablement M. l'ambassadeur en Suisse, et M. le résident à Genève, seront plus instruits que je ne pourrai l'être, et mon travail ne serait qu'un double emploi.

Il me semble que les yeux chez un de mes anges et chez moi ne sont pas notre fort; j'en ai vu de fort beaux à l'un des deux anges, et je vois que ceux-là ne perdent rien de leur vivacité.

Toujours à l'ombre de vos ailes.

N. B. Je viens de dicter quelques extraits d'ouvrages nouveaux qui ne sont pas indifférents; je les enverrai à M. de Montpéroux, notre

---

1. Le *Recueil A, B, C*, etc. est une réimpression de pièces rares. (ÉD.)
2. L'abbé de Chauvelin. (ÉD.)
3. Cette belle action était d'avoir fondé une messe à perpétuité pour remercier Dieu d'avoir conservé la vie du roi (Louis XV), qui l'exilait. (ÉD.)

résident, afin qu'il en ait le mérite, si la chose comporte le mot de mérite; et quand on sera content de cet essai, je continuerai, supposé qu'il me reste au moins un œil.

MMMDCCCXXXIII. — A M. BERTRAND.

Aux Délices, 19 mai.

Je ne sais si vous êtes instruit, mon cher monsieur, que M. le duc de Praslin protège beaucoup une *Gazette littéraire* qu'on va faire à Paris, concernant les livres étrangers. S'il y a quelque chose de vous, monsieur, ou de quelqu'un de vos amis, je me ferai un plaisir extrême de contribuer à leur faire rendre la justice qui leur sera due. Ce serait surtout une occasion bien favorable pour moi d'être à portée de vous donner des témoignages d'une estime qui égale mon amitié; tout ce qui viendra de vous me sera bien précieux, et devra l'être à ceux qui aiment les connaissances utiles. Vous connaissez, monsieur, l'inviolable attachement de votre très-humble et très-obéissant serviteur.

MMMDCCCXXXIV. — A M. LE COMTE D'ARGENTAL.

21 mai.

Je reçois, ô anges de paix! votre lettre du 17 de mai, et les deux cahiers refondus dans votre creuset; je les trouve très-bien, et je vous trouve infiniment plus raisonnables que l'auteur des remarques. Je n'ai point reconnu dans lui la modération que je lui supposais, il s'en faut beaucoup : il respire l'esprit de parti; et si ses confrères pensent de même, l'arrangement des finances, auquel je m'intéresse tout comme un autre, ne finira pas sitôt.

J'avais très-bien compris la raison de la petite contradiction qui se trouvait dans votre lettre précédente et celle de Philibert Cramer; il n'y avait nul mal à la chose, et tout se confond dans le mérite du bon office que vous me rendez, et dans la reconnaissance que je vous en dois.

Je vous enverrai incessamment la *Zulime* dédiée à la nymphe Clairon. Vous aurez aussi une nouvelle édition d'*Olympie;* celle d'Allemagne n'est bonne que pour les pays étrangers, et il eût été bon qu'elle n'eût point transpiré à Paris, attendu qu'il y a dans les remarques une faute impardonnable : on a mis Jeanne Gray pour Mari Stuart. ramasse, Fréron!

Le cinquième acte d'*Olympie* n'est point du tout vide au théâtre, il s'en faut beaucoup; comptez que les yeux sont très-satisfaits, c'est tout ce qu'il m'est permis de dire. Si vous aviez vu une jeune Olympie venir en deuil sur le théâtre, au milieu des prêtresses vêtues de blanc avec de belles ceintures bleues, vous auriez crié, comme les autres :

La rareté! la curiosité!

vous auriez même été très-attendris; et quant au bûcher, on aurait volontiers payé un écu pour le voir. Au reste, messieurs de Paris, faites tout comme il vous plaira; et Dieu vous bénisse!

Pourvu que je ne sois pas maudit de mes anges, je suis content; je me mets au bout de leurs pieds et de leurs ailes.

MMMDCCCXXXV. — A M. LE DUC DE PRASLIN.

Aux Délices, 21 mai.

Monseigneur, mes anges m'ayant envoyé de votre part la copie de votre lettre circulaire, et m'ayant appris que vous protégiez la *Gazette littéraire*, que même vous ne seriez pas fâché que je fournisse quelques matériaux à cet ouvrage, j'ai senti sur-le-champ mon zèle se ranimer plus que mes forces. J'ai broché un petit essai sur les productions qui sont parvenues à ma connaissance ce mois-ci : je l'ai envoyé à M. de Montpéroux, à qui j'ai voulu laisser une occasion de vous servir, loin de la lui disputer; je connais trop l'envie qu'il a de vous plaire pour vouloir être dans cette occasion autre chose que son secrétaire.

Je me trouve heureusement plus à portée que personne de contribuer à l'ouvrage que vous favorisez, et qui peut être très-utile; j'ai des correspondances en Italie, en Angleterre, en Allemagne, et en Hollande. Si vous l'ordonnez, je ferai venir les livres nouveaux imprimés dans tous ces pays; j'en ferai et enverrai des extraits très-fidèles, que vous ferez rectifier à Paris, et auxquels les auteurs que vous employez à Paris donneront le tour et le ton convenables.

Si ma santé ne me permet pas d'examiner tous les livres et de dicter tous les extraits, vous pourriez me permettre d'associer à cet ouvrage quelque savant laborieux dont je reverrai la besogne; vous sentez bien qu'il faudrait payer ce savant, car il serait Suisse.

J'ajoute encore qu'il faudrait, pour être servi promptement, et pour que l'ouvrage ne fût point interrompu, faire venir les livres par la poste : en ce cas, je crois qu'on pourrait écrire de votre part aux directeurs des postes de Strasbourg, de Lyon, et de Genève, qui me feraient tenir les paquets. En un mot, je suis à vos ordres; je serai enchanté d'employer les derniers jours de ma vie, un peu languissante, à vous prouver mon tendre attachement et mon respect.

MMMDCCCXXXVI. — A M. LE COMTE D'ARGENTAL.

Aux Délices, 23 mai.

Il faut que je vous dise, mes chers anges, que j'ai de la peine à croire que les observations succinctes soient du président de M*** [1], qui m'avait autrefois paru modéré et philosophe. Je vous avoue que ces observations sont un monument rare de l'esprit de parti, qui attache de l'importance à de bien petites choses. Mais les préjugés des autres ne servent qu'à me faire aimer davantage votre raison, et tout augmente la reconnaissance que je vous dois.

L'idée de la *Gazette littéraire* me fait bien du plaisir, d'autant plus que je me doute que vous la protégez.

Dites-moi, je vous en prie, mes anges, qui sont ces abbés Arnaud

1. Cette initiale doit désigner le président de Meynières. (ÉD.)

et Suard ; ce sont apparemment gens de mérite, puisqu'ils sont encouragés par M. le duc de Praslin. Il me semble qu'on pourrait se servir de cet établissement pour ruiner l'empire de l'illustre Fréron.

J'ai déjà envoyé à M. le duc de Praslin trois cahiers de notices et d'extraits d'ouvrages étrangers, dont quelques-uns ont de la réputation. J'ai eu grand in de mettre en marge que ces esquisses informes n'étaient présentées que pour être mises en œuvre par les auteurs, et que je n'envoyais que des matériaux bruts pour leur bâtiment. J'ai fort à cœur cette entreprise. Il n'y a que ma maladie des yeux qui me fasse craindre d'être inutile; sans cela, je pourrais dégrossir tout ce qui se ferait en Espagne, en Allemagne, en Angleterre, et en Italie. J'ai en main un homme qui m'aiderait. On pourrait aisément me faire venir tous les livres par la poste; et alors les auteurs de cet ouvrage périodique, servis régulièrement, n'auraient plus qu'à rédiger et à embellir les extraits. J'ai proposé à M. le duc de Praslin cet arrangement; et s'il convient, je m'en chargerai de grand cœur. Cet amusement convient à mon âge; il ne demande pas de grands efforts d'imagination, et je travaillerai jusqu'à ce que je devienne tout à fait aveugle et impotent, deux bénéfices dont je pourrai bientôt être pourvu.

Comme je vous fais toujours des confessions générales, je dois vous dire que Mme Denis, à qui j'ai donné Ferney, a présenté requête à M. le duc de Praslin pour avoir ses causes commises au conseil privé : en voici le motif.

Les priviléges de la terre sont tous fondés sur les traités des rois, depuis Charles IX jusqu'à Louis XV; les parlements s'embarrassent peu des traités. Le roi paraît le seul juge comme le seul interprète des conventions faites avec les ducs de Savoie, Berne, et Genève. Si on attaque nos droits au parlement, nous les perdrons infailliblement; si nous plaidons au conseil, nous espérons gagner.

Il y aurait peut-être une autre tournure à prendre : ce serait de ne plaider nulle part, et d'abandonner ses droits pour être plus tranquille. C'est un parti de Bias et de Diogène, et je le prendrais peut-être si j'étais seul; mais il serait triste pour Mme Denis de perdre de très-belles prérogatives, et le plus clair revenu de sa terre.

Vous ne me dites jamais rien du *tripot*; pas un mot de la tragédie de *Socrate* ; profond silence sur les trois tomes immortels du modeste Palissot; vous ne parlez ni de l'Opéra, ni des édits, ni de la *Lettre de Jean-Jacques à Christophe*. Les yeux me cuisent, et refusent le service à votre créature.

MMMDCCCXXXVII. — A M. MARMONTEL.

Aux Délices, 23 mai.

Je suis très en peine, monsieur, d'un gros paquet que je vous adressai, il y a quelques semaines, par M. Bouret. Il m'est important de savoir si la poste use de son droit, qui n'est pas le droit des gens, d'ou-

1. Suard, secrétaire perpétuel de l'Académie française, avait épousé la sœur du libraire Panckoucke, et n'était point abbé. (ÉD.)
2. *La Mort de Socrate*, de Sauvigny. (ÉD.)

vrir les paquets, et de les garder. Celui que je vous envoyais ne méritait
d'être gardé ni par vous ni par la poste. Je vous demande en grâce de
m'instruire si vous l'avez reçu. Quelle sensation fait dans Paris la tragédie de *Socrate?* le sujet n'est pas trop intéressant; s'il l'est devenu,
c'est une preuve que la philosophie fait de terribles progrès, et que la
partie saine du public déteste les Anytus, les Omer, et les Christophe.
Dieu soit béni !

Que dit-on de la *Lettre de Jean-Jacques à Christophe?* Savez-vous
que Palissot a fait imprimer ses œuvres? le sait-on ? Tout son recueil
est contre les pauvres philosophes, et cependant il pense comme eux ;
cela fait saigner le cœur. Consolez-moi en écrivant sur la poésie, puisque vous ne voulez plus me consoler en la cultivant. Est-il possible que
ce coquin de Fréron vous ait fait abandonner un art où vous auriez certainement eu de très-grands succès? Votre *Poétique* réussit beaucoup
auprès des gens du métier, et de ceux qui n'en sont pas; c'est la preuve
du vrai mérite. Je suis toujours presque aveugle, j'ai peine à écrire;
mais je lirai avec bien du plaisir quelques mots de vous.

Conservez vos sentiments pour votre ancien ami.

MMMDCCCXXXVIII. — A M. DAMILAVILLE.

23 mai.

Je suis toujours extrêmement en peine, mon cher frère, d'un paquet
chrétien adressé à un comte de Bruc, et d'une lettre profane au notaire de Laleu. La poste a oublié le droit des gens. Cramer avait donc
oublié les droits de l'amitié et son devoir de libraire, de ne vous pas
présenter le deuxième tome russe? Eh bien ! les anges ont donc tout
apaisé, tout concilié; mais *messieurs* crieront encore, *messieurs* veulent toujours avoir raison : ils pourront l'avoir avec le contrôleur général, mais non pas avec moi, qui ne suis que contrôleur des fanatiques.

Sed quid dicis de la lettre à Christophe, et *quid dicunt?* Et Palissot, Palissot qui imprime trois volumes contre les philosophes ! Mais
si *Socrate* réussit, bénissons Dieu, car une telle pièce ne peut obtenir
de succès que de la disposition générale des esprits en faveur de la
philosophie. Je vous ai demandé trois fois le manuscrit de l'article *Idolâtrie*, que frère Platon doit avoir, et dont j'ai un besoin pressant. Vous
m'aviez fait espérer quelques articles encyclopédiques; secourez donc
un pauvre malade.

MMMDCCCXXXIX. — A M. VERNES.

Aux Délices, 24 mai.

Non, assurément, Jean-Jacques n'est pas ce que vous savez, et peu
d'êtres pensants sont ce que vous savez. S'il y a une bonne morale,
dans les *Mille et une Nuits,* on adopte cette morale, et on rit des contes bleus. Les uns rient tout bas, les autres rient tout haut; ceux qui
rient sous cape persécutent quelquefois ceux qui ont ri trop fort, et
qui ont réveillé leurs voisins par leurs éclats. Voilà le monde, mon
très-cher curé; et vous savez bien.... (Je raye ceci par excès de discrétion.)

On dit que Jean-Jacques fait actuellement des fagots, comme le *Médecin malgré lui*; il en a tant conté qu'il est bien juste qu'il en fasse. A l'égard de son abdication, il se croit un Charles-Quint qui abdique l'empire.

La tolérance ne servira de rien, à moins qu'on ait des protections très-fortes. Il est difficile de persuader de si loin des âmes occupées de leurs intérêts, et entraînées par le torrent des affaires. Je ferai mes efforts, mais j'ai peu d'espérance; je n'ai qu'un violent désir, parce qu'à Pékin et à Méaco ce serait une bonne œuvre.

C'est bien dommage qu'on n'ait pas fait une histoire des conciles, dans le goût naïf du *Précis du concile de Trente* : il faut espérer que quelque bonne âme rendra ce service aux honnêtes gens. Tout vient dans son temps, et un temps arrivera où l'on n'enseignera aux hommes que la morale qui vient de Dieu, et qu'on laissera là les dogmes qui viennent des Pères : car quels enfants que ces Pères! ou quels radoteurs!

Enfin l'infâme procédure des infâmes juges de Toulouse est partie ou part cette semaine. Nous espérons que l'affaire sera jugée au grand conseil, où nous aurons bonne justice, après quoi je mourrai content.

N. B. Le parlement de Toulouse ayant roué le père, a écorché la mère. Il a fallu payer cher l'extradition des pièces; mais tout cela est fait par la justice. *Ah, Manigoldi!*

MMMDCCCXL. — A M. DAMILAVILLE.

25 mai.

J'ai reçu, mon cher frère, vos lettres consolatoires, ou consolatrices, des 18 et 20 mai, avec le mémoire du sieur Martel. Il a sans doute martel en tête; mais il me paraît un brave homme. Je crois que M. Varin aura plus de peine que lui à se tirer d'affaire : il résulte de tout cela que nous avons perdu le Canada. Les pauvres emprisonnés ressemblent aux damnés de Belphégor. Tous les maris disent que ce sont leurs femmes qui les ont fourrés en enfer, et les femmes disent que c'est la faute de leurs maris.

Je vous dépêche, *Olympie*, et je vous en avertis par ce billet, mon cher frère. Si vous la recevez, c'est un signe qu'il y a encore de la bonne foi sur la terre; alors je m'enhardirai, et je vous enverrai un autre exemplaire.

Je vous réitère mes prières pour l'article *Idolâtrie*, et j'espère que, dans l'occasion, vous voudrez bien vous ressouvenir de ceux dont vous m'avez flatté. Je ne les ferai lire à personne, et je vous les renverrai fidèlement.

Je m'en remets à la Providence sur la destinée de l'*Histoire générale*. Il me paraît que *messieurs* doivent approuver au moins le chapitre du concile de Trente, cela doit les mettre de bonne humeur. Si vous voyez M. de Beaumont, faites-lui, je vous prie, mes très-tendres compliments; sa profession est d'être l'appui des malheureux; il est digne d'être votre ami.

MMMDCCCXLI. — AU MÊME.

27 mai.

On m'apprend, mon cher frère, que nous pouvons recevoir dans les pays étrangers des imprimés de Paris, mais que nous ne pouvons pas y en envoyer dans votre ville. Je crains fort que vous n'ayez pas reçu l'*Olympie* que je vous ai expédiée; je prends le parti d'adresser à M. Janel une *Olympie* pour vous; j'ose me flatter qu'elle arrivera à bon port, et que M. Janel ne se servira des prérogatives que lui donne sa place que pour favoriser un commerce aussi innocent que le nôtre. Eh bien donc! y aura-t-il un lit de justice, comme on le dit? Il me semble que le ministère mérite la confiance du public plus que des remontrances.

J'embrasse tous les frères; frère Thieriot ne m'écrit plus. *Écr. l'inf*....

MMMDCCCXLII. — AU MÊME.

28 mai.

Mon cher frère, je vous ai donné avis que je vous adressais deux *Olympie*; l'une sans précaution, l'autre avec la précaution de la mettre sous le couvert même de M. Janel.

Je retrouve l'article *Idolâtrie*; ainsi voilà de la peine épargnée pour frère Platon.

J'ai toujours sur le cœur le *Curé* adressé à l'adepte de Bruc. Il est dur aux ouvriers de la vigne de manquer une façon; mais j'espère toujours en la miséricorde de Dieu, qui bénira nos travaux. *Écr. l'inf*....

MMMDCCCXLIII. — A M. PALISSOT.

Aux Délices, 31 mai.

J'ai tardé longtemps à vous répondre, monsieur, et à vous remercier; mais je n'ai pas toujours des yeux; ils sont, comme l'imagination, sujets à la faiblesse et à l'inégalité. Je suis alternativement aveugle, borgne, et voyant : voilà ce que me vaut le climat des Alpes. Je veux lire vos ouvrages au plus vite, à présent que je suis dans l'intermittence de mes fluxions. J'ai déjà entrevu des beautés qui me donnent plus d'envie que jamais de n'être point aveugle.

J'ai cru découvrir des idées neuves dans vos *Réflexions sur les premiers temps de l'histoire romaine*. Dès que le livre sera revenu de Genève, où je le fais relier dans le goût de ma petite bibliothèque (car je n'en ai pas une si belle que celle du marquisat de Pompignan), je lirai vos trois tomes avec le plaisir que tous vos ouvrages doivent donner : celui de les tenir de vous m'est bien plus précieux. Pardonnez à ma faible vue si je n'entre pas dans les longs détails, et comptez, monsieur, sur tous les sentiments, etc.

MMMDCCCXLIV. — A M. DAMILAVILLE.

Mai.

Pour le coup, c'est au premier commis des vingtièmes que j'écris. Je vous prie, mon cher frère, de me dire si on paye les trois vingtièmes pour l'année 1763. On me les demande pour la partie de mes terres qui n'est pas franche; car ce que j'ai acquis pour m'arrondir est sujet aux charges de l'État. C'est peu de chose, et il est très-juste de payer des taxes nécessaires; mais on devait donc avertir dans l'édit que le troisième vingtième supprimé se payerait cette année.

A présent, mon cher frère, je parle aux philosophes; le cœur me saigne toujours de les voir dispersés et peu unis : ils ne font pas tout le bien qu'ils pourraient faire; ils pourraient, s'ils s'entendaient, faire triompher la raison. Le premier service est, ce me semble, d'ôter l'ivraie et les chardons de la terre qu'on cultive, et c'est à quoi le Jean Meslier me paraît bien propre.

Ce bon homme, qui ne prétend à rien, et qui avertit les hommes en mourant, est un merveilleux apôtre. Ne puis-je vous envoyer quelques *Meslier* par M. de Courteilles, dont les paquets ne sont jamais ouverts?

On dit que *la Mort de Socrate* est froide : je m'y attendais, mais j'en suis bien fâché. La philosophie n'est pas faite pour le théâtre, à moins qu'un intérêt très-grand et des passions très-vives ne soutiennent la pièce.

Que fait Thieriot? que font les frères?

Faites-moi l'amitié, je vous prie, de faire parvenir l'incluse à M. Marmontel.

MMMDCCCXLV. — A M. COLINI.

2 juin.

J'ai reçu votre paquet, mon cher historiographe; en vous faisant mes remercîments, j'y ajoute une prière. Son Altesse Électorale a une suite de médailles de monnaies papales. Nous n'avons pas de telles curiosités à Genève. Je vous prie instamment de voir si le mot *Dominus* se trouve dans la monnaie de quelque pape; et en cas que vous trouviez un *Dominus*, ou *Domnus*, ou *Domn*, mandez-moi, je vous prie, à quel pape il appartient. Cette connaissance m'est nécessaire pour éclaircir un point d'histoire. A qui puis-je mieux m'adresser qu'à un historiographe? N'auriez-vous point aussi dans votre belle bibliothèque quelque notice concernant la *Bulle d'Or?* Les derniers articles furent, comme vous savez, promulgués à Nuremberg, en présence du Dauphin de France, qui faisait là une pauvre figure, et qui fut placé au-dessous du cardinal d'Albe. Ce Dauphin est celui qui fut depuis le roi Charles V. Auriez-vous quelque paperasse concernant cette séance? Ce cardinal d'Albe était-il légat *a latere?* siégeait-il avec les électeurs, devant, ou après? L'anecdote mérite d'être approfondie en faveur de la modestie ecclésiastique. *Vale, amice!*

MMMDCCCXLVI. — A M. DE CIDEVILLE.

A Ferney, le 4 juin.

Mon cher et ancien camarade, toujours le même refrain, toujours les mêmes regrets de ce que Ferney n'est pas en Normandie, et Launay dans le pays de Gex.

Nous sommes quatre à présent à Ferney, et nous ne pouvons courir. Mme Denis est languissante; je le suis plus qu'elle, et je deviens aveugle; j'écris avec peine, je vois à peine mes caractères, et je les forme gros pour me soulager. Vous êtes seul, vous avez de la santé, vous pouvez aller. Vous devriez bien un jour entreprendre le voyage;

car enfin il faut se voir avant de mourir. Il est clair que nous ne converserons pas ensemble quand nous serons *cinis*, *fabula et manes*.

J'aurais bien voulu vous envoyer *Olympie*, mais comment vous l'adresser? il n'y a plus moyen d'envoyer aucun imprimé par la poste. La *Lettre de Jean-Jacques Rousseau à Christophe de Beaumont*, archevêque de Paris, a mis l'alarme partout. On a ouvert et supprimé tous les paquets qui contenaient du moulé, de quelque nature qu'ils fussent; ainsi on a coupé les vivres de l'âme.

Notre *Corneille* avance; nous en sommes malheureusement à *Bérénice*. Vous savez qu'il ne sortit pas de ce combat à son avantage. Je fais imprimer la *Bérénice* de Racine avec des remarques qui m'ont paru nécessaires. J'en fais peu sur la pièce de Corneille, vous savez qu'elle n'en mérite pas; mais il faut tout pardonner à l'auteur de *Cinna*.

Vous avez vu que j'étais dans le goût des remarques, par celles que j'ai faites sur *Olympie*; elles sont un peu philosophiques. J'avais dès longtemps assez d'antipathie contre le rôle de Joad, dans *Athalie*. Je sais bien qu'en supposant qu'Athalie voulait tuer son petit-fils, le seul rejeton de sa famille, Joad avait raison; mais comment imaginer qu'une vieille centenaire veuille égorger son petit-fils pour se venger de ce qu'on a tué tous ses frères et tous ses enfants? cela est absurde :

Quodcumque ostendis mihi sic, incredulus odi.
            Hor., *de Art. poet.*, v. 188.

Le public n'y fait pas réflexion il ne sait pas sa sainte Écriture. Racine l'a trompé avec art, mais, au fond, il résulte que Joad est du plus mauvais exemple. Qui vaudrait avoir un tel archevêque? Il a peint un prêtre, et moi j'ai voulu peindre un bon prêtre; je m'en rapporte à vous.

Adieu, mon cher ami; nous vous aimerons tant que nous vivrons. V.

MMMDCCCXLVII. — A M. BERTRAND.

Au château de Ferney, 6 juin.

J'ai envoyé, monsieur, un petit article concernant votre *Dictionnaire*, et je ne perdrai aucune occasion de faire valoir votre mérite. J'ai pris cette occasion pour indiquer votre cabinet d'histoire naturelle, et pour en donner envie aux amateurs.

Voyez, monsieur, si vous pourriez me faire parvenir tout ce qui sera digne des lecteurs raisonnables dans les pays étrangers. Sauriez-vous à quel libraire d'Hollande, d'Allemagne, et d'Italie, je pourrais m'adresser? Pourriez-vous vous charger de la correspondance? Je tâcherai de vous la rendre utile. Il vous serait aisé de me faire parvenir par MM. Fischer tout ce qu'il y aurait de nouveau.

Je ne manquerai pas de parler aussi du nouvel ouvrage que vous m'avez envoyé; tout ce que vous faites est digne des honnêtes gens. Je ne pourrai mieux vous faire valoir le journal dont il est question, qu'en lui fournissant de nouvelles occasions de vous rendre justice. Je vous prie de vouloir bien me faire une réponse prompte, afin que je sache sur quoi je pourrai compter. Ne doutez pas des sentiments avec lesquels je serai toute ma vie, monsieur, votre très-humble, etc.

MMMDCCCXLVIII. — A M. DE LA CHALOTAIS.

Au château de Ferney, 9 juin.

Je n'ai point reçu, monsieur, l'imprimé dont vous daignez m'honorer, et qui m'avait tant plu en manuscrit[1]. Il se pourra fort bien faire que je ne le reçoive pas, quelque contre-signé qu'il puisse être, à moins qu'on ne l'adresse à M. Janel, intendant des postes, et maître absolu de tous les imprimés qu'on envoie; ou qu'on ne me dépêche le paquet par la diligence de Lyon, à l'adresse de M. Camp, banquier à Lyon. Il y a, depuis peu, une petite inquisition sur les livres; on coupe les vivres à nos pauvres âmes tant que l'on peut. Je crois que nous en avons l'obligation à la lettre que M. Jean-Jacques Rousseau s'est avisé d'écrire à Christophe de Beaumont.

Je ne suis point du tout étonné, monsieur, que le *pédant, lourd, crasseux, et vain*[2], soit fâché qu'un homme qui n'a pas l'honneur d'être pédant de l'université lui enseigne son métier. Vous avez chassé les jésuites, et vous avez bien fait, messieurs; je vous en loue, je vous en remercie; mais il vous faudra un jour réprimer les bacheliers en fourrure, ainsi que les gens en bonnets à trois cornes. La Fontaine a raison de dire :

Je ne connais de bête pire au monde
Que l'écolier, si ce n'est le pédant.
Fab. v, liv. IX.

Dès que j'aurai votre excellent ouvrage, je le proposerai à un libraire, et j'aurai l'honneur de vous en donner avis.

Permettez-moi, monsieur, de vous dire que le sénat de Suède est un conseil de régence perpétuel. Vous savez mieux que moi que chaque gouvernement a sa forme différente, et que rien ne se ressemble dans ce monde. Je suis partisan de l'autorité des parlements, et j'aimerais passionnément celui de Paris si vous en étiez le procureur général. Je voudrais surtout qu'il fût un peu plus philosophe ; il ne l'est point du tout, et cela me fâche. Mais vous me consolez autant que vous m'instruisez. Dieu nous donne bien des magistrats comme vous, afin que nous puissions nous flatter d'égaler les Anglais en quelque chose !

Agréez, monsieur, le très-sincère respect d'un pauvre homme près de perdre les yeux, et qui veut les conserver pour vous lire.

MMMDCCCXLIX. — A M. AUDIBERT.

A Ferney, 12 juin.

On ne peut obliger, monsieur, ni avec plus de bonté ni avec plus d'esprit. Vous m'avez écrit une lettre charmante, que je préfère encore à votre lettre de change. J'ai été en effet si malade, que M. le marquis

1. *Essai d'éducation nationale.* (ÉD.) — 2. Crevier. (ÉD.)

de Saint-Tropez a quelque raison de douter que je sois en vie. Descartes disait : *Je pense, donc je suis* ; et moi je dis : *Je vous aime. donc je suis.*

L'abbé dont vous me parlez vous en dirait autant s'il n'était pas mort. C'était un homme qui aimait passionnément la vérité, et qui détestait souverainement la tyrannie ecclésiastique. On dit qu'on a trouvé dans ses manuscrits quelques morceaux qui répondent assez aux idées que vous proposez. Cet homme pensait que, de tous les fléaux qui affligent le genre humain, l'intolérance n'est pas le moins abominable.

Nous allons entreprendre un nouveau procès assez semblable à celui des Calas. Vous avez peut-être entendu parler de la famille Sirven, accusée d'avoir noyé sa fille, que l'évêque de Castres avait enlevée pour la faire catholique. Le même préjugé dont la fureur avait fait rouer Calas fit condamner Sirven à être rompu vif, la mère à être pendue, et deux de leurs filles à assister à la potence, et à être bannies. Heureusement ce jugement, plus cruel encore que celui de Calas, et non moins insensé, n'a été exécuté qu'en effigie ; mais la famille, dépouillée de tous ses biens, est dans le dernier malheur.

M. de Beaumont, à qui j'ai envoyé toutes les pièces que j'ai pu recouvrer, prétend qu'il y a des moyens de cassation encore plus forts que ceux qu'on a employés en faveur des Calas. Il nous manque encore des pièces importantes ; nous essuyons bien des longueurs : mais ne nous décourageons point. Il faut enfin déraciner le préjugé monstrueux qui a fait deux fois des assassins de ceux dont le premier devoir est de protéger l'innocence.

Adieu, monsieur ; Mme Denis et toute ma famille vous font les plus sincères compliments.

MMMDCCCL. — A M. LE COMTE D'ARGENTAL.

13 juin.

Mes divins anges, on m'a mandé qu'on avait imprimé *Olympie* à Paris, et qu'on avait supprimé la seule note [1] pour laquelle je souhaitais que l'ouvrage fût public. Il est bon de connaître les Juifs tels qu'ils sont, et de voir de quels pères les chrétiens descendent. Le fanatisme est bien alerte en France sur tout ce qui peut l'égratigner : ce monstre craint la raison comme les serpents craignent les cigognes. On est beaucoup plus raisonnable dans le petit pays que j'habite. Ah ! que les Français sont encore loin des Anglais en philosophie et en marine!

J'ai peur de déplaire aux auteurs de la *Gazette littéraire* en les servant ; mais je ne les sers que pour vous plaire. Votre projet d'établir ce journal est celui de saint Michel d'écraser le diable. Vous pensez bien que je servirai avec zèle dans votre armée. Si M. le duc de Praslin veut seulement favoriser la bonne volonté de quelques directeurs des postes, qui m'enverront les nouveautés d'Angleterre, d'Italie et d'Allemagne, moyennant une petite rétribution, je fournirai exactement votre armée, et les deux chefs rédigeront à leur gré tout ce que

1. La note sur les grands prêtres. (ÉD.)

je leur ferai parvenir. Je m'instruirai, je m'amuserai, je vous servirai : rien ne pouvait m'arriver de plus agréable.

C'est M. le contrôleur général[1] qui a fait graver Tronchin; c'est lui qui donne ces estampes, et c'est lui faire plaisir de lui en demander. Je ne crois pas qu'il fasse graver *messieurs* de la grand'-chambre, ni que *messieurs* fassent la dépense de son portrait. On siffle sa pièce, mais je ne l'en crois pas l'auteur.

Pour celle d'*Olympie*, il est bien difficile d'exécuter l'idée que vous approuvez, et que je n'ai proposée que comme nouvelle, et non comme heureuse. Songez qu'Antigone étant mort, rien ne pourrait plus alors empêcher Olympie de se faire religieuse ; le pontife n'aurait plus à craindre le combat des deux rivaux dans le temple ; et s'il craignait la violence de Cassandre, il démentirait son caractère ; le théâtre serait trop vide, la fin trop maigre. Olympie, entre les deux rivaux, forme un bien plus beau spectacle qu'en se trouvant seule avec Cassandre ; et c'est peut-être quelque chose d'assez heureux d'introduire devant elle les deux princes, obligés tous deux de respecter celle qu'ils veulent enlever, et réduits à l'impossibilité de troubler la cérémonie. La mort d'Antigone ne peut jamais faire un grand effet. Ce n'est pas un tyran dont la mort soit nécessaire pour mettre deux acteurs en liberté, et ce n'est guère que dans ce cas que le spectateur aime la mort d'un personnage odieux. Antigone mort ne serait qu'un personnage de moins au cinquième acte. Considérez encore que tous les personnages mourraient, et qu'il faut au moins qu'il en reste un, n'importe lequel. Mais c'est le plus coupable qui est sauvé! Oui, par ma foi, mes anges; c'est ainsi que la Providence est souvent faite, et j'en suis bien fâché.

En attendant je débrouille mes idées, voici une *Zulime* pour M. de Thibouville-Baron. Cette *Zulime* me paraît assez rondement écrite; c'est tout. J'ai peu d'enthousiasme pour mes ouvrages, mes anges; je n'en ai que pour vous.

Comme, depuis quelque temps, la *Lettre de Jean-Jacques à Christophe* a excité l'attention de ceux qui sont chargés de l'inspection de la poste, et qu'à cette occasion on a saisi plusieurs imprimés, j'ai craint et je crains encore pour les *Olympie* et les *Zulime* que j'ai déjà envoyées à mes anges sous le couvert de M. le duc de Praslin et de M. de Courteilles. Je suis comme le lièvre qui tremblait qu'on ne prît ses oreilles pour des cornes.

Vous ai-je dit que toute la cour de l'électeur palatin et les étrangers qui y sont lui ont redemandé *Olympie*? qu'il l'a fait rejouer deux fois, quoique les princes n'aiment pas à voir deux fois la même chose? On prétend à Manheim que je n'ai jamais rien fait ni de moins mauvais ni de plus théâtral. Ne sera-ce donc qu'aux bords du lac Léman et sur ceux du Rhin que j'obtiendrai un peu d'indulgence?

J'en reviens toujours à Candide : il faut finir par cultiver son jardin : tout le reste, excepté l'amitié, est bien peu de chose; et encore cultiver son jardin n'est pas grand'chose.

1. Bertin. (ÉD.)

Vanité des vanités, et tout n'est que vanité, excepté de vivre tout doucement avec les personnes auxquelles on est attaché.

La nièce à Pierre, la nièce à François, et le vieux François[1], baisent le bout de vos ailes.

MMMDCCCLI. — A M. LACOMBE, AVOCAT.

Au château de Fernéy, 13 juin.

Je reçus avant-hier, monsieur, par Mme la duchesse d'Enville, les *Lettres secrètes de la reine Christine*[2], dont vous avez bien voulu m'honorer. Je ne suis pas étonné de voir combien l'assassinat de Monaldeschi vous révolte. Vous faites bien de l'honneur aux autres États de dire qu'on aurait puni Christine partout ailleurs qu'en France. Elle l'eût été sans doute dans les pays où les lois règnent; mais ces pays sont en petit nombre, et Christine eût été impunie à Rome, à Madrid, à Vienne. Je vous serais très-obligé, monsieur, de vouloir bien me donner quelques éclaircissements sur l'authenticité de ces lettres. J'ai donné quelques lettres de Henri IV, très-curieuses, dans la nouvelle édition de l'*Essai sur l'histoire générale*. Je les tiens de M. le chevalier de La Motte, qui les a copiées à Andouins sur l'original. J'ignore si ces *Lettres secrètes de Christine* sont écrites en italien et traduites en français. Je vois avec peine dans ces lettres les termes de *pompons* et de *calotins*, mots que j'ai vus naître dans notre langue. Au reste, si ces lettres sont de Christine, elles font peu d'honneur à son jugement. Quand on a abdiqué un trône, il faut être sage; mais, supposé qu'elle ait eu le malheur d'écrire avec un orgueil si imprudent, ce livre est toujours un monument précieux. Je vous en remercie, et je vous supplie d'éclaircir mes doutes.

J'ai l'honneur d'être, avec tous les sentiments que je vous dois, monsieur, votre, etc.

MMMDCCCLII. — A M. DAMILAVILLE.

15 juin.

Mon cher frère, il est plus que probable que M. Janel, qui m'a écrit, n'a agi que par des ordres supérieurs et très-supérieurs. On ne veut pas que certains ouvrages entrent dans Paris; mais j'ose me flatter qu'on les lit, qu'on en fait son profit en secret, et qu'on est beaucoup plus éclairé et beaucoup plus philosophe que le public ne pense. La preuve en est qu'on est très-loin de persécuter ceux qui ont envoyé ces ouvrages, dans lesquels les honnêtes gens s'éclairent. Il y a des ministres qui sont aussi de très-bons cacouacs. Vous me direz : « Comment se sont-ils déclarés, il y a quelques années, contre certains sages? » c'est que ces sages avaient un peu trop effarouché l'amour-propre des grands; c'est qu'ils prêchaient un peu trop l'égalité, laquelle ne peut ni plaire aux grands ni subsister dans la société.

1. Mme Dupuits, nièce de Pierre Corneille, et Mme Denis, nièce de François Voltaire. (Éd.)
2. Ces lettres sont de Lacombe. (Éd.)

Il y a donc un maître à danser qui répond à Jean-Jacques[1], et les maîtres en Israël ne lui répondent pas!

Je vous supplie de m'envoyer le projet de finances[2]. Je le trouve ridicule sur l'énoncé; mais j'aime tout ce qui semble tendre, à tort ou à travers, au bien de l'État.

Voici deux *Meslier* que je hasarde sous l'enveloppe de M. de Courteilles et de M. d'Argental. Envoyez-en donc un à M. le comte de Bruc, notre adepte, chez M. le marquis de Rosmadec, rue de Sèvres.

Il ne faut pas mettre la chandelle sous le boisseau.

L'*Essai sur l'histoire générale* est un énorme ouvrage qui ne peut se débiter qu'avec le temps : une mauvaise farce se vend en deux jours, un bon livre en quatre ans.

Où va frère ambulant et frère dormant Thieriot? Il me semble qu'il devait loger chez vous.

Et moi, n'aurai-je jamais la consolation de vous posséder? Je ne l'espère pas tant que vous serez chargé de nos vingtièmes. *Écrasez l'infâme.*

Pouvez-vous faire parvenir les incluses à frère Helvétius et frère Diderot? Je suis zélé.

MMMDCCCLIII. — AU MÊME.

Juin.

Vraiment le ridicule de ce nouvel arrêt[3] manquait à ma chère patrie. Nous sommes les Polichinelles de l'Europe. Courage, messieurs! Je prie mon cher frère de m'envoyer les édits du roi, qui me paraissent plus sages que celui contre la petite vérole. Est-il vrai que *Messieurs* font des remontrances sur les édits? Qu'ils se chargent donc des dettes de l'État.

Que je voudrais que mon frère vînt dans ma retraite philosopher avec ses amis! *Écr. l'inf...*

MMMDCCCLIV. — A M. LE COMTE D'ARGENTAL.

18 juin.

Mes anges, est-ce encore le coadjuteur qui a fait rendre ce bel arrêt[4] contre la petite vérole? *Messieurs* ont apparemment voulu fournir des pratiques à Genève. Depuis l'arrêt contre l'émétique, on n'avait rien vu de pareil. Il me semble que la philosophie a donné de l'ardeur aux Gilles. Plus la raison se fortifie d'un côté, plus la grave folie établit ses tréteaux. Vous ne concevez pas jusqu'à quel point on se moque de nous en Europe. Je vous le dis souvent : après qu'un Berryer a gouverné votre marine, il manquait un Omer, et vous l'avez. Ce sont là de ces pièces qui sont sifflées dans le parterre de toutes les nations qui pensent. A vous dire le vrai, je ne suis pas fâché de cette équipée; j'en ferai mention en temps et lieu, pour égayer mes œuvres posthumes.

1. *Lettre à M. J. J. Rousseau*, par *M. M.* (Marcel.) (ÉD.)
2. *Richesse de l'État*, par Roussel de Latour. (ÉD.)
3. L'arrêt du 8 juin 1763 contre la petite vérole. (ÉD.)
4. L'arrêt du 8 juin 1763. (ÉD.)

Je n'ai nulles nouvelles de la *Gazette littéraire* que vous protégez, nulle correspondance encore établie. J'ai bientôt épuisé ma Suisse, qui fournit plus de soldats que de livres. Les auteurs ne m'ont pas fait tenir une feuille de leur *Gazette*. Si M. le duc de Praslin approuvait la manière dont je veux m'y prendre pour avoir les livres nouveaux d'Italie, d'Angleterre, et de Hollande, je servirais avec zèle et avec promptitude; mais je ne reçois ni ordres ni livres, et je reste oisif. Tant mieux, me dites-vous, vous aurez plus le temps de travailler à *Olympie*. Mes anges, je suis épuisé, rebuté; je renifle sur cette *Olympie*. Il faut attendre le moment de la grâce, et cultiver le jardin de Candide.

Je baise les plumes de vos ailes.

MMMDCCCLV. — A M. DAMILAVILLE

Juin.

Avez-vous reçu, mon cher ami, les trois feuilles? En voulez-vous d'autres? M. Merlin m'envoie-t-il ce que je lui ai demandé par le coche? Thieriot doit-il beaucoup? Les loups hurlent-ils contre l'*Histoire générale?* J'ai lu, il y a longtemps, les prétendues *Richesses de l'État*. L'auteur est un parent de Gribouille : il propose de donner sept cent cinquante millions au lieu de trois cents, pour nous soulager. Faites-moi l'amitié d'envoyer cette lettre à mon ami Marmontel, et qu'ensuite notre Platon revivifie notre Académie.

MMMDCCCLVI. — A M. MARMONTEL.

19 juin.

Tout ce que je peux vous dire, mon cher ami, c'est que le droit des gens s'accommode peu de l'infidélité de la poste. On saisit un livre, passe encore; mais saisir la lettre qui l'accompagne! se rendre maître du secret des particuliers, comme si nous étions dans une guerre civile! cela n'est pas dans l'*Esprit des lois*. Voilà, encore une fois, ce que nous a valu Jean-Jacques avec sa lettre à Christophe. Ce polisson insolent gâte le métier. Il semble qu'on ne cherche qu'à rendre la philosophie ridicule.

Je n'ai laissé imprimer *Olympie* qu'en faveur d'une petite note sur les grands prêtres, qu'on aura sans doute retranchée à Paris. Je voudrais vous faire parvenir deux exemplaires d'un *Extrait de Jean Meslier;* cet ouvrage m'a toujours frappé. Il est nécessaire qu'il soit connu, et vous pourriez le mettre en bonnes mains. Il faut servir la raison autant qu'on le peut; c'est notre reine, et elle a encore bien des ennemis à Paris. Elle s'est formé beaucoup de sujets dans le pays où je suis, parce qu'on y a plus le temps de penser. Je tâcherai de vous envoyer *Jean Meslier* par voie bien sûre.

Manco-Capac [1] est un étrange nom pour un héros de tragédie; Mahomet est plus sonore. C'est pure malice à vous de ne rien faire pour le théâtre; on ne peut en parler mieux que vous faites dans votre ex-

1. Tragédie, par Leblanc de Guillet. (ÉD.)

cellent livre de la *Poétique*. Je vous dis que vous ferez des tragédies dignes de votre *Poétique*, quand il vous plaira. Je vous parlais fort au long de votre *Poétique*, dans ma lettre tombée entre les mains des ennemis. Je vous remerciais surtout d'avoir rendu justice à Quinault, dont on n'a pas assez connu le mérite.

Je hais Rousseau, je parle du poète; ce malheureux a fini par faire de mauvais vers contre la philosophie. Adieu; vous ne tomberez jamais dans ce péché infâme, et je vous aimerai toujours.

MMMDCCCLVII. — A M. DAMILAVILLE.

19 juin.

Quelqu'un ayant dit que l'extinction des jésuites rendrait la France heureuse, quelqu'un ayant répondu que pour compléter son bonheur il fallait se défaire des jansénistes, quelqu'un se mit à dire ce qui suit :

Les renards et les loups furent longtemps en guerre :
Les moutons respiraient; des bergers diligents
Ont chassé par arrêt les renards de nos champs
Les loups vont désoler la terre.
Nos bergers semblent, entre nous,
Un peu d'accord avec les loups.

Je vous demande pardon, mon cher frère, de vous avoir demandé si on payait cette année le troisième vingtième; j'ai su qu'on le payait, et je trouve cela trop juste, car il faut acquitter les dettes de l'État. Tout bon citoyen doit penser ainsi.

Que fait frère Thieriot? Vous verrai-je? *Écrasez l'infâme.*

Vous noterez qu'Omer a gardé Mme de Lauraguais pendant sa petite vérole, quoiqu'il ne la gardât pas *par état*, et qu'il a fait des vers dignes de sa prose en faveur de l'inoculation. Je les aurai ces beaux vers, et nous rirons, mes frères.

MMMDCCCLVIII. — A M. LE MARÉCHAL DUC DE RICHELIEU.

A Ferney, le 22 juin.

Si je pouvais rire, monseigneur le grand médecin, ce serait de voir maître Omer de Fleury usurper vos droits, et se mêler de l'inoculation en plein parlement, sans vous avoir consulté. Cet ennemi de l'inoculation a pourtant gardé Mme de Forcalquier, et fait des vers pour Tronchin, non pas le fermier général, mais Tronchin l'inoculateur. Vous me direz que ces vers valent sans doute sa prose; et vous aurez raison. Mais avouez qu'il est plaisant de voir le parlement donner un arrêt contre la petite vérole. Il est bien clair que la faculté de médecine sera contre l'inoculation, et que la sacrée faculté sera de l'avis de l'autre. Tout le monde viendra se faire inoculer à Genève; il faudra agrandir la ville.

Je crois que Mme la comtesse d'Egmont a eu la petite vérole; c'est bien dommage; sans cela nous l'inoculerions, et nous lui donnerions des fêtes. Je voudrais bien, pour la rareté du fait, voir, avant de mourir, monsieur le maréchal amener sa fille dans notre pays huguenot. Le bruit a couru que vous alliez troquer votre gouvernement de Guienne contre celui de Languedoc; c'était une grande joie chez toutes les parpaillotes. Cependant il paraît que votre nation n'est pas si aimable que vous; elle est toute rassotée de vos lits de justice, de vos parlements, qui ne veulent pas obtempérer.

Je ne sais quelle maligne influence est tombée sur ce pauvre peuple; mais il m'est avis qu'il est sorti de son élément, qui était la gaieté. Pour moi, il est vrai que je suis aussi dérouté que la nation; mais je suis vieux, aveugle, et sourd; et ces petits agréments ne rendent pas un homme excessivement folâtre. Il n'appartient qu'aux héros d'être toujours gais; vous le serez quand vous aurez mon âge, et fort au delà. Avec de la santé, de la gloire, de grands établissements, de l'esprit, des amis, on peut se livrer tout naturellement à une joie honnête.

Vous protégez donc de près Mlle d'Épinay; cela dit qu'elle est *buona robba*, mais cela ne dit pas qu'elle est bonne actrice. Qu'elle soit ce qu'il vous plaira, j'obéis à vos ordres de grand cœur.

Je me prosterne devant votre force permanente, et devant vos agréments toujours nouveaux, devant votre esprit aussi sensé que gai, qui met aux choses leur véritable prix, et qui sait très-bien que la vie n'est qu'un pèlerinage qu'il faut semer de coquilles et de fleurs. Ma philosophie est la très-humble servante de la vôtre.

Ed intanto la riverisco sommamente con ogni ossequio.

MMMDCCCLIX. — A M. DE LA CHALOTAIS.

A Ferney, 22 juin.

Monsieur, j'ai reçu enfin, et j'ai dévoré, votre excellent *Traité de l'éducation*. Autrefois le triste emploi d'instruire la jeunesse était méprisé des honnêtes gens, et abandonné aux pédants, et, qui pis est, aux moines. Vous donnez envie d'être régent de physique et de rhétorique; vous faites de l'institution des enfants un grand objet de gouvernement. Pourquoi ne tirerait-on pas du sein de nos académies les meilleurs sujets qui voudraient se consacrer à des emplois devenus par vous si honorables? Mais il faudrait Michel de L'Hôpital, ou M. de La Chalotais, pour chancelier.

Il vient d'arriver à Genève des ballots de votre livre; il est lu et admiré. Genève croira que je vaux quelque chose, en voyant comme vous avez daigné parler de moi. C'est là tout ce qu'on pourra critiquer dans votre livre. Il me semble, à l'empressement que tous les pères de famille ont à vous lire, qu'on sera bientôt obligé de faire ici une nouvelle édition, quoiqu'on ait fait venir de France une grande quantité d'exemplaires; en ce cas, je vous demanderai les additions dont vou voudrez embellir votre ouvrage.

Ne voudriez-vous pas dire, en parlant des vingt-cinq ans que mettrait un boulet de canon à parcourir l'espace qui s'étend de notre globe au soleil, que c'est en supposant la vitesse toujours égale? c'est une bagatelle. Je me conformerai exactement à tous vos ordres.

Vous donnez de beaux exemples en plus d'un genre au parquet de

Paris. On prétend que maître Omer de Fleury ne les a pas suivis en faisant son réquisitoire contre l'inoculation.

J'ai peur que le gouvernement ne soit si embarrassé de la peine qu'auront tant d'hommes faits à payer les impôts, qu'il ne pourra donner à l'éducation des enfants l'attention qu'elle mérite.

Curtæ nescio quid semper abest rei [1].

C'est assurément ce qu'on ne dira pas de votre livre, quoiqu'on le trouve trop court.

Agréez, monsieur, le respect, l'attachement, et la reconnaissance de votre très-humble, etc.

MMMDCCCLX. — A M. DAMILAVILLE.

23 juin.

Mon cher frère, vous m'annoncez par votre lettre du 18 que Robin-Mouton débite, contre la foi des traités, le tome de l'*Histoire générale* avec les feuilles qui ne doivent pas y être. J'en ai parlé à Gabriel Cramer, qui jure Dieu et Servet qu'il n'a envoyé aucun exemplaire à Robin-Mouton. Si ce Robin-Mouton a acheté de Merlin, par quelque colporteur aposté, les exemplaires impurs, et s'il les vend, il faut l'écorcher, ou du moins il faut lui faire peur. Mais que puis-je faire? Je crois qu'il ne me convient que de me taire, et m'en rapporter à M. d'Argental. Au reste, tout ce que j'ai souhaité, c'est que mon nom ne parût pas; car, en vérité, il m'importe assez peu que le livre soit condamné ou non. On a tant brûlé de livres bons ou mauvais, tant de mandements d'évêques, tant d'ouvrages dévots ou impies, que cela ne fait plus la moindre sensation. Les livres deviennent ce qu'ils peuvent. Je n'ai travaillé à cette nouvelle édition que pour faire plaisir aux frères Cramer ; je n'y ai pas le plus léger intérêt : mais pour la personne de l'auteur, c'est autre chose. Je ne voudrais pas être obligé de désavouer mon ouvrage, comme Helvétius [2]. On ne peut jamais procéder que contre le livre, et contre l'auteur, quel qu'il soit. On désignera, si on veut, un *quidam*. On ordonnera des recherches. On n'en fera pas à Ferney, ni aux Délices. Pourquoi d'ailleurs en faire? parce qu'on a réimprimé dans une *Histoire générale* la lettre de Damiens, imprimée par le parlement même! Dira-t-on que cette lettre fait soupçonner que les discours de la grand'salle tournèrent la tête de Damiens? Ne l'a-t-il pas avoué? cela n'est-il pas formellement dans son procès-verbal? Le parlement a fait imprimer cet aveu de Damiens; et moi, je n'ai pas dit un seul mot qui pût jeter le moindre soupçon sur aucun membre du parlement. Il faudra donc chercher d'autres motifs de condamnation. Or, si on cherche d'autres motifs, pourquoi irai-je parler dans les papiers publics de la lettre de Damiens, qui ne peut être l'objet de la censure qu'on

1. Horace, livre III, ode XXIV, vers dernier. (ÉD.)
2. Helvétius avait été obligé, pour sa tranquillité, de donner, en 1759, jusqu'à trois rétractations ou désaveux de son livre *de l'Esprit*. On ménagea l'auteur, tout en condamnant le livre; mais on punit le censeur. (*Note de M. Beuchot.*)

peut faire? Il me semble que cette démarche de ma part ne servirait qu'à réveiller des idées qu'il faut assoupir. De plus, je m'avouerais l'auteur de l'ouvrage, et, en ce cas, je fournirais moi-même des armes à la malignité : ce serait prier ceux qui voudraient me nuire de me condamner juridiquement sous mon propre nom.

En voilà trop, mon cher frère, sur une chose qui n'aurait pas fait le moindre bruit, si l'esprit de parti ne faisait pas des monstres de tout. Je vous embrasse vous et nos frères. *Écr. l'inf....*

Permettez que je vous adresse cette lettre pour M. Mariette. Il est bien étrange que M. le procureur général de Toulouse n'ait pas encore envoyé les pièces quand le terme est expiré.

MMMDCCCLXI. — A M. COLINI.

28 juin.

Mon cher ami, je ne puis trop vous remercier de vos instructions sur les monnaies de Rome. Il me serait fort doux de chercher avec vous de vieilles vérités dans votre bibliothèque électorale. Mais l'âge avance, la faiblesse augmente, et probablement je ne vivrai et ne mourrai ailleurs que chez moi. La médaille de Jules III n'est pas modeste, mais je voudrais qu'on eût mis au revers : IL RAGAZZO SUO BARDAZZA COLLA SCIMIA. *Addio, caro.* Je vous écrirai plus au long quand j'aurai de la santé et du loisir, deux choses qui me manquent.

MMMDCCCLXII. — DE LOUIS-EUGÈNE, DUC DE WURTEMBERG.

A Renan, ce 29 juin.

Quoique mon bonheur, monsieur, soit femelle, il est devenu de tous les genres par le tendre intérêt que vous daignez y prendre.

Comme je n'ai pas cru devoir désirer un fils plutôt qu'une fille, ma joie, à la naissance de cet enfant, a été aussi grande qu'elle aurait pu l'être à celle d'un garçon.

Voilà de nouveaux devoirs qui me sont imposés. J'ai tâché jusqu'à présent de remplir de mon mieux ceux d'un époux tendre, je ferai des efforts pour remplir de même les devoirs d'un bon père. Je ne me flatte pas d'avoir assez de force et de lumières pour satisfaire à tant d'obligations diverses, mais du moins je ferai tout mon possible.

La nature et mon cœur seront les sources où je puiserai. Je tâcherai de rendre la vertu aimable aux yeux de ce cher enfant, et je suis plus convaincu que personne que le meilleur moyen de la lui inspirer est de lui en donner l'exemple; car la plupart des pères sont la cause principale des dérèglements et des vices de leurs enfants.

Mon bonheur sera durable, parce que je sais borner mes désirs, parce que je n'ai rien à me reprocher, qu'il n'est pas fondé sur le malheur d'autrui, et parce que je sens que je jouis de cette satisfaction qui est la plus grande de toutes les félicités; enfin mon bonheur sera durable, parce que je le partage avec une femme que j'adore, et qui me donne tous les jours de nouvelles preuves de la simplicité et de l'excellence de son caractère. Ce bonheur m'est cher, monsieur, parce qu'il est inhérent à mes devoirs, et parce que vous l'aimez; vous l'aimez parce qu'il est fondé sur la vertu, et que depuis longtemps déjà vous vous plaisez à vous intéresser à moi.

Trissotin représenté par vous, les Femmes savantes deviennent nécessairement une fort mauvaise pièce. Eh! qui pourrait n'être pas enchanté de ce nouveau Trissotin? Je suis persuadé qu'au lieu du grec, ces dames vous auraient prié de leur parler votre français.

La nature, si prodigue envers vous, vous refuse quelquefois la santé. C'est à M. Tronchin à vous donner ce qu'elle semble vouloir vous dérober. Puisse-t-il l'emporter sur elle, et il sera mon héros! Enfin, puisse-t-il vous arriver tout le bien que je vous souhaite, et vous serez le plus heureux des mortels!

Daignez présenter mes hommages à madame votre nièce, et accepter ceux de ma petite femme, qui est bien sensible à toutes les choses obligeantes que vous avez bien voulu lui faire parvenir.

MMMDCCCLXIII. — A M. LE COMTE D'ARGENTAL.

29 juin.

Divins anges, je reçois votre lettre du 21 juin. Voici le temps où mon sang bout, voici le temps de faire quelque chose. Il faut se presser, l'âge avance, il n'y a pas un moment à perdre. Il me faut jouer de grands rôles de tragédie, pour amuser ces enfants et ces Génevois : mais ce n'est pas assez d'être un vieil acteur; car il faut remplir sa destinée jusqu'au dernier moment.

Cela ne m'empêchera pas, dans les entr'actes, de travailler à votre Gazette. Je suivrai très-exactement les ordres de M. le duc de Praslin, s'il m'en donne. Encore une fois, il est pourtant bien étrange que je n'aie pas vu une seule Gazette littéraire : qu'est-ce que cela veut dire?

Cramer assure qu'il n'a envoyé aucun exemplaire à Robin-Mouton, et qu'on a ôté mon nom partout. Je désirerais fort de n'être pas réduit à faire un désaveu inutile, qu'on ne croira pas, et qui ne servira à rien. Il ne s'agit que d'engager Merlin à veiller sur son propre intérêt; c'est ce que j'ai mandé à frère Damilaville.

Au reste, il y a longtemps que j'ai pris mon parti sur cette affaire. Si on me poursuit, je crois la chose très-injuste, et tout le monde ici pense de même. Je n'ai pas écrit un seul mot qui puisse déplaire à la cour; ma justification est toute prête. Je sais bien que le roi ne me soutiendra pas plus contre le parlement que le président d'Éguilles; mais je me soutiendrai très-bien moi-même. Je n'habite point en France, je n'ai rien en France qu'on puisse saisir; j'ai un petit fonds pour les temps d'orage. Je répète que le parlement ne peut rien sur ma fortune, ni sur ma personne, ni sur mon âme, et j'ajoute que j'ai la vérité pour moi. Un corps entier fait souvent de très-fausses démarches, il faut s'y attendre; mais soyez très-sûrs qu'à mon âge tous les parlements du monde ne troubleront pas ma tranquillité. Le sang ne me bout que pour les vers; je suis et serai serein en prose. Il m'importe fort peu où je meure; j'ai quatre jours à vivre, et je vivrai libre ces quatre jours.

J'ai été fidèle avec le dernier scrupule, je n'ai envoyé à personne une seule ligne de ce que vous avez très-sagement supprimé. Je vous supplie de m'instruire si les Cramer ont laissé subsister mon nom à la tête de quelques exemplaires : ce point est très-important, car on ne peut procéder contre la personne que quand elle s'est nommée. Toutes les procédures générales et sans objet tombent. Mais enfin qu'on procède comme on voudra, je suis aussi imperturbable que je suis dévoué à mes anges.

Respect et tendresse.

MMMDCCCLXIV. — A M. HELVÉTIUS.

2 juillet.

La seule vengeance qu'on puisse prendre de l'absurde insolence avec laquelle on a condamné tant de vérités en divers temps est de publier souvent ces mêmes vérités, pour rendre service à ceux mêmes qui les combattent. Il est à désirer que ceux qui sont riches veuillent bien consacrer quelque argent à faire imprimer des choses utiles; des libraires ne doivent point les débiter; la vérité ne doit point être vendue.

Deux ou trois cents exemplaires, distribués à propos entre les mains des sages, peuvent faire beaucoup de bien sans bruit et sans danger. Il paraît convenable de n'écrire que des choses simples, courtes, intelligibles aux esprits les plus grossiers; que le vrai seul, et non l'envie de briller, caractérise ces ouvrages; qu'ils confondent le mensonge et la superstition, et qu'ils apprennent aux hommes à être justes et tolérants. Il est à souhaiter qu'on ne se jette point dans la métaphysique, que peu de personnes entendent, et qui fournit toujours des armes aux ennemis. Il est à la fois plus sûr et plus agréable de jeter du ridicule et de l'horreur sur les disputes théologiques, de faire sentir aux hommes combien la morale est belle et les dogmes impertinents, et de pouvoir éclairer à la fois le chancelier et le cordonnier. On n'est parvenu, en Angleterre, à déraciner la superstition que par cette voie.

Ceux qui ont été quelquefois les victimes de la vérité, en laissant débiter par des libraires des ouvrages condamnés par l'ignorance et par la mauvaise foi, ont un intérêt sensible à prendre le parti qu'on propose. Ils doivent sentir qu'on les a rendus odieux aux superstitieux, et que les méchants se sont joints à ces superstitieux pour décréditer ceux qui rendaient service au genre humain.

Il paraît donc absolument nécessaire que les sages se défendent, et ils ne peuvent se justifier qu'en éclairant les hommes. Ils peuvent former un corps respectable, au lieu d'être des membres désunis que les fanatiques et les sots hachent en pièces. Il est honteux que la philosophie ne puisse faire chez nous ce qu'elle faisait chez les anciens; elle rassemblait les hommes, et la superstition a seule chez nous ce privilége.

MMMDCCCLXV. — DU CARDINAL DE BERNIS.

A Vic-sur-Aisne, le 5 juillet.

Je vous demande pardon, mon cher confrère, d'un si long silence. J'ai fait de petits voyages, mais comme on ne gagne jamais rien de bon à voyager, je suis revenu ici avec un gros rhume, un peu de fièrre, et un peu de goutte. Je n'ai point voulu écrire quand j'étais de mauvaise humeur.

Olympie m'est venue d'Allemagne. Je vous remercie, et vous fais hommage des larmes qu'elle m'a fait verser. Cassandre est toujours le personnage qui m'intéresse le moins; mais Statira, mais Olympie, mais le grand prêtre, sont d'une grande beauté. Il me semble que les gens de goût ont fort accueilli cette tragédie. Il faut laisser dire que c'est un opéra récité; c'est un mérite de plus d'avoir choisi une action vraiment tragique, qui se lie nécessairement avec la pompe du spectacle. On m'écrit que le second volume de l'*Histoire de Pierre le Grand* paraît, et que vous avez donné une nouvelle édition de votre *Histoire universelle*, dans laquelle notre dernière guerre est comprise. J'ai mandé qu'on m'envoie tout cela. Outre l'empressement que j'ai pour tout ce qui vient de vous, je suis fort curieux de savoir comment vous avez traité la guerre d'Allemagne. Peu de vos lecteurs seront plus dignes que moi d'apprécier cette partie de votre *Histoire générale*.

Votre dernière lettre m'annonce une résolution qui m'afflige. Vous voulez vivre et mourir chez les Allobroges. Je m'étais flatté de vous revoir dans mon voisinage. J'espère au moins que l'air pur des Alpes vous fera vivre autant que Sophocle. On vous appellera un jour le Vieux de la Montagne, bien différent de celui qui faisait trembler tous les rois d'Asie. Votre empire sera plus doux, vous éclairerez votre siècle, et vous ne ferez peur qu'aux vices et aux ridicules. Pour moi, à qui on a donné pour pénitence de jouir tranquillement d'une grande dignité et d'un revenu honnête, je cultiverai mon jardin; je lirai pour la centième fois vos ouvrages; je comparerai les temps, les actions des hommes, les contrastes de la vie; j'allongerai la mienne par la frugalité du corps et par la tranquillité de l'âme, je l'animerai par l'amitié, je la diversifierai par des études variées et toujours volontaires : voilà mon plan, où vous voyez que vous tenez la place honorable.

Adieu, mon cher confrère; soyez toujours gai, et faites-moi part de votre gaieté.

MMMDCCCLXVI. — A M. MARMONTEL.

A Ferney, par Genève, 7 juillet.

Voilà le froid Bougainville mort [1], mon cher ami. Il faut que vous réchauffiez l'Académie. Je vais écrire à tous mes amis. Ce n'est pas que vous en ayez besoin; c'est uniquement pour me faire honneur. J'ose croire que vous n'aurez point de concurrent; votre excellent ouvrage vous ouvre toutes les portes. Il n'y a pas longtemps qu'étant las de faire des commentaires sur Corneille, j'ai renvoyé le lecteur à votre *Poétique*, en lui disant qu'il n'y en a point de meilleure.

Figurez-vous que je vous avais envoyé par M. Bouret une jolie édition de *la Pucelle*, avec quelques remarques sur la poésie hébraïque, que j'ai trouvée toujours d'une extravagance très-insipide.

Adieu, mon cher confrère : je vous embrasse avec la plus tendre amitié.

1. Bougainville avait traduit l'*Anti-Lucrèce*. (ÉD.)

MMMDCCCLXVII. — A M. DAMILAVILLE.

12 juillet.

Orate, fratres. Dieu bénit nos travaux. Jean-Jacques, l'apostat, n'a pas laissé de rendre de grands services par son *Vicaire savoyard.*

Presque tout le peuple de Genève est devenu philosophe. On a trouvé très-mauvais que le conseil de Genève ait fait brûler le livre de Jean-Jacques; ce n'est pas ainsi, disent-ils, qu'on doit traiter un citoyen. Deux cents personnes, parmi lesquelles il y avait trois prêtres, sont venues faire de très-fortes remontrances; mais il faut que vous sachiez que Jean-Jacques n'a été condamné que parce qu'on n'aime pas sa personne.

Admirez la Providence. L'auteur de *l'Oracle des fidèles*, livre excellent, trop peu connu, était un valet de chambre d'un conseiller-clerc de la seconde des enquêtes, nommé Nigon de Berty, cloître Notre-Dame : il est venu chez moi, il y est; c'est une espèce de sauvage comme le curé Meslier.

Vous rendriez service aux frères, si vous vous faisiez informer chez le conseiller Nigon de Berty ce que c'est qu'un Savoyard nommé Simon Bugex, qui a été chez lui en qualité de valet de chambre et de copiste. Apparemment ce Simon Bugex, auteur de *l'Oracle des fidèles*, était paroissien du Vicaire savoyard de Jean-Jacques.

C'est bien dommage que la tragédie de *Socrate* soit un ouvrage détestable; mais on ne peut le faire bon et jouable.

On trouve les *Remontrances du parlement* un libelle séditieux; mais je ne me mêle pas de ces affaires-là.

MMMDCCCLXVIII. — A M. LE COMTE D'ARGENTAL.

13 juillet.

Eh! qui vous a dit, mes divins anges, que je brochais un drame? Je vous ai dit que le sang me bouillait : mais que de raisons de le faire bouillir quand je considère tout ce qui se passe dans ce monde! Si mon pot bout, cela ne dit pas qu'il y ait une tragédie dedans; mais s'il y en avait une, vous seriez ardemment conjurés de ne la donner jamais sous mon nom. Soyez pleinement convaincus que le public ne se tournera jamais de mon côté, quand il verra que je veux paraître toujours sur la scène; on se lasse de voir toujours le même homme. On siffla douze fois Pierre Corneille après sa *Rodogune*, dont on avait passé bénignement les quatre premiers actes. Voilà comme sont faits les hommes, et surtout les gens de mon pays. Si on eut un enthousiasme extravagant pour l'extravagante et barbare pièce de ce vieux fou de Crébillon, ce fut parce qu'il était misérable, parce qu'il avait avait été vingt ans sans rien donner, et surtout parce qu'on voulait m'humilier. Je n'ai donné *Olympie* qu'à cause des remarques, qui peuvent être utiles aux gens de bien; c'est pour avoir le plaisir de parler du beau *Livre des Rois*, et pour mettre dans tout son jour l'abomination du peuple de Dieu, que j'ai permis que Colini imprimât la pièce. Je ne perds pas une occasion de rendre de petits services à la sacro-sainte; mon zèle est actif.

A l'égard de la pièce, je parierai contre qui voudra qu'elle fera un très-grand effet sur le théâtre, et j'en ai la preuve; mais il faut attendre, et j'attends très-volontiers.

J'ai toujours trouvé très-bon que Lekain et Mlle Clairon imprimassent *Zulime;* mais ce n'est pas ma faute si un nommé Duchesne ou Grangé en donna une édition clandestine détestable, et si les libraires ne donneraient pas cent écus pour une édition nouvelle; ce n'est pas ma faute si ce monde est un brigandage. Je donne tout, et on ne me sait gré de rien; c'est un ancien usage.

Mais encore, si je faisais un drame, je ne le ferais pas en six jours; il m'en coûterait quinze ou seize, car je m'affaiblis de moitié; et puis, pour les coups de ciseau, il faudrait trois ou quatre mois. Mais mieux vaudrait tout abandonner que d'être connu, et ce ne serait que l'incognito qui pourrait me déterminer. Je vous y mettrais un style dur qui dérouterait le monde; la pièce serait un peu barbare, un peu à l'anglaise; il y aurait de l'assassinat; elle serait bien loin de nos mœurs douces; le spectacle serait assez beau, quelquefois très-pittoresque[1]. Enfin, si les anges me juraient par leurs ailes qu'ils cacheraient ce secret dans leur tabernacle, je leur jurerais, de mon côté, que les Thieriot et autres n'en croqueraient que d'une dent. Ce drame serait d'un jeune homme qui promettrait quelque chose de bien sinistre, et qu'il faudrait encourager. Ne serait-ce pas un grand plaisir pour vous de vous moquer de ce public si frivole, si changeant, si incertain dans ses goûts, si volage, si français? Enfin, mes anges, vous avez ranimé ma fureur pour le *tripot;* en voilà les effets. *Manco-Capac* est-il imprimé? Il faut tâcher que le drame inconnu soit un petit Manco; qu'il y ait du fort, du nerveux, du terrible. On ne pleurera pas cette fois; mais faut-il pleurer toujours?

J'ai lu les *Remontrances.* Vraiment le parlement d'Angleterre ne parlait pas autrement à Charles Ier; cela est mirifique.

Mes anges, je n'ai pas un moment à moi depuis dix ans. Je vous conjure de dire à M. le président de La Marche combien je lui suis obligé. Le contrat de l'acquisition de Ferney est au nom de Mme Denis; je lui ai donné la terre. Comment l'appeler de mon nom? Je n'ai point d'enfants; et si *messieurs* m'échauffent les oreilles, je quitterai tout plutôt que de ne leur pas répondre; car, après tout, la vérité est plus forte qu'eux, et je connais gens qui prendront mon parti. J'aime mieux mourir libre que d'avoir une terre de mon nom.

Je n'ai point écrit à M. Chauvelin l'ambassadeur. Que lui dirai-je? que je suis très-mécontent de son frère?

Mes divins anges, pardonnez mon petit enthousiasme.

Respect et tendresse.

1. *Le Triumvirat.* (ÉD.)

MMMDCCCLXIX. — A M. LE MARÉCHAL DUC DE RICHELIEU.

A Ferney, 15 juillet.

Il n'y a point de cas pareil, monseigneur, ni de billet pareil. Je crois qu'il y a un an ou deux, ou trois, qu'on me demanda un rôle pour Mlle Hus ; je donnai mon consentement. Je crus, quand vous me donnâtes vos ordres, qu'il en était comme des testaments, dont le dernier annule tous les autres ; et l'envie de vous obéir est toujours ma dernière volonté. Je ne me souviens point du tout d'avoir donné aucun rôle cette année. Je n'ai aucun ambassadeur au *tripot*, et vous êtes maître absolu. Il est vrai qu'on dit que votre protégée[1] n'est que jolie, tant mieux ; vous la formerez, cela vous amusera. Quel reproche avez-vous à me faire, s'il vous plaît, monsieur Grichard[2] ? pourquoi grondez-vous ? à qui en avez-vous ? serait-il vrai que vous dussiez amener ici madame votre fille ? Venez, logez aux Délices ; vous y serez très-commodément, si mieux n'aimez Ferney. Je ne suis content ni du *tripot* de la Comédie, ni de celui du parlement ; mais je suis si heureux à Ferney, que rien ne peut me chagriner, pas même ma santé et la mort, qui approche.

Je vous souhaite vie longue et gaie.

Respect et tendresse.

MMMDCCCLXX. — A M. LE COMTE D'ARGENTAL.

A Ferney, 23 juillet.

O anges ! sans vous faire languir davantage, voici la tragédie des coupe-jarrets : elle n'est pas fade. Je ne crois pas que les belles dames goûtent beaucoup ce sujet ; mais, comme on a imprimé au Louvre l'incomparable *Triumvirat* de l'inimitable Crébillon, j'ai cru que je pouvais faire quelque chose d'aussi mauvais, sans prétendre aux honneurs du Louvre. Si vous croyez que votre peuple ait les mœurs assez fortes, assez anglaises pour soutenir ce spectacle, digne en partie des Romains et de la Grève, vous vous donnerez le plaisir de le faire essayer sur le théâtre ; *se no, no.*

Vous me direz : « Mais quelle rage de faire des tragédies en quinze jours ! » Mes anges, je ne peux faire autrement. Il y avait un peintre, élève de Raphaël, qu'on appelait *Fa-presto*, et ce n'était pas un mauvais peintre.

Je vais vite parce que la vie est courte, et que j'ai bien des choses à faire. Chacun travaille à sa façon, et on fait comme on peut. En tout cas, vous aurez le plaisir de lire du neuf ; cela vous amusera, et j'aime à vous amuser.

Remarquez bien que tout est historique : Fulvie avait aimé Octave, témoin l'épigramme ordurière d'Auguste. Fulvie fut répudiée par Antoine. Sextus Pompée était un téméraire, il faisait des sacrifices à l'âme de son père. Lucius César, proscrit, à qui on pardonna, était père de Julie.

1. Mlle d'Épinay. (ÉD.)
2. Grichard (et non Guichard) est le personnage principal du *Grondeur*, comédie de Brueys. (ÉD.)

Antoine et Auguste étaient deux garnements fort débauchés.

Mes anges, j'ai vu votre chirurgien parmesan : il dit que vous irez à Parme, que vous passerez par Ferney; je le voudrais. Quel jour pour moi! que je mourrais content!

MMMDCCCLXXI. — A M. HELVÉTIUS.

26 juillet.

Une bonne âme envoie cette traduction du grec[1] à une bonne âme. On fait ce qu'on peut de son côté pour la culture de la vigne du Seigneur, et on a lieu de bénir la Providence, qui a fait dans nos cantons un nombre prodigieux de conversions.

Nous vous exhortons, mes très-chers frères, à combattre pour notre foi jusqu'au dernier soupir. Ah! si vous nous aviez consulté quand vous donnâtes votre saint ouvrage!... Mais enfin le passé est passé. On vous trompait; on se trompait; on vous ensorcelait; on avait la démence de demander un privilége; on vous faisait louer, à tour de bras, de très-mauvais vers[2], de petits génies, et de mauvais cœurs : n'en parlons plus. Vous ne pouvez vous venger qu'en rendant odieuses et méprisables les armes dont on s'est servi contre vous.

Vous devriez faire un voyage, et passer chez votre frère, qui vous embrasse. Par quelle horrible fatalité les frères sont-ils dispersés, et les méchants réunis?

MMMDCCCLXXII. — A M. DAMILAVILLE.

26 juillet.

Il y a longtemps que je n'ai eu des nouvelles de mon frère; pour Thieriot, je ne sais ce qu'il est devenu. Tâchez, mon cher frère, de faire parvenir ce paquet au fidèle Helvétius. Ne pourrait-on pas trouver quelque Merlin, ou quelque bon diable dans ce goût, qui gagnerait quelque argent à distribuer le pain aux fidèles? Et comme il faut que les bonnes œuvres soient ignorées, on pourrait lui envoyer les paquets sans qu'il sût quelle main charitable les lui donne. J'avais fait prier Merlin de m'envoyer des livres dont j'avais besoin, et il n'en a tenu compte. Comment se porte mon frère?

MMMDCCCLXXIII. — A M. LE COMTE D'ARGENTAL.

27 juillet.

Mes divins anges, Dieu soit loué, et Lekain! Je suis fort aise que votre nation soit assez ferme pour soutenir une tragédie sans femmes[3]; cette aventure est fort à l'honneur des acteurs. Lekain m'a écrit une jolie lettre sur cette affaire; s'il se met à avoir de l'esprit, il ne lui manquera rien. Vraiment je serai fort aise que M. de Praslin s'amuse de mes coupe-jarrets; mais il y a un rôle de Fulvie dont je ne suis pas content aux premiers actes; la vérité historique m'avait induit en erreur. Il est vrai que la femme d'Antoine avait eu une passade avec Octave;

1. Catéchisme de l'honnête homme, etc. (ÉD.) — 2. Ceux de Crébillon. (ÉD.)
3. Le 18 juillet on avait repris la Mort de César; Lekain remplissait le rôle de Brutus. (ÉD.)

mais ce trait historique n'est point du tout tragique. Je ne crois pas qu'une femme répudiée par son mari, et abandonnée par son amant, puisse jamais jouer un beau rôle.

Je me complaisais à peindre toute la licence de ces temps de cruauté et de débauche. J'ai été trop loin, et j'ai avili Fulvie en peignant les triumvirs tels qu'ils étaient. En un mot, il faut retoucher le rôle de Fulvie. La pièce, à cela près, vous paraît-elle aller un peu? S'il y a quelque chose de mauvais, dites-le-moi; s'il y a du bon, dites-le-moi aussi. Je ne suis point rétif, point opiniâtre, point amoureux de ma statue. Quand je ne corrige pas, c'est que je ne trouve pas; la bonne volonté ne me manque point, mais bien l'imagination. On n'a pas toujours des idées à commandement, c'est un coup de la grâce; elle vient quand il lui plaît; elle est, comme l'amour, très-volontaire.

Je vous promets le secret : il n'y aura point de Thieriot dans cette affaire. La nymphe Clairon n'aura pas, je crois, de rôle dans mes coupe-jarrets : Julie est trop jeune, Fulvie trop peu de chose. Ce ne sera jamais qu'une femme qui veut se venger; et ce n'est pas assez pour un premier rôle; il faudrait des passions plus tragiques. Fulvie réussirait à Londres; on y aime les caractères de toute espèce, dès qu'ils sont dans la nature : nous sommes plus délicats et plus dégoûtés.

Mes anges, dès que vous aurez passé légèrement sur le rôle de Fulvie avec M. le duc de Praslin, et que vous aurez daigné examiner le reste, renvoyez-moi ma drogue.

Mais est-il vrai que le feu couve sous la cendre en Russie? qu'il y a un grand parti en faveur de l'empereur Ivan[1]? que ma chère impératrice sera détrônée, et que nous aurons un nouveau sujet de tragédie?

J'ai reçu enfin le prospectus de messieurs de la *Gazette littéraire;* je souhaite qu'on y répande un peu de sel, afin de faire tomber le gros poivre de l'ami Fréron; mais il sera bien difficile qu'un ouvrage sérieux, dont le ministère répond, soit si salé.

N'ai-je pas un compliment à faire à M. d'Argental sur le traité qui assure Plaisance au duc de Parme, et cela ne vaudra-t-il pas à mes anges quelques fromages de Parmesan?

MMMDCCCLXXIV. — A M. LEKAIN.

27 juillet.

Monsieur le Garrick de France, vous n'êtes le Garrick que pour le mérite, et non pour la bourse. Vous vous en tenez aux applaudissements du public, et vous laissez là les pensions de la cour; mais quand une fois le roi aura sept cent quarante millions net de revenu annuel, qu'on lui promet dans des brochures, je ne doute pas que vous ne soyez alors couché sur l'état. Vous venez de faire un miracle : vous avez fait supporter à la nation une tragédie sans femmes; vous avez aussi fait paraître un corps mort. Vous parviendrez à faire changer l'ancienne monotonie de notre spectacle, qu'on nous a tant reprochée. Il faut avouer que jusqu'ici la scène n'a pas été assez agis-

1. Ivan fut poignardé le 16 août 1764. (ÉD.)

sante; mais aussi gare les actions forcées et mal amenées! gare le fracas puéril du collége! Tout a ses mouvements, et le chemin du bon est bien étroit. Vous avez trouvé ce chemin, mon grand acteur; je ne serai content que lorsque vous serez dans celui de la fortune, et que la cour vous aura rendu justice. Je vous embrasse bien tendrement. Mme Denis vous fait mille compliments.

MMMDCCCLXXV. — A M. LE CARDINAL DE BERNIS.

A Ferney, 29 juillet.

Je me suis imaginé, monseigneur, qu'à la longue je pourrais bien vous ennuyer en vous parlant de la douceur de vivre à la campagne, et de cultiver en paix la philosophie et son jardin. J'ai voulu animer un peu le commerce littéraire dont Votre Éminence veut bien m'honorer : je ne me suis pas borné à faire mes foins; j'ai fait une tragédie[1]. Celle-ci n'a pas été faite en six jours. Il faut avouer que j'y en ai mis douze. Je ne puis travailler que rapidement, quand une fois je suis échauffé. Vous sentez bien qu'il vaut autant esquisser son sujet en vers qu'en prose; cela est moins ennuyeux pour les personnes qu'on prend la liberté de consulter, et on corrige ensuite les mauvais vers qu'on a faits, et les bons qu'on a faits mal à propos. Daignez donc agréer l'ouvrage que je soumets à vos lumières et que je confie à vos très-discrètes bontés, car la chose est un secret. Je n'ai rien à vous dire sur le sujet; vous connaissez les masques, vous savez que Fulvie avait eu du goût pour Octave, du temps de son mariage avec Antoine, et que c'était une femme assez vindicative. Je sais bien que peu de belles dames pleureront à cette tragédie; elle est plus faite pour ceux qui lisent l'*Histoire romaine* que pour les lecteurs d'élégies. On ne peut pas toujours être tendre; le genre dramatique a plus d'une ressource. J'étais apparemment dans mon humeur noire quand j'ai fait cette besogne.

Je ne vous demande point pardon d'avoir agrandi la petite île du Reno, où les triumvirs s'assemblèrent; je crois qu'il n'y avait place que pour trois siéges; mais vous savez que nous autres poëtes nous agrandissons et rapetissons selon le besoin. Enfin je souhaite que cette débauche d'esprit vous amuse une heure; si vous avez la bonté d'en consacrer une autre à me dire mes fautes, je vous serai plus obligé que d'ordinaire les auteurs ne le sont en pareil cas. J'aimerais bien mieux entendre vos sages réflexions que les lire. Je ne vous dis pas combien je regrette de ne pouvoir vous faire ma cour, et présenter mon respect à celui que j'ai vu le plus aimable des hommes.

MMMDCCCLXXVI. — A M. DAMILAVILLE.

29 juillet.

J'ai eu beaucoup de peine à trouver les deux brochures que j'envoie à mon cher frère : il ne veut sans doute les avoir que pour les réfuter.

1. *Le Triumvirat.* (ÉD.)

Ces sortes d'ouvrages, qui sont assez communs en Hollande, ne servent qu'à faire triompher notre sainte religion.

Mon cher frère est prié de vouloir bien avoir la bonté d'envoyer les paquets ci-joints à un procureur et à un notaire, à qui ils sont adressés. Il ne faut pas toujours négliger les affaires pour la philosophie.

A propos d'affaires, il faut que je consulte mon cher frère : le receveur du vingtième, qui demeure à Belley, prétend que nous devons lui envoyer notre argent à Belley, qui est à dix-huit lieues par delà nos montagnes, tandis qu'il peut avoir très-aisément un bureau de correspondance à Gex, où nous payons la capitation, et qui n'est qu'à une lieue du château de Ferney. Cette prétention me paraît inique et absurde. Je demande le sentiment de mon cher frère. Je l'embrasse bien tendrement; je le prie de me dire combien de paquets il a reçus. Il m'avait flatté que nous raisonnerions ensemble à Ferney.

N. B. A-t-il fait parvenir un *Catéchisme* à frère H [1] ? En a-t-il distribué aux fidèles ?

<h2 style="text-align:center">MMMDCCCLXXVII. — AU MÊME.</h2>

29 juillet.

Je me sers de la route de Lyon, mon cher frère, pour vous dire qu'il y a un petit paquet pour vous chez M. d'Argental, qu'il peut avoir remis au suisse de M. de Courteilles. Je tâche, autant que je peux, de dérouter les curieux. Vous devez avoir reçu un envoi par Besançon.

N. B. Le paquet que je vous annonce chez M. d'Argental a été adressé à M. le duc de Praslin. Or M. de Praslin est à Compiègne; ainsi le paquet aura été retardé de deux ou trois jours.

N. B. Autre paquet par la même voie.

N. B. Je vous supplie de me mander ce que vous avez reçu.

N. B. Je vous aime bien tendrement; mais je désespère de vous posséder.

<h2 style="text-align:center">MMMDCCCLXXVIII. — A M. LE COMTE D'ARGENTAL.</h2>

30 juillet.

J'ai pris la liberté d'envoyer des paperasses à mes anges, attendu qu'on ne peut pas toujours envoyer des tragédies. J'ai recours à leurs bontés, en prose et en vers.

Il est question vraiment d'une affaire considérable. Si M. d'Argental veut seulement jeter les yeux sur le précis de ma requête au roi en son conseil, il verra de quoi les prêtres sont capables. Je ne sais comment m'y prendre pour faire parvenir par la poste un si énorme paquet à M. Mariette.

Pardon encore une fois, mes divins anges, si je vous importune à ce point.

Je crois qu'on peut faire quelque chose de mes roués [2] : êtes-vous de cet avis? Savez-vous qu'il est horriblement difficile de trouver des sujets, et de faire du neuf? vous voyez : je suis obligé de revenir à Rome, après avoir fait le tour du monde

Respect, tendresse et pardon.

---

1. Helvétius. (ÉD.) — 2. La tragédie du *Triumvirat*. (ÉD.)

MMMDCCCLXXIX. — A M. LEKAIN.

A Ferney, 30 juillet.

Vous verrez, mon cher Garrick de France, par ma réponse à mes-sieurs vos confrères et à mesdames vos consœurs, combien j'ai été tou-ché de l'attention qu'ils ont bien voulu avoir pour moi. Il me faut à présent autant de talents que de zèle, et c'est ce qui est fort difficile. N'allez pas croire, mon cher ami, qu'à soixante-dix ans on soit bien échauffé par les glaces du mont Jura et des Alpes. Un vieillard peut faire des contes de ma Mère-l'Oie; mais les tragédies en cinq actes, et les vers alexandrins, demandent le feu d'un jeune homme : je n'ai plus malheureusement que celui de ma cheminée. Peut-être que le souffle de mes anges pourra ranimer en moi encore quelques étincelles. Je vous réponds de mes efforts, mais non pas de mes succès. Je vous réponds surtout de la tendre amitié que conservera pour vous, toute sa vie, le Vieux de la Montagne.

MMMDCCCLXXX. — A M. LE COMTE D'ARGENTAL.

1er auguste.

O anges de lumière! voici donc ce que M. de Thibouville me mande sous votre cachet :

« Mais j'aurai bien autre chose encore. Oui, oui, oui, j'en sais plus que je n'en dis, peut-être plus que vous-même, qui me tenez rigueur, entendez-vous? Mon Dieu! que cela sera beau! »

Il en sait plus qu'il n'en dit, donc il a lu mes roués; il en sait plus que moi, donc il sait votre sentiment sur mes roués, que je ne sais pas encore. Il est donc dans la bouteille; vous lui avez donc fait jurer de garder le secret : ce secret est essentiel; c'est en cela que consiste tout l'agrément de la chose. Figurez-vous quel plaisir de donner cela sous le nom d'un adolescent sortant du séminaire. Comme on favorisera ce jeune homme, qui s'appelle, je crois, Marcel. « Voilà la vraie tragédie, » dira Fréron. Les soldats de Corbulon diront : « Ce jeune homme pourra un jour approcher du grand Crébillon; » et mes anges de rire. Si on siffle, mes anges ne feront semblant de rien; quoi qu'il arrive, c'est un amu-sement sûr pour eux, et c'est tout ce que je prétendais.

Mais me voici à présent bien loin de la poésie et de cette niche que vous ferez au public. Mon procès me tourmente. Je prévois une perte de temps effroyable. Si je peux parvenir à raccrocher cette affaire au croc du conseil, dont on l'a décrochée, je suis trop heureux. Elle y pendra longtemps, et j'aurai toujours le plaisir de me moquer d'un homme d'Église ingrat et chicaneur.

Il y a un siècle que je n'ai reçu des nouvelles de mon frère Dami-laville; je ne sais plus comme le monde est fait.

Respect et tendresse.

1. Pour une dîme. (ÉD.)

MMMDCCCLXXXI. — Au même.

3 auguste.

Je dois cette lettre à Lekain, et je supplie mes anges de vouloir bien la lui faire donner quand ils iront à la Comédie.

Si mes anges m'avaient renvoyé ma drogue, je la leur aurais dépêchée sur-le-champ, corrigée autant qu'on corrige pour la première fournée, et cela aurait été encore un amusement pour mes anges.

On dit que le président Hénault est fort malade. Il semble qu'il retombe bien souvent : cela fait peine. Je voudrais bien savoir s'il joint à sa maladie celle de la dévotion. Serait-il bête à ce point-là, avec l'esprit qu'il a ? Mais les gens faibles, quelque esprit qu'ils aient, sont capables de croire que deux et deux font cinq. J'ai une autre maladie : c'est d'être sensiblement affligé de voir tant de faiblesse dans des hommes de mérite. On me console beaucoup en me disant que le président n'a pas infiniment de compagnons de sa maladie d'esprit. Le nombre des sages augmente, dit-on, à vue d'œil. Dieu soit loué : c'est tout ce qu'on veut dans Alep.

MMMDCCCLXXXII, — Au même.

A Ferney, 6 auguste.

Mes divins anges sauront que je ne sais rien de la *Gazette littéraire*, à laquelle ils s'intéressent. Il est toujours fort singulier qu'après les peines que je me suis données, les auteurs ne m'aient rien fait dire et ne m'aient pas envoyé une de leurs gazettes. Ne trouvez-vous pas cela fort encourageant ? Mes anges, *servire e non gradire è una cosa per far morire*.

Le président Hénault m'a envoyé une préface anglaise, en son honneur, qui est à la tête de la traduction de sa *Chronologie*; il ne me parle que de cela, et date de Versailles. Et moi je ne lui parle point de la traduction anglaise de l'*Histoire générale*; je ne parle de cette histoire qu'à vous. Nous avons imaginé avec Cramer une tournure pour que le parlement ne soit point fâché, et nous vous enverrons incessamment le petit avertissement. Je suis bien aise de ne point parler en mon nom; il y a toujours quelque ridicule à parler de soi.

M. de Thibouville crie toujours après un cinquième acte. Vraiment j'ai bien autre chose à faire. Il faut attendre que l'inspiration vienne : malheur à qui fait des vers quand il le veut ! quiconque n'en fait pas malgré soi n'en fait que de mauvais.

Permettez encore ce petit billet pour Lekain ; il vous apprendra que je suis le plus grand acteur qu'il y ait en Suisse. J'ai joué, à l'âge de soixante-dix ans, Gengis-kan avec un applaudissement universel. Nous avions parmi les spectateurs une espèce de kalmouk qui disait que je ressemblais à Gengis-kan comme deux gouttes d'eau, et que j'avais le geste tout à fait tartare; Mme Denis jouait encore mieux que moi, s'il est possible.

Je prends toujours la liberté de vous adresser des paquets pour frère Damilaville. Il y a des choses concernant mes petites affaires, des mémoires pour mon notaire et pour mon procureur. Je suis forcé de prendre ce tour, parce que M. Mariette, l'avocat des Calas, n'a pas reçu une lettre de change que je lui ai envoyée avec un mémoire imprimé. L'imprimé a été saisi, et la lettre de change avec lui. On ne sait plus comment faire; on coupe les vivres à l'âme, comme on coupe les bourses.

Vous n'aurez point de tragédie nouvelle par cette poste; vous n'aurez pas même de changement pour la tragédie des roués, parce qu'il vaut mieux que je vous la renvoie avec toutes les corrections que j'aurai imaginées, et avec celles que vous m'aurez indiquées.

Respect et tendresse, et pardon pour les paquets.

MMMDCCCLXXXIII. — De M. Dalembert.

À Potsdam, le 7 auguste.

Depuis six semaines, mon cher confrère, que je suis arrivé ici, j'ai toujours voulu vous écrire sans en pouvoir trouver le moment : différentes occupations et des distractions de toute espèce m'en ont empêché; cependant je ne veux pas retourner en France sans vous donner signe de vie. Mon voyage a été des plus agréables, et le roi me comble de toutes les bontés possibles. Je puis vous assurer que ce prince est supérieur à la gloire même qu'il vient d'acquérir, par la justice qu'il rend à ses ennemis, et par la modestie bien sincère avec laquelle il parle de ses succès. Vous êtes convenu avec moi, et vous avez bien raison, que la destruction de sa puissance eût été un grand malheur pour les lettres et pour la philosophie. Les gazettes ont dit, mais sans fondement, que j'étais président de l'Académie : je ne puis douter, à la vérité, que le roi ne le désire, et j'ose vous dire que l'Académie même m'a paru le souhaiter beaucoup; mais mille raisons, dont aucune n'est relative au roi, et dont la plupart sont relatives à moi seul, ne me permettent pas de fixer mon séjour en ce pays. Le roi me parle souvent de vous. Il sait vos ouvrages par cœur, il les lit et les relit, et il a été charmé tout récemment de la lecture qu'il a faite de vos *Additions à l'Histoire générale.* Je puis vous assurer qu'il vous rend bien toute la justice que vous pouvez désirer. Le marquis d'Argens me charge de vous faire mille compliments de sa part; il vous regrette beaucoup, et me le dit souvent; il n'en fait pas de même de Maupertuis, qui, ce me semble, n'a pas laissé beaucoup d'amis dans ce pays.

Je ne vous donne aucune nouvelle de littérature, car je n'en sais point; et vous savez combien elles sont stériles dans ce pays, où personne, excepté le roi, ne s'en occupe. Que dites-vous du bel arrêt du parlement de Paris pour consulter la faculté de théologie sur l'inoculation, cette même faculté qu'il a déclaré ne pouvoir être juge en matière de sacrements? Cette nouvelle sottise française nous rend la fable des étrangers. Il faut avouer que nous ne démentons notre gloire sur rien.

Adieu, mon cher et illustre maître. Comme je compte partir à la fin de ce mois pour retourner en France, adressez-moi votre réponse à Paris. Je compte toujours faire le voyage d'Italie, et vous embrasser en allant ou en revenant.

MMMDCCCLXXXIV. — A M. DAMILAVILLE.

8 auguste.

Je vous prie, mon cher frère, de lire le nouveau mémoire ci-joint, et de vouloir bien le faire passer à M. Mariette.

Vous avez dû recevoir une petite plainte de moi contre le receveur de notre vingtième, qui demeure à Belley, à quinze lieues de chez nous, et qui veut que nous lui envoyions un exprès pour le payer. Le directeur des vingtièmes du pays m'est venu voir, et s'est chargé d'accommoder l'affaire. Il se trouve que ce directeur est précisément M. de Marinval, à qui vous avez disputé ce que vous n'avez eu ni l'un ni l'autre.

Je n'ai point vu la lettre que Jean-Jacques a écrite à Paris, dans laquelle ce fou traite les philosophes aussi mal que les prêtres, afin qu'il ne lui reste aucun ami sur la terre.

J'ai lu les *Quatre saisons* du cardinal de Bernis. Il y a la valeur de vingt-quatre saisons au moins. Les campagnes que j'habite ne sont pas si fertiles, il s'en faut de beaucoup. Quelle terrible profusion de vers!

Je prie mon cher frère de me mander s'il a reçu des paquets par M. d'Argental. La poste est une belle invention, mais il faut un peu de fidélité et même d'indulgence.

Je prie mon cher frère de m'envoyer sur-le-champ la lettre de Jean-Jacques, s'il en a une copie. N'est-ce pas une lettre à M. le duc de Luxembourg, qui tient seize pages? On dit qu'elle a été lue de M. le Dauphin.

Ma tendre bénédiction à tous les frères. *Écr. l'inf....*

MMMDCCCLXXXV. — A M. PIGALLE.

De Ferney, 10 auguste.

Il y a longtemps, monsieur, que j'ai admiré vos chefs-d'œuvre, qui décorent un palais du roi de Prusse, et qui devraient embellir la France. La statue dont vous ornez la ville de Reims me paraît digne de vous; mais je peux vous assurer qu'il vous est beaucoup plus aisé de faire un beau monument, qu'à moi de faire une inscription. La langue française n'entend rien au style lapidaire. Je voudrais dire à la fois quelque chose de flatteur pour le roi et pour la ville de Reims; je voudrais que cette inscription ne contint que deux vers; je voudrais que ces deux vers plussent au roi et aux Champenois; je désespère d'en venir à bout.

Voyez si vous serez content de ceux-ci :

Peuple fidèle et juste, et digne d'un tel maître,
L'un par l'autre chéri, vous méritez de l'être.

Il me paraît que, du moins, ni le roi ni les Rémois ne doivent se fâcher. Si vous trouvez quelque meilleure inscription, employez-la. Je ne suis jaloux de rien; mais je disputerai à tout le monde le plaisir de sentir tout ce que vous valez.

J'ai l'honneur d'être, avec tous les sentiments que vous méritez, etc.

MMMDCCCLXXXVI. — A M. THIÉRIOT.

De Ferney, 10 auguste.

Frère, vous m'avez donné une terrible commission. Notre langage gaulois n'est point fait pour les inscriptions. Quand vous voudrez du style lapidaire, commencez par retrancher les verbes auxiliaires et les articles. J'essaye pourtant de louer le roi et messieurs de Reims en deux vers, sans article et sans verbe *avoir*. Le roi est un bon prince, les Rémois sont de bons sujets, et il me paraît juste de dire un petit mot de ceux qui font la dépense de la statue :

Peuple fidèle et juste, et digne d'un tel maître,
L'un par l'autre chéri, vous méritez de l'être.

Si on ne veut pas de ce petit disticon, qu'on se couche auprès, car je n'en ferai pas d'autre.

Je suis très-fâché que vous ne soyez pas voisin de mon autre frère; mais je me flatte que vous le voyez souvent.

Il y a une profusion de poésie dans les *Quatre saisons* qui fait grand plaisir aux gens du métier.

Je n'ai nulle nouvelle de Protagoras. J'ai lu les *Richesses de l'État*. On aurait beau faire cent volumes de cette espèce, ils ne produiraient pas un sou au roi. Ce petit roman de finance n'est point pris du tout de la *Dîme*, attribuée au maréchal de Vauban, laquelle n'est point de ce maréchal, mais d'un Normand, nommé La Guilletière [1], autant qu'il peut m'en souvenir.

Il faut absolument que frère Marmontel soit de l'Académie, en attendant frère Diderot. Je voudrais les recevoir tous les deux, et puis m'enfuir dans mes montagnes. Tâchez, pour Dieu, de me faire avoir cette lettre extravagante de Jean-Jacques. Frère, je vous embrasse tendrement.

MMMDCCCLXXXVII. — A M. DAMILAVILLE.

10 auguste.

Mon cher frère, si vous avez du loisir, jetez un coup d'œil sur tout ce que je vous envoie, et daignez le faire dépêcher à son adresse. Je trouve cette façon plus sûre.

Je vois, Dieu soit loué! que le paquet où était la lettre de change n'a point été perdu. On a eu plus de pitié de nous que je ne croyais.

Si vous pouvez m'envoyer cette lettre de Jean-Jacques qui fait tant de bruit, je vous aurai une extrême obligation.

Je compte que vous recevrez incessamment des mémoires concernant nos vingtièmes.

Buvez à ma santé avec frère Platon, et *écr. l'inf*....

MMMDCCCLXXXVIII. — AU MÊME.

12 auguste.

Je commence par dire à M. le ministre du vingtième que M. Marinval ou Morinval, directeur de Lyon, a payé pour moi mes trois ving-

1. Voltaire devrait nommer ici Bois-Guillebert au lieu de La Guilletière. (ÉD.)

tièmes pour toute l'année 1763, quoique je ne dusse en payer la moitié qu'au mois de septembre prochain; mais j'aime à m'acquitter de bonne heure de mes petits devoirs de bon citoyen et de bon sujet : c'est ainsi que sont faits les véritables philosophes.

Je me flatte qu'on ne trouvera pas mauvais que je vous envoie le gros paquet ci-joint pour le conseil : le tout s'adresse à M. Mariette. C'est une affaire très-importante, pour laquelle même je vous supplie, mon cher frère, d'encourager le zèle que M. Mariette veut bien me témoigner.

Je bénis Dieu de ce que vous avez reçu tous nos paquets. Vous avez eu la bonté en dernier lieu de m'envoyer les lettres patentes du roi pour des échanges de terre. Je mande à M. Marietto qu'il me manque deux pièces essentielles, qui sont la grosse de mon contrat d'échange et la permission de l'évêque. J'avais envoyé ces deux pièces : elles doivent être ou dans les bureaux de M. de Saint-Florentin, ou chez M. Mariette.

Quant aux autres pièces plus importantes, j'espère en faire tenir à mon frère dès qu'on sera revenu de Compiègne.

Je l'ai déjà supplié de me faire tenir *le Radoteur* ou *le Radotage;* on dit que c'est un bon ouvrage, qui a été fait sous les yeux du contrôleur général. Je vous avoue que je crois que les ministres en savent toujours plus que moi; je pourrais leur dire seulement ce que Despréaux disait au roi : « Sire, je me connais mieux en vers que Votre Majesté. »

J'ai demandé aussi à frère Thieriot la lettre de Jean-Jacques, qui a fait, dit-on, quelque bruit à Paris.

Est-ce que mon frère connaît le conseiller Nigon? C'est une chose bien extraordinaire qu'un Savoyard sans éducation ait si bien ramoné la cheminée des cagots.

Il me paraît que M. de Forbonnais avait fait autrefois un fort bon livre de finance; mais, comme dit François : *Magis magnos clericos non sunt magis magnos sapientes.*

Le présomptueux [1], l'ambitieux, mauvais sujets de comédie. *Écr. l'inf....*

MMMDCCCLXXXIX. — A MADAME LA COMTESSE D'ARGENTAL.

13 auguste.

L'un des anges, je reçois la lettre dont vous m'honorez, du 4 d'auguste. Je vous envoie, pour vous amuser, un premier acte un peu plus poli que n'était l'autre, plus dialogué, et plus convenable. Il y a dans tous les actes des morceaux que j'ai fortifiés; mais à présent que j'ai un maudit procès pour mes dîmes, et que je fais des écritures, je ne peux guère faire d'écrits. J'ai eu douze jours de bon, je les ai employés à brocher un drame; cela est bien honnête. Avouez, madame, qu'il sera bien plaisant d'être sous le masque; donnez-vous ce plaisir-là, je vous prie.

J'ai peur que M. le duc de Praslin n'aime pas mon impératrice de Russie, j'ai peur qu'on ne la dégote; il ne me restait plus que cette tête couronnée; il m'en faut une absolument.

J'ai lu les *Quatre saisons* du cardinal de Bernis; c'est une terrible

_____
1. *La Présomption à la mode,* comédie de Cailhava. (Éd.)

profusion de fleurs. J'aurais voulu que les bouquets eussent été arrangés avec plus de soin ; je jouis pleinement de ce qu'il a chanté. Vous ne savez pas, madame, combien l'on est heureux d'être à la campagne, et peut-être qu'il ne le sait pas non plus.

Je ris aux anges ; c'est-à-dire que je suis rempli pour vous, madame, du plus tendre respect.

Mme Denis, et ma petite famille, qui rit et saute tout le jour, baisent humblement le bout de vos ailes.

MMMDCCCXC. — A M. DAMILAVILLE.

13 auguste.

Je prends le parti d'ennuyer mon frère de mes affaires temporelles. Je lui ai rendu compte de mes trois vingtièmes ; c'est un passe-port pour mes paquets, et le cahier ci-joint, adressé à M. Mariette, concerne un dixième : ainsi je suis parfaitement en règle avec la poste.

Mme d'Argental eut la bonté de faire remettre chez M. de Courteilles un gros paquet pour mon frère, le 3 auguste ; je suppose qu'il l'a reçu, et que c'est de lui qu'il me parle dans sa lettre du 5 juillet, laquelle devait être datée du 5 auguste.

L'affaire du dixième est bien plus embarrassante que celle du vingtième. Je paye très-volontiers de justes impôts au roi ; mais il serait dur d'être dépouillé d'une dîme qui appartient à ma terre depuis deux cents ans, par un prêtre que j'ai comblé de biens, et qui me fait sous main un procès dans le temps même qu'il conclut avec moi l'échange le plus avantageux, et que le roi le ratifie.

Cette conduite sacerdotale touchera mon frère, et je me flatte qu'elle n'étonnera pas le corps des adeptes.

O Platons ! ô Anaxagores ! que dites-vous de mon vilain ? Vous dites sans doute : *Écr. l'inf.…*

MMMDCCCXCI. — AU MÊME.

14 auguste.

Mon cher frère, ma philosophie est réduite à ne vous parler que de procès depuis quelque temps. Les vingtièmes et les dîmes ont été mes problèmes, et voici un nouveau procès que vous m'annoncez au sujet d'une farce anglicane. S'il y avait une étincelle de justice dans messieurs de la justice, ils verraient bien que l'affectation de mettre mon nom à la tête de cet ouvrage est une preuve que je n'en suis point l'éditeur ; ils verraient que le titre, qui porte : GENÈVE, est encore une preuve qu'il n'a pas été imprimé à Genève ; mais Omer ne connaît point les preuves ; je me crois obligé de le prévenir. J'envoie à mon neveu d'Hornoy, conseiller au parlement, un pouvoir de poursuivre criminellement les éditeurs du libelle ; et à vous, mon cher frère, j'envoie cette *Déclaration*, que je vous supplie de faire mettre dans les *Petites-Affiches* en cas de besoin, et dans tous les papiers publics, le tout pour sauver l'honneur de la philosophie.

Je vous ai dépêché, parmi les paperasses immenses dont je vous ai accablé, une procédure concernant les jésuites mes voisins. Le serru-

rier de mon village, ayant travaillé pour eux, fut payé en deux voies
de bois de chauffage; les créanciers d'Ignace se sont imaginé que ce
pauvre homme avait acheté des jésuites une grande forêt : ils l'ont as-
signé à venir rendre compte au parlement de Paris. J'ai donc produit
les défenses de mon serrurier, car il faut défendre les faibles; et je vous
les ai adressées pour mon procureur Pinon du Coudray. A quoi faut-il
passer sa vie! et quel embarras je vous donne! Il faut que vous soyez
bien philosophe pour le souffrir. *Vive felix!* et *écr. l'inf....* Nous l'écra..
— Nous l'écra........

Avertissement. — « Ayant appris qu'on débite à Paris, sous mon nom
et sous le titre de Genève, je ne sais quelle farce intitulée, dit-on, *Saül
et David*, je suis obligé de déclarer que l'éditeur calomnieux de cette
farce abuse de mon nom; qu'on ne connaît point à Genève cette rapsodie; qu'un tel abus n'y serait pas toléré, et qu'il n'y est pas permis de
tromper ainsi le public.

« A Genève, 13 auguste 1763.   VOLTAIRE. »

MMMDCCCXCII. — A M. LE COMTE D'ARGENTAL.

14 auguste.

O mes anges! après avoir beaucoup écrit de ma main, je ne peux plus
écrire de ma main. Je ne m'aviserai pas de vous envoyer corrections,
additions, pour la tragédie de mes roués; une autre farce vient à la tra-
verse. On prétend que notre ami Fréron, très attaché à l'*Ancien Testament*, a fait imprimer la facétie de *Saül et David*, qui est dans le goût
anglais, et qui ne me paraît pas trop faite pour le théâtre de Paris. Ce
scélérat, plus méchant qu'Achitophel, a mis bravement mon nom à la
tête. C'est du gibier pour Omer. Je n'y sais autre chose que de prévenir Omer, et de présenter requête, s'il veut faire réquisitoire. Je me
joins d'esprit et de cœur à *messieurs*, en cas qu'ils veuillent poser sur le
réchaud *Saül et David*, au pied de l'escalier du mai. C'étaient, je vous
jure, deux grands polissons que ce Saül et David, et il faut avouer que
leur histoire et celle des voleurs de grands chemins se ressemblent parfaitement. Maître Omer est tout à fait digne de ces temps-là. Quoi qu'il
en soit, je déshérite mon neveu le conseiller au parlement, s'il n'in-
strumente pas pour moi dans cette affaire, en cas qu'il faille instru-
menter.

Je lui donne tous pouvoirs par les présentes, et mes anges sont toujours le premier tribunal auquel je m'adresse.

Je vous supplie donc d'envoyer chercher aux plaids mon gros neveu,
et de l'assurer de ma malédiction s'il ne se démène pas dans cette
affaire.

De plus, j'envoie à frère Damilaville un petit avertissement pour mettre dans les papiers publics, conçu en ces termes :

« Ayant appris qu'on a imprimé à Paris et qu'on débite sous mon nom
une prétendue tragédie anglaise intitulée *Saül et David*, je prie mon
neveu M. d'Hornoy, conseiller au parlement, de vouloir bien donner
de ma part un pouvoir au sieur Pinon du Coudray, procureur, de pour-

suivre criminellement les auteurs de cette manœuvre et de cette calomnie.

« Fait aux Délices près de Genève, 13 auguste 1763. VOLTAIRE. »

Nul ange n'a jamais eu, depuis le démon de Socrate, un si important
client : tantôt tragédies, tantôt farces, tantôt Omer; je ne finis point :
je mets la patience de mes anges à l'épreuve. Si l'affaire est sérieuse,
je les supplie d'envoyer chercher mon neveu, sinon mes anges jetteront au feu la lettre qui est pour lui. En tout cas, je crois qu'il sera bon
que frère Damilaville fasse mettre dans les papiers publics le petit *Avertissement* daté de la sainte ville de Genève. Il faut être bien méchant
pour avoir mis mon nom là. Mes méchancetés à moi se terminent au
Pauvre Diable, au *Russe à Paris*, aux *Pompignades*, aux *Berthiades*,
à l'*Écossaise*; mais aller au criminel, ah! fi!

Respect et tendresse. Au bout de vos ailes.

MMMDCCCXCIII. — A M. D'HORNOY, CONSEILLER AU PARLEMENT.

Aux Délices, 14 auguste.

Mon cher neveu, je ne doute pas qu'avec votre minois et votre ventre également rebondis, vous n'ayez un furieux crédit en parlement.
Je mets entre vos mains l'affaire la plus importante. Il s'agit d'une farce
anglaise indignement tirée de la sainte Écriture, qu'on dit faite par ces
coquins d'Anglais, qui ne respectent pas plus l'*Ancien Testament* que
nos flottes. Quelque polisson s'est avisé d'imprimer à Paris, et de débiter sous mon nom, cette facétie anglicane. Il est important pour votre
salut que votre oncle ne soit pas excommunié, attendu qu'étant mon
héritier, vous seriez damné aussi par le troisième concile de Latran. Je
vous remets le soin de mon âme, et vous embrasse de tout mon cœur.
Votre vieil oncle,   V.

MMMDCCCXCIV. — A M. P. ROUSSEAU.

Ferney, 14 auguste.

Je ne sais, monsieur, ce que c'est que les *Mélanges* dont vous parlez; j'ai depuis quelque temps très-peu de correspondances à Paris.
L'aventure de Jean-Jacques Rousseau et une lettre un peu indécente à
monsieur l'archevêque de Paris ont été un peu funestes à la correspondance des gens de lettres. Il n'a plus été permis d'envoyer aucun imprimé par la poste; je sais seulement qu'on imprime à Paris beaucoup
de sottises, mais qu'on ne peut y en faire entrer aucune. On y a imprimé sous mon nom une prétendue tragédie anglaise intitulée *Saül*,
que je n'ai jamais vue. Je reçois assez régulièrement votre *Journal*,
qui m'instruit et m'amuse; je souhaite qu'il vous soit aussi utile qu'il
m'est agréable. Je ne suis guère occupé que d'agriculture cet été; mais
si je peux trouver quelque chose digne d'entrer dans votre greffe, et
quelque manière de vous l'envoyer, je m'en ferai un vrai plaisir. J'ai
l'honneur d'être, etc.

MMMDCCCXCV. — A M. LE COMTE D'ARGENTAL.

16 auguste.

J'envoie à mes divins anges la lettre de M. Douet ou Drouet, fermier général, lequel fermier paraît n'avoir point du tout envie de donner au neveu de Pierre Corneille un nouvel emploi; et il le trouve posté à merveille au port Saint-Nicolas. Tout ce que je souhaite, c'est de voir un Drouet mesurer du bois et du charbon, et un Corneille fermier général.

On m'a envoyé des choses assez plaisantes sur les sept cent quarante millions de M. Roussel. Je l'avais pris d'abord pour le trésorier d'Aboul-Cassem. Messieurs les Parisiens doivent regorger d'or et d'argent.

Au reste, mes anges voient que j'ai un peu d'occupation; je les supplie très-instamment de m'excuser auprès de M. de La Marche si je n'ai pas l'honneur de lui écrire. Je n'ai pas eu encore le temps d'écrire à M. de Chauvelin; à peine ai-je celui de vaquer à mes petites affaires. Un pauvre laboureur est bien empêché quand il faut faire des tragédies, et des commentaires sur des tragédies : c'est bien pis pour l'histoire; le pauvre homme n'en peut plus, il demande quartier.

Je baise humblement le bout de vos ailes, mes anges.

MMMDCCCXCVI. — A M. DUPONT[1].

A Ferney, 16 auguste.

Je vois, monsieur, que vous embrassez deux genres un peu différents l'un de l'autre, la finance et la poésie. Les eaux du Pactole doivent être bien étonnées de couler avec celles du Permesse. Vous m'envoyez de fort jolis vers avec des calculs de sept cent quarante millions. C'est apparemment le trésorier d'Aboul-Cassem qui a fait ce petit état de sept cent quarante millions, payables par chacun an. Une pareille finance ne ressemble pas mal à la poésie; c'est une très-noble fiction. Il faut que l'auteur avance la somme pour achever la beauté du projet.

Vous avez très-bien fait de dédier à M. l'abbé de Voisenon vos *Réflexions* touchant l'argent comptant du royaume; cela me fait croire qu'il en a beaucoup. Vous ne pouviez pas mieux égayer la matière qu'en adressant quelque chose de si sérieux à l'homme du monde le plus gai. Je vous réponds que si le roi a autant de millions que l'abbé de Voisenon dit de bons mots, il est plus riche que les empereurs de la Chine et des Indes. Pour moi, je ne suis qu'un pauvre laboureur; je sers l'État en défrichant des terres, et je vous assure que j'y ai bien de la peine. En qualité d'agriculteur, je vois bien des abus; je les crois inséparables de la nature humaine, et surtout de la nature française; mais, à tout prendre, je crois que le bénéfice l'emporte un peu sur les charges. Je trouve les impôts très-justes, quoique très-lourds, parce que, dans tout pays, excepté dans celui des chimères, un État ne peut payer ses dettes qu'avec de l'argent. J'ai le plaisir de payer toujours mes vingtièmes d'avance, afin d'en être plus tôt quitte.

1. Dupont de Nemours, mort aux États-Unis le 6 août 1815. (ÉD.)

À l'égard des Fréron et des autres canailles, je leur ai payé toujours trop tard ce que je leur devais en vers et en prose.

Pour vous, monsieur, je vous paye avec grand plaisir le tribut d'estime et de reconnaissance que je vous dois. C'est avec ces sentiments que j'ai l'honneur d'être, etc.

MMMDCCCXCVII. — A M. DAMILAVILLE.

17 auguste, au départ de la poste.

Je demande pardon à mon cher frère de ne lui plus parler que du temporel. Ce n'est pas que je ne m'intéresse vivement au *Caloyer*[1], et que j'abandonne le spirituel; mais je me flatte que mon cher frère regardera cette affaire des dîmes comme un objet digne de son zèle. Il s'agit de confondre un prêtre: c'est toujours une bonne œuvre. Je me flatte que mon cher maître voudra bien m'envoyer pour mon édification ce *Saül et David* dont on parle tant, et que je ne connais pas.

J'ai vu *le Radoteur*, et beaucoup d'autres drogues de cette espèce. Tout cela n'est pas de l'argent comptant.

J'embrasse mon cher frère. *Écr. l'inf....*

MMMDCCCXCVIII. — A M. LE COMTE D'ARGENTAL.

18 auguste.

Je reçois la lettre du 11 d'auguste de mes divins anges, avec le gros paquet. J'entre tout d'un coup en matière, car je n'ai pas de temps à perdre.

D'abord mes anges sauront que toutes les choses de détail ne sont point du tout comme elles étaient.

A l'égard de l'horreur que vous me proposez, et à laquelle Mme Denis n'a jamais pu consentir, cela prouve que vous êtes devenu très-méchant depuis que vous êtes ministre[2]. C'est ce que je mande à M. le duc de Praslin; le crime ne vous coûte rien: nous avions jugé, dans l'innocence des champs, qu'il était abominable que Fulvie voulût assassiner Antoine; que ce n'était point l'usage des dames romaines, quand on leur présentait des lettres de divorce; que deux assassinats à la fois, et tous deux manqués, pouvaient révolter les âmes tendres et les esprits délicats. Mais, puisque ce comble d'horreur vous fait tant de plaisir, je commence à croire que le public pourra la pardonner; mais je vous avertis que la combinaison de ces deux assassinats est horriblement difficile; il est à craindre que l'extrême atrocité ne devienne ridicule. Un assassinat manqué peut faire un effet tragique; deux assassinats manqués peuvent faire rire, surtout quand il y en a un hasardé par une dame. Toutes les combinaisons que ce plan exige demandent beaucoup de temps. J'y rêverai, et j'y rêve déjà en vous contant la chose seulement.

Mes divins anges, mon affaire contre la sainte Eglise est entre les mains de M. Mariette: cette affaire est terrible. Si nous la perdions,

---

1. Le *Catéchisme de l'honnête homme*, etc. (ÉD.)
2. Il était plénipotentiaire de l'infant duc de Parme. (ÉD.)

tous les droits, tous les avantages de notre terre nous seraient infailliblement ravis; nous aurions jeté plus de cent mille écus dans la rivière. Tous nos droits sont fondés sur le traité d'Arau. Il ne s'agit aujourd'hui que de savoir qui doit être juge du traité d'Arau, ou le roi, qui le connaît, ou le parlement de Dijon, qui ne le connaît pas.

La république de Genève, intéressée comme moi dans cette affaire, a chargé M. Cromelin d'en parler ou d'en écrire à M. le duc de Praslin, afin que ce ministre puisse faire regarder au conseil cette affaire comme une affaire d'État, laquelle doit être jugée au conseil des parties, comme tous les procès de ce genre y ont été jugés.

Mais aujourd'hui il ne s'agit que de revenir contre un arrêt de ce même conseil des parties, obtenu par défaut et subrepticement contre MM. de Budé, qui n'en ont rien su, et qui étaient dans leurs terres de Savoie quand on a rendu cet arrêt. Il renvoie les parties plaider au parlement de Dijon, selon les conclusions de l'Église, et contre les déclarations de nos rois, que MM. de Budé n'ont pu faire valoir, dans l'ignorance où ils étaient des procédures que l'on faisait contre eux.

C'est à M. Mariette, chargé du pouvoir de MM. de Budé et du nôtre, à revenir contre cet arrêt, et à renouer l'affaire au conseil des parties.

Il sera peut-être nécessaire que préalablement nous obtenions des lettres patentes du roi, au rapport de M. le duc de Praslin. C'est ce que j'ignore, et sur quoi probablement M. Mariette m'instruira.

On m'avait mandé des bureaux de M. de Saint-Florentin que cette affaire dépendait de son ministère, parce qu'il a le département de l'Église; mais M. le duc de Praslin a le département des traités.

Pompée et Fulvie disent qu'ils sont fort fâchés de cet incident qui vient les croiser; que le traité d'Arau n'a aucun rapport avec l'empire romain et les proscriptions.

Mes anges, ma tête bout et mes yeux brûlent. Je me mets à l'ombre de vos ailes.

Encore un mot pourtant. M. de Martel, ci-devant inspecteur de la gendarmerie, arrive ici sous un autre nom, par la diligence, avec une vieille redingote pelée, et une tignasse par-dessus ses cheveux : il dit qu'il vous connaît beaucoup. Expliquez-moi donc cela, je vous en conjure. Est-il fou?

MMMDCCCXCIX. — A M. PALISSOT.

À Ferney, 18 auguste.

Je deviens aveugle tout de bon, monsieur; me voilà comme le bonhomme Tobie, et je n'espère rien du fiel d'un poisson. Je suis bien aise qu'il n'y ait plus de fiel entre M. de Tressan et vous; et je voudrais que vous pussiez être l'ami de tous les philosophes : car, au bout du compte, puisque vous pensez comme eux sur bien des choses, pourquoi ne pas être uni avec eux? Il me semble que nous ne devons avoir que les sots pour ennemis. Je voudrais pouvoir vous voir à Ferney avec les Diderot, les Dalembert, les Hume, les Jean-Jacques. Nous chanterions tous Mlle Corneille et son grand-oncle; mais Fréron n'en serait pas.

Sans compliments, et à vous de tout mon cœur.

MMMCM. — A MADAME LA MARQUISE DU DEFFAND.

A Ferney, 19 auguste (car il est trop barbare
d'écrire *aoust* et de prononcer *ou*).

L'aveugle Voltaire à l'aveugle marquise du Deffand.

Les gens de notre espèce, madame, devraient se parler au lieu de
s'écrire, et nous devrions nous donner rendez-vous aux Quinze-Vingts,
d'autant plus qu'ils sont dans le voisinage de M. le président Hénault.
On m'a mandé qu'il avait été dangereusement malade ces jours passés,
mais qu'il se porte mieux. Je m'intéresse bien vivement à votre santé
et à sienne; car enfin il faut que ce qui reste à Paris de gens aimables
vive longtemps, quand ce ne serait que pour l'honneur du pays.
Êtes-vous de l'avis de Mécène, qui disait : « Que je sois goutteux,
sourd, et aveugle, pourvu que je vive, tout va bien? » Pour moi, je ne
suis pas tout à fait de son opinion, et j'estime qu'il vaut mieux n'être
pas que d'être si horriblement mal. Mais, quand on n'a que deux yeux
et une oreille de moins, on peut encore soutenir son existence tout
doucement.
J'ai eu une grande dispute avec M. le président Hénault, au sujet de
François II[1]; et je vous en fais juge. Je voudrais que quand il se portera bien, et qu'il n'aura rien à faire, il remaniât un peu cet ouvrage,
qu'il pressât le dialogue, qu'il y jetât plus de terreur et de pitié, et
même qu'il se donnât le plaisir de le faire en vers blancs, c'est-à-dire
en vers non rimés. Je suis persuadé que cette pièce vaudrait mieux
que toutes les pièces historiques de Shakspeare, et qu'on pourrait
traiter les principaux événements de notre histoire dans ce goût.
Mais il faudrait pour cela un peu de cette liberté anglaise qui nous
manque. Les Français n'ont encore jamais osé dire la vérité tout entière. Nous sommes de jolis oiseaux à qui on a rogné les ailes. Nous
voletons, mais nous ne volons pas.
Je vous supplie, madame, de lui dire combien je lui suis attaché.
Adieu, madame; je ne sais si nous avons jamais bien joui de la vie,
mais tâchons de la supporter. Je m'amuse à entendre sauter, courir,
déraisonner Mlle Corneille, son petit mari, sa petite sœur, dans mon
petit château, pendant que je dicte des commentaires sur *Agésilas* et
Attila. Et vous, madame, à quoi vous amusez-vous? Je vous présente
mon très-tendre respect.

MMMCMI. — A M. DAMILAVILLE.

21 auguste.

Il est bon que mes frères sachent qu'hier six cents personnes vinrent,
pour la troisième fois, protester en faveur de Jean-Jacques contre le
conseil de Genève, qui a osé condamner le *Vicaire savoyard*. Ils disent
qu'il est permis à tout citoyen d'écrire ce qu'il veut sur la religion;
qu'on ne peut le condamner sans l'entendre; qu'il faut respecter les

---

1. *François II, roi de France, tragédie en cinq actes et en prose*, par le président Hénault. (ÉD.)

droits des hommes : et on prétend que cela pourrait bien finir par une prise d'armes. Je ne serais pas fâché de voir une guerre civile pour le *Vicaire savoyard :* je ne crois pas qu'il y en ait dans Paris pour *Saül et David.*

J'espère que mon cher frère aura la charité de m'envoyer cette pièce édifiante, que je ne connais point du tout.

Voici encore un petit mot pour M. Mariette. J'importune beaucoup mon frère ; mais quand on a un procès contre la sainte Église, il faut bien s'adresser aux sages. J'embrasse mon sage frère. *Écr. l'inf....*

MMMCMII. — A M. MARIETTE.

21 auguste.

Je supplie M. Mariette de me faire réponse à mi-marge aux questions qu'il a dû recevoir de moi. Un mot de sa main suffira pour m'éclairer. J'attends ce mot avec impatience.   V.

MMMCMIII. — A M. LE COMTE D'ARGENTAL.

23 auguste

O mes anges ! il arrive toujours quelques tribulations aux barbouilleurs de papier, c'est leur métier. J'y suis accoutumé depuis plus de cinquante ans. Patience, cela finira. On a imprimé mon pauvre *Droit du seigneur* tout délabré. Cela, joint à la publication de la pièce sainte de *Saül et David,* qu'on dit aussi ridiculement imprimée, est une mortification que je mets aux pieds de mon crucifix. Je pense que le petit *Avis* ci-joint est l'unique remède que je doive employer pour ce petit mal, et je suppose que ma lettre à mon gros neveu est inutile. Je soumets le tout à votre prudence, et à la grande connaissance que vous avez de votre ville de Paris.

Je ne peux, du pied des Alpes, diriger mes mouvements de guerre ; je peux seulement dire en général : « Si Omer avance de ce côté-ci, lâchons-lui notre procureur ; si Fréron marche de ce côté-là, tenons-nous-en à notre petit *Avis au public.* » Je m'en remets à la bonté de mes anges, et au battement de leurs ailes.

Mes anges doivent avoir reçu un gros paquet adressé à M. le duc de Praslin ; ils ont dû voir qu'on s'est hâté de leur obéir. L'épithète d'*assassinés* n'avait jamais été donnée jusqu'ici aux dames ; mais, puisque vous le voulez, Fulvie est assassinée. Je ne dis pas que j'aie exécuté tous vos ordres ; car ce n'est pas assez d'assassiner son mari dans son lit, il faut encore faire de beaux vers. Renvoyez-moi donc mon griffonnage apostillé, et puis j'aurai l'honneur de vous le renvoyer au net.

Je baise les ailes de mes anges le plus humblement du monde.

MMMCMIV. — A M. DAMILAVILLE.

23 auguste.

Mon cher frère, ne bénissez-vous pas Dieu de voir le peuple de Calvin prendre si hautement le parti de Jean-Jacques ? Ne considérons point sa personne, considérons sa cause. Jamais les droits de l'humanité n'ont été plus soutenus; il n'y a point d'exemple de pareille aventure dans l'histoire de l'Église. *Fratres, orate, et vigilate* [1].

J'apprends qu'un forban de libraire de Paris vient d'imprimer *le Droit du seigneur* tout défiguré, d'après quelque copie informe faite à la Comédie; cela, joint à l'aventure de *David*, m'oblige de faire mettre dans les papiers publics un petit *Avertissement :* à qui puis-je mieux m'adresser qu'à mon cher frère?

Je suis bien sûr que vous avez eu la bonté de faire rendre tous mes paquets à M. Mariette. Quand recommencera-t-il l'affaire des Calas? Voyez-vous quelquefois Elie de Beaumont, qui est à mon gré si supérieur à Christophe [2]?

Salut à l'*Encyclopédie! Écr. l'inf....*

MMMCMV. — A M. THIERIOT.

23 auguste.

Frère, vraiment on a raison de remarquer que ce sont les Rémois qui font la dépense de la statue, et que, par conséquent, ce n'est pas à eux à se louer. Il faudra, s'il vous plaît, rayer ces deux vers-là; mais donnez toujours ma lettre à M. Pigalle, afin qu'il ne croie pas que je suis un paresseux qui ai négligé de lui répondre.

Je ne sais quel fripon de Paris vient de faire imprimer *le Droit du seigneur* sur une mauvaise copie transcrite à la Comédie. Le brigandage est partout. On a imprimé aussi je ne sais quelle tragédie de *David,* traduite de l'anglais, avec mon nom à la tête. Les gens sont bien méchants.

J'envoie à notre cher frère un beau désaveu pour mettre dans les papiers publics. Je vois qu'on persécutera toujours les saints; mais aussi vous savez qu'ils auront la vie éternelle. *Quid novi?* Portez-vous bien.

MMMCMVI. — A M. LE MARQUIS DE CHAUVELIN.

A Ferney, 25 auguste.

Votre Excellence saura que je deviens quinze-vingts; que je suis des mois entiers sans pouvoir écrire. Si l'air de Turin vous a donné une entrave ou un clou, l'air du lac pourrait bien m'ôter entièrement la vue. Vous vous amusez, monsieur, à faire des enfants comme les pauvres gens. Vous aurez bientôt une famille nombreuse, tant mieux; il ne saurait y avoir trop de gens qui vous ressemblent. Je ne suis pas si content de M. le coadjuteur que de vous. Vous savez sans doute que nous appelions autrefois M. l'abbé, *le coadjuteur.* Il a oublié l'ancienne amitié dont il m'honorait, parce qu'il a cru que je ne criais pas assez haut : « Vive monsieur le coadjuteur! »

Je sais que je devrais, plus humble en ma misère,
Me souvenir du moins que je parle à son frère [3].

1. Matthieu, XXVI, 41. (ÉD.)
2. Christophe de Beaumont, archevêque de Paris. (ÉD.)
3. *Mithridate,* acte I, scène I. (ÉD.)

Aussi je lui pardonne de tout mon cœur. Il est impossible de ne pas aimer la rage qu'il a pour le bien public.

J'avais bien recommandé aux Cramer de vous envoyer toutes les misères dont vous voulez bien me parler; mais l'un est allé à Paris, l'autre à la campagne; et je vois que Votre Excellence n'a point été servie. Je leur ferai bien réparer leur faute : je vous demande très-humblement pardon de leur négligence.

Le bruit a couru que l'infant [1] voyagerait l'année prochaine, et qu'il passerait par Genève; je souhaite que vous en fassiez autant. Je sais que vos amis de Paris soupirent après votre retour. Je sais que tous les lieux sont égaux pour les esprits bien faits; mais il n'en est pas de même quand les esprits bien faits ont des cœurs sensibles.

Je crois que vous verrez à Turin M. de Schowalow, ci-devant empereur de Russie. Je l'attends à Ferney dans le mois prochain. Il ira de là à Turin et à Venise, et il y soupera probablement avec les six autres rois qui mangeaient à table d'hôte avec Candide et son valet Cacambo.

Votre Excellence n'aura que l'hiver prochain *Pierre Corneille* et ses commentaires. J'ai fait ma tâche plus vite que les libraires ne font la leur. Vous trouverez que mon *Commentaire* n'est pas comme celui de dom Calmet, qui loue tout sans distinction. Il est vrai que Corneille est pour moi un auteur sacré; mais je ressemble au P. Simon, à qui l'archevêque de Paris demandait à quoi il s'occupait pour mériter d'être fait prêtre : « Monseigneur, répondit-il, je critique la *Bible.* »

Conservez-moi vos bontés, je vous en prie. Permettez-moi de me mettre aux pieds de celle qui fait le bonheur de votre vie, et qui l'augmentera dans un mois. L'aveugle V.

MMMCMVII. — A M. HELVÉTIUS.

25 auguste.

Pax Christi. Je vois avec une sainte joie combien votre cœur est touché des vérités sublimes de notre sainte religion, et que vous voulez consacrer vos travaux et vos grands talents à réparer le scandale que vous avez pu donner, en mettant dans votre fameux livre quelques vérités d'un autre ordre, qui ont paru dangereuses aux personnes d'une conscience délicate et timorée, comme MM. Omer Joly de Fleury Gauchat, Chaumeix, et plusieurs de nos pères.

Les petites tribulations que nos pères éprouvent aujourd'hui les affermissent dans leur foi; et plus nous sommes dispersés, et plus nous faisons de bien aux âmes. Je suis à portée de voir ces progrès, étant aumônier de M. le résident de France à Genève. Je ne puis assez bénir Dieu de la résolution que vous prenez de combattre vous-même pour la religion chrétienne dans un temps où tout le monde l'attaque et se moque d'elle ouvertement. C'est la fatale philosophie des Anglais qui a commencé tout le mal. Ces gens-là, sous prétexte qu'ils sont les meilleurs mathématiciens et les meilleurs physiciens de l'Europe, ont

1. L'infant duc de Parme. (ÉD.)

abusé de leur esprit jusqu'à oser examiner les mystères. Cette conta-
gion s'est répandue partout. Le dogme fatal de la tolérance infecte aujourd'hui tous les esprits ; les trois quarts de la France au moins
commencent à demander la liberté de conscience : on la prêche à
Genève.

Enfin, monsieur, figurez-vous que, lorsque le magistrat de Genève
n'a pu se dispenser de condamner le roman de M. J. J. Rousseau, intitulé *Émile*, six cents [1] citoyens sont venus par trois fois protester au
conseil de Genève qu'ils ne souffriraient pas que l'on condamnât, sans
l'entendre, un citoyen qui à la vérité avait écrit contre la religion
chrétienne, mais qu'il pouvait avoir ses raisons, qu'il fallait les entendre ; qu'un citoyen de Genève peut écrire ce qu'il veut, pourvu qu'il
donne de bonnes explications.

Enfin, monsieur, on renouvelle tous les jours les attaques que l'empereur Julien, les philosophes Celse et Porphyre, livrèrent, dès les
premiers temps, à nos saintes vérités. Tout le monde pense comme
Bayle, Descartes, Fontenelle, Shaftesbury, Bolyngbroke, Collins,
Woolston; tout le monde dit hautement qu'il n'y a qu'un Dieu; que la
sainte vierge Marie n'est pas mère de Dieu; que le Saint-Esprit n'est
autre chose que la lumière que Dieu nous donne. On prêche je ne sais
quelle vertu qui, ne consistant qu'à faire du bien aux hommes, est entièrement mondaine et de nulle valeur. On oppose au *Pédagogue chrétien* et au *Pensez-y bien*, livres qui faisaient autrefois tant de conversions, de petits livres philosophiques qu'on a soin de répandre partout
adroitement. Ces petits livres se succèdent rapidement les uns aux autres. On ne les vend point, on les donne à des personnes affidées qui
les distribuent à des jeunes gens et à des femmes. Tantôt c'est le *Sermon des cinquante*, qu'on attribue au roi de Prusse ; tantôt c'est un
Extrait du testament de ce malheureux curé Jean Meslier, qui demanda
pardon à Dieu en mourant d'avoir enseigné le christianisme; tantôt
c'est je ne sais quel *Catéchisme de l'honnête homme*, fait par un certain abbé Durand. Quel titre, monsieur, que le *Catéchisme de l'honnête homme* ! comme s'il pouvait y avoir de la vertu hors de la religion
catholique! Opposez-vous à ce torrent, monsieur, puisque Dieu vous a
fait la grâce de vous illuminer. Vous vous devez à la raison et à la vertu
indignement outragées : combattez les méchants comme ils combattent,
sans vous compromettre, sans qu'ils vous devinent. Contentez-vous de
rendre justice à notre sainte religion d'une manière claire et sensible,
sans rechercher d'autre gloire que celle de bien faire. Imitez notre
grand roi Stanislas, père de notre illustre reine, qui a daigné quelquefois faire imprimer de petits livres chrétiens entièrement à ses dè-
pens. Il eut toujours la modestie de cacher son nom, et on ne l'a su

1. *Émile*, brûlé à Paris le 10 juin 1762, le fut à Genève le 19 du même mois.
Ce fut le 18 juin 1763 que des citoyens et bourgeois de Genève firent au magnifique conseil une représentation respectueuse sur son jugement contre *Émile*
et le *Contrat social*, qui fut réitérée le 8 août. Dans sa lettre à Dalembert
du 28 septembre, Voltaire dit que les réclamants étaient au nombre de *sept
cents*. (*Note de M. Beuchot.*)

que par son digne secrétaire M. de Solignac. Le papier me manque; je vous embrasse en Jésus-Christ. 　　JEAN PATOUREL, *ci-devant, jésuite.*

MMMCMVIII. — A M. DAMILAVILLE.

26 auguste.

Que dit mon cher frère du peuple génevois? que disent nos chers frères de la liberté que doit avoir, selon les lois, tout vicaire savoyard? Avouez donc que voilà un plaisant événement. Ne vous ai-je pas dit que de deux mille personnes de toutes les parties du monde, et même jusqu'à des Espagnols, que j'ai vus dans mes retraites, je n'en ai pas vu une seule qui ne fût de la paroisse de ce vicaire? L'affaire va grand train chez les honnêtes gens. *Orate, fratres, et vigilate.*

Permettez qu'on vous adresse ce petit morceau pour M. Mariette. Mille tendres compliments. *Ecr. l'inf....*

MMMCMIX. — A M. LE CARDINAL DE BERNIS.

Au château de Ferney, 29 auguste.

Monseigneur, ou Votre Éminence n'a pas reçu le paquet que je lui envoyai il y a plus d'un mois, ou elle est malade, ou elle ne m'aime plus; et ces alternatives sont fort tristes. C'est quelque chose qu'un gros paquet de vers ou perdu ou méprisé. Renvoyez-moi mes vers, je vous en conjure, et rendez-les meilleurs par vos critiques. Il n'appartient qu'à vous de juger de la poésie. Je viens de lire et de relire vos *Quatre saisons*, très-mal imprimées : heureux qui peut passer auprès de vous les quatre saisons dont vous faites une si belle peinture! Je n'ai jamais vu tant de poésie. Il n'y a que nous autres poëtes à qui la nature accorde de bien sentir le charme inexprimable de ces descriptions et de ces sentiments qui leur donnent la vie. C'était Babet[1] qui remplissait son beau panier de cette profusion de fleurs, que le cardinal ne s'avise pas de dédaigner. J'aime bien autant votre panier et votre tablier que votre chapeau. Cette lecture m'a consolé des romans de finance qu'on imprime tous les jours, et des *Remontrances.* Je suis fâché que cette édition soit si incorrecte. Il y a des vers oubliés, et beaucoup d'estropiés. Oh! si vous vouliez donner la dernière main à ce charmant ouvrage! Pourquoi non? On ne peut pas dire toujours son bréviaire. Quand vous seriez archevêque, quand vous seriez pape, je vous conjurerais de ne pas négliger un talent si rare; mais vous ne m'avez pas répondu sur la tragédie de mes roués : est-ce que les Grâces rebutent le pinceau du Caravage? cela pourrait bien être; mais ne rebutez pas le tendre respect du Vieux de la Montagne.

MMMCMX. — A M. DAMILAVILLE.

29 auguste.

Puisque vous daignez, mon cher frère, conduire avec tant de bonté mes affaires temporelles, en voici une bonne faffée.

J'envoie à M. Mariette le brevet que le roi nous a donné à Mme De-

1. Le cardinal de Bernis. (ÉD.)

nis et à moi, accompagné de la copie de notre mémoire au conseil. Je vous supplie de vouloir bien lui adresser le tout. Nous aurons perdu tout le fruit de nos peines et des bontés du roi, si notre évocation au conseil n'a pas lieu. C'est une affaire très-désagréable. Je me console d'avance du mauvais succès; mais je ferai tout ce qui dépendra de moi pour en obtenir un bon. J'espère que Dieu aura pitié d'un de vos frères.

Mon cher frère a-t-il distribué les salutaires pancartes[1] qu'il a reçues? Je fais mille remercîments à mon cher frère, et je l'embrasse tendrement.

Je serais curieux de voir ce *Saül* qu'on a la méchanceté de mettre sous mon nom. *Écr. l'inf....*

MMMCMXI. — AU MÊME.

1er septembre.

J'ai reçu la tragédie hébraïque[2] dont mon cher frère a bien voulu me régaler; cet ouvrage est sans doute de quelque jeune prêtre gaillard, tout plein de sa sainte Écriture, lequel a travaillé dans le goût du R. P. Berruyer. L'éditeur est aussi un plaisant; les noms des personnages sont à faire mourir de rire : la Pythonisse fameuse sorcière en Israël, etc.

Mais l'éditeur a un peu manqué à la probité en fourrant là mon nom; il m'a toujours paru que messieurs les libraires avaient, pour la probité, une extrême négligence.

Je ne crois pas qu'on soit assez bête à Paris pour traiter sérieusement les amours du bon roi David. Je voudrais bien savoir si Le Franc de Pompignan a traduit en vers magnifiques la belle chanson de l'oint du Seigneur; *Beatus qui tenebit et allidet parvulos ad petram*[3]. L'oint du Seigneur était furieusement vindicatif.

Vous avez raison, mon cher frère, il n'y a rien de si difficile que de faire une bonne inscription en deux vers pour une statue, et surtout dans le temps présent.

Si on envoie des troupes en Normandie, cela gâtera les deux vers[4] je vous demande encore en grâce, mon cher frère, de vouloir bien faire parvenir à M. Mariette ces questions pour mon affaire temporelle et spirituelle.

A l'égard de mes trois vingtièmes, je crois que M. de Marinval vérifie les états du receveur de Gex; en tout cas, j'ai payé, et si le parlement de Dijon rend un arrêt contre les vingtièmes, il ne me fera pas rendre mon argent.

Vous devez avoir des *honnêtes gens*[5] de reste. Vous en êtes-vous défait pour le bien des âmes? J'ai grand'peur que cette tragédie de *Saül* ne fasse grand tort à l'*Ancien Testament*; car enfin tous les traits rapprochés du bon roi David ne forment pas le tableau d'un Titus ou d'un Trajan. M. Hut, qui a fait imprimer à Londres l'*Histoire de David*, l'ap-

1. *Catéchisme de l'honnête homme.* (ÉD.) — 2. *Saül.* (ÉD.)
3. *Psaume* CXXXVI, verset 9. (ÉD.) — 4. Pour la statue de Louis XV. (ÉD.)
5. *Catéchisme de l'honnête homme.* (ÉD.)

pelle sans façon le Néron de la Palestine. Personne ne l'a trouvé mauvais : voilà un bien abominable peuple! Tendresse aux frères. *Écr. l'inf...*

MMMCMXII. — AU MÊME.

3 septembre.

J'ai essayé de faire l'inscription en deux vers de plusieurs manières; je n'ai été content d'aucune.

Il y a assez d'espace sur le piédestal pour quatre vers, en faisant les lettres un peu plus petites.

Je crois que l'inscription suivante conviendrait assez :

> Esclaves prosternés sous un roi conquérant,
> De vos pleurs arrosez la terre.
> Levez-vous, citoyens, sous un roi bienfaisant;
> Enfants, bénissez votre père.

J'ai déjà écrit à M. Pigalle; je prie M. Thieriot de lui faire mes très-humbles compliments.

MMMCMXIII. — DU CARDINAL DE BERNIS.

À Vic-sur-Aisne, le 3 septembre.

Pardon, pardon, mon cher confrère, je vous aime toujours; vos roués peuvent être de grands hommes, quand vous vous serez donné le temps de leur faire parler votre langue, qui est sublime. Ce n'est point par oubli ni par indifférence que j'ai tardé à vous faire réponse. Je voulais dicter des remarques sur chaque acte; en vérité, je n'en ai pas trouvé le moment. Cependant je n'ai rien à faire, ni rien de mieux à faire que de causer avec vous, et de vous prouver que j'aime toujours les lettres, sans cependant les cultiver. Voici ce que je pense en gros de vos triumvirs : les trois premiers actes ont besoin d'être plus fortement écrits; ce qui n'est qu'esquisse deviendra tableau. Vous êtes le premier homme du monde pour corriger heureusement vos ouvrages. C'est toujours votre faute quand vos vers n'ont pas toute la force, toute la chaleur, et toutes les grâces du monde. Votre Octave ne développe pas assez son caractère; il était dissimulé; il doit l'être avec ses rivaux, avec sa cour, mais non pas avec les spectateurs : en déployant davantage la profondeur de sa politique et les replis de son caractère, vous le rendrez plus intéressant, et vous ferez en plus beaux vers une pièce à la Corneille, surtout si vous adoucissez un peu la férocité d'Antoine, qui, tout sanguinaire, tout débauché qu'il était, avait de l'éloquence, du courage, des talents militaires, et des étincelles de cette grandeur romaine qui brillèrent jusqu'au temps où Cléopâtre en fit un Égyptien. Faites en sorte que le jeune Pompée, outre les risques qu'il aurait à courir en allant tuer Octave dans sa tente, surmonte encore des obstacles dignes de son courage, et efface, par l'idée de la valeur et de l'héroïsme, la honte d'un assassinat nocturne; plus vous rendrez cette action vraisemblable par la facilité de l'exécution, plus vous la rendrez odieuse. Vos deux derniers actes sont plus chauds et plus intéressants que les autres. Il me paraît que vous insistez trop sur cet orage qui éclate au commencement de la pièce, et qui n'est nécessaire que pour fonder l'arrivée de Julie et de Pompée; le mot de *suivants* est trop souvent répété, et n'est pas quelquefois le mot le plus propre pour exprimer votre idée. Enfin je vous demande un peu plus d'intérêt dans les premiers actes; la chaleur du style le fera naître, car le fond des choses y est. Ma demande n'est pas indiscrète : je sais à qui je m'adresse.

A l'égard des *Saisons de Babet*, on m'a dit qu'on les a furieusement estropiées; car je ne les ai pas vues depuis près de vingt ans. A ma mort, quelque âme charitable purifiera les amusements de ma jeunesse, qu'on a cruellement maltraités et confondus avec toutes sortes de platitudes. Pour moi, je ris de la peine qu'on s'est donnée inutilement de me faire des niches. On a cru me perdre en prouvant que j'avais fait des vers jusqu'à trente-deux ans : on ne m'a fait qu'honneur, et je voudrais de tout mon cœur en avoir encore le talent, comme j'en ai conservé le goût : mais je suis plus heureux de lire les vôtres que je ne l'ai été d'en faire. Si vous voulez que je vous dise mon secret tout entier, j'y ai renoncé quand j'ai connu que je ne pouvais être supérieur dans un genre qui exclut la médiocrité. Adieu, je vous embrasse de tout mon cœur.

MMMCMXIV. — A M. LE COMTE D'ARGENTAL.

7 septembre.

Mes divins anges, à peine ai-je reçu votre paquet, que j'ai fait à peu près tout ce que vous désirez. Vous ne m'avez point envoyé le premier acte : je vous prie de me le dépêcher, afin que je raccorde le tout. Vous aurez probablement la pièce entière [1] dès que vous m'aurez fait tenir ce premier acte qui me manque. Il restera quelques vers raboteux; cela ne fait pas mal au théâtre, et nous sommes convenus qu'il en fallait pour dépayser le monde. J'avoue que c'est une grande vanité à moi d'en convenir; mais enfin j'ai passé dans mon temps, je ne sais comment, pour faire des vers assez coulants [2].

Vous avez bien raison : M. de Thibouville a le visage trop rond pour un conspirateur. Vous savez que César croyait que les visages longs et maigres étaient de vraies faces de conjurés.

Ah! mes anges, est-il possible que vous n'aimiez pas

A deux voluptueux a livré l'univers?

C'est bien là pourtant le caractère d'Antoine et du jeune Octave. Vous me forcerez à mettre des remarques: et les lettres de ces débauchés,

---

1. *Le Triumvirat.* (ÉD.)

2. Dans la lettre du 11 février 1764, on lisait de plus ici :

« Il faut que M. le duc de Praslin se donne avec vous le plaisir d'attraper le public; c'est une vraie opération de ministre. M. Marcel vous enverra une lettre soumise pour la reine Clairon, qui sera de la même écriture que la pièce. Je ne connais point de conspiration mieux arrangée. Nous verrons si celle de Rousseau contre Genève réussira mieux. Il est vrai qu'il a sept à huit cents personnes dans son parti; mais je tiens que mes trois conspirateurs valent mieux que les associés de Jean-Jacques.

« Vous avez bien raison, etc. » (ÉD.)

que Suétone nous a conservées,, y paraîtront avec les gros mots. Que je suis fâché contre vous d'avoir osé condamner ce vers qui dit tant de choses! Vous y reviendrez, vous l'aimerez, car vous êtes justes.

Mme Denis et moi nous baisons le bout de vos ailes, sous lesquelles vous mettez notre procès sacerdotal.

Je n'entends plus parler de la *Gazette littéraire*, je ne sais si elle paraît. J'ai fait venir des livres d'Angleterre et de Hollande; ils doivent être chez M. le duc de Praslin : s'il y a des doubles, je le supplie de me les envoyer; je les prendrai pour mon compte.

Mes anges, le diable est à Genève; mais il est aussi en France, et j'ai grand'peur que toutes ces belles remontrances n'aboutissent à donner une paralysie à la main de nos payeurs de rentes. Vous ne me parlez jamais de ces petites drôleries; vous ne songez qu'au *tripot*: cependant ces affaires-là sont un peu plus intéressantes.

Permettez, je vous en supplie, que je vous adresse ce paquet pour frère Damilaville, qui doit le rendre à M. Mariette. Il est bon de faire des tragédies, mais il faut aussi songer au solide.

Respect et tendresse.

MMMCMXV. — A M. DAMILAVILLE.

7 septembre.

Mon cher frère, il ne s'agit pas aujourd'hui d'affaires temporelles. Je vous confie que Mme la duchesse d'Enville a emporté une demi-douzaine d'exemplaires des *OEuvres pies* [1]. Une autre personne en emporte une demi-douzaine; le nombre des fidèles s'augmente prodigieusement; il nous faut surtout de saintes femmes. Vous devez avoir quelques exemplaires dont vous n'aurez pas encore disposé; je vous demande en grâce d'envoyer ceux-ci par la petite poste, mais surtout sans les contre-signer. Envoyez-en des vôtres à Mlle Clairon; il est juste qu'elle possède les anathèmes lancés contre ceux qui l'anathématisent. Mon cher frère, je compte sur votre zèle : je m'imagine que frère Platon a été bien content du *Caloyer; ce Caloyer* fait beaucoup d'effet, et j'en bénis Dieu. *Écr. l'inf*....

P. S. Mandez-moi, je vous prie, si vous avez reçu ce paquet, et si vous en avez fait l'usage que je vous supplie d'en faire. Dieu vous ait en aide, mon très-cher frère!

MMMCMXVI. — AU MÊME.

9 septembre.

Dicunt, mon cher frère, qu'on a imprimé à Paris un catéchisme qu'on appelle, je crois, *le Caloyer*. Je ne suis guère curieux de voir ces drogues-là; je suis assez occupé de mon procès. Vous devez avoir reçu, par M. d'Argental, un gros paquet que j'ai pris la liberté de vous envoyer; vous voyez à quel point j'abuse de votre bonté.

Il vient dans ce moment chez moi un homme qui dit avoir vu ce *Caloyer*; il dit que cela doit faire un très-grand effet. Tant mieux si l'ouvrage inspire la vertu, et la haine de la superstition

1. Le *Catéchisme de l'honnête homme.* (ÉD.)

La même personne m'assure qu'il paraît quelquefois des écrits dans ce goût, qu'on a la mauvaise foi de m'attribuer ; j'espère qu'au moins mes amis me rendront justice. *Orate, fratres, et vigilate.*

Je vous embrasse bien tendrement. *Écr. l'inf....*

MMMCMXVII. — Au même.

10 septembre.

Mon cher frère, je reçois le paquet de M. Mariette, que vous avez la bonté de m'envoyer : je vous en rends mille grâces.

Je suis bien étonné qu'on ait envoyé de Paris un pousse-cul au sieur Briset[1] ; il me semble qu'il y a des pousse-culs à Lyon comme ailleurs, et que l'usage est qu'on envoie les ordres de Paris aux intendants ou aux juges de province, qui les font exécuter. Je vois qu'il y a des gens bien alertes dans le monde ; mais mettre le nom d'un pauvre Français à la tête d'un ouvrage anglais comme le bon roi David[2], cela est bien pis que d'être alerte : c'est une scélératesse de libraire. Je ne sais, encore une fois, ce que c'est que ce *Caloyer*[3] dont on parle ; je vous supplie, mon cher frère, de m'en donner des nouvelles.

MMMCMXVIII. — Au même.

13 septembre.

J'abuse des bontés de mon cher frère, mais je sais qu'elles sont inépuisables. Il trouvera dans ce paquet un arrêt du conseil qui a déjà jugé notre procès en notre faveur. Je l'accompagne d'une lettre que j'écris à M. Mariette. Je supplie mon cher frère de la lire ; ce n'est pas un ouvrage bien philosophique, mais il est accoutumé à mêler les affaires aux belles-lettres. Il n'y a que les sots qui prétendent que les lettres et les affaires sont incompatibles. J'embrasse cordialement et philosophiquement mon frère. *Écr. l'inf....*

MMMCMXIX. — Au même.

15 septembre.

Autre mémoire, mon très-cher frère, je ne finis point ; mais enfin une dîme, étant un double vingtième, a quelque rapport à votre ministère.

Je commence à croire que ce *Caloyer*, dont on a tant parlé, et que je cherche, n'est point imprimé ; mais s'il l'est, je vous prie de me le dire.

J'avais bien prévu, quand je vis le *Dictionnaire de l'Académie*, que le libraire ferait banqueroute. La veuve Brunet a très-bien justifié ma prédiction ; mais ce que je n'avais pas prévu, c'est qu'elle violerait un dépôt d'environ huit mille livres, provenant des souscriptions du *Corneille*. Il est triste que mes pauvres enfants perdent cette somme ; mais je me consolerai si vous *écr. l'inf....*

---

1. Je crois qu'il faut lire Bruyset ; c'était le nom de libraires de Lyon. (Éd.)
2. On a vu dans les lettres précédentes que Voltaire se plaignait de ce que l'on avait mis son nom à une édition de *Saül*. (Éd.)
3. Le *Catéchisme de l'honnête homme.* (Éd.)

MMMCMXX. — A M. HELVÉTIUS.

15 septembre.

Mon cher philosophe, vous avez raison d'être ferme dans vos prin
cipes, parce qu'en général vos principes sont bons. Quelques expressions
hasardées ont servi de prétexte aux ennemis de la raison. On n'a cause
gagnée avec notre nation qu'à l'aide du plaisant et du ridicule. Votre
héros Fontenelle fut en grand danger pour les *Oracles*, et pour la reine
Mero et sa sœur Énégu; et quand il disait que, s'il avait la main pleine
de vérités, il n'en lâcherait aucune, c'était parce qu'il en avait lâché,
et qu'on lui avait donné sur les doigts. Cependant cette raison tant
persécutée gagne tous les jours du terrain. On a beau faire, il arrivera
en France, chez les honnêtes gens, ce qui est arrivé en Angleterre.
Nous avons pris des Anglais les annuités, les rentes tournantes, les
fonds d'amortissement, la construction et la manœuvre des vaisseaux,
l'attraction, le calcul différentiel, les sept couleurs primitives, l'inoculation; nous prenons insensiblement leur noble liberté de penser, et
leur profond mépris pour les fadaises de l'école. Les jeunes gens se forment; ceux qui sont destinés aux plus grandes places se sont défaits
des infâmes préjugés qui avilissent une nation; il y aura toujours un
grand peuple de sots, et une foule de fripons; mais le petit nombre de
penseurs se fera respecter. Voyez comme la pièce de Palissot [1] est déjà
tombée dans l'oubli; on sait par cœur les traits qui ont percé Pompignan, et l'on a oublié pour jamais son *Discours* et son *Mémoire*. Si on
n'avait pas confondu ce malheureux, l'usage d'insulter les philosophes
dans les discours de réception à l'Académie aurait passé en loi. Si on
n'avait pas rendu nos persécuteurs ridicules, ils n'auraient pas mis de
bornes à leur insolence. Soyez sûr que, tant que les gens de bien seront unis, on ne les entamera pas. Vous allez à Paris, vous y serez le
lien de la concorde des êtres pensants. Qu'importe, encore une fois,
que notre tailleur et notre sellier soient gouvernés par frère Kroust et
par frère Berthier? Le grand point est que ceux avec qui vous vivez
soient forcés de baisser les yeux devant le philosophe. C'est l'intérêt du
roi, c'est celui de l'État, que les philosophes gouvernent la société. Ils
inspirent l'amour de la patrie, et les fanatiques y portent le trouble.
Mais plus ces misérables sentiront votre supériorité, plus vous aurez
d'attention à ne leur point donner prise par des paroles dont ils puissent abuser. Notre morale est meilleure que la leur, notre conduite
plus respectable; ils parlent de vertu, et nous la pratiquons : enfin notre parti l'emporte sur le leur dans la bonne compagnie. Conservons
nos avantages; que les coups qui les écraseront partent de mains in-
visibles, et qu'ils tombent sous le mépris public. Cependant vous aurez une bonne maison, vous y rassemblerez vos amis, vous répandrez
la lumière de proche en proche, vous serez respecté même de ces indignes ennemis de la raison et de la vertu : voilà votre situation, mo
cher ami. Dans ce loisir heureux, vous vous amuserez à faire de bon.
ouvrages, sans exposer votre nom aux censures des fripons. Je vois

1. *Les Philosophes.* (ÉD.)

qu'il faut que vous restiez en France, et vous y serez très-utile. Personne n'est plus fait que vous pour réunir les gens de lettres; vous pouvez élever chez vous un tribunal qui sera fort supérieur, chez les honnêtes gens, à celui d'Omer Joly. Vivez gaiement, travaillez utilement, soyez l'honneur de notre patrie. Le temps est venu où les hommes comme vous doivent triompher. Si vous n'aviez pas été mari et père, je vous aurais dit : *Vende omnia quæ habes, et sequere me* [1]; mais votre situation, je le vois bien, ne vous permet pas un autre établissement, et qui peut-être même serait regardé comme un aveu de votre crainte par ceux qui empoisonnent tout. Restez donc parmi vos amis; rendez vos ennemis odieux et ridicules; aimez-moi, et comptez que je vous serai toujours attaché avec toute l'estime et l'amitié que je vous ai vouées depuis votre enfance.

MMMCMXXI. — A M. LE COMTE D'ARGENTAL.

15 septembre.

Mes anges, je me crois un petit prophète. Je me souviens que, lorsqu'on m'envoya la nouvelle édition du *Dictionnaire de l'Académie*, je prédis que le libraire ferait banqueroute. Je ne me suis pas trompé, et malheureusement cette banqueroute retombe sur la famille Corneille. M. Duclos, qui avait beaucoup d'estime pour la veuve Brunet, décorée du malheureux titre de libraire de l'Académie, voulut que le principal bureau des souscriptions fût chez elle. Elle a reçu pour sept ou huit mille francs d'argent comptant, après quoi elle a fait la *gambarouta*. Voilà le sort de la plupart des entreprises de ce monde.

Si vous me permettez, mes anges, de vous parler de mon procès sacerdotal, je vous dirai que messieurs de Berne et de Genève sont intéressés comme nous dans cette affaire; qu'ils y interviennent, et que ce fut même sur la requête de messieurs de Berne que le conseil des dépêches se réserva à lui seul la connaissance de cette affaire, par un arrêt du 25 juin 1765; que c'est contre cet arrêt authentique et contradictoire que le curé de Ferney a obtenu un arrêt par défaut qui nous renvoie au parlement de Dijon. Nous revenons aujourd'hui contre cet arrêt, et nous soutenons que c'est principalement à M. le duc de Praslin à juger cette cause, qui est plutôt une affaire d'État qu'un procès. Il s'agit uniquement de l'exécution du traité d'Arau, et de toutes les garanties renouvelées par tous nos rois depuis Charles IX. Le parlement de Dijon n'admet ni ces traités ni ces garanties; mais le roi les maintient, et il a promis que ces sortes d'affaires ne seraient jamais jugées qu'en son conseil.

Au reste, le procès n'est pas directement intenté à Mme Denis et à moi; il l'est à Berne, à Genève, au colonel de Budé, au colonel Pictet. S'ils perdent, nous perdons; s'ils gagnent, nous gagnons. Nous ne venons qu'après eux, comme ayant acheté d'eux la terre aux mêmes conditions que Berne l'avait vendue au seizième siècle, et que les ducs de Savoie l'avaient inféodée au quatorzième.

1. Matthieu, XIX, 21. (ÉD.)

20

Nous supplions Octave, Pompée, et Fulvie [1], d'intercéder pour nous auprès de M. le duc de Praslin. Il est bien vrai qu'ils ne sont pas aussi honnêtes gens que lui : aussi je compte beaucoup plus sur la protection de mes anges que sur celle de ces personnages.

Vous devez avoir reçu mes roués; j'y ai mis tout mon savoir-faire, qui est bien peu de chose; mais enfin, puisque j'ai fait tout ce que j'ai pu et tout ce que vous avez voulu, qu'avez-vous à me dire?

Respect et tendresse.

MMMCMXXII. — A M. LE COMTE DE LA TOURAILLE.

Au château de Ferney, 15 septembre.

Vous êtes, monsieur, dans le cas de Waller, qui proposait une question de philosophie à Saint-Évremont qui se mourait. Saint-Évremont lui répondit : « Vous me prenez trop à votre avantage. »

C'est à vous qu'il appartient de parler du héros aimable que vous avez le bonheur de voir [2].

Témoin de ses vertus, témoin de son courage,
C'est à vous de les peindre à la postérité :
On exprime avec vérité
Ce qu'on voit et ce qu'on partage.
Moi, je ne suis qu'un pauvre sage,
Vivant dans mes foyers, et mourant dans mon lit.
En vain j'aurais tout votre esprit,
Ma voix ne peut chanter l'audace extravagante
De tous ces grands Condés dont la France se vante :
Chacun d'eux, à vingt ans, capitaine et soldat,
Va prodiguer un sang nécessaire à l'État,
Cherchant tous à mourir aux champs de Westphalie.
J'admire, en gémissant, cette illustre folie;
Et tout ce que je puis, c'est de former des vœux
Pour que le ciel, en dépit d'eux,
Par charité pour nous leur conserve la vie.

Pardonnez à ces mauvais vers qu'un malade a dictés, et faites-en de meilleurs; cela ne vous sera pas difficile.

MMMCMXXIII. — A M. LE COMTE D'ARGENTAL.

18 septembre.

Je me doutais bien, mes divins anges, que Mlle Clairon n'était guère faite pour jouer Mariamne. Je ne me souviens plus du tout des anciennes imprécations qui finissaient le cinquième acte, et, en général, je crois que ces imprécations sont comme les sottises, les plus courtes sont les meilleures. Je vous avoue que je serais bien plus sûr d'*Olympie*; c'est un spectacle magnifique; on le donne dans les pays étrangers quand on veut une fête brillante; il fait grand plaisir dans les provinces avec

1. Personnages de la tragédie du *Triumvirat*. (ÉD.)
2. La Touraille était écuyer du prince de Condé. (ÉD.)

des acteurs de la Foire : jugez ce que ce serait avec vos bons acteurs de Paris. Mais je sais que dans toutes les affaires il faut prendre le temps favorable, et savoir prendre patience.

Notre petite conspiration m'amuse beaucoup actuellement, et je me flatte qu'elle égaye aussi mes anges. Avouez donc que cela sera fort plaisant. Je vous envoie un petit bout de vers; Mme d'Argental, qui est l'adresse même, coupera le papier avec ses petits ciseaux, et le collera bien proprement à sa place avec quatre petits pains qu'on nomme *enchantés*. Vous savez, par parenthèse, pourquoi on leur a donné ce drôle de nom.

Je vous demande toujours en grâce de ne me jamais ôter mes *deux voluptueux*. Voulez-vous que je mette mes deux débauchés, mes deux roués? Ne voyez-vous pas que Fulvie est étonnée, avec raison, qu'un ivrogne et un jeune homme qui court après les filles soient les maîtres du monde? C'est précisément *voluptueux* qui convient, c'est le mot propre; et il est beau de hasarder sur le théâtre des termes heureux qu'on n'y a jamais employés. Au nom de Dieu, ne touchez jamais à ce vers, gardez-vous en bien, vous me tuez.

Mes anges, je vous fais juges de ma dispute avec Thieriot : le sculpteur Pigalle a fait une belle statue de Louis XV pour la ville de Reims; il m'a mandé qu'il avait suivi le petit avis que j'avais donné dans le *Siècle de Louis XIV*, de ne point entourer d'esclaves la base des statues des rois, mais de figurer des citoyens heureux, qui doivent être en effet le plus bel ornement de la royauté.

Il m'a demandé une inscription en vers français, attendu qu'il s'agit d'un roi de France, et non d'un empereur romain. Voici mes vers :

Esclaves qui tremblez sous un roi conquérant,
Que votre front touche la terre!
Levez-vous, citoyens, sous un roi bienfaisant;
Enfants, bénissez votre père.

Thieriot veut de la prose; mais de la prose française me paraît très-fade pour le style lapidaire.

M. l'abbé de Chauvelin m'a envoyé vingt-quatre estampes de son petit monument érigé dans son abbaye pour la santé du roi. L'inscription latine est des plus longues; ce n'était pas ainsi que les Romains en usaient.

Respect et tendresse.

MMMCMXXIV. — A M. LE MARQUIS DE CHAUVELIN.

A Ferney, 18 septembre.

Non, monsieur, ce n'est pas moi qui écris des lettres charmantes, mais bien Votre Excellence; et l'un de ses talents a toujours été de séduire.

On vous a dépêché un petit paquet qui contient, je crois, un peu d'histoire. Vous y verrez quelque chose du temps présent, mais non pas tout; car malheur à celui qui dirait tout! il faut qu'un Français passe rapidement sur les dernières années. Il y a un *Éloge du duc de Sulli* qu'on vous a peut-être envoyé. C'est un ouvrage de M. Thomas, secrétaire de M. le duc de Praslin, qui remporte autant de prix à l'Académie que nous avons perdu de batailles. Il loue beaucoup ce ministre d'avoir eu toujours à Sulli un fauteuil plus haut que les autres. Cela n'est bon que pour Montmartel et pour Mme sa femme, qui, ayant les jambes trop longues, sont obligés à cette cérémonie; mais d'ailleurs Thomas fait un beau portrait de Rosni et de son administration.

J'ai vu ces jours-ci un vieux Florentin assez plaisant, qui prétend que tous les États de l'Europe feront banqueroute les uns après les autres. Le libraire de l'Académie a déjà commencé. Ce libraire est une femme; et je me doutais bien qu'elle serait à l'aumône dès qu'elle aurait achevé notre *Dictionnaire*; cela n'a pas manqué; et le pis de l'affaire, c'est qu'elle emporte huit mille francs à nos pauvres Corneille. Je ne sais si c'est cette aventure qui m'a donné de l'humeur contre *Suréna*, *Agésilas*, *Pulchérie*, et une douzaine de pièces du grand homme dont j'ai l'honneur d'être le commentateur; je parie qu'il n'y a que moi qui aie lu ces tragédies-là, et je prends la liberté de parier que vous ne les avez jamais lues, ni ne les lirez; cela est impossible. Ah! que Racine est un grand homme! Mme l'ambassadrice n'est-elle pas de cet avis-là? Adieu nos beaux-arts, si les choses continuent comme elles sont. La rage des remontrances et des projets sur les finances a saisi la nation; nous nous avisons d'être sérieux, et nous nous perdons; mais nous faisions autrefois de jolies chansons, et à présent nous ne faisons que de mauvais calculs : c'est Arlequin qui veut être philosophe.

Avez-vous entendu parler d'un sénéchal de Forcalquier qui, en mourant, a fait un legs au roi de l'*Art de gouverner* [1], en trois volumes in-quarto? C'est bien le plus ennuyeux sénéchal que vous ayez jamais vu. Je suis bien las de tous ces gens qui gouvernent les États du fond de leur grenier. Voilà-t-il pas encore un conseiller du roi au parlement [2] qui lui donne sept cent quarante millions tous les ans! Tâchez, monsieur, d'en avoir le vingtième, ou du moins un pour cent; cela est encore honnête.

Que Vos Excellences agréent toujours mon respect.

MMMCMXXV. — A M. DAMILAVILLE.

A Ferney, 21 septembre.

Je me flatte, mon cher frère, que vous avez reçu de la cire du conseil d'État pour M. Mariette, avec quelques pancartes concernant nos malheureuses dîmes. Si M. le duc de Praslin est notre rapporteur, c'est pour nous un très-grand avantage : il connaît les traités sur lesquels notre droit est fondé, et le rapporteur est toujours le maître de l'affaire.

Je conviens que ce vers [3]

En faisant des heureux, un roi l'est à son tour,

figurerait très-bien au bas de la statue de Louis XV; mais je ne saurais

1. *La Science du gouvernement*, par G. de Réal. (Éd.)
2. Roussel de La Tour. (Éd.) — 3. De *Marianne*, acte III, scène IV. (Éd.)

me résoudre ni à me citer, ni à me piller. Si vous n'êtes pas content des quatre vers que je vous ai envoyés [1], aimeriez-vous mieux ces deux-ci :

Il chérit ses sujets comme il est aimé d'eux :
C'est un père entouré de ses enfants heureux;

ou bien :

Heureux père entouré de ses enfants heureux!

Je ne suis point de l'avis de frère Thieriot, qui veut de la prose : notre prose française est l'antipode du style lapidaire. Je ne hairais pas les deux vers, et surtout le dernier, et surtout *Heureux père*, etc. Ils jurent un peu avec les remontrances des parlements; mais je crois que le roi en serait assez content.

Si vous avez encore de ces ouvrages édifiants dont vous me parlez, je vous prie toujours d'en envoyer à Mlle Clairon; elle est intéressée, plus que personne, à l'avilissement de ceux qui osent condamner son art. On jugera de la sorte d'esprit de Mme la duchesse de Choiseul par l'effet que ces petits ouvrages feront sur elle; si on peut trouver encore quelques exemplaires, on ne manquera pas de les adresser à mon cher frère : il est fait pour rendre service au genre humain.

Je suppose que personne n'est assez hardi pour débiter *le Caloyer* publiquement; c'est bien là le cas de *piscis hic non omnium* [2]. J'attends que le philosophe Dalembert soit revenu de chez Denys de Syracuse, pour lui écrire. J'embrasse tendrement mon cher frère Thieriot et tous les frères. *Écr. l'inf....*

MMMCMXXVI. — A M. LE COMTE D'ARGENTAL.

Aux Délices, 27 septembre.

Je reçus hier les ordres de mes anges concernant la conspiration des roués, et j'envoie sur-le-champ tous les changements qu'ils demandent pour les assassins et assassines. Il faut assurément que M. le duc de Praslin ait une âme bien noire, pour vouloir qu'une femme égorge son mari dans son lit; mais puisque mes anges ont eu cette horrible idée, il la faut pardonner à un ministre d'État. Mettez le feu aux poudres de la façon qu'il vous plaira, faites comme vous l'entendrez; mais ne me demandez plus de vers, car vous m'empêchez de dormir, et je n'en peux plus. Laissez-moi, je vous prie, ce vers,

L'ardeur de me venger ne m'en fait point accroire.

Il ne faut pas toujours que Melpomène marche sur des échasses; les vers les plus simples sont très-bien reçus, surtout quand ils se trouvent dans une tirade où il y en a d'assez forts. Racine est plein à tout moment de ces vers que vous réprouvez. Une tragédie n'aurait point du tout l'air naturel, s'il n'y avait pas beaucoup de ces expressions simples qui n'ont rien de bas ni de trop familier.

1. Dans la lettre du 3 septembre. (ÉD.)
2. C'est l'épigraphe des *Pensées philosophiques* de Diderot. (ÉD.)

Divertissez-vous, mes anges, de la niche que vous allez faire. Je ne sais s'il faut intituler la pièce *le Triumvirat;* le titre me ferait soupçonner, et on dirait que je suis le savetier qui raccommode toujours les vieux cothurnes de Crébillon ; cependant il est difficile de donner un autre titre à l'ouvrage. Tirez-vous de là comme vous pourrez ; tout ce que je puis vous dire, c'est que cette pièce ne sera pas du nombre de celles qui font répandre des larmes ; je la crois très-attachante, mais non attendrissante. Je crois toujours qu'*Olympie* ferait un bien plus grand effet ; elle est plus majestueuse, plus auguste, plus théâtrale, plus singulière : elle fait verser des pleurs toutes les fois qu'on la joue ; et les comédiens de Paris me paraissent aussi malavisés qu'ingrats de ne la pas représenter.

Permettez que je mette dans ce paquet des affaires temporelles avec les spirituelles. Voici un petit mémoire pour M. le duc de Praslin, en cas que mon affaire sacerdotale ne soit pas encore rapportée. Nous lui devons bien des remercîments, Mme Denis et moi, de la bonté qu'il a eue de se charger de ce petit procès, qui était d'abord dévolu à M. de Saint-Florentin. Il est vrai que cette affaire, toute petite qu'elle est, étant fondée sur les traités de nos rois, appartient de droit aux affaires étrangères ; mais j'aime encore mieux attribuer la peine qu'il daigne prendre à l'amitié qu'il a pour vous, et aux bontés dont il honore Mme Denis et moi.

Comme je prends la liberté de lui adresser votre paquet, je suppose qu'il se saisira du mémoire qui est pour lui ; il est court, net, et clair, point de verbiage ; pour un esprit de sa trempe

> *N'allongeons point* en cent mots superflus
> Ce qu'on dirait en quatre tout au plus[1].

Qu'est-ce que la *Défaite des Bernardins?* cela est-il plaisant ? Respect et tendresse.

MMMCMXXVII. — A M. LE CARDINAL DE BERNIS.

À Ferney, 28 septembre.

Monseigneur, dans la dernière lettre dont Votre Éminence m'honora, elle me disait qu'on vous avait fait la niche de vous accuser d'avoir fait des vers à l'âge de trente-deux ans. Votre devancier le cardinal de Richelieu en faisait à cinquante ans passés. La différence entre vous et lui, c'est que ses vers étaient détestables. On vous a donc reproché d'être plein d'esprit, de goût, et de grâces : assurément on ne vous a pas calomnié, et vous serez forcé de vous avouer coupable en justice réglée. Eh! que direz-vous du roi de Prusse? il fait encore des vers : ce qui est permis à un roi ne l'est-il pas à un cardinal?

> *Et regibus æquiparantur.*

Pour moi, chétif, qui ne suis roi ni rien,

Marot

1. *Enfant prodigue*, acte I, scène II. (ÉD.)

je barbouille des rimes à soixante-dix ans, sans craindre autre chose que les sifflets. Je fais plus, je lime, je rabote, je suis les conseils que vous avez bien voulu me donner. Ayez toujours la bonté de me garder un secret de conspirateur sur le petit drame que vous avez bien voulu lire : j'admire que vous soyez toujours moine de Saint-Médard; cela peut être fort bon pour la vie éternelle, mais il me semble que vous étiez fait pour une vie plus brillante. Vous êtes assez philosophe pour être aussi heureux à Vic-sur-Aisne qu'à Versailles, et je suis persuadé que vous avez dit cela en vers; mais vous les gardez dans votre sacré portefeuille. Il n'y aura donc que mes petits-neveux qui verront vos charmants amusements, tels qu'ils sont sortis de votre plume? et vous laissez de maudits libraires défigurer aujourd'hui ce qui sera un jour les délices de tous les honnêtes gens. On vient d'imprimer en Angleterre les *Lettres de Mme de Montague*, morte à quatre-vingt-douze ans. Il y avait cinquante ans qu'elles étaient écrites. C'est cette dame à qui nous devons l'inoculation de la petite vérole, et par conséquent le beau réquisitoire de messire Omer Joly de Fleury. On trouve dans ces lettres des vers turcs d'un gendre du Grand-Seigneur pour sa femme. Je vous avoue que quoiqu'ils aient été faits dans la patrie d'Orphée, ils ne valent pas les vôtres : mais voilà encore de quoi fermer la bouche à vos accusateurs. Vous avez en Turquie, comme en pays chrétien, des exemples qui vous autorisent.

Je suis quelquefois fâché d'être vieux et profane. Sans ces deux qualités, je viendrais vous faire ma cour; mais je n'ai et je n'aurai que la consolation de vous assurer, du pied des Alpes, du respect et de l'attachement du Vieux de la Montagne.

MMMCMXXVIII. — A M. DALEMBERT.

28 septembre.

J'apprends que Platon est revenu de chez Denys de Syracuse; ce n'est pas que je ne vous croie au-dessus de Platon, et l'autre au-dessus de Denys, mais les vieux noms font un merveilleux effet. Vous avez par devers vous deux traits de philosophie dont nul Grec n'a approché : vous avez refusé une présidence et un grand gouvernement [1]. Tous les gens de lettres doivent vous montrer au doigt, comme un homme qui leur apprend à vivre. Pour moi, mon illustre et incomparable voyageur, je ne vous pardonnerai jamais de n'être pas revenu par Genève. Vous dédaignez les petits triomphes; vous auriez été bien content de voir l'accomplissement de vos prédictions. Il n'y a plus dans la ville de Calvin que quelques gredins qui croient au consubstantiel. On pense ouvertement comme à Londres; ce que vous savez est bafoué. Il n'y a pas longtemps qu'un pauvre ministre de village prêchant devant quelques citoyens qui ont des maisons de campagne, un de ces messieurs le fit taire : « Vous m'ennuyez, lui dit-il, allons dîner; » il fit sortir de l'église toute l'honorable compagnie. Jean-Jacques, il est vrai, a été condamné, mais c'est parce que, dans un petit livret intitulé *Contrat social*, il

1. Les fonctions de gouverneur du fils de Catherine II (Paul Ier). (ÉD.)

avait trop pris le parti du peuple contre le magistrat ; aussi le peuple, très-reconnaissant, a pris à son tour le parti de Jean-Jacques. Sept cents citoyens sont allés deux à deux en procession protester contre les juges; ils ont fait quatre remontrances. Ils soutiennent que Jean-Jacques était en droit de dire tout ce qu'il voulait contre la religion chrétienne; qu'il fallait conférer amicalement avec lui, et non pas le condamner. Vous aurez dans quelques mois le plaisir d'apprendre qu'on aura destitué quatre syndics pour avoir jugé Jean-Jacques. Quand destituera-t-on Omer? Les Français arrivent tard à tout.

Il m'est revenu qu'on vend dans votre ville de Paris une petite brochure fort dévote, intitulée *le Catéchisme de l'honnête homme*. Je crois que frère Damilaville en a un exemplaire ; je vous exhorte à vous en procurer quelques-uns; c'est un ouvrage, dit-on, qui fait beaucoup de bien. Il faut que ce soit le curé du *Vicaire savoyard* qui en soit l'auteur. J'ai toujours peur que vous ne soyez pas assez zélé. Vous enfouissez vos talents; vous vous contentez de mépriser un monstre qu'il faut abhorrer et détruire. Que vous coûterait-il de l'écraser en quatre pages, en ayant la modestie de lui laisser ignorer qu'il meurt de votre main? C'est à Méléagre à tuer le sanglier. Lancez la flèche sans montrer la main. Faites-moi quelque jour ce petit plaisir. Consolez-moi dans ma vieillesse.

Savez-vous bien que j'ai chez moi un jésuite pour aumônier? Je vous prie de le dire à frère Berthier, quand vous irez à Versailles. Il est vrai que je ne l'ai pris qu'après m'être bien assuré de sa foi.

Je vous embrasse très-tendrement, mon cher philosophe. *Écr. l'inf.*

MMMCMXXIX. — A M. PICTET, A PÉTERSBOURG.

Septembre.

Mon cher géant, vraiment votre lettre est d'un vrai philosophe : vous êtes un Anacharsis, et Dalembert n'a pas voulu l'être. Je ne sais pourquoi le philosophe de Paris n'a pas osé aller chez la Minerve de Russie : il craint peut-être le sort d'Ixion.

Pour votre Jean-Jacques, ci-devant citoyen de Genève, je crois que la tête lui a tourné quand il a prophétisé contre les établissements de Pierre le Grand. J'ai peut-être mieux rencontré quand j'ai dit que si jamais l'empire des Turcs était détruit, ce serait par la Russie; et sans l'aventure du Pruth, je tiendrais ma prophétie plus sûre que toutes celles d'Isaïe.

Votre auguste Catherine seconde est assurément Catherine unique; la première ne fut qu'heureuse. J'ai pris la liberté de lui envoyer quelques exemplaires du second tome de *Pierre le Grand*, par M. de Balk. Je me flatte qu'elle y trouvera des vérités. J'ai eu de très-bons mémoires; je n'ai songé qu'au vrai : je sais heureusement combien elle l'aime.

Ce qu'elle a daigné dicter à son géant me paraît d'un esprit bien supérieur. O qu'elle a raison, quand elle fait sentir cette fastidieuse prolixité d'écrits pour et contre les jésuites, et quand elle parle de ces quatre-vingts pages d'extraits sur des choses qu'on doit dire en dix lignes! Que j'ai de vanité de penser comme elle! Mais on ne doit jamais rendre public ce qu'on admire, à moins d'une permission expresse, sans quoi il faudrait, je pense, imprimer toutes ses lettres.

Savez-vous bien que Mme la princesse sa mère m'honorait de beaucoup de bonté, et que je pleure sa perte? Si je n'avais que soixante ans, je viendrais me consoler en contemplant sa divine fille.

Mon cher géant, mettez à ses pieds, je vous prie, ce petit papier pomponné. Si vous êtes bigle, vous verrez que je deviens aveugle et sourd. Elle daigne donc protéger la petite-fille de Corneille? Eh bien! n'est-il pas vrai que toutes les grandes choses nous viennent du Nord? ai-je tort?

Madame votre mère vous mandera les nouvelles de Genève. Pour moi, je suis si pénétré du billet que j'ai lu de votre auguste impératrice, que j'en oublie jusqu'à votre grande république. J'ai baisé ce billet : n'allez pas le lui dire au moins; cela n'est pas respectueux.

MMMCMXXX. — A M. P. ROUSSEAU.

1er octobre.

Je peux vous assurer, monsieur, que je partage vos peines autant que j'estime votre journal; il m'a fait tant de plaisir, que depuis un an c'est le seul que je fasse venir, et que j'ai renvoyé tous les autres : soyez encore très-sûr qu'on a arrêté pendant plus d'un mois tous les imprimés qui venaient de Genève. La *Lettre* d'un homme[1] qui porte votre nom peut en avoir été la cause; on peut encore avoir eu d'autres raisons. Je me servirai de l'adresse que vous me donnez, dès que j'aurai quelque chose qui pourra convenir à votre greffe. Il y a un excellent ouvrage qui paraît à Lyon depuis quelques jours, sous le titre d'Avignon : c'est une lettre d'un avocat à l'archevêque de Lyon, concernant la légitimité du prêt à intérêt[2]; on y confond l'insolence fanatique de quelques pères de l'Oratoire, chargés aujourd'hui de l'éducation de la jeunesse lyonnaise. Ces énergumènes, plus intolérants et plus intolérables que les jésuites, voulaient faire regarder l'intérêt de l'argent comme un péché, et immoler Lyon au jansénisme. Je vais écrire à l'auteur pour l'engager à vous envoyer l'ouvrage par la voie de M. Naudet. Je ne sais si vous savez que six cents citoyens de Genève ont fait coup sur coup quatre protestations contre le jugement du conseil qui a fait brûler l'*Émile* de Jean-Jacques; ils disent qu'un citoyen de Genève est en droit de tourner en ridicule la religion chrétienne tant qu'il veut, et qu'on ne peut le condamner qu'après avoir conféré amiablement avec lui. Cela est assez plaisant dans la ville de Calvin : un temps viendra où il arrivera la même chose dans la ville où l'on prétend que Simon Barjone a été crucifié la tête en bas.

1. *Jean-Jacques Rousseau, etc., à Christophe de Beaumont.* (ÉD.)
2. *Lettre à M. l'archevêque de Lyon* (sur le prêt à intérêt), par A. F. Prost de Royer. (ÉD.)

MMMCMXXXI. — A M. PROST DE ROYER.

A Ferney, 1er octobre.

Je vous remercie, monsieur, du plus court et du meilleur livre qu'on ait écrit depuis longtemps. La raison et l'éloquence l'ont dicté; on ne peut y répondre que par du fanatisme et du galimatias. Je ne doute pas que votre archevêque, ayant, comme vous, beaucoup d'esprit et de lumières, ne soit entièrement de votre avis dans le fond de son cœur. Il est trop bon citoyen pour soutenir une absurdité qui ruinerait l'État. Des systèmes établis dans des temps de ténèbres doivent disparaître dans notre siècle; et vous aurez la gloire d'avoir détruit le plus pernicieux des préjugés. Il faut avouer que nous avons encore beaucoup de lois absurdes et contradictoires : on les doit à l'esprit monacal, qui a régné trop longtemps. Il est également triste et honteux pour nos tribunaux d'être réduits à éluder ce que sans doute ils voudraient abolir; mais on trouve la superstition en possession de la maison, on n'ose pas l'en chasser tout d'un coup, et on se contente d'y loger avec elle.

Ce que vous dites des cinq talents qui devaient en produire cinq autres m'a toujours frappé : mais j'avoue que cet intérêt à cent pour cent m'avait paru un peu trop fort. Cela fait voir qu'il y a bien des choses qu'il ne faut pas prendre au pied de la lettre.

Il est très-vrai, monsieur, que MM. Tronchin et Camp me donnent quatre pour cent du peu d'argent qu'ils ont à moi; M. le cardinal de Tencin en tirait cinq : et si monsieur votre archevêque fait bien, il en tirera autant, attendu qu'au bout de l'année il donnera aux pauvres vingt-cinq mille livres au lieu de vingt mille.

MMMCMXXXII. — A M. DAMILAVILLE.

4 octobre.

Mon cher frère, voici d'abord un paquet qu'on m'a envoyé de Hollande pour vous.

A l'égard de Mlle Clairon, il importe peu qu'elle mérite ou non l'attention qu'on a de lui envoyer ce que vous savez [1] : elle est intéressée à décrier ce qui condamne son état; et, quoi que puissent penser ses amis sur les gens de lettres, ils pensent uniformément sur l'objet dont nous nous occupons; ils sont très-capables de répandre, sans se compromettre, ce qui doit percer peu à peu dans l'esprit des honnêtes gens. Je vous avoue, mon cher frère, que je sacrifie tout petit ressentiment, tout intérêt particulier, à ce grand intérêt de la vérité. Il faut assommer une hydre qui a lancé son venin sur tant d'hommes respectables par leurs mœurs et par leur science. Vos amis, et surtout votre principal ami, doivent regarder cette entreprise comme leur premier devoir, non pas pour se venger des morsures passées, mais pour se garantir des morsures à venir, pour mettre tous les honnêtes gens à l'abri, en un mot, pour rendre service au genre humain. Il est clair

1. Un *Catéchisme de l'honnête homme.* (ÉD.)

qu'il faut nettoyer la place avant de bâtir, et qu'on doit commencer par démolir l'ancien édifice élevé dans des temps barbares. Les petits ouvrages que vous connaissez peuvent servir à cette vue : je pense que c'est sur ces principes qu'il faut travailler. Les ouvrages métaphysiques sont lus de peu de personnes, et trouvent toujours des contradicteurs; les faits évidents, les choses simples et claires sont à la portée de tout le monde, et font un effet immanquable.

Je voudrais que votre ami[1] eût assez de temps pour travailler à rendre ce service; mais il a un ami[2] qui est actuellement à sa terre, et qui a tout ce qu'il faut pour venger la vertu et la probité si longtemps outragées. Il a du loisir, de la science, et des richesses : qu'il écrive quelque chose de net, de convaincant; qu'il le fasse imprimer à ses dépens, on le distribuera sans le compromettre; je m'en chargerai, il n'aura qu'à m'envoyer le manuscrit : cet ouvrage sera débité comme les précédents que vous connaissez, sans éclat et sans danger. Voilà ce que votre ami devrait lui représenter.

Parlez-lui, engagez-le à obtenir une chose si aisée et si nécessaire. On se donne quelquefois bien des mouvements dans le monde pour des choses qui ne valent pas celle que je vous propose. Employez, votre ami et vous, toute la chaleur de vos belles âmes, dans une chose si juste.

Je demande pardon à frère Thieriot, c'est-à-dire à frère indolent, d'être aussi indolent que lui, et de ne lui point écrire; mais je compte que ma lettre est pour vous et pour lui.

J'aime mieux, pour une inscription, deux vers que quatre; ce distique :

Il chérit ses sujets comme il est aimé d'eux;
Heureux père entouré de ses enfants heureux,

n'est peut-être pas vrai aujourd'hui; mais il peut l'être avant que la statue soit érigée, quand toutes les remontrances du parlement seront oubliées.

A-t-on imprimé le *Plaidoyer* contre les bernardins? Si vous l'avez, mon cher frère, je vous supplie de me l'envoyer. Plût à Dieu que vous pussiez m'envoyer aussi quelque édit qui abolît les bernardins!

Je ne peux trop vous remercier de la bonté que vous avez eue de faire parvenir mes mémoires et mes lettres à l'avocat au conseil. Je vous supplie de lui faire tenir encore cette lettre.

Je ne sais si j'aurai jamais la consolation de vous voir, et si je vous aimerai plus que je ne vous aime.

Voici encore un petit mot pour M. Helvétius; je ne sais où il est; je vous recommande ce petit mot.

MMMCMXXXIII. — A M. HELVÉTIUS.

4 octobre.

Mon frère, le hasard m'a remis sous les yeux le décret de la Sorbonne, et le réquisitoire de maître Omer. Je vous exhorte à les relire,

---

1. Diderot. (ÉD.) — 2. Helvétius. (ÉD.)

pour vous exciter à la vengeance en regardant votre ennemi. Je ne crois pas qu'on ait entassé jamais plus d'absurdités et plus d'insolences, et je vous avoue que je ne conçois pas comment vous laissez triompher l'hydre qui vous a déchiré. Le comble de la douleur, à mon gré, est d'être terrassé par des ennemis absurdes. Comment n'employez-vous pas tous les moments de votre vie à venger le genre humain, en vous vengeant? Vous vous trahissez vous-même, en n'employant pas votre loisir à faire connaître la vérité. Il y a une belle histoire à faire, c'est celle des contradictions : cette idée m'est venue en lisant l'impertinent décret de la Sorbonne. Il commence par condamner cette vérité que toutes les idées nous viennent par les sens, qu'elle avait adoptée autrefois, non parce qu'elle était vérité, mais parce qu'elle était ancienne. Ces marauds ont traité la philosophie comme ils traitèrent Henri IV, et comme ils ont traité la bulle, que tantôt ils ont reçue, et qu'ils ont tantôt condamnée.

Ces contradictions règnent depuis Luc et Matthieu, ou plutôt depuis Moïse. Ce serait une chose bien curieuse que de mettre sous les yeux ce scandale de l'esprit humain. Il n'y a qu'à lire et transcrire; c'est un ouvrage très-agréable à faire; on doit rire à chaque ligne. Moïse dit qu'il a vu Dieu face à face [1], et qu'il ne l'a vu que par derrière [2]; il défend qu'on épouse sa belle-sœur [3], et il ordonne qu'on épouse sa belle-sœur [4]; il ne veut pas qu'on croie aux songes [5], et toute son histoire est fondée sur des songes.

Enfin, dans chaque page, depuis la *Genèse* jusqu'au concile de Trente, vous trouvez le sceau du mensonge.

Cette manière d'envisager les choses est palpable, piquante, et capable de faire le plus grand effet. Ne seriez-vous pas charmé qu'on fît un tel ouvrage? Faites-le donc, vous y êtes intéressé; vous devez décréditer ceux qui vous ont traité si indignement.

Si l'idée que je vous propose n'est pas de votre goût, il y a cent autres manières d'éclairer le genre humain. Travaillez, vous êtes dans la force de votre génie; je me charge de l'impression, vous ne serez jamais compromis.

Adieu; soyez sûr que votre Fontenelle n'eût jamais été aussi empressé que moi à vous servir.

MMMCMXXXIV. — A M. LE MARQUIS DE CHAUVELIN.

A Ferney, 6 octobre.

Me voilà, monsieur, redevenu taupe. Votre Excellence saura que, dès qu'il neige sur nos belles montagnes, mes yeux deviennent d'un rouge charmant, et que j'aurais très-bon air aux Quinze-Vingts. Cela me donne quelquefois de petits remords d'avoir bâti et planté entre le mont Jura et les Alpes; mais enfin l'affaire est faite, et il faut faire contre neige bon cœur, aussi bien que contre fortune.

1. *Exode*, XXXIII, 11. (ÉD.) — 2. *Id.*, XXXIII, 20, 23. (ÉD.)
3. *Lévitique*, XX, 21. (ÉD.) — 4. *Deutéronome*, XXV, 5. (ÉD.)
5. *Id.* XIII, 1-3. (ÉD.)

Il n'y a pas moyen de disputer contre Votre Excellence. Je vous ai promis quelque chose pour le mois d'avril; eh bien! attendez donc le mois d'avril; vous m'avouerez que cet argument est assez bon. Si vous avez commandé votre souper pour dix heures, devez-vous gronder votre cuisinier de ce qu'il ne vous fait pas souper à huit? Cependant je ne désespère pas d'avoir l'honneur de vous donner de petites étrennes. Vous autres ministres vous êtes discrets, et il y a plaisir de se confier à vous; il y en aurait bien davantage à vous faire sa cour.

Il est à croire qu'un ambassadeur à Turin a lu le *Vicaire savoyard* de Jean-Jacques; et Votre Excellence est trop bien instruite des grands événements de ce monde, pour ignorer que la moitié de la ville de Genève a pris le parti de Jean-Jacques contre le conseil de cette auguste république. On a parlé pendant quelques moments d'avoir recours à la médiation de la France. J'aurais fait alors une belle brigue pour tâcher d'obtenir que vous eussiez daigné venir mettre la main dans mon voisinage. J'aurais voulu aussi que Mme l'ambassadrice partageât ce ministère; les Génevois, en la voyant, auraient oublié toutes leurs querelles.

Je prie Vos Excellences de me conserver toujours leurs bontés, et d'agréer le respect du quinze-vingts.   V.

MMMCMXXXV. — Du cardinal de Bernis.

A Vic-sur-Aisne, le 7 octobre.

Vous m'accablez d'autorités[1], mon cher confrère, pour me prouver qu'un cardinal ne doit pas rougir de montrer de l'esprit et des grâces; mais malgré les exemples des rois, et même du gendre du Grand-Seigneur, je ne me laisserai point aller à la tentation. Je crois que l'étiquette du sacré collége est fort contraire à la poésie française; car il me semble que le cardinal du Perron et celui de Richelieu ont fait de fort mauvais vers. Vous savez peut-être que le cardinal de Polignac n'y a pas mieux réussi, et qu'il n'était poëte que dans la langue de Virgile. Il serait plaisant qu'il fût défendu aux princes de l'Église de montrer du talent dans une autre langue que celle des Romains. En général, l'Église tient un rang médiocre sur le Parnasse français : quels vers que ceux de Fénelon! Ainsi je prends le parti de Mme de Montague; je vivrai quatre-vingt-douze ans; et après ma mort, mes neveux seront les maîtres de faire part au public des petits talents de ma jeunesse. En attendant, je verrai avec une tranquillité sans égale les libraires estropier mes ouvrages; il faut que l'envie ronge toujours quelque chose; j'aime mieux qu'elle ronge mes vers que mes os. Je ne m'ennuie point d'être moine de Saint-Médard, ni d'habiter le château que Berthe au *grand pied*[2] donna à cette abbaye. Si je vous voyais seulement deux heures, vous conviendriez que j'ai raison de me plaire où je suis : cependant, à la fin du mois, j'irai passer l'hiver au Plessis, près de Senlis, pour

1. Voyez la lettre du 28 septembre. (ÉD.)
2. Berthe au *grand pied* était femme de Pepin le Bref, et mère de Charlemagne. (ÉD.)

éviter les brouillards de l'Aisne, et me promener à pied sec dans la forêt d'Hallate, où notre bon roi Jean avait un château et un chenil, qui sont devenus un prieuré de dix mille livres de rentes à ma nomination : voyez comme les choses changent ! Je ne parlerai point de vos triumvirs ; souvenez-vous que vous avez écrit *Brutus*, et que ce serait votre faute si votre pinceau s'affaiblissait ; car vous avez beau parler de vos soixante-dix ans, il est certain que votre esprit n'a point vieilli. J'ai sur ma table un gros volume que je ne lirai point. S'il vous parvient, je ne doute pas qu'il ne vous inspire quelque bonne plaisanterie dont je rirai dans mon coin, et qui entretiendra la bonne santé dont je jouis. Ne perdez pas l'habitude de m'écrire de temps en temps ; je conserverai toute ma vie celle de vous aimer.

MMMCMXXXVI. — De M. D'ALEMBERT.

A Paris, ce 8 octobre.

Je ne me pique, mon cher et illustre maître, d'être ni aussi sublime que Platon, s'il est vrai qu'il soit aussi sublime qu'on le prétend, ni aussi obsur qu'il me paraît l'être ; vous me faites donc trop d'honneur de me comparer à lui. A l'égard de celui que vous appelez Denys de Syracuse, et que vous avouez valoir un peu mieux, je crois que s'il était réduit à se faire maître d'école comme l'autre, les généraux et les ministres feraient bien de se mettre en pension chez lui. Ce qu'il y a de certain, c'est que je suis plus affligé que je ne puis vous dire que le protecteur et le soutien de la philosophie ne soit pas bien avec tous les philosophes : que ne donnerais-je point pour que cela fût ! Il m'a écrit, peu de jours avant mon départ, une lettre pleine d'amitié, par laquelle il me marque qu'il laissera la présidence vacante jusqu'à ce qu'il me plaise de venir l'occuper. Il m'a donné son portrait, m'a très-bien payé mon voyage, et m'a témoigné beaucoup de regrets de me voir partir. Ma satisfaction eût été parfaite si j'avais pu me trouver à Potsdam avec vous.... Mais.... Que je suis fâché de ce qui s'est passé ! Ce que je puis vous assurer, c'est que vous êtes regretté de tout le monde, le marquis d'Argens à la tête, qui est assurément bien votre serviteur et votre ami. Il ne dit pas la même chose, ni les autres non plus, du défunt président, à qui Dieu fasse paix.

Je n'ai point repassé par chez vous, parce que je comptais vous voir en allant en Italie ; mais des raisons de santé et d'affaires m'obligent à différer ce voyage ; en tout cas, ce n'est que partie remise : croyez que je ne préfère pas les rois à mes amis. Je ne suis point étonné que ce que vous savez soit bafoué à Genève comme à Paris par les gens raisonnables. Je ne serais pas fâché non plus que Jean-Jacques, tout fou qu'il est, fût réhabilité, pour l'honneur de la bonne cause qui a servi de prétexte à la persécution qu'il a éprouvée. Nous avons lu à Sans-Souci le *Catéchisme de l'honnête homme*, et nous en avons jugé comme vous, le révérend père abbé à la tête. Vous avez raison ; je suis bien

---

1. Le roi de Prusse. (ÉD.)

peu zélé, et je me le reproche; mais songez donc que le bon sens est emprisonné dans le pays que j'habite :

> En quoi peut un pauvre reclus
> Vous assister? Que peut-il faire,
> Que de prier le ciel qu'il vous aide en ceci?
>
> La Fontaine, liv. VII, fab. III.

Savez-vous que Jean-George Le Franc, frère de Jean-Simon Le Franc, vient de faire une grosse *Instruction pastorale* contre nous tous? Il m'a fait l'honneur de me l'envoyer; je l'ai renvoyée au libraire, et j'ai écrit à l'auteur en deux mots que sûrement c'était une méprise, et que ce présent n'était pas pour moi. J'avais projeté, pour toute réponse, de lui faire une chanson sur l'air :

> Monsieur l'abbé, où allez-vous[1]?
> Vous allez vous casser le cou;
> Vous allez sans chandelle, etc.

Achevez le reste, mon cher maître; il me semble que *vous allez sans chandelle* est assez heureux. Adieu, mon cher et illustre philosophe; celui que je viens de quitter l'est plus que jamais en tous sens, et me l'a rendu aussi en tous sens plus encore que je ne l'étais. Je ne veux plus penser, comme l'*Ecclésiaste*, qu'à me moquer de tout en liberté[2]: ce n'est pas que Jean-George Le Franc n'assure que vous n'avez pas entendu l'*Ecclésiaste*, mais j'en crois plutôt vos commentaires que les siens. Adieu; je vous embrasse mille et mille fois.

MMMCMXXXVII. — A M. DAMILAVILLE.

9 octobre.

J'aime tendrement mon frère, parce qu'il n'est point tiède, et qu'il est sage. Voici des brochures qu'on lui adresse de Hollande pour l'abbé de La Rive : il y a aussi un exemplaire pour moi, mais je ne l'ai pas encore lu; je ne sais ce que c'est; la poste part.

MMMCMXXXVIII. — A MADAME LA MARQUISE DU DEFFAND.

Ferney, 11 octobre.

Je vous jure, madame, que je suis aveugle aussi; n'allez pas me renier. Il est vrai que je ne le suis que par bouffée, et que je ne suis pas encore parvenu à être absolument digne des Quinze-Vingts. J'ai d'ailleurs pris mon parti depuis longtemps sur tout ce qu'on peut voir et sur tout ce qu'on peut entendre; et c'est ce qui fait que je ne regrette guère dans Paris que vous, madame, et le très-petit nombre de personnes de votre espèce.

Je suis persuadé que Mme la duchesse de Luxembourg est partie pour la vie éternelle avec de grands sentiments de dévotion; et cela est bien

1. Cette chanson a été faite sur l'abbé, depuis cardinal Dubois (ÉD.)
2. Verset 15, chap. VIII. (ÉD.)

consolant. Vivez gaiement, madame, avec quatre sens qui vous restent : quatre sens et beaucoup d'esprit sont quelque chose.

C'est vous qui êtes très-clairvoyante, et non pas moi; vous voyez surtout à merveille le ridicule de la façon d'écrire d'aujourd'hui. Le style qui est à la mode me porte plus que jamais à écrire avec la plus grande simplicité.

Il n'est pas juste que vous soyez sans *Pucelle.* Je vais prendre si bien mes mesures, que vous en aurez une incessamment. Il y a quelquefois de petits morceaux assez curieux qui me passent par les mains, mais je ne sais comment faire pour vous les envoyer. Et vous, madame, comment feriez-vous pour vous les faire lire? Ces petits ouvrages sont pour la plupart d'une philosophie extrêmement insolente, qui ferait trembler votre lecteur. On ne peut guère confier ces rogatons à la poste.

Si vous aimiez l'histoire, vous auriez un amusement sûr pour le reste de votre vie; mais j'ai peur que l'histoire ne vous ennuie. J'essayerai de vous faire parvenir un petit morceau dans ce genre qui vous mettra au fait de bien des choses : cela est court, et n'est point du tout pédant.

Le grand malheur de notre âge, madame, c'est qu'on se dégoûte de tout. Une *Pucelle* amuse un quart d'heure, mais on retombe ensuite dans la langueur; on vit tristement au jour la journée; on attend que quelqu'un vienne chez nous par oisiveté, et qu'il nous dise quelque nouvelle à laquelle nous ne nous intéressons point du tout. On n'a plus ni passion ni illusion; on a le malheur d'être détrompé; le cœur se glace, et l'imagination ne sert qu'à nous tourmenter.

Voilà à peu près notre état; et quand, avec cela, on a perdu les deux yeux, il faut avouer qu'on a besoin de courage. Vous en avez beaucoup, madame, et il est soutenu par la société de vos amis.

Je vous prie de dire à M. le président Hénault que je lui serai bien sincèrement attaché pour tout le reste de ma vie; je l'estime infiniment à tous égards. Ma grande querelle avec lui sur *François II* ne roule point du tout sur le fond de l'ouvrage, qui me plaît beaucoup, mais sur quelques embellissements que je lui demandais, en cas qu'il fît réimprimer l'ouvrage.

On m'a parlé d'une tragédie de *Saül et David* qui est dans ce goût; elle est traduite, dit-on, de l'anglais; cette pièce est fort rare. Si vous pouvez vous la procurer, elle vous amusera un quart d'heure, surtout si vous vous souvenez de l'histoire hébraïque qu'on appelle la *sainte Écriture.* Les hommes sont bien bêtes et bien fous.

Adieu, madame; prenez-les pour ce qu'ils sont, et vivez aussi heureuse que vous le pourrez, en les méprisant et en les tolérant.

MMMCMXXXIX. — A M. LE MARQUIS D'ARGENCE DE DIRAC.
11 octobre.

Le second livre des *Machabées*, livre écrit très-tard, et que saint Jérôme ne regarde point comme canonique, n'a rien de commun avec la loi des Juifs. Cette loi consiste dans le *Décalogue*, dans le *Lévitique*, dans le *Deutéronome*, et elle passe, chez les Juifs, pour avoir été écrite quinze cents ans avant le livre des *Machabées.*

Vouloir conclure qu'une opinion qui se trouve dans les *Machabées* était l'opinion des Juifs du temps de Moïse serait une chose aussi absurde que de conclure qu'un usage de notre temps était établi du temps de Clovis. Il est indubitable que la loi attribuée à Moïse ne parle en aucun endroit de l'immortalité de l'âme, ni des peines et des récompenses après la mort. La secte des pharisiens n'embrassa cette doctrine que quelques années avant Jésus-Christ : elle ne fut connue des Juifs que longtemps après Alexandre, lorsqu'ils apprirent quelque chose de la philosophie des Grecs dans Alexandrie. Au reste, il est clair que les livres des *Machabées* ne sont que des romans ; l'histoire y est falsifiée à chaque page ; on y rapporte un traité prétendu fait entre les Romains et les Juifs,[1] et voici comme on fait parler le sénat de Rome dans ce traité :

« Bénis soient les Romains [1] et la nation juive sur terre et sur mer, à jamais ! et que le glaive et l'ennemi s'écartent loin d'eux ! »

C'est le comble de la grossièreté et de la sottise de l'écrivain d'attribuer ainsi au sénat romain le style de la nation juive. Il y a quelque chose de plus ridicule encore, c'est de prétendre que les Lacédémoniens et les Juifs [2] venaient de la même origine. Les livres des *Machabées* sont remplis de ces inepties. On y reconnaît à chaque page la main d'un misérable Juif d'Alexandrie qui veut quelquefois imiter le style grec, et qui cherche toujours à faire valoir sa petite nation. Il est vrai que, dans la relation du prétendu martyre des Machabées, on représente la mère comme pénétrée de l'espérance d'une vie à venir. C'était la créance de tous les païens, excepté les épicuriens.

C'est insulter à la raison de se servir de ce passage pour faire accroire aux esprits faibles et ignorants que l'immortalité de l'âme était énoncée dans les lois judaïques. M. Warburton, évêque de Worcester, a démontré, dans un très-savant livre,[3] que les récompenses et les peines après la vie furent un dogme inconnu aux Juifs pendant plusieurs siècles. De là on conclut évidemment que, si Moïse fût instruit de cette opinion si utile à la canaille, il fut malavisé de n'en pas faire la base de ses lois ; et s'il n'en fut pas instruit, c'était un ignorant indigne d'être législateur.

Pour peu qu'un homme ait de sens, il doit se rendre à la force de cet argument. S'il veut d'ailleurs lire avec attention l'histoire des Juifs, il verra sans peine que c'est, de tous les peuples, le plus grossier, le plus féroce, le plus fanatique, le plus absurde. Il y a plus d'absurdité encore à imaginer qu'une secte née dans le sein de ce fanatisme juif est la loi de Dieu et la vérité même ; c'est outrager Dieu, si les hommes peuvent l'outrager. J'espère que mon cher frère fera entendre raison à la personne que l'on a pervertie.

J'oubliais l'article de la *Pythonisse* : cette histoire n'a rien de commun avec la créance des peines et des récompenses après la mort ;

1. Premier livre des *Machabées*, chap. VIII, v. 23. (ÉD.)
2. *Id.* chap. XII, v. 21. (ÉD.)
3. *Divine legation of Moses.* Warburton était évêque de Glocester (et non de Worcester). (ÉD.)

elle est d'ailleurs postérieure à Moïse de plus de six cents ans. Elle est empruntée des peuples voisins des Juifs, qui croyaient à la magie, et qui se vantaient de faire paraître des ombres, sans attacher à ce mot d'ombre une idée précise : on regardait les mânes comme des figures légères ressemblantes aux corps; enfin la Pythonisse était une étrangère, une misérable devineresse : mais, si elle croyait à l'immortalité de l'âme, elle en savait plus que tous les Juifs de ce temps-là, etc.

Je me flatte que mon cher frère saura bien faire valoir toutes ces raisons. Je l'exhorte à détruire, autant qu'il pourra, la superstition la plus infâme qui ait jamais abruti les hommes et désolé la terre.

J'embrasse tendrement mon cher frère, je m'intéresse à tous ses plaisirs; mais le plus grand de tous, et en même temps le plus grand service, c'est d'éclairer les hommes; mon cher frère en est plus capable que personne; je lui serai bien tendrement attaché toute ma vie.

MMMCMXL. — A M. NOVERRE.

11 octobre 1763 [1].

MMMCMXLI. — A M. LE COMTE D'ARGENTAL.

14 octobre.

Puisque mes anges me mandent que les ennemis de la *Gazette littéraire* ont pris le parti d'aller à la campagne, voici une petite note pour cette gazette; elle pourra amuser mes anges. M. Arnaud étendra et embellira mon texte; je me borne à donner des indications.

Je répète à mes anges qu'il doit m'être arrivé un paquet d'Angleterre à M. le duc de Praslin. Si on ne me fait pas parvenir mes instruments, avec quoi veut-on que je travaille? On ne peut pas rendre des briques quand on n'a point de paille [2], à ce que disaient les Juifs, quoique je n'aie jamais vu faire de briques avec de la paille.

Mais qui donc sera honoré du ministère de la typographie? M. de Malesherbes n'avait pas laissé de rendre service à l'esprit humain, en donnant à la presse plus de liberté qu'elle n'en a jamais eu. Nous étions déjà presque à moitié chemin des Anglais, car nous commencions à tâcher de les imiter en tout; mais nous sommes bien loin de leur ressembler.

J'ai toujours oublié de réfuter ce que mes anges disent de la dame libraire de l'Académie. Elle ne devait pas, en convolant en secondes noces, violer le dépôt que les Cramer avaient remis entre ses mains. Un libraire peut aisément faire banqueroute pour avoir imprimé des livres qui ne se vendent point; mais un argent dont on est dépositaire n'est pas un objet de commerce : ainsi il me paraît que les Cramer ont très-grande raison de se plaindre. Manger l'argent d'autrui, et donner en payement des livres dont personne ne veut, est un étrange procédé.

Quoi qu'il en soit, le *Corneille* devrait déjà être imprimé, et il ne l'est pas. Ce n'est pas moi assurément qui suis en retard; vous savez que je vais toujours vite en besogne. J'aurais fait imprimer le *Cor-*

1. C'est la même lettre qui a été classée par M. Beuchot à la date de septembre 1760. (ÉD.)

2. *Exode*, v, 16. (ÉD.)

neille en six mois, si je m'étais mêlé de la presse. Je songe toujours que la vie est courte, et qu'il ne faut jamais remettre à demain ce qu'on peut faire aujourd'hui. J'espère pourtant que vous aurez pour vos étrennes le recueil des belles et des détestables pièces de Pierre Corneille.

M. de Chauvelin, l'ambassadeur, prétend que je dois lui faire confidence de quelque chose pour le mois d'avril; je lui ai répondu que, si je lui ai promis pour le mois d'avril, je lui tiendrai ma parole dans ce temps-là. Vous m'avouerez qu'un ministre n'a pas à se plaindre quand on observe fidèlement les traités à la lettre.

Votre petite conjuration va-t-elle son train ?

Respect et tendresse.

MMMCMXLII. — DE CATHERINE II, IMPÉRATRICE DE RUSSIE.

J'ai mis sous les vers du portrait de Pierre le Grand que M. de Voltaire m'a envoyés par M. de Balk : « Que Dieu le veuille ! »

J'ai commis un péché mortel en recevant la lettre adressée au géant : j'ai quitté un tas de suppliques, j'ai retardé la fortune de plusieurs personnes, tant j'étais avide de la lire. Je n'en ai pas même eu de repentir. Il n'y a point de casuistes dans mon empire, et jusqu'ici je n'en étais pas bien fâchée. Mais voyant le besoin d'être ramenée à mon devoir, j'ai trouvé qu'il n'y avait point de meilleur moyen que de céder au tourbillon qui m'emporte, et de prendre la plume pour prier M. de Voltaire, très-sérieusement, de ne me plus louer avant que je l'aie mérité. Sa réputation et la mienne y sont également intéressées. Il dira qu'il ne tient qu'à moi de m'en rendre digne; mais en vérité, dans l'immensité de la Russie, un an n'est qu'un jour, comme mille ans devant le Seigneur. Voilà mon excuse de n'avoir pas encore fait le bien que j'aurais dû faire.

Je répondrai à la prophétie de J. J. Rousseau en lui donnant, j'espère, aussi longtemps que je vivrai, un démenti fort impoli. Voilà mon intention; reste à voir les effets. Après cela, monsieur, j'ai envie de vous dire : « Priez Dieu pour moi. »

J'ai reçu aussi, avec beaucoup de reconnaissance, le second tome de *Pierre le Grand*. Si, dans le temps que vous avez commencé cet ouvrage, j'avais été ce que je suis aujourd'hui, j'aurais fourni bien d'autres mémoires. Il est vrai qu'on ne peut assez s'étonner du génie de ce grand homme. Je vais faire imprimer ses lettres originales, que j'ai ordonné de ramasser de toutes parts. Il s'y peint lui-même. Ce qu'il y avait de plus beau dans son caractère, c'est que, quelque colérique qu'il fût, la vérité avait toujours sur lui un ascendant infaillible, et pour cela seul il mériterait, je pense, une statue.

Je regrette aujourd'hui, pour la première fois de ma vie, de ne point faire de vers; je ne peux répondre aux vôtres qu'en prose, mais je peux vous assurer que depuis 1746, que je dispose de mon temps, je vous ai les plus grandes obligations. Avant cette époque, je ne lisais que des romans, mais par hasard vos ouvrages me tombèrent dans les mains; depuis je n'ai cessé de les lire, et n'ai voulu d'aucuns

livres qui ne fussent aussi bien écrits, et où il n'y eût autant à profiter. Mais où les trouver? Je retournai donc à ce premier moteur de
mon goût et de mon plus cher amusement. Assurément, monsieur, si
j'ai quelques connaissances, c'est à lui seul que je les dois. Mais,
puisqu'il se défend par respect de me dire qu'il baise mon billet, il
faut par bienséance que je lui laisse ignorer que j'ai de l'enthousiasme pour ses ouvrages. Je lis à présent l'*Essai sur l'histoire générale*: je voudrais savoir chaque page par cœur, en attendant les
OEuvres du grand Corneille, pour lesquelles j'espère que la lettre de
change est expédiée.   CATERINE.

MMMCMXLIII. — A M. DAMILAVILLE.

                                                      17 octobre.

Mon cher frère, vous savez que je m'adresse à vous pour le spirituel et pour le temporel. Voici une lettre[1] pour M. Mariette, qui regarde l'un et l'autre; je vous supplie de lire le paquet; vous y verrez
qu'on ne laisse pas de trouver dans ce siècle-ci de la protection contre
la sainte Église, mais qu'il y a toujours de grandes précautions à
prendre contre elle, malgré cette protection même.

Plusieurs personnes me parlent du *mandement* du sieur évêque du
Puy, frère du célèbre Pompignan : voudriez-vous bien avoir la bonté
de me le faire venir? il faut bien lire quelque chose d'édifiant. Saurin
a-t-il fait imprimer sa tragédie[2]?

Buvez à ma santé, je vous prie, avec frère Thieriot, et ne m'oubliez
pas auprès des autres frères; mais surtout conservez-moi une amitié
qui me console de n'être pas à portée de m'entretenir avec vous.
Écr. l'inf....

MMMCMXLIV. — A M. LE MARQUIS DE CHAUVELIN.

                                          A Ferney, 18 octobre.

Je présume que Votre Excellence a déjà fait l'acquisition d'un nouvel enfant, que Mme l'ambassadrice se porte à merveille, et que vous
n'êtes occupé que de vos ouvrages, qui en vérité valent mieux que
les miens.

Dès que vous aurez du loisir, j'enverrai donc à Votre Excellence ce
qu'elle croit que je lui dois depuis le mois d'avril; mais je vous avertis, monsieur, que ce n'est que de la prose[3]; et voici de quoi il est
question.

Lorsque la veuve Calas présenta sa requête au conseil, l'horreur que
tout le monde témoigna contre le parlement de Toulouse fit croire à
plusieurs personnes que c'était le temps d'écrire quelque chose d'ap-
profondi et de raisonné sur la tolérance. Une bonne âme se chargea de
cette entreprise délicate, mais elle ne voulut point publier son écrit, de
peur qu'on n'imaginât que l'esprit de parti avait tenu la plume, et que
cette idée ne fît tort à la cause des Calas. Peut-être l'ouvrage n'est-il
pas indigne d'être lu par un homme d'État. J'aurai l'honneur de vous
le faire tenir dans quelques jours.

---

1. Perdue. (ÉD.) — 2. *Blanche et Guiscard.* (ÉD.)
3. C'est le *Traité de la Tolérance.* (ÉD.)

Il y a aussi une petite brochure qui sert de supplément à l'*Histoire universelle*. Il y aurait de l'indiscrétion à vous l'envoyer par la poste, et je ne prendrai cette liberté que sur un ordre précis.

Voilà pour tout ce qui regarde le département de la prose. A l'égard du département des vers, je ne peux rien envoyer qu'en 1764; et si je meurs avant ce temps-là, vous serez couché sur mon testament pour un paquet de vers.

Je présente mes respects à Mme l'ambassadrice, à monsieur votre fils aîné, et à monsieur son cadet.

MMMCMXLV. — A M. DAMILAVILLE.

29 octobre.

J'ai reçu, mon cher frère, l'inlisible ouvrage du digne frère du sieur Le Franc de Pompignan : je sais bien qu'il ne mérite pas de réponse; cependant on m'assure qu'on en fera une qui sera courte, et qu'on tâchera de rendre plaisante. Tout ce qui est à craindre, c'est que le public ne soit las de se moquer des sieurs Le Franc de Pompignan.

Heureux nos frères que leurs ennemis soient si ennuyeux !

Je vous demande en grâce de vouloir bien envoyer le paquet ci-joint à son adresse.

Frère Protagoras se contente de rire de l'*infâme*, il ne l'écrase pas, et il faut l'écraser.

Écr. l'inf... vous dis-je.

MMMCMXLVI. — A M. LE MARQUIS DE CHAUVELIN

A Ferney, 3 novembre.

J'avais donc bien deviné, et Vos deux Excellences doivent être fort contentes. Je me réjouis d'un bonheur que je ne connais qu'en idée; c'est à de vieux laboureurs comme moi qu'il faudrait des enfants; un ambassadeur n'en a pas tant besoin. Ne pouvant en avoir par moi-même, j'en fais faire par d'autres; Mlle Corneille, que j'ai mariée, va me rendre ce petit service, et me fera grand-père dans quelques mois.

Je voudrais bien, monsieur, avoir quelque chose de prêt pour amuser Mme l'ambassadrice, lorsqu'elle sera quitte de toutes les suites de couche, et surtout de visites, de compliments. Je ne vous ai envoyé que de l'histoire. Un Anglais, qui doit passer par Turin, vous aura sans doute remis un petit paquet.

On fit partir il y a six semaines, par les muletiers, quelques volumes; mais comme vous ne m'en avez jamais accusé la réception, je commence à douter que les muletiers aient été fidèles. On dit même qu'il y a dans Turin des gens plus infidèles que les muletiers, qui saisissent tous les livres, sans respecter l'adresse; mais je suis bien éloigné de croire qu'on ose ainsi violer le droit des gens. A tout hasard, ma ressource est dans les Anglais. Il y en a un qui part dans quinze jours, et qui vous apportera encore de la prose.

Toujours de la prose! me direz-vous; oui sans doute, car nous ne sommes pas en 1764. Et pourquoi attendre l'année 1764? c'est que les vers ne se font pas si aisément qu'on pense; c'est qu'il faut du temps pour les corriger; c'est qu'on ambitionne extrêmement de vous plaire, et que, pour y réussir, on lime autant qu'on le peut son ouvrage. Pardonnez la lenteur aux vieillards, c'est leur apanage. Ne croyez point qu'on fasse des vers comme vous faites des enfants. Vous avez choisi pour vos ouvrages le plus beau sujet du monde. Il n'en est pas de même de moi; je lutte contre les difficultés; j'ai plus tôt planté mille arbres que je n'ai fait mille vers. Voilà mon papier fini, mes yeux refusent le service.

Mille tendres respects.

MMMCMXLVII. — A M. DAMILAVILLE.

4 novembre.

Mon cher frère et mes chers frères, vous avez bien raison de dire que les peuples du Nord l'emportent aujourd'hui sur ceux du Midi; ils nous battent et ils nous instruisent. M. Dalembert se trouve dans une position qui me paraît embarrassante; le voilà entre l'impératrice de Russie et le roi de Prusse, et je le défie de me dire qui a le plus d'esprit des deux. Jean-Jacques, dans je ne sais lequel de ses ouvrages [1], avait dit que la Russie redeviendrait esclave, malheureuse et barbare. L'impératrice l'a su; elle me fait l'honneur de me mander que tant qu'elle vivra elle donnera très-impoliment un démenti à Jean-Jacques. Ne trouvez-vous pas comme moi cet *impoliment* fort joli? Sa lettre est charmante; je ne doute pas qu'elle n'en écrive à M. Dalembert de plus spirituelles encore, attendu qu'elle sait très-bien se proportionner.

Gardez-vous bien, je vous en supplie, de solliciter Mlle Clairon pour faire jouer *Olympie*; c'est assez qu'on la joue dans toute l'Europe et qu'on la traduise dans plusieurs langues : on vient de la représenter à Amsterdam et à La Haye avec un succès semblable à celui de *Mérope*; on va la jouer à Pétersbourg. Laissez aux Parisiens l'Opéra-Comique et les réquisitoires. La France est au comble de la gloire, il faut lui laisser ses lauriers. Le *mandement* du digne frère de Pompignan m'a paru un ouvrage digne du siècle. On m'a montré pourtant une petite réponse [2] d'un évêque son confrère; il me paraît que ce confrère n'entre pas assez dans les détails; apparemment qu'il les a respectés, et que l'évêque du Puy s'étant retiré dans le sanctuaire, on n'a pas voulu l'y souffleter.

Mes chers frères, *écr. l'inf....*

MMMCMXLVIII. — AU MÊME.

6 novembre.

Mon cher frère, je vous prie de me mander si vous avez reçu quelques paquets depuis deux mois. Il me semble que vous avez dû en recevoir deux. On me parle toujours d'une réponse d'un évêque à

1. *Contrat social*, livre II, chap. VIII. (ÉD.)
2. *Instruction pastorale de l'humble évêque d'Alétopolis.* (ÉD.)

l'évêque du Puy. Je ne sais pas ce que c'est; mais si elle me tombe entre les mains, je ne manquerai pas de vous l'envoyer.

Permettez qu'en attendant je vous adresse ce paquet qui regarde le temporel; je vous demande en grâce de l'envoyer à M. Mariette après l'avoir lu.

J'ai bien plus à cœur les progrès de la raison humaine. Je me flatte qu'on a fait rendre à Mme de Boufflers, à Mme de Chaulnes, et même à Mlle Clairon, certains petits ouvrages : il faut cultiver tout doucement la vigne du Seigneur.

J'embrasse mon frère et mes frères. *Écr. l'inf...*

MMMCMXLIX. — AU MÊME.

Autre importunité pour cher frère.

Autre petit mémoire pour M. Mariette dans mon affaire contre la sainte Église.

Il y a pour mon cher frère un paquet chez M. d'Argental. La vigne se cultive. *Écr. l'inf...*

MMMCML. — A M. COLINI.

A Ferney, 7 novembre.

Mon cher ami, je suis actuellement très-affligé des yeux. On n'a pas soixante-dix ans impunément dans un pays de montagnes. L'honneur dont vous me dites que Son Altesse Électorale pourrait me gratifier serait une consolation pour moi dans ma chétive vieillesse; je serais plus flatté du titre de votre confrère que d'aucun autre[2]. Je vous supplie de présenter mon profond respect et ma reconnaissance à monseigneur l'électeur. Je lui ai écrit pour lui dire combien j'admire son établissement, mais je n'ai pas osé lui demander d'en être.

L'édition de Pierre Corneille, dont j'ai été obligé de corriger toutes les épreuves pendant deux années, m'a retenu indispensablement à Ferney et aux Délices. Ce travail assidu, qui n'a pas été le seul, n'a pas peu contribué à la fluxion horrible que j'ai sur les yeux. Mon cher ami, quoi qu'en dise Cicéron, *de Senectute*, la fin de la vie est toujours un peu triste. Je vous embrasse.

MMMCMLI. — A M. LE COMTE D'ARGENTAL.

7 novembre.

Il ne s'agit pas tous les jours, mes divins anges, de conspirations et d'assassinats. Je mets pour cette fois à l'écart les Grecs et les Romains, et je ne songe qu'aux dîmes.

Voici une lettre de M. le premier président du parlement de Bourgogne, qui sans doute est conforme à celle qu'il a écrite à M. le duc de Praslin. J'ignore s'il est convenable que le roi fasse enregistrer aujourd'hui, au parlement de Bourgogne, les traités de Henri IV.

1. *Traité de la Tolérance.* (ÉD.)
2. « Je lui avais mandé que l'électeur venait d'établir à Manheim une académie des sciences, et que ce souverain désirait qu'il en fût membre honoraire. Son Altesse Électorale avait daigné m'y admettre. » (*Note de Colini.*)

Tout ce que je sais, c'est que je demande la protection de M. le duc de Praslin, et qu'il est nécessaire que notre cause soit remise par-devant le conseil, qui ci-devant l'avait évoquée à lui. Les enregistrements n'empêcheraient pas probablement le parlement de juger selon le droit commun. Il pourrait dire : « Nous avons déjà jugé cette affaire depuis plus de cent ans ; le conseil s'en est emparé depuis ; nous nous en tenons à notre premier arrêt, antérieur d'un siècle à l'enregistrement que nous faisons aujourd'hui, et cet enregistrement ne peut préjudicier au droit commun, qui décide en faveur des curés contre les seigneurs. »

Vous m'avouerez qu'alors ma cause, qui est très-importante, serait très-hasardée. Il est plus simple, plus court, plus naturel, que le conseil d'État retienne à lui l'affaire qui était entre ses mains, et qui n'en est sortie que par un arrêt par défaut subrepticement obtenu.

C'est sur quoi, mes anges, je vous demande votre protection auprès de M. le duc de Praslin, et j'écris en conformité à M. Mariette, mon avocat au conseil.

Vous me direz que voilà un vrai style de dépêches, et que je suis un étrange homme : voilà trois parlements du royaume que j'ai un peu saboulés, Paris, Toulouse et Dijon ; cependant aucun n'a donné encore de décret de prise de corps contre moi, comme contre le beau M. Dumesnil.

Cette aventure de M. Dumesnil n'est-elle pas bien singulière ? et ne sommes-nous pas dans le siècle du ridicule, après avoir été, dans le temps de Louis XIV, dans le siècle de la gloire ? De grâce, donnez-moi un petit mot de consolation, en me parlant de vos roués et de vos assassinats. Mes anges, vivez heureux.

Respect et tendresse.

MMMCMLII. — A M. LE COMTE D'ARGENTAL.

Je présente encore à mes anges un exemplaire de *la Tolérance*, et je les supplie de le prêter à mon frère Damilaville. J'en ai fort peu d'exemplaires, et Paris n'en aura de longtemps. Je me flatte que M. le duc de Praslin et mes anges protégeront cet ouvrage. M. le duc de Choiseul me mande qu'il en est enchanté, ainsi que Mme de Grammont et Mme de Pompadour. Peut-être qu'un jour ce livre produira le bien dont il n'aura d'abord fait voir que le germe. L'approbation de mes anges et de leurs amis sera d'un grand poids. Je ne sais si je leur ai mandé que je connais des millionnaires qui sont prêts à revenir avec leur argent, leur industrie, et leurs familles, pour peu que le gouvernement voulût avoir pour eux la même indulgence seulement que les catholiques obtiennent en Angleterre. Mais en France on entend toujours raison bien tard.

J'enverrai incessamment les *Remarques sur l'histoire générale* à ce M. Hume, cousin de cet autre Hume, charmant auteur de *l'Écossaise*. Cet homme me plaît d'autant plus qu'il a été qualifié d'athée dans le *Journal encyclopédique*. Je sens bien, mes anges, qu'il faut qu'un

Français fasse les avances avec un Anglais; ces messieurs doivent être fiers. Je ne fonde pas leur orgueil sur ce qu'ils nous ont pris le Canada, la Guadeloupe, Pondichéri, Gorée, et qu'avec environ dix mille hommes ils ont rendu les efforts des maisons d'Autriche et de Bourbon impuissants; mais sur ce qu'ils disent ce qu'ils pensent, et qu'ils l'impriment. Il est vrai que j'agis à peu près avec la même liberté qu'un Anglais, mais je ne fais qu'usurper le droit qu'ils ont, et pourtant je leur dois toute sorte de respect.

Permettez, mes anges, que je fourre ici pour frère Damilaville un paquet dans lequel il n'y a point de méprise.

Je me mets plus que jamais à l'ombre de vos ailes.

N. B. Il est bien vrai qu'on critiqua autrefois,

Et mes derniers regards ont vu fuir les Romains;
Racine, *Mithridate*, acte V, scène v.

mais il est encore plus vrai que ce vers est admirable.

MMMCMLIII. — A M. THIÉRIOT.

; 8 novembre.

Mon frère, vous pouvez avoir eu des convulsions à Paris, mais sûrement vous n'êtes pas devenu convulsionnaire. Je me flatte qu'à présent votre corps se porte aussi bien que votre âme.

Les *Lettres de Henri IV*, que vous m'envoyez, sont conformes à mon manuscrit. Elles sont très-curieuses, et figureront à merveille dans l'histoire de ce monde.

Le plat libelliste qui se déchaîne contre cette histoire ne ressemble guère à un docteur de Sorbonne; il a tout l'air d'un Patouillet et d'un Caveyrac. Comment ce cuistre aurait-il imprimé sa guenille à Avignon? comment un sorboniqueur aurait-il pris le parti du jésuite Daniel? En tout cas, si on lit le libelle, tout ce qui concerne les faits mérite une réponse, et elle est faite. Si on ne lit pas, ma réponse est inutile.

Nous avons joué le *Droit du seigneur*, et très-bien, et en bonne compagnie. Vous devriez vous remuer, si vous pouvez, pour le faire jouer à Paris. Je voudrais que vous m'eussiez vu faire le bailli et le prêtre, car j'ai été hiérophante dans *Olympie*. Cette dernière pièce m'a plus coûté à faire qu'à jouer, et l'ouvrage de six jours est devenu l'ouvrage d'une année entière. On la représentera à Paris quand M. d'Argental le décidera : je ne suis pas pressé. Les Cramer impriment à présent le second volume de *Pierre le Grand*, sans oublier Pierre Corneille. Je vous dis toutes les nouvelles de l'école. S'il y en a de Paris, souvenez-vous de votre frère. Mme Denis et *Cornélie-Chiffon* vous font mille compliments. Je vous prie instamment de m'envoyer une note des petits déboursés que mon frère Damilaville a bien voulu faire pour moi. Je me flatte que Dieu vous a fait la grâce de placer en bonnes mains les choses édifiantes dont vous étiez chargé en partant du pays des infidèles. Ne soyez ni paresseux ni tiède.

1. Nonotte, auteur des *Erreurs de Voltaire*. (ÉD.)

MMMCMLIV. — A M. DAMILAVILLE.

9 novembre.

Voici ce qu'on a donné à un frère pour amuser les frères. Ne citons jamais aucun frère : vivons unis en Platon, en Bayle, en Marc Antoine, et surtout *écr. l'inf....*

MMMCMLV. — A M. GOLDONI.

À Ferney, 9 novembre.

Aimable peintre de la nature, vous avez, la France et vous, tant de charmes l'un pour l'autre, que je serai mort avant que vous puissiez revenir en Italie, et passer par mes petites retraites.

Je ne vous ai point encore envoyé les rêveries qu'on a imprimées sous mon nom, et qui courent le monde. La raison en est que je lis vos ouvrages, et que plus je les lis, moins j'aime les miens; mais aussi je vous en aime davantage : cependant j'aurai soin de vous payer mon tribut, tout indigne qu'il est de vous.

J'ai eu l'honneur de voir vos ambassadeurs vénitiens; ils sont venus sur ma Brenta; je les ai reçus de mon mieux. Il me vient quelquefois des Italiens fort aimables, et ils ne servent qu'à vous faire désirer davantage. Je reçois quelquefois des nouvelles de votre ami le sénateur de Bologne, qui est aussi le sénateur de Melpomène et de Thalie. Je vois qu'il est constant dans son goût pour le théâtre, et que par conséquent Dieu le bénira toujours.

Vivez heureux où vous êtes; et quand vous repasserez les Alpes, souvenez-vous qu'entre elles et le mont Jura il y a un bassin d'environ quarante lieues, où demeure le plus constant de vos admirateurs, qui demande place au rang de vos amis.

MMMCMLVI. — A M. DAMILAVILLE.

16 novembre.

Cette petite plaisanterie [1] est trop peu de chose, et a été faite trop à la hâte. Une bonne âme prépare un ouvrage plus étendu, plus salé, et plus utile [2]; on doit servir la bonne cause et la patrie tant qu'on respire. Je m'unis, dans ces sentiments, à mon cher frère et à tous les frères.

Il n'est pas mal que l'ennuyant et ignorant méchant homme, auteur d'un mauvais livre, reçoive la lettre ci-jointe en attendant mieux; il verra du moins qu'il n'a pas affaire à des ingrats. Mandez-moi, je vous prie, mon cher frère, si vous avez reçu plusieurs paquets; il y en a deux qui doivent vous être arrivés par Lyon : en faites-vous quelque usage?

Embrassez nos frères, et *écr. l'inf....*

1. *L'Instruction de l'humble évêque d'Alétopolis.* (ÉD.)
2. La première *Lettre d'un quaker.* (ÉD.)

MMMCMLVII. — A MADAME DE CHAMPBONIN.

Aux Délices, 17 novembre.

Je ne sais si vous savez, mon cher gros chat, que je deviens aveugle : vous me direz que je suis très-clairvoyant sur le mérite des Pompignan; je vous assure que je ne le suis pas moins sur les devoirs de l'amitié. Je vous écrirais plus souvent si j'avais du temps et des yeux; mais tout cela me manque : vous savez de plus que j'ai l'honneur d'avoir soixante-dix ans, et qu'étant né très-faible, je n'acquiers pas de la force avec l'âge. On meurt en détail, ma chère amie : puissiez-vous jouir d'une meilleure santé que la mienne! Je n'ai pas la consolation d'espérer de vous revoir, nous sommes l'un et l'autre dans des hémisphères différents. J'ai un ami dans ce pays-ci qui va souvent en Amérique, mais qui en revient comme de Versailles à Paris. Il n'en est pas de même d'un gros chat dont la gouttière est en Champagne, et d'un aveugle posté dans les Alpes. Il faut se dire adieu, ma chère amie; cela est douloureux. Je sens que je passerais avec vous des moments bien agréables; mais nous sommes cloués par la destinée chacun chez nous; et, malheureusement pour nous, nos solitudes ne sont pas bien fécondes en nouvelles. Tout ce que j'espère faire, c'est de vous dire que je vous aime de tout mon cœur. Quand cela est dit, je vous le redis encore : c'est comme l'*Ave Maria* qu'on répète; on dit qu'il ennuie la sainte Vierge, et j'ai peur d'ennuyer gros chat par de pareilles répétitions. Que n'êtes-vous la nièce de Corneille! je vous aurais remariée, et vous seriez grosse actuellement, et nous vivrions ensemble le plus gaiement du monde.

Adieu, mon cher gros chat; vivons tant que nous pourrons : mais la vie n'est que de l'ennui ou de la crème fouettée.

MMMCMLVIII. — A M. DAMILAVILLE.

17 novembre.

Mon cher frère, vous devez avoir reçu plusieurs paquets de moi, et vous en recevrez encore. Votre petit billet du 12 vient de m'être rendu. Vous me dites que la nymphe Clairon a reçu une brochure; c'est sans doute un Cramer qui la lui a envoyée mais vous devez en avoir beaucoup par M. d'Argental et par d'autres voies. Je vous supplie de me mander si tout cela est parvenu entre vos mains. Il y a surtout une lettre pour M. Mariette, qui m'inquiète beaucoup : c'est au sujet de mon affaire des dîmes. Je vous l'adressai il y a environ quinze jours. L'affaire presse beaucoup, et il serait bien triste que cette lettre fût perdue.

Quant au digne frère [1] de l'auteur des chansons hébraïques, on nous fait espérer une *Instruction* très-pastorale, qui sera plus approfondie et meilleure que celle *de l'évêque d'Alétopolis*. Sitôt qu'elle pourra me parvenir, je ne manquerai pas de vous en faire part; mais, au nom

---

1. Le Franc de Pompignan, évêque du Puy, frère de l'auteur des *Poésies sacrées*. (ÉD.)

de Dieu, mandez-moi si vous avez reçu des nouvelles de Lyon, de Besançon et de M. d'Argental, depuis un mois. Je vous suis attaché plus que jamais. *Écr. l'inf....*

MMMCMLIX. — AU MÊME.

19 novembre.

Mon cher frère saura que voilà tout ce qu'on a pu trouver pour le présent; qu'on lui a depuis plus de quinze jours adressé un gros paquet par les anges; qu'on lui enverra sans faute tout ce qu'on pourra découvrir; qu'on craint toujours quelque anicroche pour les paquets; qu'on lui adressa, pendant le voyage de Fontainebleau, sous l'enveloppe des anges, un paquet dans lequel il y avait une lettre pour M. Mariette; qu'on craint fort que cette lettre ne soit pas parvenue; qu'il a dû recevoir aussi d'autres paquets par différentes voies; qu'on ne sait plus à quel saint se vouer; qu'on se recommande à mon cher frère et aux prières de tous les frères. *Écr. l'inf....*

MMMCMLX. — A M. LE COMTE D'ARGENTAL.

19 novembre.

Mes chers anges, j'écrivais à M. Hume, lorsque j'ai été prévenu par sa lettre. Je lui envoie ces *Remarques sur l'histoire générale,* que vous n'avez pas désapprouvées. J'y joins un nouvel exemplaire pour vous, qui pourrait aussi amuser M. le duc de Praslin, si ses dépêches lui laissaient le temps de lire.

J'y joins un très-petit morceau pour la *Gazette littéraire;* il vous paraîtra assez curieux.

Mon neveu du grand conseil me mande que vous avez la bonté de me faire parvenir son *Histoire de Jeanne* [1]; ce neveu-là a une belle vocation pour écrire l'histoire des catins; il se prépare de l'occupation pour toute sa vie.

Comme je ne peux pas le payer en même monnaie, je lui envoie les *Remarques sur l'histoire générale* et le *Traité sur la tolérance,* qui est, comme vous savez, d'un brave théologien que je ne connais pas. Je prends la liberté de m'adresser à vous pour lui faire tenir cette petite cargaison, accompagnée d'une lettre qui est dans le paquet. J'abuse de vos bontés; mais vous m'avez accoutumé à l'excès de votre indulgence. Nous vous prions, Mme Denis et moi, d'être plus que jamais les anges de Ferney. Nous n'avons pas un moment à perdre pour rappeler notre affaire au conseil du roi; c'est le seul moyen de nous tirer d'embarras. Nous vous supplions de nous mander les intentions de M. le duc de Praslin; cette affaire est pour nous de la dernière importance, toute la douceur de notre vie en dépend. Nous remettons notre destinée entre vos mains.

On parle d'une tragédie nouvelle qui a beaucoup de succès [2], et vous ne nous en dites rien. Vous croyez donc que nous ne nous intéressons

---

1. *Histoire de Jeanne Ire, reine de Naples,* par l'abbé Mignot. (ÉD.)
2. *Le Comte de Warwick,* tragédie de La Harpe. (ÉD.)

pas au tripot? Un coquin de janséniste vient d'imprimer un gros volume contre le théâtre; les jésuites du moins ne se seraient pas rendus coupables de ce fanatisme. On nous a défaits des renards, et on nous a mis sous la dent des loups. Moi, je me mets toujours à l'ombre de vos ailes.

MMMCMLXI. — A M. LE PRINCE DE LIGNE.

A Ferney, 26 novembre.

Agréez aussi, monsieur le prince, avec les remerclments de ma nièce et de nos enfants, ceux d'un vieillard; car tous les âges sont également sensibles à votre mérite. Il est vrai que je ne peux plus jouer la comédie; mais il en est de ce plaisir comme de tous ceux auxquels il faut que je renonce : je les aime fort dans les autres; ma jouissance est de savoir qu'on jouit. Je désire plus que je n'espère de vous revoir entre nos montagnes; l'apparition que vous y avez faite nous a laissé des regrets qui dureront longtemps. Nous serions trop heureux si nous étions faits pour vous posséder, comme nous le sommes pour vous aimer et pour vous respecter. Le vieux malade s'acquitte parfaitement de ces deux devoirs.

MMMCMLXII. — A M. DAMILAVILLE.

Novembre.

Frère très-cher, le voyageur qui vous rendra cette lettre est M. Turrettin, petit-fils, à la vérité, d'un prêtre, mais d'un prêtre tolérant. Le petit-fils vaut encore mieux que le grand-père : il est philosophe et aimable. Agréez ce *Traité de la tolérance*; ayez-en pour le style, je ne vous en demande pas pour le fond. *Écr. l'inf....*

MMMCMLXIII. — A M. MARMONTEL.

1er décembre.

Enfin, mon cher confrère, je puis vous appeler de ce nom. Voilà ce que je désirais depuis si longtemps. Jugez de la joie de Mme Denis et de la mienne! Voilà notre Académie bien fortifiée; les fripons et les sots n'auront pas désormais beau jeu. Le jour de votre réception sera un grand jour pour les belles-lettres. Je ne peux vous exprimer le plaisir que nous ressentons ici.

MMMCMLXIV. — A MADAME LA MARQUISE DU DEFFAND.

1er décembre.

L'aveugle fait ce qu'il peut pour amuser l'aveugle. Le quinze-vingts des Alpes convient que les remontrances des parlements, leurs arrêts, leurs démissions, la pastorale de Mgr du Puy, sont des choses fort amusantes; mais il croit que le présent conte pourrait aussi faire passer un quart d'heure de temps, attendu (comme il est très-bien dit dans ledit conte) que les soirées d'hiver sont longues. Il faut que les aveugles fassent des contes ou qu'ils jouent de la vielle; car, si on avait perdu quatre sens, il n'y aurait autre chose à faire qu'à se réjouir avec le cinquième.

Les Alpes présentent leurs respects à Saint-Joseph. On suppose que

M. le président Hénault jouit d'une parfaite santé; on l'assure du plus tendre et du plus véritable attachement.

MMMCMLXV. — A M. DAMILAVILLE.

1er décembre.

Mon cher frère, voici encore quelques *Quakers* [1] qui me sont parvenus je ne sais comment.

Comme il faut un peu s'amuser en faisant la guerre, je joins à ce paquet un conte [2] à dormir debout, que vous n'aurez peut-être pas le temps de lire; mais frère Thieriot en aura le temps après avoir fait sa méridienne, ou pour faire sa méridienne.

Il y a ici une lettre bien importante pour M. Mariette, que je recommande à la bonté de mon frère. Il y en a aussi d'autres qu'on peut mettre à la petite poste, le tout en faveur de la bonne cause, que nous devons toujours avoir devant les yeux.

Avez-vous reçu une *Tolérance*? c'est un ouvrage pour les frères, et on croit que cette petite semence de moutarde produira beaucoup de fruit un jour; car vous savez que la moutarde et le royaume des cieux, c'est tout un [3].

Eh bien! que font les parlements? veulent-ils faire renaître le temps de la Fronde? ont-ils le diable au corps? Mais ce ne sont pas là nos affaires; notre grande affaire est *d'écr. l'inf*....

N. B. Ne pourriez-vous pas faire tenir adroitement un *Quaker* à Merlin ou à Cailleau? Il pourrait imprimer icelui. Il est sûr qu'il faut *écr. l'inf*..., mais sans se compromettre.

MMMCMLXVI. — A M. BERTRAND.

3 décembre.

Je vais saisir, mon cher philosophe, une occasion d'écrire à Mgr l'électeur palatin comme vous le désirez. Je souhaite autant que vous le succès de cette petite négociation. N'a-t-on pas imprimé à Berne les huit dissertations de M. Schmitt, qui lui ont valu huit couronnes? Je vous supplie de présenter mes respects et mes remercîments à votre société d'agriculture, qui a daigné m'admettre dans son corps. Mon potager mérite cette place, si je ne la mérite pas. Je mange au milieu de l'hiver les meilleurs artichauts et tous les meilleurs légumes. Je défriche et je plante; mais je vous assure que ces expériences de physique sont très-chères. Le vrai secret pour améliorer sa terre, c'est d'y dépenser beaucoup.

Présentez toujours, je vous prie, mes tendres respects à M et Mme de Freudenreich, et me conservez votre amitié.   V.

MMMCMLXVII. — A M. LE COMTE D'ARGENTAL.

4 décembre.

J'avais déjà écrit à Marmontel avant que Mme Denis eût reçu la lettre du 25 novembre, et voici ce qui m'est arrivé.

1. Première *Lettre d'un quaker*. (ÉD.) — 2. *Ce qui plaît aux dames*. (ÉD.)
3. Matthieu, XIII, 31. (ÉD.)

Marmontel m'ayant mandé que M. Thomas s'était désisté en sa faveur, je ne doutai pas qu'il n'eût l'obligation de ce désistement aux bontés de M. le duc de Praslin, et aux vôtres [1]. Il m'avait juré les larmes aux yeux, dans son voyage aux Délices, qu'il n'avait aucune part aux traits insolents répandus dans cette misérable parodie. Je vous écrivis pour lors. S'il avait depuis manqué le moins du monde ou à vous, ou à M. le duc de Praslin, il serait trop coupable et trop indigne de la place qu'il a obtenue. Je ne lui ai écrit qu'une lettre de félicitation fort simple, dans laquelle je lui paraissais persuadé de sa reconnaissance pour ses bienfaiteurs.

Vous devez avoir reçu, mes divins anges, des corrections que je crois nécessaires aux roués : je ne sais si elles leur paraissent aussi importantes qu'à moi.

Respect et tendresse.

MMMCMLXVIII. — A M. MARMONTEL.

4 décembre.

Je vous ai écrit, mon cher confrère, par M. Damilaville, et vous avez dû recevoir un petit paquet. Je vous prie de ne point parler de tout cela : vous devez être assez occupé de votre réception. Mais, puisque M. Thomas s'est abstenu de concourir avec vous, je vous recommande et je vous supplie très-instamment de dire très-hautement que vous en avez l'obligation à M. le duc de Praslin, et de lui faire présenter vos remercîments soit par M. Thomas, soit par quelque autre personne qui l'approche : vous pourriez même lui demander la permission de venir le remercier. Je ne vous parle pas ainsi sans de fortes raisons.

J'ajoute encore que vous ne feriez pas mal de faire dire un mot à M. et Mme d'Argental, soit par M. de Mairan, soit par quelque autre personne de leur société. Pardonnez mon importunité au zèle et à la tendre amitié qui m'attachent à vous pour le reste de ma vie. Je remercie Mme Geoffrin de vous avoir servi comme vous méritez de l'être, Mme Denis, qui s'intéresse à vous autant que moi, me charge encore de vous faire part de sa joie.

MMMCMLXIX. — A M. LE PRÉSIDENT HÉNAULT.

A Ferney, le 4 décembre.

Mon cher et respectable confrère, celui qui vous grave n'entend pas mal ses intérêts : il est bien sûr que son burin deviendra célèbre sous la protection de votre plume. Je vous demande en grâce que, si on met au bas de votre portrait ce petit vers,

Qu'il vive autant que son ouvrage !

on ajoute : *Par Voltaire et par le public.*

Il est bien triste que Mme du Deffand ne puisse voir votre estampe.

La lumière est pour elle à jamais éclipsée;
Mais vous vous entendez tous deux,

1. Thomas s'était désisté malgré le duc de Praslin. (ÉD.)

> L'imagination, le feu de la pensée,
>   Valent peut-être mieux
>   Que deux yeux.
> Je me défais des miens, et j'en suis plus tranquille ;
>   J'en ai moins de distractions.
>   Lorsque le cœur calmé renonce aux passions,
>   Deux yeux sont un meuble inutile.

Cela n'est pas tout à fait vrai, mais il faut tâcher de se le persua-der. Mon espèce d'aveuglement est tout à fait drôle : une ophthalmie abominable m'ôte entièrement la vue quand il y a de la neige sur la terre, et je recommence quelquefois de voir honnêtement quand le temps se met au beau. Je vous prie, monsieur, vous qui avez de bons yeux (et cela doit s'entendre de plus d'une manière), de lire ce petit mémoire historique ; vous y trouverez des choses curieuses.

J'ai envoyé à Mme du Deffand un conte à dormir debout, qui est d'un goût un peu différent. Les aveugles s'amusent comme ils peuvent.

Tout le *Corneille* est imprimé ; il y en a douze tomes. La *Bérénice* de Racine est à côté de celle de Corneille, avec des remarques ; l'*Hé-raclius* espagnol est au-devant de l'*Héraclius* français ; la *Conspiration de Brutus et de Cassius contre César*, de ce fou de Shakspeare, est après le *Cinna* de Corneille, et traduite vers pour vers et mot pour mot : cela est à faire mourir de rire.

Adieu, monsieur ; conservez vos bontés au Vieux de la Montagne

MMMCMLXX. — A M. LE COMTE D'ARGENTAL.

                                                    6 décembre.

Mes divins anges sauront qu'un jeune M. Turrettin devait leur appor-ter des *Tolérances*, il y a environ quinze jours ; que ce jeune Turret-tin, d'ailleurs fort aimable, s'est arrêté à Lyon, et qu'il n'arrivera avec son paquet que dans quelques jours.

Je crois avoir dit à mes anges que cette petite requête de l'huma-nité et de la raison avait fort bien réussi auprès de Mme de Pompa-dour et de M. le duc de Choiseul : c'est pourtant un ouvrage bien théo-logique, bien rabbinique. Mais comme il ne faut pas être toujours enfoncé dans la *sainte Écriture*, vous aurez des contes tant que vous en voudrez ; vous n'avez qu'à dire.

Faites-moi donc un peu part de votre conspiration. Vous me traitez comme Léontine et Exupère en usent avec Héraclius ; ils font tout pour lui et ne lui en disent pas un mot. Mais c'est, à mon sens, un grand défaut, dans *Héraclius*, que ce prince reste là pendant cinq actes comme un grand nigaud, sans savoir de quoi il s'agit. Mais je m'en remets entièrement à ma Léontine et à mon Exupère, et je vous donne même la préférence sur ces deux personnages.

Nous sommes enterrés sous la neige ; c'est le temps de s'égayer, car la nature est bien triste. Je tâche de m'amuser et d'amuser mes divins anges. Je baise le bout de leurs ailes avec la plus grande dé-votion.

MMMCMLXXI. — A M. DAMILAVILLE.

6 décembre.

Je croyais que vous aviez des *Tolérances*, mon très-cher frère. Un jeune M. Turrettin de Genève s'est chargé d'un paquet pour vous. Il est digne de voir les frères, quoiqu'il soit petit-fils d'un célèbre prêtre de Baal. Il est réservé, mais décidé, ainsi que sont la plupart des Génevois. Calvin commence dans nos cantons à n'avoir pas plus de crédit que le pape. Le bon grain lève de tous côtés, malgré l'abominable ivraie qui couvre nos campagnes depuis si longtemps.

Vous avez sans doute vu la petite *Lettre du quaker*. Je connaissais depuis longtemps le livre attribué à Saint-Évremont [1]. Ce n'est pas assurément son style, et Saint-Évremont d'ailleurs n'était pas assez savant pour composer un tel ouvrage. Il est de du Marsais; mais il est fort tronqué et détestablement imprimé. Quand trouvera-t-on quelque bonne âme qui donne une jolie édition du *Meslier*, du *Sermon*, et du *Catéchisme de l'honnête homme ?* Ne pourrait-on pas en faire tenir, sans se compromettre, au bon Merlin? Je ne voudrais pas qu'un de nos frères hasardât la moindre chose; mais quand on peut servir son prochain sans risque, on est coupable devant Dieu de se tenir les bras croisés.

Il doit vous arriver une *Tolérance* par une autre voie que celle que je prends pour vous écrire. Je suis zélé; mais j'aime à prendre quelques petites précautions, afin de ne point donner d'ombrage à la poste par de trop gros paquets portant le timbre de Genève. On dit que toutes les affaires financières et parlementaires vont s'arranger.

Dieu soit béni !

Et vive le roi, et Pompignan !

Écr. l'inf...

MMMCMLXXII. — AU MÊME.

7 décembre.

Mon cher frère, permettez que je vous envoie ces deux lettres ouvertes pour M. Cromelin et pour M. Mariette, avec un gros mémoire pour vous, que je vous supplie de faire lire à M. Cromelin, quand vous l'aurez lu.

Je me flatte que vous avez reçu tout ce qui ne vous était pas encore parvenu, et que vous avez même *Ce qui plaît aux dames*. Je vous embrasse le plus tendrement du monde. *Écr. l'inf....*

MMMCMLXXIII. — A M. BERTRAND

Ferney, 8 décembre.

J'ai cru, mon cher monsieur, devoir écrire à M. de Mulinen; je vous renouvelle mes sincères remercîments, et vous prie toujours de les présenter à la société. J'espère bientôt pouvoir vous envoyer *la Tolérance*; M. Cramer m'a promis qu'il vous ferait tenir une *Histoire générale*; je voudrais pouvoir vous apporter tout cela moi-même.

1. *L'Analyse de la religion chrétienne.* (ÉD.)

J'ai écrit à Mgr l'électeur palatin. Ne doutez jamais ni de mon zèle ni de mon amitié. Ne m'oubliez point, je vous en supplie, auprès de nos amis.					V.

MMMCMLXXIV. — DE M. DALEMBERT.

A Paris, ce 8 décembre.

J'ai, mon cher et illustre maître, des remerciments et des reproches tout à la fois à vous faire; les remerciments seront de grand cœur, et les reproches sans amertume. Je vous remercie donc d'abord de la *Lettre du quaker*, que vous m'avez envoyée; c'est apparemment un de vos amis de Philadelphie qui vous a chargé de me faire ce cadeau-là; il ne pouvait choisir une voie plus agréable pour moi de me faire parvenir sa petite remontrance à Jean-George. Je ne sais si je vous ai dit que ce Jean-George (qui assurément n'est pas aussi habile à se battre contre le diable que l'était George son patron) a fait une réponse impertinente à la lettre par laquelle je lui mandais que j'avais renvoyé son *Instruction pastorale* à son libraire et à ses moutons. J'ai répondu à sa réponse, en lui prouvant très-poliment qu'il était un sot et un menteur; et Jean-George, tout Jean-George qu'il est, n'a pas répliqué, quoique je ne lui parlasse pas, comme votre ami le quaker, le chapeau sur la tête, mais le chapeau sous le bras, en lui donnant à la vérité de grands coups de bâton. J'aurais bien envie de lui faire essuyer quelque petite humiliation publique, de lui donner en cinq ou six pages quelques petits dégoûts sur sa charmante *Instruction*. Il y donne assurément beau jeu, et ne s'attend pas aux questions que je lui ferais; mais celles que lui fait notre ami le quaker me paraissent suffisantes pour l'occuper.

Je vous remercie de plus, mon cher philosophe, de vos excellentes *Additions à l'histoire générale*, non-seulement de celles que vous avez refondues dans l'ouvrage, mais de celles que vous avez données à part en un petit volume, et qui m'ont paru excellentes. L'ambassade de César aux Chinois, et l'arrivée du brame philosophe parmi nous, sont deux apologues admirables. Ce qu'il y a d'heureux, c'est que ces apologues, bien meilleurs que ceux d'Ésope, se vendent ici assez librement. Je commence à croire que la librairie n'aura rien perdu à la retraite de M. de Malesherbes. Il est vrai qu'on a fait aux gens de lettres l'honneur de les mettre dans le même département que les filles de joie, auxquelles j'avoue qu'ils sont assez semblables par l'importance de leurs querelles, l'objet de leur ambition, la modération de leur haine, et l'élévation de leurs sentiments; mais enfin il me semble que personne n'aura à se plaindre, si la presse, la religion, et la coucherie, sont également libres en France.

Venons à présent aux reproches. J'ai entendu parler d'un *Traité sur la tolérance*, qui est aussi d'un de vos amis, à ce qu'on m'assure, et qui ne vient pas de Philadelphie; *je demande* cet ouvrage *à tout ce que je vois*, comme Iphigénie demande Achille, et je ne puis parvenir à l'avoir; et j'apprends que votre ami l'a envoyé à des gens qu'il ne devrait pas tant aimer que moi, et qui, sans me vanter, ne sont pas aussi dignes que moi de lire tout ce qui vient de lui. Dites, je vous prie, à votre ami qu'il n'est pas trop équitable dans ses préférences. Je pourrais faire là-dessus un long commentaire; mais les commentaires ne sont pas faits pour l'ami dont je parle; je m'en rapporte à ceux qu'il fera lui-même.

Voilà donc enfin Marmontel de l'Académie. J'en suis d'autant plus charmé que la querelle qu'on lui faisait au sujet de M. d'Aumont n'était qu'un prétexte pour ceux qui désiraient de l'exclure. La véritable raison était sa liaison avec des gens qu'on a pris fort en haine, je ne sais pas pourquoi, à quatre lieues d'ici; en un mot, avec les philosophes qui font aujourd'hui également peur aux dévots et à ceux qui ne le sont pas. L'affaire de Marmontel était comme celle des jésuites; il y avait une raison apparente qu'on mettait en avant, et une raison vraie que l'on cachait. Heureusement pour la philosophie tous les gens faits pour la craindre n'ont pas pensé de même. M. le prince Louis de Rohan, tout coadjuteur qu'il est de l'évêché de Strasbourg, a bien voulu en cette occasion être le coadjuteur de la philosophie, et lui a rendu, sans manquer à son état, tous les services imaginables: c'est par lui que vous avez aujourd'hui dans l'Académie française un partisan et un admirateur de plus. M. le prince Louis mérite en vérité la reconnaissance de tous les gens de lettres par la manière dont il sait les défendre et les servir dans l'occasion; et quand vous l'auriez préféré à moi, comme vous avez fait d'autres, pour lui envoyer l'ouvrage de votre ami sur la *Tolérance*, bien loin de vous en faire des reproches, je vous en ferais des remercîments. Il faut, mon cher maître, que chacun de nous serve la bonne cause suivant ses petits moyens. Vous la servez de votre plume, et moi, à qui on n'en laisserait pas une sur le dos si j'en faisais autant, je tâche de lui gagner des partisans dans le pays ennemi; et ces partisans ne seront point compromis, parce qu'ils ne doivent jamais l'être; mais ils recevront de moi, de tous mes amis, et ils devraient recevoir de vous, le tribut de reconnaissance que tous les êtres pensants leur doivent. A propos de la bonne cause, je vous apprendrai encore qu'on m'a fait d'indignes et odieuses tracasseries au sujet de mon voyage de Prusse; on m'a prêté des discours que je n'ai jamais tenus, et que je n'aurais jamais rien gagné à tenir. J'en ai appelé au témoignage du roi de Prusse lui-même, et ce prince vient de m'écrire une lettre qui confondrait mes ennemis, s'ils méritaient que je la leur fisse lire. Vous savez apparemment qu'il y a actuellement à Berlin un fort honnête circoncis qui, en attendant le paradis de Mahomet, est venu voir votre ancien disciple de la part du sultan Moustapha. J'écrivais l'autre jour en ce pays-là que, si le roi voulait seulement dire un mot, ce serait une belle occasion pour engager le sultan à faire rebâtir le temple de Jérusalem. Cela nous vaudrait vraisemblablement une nouvelle instruction pastorale de Jean-George, où il nous prouverait que, quoique le temple fût rebâti à chaux et à ciment, le Christ n'en aurait pas moins dit la vérité. Que pensez-vous de ce projet? il me semble que l'exécution en serait très-divertissante. Je m'étonne que vos bons amis les Turcs n'y aient pas encore pensé; cela prouve le grand cas qu'ils font de nos prophéties. Adieu, mon cher et illustre maître; aimez-moi, je vous prie, toujours. Il me semble que vous me négligez un peu; vous m'écrivez de petits billets, et vous ne m'envoyez presque rien. Je crains bien que celle-ci ne vous dégoûte d'en écrire de longues. Adieu; je vous embrasse mille fois.

P. S. Je ne parle point de tout ce qui se passe ici au sujet des déclarations, des édits, des impôts. Je laisse messieurs du parlement se mêler de tout cela sans y rien entendre. Il y a deux de ces *messieurs* qui sont à Berlin; ils ont désiré de voir le roi de Prusse, et le roi n'y a consenti qu'après qu'ils ont assuré qu'ils n'avaient pas été d'avis de consulter la Sorbonne sur l'inoculation, et de s'opposer à la liberté du commerce des grains. Il faut avouer que le parlement et la Sorbonne n'ont point de reproches à se faire mutuellement.

MMMCMLXXV. — A M. DAMILAVILLE.

11 décembre.

Vous devez à présent, mon cher frère, avoir reçu quelques *Tolérances*. Il est vrai qu'elles ont été bien reçues des personnes principales à qui les premiers exemplaires ont été adressés, dans le temps que M. Turrettin était chargé de votre paquet. Je crois même vous l'avoir déjà dit; mais il faudra bien du temps pour que ce grain lève et ne soit pas étouffé par l'ivraie.

Vous savez sans doute que le livre attribué à Saint-Évremont est de du Marsais, l'un des meilleurs encyclopédistes. Il est bien à désirer qu'on en fasse une édition nouvelle plus correcte. Je n'aime point le titre : *Par permission de Jean*, etc. L'ouvrage est sérieux et sage; il ne lui faut pas un titre comique.

Je vous supplie de vouloir bien m'envoyer encore un exemplaire, car j'ai marginé tout le mien, suivant ma louable coutume.

Un libraire de Rouen, nommé Besongne, m'a bien la mine d'avoir imprimé cet ouvrage; si on le lui renvoyait corrigé, il pourrait en faire une édition plus supportable.

Je reçois exactement ce qu'on m'envoie de Paris, mais je crois m'apercevoir que le timbre de Genève n'est pas toujours respecté chez vous. Les livres vous arrivent très-difficilement par la poste, à moins qu'ils ne parviennent sous l'adresse des ministres; et c'est une liberté qu'on ne peut prendre que très-rarement.

Vous avez dû recevoir, mon cher frère, un petit paquet pour amuser frère Thiériot.

Vous ai-je mandé que j'avais été fort content de *Warwick*, et que je conçois de grandes espérances de son auteur[1]?

Ne pourriez-vous pas, mon cher frère, charger Merlin de me faire avoir le *Droit ecclésiastique*[2], composé par M. Boucher d'Argis? On dit que c'est un fort bon livre, et qu'il y a beaucoup à profiter. La nouvelle déclaration du roi, que vous avez eu la bonté de m'envoyer, doit faire renaître la confiance, et rendre le roi et le ministère plus chers à la nation : il est évident que le roi ne veut que ce qui est juste et

1. La Harpe. (ÉD.)
2. *Institutions au droit ecclésiastique*, par l'abbé Fleury, avec notes et deux lettres par M. Boucher d'Argis. (ÉD.)

raisonnable ; il veut payer les dettes de l'État, et soulager le peuple J'ose espérer que cette déclaration donnera du crédit aux effets publics.

Mon cher frère, recevez mes tendres embrassements, et embrassez pour moi les frères. *Écr. l'inf...*

MMMCMLXXVI. — AU MÊME.

13 décembre.

Il doit vous arriver, mon cher frère, une *Tolérance* par Besançon, que vous ne recevrez que quelques jours après ce billet, et dont je vous prie de m'accuser la réception.

Il est arrivé un grand malheur : les Cramer avaient envoyé leur ballot à Lyon ; vous pouvez juger s'il y avait des exemplaires pour vous et pour vos amis. Un M. Bourgelat, chargé de l'entrée des livres, n'a pas voulu laisser passer cette cargaison. On dit pourtant que ce Bourgelat est philosophe, et ami de M. Dalembert. Serait-il possible qu'il y eût de faux frères parmi les frères ! Excitez bien vivement le zèle de Protagoras. Mandez-moi si *la Tolérance* n'excite point quelques murmures.

Les Cramer ont été obligés de faire prendre à leur ballot un détour de cent lieues, qui est aussi périlleux que long.

Je vous embrasse dans la communion des fidèles.

Écr. l'inf...

MMMCMLXXVII. — A M. DALEMBERT.

13 décembre.

Mon très-aimable et très-grand philosophe, ne faites point de reproches à votre pauvre ami presque aveugle. Il n'a pas eu un moment à lui. Ce bon quaker qui a voulu absolument écrire un mot d'amitié à Jean-George ; ce rêveur qui a envoyé une ambassade de César à la Chine, et qui a fait venir en France un bramine du pays des Gangarides ; cet autre fou qui trouve mauvais que les hommes se détestent, s'emprisonnent pour des paragraphes ; quelques autres, insensés de cette espèce, ont pris tout mon temps.

Vous ne savez pas d'ailleurs combien il est difficile de faire parvenir de gros paquets par la poste. Trouvez-moi un contre-signeur qui puisse vous servir de couverture, et vous serez inondé de rogatons.

Je hasarde, par cet ordinaire, une *Tolérance* que j'envoie pour vous à M. Damilaville, qui a ses ports francs, mais dont on saisit quelquefois les paquets, quand ils sont d'une grosseur un peu suspecte. Les pauvres philosophes sont obligés de faire mille tours de passe-passe pour faire parvenir à leurs frères leurs épîtres canoniques.

Que ces petites épreuves, mon cher frère, ne nous découragent point ; n'en soyons que plus fermes dans la foi, et plus zélés pour la bonne cause. Dieu bénira tôt ou tard nos bonnes intentions ; mais vous serez très-coupable d'avoir enfoui votre talent, si vous ne faites pas à Jean-George une correction fraternelle à laquelle tous nos frères répandus dans différentes Églises se sont attendus.

Les deux frères Simon Le Franc et Jean-George sont des victimes dévouées au ridicule, et c'est à vous de les immoler.

Je ne suis pas étonné qu'à votre retour de Berlin on vous ait fait tenir des discours dans lesquels vous vous moquez de Paris ; cela prouve que les frondeurs veulent s'appuyer de votre nom, et que les frondés le craignent. On ambitionne votre suffrage, et il me semble que vous jouez un assez beau rôle.

Vous êtes comme les anciens enchanteurs, qui faisaient la destinée des hommes avec des paroles.

Je ne crois pas que Moustapha s'avise de faire rebâtir le temple des Juifs ; mais, quand vous voudrez, vous détruirez le temple de l'erreur à moins de frais. On m'a envoyé l'ouvrage de du Marsais, attribué à Saint-Évremont ; c'est un excellent ouvrage, très-mal imprimé. Je vous exhorte, mon très-cher frère, à déterminer quelqu'un de vos amés et féaux à faire réimprimer ce petit livre, qui peut faire un bien infini. Nous touchons au temps où les hommes vont commencer à devenir raisonnables : quand je dis les hommes, je ne dis pas la populace, la grand'chambre, et l'assemblée du clergé ; je dis les hommes qui gouvernent ou qui sont nés pour le gouvernement, je dis les gens de lettres dignes de ce nom. Despréaux, Racine, et La Fontaine, étaient de grands hommes dans leur genre ; mais en fait de raison, ils étaient au-dessous de Mme Dacier.

Je suis enchanté que M. Marmontel soit notre confrère, c'est une bien bonne recrue ; j'espère qu'il fera du bien à la bonne cause. Dieu bénisse M. le prince Louis de Rohan ! J'envoie une *Tolérance* à M. le prince de Soubise, le ministre d'État, qui la communiquera à M. le coadjuteur. J'en ai très-peu d'exemplaires ; l'éditeur a pris, pour envoyer à Paris ses ballots, une route si détournée et si longue, qu'ils n'arriveront pas à Paris cette année : c'est un contre-temps dont Dieu nous afflige ; résignons-nous. Conservez-moi votre amitié ; défendez la bonne cause *pugnis, unguibus, et rostro* ; animez les frères, continuez à larder de bons mots les sots et les fripons. *Écr. l'inf....*

P. S. Vous remarquerez que, si vous n'avez pas de *Tolérance*, c'est la faute de votre ami Bourgelat, qui, dans son *hippomanie*, a rué contre les Cramer. Ces Cramer, éditeurs de l'ouvrage du saint prêtre auteur de *la Tolérance*, n'ont pu obtenir de lui qu'il laissât passer les ballots par Lyon. Vous pensez bien que dans ces ballots il y a des exemplaires pour vous. Les pauvres Cramer ont été obligés de faire faire à leurs paquets le tour de l'Europe pour arriver à Paris. Le grand écuyer Bourgelat s'est en cela conduit comme un fiacre. S'il est un de nos frères, vous devez lui laver la tête, et l'exhorter à résipiscence. Sur ce, je vous donne ma bénédiction, et vous demande la vôtre.

MMMCMLXXVIII. — A M. LE COMTE D'ARGENTAL.

15 décembre, jeudi au soir.

Je reçois une lettre céleste et bien consolante de mes anges, du 8 décembre. Je ne me plains plus, je ne crains plus ; mais je n'ai plus de *Quakers*. Il faudrait engager quelque honnête libraire à imprimer ce salutaire ouvrage à Paris.

Je rêverai à *Olympie*. Je demande quinze jours ou trois semaines; car actuellement je suis surchargé, et les yeux me font beaucoup de mal.

J'avertis par avance que maman [1] n'est point de l'avis de M. de Thibouville; mais je prierai Dieu qu'il m'inspire, et s'il me vient quelque bonne pensée, je la soumettrai à votre hiérarchie.

Songeons d'abord aux conjurés et aux roués. Je commence à n'être pas si mécontent de cette besogne, et je crois que si Mlle Dumesnil jouait bien Fulvie, et Mlle Clairon pathétiquement Julie, la pièce pourrait faire assez d'effet. Cependant j'ai toujours sur le cœur l'ordre qu'on donne à Julie, au quatrième acte, d'aller prier Dieu dans sa chambre; c'est un défaut irrémédiable. Mais où n'y a-t-il pas des défauts? Peut-être cet endroit défectueux rebutera Mlle Clairon; elle aimera mieux le rôle de Fulvie : en ce cas, Julie serait, je crois, à Mlle Dubois, et cet arrangement vaudrait peut-être bien l'autre.

Je suis enchanté que l'affaire de la *Gazette littéraire* soit terminée [2]; mais je crains bien d'être inutile à cette entreprise; il faut lire plusieurs livres, et je deviens aveugle; heureusement un aveugle peut faire des tragédies; et, si les roués ne me découragent pas, vous entendrez parler de moi l'année prochaine.

Laissons là *Icile*, je vous en supplie; c'est un point sur un *i*. Ne me parlez point d'une engelure, quand le renvoi de Julie dans sa chambre me donne la fièvre double tierce.

Le *Corneille* est entièrement fini depuis longtemps : on l'aura probablement sur la fin de janvier. La petite-nièce à Pierre avance dans sa grossesse, tantôt chantant, tantôt souffrant. Notre petite famille est composée d'elle, de son mari, d'une sœur, et d'un jésuite; voilà un plaisant assemblage; c'est une colonie à faire pouffer de rire. Je souhaite que celle de M. le duc de Choiseul, à la Guiane (qui est, ne vous déplaise, le pays d'Eldorado), soit aussi unie et aussi gaie. La nôtre se met toujours à l'ombre de vos ailes, et je vous adore du culte d'hyperdulie; et si des roués réussissent, j'irai jusqu'à latrie. Mettez-moi, je vous en conjure, aux pieds de M. le duc de Praslin pour l'année prochaine, et pour toutes celles où je pourrai exister.

MMMCMLXXIX. — A M. DALEMBERT.

15 décembre.

Mon très-aimable philosophe, c'est pour vous dire que l'ouvrage du saint prêtre sur *la Tolérance* ayant été très-toléré des ministres et des personnes plus que ministres [3], et ayant même été jugé fort édifiant, quoiqu'il y ait peut-être quelques endroits dont les faibles pourraient se scandaliser, il a semblé bon au Saint-Esprit et à nous, mon cher

---

1. Mme Denis, sa nièce. (ÉD.)
2. Les auteurs du *Journal des savants*, protégés par le duc de Choiseul, s'opposaient à la publication de la *Gazette littéraire*, protégée par le duc de Praslin. (ÉD.)
3. Mmes de Pompadour et de Grammont. (ÉD.)

frère, de vous supplier de donner une saccade et un coup d'éperon au cheval qui a rué contre *la Tolérance*, et qui l'a empêchée d'entrer en France par Lyon. Figurez-vous que ce ballot est actuellement sur l'avare mer, exposé à être pris par les Numides, avec qui nous sommes en guerre. Si votre ami M. Bourgelat avait un mors de votre façon, son allure deviendrait plus aisée. Les frères Cramer feraient au plus vite une nouvelle édition, qu'ils enverraient en la cité de Lyon en guise d'un ballot de soie, et les fidèles jouiraient bientôt de l'œuvre honnête dont ils sont privés. Dieu sait quand vous recevrez votre exemplaire.

Je vous demande en grâce de m'envoyer copie de la lettre dont vous avez honoré Jean-George. Vous savez qu'on a imprimé un examen de notre sainte religion attribué à Saint-Évremont, et qui est de du Marsais[1]. Je ne l'ai point vu; mais comme je sais que du Marsais était un très-bon chrétien, je souhaite passionnément que cet ouvrage soit entre les mains de tout le monde. Soyons toujours tendrement unis dans la communion des gens de bien; lisons bien la sainte Écriture, et *écr. l'inf....*

MMMCMLXXX. — A M. DAMILAVILLE.

16 décembre.

Mon cher frère, je n'en ai plus : voilà mon reste. Puisse quelque zélé serviteur de Dieu et de Monseigneur du Puy-en-Velay, quelque Merlin, quelque Bésongne, imprimer à Paris cette correction fraternelle !

Si je puis trouver des *Tolérances*, je vous en ferai parvenir. Il faut espérer que le débit n'en sera pas défendu, puisque les ministres approuvent l'ouvrage, et que Mme de Pompadour en a été très-contente. Un ministre même a dit que tôt ou tard cette semence porterait son fruit. Je ne sais pas quel est le saint homme auteur de ce petit traité; mais il me semble qu'il ne peut que rendre les hommes plus doux et plus sociables. Je défie même Omer de Fleury de faire un réquisitoire contre cette homélie.

Il est vrai que *Ce qui platt aux dames* fait un assez plaisant contraste avec le livre de *la Tolérance* : aussi je vous ai adressé ce livre théologique comme à un de nos saints apôtres; et *Ce qui platt aux dames*, à frère Thieriot, qui n'est pas si zélé, et qu'il a fallu réveiller par un conte.

J'ai communiqué à frère Gabriel Cramer le contenu de votre dernière lettre; il vous rendra compte probablement, par cet ordinaire, du paquet dont vous lui parlez.

Il faut que vous sachiez d'ailleurs que je suis à deux lieues de Genève, que nous sommes quelquefois assiégés de neige, et que nous n'avons pas toujours nos lettres de bonne heure.

Conservez-moi votre amitié; embrassez tous les frères. *Écr. l'inf....*

MMMCMLXXXI. — A M. BAILLON, INTENDANT DE LYON.

Béni soit l'*Ancien Testament*, qui me fournit l'occasion de vous dire que de tous ceux qui adorent le *Nouveau*, il n'en est pas un qui vous

---

1. *L'Analyse de la religion chrétienne.* (ÉD.)

soit plus dévoué que moi ! Un descendant de Jacob, fripier comme tous ces messieurs, en attendant le Messie, attend aussi votre protection, dont il a, pour le moment, plus de besoin. Les gens du premier métier de saint Matthieu, qui fouillent les Juifs et les chrétiens aux portes de votre ville, ont saisi je ne sais quoi dans la culotte d'un page israélite appartenant au circoncis qui a l'honneur de vous rendre ce billet en toute humilité. Je joins au hasard mes *Amen* aux siens.

Je n'ai fait que vous entrevoir à Paris comme Moïse vit Dieu. Il me serait bien doux de vous voir face à face, si toutefois le mot de face est fait pour moi.

Conservez, s'il vous plaît, vos bontés à votre ancien et éternel serviteur, qui vous aime de cette affection tendre mais chaste qu'avait le religieux Salomon pour ses trois cents Sulamites.

MMMCMLXXXII. — A M. DAMILAVILLE.

19 décembre.

Mon cher frère, pourquoi M. Bertin a-t-il quitté? est-ce M. de Laverdy qui a sa place? le roi aura-t-il plus d'argent? le public sera-t-il soulagé? Voilà des questions qu'on peut faire à un homme de finances; mais j'aime encore mieux vous parler de *la Tolérance* et de *Ce qui plaît aux dames*. Peut-être n'est-il pas convenable qu'une bagatelle aussi gaie que le conte de messire Jean Robert paraisse dans le même temps qu'un ouvrage aussi sérieux que celui de *la Tolérance*. L'un ne ferait-il pas tort à l'autre, et ne dira-t-on pas que ces deux écrits sont des jeux d'esprit, et qu'un homme qui traite à la fois de la religion et des fées est également indifférent pour ces deux objets? Cette réflexion ne peut-elle pas faire quelque tort à la tolérance qu'on attend des plus honnêtes gens du royaume et des mieux disposés?

D'ailleurs, en imprimant le conte, n'est-ce pas lui ôter sa fleur, et vous priver du plaisir d'en être dépositaire? Vous êtes le maître absolu, faites comme vous voudrez; tâchez que mon nom ne soit pas à la tête du conte. Je vois bien que vous me forcerez d'en faire de nouveaux, car un conte tout seul est trop peu de chose, et l'hiver est bien long. *Ce qui plaît aux dames* est tiré en partie d'un vieux roman, et a même été traité en anglais par Dryden. Tous les autres seront de ma façon, et n'en vaudront pas mieux.

Je fais des vœux au ciel pour que le livre de du Marsais devienne public. Je m'en remets à votre sagesse, qui égale votre zèle. Ce livre, d'une morale saine, sera appuyé par quelques ouvrages de nos frères qui travaillent dans les pays étrangers. On sert de tous côtés la bonne cause; et si son ennemie l'*infâme* subsiste encore chez les sots et chez les fripons, ce ne sera pas chez les honnêtes gens.

Que fait le tiède Thieriot? Embrassez, je vous prie, pour moi, le grand frère Platon, que j'aime et que j'honore comme je le dois. Si on imprime le *Quaker*, il ne faut pas oublier de mettre Shaftesbury, *petit-fils* et non fils du comte Shaftesbury, chancelier d'Angleterre.

C'est à la page 13 : « Celui que tu appelles le héros du parti philosophiste était le fils du comte Shaftesbury. »

Mettez à la place de ces mots : « Celui que tu appelles le héros du parti philosophiste était petit-fils du comte Shaftesbury, grand chancelier d'Angleterre. *Le grand-père n'était qu'un politique, le petit-fils était un philosophe*, etc. »

Pour mieux faire et pour vous épargner de la peine, mon cher frère, voici un exemplaire corrigé.

MMMCXLXXXIII. — AU MÊME.

21 décembre.

On m'envoie de Languedoc cette chanson, sur l'air de *l'Inconnu :*

Simon Le Franc, qui toujours se rengorge,
Traduit en vers tout le Vieux Testament.
Simon les forge
Très-durement ;
Mais pour la prose écrite horriblement,
Simon le cède à son puîné Jean-George.

Cependant on me mande aussi de Paris que l'édition publique de la *Lettre du quaker* pourrait faire grand tort à la bonne cause ; que les doutes proposés à Jean-George sur une douzaine de questions absurdes rejaillissent également contre la doctrine et contre l'endoctrineur ; que e ridicule tombe autant sur les mystères que sur le prélat ; qu'il suffit du moindre Gauchat, du moindre Chaumeix, du moindre polisson orthodoxe, pour faire naître un réquisitoire de maître Omer ; que cet esclandre ferait grand tort à *la Tolérance ;* qu'il ne faut pas sacrifier un bel habit pour un ruban ; que ces ouvrages sont faits pour les adeptes, et non pour la multitude.

C'est à mon très-cher frère à peser mûrement ces raisons. Je me souviens d'un petit bossu qui vendait autrefois des *Meslier* sous le manteau ; mais il connaissait son monde, et n'en vendait qu'aux amateurs.

Enfin je me repose toujours sur le zèle éclairé de mon frère ; nous parviendrons infailliblement au point où nous voulions arriver, qui est d'ôter tout crédit aux fanatiques dans l'esprit des honnêtes gens ; c'est bien assez, et c'est tout ce qu'on peut raisonnablement espérer. On réduira la superstition à faire le moindre mal qu'il soit possible. Nous imiterons enfin les Anglais, qui sont depuis près de cent ans le peuple le plus sage de la terre comme le plus libre.

Je n'entends pas parler de frère Thieriot. Je sais l'aventure des Bigot. Voilà le seul bigot qu'on ait puni. Pardon de cette mauvaise plaisanterie. Bonsoir, mon cher frère.

MMMCMLXXXIV. — A M. LE COMTE DE SARBETI.

Au château de Ferney, en Bourgogne.

Monsieur, je suis vieux, malade, surchargé d'inutiles travaux ; voilà trois excuses de n'avoir pas répondu plus tôt à la lettre dont vous m'honorez. Je les trouve toutes trois assez désagréables, m'accommodant comme je peux des désagréments de la vieillesse de Corneille, qu'il faut pourtant faire imprimer, parce que le public, qui a plus de curiosité que de bon goût, veut recueillir les sottises comme les bons ouvrages. Je vois, monsieur, que vous aimez la vérité. Vous ne pardonnez sans doute à mes talents que parce que vous avez vu combien cette vérité m'est chère. J'espère que vous en trouverez quelques-unes dans la nouvelle édition de mon *Essai sur l'histoire générale*. J'avais ébauché le genre humain, je me flatte à présent de l'avoir peint. Je crois qu'en effet MM. Cramer, libraires, donneront un volume séparé de ces additions. Je leur laisse absolument tout le soin de la typographie, auquel je n'ai nul intérêt. Le mien est de dire la vérité autant qu'il est en moi. Ma récompense est le suffrage des hommes de votre mérite.

Je suis avec les sentiments les plus respectueux, etc.

MMMCMLXXXV. — A M. DE LA HARPE

22 décembre.

Après le plaisir, monsieur, que m'a fait votre tragédie [1], le plus grand que je puisse recevoir est la lettre dont vous m'honorez. Vous êtes dans les bons principes, et votre pièce justifie bien tout ce que vous dites dans votre lettre. Racine, qui fut le premier qui eut du goût, comme Corneille fut le premier qui eut du génie; l'admirable Racine, non assez admiré, pensait comme vous. La pompe du spectacle n'est une beauté que quand elle fait une partie nécessaire du sujet; autrement ce n'est qu'une décoration. Les incidents ne sont un mérite que quand ils sont naturels, et les déclamations sont toujours puériles, surtout quand elles sont remplies d'enflure. Vous vous applaudissez de n'avoir pas fait des vers à retenir; et moi, monsieur, je trouve que vous en avez fait beaucoup de ce genre. Les vers que je retiens le plus aisément sont ceux où la maxime est tournée en sentiment, où le poëte cherche moins à paraître qu'à faire paraître son personnage, où l'on ne cherche point à étonner, où la nature parle, où l'on dit ce que l'on doit dire; voilà les vers que j'aime : jugez si je ne dois pas être très-content de votre ouvrage.

Vous me paraissez avoir beaucoup de mérite, attendu que vous avez beaucoup d'ennemis. Autrefois, dès qu'un homme avait fait un bon ouvrage, on allait dire au frère Vadeblé qu'il était janséniste; le frère Vadeblé le disait au P. Le Tellier, qui le disait au roi. Aujourd'hui faites une bonne tragédie, et l'on dira que vous êtes athée. C'est un plaisir de voir les pouilles que l'abbé d'Aubignac, prédicateur du roi, prodigue à l'auteur de *Cinna*. Il y a eu de tout temps des Frérons dans la littérature; mais on dit qu'il faut qu'il y ait des chenilles, pour que les rossignols les mangent afin de mieux chanter.

J'ai l'honneur d'être, etc.

1. *Le comte de Warwick.* (ÉD.)

MMMCMLXXXVI. — A M. DAMILAVILLE

26 décembre.

Je souhaite à mon cher frère, pour l'an de grâce 1764, une santé inébranlable; quelque excellente place dans la finance, qui lui laisse le loisir de se livrer aux belles-lettres. Je lui souhaite une vinée abondante dans la vigne du Seigneur, avec l'extirpation de *l'infâme*.

Je souhaite à mon frère Thieriot un zèle moins tiède. Que dites-vous de ce ronfleur-là, qui ne m'a pas dit seulement un mot du conte de *ma mère l'oie*, que je lui ai envoyé?

On parle de *l'Antifinancier* [1]; vaut-il la peine qu'on en parle? Je supplie mon cher frère de vouloir bien me l'envoyer. M. de Laverdy a-t-il déjà changé tout le système des finances? Il me semble qu'on a banni quinze ou seize personnes avec le sieur Bigot. Pourquoi envoyer quinze ou seize citoyens dépenser leur argent dans les pays étrangers? Ce n'est pas les punir, c'est punir la France. Nous avons une jurisprudence aussi ridicule que tout le reste; cependant tout va et tout ira.

S'il y a quelque chose de nouveau, je supplie mon cher frère de m'en faire part. Il est surtout prié de faire commémoration de moi avec frère Platon. N'y a-t-il pas deux volumes de planches de l'*Encyclopédie* que l'on distribue aux souscripteurs? Briasson et compagnie m'ont oublié. J'attends cette *Encyclopédie* pour m'amuser et pour m'instruire le reste de mes jours.

Je vous embrasse le plus tendrement du monde. *Écr. l'inf...*

MMMCMLXXXVII. — A M. BERTRAND.

Ferney, 26 décembre.

Je conviens avec vous que les juifs et les chrétiens ont beaucoup parlé de l'amour fraternel; leur amour ressemble assez par les effets à la haine : ils n'ont regardé et traité comme frères que ceux qui étaien habillés de leur couleur; quiconque portait leur livrée était regardé comme un saint; celui qui ne l'était pas était saintement égorgé en ce monde et damné pour l'autre. Vous croyez, mon cher ami, que c'est de l'essence même du christianisme qu'il faut tirer toutes les preuves pour la nécessité de la tolérance; c'est cependant sur les préceptes et les intérêts de cette religion que les charitables persécuteurs fondent leurs droits cruels. Jésus-Christ me paraît, comme à vous, doux et tolérant; mais ses sectateurs ont été dans tous les temps inhumains et barbares : le parti le plus fort a toujours vexé le plus faible au nom de Jésus-Christ, et pour la gloire de Dieu. Lorsque nous vous persécutons, nous papistes, nous sommes conséquents à nos principes, parce que vous devez vous soumettre aux décisions de notre mère sainte Église. Hors de l'Église point de salut. Vous êtes donc des rebelles audacieux; lorsque vous persécutez, vous êtes inconséquents, puisque vous accordez à chaque charbonnier le droit d'examen : ainsi vos réformateurs

1. *L'Antifinancier, ou Relevé de quelques-unes des malversations dont se rendent journellement coupables les fermiers généraux, et des vexations qu'ils commettent dans les provinces*, ouvrage attribué à Darigrand. (ÉD.)

n'ont renversé l'autorité du pape que pour se mettre sur son trône. Aux décisions des conciles vous avez fièrement substitué celles de vos synodes, et Barneweldt a péri comme Jean Huss. Le synode de Dordrecht vaut-il mieux que celui de Trente? Qu'importe que l'on soit brûlé par les conseils de Léon X ou par les ordres de Calvin?

Quel remède à tant de folies et de maux qui désolent le meilleur des mondes? S'attacher à la morale, mépriser la théologie, laisser les disputes dans l'obscurité des écoles où l'orgueil les a enfantées, ne persécuter que les esprits turbulents qui troublent la société pour des mots. *Amen! amen!*

Le malade de Ferney, qui ne voudrait persécuter personne que les brouillons, embrasse tendrement l'hérétique charitable et bienfaisant.

MMMCMLXXXVIII. — A M. L'ABBÉ D'OLIVET.

A Ferney, 26 décembre.

Mon cher doyen (car M. le maréchal de Richelieu n'est que le doyen des agréments, et vous êtes le doyen de l'Académie), je vous souhaite des années heureuses depuis 1764 jusqu'en 1784. Pour moi, je n'espère que peu de jours. Vous savez qu'il a plu à Dieu de me faire d'une étoffe très-faible et très-peu durable. Je ne me suis jamais attendu à parvenir jusqu'à soixante-dix ans, dont j'ai l'honneur d'être affublé. Je m'attendais encore moins à passer gaiement ma vie entre le mont Jura et les Alpes, entre la nièce de Corneille et un jésuite qui s'est avisé d'être mon aumônier. Je suis bien aise de vous dire que je mène dans mon petit château la plus jolie vie du monde, et que je n'ai été véritablement heureux que dans cette retraite. Mlle Corneille a été très-bien mariée; toute sa famille est chez moi; on y rit du matin au soir. Son oncle est tout commenté et tout imprimé. On criera contre moi, on me trouvera trop critique, et je m'en moque; je n'ai cherché qu'à être utile, et pour l'être, il faut dire la vérité. Quiconque veut critiquer tout est un Zoïle; quiconque admire tout est un sot. J'ai tâché de garder le milieu entre ces deux extrémités, et je m'en rapporterai à vous.

Mme Denis, mon cher doyen, vous fait bien ses compliments; et moi je vous fais mes condoléances: je pense avec chagrin que nous ne nous reverrons plus. Je suis devenu si nécessaire à ma petite colonie, que je ne puis plus la quitter, et probablement vous ne sortirez point de Paris. Soyez-y aussi heureux que la pauvre nature humaine le comporte. Consolez-moi par un peu de souvenir du chagrin d'être loin de vous; c'est la seule peine d'esprit dont je puisse me plaindre. Je ne vous écris pas de ma main, attendu qu'une grosse fluxion me rend aveugle depuis six mois. Me voilà comme Tirésie; mais je n'ai pas su les secrets des dieux comme lui, quoique je les aie cherchés longtemps. Adieu, mon cher doyen.

MMMCMLXXXIX. — DE M. DALEMBERT.

A Paris, ce 29 décembre.

Je vous prends au mot, mon cher et illustre maître, comme Fontenelle prenait la nature sur le fait. M. de La Reynière, fermier des postes, veut bien me servir de chaperon pour recevoir vos épîtres canoniques; faites-moi donc le plaisir de lui adresser dorénavant ce que vous voudrez bien m'envoyer. Je n'ai point reçu l'exemplaire de *la Tolérance* que vous m'annoncez. Tous les corsaires ne sont pas à Tétuan et sur la Méditerranée; cependant frère Damilaville me donne encore quelque espérance.

Dieu conduise la barque, et la mène à bon port[1]!

J'ai écrit à frère Hippolyte Bourgelat[2]. J'ai bien de la peine à croire qu'il soit coupable; car c'est un des meilleurs tireurs de la voiture philosophique, et assurément des mieux dressés, et qui ont le plus de cœur à l'ouvrage; mais il ignorait sans doute ce que ce ballot contenait; il se trouvait dans la circonstance critique du changement de ministre de la librairie, il n'a osé rien hasarder, il a craint d'être mis en fourrière, et assurément la voiture y aurait perdu beaucoup : mais aussi pourquoi MM. Cramer n'ont-ils pas attendu huit jours? Puisque vous dites que l'ouvrage du saint prêtre sur *la Tolérance* a été toléré des ministres et des personnes plus que ministres, un petit mot dit de de leur part à Hippolyte Bourgelat, qui ne se pique pas d'être plus intolérant qu'un ministre, aurait levé toute difficulté, et le ballot serait présentement à Paris, au lieu qu'il est peut-être actuellement entre les mains du roi de Maroc, qui aimerait mieux un traité de la tolérance des corsaires que de celle des religions, et qui peut-être fera donner quelques centaines de coups de bâton de plus aux esclaves chrétiens, pour apprendre à nos prêtres à vivre. S'il y a quelque pauvre mathurin ou père de la Merci dans les prisons de Méquinez, vous m'avouerez qu'il se passerait bien de cette aubaine, que MM. Cramer lui auront value.

Je vous envoie de mémoire (car je n'en ai point gardé de copie) mon petit commerce avec Jean-George[3]; vous verrez qu'il n'est pas long. Jean-George n'a pas répondu à la réplique, qui en effet était un peu embarrassante pour un sot et pour un fripon à qui on prouve géomé-

1. Regnard, *Folies amoureuses*, acte III, scène IX. (ÉD.)
2. Bourgelat s'appelait Claude. (ÉD.)
3. *Lettre de M. Dalembert à M. l'évêque du Puy.* — Monseigneur, on vient de m'apporter de votre part un ouvrage où je suis personnellement insulté. Je ne puis croire que votre intention ait été de me faire un pareil présent : c'est sans doute une méprise de votre libraire, à qui je viens de le renvoyer. J'ai l'honneur d'être, etc.
Réponse de l'évêque. — Ce n'est point par mon ordre, monsieur, que mon *Instruction pastorale* vous a été envoyée. Je vous le déclare volontiers; et je suis fâché de cette méprise, puisqu'elle vous a déplu. Je le suis aussi de ce que vous vous regardez comme personnellement insulté dans un ouvrage où vous ne l'êtes pas. J'ai l'honneur d'être, avec les sentiments les plus sincères, etc.
Réplique. — Vous m'avez mis expressément, monseigneur, dans votre *In-*

triquement qu'il n'est pas autre chose. Sa réponse sera apparemment pour la prochaine instruction pastorale. Vous m'accusez d'enfouir mes talents, parce que je n'ai pas donné les étrivières, comme je le pouvais, à ce fanatique Aaron; prenez-vous-en au peu de sensation que sa rapsodie a faite à Paris. C'était lui donner une existence que de l'attaquer sérieusement; car, dans la position où je suis, je ne pouvais l'attaquer que de la sorte; et des plaisanteries auraient mal réussi, surtout après les vôtres. Au reste, ne m'accusez point, mon respectable patriarche, de ne pas servir la bonne cause; personne peut-être ne lui rend de plus grands services que moi. Savez-vous à quoi je travaille actuellement? à faire chasser de la Silésie la canaille jésuitique, dont votre ancien disciple n'a que trop d'envie de se débarrasser, attendu les trahisons et perfidies qu'il m'a dit lui-même en avoir éprouvées durant la dernière guerre. Je n'écris point de lettres à Berlin où je ne dise que les philosophes de France sont étonnés que le roi des philosophes, le protecteur déclaré de la philosophie, tarde si longtemps à imiter les rois de France et de Portugal. Ces lettres sont lues au roi, qui est très-sensible, comme vous le savez, à ce que les vrais croyants pensent de lui; et cette semence produira sans doute un bon effet, moyennant la grâce de Dieu, qui, comme dit très-bien l'Écriture [1], tourne le cœur des rois comme un robinet. Je ne doute pas non plus que nous ne parvinssions à faire rebâtir le temple des Juifs, si votre ancien disciple ne craignait de perdre à cette négociation quelques honnêtes circoncis, qui emporteraient de chez lui trente ou quarante millions.

Marmontel, dans son discours à l'Académie, a parlé de vous comme il le devait, et comme nous en pensons tous. Je me flatte, comme vous, que c'est une acquisition pour la bonne cause. Petit à petit l'Église de Dieu se fortifie.

Je ne connais point l'ouvrage de du Marsais, dont vous me parlez. S'il est en effet aussi utile que vous le dites, je prie Dieu de donner à l'auteur, dans l'autre monde, un lieu de rafraîchissement, de lumière et de paix, comme s'exprime la très-sainte messe. Mais ce que je connais, et ce qui m'a fait grand plaisir, ce sont deux jolis contes [2] qui courent le monde, et qui seront, à ce qu'on m'assure, suivis de beaucoup d'autres. Que le Seigneur bénisse et conserve l'aveugle très-clairvoyant à

struction pastorale, au nombre des ennemis de la religion, que je n'ai pourtant jamais attaquée, même dans les passages que vous citez de mes écrits. J'avais cru qu'une imputation si publique et si injuste, faite par un évêque, était une insulte personnelle, sans parler des qualifications peu obligeantes que vous y avez jointes, et qui à la vérité n'y ajoutent rien de plus. Quoi qu'il en soit, je vois par votre lettre combien votre libraire a été peu attentif à vos ordres, puisqu'il m'a expressément écrit que vous l'aviez chargé d'envoyer votre mandement à tous les membres de l'Académie française. Vous voyez bien, monseigneur, qu'il était nécessaire de vous avertir de cette petite méprise, dont je ne suis d'ailleurs nullement blessé, non plus que de l'insulte. J'espère qu'au moins en cela vous ne me trouverez pas mauvais chrétien. C'est dans ces dispositions que j'ai l'honneur d'être, monseigneur, votre, etc.

1. *Proverbes*, XXI, 1. (ÉD.)
2. *Ce qui plaît aux dames* et l'*Éducation d'une fille*. (ÉD.)

qui nous devons de si jolies veillées! Puisse-t-il faire longtemps de pareils contes, et se moquer longtemps de ceux dont on nous berce! Il y aurait encore bien d'autres choses dont il pourrait se moquer s'il le voulait; mais il a (car je suis en train de citer l'Évangile) la prudence du serpent, et peut-être aussi la simplicité de la colombe, en croyant de ses amis des gens qui n'en sont guère. Après tout, il est bon que la philosophie fasse flèche de tout bois, et que tout concoure à la servir, même les parlements, qui ne s'en doutent pas, et quelques honnêtes gens, qui la détestent, mais qui, tout en la détestant, lui sont utiles malgré eux.

Qu'importe de quel bras Dieu daigne se servir?

Voltaire, *Zaïre*, act. II, sc. I.

Adieu, mon cher maître, je vous embrasse.

MMMCMXC. — A M. BERTRAND.

Ferney, 30 décembre.

Mon cher philosophe, tandis que le traité de *la Tolérance* trouve grâce devant les catholiques, je serais très-affligé qu'il pût déplaire à ceux mêmes en faveur desquels il a été composé. Il y aurait, ce me semble, peu de raison et beaucoup d'ingratitude à eux de s'élever contre un factum fait uniquement en leur faveur. Je ne connais point l'auteur de ce livre; mais j'apprends de tous côtés qu'il réussit beaucoup, et qu'on a même remis entre les mains des ministres d'État un mémoire qu'ils ont demandé pour examiner ce qu'on pourrait faire pour donner un peu plus de liberté aux protestants de France.

J'ai cherché dans ce livre s'il y a quelques passages contre les révélations : non-seulement je n'en ai trouvé aucun, mais j'y ai vu le plus profond respect pour les choses mêmes dont le texte pourrait révolter ceux qui ne se servent que de leur raison. Si ce texte, mal entendu peut-être par ceux qui n'en croient que leurs lumières, et à qui la foi manque, inspire malheureusement quelque indifférence, cette indifférence peut produire du moins un très-grand bien; car on se lasse de persécuter pour des choses dont on ne soucie point, et l'indifférence amène la paix.

Je crois qu'on a envoyé un exemplaire de cet ouvrage à M. de Correvon, qui l'avait demandé plusieurs fois. Il y a longtemps que je n'ai eu de ses nouvelles. Vous me ferez le plaisir de lui dire que cet ouvrage a fait la plus grande impression dans l'esprit de nos ministres d'État qui l'ont lu.

J'espère d'ailleurs que nous viendrons à bout de notre jésuite intolérant, qui ne veut pas qu'un huguenot réussisse dans une demande très-naturelle et raisonnable à un prince catholique.

MMMCMXCI. — A M. LE COMTE D'ARGENTAL.

30 décembre.

Je mets sous les quatre ailes de mes anges ma réponse à notre ami Lekain et aux comédiens ordinaires du roi; je les supplie de donner au féal Lekain ces deux paperasses. Si je croyais que mes anges les conjurés eussent le dessein de faire passer *Olympie* avant les roués [1], j'y travaillerais sur-le-champ, quoique je ne sois guère en train; c'est à mes conjurés à me conduire, et à me dire ce qu'il faut faire. Je ne suis que l'instrument de leur conspir on; c'est à eux de me manier comme ils voudront.

Je fais toujours des contes de *ma mère l'oie*, en attendant leurs ordres. Il y a, je crois, une sottise dans le récit en petits vers de Théone la gaillarde :

> Les dieux seuls *purent comparaître*
> A cet hymen précipité;

il faut :

> Les dieux seuls *daignèrent paraître.*

Car les dieux ne comparaissent pas. Je vous supplie donc de corriger cette sottise de votre main blanche. Vous m'allez demander pourquoi, étant lynx sur les fautes de mes contes à dormir debout, je suis taupe sur les défauts des tragédies? Mes anges, c'est qu'une tragédie est plus difficile à rapetasser qu'un conte. Il faut, pour une tragédie, un extrême recueillement; et j'ai à présent mon curé en tête [2]. Il ne ressemble point du tout à l'hiérophante d'*Olympie*, qui négligeait le temporel; mon prêtre me poursuit avec une vivacité tout à fait sacerdotale, et je ne sais trop que répondre au parlement de Dijon. J'ai pris la liberté d'exposer ma doléance en peu de mots à M. le duc de Praslin.

La Tolérance me tient aussi un peu en échec. Il y a un homme qui travaille à la cour en faveur des huguenots, et qui probablement ne réussira guère. On me fait craindre que la race des dévots ne se déchaîne contre ma *Tolérance* : heureusement mon nom n'y est pas, et vous savez que j'ai toujours trouvé ridicule qu'on mît son nom à la tête d'un ouvrage; cela n'est bon que pour un mandement d'évêque : *Par monseigneur*, CORTIAT [3], *secrétaire.*

On dit que l'archevêque de Paris avait préparé un beau mandement [4] bien chrétien, bien séditieux, bien intolérant, bien absurde, et que le roi lui a fait supprimer sa petite drôlerie. Cela passe pour constant; mais vous vous gardez bien de m'en dire un mot. Vous oubliez toujours que je suis bon citoyen; vous croyez que je n'habite que le temple d'Éphèse et la petite île de Reno [5], auprès de Bologne, où mes trois maroufles firent leurs proscriptions.

Comment va la *Gazette littéraire* ? Il me vient d'Angleterre des paquets énormes; mais qu'en ferai-je avec mes pauvres yeux? je ne sais où j'en suis. Dieu vous donne santé et longue vie !

Respect et tendresse.

1. La tragédie du *Triumvirat.* (ÉD.) — 2. Pour le procès relatif aux dîmes. (ÉD.)
3. Le secrétaire de Le Franc de Pompignan, évêque du Puy, s'appelait Cortial. (ÉD.)
4. Ce mandement, ayant pour titre *Instruction pastorale de Mgr l'archevêque de Paris sur les atteintes données à l'autorité de l'Église par les jugements des tribunaux séculiers dans l'affaire des jésuites,* fut condamné au feu par arrêt du parlement de Paris du 21 janvier 1764. (*Note de M. Beuchot.*)
5. C'est à Éphèse qu'est la scène d'*Olympie;* c'est dans l'île de Reno qu'est celle du *Triumvirat.* (ÉD.)

MMMCMXCII. — A M. DAMILAVILLE.

31 décembre.

J'ignore, mon cher frère, si vous avez reçu en dernier lieu une *Tolérance* par Besançon, et une autre par l'adresse que vous m'avez donnée : l'un de ces deux paquets était pour frère Protagoras, à qui je vous supplie de faire rendre ce petit billet.

Je suis un peu effarouché de ce qu'on a retenu à la poste de Paris deux paquets que frère Cramer envoyait à M. de Trudaine et à M. de Montigni. Il est très-vraisemblable qu'on écrira beaucoup contre l'ouvrage le plus honnête qu'on ait fait depuis longtemps, et peut-être la précaution que j'ai prise de le communiquer à la cour avant de le livrer au public lui nuira plus qu'elle ne lui servira.

Au reste, je pense que la fermentation au sujet des finances empêchera qu'on ne songe à la philosophie. Quand les hommes sont bien occupés d'une sottise, ils ne songent pas à en faire une autre : chaque impertinence a son temps. Celle de votre archevêque est-elle vraie ? avait-il préparé un gros mandement dans le goût de celui du fou du Puy-en-Velay ? est-il vrai que le roi l'a menacé d'un petit martyre à Pierre-Encise, et que le mandement a été supprimé ?

Mais ne verrai-je point *l'Antifinancier*, qui est supprimé aussi ? Tous vos gros paquets, mon cher frère, m'arrivent, et les miens ne vous arrivent pas toujours. Il est plus aisé aux livres de sortir de France que d'y venir.

Vous ne m'avez pas dit un mot de frère Thieriot. L'amitié permet un peu de paresse ; mais il abuse de cette permission : il n'est pas tolérant, il est indifférent, et l'oubli total n'est pas d'un cœur bienfait.

A demain le premier jour de l'année 1764, qui probablement produira autant de sottises que les précédentes, sans recourir à l'*Almanach de Liége. Écr. l'inf....*

P. S. Permettez-vous que je vous adresse cette lettre pour un homme très-malheureux, dont le fils est plus malheureux encore ? Ne pouvez-vous pas ordonner qu'on la contre-signe dans votre bureau ? L'adresse est dedans, sur un petit morceau de papier.

MMMCMXCIII. — A M. D'ALEMBERT.

31 décembre.

Mon cher philosophe, vous ne me dites point si vous avez reçu la *Tolérance*. Je ne sais plus où j'en suis. On a arrêté à la poste consécutivement deux exemplaires de cet ouvrage, que les Cramer envoyaient à M. de Trudaine et à M. de Montigni, son fils. Comment accorder cette rigueur avec l'approbation que Mme de Pompadour et plus d'un ministre d'État ont donnée à ce petit livret, qui est si honnête ? Deux paquets adressés à M. Damilaville sont restés entre les griffes des vautours. Il faut que le vôtre n'ait point échappé à leur barbarie, puisque je n'ai aucune nouvelle de vous : tout cela m'embarrasse. Je vois qu'on ne tolère ni la *Tolérance* ni les tolérants. On a beau se contraindre, dans des matières si délicates, jusqu'au point d'être sage, les fanatiques vous trouvent toujours trop hardi ; et peut-être dans ce moment-ci où les finances mettent tous les esprits en fermentation, on ne veut pas qu'ils s'échauffent sur d'autres objets.

On parlait d'un mandement de votre archevêque que le roi a fait, dit-on, supprimer amicalement : ce mandement n'était pourtant pas tolérant. De quelque côté que vous vous tourniez à Paris, vous avez de quoi exercer votre philosophie. Vous vous contentez de rire des sottises des hommes; ils ne méritent pas que vous les éclairiez : cependant il est toujours bon de couper de temps en temps quelques têtes de l'hydre, dussent-elles renaître. Ce monstre, en se souvenant du couteau, en est moins insolent; il voit que vous tenez la massue prête à l'écraser, et il tremble.

J'ai été si dégoûté depuis peu de ce qu'on appelle les choses sérieuses, que je me suis mis à faire des contes de *ma mère l'oie*[1]. J'en suis un peu honteux à mon âge; mais ce qui convient à tous les âges, c'est de vous aimer et de vous admirer.

MMMCMXCIV. — A M. DAMILAVILLE.

1er janvier 1764.

Je reçois la belle lettre ironique de mon cher frère, du 25 décembre, avec la lettre de Thieriot, et *Ce qui plaît aux dames*, et *l'Éducation des filles*. Cette *Éducation des filles* était destinée à figurer avec d'autres éducations, car nous avons aussi élevé des garçons[2]. Il est vrai que je m'amuse cet hiver à faire des contes pour réjouir les soirs ma petite famille. Mais frère Cramer a fait une action abominable : il a copier chez moi *l'Éducation des filles*, et de l'envoyer à Paris : il ne faut pas fatiguer le public. Je me souviens trop

. . . . Que La Serre
Volume sur volume incessamment desserre.

Et frère Thieriot, à qui d'ailleurs je fais réparation d'honneur, m'écrit fort sensément qu'il faut user de sobriété.

Vous ne manquerez pas de contes, mes frères, vous en aurez, et de très-honnêtes; un peu de patience, s'il vous plaît.

Au reste, votre lettre du 25 est encore plus consolante qu'ironique. Je vois qu'on ne brûle ni l'*Évêque d'Alétopolis*, ni *Quaker*, ni *Tolérance*. Mais avez-vous vu l'arrêt du parlement de Toulouse contre le duc de Fitz-James? Je vous l'envoie, mes frères; la pièce est rare, et vaut mieux qu'un conte.

Vous remplissez mon âme d'une sainte joie, en me disant que le *Saint-Évremont*[3] perce dans le monde; il fera du bien, malgré les fautes horribles d'impression. Béni soit à jamais celui qui a rendu ce service aux hommes!

On parle beaucoup d'une œuvre toute différente; c'est le mandement de votre archevêque. On le dit imprimé clandestinement comme

1. Il désigne ainsi ses contes en vers, qu'il recueillit quelque temps après et publia sous le titre de *Contes de Guillaume Vadé*. (ÉD.)
2. *L'Éducation d'un prince.* (ÉD.)
3. *L'Analyse de la religion chrétienne.* (ÉD.)

les *Contes* de La Fontaine, et on dit qu'il ne sera pas si bien reçu. Pourrai-je obtenir un de ces mandements, et un *Antifinancier?* Si, par hasard, vous aviez mis par écrit vos idées sur la finance, je vous avoue que j'en serais plus curieux que de tous les *Antifinanciers* du monde. Je m'imagine que vous avez des vues plus saines et des connaissances plus étendues que tous ceux qui veulent débrouiller ce chaos.

J'apprends que le parlement de Dijon vient de défendre, par un arrêt, de payer les nouveaux impôts; j'avoue que je suis bien mauvais serviteur du roi, car j'ai tout payé.

Adieu, mon cher frère; Saint-Évremont est un très-grand saint.

MMMCMXCV. — A M. GUI DUCHESNE.

Aux Délices, 1er janvier.

Le dessein que vous me communiquez, monsieur, de faire une jolie édition de *la Henriade*, sera, je crois, approuvé, parce que notre nation, devenue de jour en jour plus éclairée, en aime Henri IV davantage. J'ai été toujours étonné qu'aucun littérateur, aucun poëte du temps [1] de Louis XIII et de Louis XIV n'eût rien fait à la gloire de ce grand homme. Il faut du temps pour que les réputations mûrissent.

Le bel *Éloge de Maximilien de Sulli*, par M. Thomas, a rendu le grand Henri IV plus cher à la nation : ainsi je pense que vous prenez le temps le plus favorable pour réimprimer *la Henriade*, et que l'amour pour le héros fera pardonner les défauts de l'auteur. Je n'étais pas digne de faire cet ouvrage quand je l'entrepris, j'étais trop jeune; et à présent je suis trop vieux pour l'embellir.

La dédicace que vous voulez bien m'en faire m'est très-honorable; mais, en me dressant ce petit autel, je vous prie d'y brûler en sacrifice votre *Zulime* et votre *Droit du seigneur*, que vous avez imprimés sous mon nom, et qui ne sont point du tout mon ouvrage. Vous avez été trompé par ceux qui vous ont donné les manuscrits, et cela n'arrive que trop souvent; c'est le moindre des inconvénients de la littérature.

Quant aux souscriptions pour le *Corneille*, arrangez-vous avec l'éditeur de Genève; je ne me suis mêlé que de commenter et de souscrire : tout ce que je sais, c'est que l'édition est finie. J'ai fait mes commentaires avec une entière impartialité, sachant bien que les belles pièces de Corneille n'ont pas besoin de louanges, et ses fautes ne font aucun tort à ce qu'il a de sublime.

On m'a envoyé de Paris un conte intitulé *Ce qui plaît aux dames*. J'y ai trouvé *remormora* pour *remémora*, *frange* pour *fange*, une rime oubliée, et d'autres fautes; je ne crois pas que l'imprimeur s'appelle Robert Estienne.

Je suis, de tout mon cœur, monsieur, votre très-humble, etc.

---

1. Sébastien Garnier avait publié, en 1594 et 1595, les deux premiers et les huit derniers chants d'un poëme de sa façon, intitulé *la Henriade*. Un auteur plus obscur encore, Jean Le Blanc, avait publié, en 1604 (et peut-être plus tôt), le premier livre de *la Henriade*. (*Note de M. Beuchot.*)

MMMCMXCVI. — A M. MARMONTEL.

4 janvier.

Mon cher confrère, il y a un endroit de votre beau discours qui m'a bien fait rougir. Tout le reste m'a paru très-digne de vous, et la fin m'a attendri. Vous donnez un bel exemple aux gens de lettres en rendant les lettres respectables. Je ne désespère point de voir tous les vrais philosophes unis pour se défendre mutuellement, pour combattre le fanatisme, et pour rendre les persécuteurs exécrables au genre humain. Apprenez-leur, mon cher ami, à bien sentir leurs forces. Ils peuvent aisément diriger à la longue tous ceux qui sont nés avec un esprit juste. Ils répandent insensiblement la lumière, et le siècle sera bientôt étonné de se voir éclairé.

Quoi ! des fanatiques auraient été unis, et des philosophes ne le seraient pas ! Votre discours, aussi sage que noble, et qui en fait entendre plus que vous n'en dites, me persuade que les principaux gens de lettres de Paris se regardent comme des frères. La raison est leur héritage : ils combattront sagement pour leur bien de famille. J'en connais qui ont un très-grand zèle, et qui ont fait beaucoup de bien sans éclat.

Vous ne me dites rien sur M. le duc de Praslin et sur M. d'Argental. Croyez-moi ; faites-moi l'amitié de m'écrire quelques mots que je puisse leur envoyer, afin qu'ils puissent connaître vos sentiments, qui ne se sont jamais démentis.

Si j'avais l'honneur d'être le moins du monde en relation avec M. le prince de Rohan, je prendrais la liberté de lui écrire pour le remercier des obligations que vous lui avez, c'est-à-dire que je lui ai. Je vous supplie de lui présenter ma respectueuse reconnaissance.

Que tout ceci soit entre nous : les profanes ne sont point faits pour les secrets des adeptes.

MMMCMXCVII. — A M. DE LA MOTTE-GEFFRARD.

A Ferney, le 5 janvier.

Je vous demande bien pardon, monsieur, de répondre si tard. Mais les gens de l'autre monde, dont j'ai l'honneur d'être, ne sont pas des correspondants bien exacts. Je ne suis plus qu'une ombre : non-seulement j'ai perdu le peu qui me restait de santé, mais je suis presque entièrement privé de la vue ; je me flatte que dans un mois l'édition de Corneille, dont vous me faites l'honneur de me parler, sera publiée par M. Cramer à Genève, et bientôt après par leurs correspondants à Paris et dans les provinces. Si vous avez souscrit, c'est à eux qu'il faudra s'adresser. Je ne me suis mêlé que d'éplucher des vers, ce qui est une besogne délicate et peu agréable ; je suis infiniment sensible aux bontés que vous me témoignez.

J'ai l'honneur, etc.

MMMCMXCVIII. — A M. LE CARDINAL DE BERNIS.

A Ferney, 6 janvier.

Non-seulement j'ai craint de vous importuner, monseigneur, mais je n'ai pu vous importuner. Mes fluxions sur les yeux ont si fort augmenté. que je suis devenu un petit Tirésie, ou un petit Tobie. Le Vieux de la Montagne ne sera pas longtemps le vieux de la montagne; mais, pour égayer la chose, je me suis mis à faire des contes et à les dicter : il y en a un qu'on a imprimé à Paris aussi mal que *les Quatre saisons*. Je n'ai point osé l'envoyer à un prince de la sainte Église romaine. Je l'aurais autrefois présenté à Babet, et je l'aurais priée d'y jeter quelques-unes de ses fleurs. Mais si Votre Éminence veut s'amuser d'un conte plus honnête, je lui en enverrai un [1] pour ses étrennes; elle n'a qu'à dire. Je ne peux et ne dois vous parler que de belles-lettres; ainsi je prendrai la liberté de vous demander si vous avez lu le discours de votre nouveau confrère [2] à l'Académie. Il m'a paru qu'il y avait de bien belles choses dans l'*Éloge* du duc de *Sulli* [3], qui, après avoir rendu de grands services à la France, alla vivre à la campagne, et finit sa belle vie comme Scipion à Linternes. La campagne est un port d'où l'on voit tous les orages.

Suave mari magno turbantibus æquora ventis, etc.
Lucrèce, liv. II, v. 1.

On m'envoie de Paris une *Lettre d'un* honnête *quaker à* un frère du célèbre *M. de Pompignan;* je ne sais si Votre Éminence l'a vue; c'est une réponse très-courte à un gros ouvrage; mais tout cela est déjà oublié : et que n'oublie-t-on pas! toutes les pièces nouvelles sont déjà hors de la mémoire des hommes. Il n'en est pas de même de celles de Pierre Corneille; l'édition est entièrement finie : Votre Éminence aura incessamment ses exemplaires. Elle a vu par quelques échantillons dans quel esprit j'ai travaillé. Je n'ai voulu être ni panégyriste ni censeur : je n'ai songé qu'à être utile. C'est précisément en ne songeant qu'à cela qu'on s'attire quelquefois des reproches : mais je suis endurci; mon cœur ne l'est certainement pas; il est plein de l'attachement le plus respectueux pour Votre Éminence.

MMMCMXCIX. — A MADAME LA MARQUISE DU DEFFAND.

Ferney, 6 janvier.

Je ne m'étonne plus, madame, que vous n'ayez pas reçu la *Jeanne* que je vous avais envoyée par la poste, sous le contre-seing d'un des administrateurs. Aucun livre ne peut entrer par la poste en France sans être saisi par des commis, qui se font, depuis quelque temps, une assez jolie bibliothèque, et qui deviendront en tous sens des gens de lettres. On n'ose pas même envoyer des livres à l'adresse des ministres. Enfin, madame, comptez que la poste est infiniment curieuse; et, à moins que M. le président Hénault ne se serve du nom de la reine [4] pour vous faire avoir une *Pucelle*, je ne vois pas comment vous pourrez parvenir à en avoir des pays étrangers.

Je m'amusais à faire des contes de *ma mère l'oie*, ne pouvant plus lire du tout. Je ne suis pas précisément comme vous, madame; mais vous souvenez-vous des yeux de l'abbé de Chaulieu, les deux dernières

___

1. *Les Trois manières.* (ÉD.) — 2. Marmontel. (ÉD.) — 3. Par Thomas. (ÉD.)
4. Le président Hénault était surintendant de la maison de la reine. (ÉD.)

années de sa vie? figurez-vous un état mitoyen entre vous et lui ; c'est précisément ma situation.

Je pense avec vous, madame, que quand on veut être aveugle, il faut l'être à Paris; il est ridicule de l'être dans une campagne avec un des plus beaux aspects de l'Europe.

On a besoin absolument, dans cet état, de la consolation de la société. Vous jouissez de cet avantage; la meilleure compagnie se rend chez vous, et vous avez le plaisir de dire votre avis sur toutes les sottises qu'on fait et qu'on imprime.

Je sens bien que cette consolation est médiocre; rarement le dernier âge de la vie est-il bien agréable; on a toujours espéré assez vainement de jouir de la vie; et à la fin, tout ce qu'on peut faire c'est de la supporter. Soutenez ce fardeau, madame, tant que vous pourrez; il n'y a que les grandes souffrances qui le rendent intolérable.

On a encore, en vieillissant, un grand plaisir qui n'est pas à négliger, c'est de compter les impertinents et les impertinentes qu'on a vus mourir, les ministres qu'on a vu renvoyer, et la foule de ridicules qui ont passé devant les yeux. Si de cinquante ouvrages nouveaux qui paraissent tous les mois il y en a un de passable, on se le fait lire, et c'est encore un petit amusement. Tout cela n'est pas le ciel ouvert; mais enfin on n'a pas mieux, et c'est un parti forcé.

Pour M. le président Hénault, c'est tout autre chose; il rajeunit, il court le monde, il est gai, et il sera gai jusqu'à quatre-vingts ans, tandis que Moncrif et moi nous sommes probablement fort sérieux. Dieu donne ses grâces comme il lui plaît.

Avez-vous le plaisir de voir quelquefois M. Dalembert? non-seulement il a beaucoup d'esprit, mais il l'a très-décidé, et c'est beaucoup; car le monde est plein de gens d'esprit qui ne savent comment ils doivent penser.

Adieu, madame; songez, je vous prie, que vous me devez quelque respect; car si dans le royaume des aveugles les borgnes sont rois, je suis assurément plus que borgne; mais que ce respect ne diminue rien de vos bontés.

Il y a longtems que je suis privé du bonheur de vous voir et de vous entendre; je mourrai probablement sans cette joie. Tâchons, en attendant, de jouer avec la vie; mais c'est ne jouer qu'à colin-maillard.

MMMM. — A M. Duclos.

6 janvier.

Quelque répugnance que j'aie toujours eue, monsieur, à mettre mon nom à la tête de mes ouvrages, et quoique aucune de mes dédicaces n'ait été accompagnée de la formule ordinaire d'une lettre; quoique cette formule m'ait paru toujours très-peu convenable, et que j'en sois l'ennemi déclaré; cependant, puisque l'Académie veut cette pauvre formule, inconnue à tous les anciens, puisqu'elle veut mon nom, elle sera obéie.

Je suppose que M. Cramer vous a envoyé sous enveloppe, à l'adresse de M. Janel, le livre que vous demandez. Je sais que plusieurs personnes considérables, dont quelques-unes sont connues de vous, en

ont été assez contentes. Mais je doute que cette requête, présentée par
l'humanité à la puissance, obtienne l'effet qu'on s'est proposé; car je
ne doute pas que les ennemis de la raison ne crient très-haut contre
cet ouvrage. L'auteur, quel qu'il soit, fera plus de cas de votre suffrage qu'il ne craindra leurs clameurs. Quel homme est plus en droit
que vous, monsieur, d'opposer sa voix aux cris des fléaux du genre
humain?

MMMMI. — A M. DAMILAVILLE.

7 janvier.

Gabriel ne tâtera plus de mes contes, ils ne courront plus Paris. Ces
petites fleurs n'ont de prix que quand on ne les porte pas au marché;
mon cher frère a raison.

J'ai été enchanté du discours de M. Marmontel, quoiqu'il y ait un
endroit qui m'ait fait rougir. Il a pris avec une habileté bien noble et
bien adroite le parti de nos frères contre les Pompignan. Tout annonce,
Dieu merci, un siècle philosophique, chacun brûle les tourbillons de
Descartes avec l'*Histoire du peuple de Dieu*, du frère Berruyer. Dieu
soit loué!

Il y a longtemps que je n'ai reçu de lettres de M. et de Mme d'Argental. Je ne sais plus de nouvelles ni des belles-lettres, ni des affaires.
Frère Thieriot écrit quatre fois par an, tout au plus. On me dit que le
parlement de Grenoble est exilé. Le roi paraît mêler à sa bonté des
actions de fermeté; d'un côté il cède à ce que les remontrances des
parlements peuvent avoir de juste; de l'autre il maintient les droits de
l'autorité royale. Je crois que la postérité rendra justice à cette conduite digne d'un roi et d'un père.

On m'assure toujours que le mandement de l'archevêque de Paris est
imprimé clandestinement, et qu'on en a vu plusieurs exemplaires. Si vous
pouvez, mon cher frère, me procurer une de ces *Instructions pastorales* et un *Antifinancier*, vous me soulagerez beaucoup dans ma
misère. Je suis entouré de frimas, accablé de rhumatismes. Mes yeux
vont toujours fort mal; mais je me ferai lire ces deux ouvrages, que
j'attends avec impatience de vos bontés fraternelles.

Je ne sais rien de nouveau non plus du théâtre; mais ce qui me touche le plus, c'est le beau projet que Dieu vous a inspiré à vous et à vos
amis, et ce beau projet est.... *Écr. l'inf....*

MMMMII. — A M. BERTRAND.

8 janvier.

Je ne cesserai, mon cher monsieur, de prêcher la tolérance sur les
toits, malgré les plaintes de vos prêtres et les clameurs des nôtres,
tant qu'on ne cessera pas de persécuter. Les progrès de la raison sont
lents, les racines des préjugés sont profondes. Je ne verrai pas sans
doute les fruits de mes efforts, mais ce seront des semences qui peut-
être germeront un jour.

Vous ne trouverez pas, mon cher ami, que la plaisanterie convienne
dans les matières graves. Nous autres Français nous sommes gais; les
Suisses sont plus sérieux. Dans le charmant pays de Vaud, qui inspire

la joie, la gravité serait-elle l'effet du gouvernement? Comptez que rien n'est plus efficace pour écraser la superstition que le ridicule dont on la couvre. Je ne la confonds point avec la religion, mon cher philosophe. Celle-là est l'objet de la sottise et de l'orgueil, celle-ci est dictée par la sagesse et la raison. La première a toujours produit le trouble et la guerre; la dernière maintient l'union et la paix. Mon ami Jean-Jacques ne veut point de comédie, et vous ne voulez pas être amusé par des plaisanteries innocentes. Malgré votre sérieux, je vous aime bien tendrement.

MMMMIII. — A M. DALEMBERT.

8 janvier.

Enfin, je me flatte qu'il vous parviendra deux exemplaires de cette *Tolérance* non tolérée, à peu près dans le temps que vous recevrez ma lettre. Je me garderai bien, mon très-cher philosophe, de faire adresser un exemplaire à M. de La Reynière; on lui saisirait son exemplaire tout comme aux autres. Figurez-vous que ceux qui étaient envoyés directement par la poste à M. de Trudaine et à M. de Montigni, son fils, n'ont jamais pu leur parvenir. Vous direz qu'à la poste M. de La Reynière est bien plus grand seigneur que M. de Trudaine; désabusez-vous, s'il vous plaît : un exemplaire adressé à M. Bouret, le puissant Bouret, l'intendant des postes Bouret, l'officieux Bouret, a été saisi impitoyablement.

Vous trouverez peut-être, par le calcul des probabilités, combien il y a à parier au juste que les prêtres et les cagots l'ont emporté dans cette affaire sur les ministres d'État les mieux intentionnés, et sur les personnes les plus puissantes. Vous conclurez qu'il y a tant de querelles en France sur les finances, qu'on n'entend point, que le ministère craint de nouvelles tracasseries sur la religion, qu'on entend encore moins. Le nom de celui à qui on attribue malheureusement le *Traité sur la tolérance* effarouche les consciences timorées. Vous verrez combien elles ont tort, combien l'ouvrage est honnête; et vous, qui citez si bien et si à propos la sainte Écriture, vous en trouverez les passages les plus édifiants fidèlement recueillis.

Je vous suis très-obligé de votre petit commerce épistolaire avec Jean-George : voilà un impudent personnage. Je vous trouve bien bon de le traiter de monseigneur; aucun de nos confrères ne devrait donner ce titre au frère de Pompignan. Les évêques n'ont aucun droit de s'arroger cette qualification, qui contredit l'humilité dont ils doivent donner l'exemple. Ils ont eu la modestie de changer en monseigneur le titre de révérendissime père en Dieu, qu'ils avaient porté douze cents ans.

Pour Jean-George, il n'est assurément que ridiculissime. Je vous prie, mon cher philosophe, de vous amuser à lire la *Lettre* que mon petit secrétaire a écrite au grand secrétaire du célèbre Simon Le Franc de Pompignan, frère-aîné de Jean-George. Vous direz comme Marot :

Monsieur l'abbé et monsieur son valet
Sont faits égaux tous deux comme de cire.

Épigrammes.

L'ouvrage qui est en partie de du Marsais, et qu'on attribue à Saint-Évremont, se débite dans Paris, et je suis étonné qu'il ne soit point parvenu jusqu'à vous. Il est écrit, à la vérité, trop simplement; mais il est plein de raison. C'est bien dommage que cette raison funeste, qui nous égare si souvent, s'élève avec tant de force contre la religion chrétienne. Ce livre n'est que trop capable d'affermir les incrédules et d'ébranler la foi des plus croyants.

Vous voulez donc, mon grand philosophe, vous abaisser jusqu'à chasser les jésuites de Silésie. Je n'ai pas de peine à croire que vous réussissiez dans cette digne entreprise; mais vous n'aurez pas le plaisir de chasser des jésuites français : il y a longtemps que Luc s'est défait d'eux. Il n'y a plus en Silésie que de gros vilains jésuites allemands, ivrognes, fripons et fanatiques, qui ne sont pas assurément les favoris du philosophe de Sans-Souci.

Continuez, je vous prie, à m'aimer un peu, à vous moquer des sots, à faire trembler les fripons; et si vous faites jamais ce voyage d'Italie que vous projetiez, de grâce, passez par chez nous.

MMMMIV. — A M. LE COMTE D'ARGENTAL.

8 janvier.

Il faut que j'importune encore mes anges. Je viens de lire le livre de l'*Antifinancier*, il me fait trembler pour celui de *la Tolérance*; car si l'un dévoile les iniquités des financiers, l'autre indique des iniquités non moins sacrées. Il n'est plus permis d'envoyer une *Tolérance* par la poste; mais je demande comment un livre qui a eu le suffrage de mes anges, de M. le duc de Praslin, de M. le duc de Choiseul, de Mme la duchesse de Grammont et de Mme de Pompadour, peut être regardé comme un livre dangereux. Je suis toujours incertain si mes anges ont reçu mes paquets; si ma réponse à l'aréopage comique leur est parvenue; s'ils ont été contents des *Trois manières*; s'ils conduisent toujours leur conspiration. Je les accable de questions depuis quinze jours. Je sais bien que les cérémonies du jour de l'an, les visites, les lettres, ont occupé leur temps, et je ne leur demande de leurs nouvelles que quand ils auront du loisir; mais alors je les supplie de me mettre un peu au fait de toutes les choses sur lesquelles j'ai fatigué leur complaisance.

Je ne sais encore si la *Gazette littéraire* est commencée; mais ce qui me fâche beaucoup, c'est que si mes yeux guérissent, la cure sera longue, et je ne serai de longtemps en état de servir M. le duc de Praslin; s'ils ne guérissent pas, je ne le servirai jamais. Celui de mes anges qui ne m'écrit point me laisse toujours dans l'ignorance sur ses yeux et sur l'état de sa santé; et l'autre qui m'écrit ne me dit pas un mot de ce qui m'intéresse le plus.

N'avez-vous pas été frappés de l'énergie avec laquelle l'*Antifinancier* peint la misère du peuple et les vexations des publicains ? mais il est, ce me semble, comme tous les philosophes, qui réussissent très-bien à ruiner les systèmes de leurs adversaires, et qui n'en établissent pas de meilleurs.

Je finis ma lettre et ma journée par la douce espérance que je serai
consolé par un mot de mes anges.

MMMMV. — AU MÊME.

11 janvier.

Je ne sais qui me tient que je ne.... me plaigne de mes anges; si je
m'en croyais, je ferais.... des remontrances à mes anges, je leur dirais.... leur fait. Mais je veux bien encore suspendre mon juste cour-
roux pour cette poste; je fais plus :

Je t'ai comblé de *vers*, je t'en veux accabler.

Corneille, *Cinna*, acte V, scène dernière.

Je me suis aperçu que le cinquième acte de leur conspiration demandait encore quelques touches, qu'il y avait des morceaux trop
brusques qui n'avaient pas leur rondeur nécessaire; que quelques vers
étaient faibles, trop peu énergiques, trop communs. Je me suis sou-
venu surtout que mes anges, dans le temps qu'ils m'aimaient, dans le
temps qu'ils m'écrivaient, me disaient que Julie, en parlant à Octave,
ressemblerait trop à Junie parlant à Néron.

Enfin hier, ne faisant plus de contes, je repris ce cinquième acte
en sous-œuvre; et, au lieu de fatiguer les conjurés de quantité de petites corrections qu'il faudrait porter sur leur ancien exemplaire, je
leur envoie un cinquième acte bien propre. Mais que les conjurés prennent bien garde, qu'ils se souviennent qu'on connaît l'écriture de mon
secrétaire, et qu'ils risqueraient d'être découverts! Ainsi, selon leur
grande prudence, ils feront transcrire le tout par une main inconnue
et fidèle, ou, s'ils veulent, je leur en ferai faire une autre copie. Mais,
selon leur grande indifférence, ils me laissent dans ma grande ignorance sur tout ce que je leur ai demandé, sur les paquets que je leur
ai envoyés, sur leur santé, sur leurs bontés, sur la *Gazette littéraire*,
sur un paquet qui est venu pour moi d'Angleterre, à l'adresse de M. le
duc de Praslin.

Respect, tendresse, et douleur.

MMMMVI. — AU MÊME.

13 janvier.

C'est donc aujourd'hui le 13 de janvier; c'est donc en vain que j'ai
envoyé des mémoires, des contes, des livres, des vers, des actes. Je
languis sans réponse depuis le 22 de décembre; je meurs; les anges m'ont
tué par leur silence. Le silence est le juste châtiment des bavards.
Je meurs, je suis mort. Un *De profundis*, s'il vous plaît, à ... V.

MMMMVII. — A M. BERTRAND.

Ferney, 13 janvier.

Je vous prie, mon cher philosophe, de relire la fable d'Ésope ou de
La Fontaine, dans laquelle on introduit un héron qui refuse pour son
dîner une carpe et une tanche, et qui se trouve trop heureux de manger un goujon. Il est si rare de trouver des acheteurs d'une marchan-

dise de cabinet, que je vous conseille de saisir l'occasion qui se présente. Si cette occasion manquait, vous ne la retrouveriez plus. Saisissez-la, croyez-moi :

.... Connobbi pur l'inique corti.

        Le Tasse, *Jérusalem délivrée*, c. VII, st. 12.

On peut changer d'avis d'un jour à l'autre, et alors vous vous repentiriez bien de n'avoir pas accepté ce qu'on vous a offert. Songez qu'il y a des jésuites à Manheim.

Adieu, mon cher philosophe; ne m'oubliez pas auprès de M. et de Mme de Freudenreich, et comptez que je suis à vous pour la vie. V.

MMMMVIII. — A M. LE MARQUIS ALBERGATI CAPACELLI.

A Ferney, 13 janvier.

Vous voulez donc, monsieur, que les aveugles vous écrivent; mais Tirésie et le vieux bonhomme Tobie écrivaient-ils? Que pouvaient-ils mander? que pouvaient-ils dire? Les pauvres gens étaient sûrement bien empêchés. Quand Tobie aurait écrit trois ou quatre fois à un sénateur de Babylone qu'une hirondelle lui avait chié dans les yeux, pensez-vous que le sénateur eût été bien réjoui des bavarderies de Tobie? Vous dirai-je que nous avons beaucoup de neige sur nos montagnes, que je me traîne avec un bâton au coin du feu, que je fais ce que je peux pour guérir mes yeux, et que je n'en peux venir à bout; que mon théâtre est fermé, qu'il faut que je m'accoutume à toutes les privations? Dieu vous préserve de jamais tomber dans cet état! Heureusement vous êtes encore jeune; vous avez l'occupation des affaires et l'amusement des plaisirs : voilà tout ce qu'il faut à l'homme. Conservez longtemps tous vos avantages; gouvernez Bologne pendant l'hiver, et le théâtre pendant l'été. Jouissez de la vie; je supporte la mienne; et, tant qu'elle durera, je vous serai bien tendrement attaché.

MMMMIX. — DE M. DALEMBERT.

Paris, ce 15 janvier.

Ce que j'ai d'abord de plus pressé, mon très-cher et très-respectable maître, c'est de justifier frère Hippolyte Bourgelat, qui, comme je m'en doutais bien, n'est point coupable, ainsi que vous le verrez par la lettre qu'il m'a écrite à ce sujet, et dont je vous envoie copie. J'espère que M. Gallatin échappera aux griffes des vautours, et que je pourrai lire enfin cette *Tolérance* dont nosseigneurs de la rue Plâtrière[1], qui ont presque autant d'esprit que nosseigneurs du parlement, me privent avec une cruauté si intolérable. La vérité est que ceux qui ont lu le livre ne se soucient guère qu'on le lise, et que les fanatiques qui en ont eu vent craignent qu'il ne soit lu. Voilà la solution du problème que vous me proposez sur le calcul des probabilités. Et, pour vous le rendre en termes algébriques, je vous dirai, aussi éloquemment que l'abbé Trublet pourrait le faire, que la *haine* étant plus forte que l'a-

1. Les commis de la poste aux lettres. (ÉD.)

mour, est *a fortiori* plus forte que l'*indifférence; et voilà ce qui fait que votre fille est muette.*

Si je n'avais pas donné du monseigneur à Jean-George, il aurait fait imprimer ma lettre, et mis contre moi tous les monseigneurs et les *monsignori* de l'Europe; mais un évêque s'appelle monseigneur, comme un chien, Citron. Le point essentiel, c'est d'avoir prouvé à monseigneur qu'il est un sot et un menteur; c'est ce que je me flatte d'avoir démontré. Quoi qu'il en soit, je vous promets, s'il m'écrit encore, de l'appeler mon révérend père, et de l'avertir qu'il a en moi un fils bien mal morigéné. Je ne désespère pas de lui en dire quelque chose un jour plus solennellement que je n'ai fait, au risque d'être excommunié au Puy-en-Velay.

Tandis que j'écris des lettres obscures à ce plat monseigneur, il en est un qui mérite ce titre mieux que lui, et à qui vous devriez écrire une lettre ostensible, pour le remercier, au nom de nous tous, de la manière honnête dont il se conduit avec les gens de lettres : c'est M. le prince Louis de Rohan, qui serait certainement très-flatté de recevoir de vous cette marque d'estime, et d'autant plus flatté qu'il n'a aucune liaison avec vous. Si vous pouviez même joindre à votre lettre quelques vers (vous en faites bien pour MM. Simon et George Le Franc), le tout n'en irait que mieux. Vous devez bien être sûr qu'il a pour vous tous les sentiments que vous pouvez désirer, et qu'il n'est pas du nombre des fanatiques qui ont mis dans leurs intérêts les commis de la poste.

A propos d'Académie, ne croyez pas que moi et quelques autres de vos amis exigions la plate souscription de *très-humble et très-obéissant serviteur :* la pluralité l'a emporté, et je pense qu'attendu le sot public le contraire eût peut-être fait tenir de plats discours, et que vous ferez mieux de suivre l'usage; mais à l'égard de votre nom, il me paraît indispensable pour vous, pour l'Académie, pour le public, et pour Corneille.

Je ferai chercher ce livre de du Marsais, dont je n'ai aucune connaissance; c'était un grand serviteur de Dieu. Je me souviens du compliment qu'il fit au prêtre qui lui apporta les sacrements, et qui venait de l'exhorter : « Monsieur, je vous remercie; cela est fort bien; il n'y a point là dedans d'alibi forains. » Je vous remercie de mon côté de la *Lettre de* votre *secrétaire à celui de Simon Le Franc.* Je ne doute point qu'en la lisant Simon Le Franc ne s'écrie :

Quid domini faciant, audent quum talia fures?
Virg., ecl. III, v. 16.

Je vous remercie aussi d'avance de tous les contes de *ma mère l'oie*, que je compte à présent recevoir de la première main; car je n'imagine pas que l'intolérance s'étende jusqu'à empêcher les oies de conter, à moins que la philosophie, dont ils ont tant de peur, ne s'avise de se comparer aux oies du Capitole, à qui les Gaulois se repentirent bien de n'avoir pas coupé le cou.

Voilà l'archevêque de Paris qui voudrait bien rejoindre le cou des

jésuites avec leur tête, que les Gaulois du parlement en ont séparée.
Il a fait pour leur défense un grand diable de *Mandement* qui va, dit-
on, être dénoncé; et on ajoute que l'auteur pourrait aller à la Con-
ciergerie, si le roi n'aime mieux l'envoyer à La Roque[1]. En attendant,
le parlement travaille à de belles remontrances sur l'affaire de M. de
Fitz-James; ils prétendent que cela sera fort beau, et qu'ils pourront
dire du gouvernement comme M. de Pourceaugnac : « Il me donna un
soufflet, mais je lui dis bien son fait. »

Que dites-vous du nouveau contrôleur général[2]? auriez-vous cru, il
y a six ans, que les jansénistes parviendraient à la tête des finances?
Comme ils se connaissent en convulsions, on a cru apparemment
qu'ils seraient plus propres à guérir celles de l'État, et à empêcher
les Anglais de nous donner une autre fois des coups de bûche. Et du
cardinal de Bernis, qu'en pensez-vous? croyez-vous qu'après avoir
fait le poëme des *Quatre Saisons*, il revienne encore à Versailles faire
la pluie et le beau temps? L'éclaircissement, comme dit la comédie,
nous éclaircira[3]; et moi, j'attends tout en patience, sûr de me moquer
de quelqu'un et de quelque chose, quoi qu'il arrive.

Je n'ai point eu depuis quelque temps de nouvelles de votre ancien
disciple. Dieu veuille qu'il envoie les jésuites allemands prêcher et
s'enivrer hors de chez lui!

Adieu, mon cher maître; envoyez-moi tout ce que vous ferez, car
j'aime vos ouvrages autant que votre personne. Ménagez vos yeux et
votre santé, et continuez à rire aux dépens des sots et des fanatiques.
Marmontel engraisse à vue d'œil, depuis qu'il est de l'Académie; ce
n'est pourtant pas la bonne chère qu'on y fait.

MMMMX. — DU CARDINAL DE BERNIS.

Au Plessis, près Senlis, le 16 janvier.

Le roi m'a donné pour mes étrennes, mon cher confrère, le premier
de tous les biens, la liberté, et la permission de lui faire ma cour,
qui est le plus précieux et le plus cher de tous pour un Français comblé des bienfaits de son maître. J'ai été reçu à Versailles avec toute
sorte de bonté. Le public à Paris a marqué de la joie: les faiseurs
d'horoscopes ont fait à ce sujet cent almanachs plus extravagants les
uns que les autres : pour moi, qui ai appris depuis longtemps à supporter la disgrâce et la fortune, je me suis dérobé aux compliments vrais
et faux, et j'ai regagné mon habitation d'hiver, d'où j'irai de temps
en temps rendre mes devoirs à Versailles, et voir mes amis à Paris.
Les plus anciens à la cour m'ont servi avec amitié; de sorte que mon
cœur est fort à son aise, et que je n'ai jamais pu espérer une position
plus agréable, plus libre, et plus honorable. Vous me parlez de Scipion et de Sulli : ces noms-là seraient un peu déparés par le mien,

1. Terre appartenante à un frère de Christophe de Beaumont, archevêque de
Paris. (ÉD.)
2. De Laverdy. (ÉD.)
3. *Le Galant jardinier*, comédie de Dancourt, scène II. (ÉD.)

mais je puis sans impertinence me livrer au plaisir d'imiter leurs vertus dans la retraite. Je suis bien fâché de vos fluxions. Vous lisez trop et, surtout à la bougie; souvenez-vous que vous n'êtes immortel que dans vos ouvrages. Conservez l'ornement de la France, et les délices de vos amis et de tous ceux qui ont de l'âme et du goût. Envoyez-moi vos contes *honnêtes*; et comme il est très-raisonnable que je vous prêche un peu, je vous prie de quitter quelquefois la lyre et le luth pour toucher la harpe. C'est un genre sublime, où je suis sûr que vous serez plus élevé et plus touchant qu'aucun de vos anciens. Adieu, mon cher confrère; quoique libre et heureux, je ne vous aime pas moins que dans mon donjon de Vic-sur-Aisne.

MMMMXI. — A MADAME LA MARGRAVE DE BADE-DOURLACH.

Au château de Ferney, par Genève, 17 janvier.

Madame, Votre Altesse Sérénissime a été touchée de l'horrible aventure des Calas. Ce procès d'une famille protestante qui redemande le sang innocent, va bientôt être jugé en dernier ressort; je mets à vos pieds cet ouvrage[1] consacré aux vertus que vous pratiquez. Si Votre Altesse Sérénissime daigne envoyer quelques secours pour subvenir aux frais qu'une famille indigente est obligée de faire, cette générosité sera bien digne de Votre Altesse Sérénissime, et tous ceux qui ont pris en main la cause de ces infortunés vous regarderont dans l'Europe comme leur principale bienfaitrice. Souffrez que je sois ici leur organe, en vous renouvelant le profond respect avec lequel je suis, madame, de Votre Altesse Sérénissime, etc.

MMMMXII. — A M. LE COMTE D'ARGENTAL.

Aux Délices, 18 janvier.

J'étais mort, comme vous savez; la lettre de mes anges, du 12 janvier, ne m'a pas tout à fait ressuscité, mais elle m'a dégourdi. Il y a eu certainement trois paquets détenus à la poste. On ne veut absolument point de livres étrangers par les courriers; il faut subir sa destinée; mais avec ces livres on a retenu le conte des *Trois manières*, qui était adressé à M. de Courteilles; et ce qu'il y a de plus criant, de plus contraire au droit des gens, c'est que ce conte manuscrit était tout seul de sa bande, et ne faisait pas un gros volume. Le roi ne peut pas avoir donné ordre qu'on saisît mon conte; et s'il l'a lu, il en aura été amusé, pour peu qu'il aime les contes.

Je soupçonne donc que ce conte est actuellement entre les mains de quelque commis de la poste qui n'y entend rien. Comment fléchir M. Janel? Est-il possible que la plus grande consolation de ma vie, celle d'envoyer des contes par la poste, soit interdite aux pauvres humains? Cela fait saigner le cœur.

Ce qui m'émerveille encore, c'est que M. le duc de Praslin n'ait point reçu de réponse de M. le premier président de Dijon. Cette ré-

---

1. *Traité sur la tolérance, à l'occasion de la mort de Jean Calas.* (ÉD.)

ponse serait-elle avec mon conte? J'ai supplié M. le duc de Praslin de vouloir bien faire signifier ses volontés à mon avocat Mariette. Il fera ce qu'il jugera à propos.

Mais quoi! la conspiration des roués s'en est donc allée en fumée? J'ai envoyé en dernier lieu un cinquième acte des roués; il est sans doute englouti avec mon conte. La pièce des roués me paraissait assez bien; la conspiration allait son train. Ce cinquième acte me paraissait très-fortifié; mais s'il est entre les mains de M. Janel, que dire, que faire? M. le duc de Praslin ne pourrait-il pas me recommander à M. Janel comme un bon vieillard qu'il honore de sa pitié? Je suis sûr que cela ferait un très-bon effet.

Par où, comment enverrai-je une *Olympie* rapetassée qu'on me demande? M. Janel me saisira tous mes vers.

M. Le Franc de Pompignan envoie par la poste autant de vers hébraïques qu'il veut, et moi je ne pourrai pas envoyer un quatrain! et mes paquets seront traités comme des étoffes des Indes!

Vous me parlez, mes divins anges, de distribution de rôles; mais auparavant il faut que la pièce soit en état, et j'enverrai le tout ensemble.

Mes anges peuvent être persuadés que je leur ai écrit toutes les postes depuis un mois, sans en manquer une, et toujours sous l'enveloppe de M. de Courteilles; qu'ils jugent de ma douleur et de mon embarras!

On m'a mandé d'Angleterre qu'il m'était venu un gros paquet de livres pour la *Gazette littéraire*. Je n'entends pas plus parler de ce paquet que de mon conte; je n'entends parler de rien, et je reste dans la banlieue de Genève, tapi comme un blaireau.

Je n'ai point du tout été la dupe de tous les bruits qui ont couru sur une représentation à Versailles[1], et j'ai jugé que cette représentation n'aurait pas beaucoup de suite.

Je me mets sous les ailes de mes anges, dans l'effusion et dans l'amertume de mon cœur.

N. B. Remarquez bien que depuis un mois je n'ai reçu d'eux qu'une lettre.

Remarquez encore que j'approuve de tout mon cœur l'idée du père Corneille. Je vais écrire, ou plutôt faire écrire (car mes yeux refusent le service), à Gabriel Cramer, à Genève, qu'il s'arrange avec les distributeurs des exemplaires à Paris, pour que le père Corneille en porte à qui il voudra. Il sera sans doute très-bien accueilli du roi.

MMMMXIII. — A M. DAMILAVILLE.

18 janvier.

Il faut se résigner, mon cher frère, si les ennemis de la tolérance l'emportent : *Curavimus Babylonem, et non est sanata; derelinquamus eam*[2]. Il n'y aura jamais qu'un petit nombre de philosophes et de justes sur la terre.

1. La réapparition du cardinal de Bernis à la cour, en janvier 1764 (ÉD.)
2. Jérémie, LI, 9. (ÉD.)

Je vous remercie de *l'Antifinancier*. L'ouvrage est violent, et porte à faux d'un bout à l'autre. Comment un conseiller au parlement peut-il toujours prononcer la chimère de son impôt unique, tandis qu'un autre conseiller, devenu contrôleur général[1], est indispensablement obligé de conserver tant d'autres taxes? De plus, on confond trop souvent dans cet ouvrage le parlement, cour supérieure à Paris, avec le parlement de la nation, qui était les états généraux. Je vois que dans tous les livres nouveaux on parle au hasard; Dieu veuille qu'on ne se conduise pas de même!

Je suis bien aise d'amuser les frères de quelques notes sur Corneille, en attendant qu'ils aient l'édition. Je voudrais que nos philosophes les Diderot, les Dalembert, les Marmontel, vissent ces remarques. Je pense qu'ils seront de mon avis, et j'en appelle au sentiment de mon cher frère.

Je le remercie du *Droit ecclésiastique* qu'il m'a fait parvenir par l'enchanteur Merlin. On dit que Lambert est en prison; et ce qui est étrange, ce n'est pas pour avoir imprimé les malsemaines[2] de Fréron. On a beaucoup parlé à Paris du retour du cardinal de Bernis; on l'a regardé comme un grand événement, et c'en est un fort petit. Mais est-il vrai que vingt-quatre jésuites du Languedoc se sont choisi un provincial? est-il vrai que votre parlement demande au roi l'expulsion de tous les jésuites de Versailles? est-il vrai qu'on tient au parlement l'affaire de l'archevêque sur le bureau, et qu'on s'expose à l'excommunication mineure et majeure?

Je ne peux plus que faire des vœux pour la tolérance; il me paraît qu'il n'y en a plus guère dans le monde. Les ennemis sont ardents, et les fidèles sont tièdes. Je recommande notre petit troupeau à vos soins paternels.

J'ai toujours oublié de demander à frère Dalembert ce qu'était devenu le pauvre frère de Prades. N'en savez-vous point de nouvelles? Prions Dieu pour lui, et *écr. l'inf....* Priez aussi Dieu pour moi, car je suis bien malade.

MMMMXIV. — A M. LE CARDINAL DE BERNIS.

A Ferney, 18 janvier.

Huc quoque clara tui pervenit fama triumphi,
    Languida quo fessi via venit aura Noti.

Ovid. *ex Ponto*, II, 1

Le philosophe de Vic-sur-Aisne est donc actuellement le philosophe de Paris sur Seine; car il sera toujours philosophe, et il connaîtra toujours le prix des choses de ce monde.

Je fais, monseigneur, mes compliments à Votre Éminence, et c'est assurément de bon cœur : je vous avais parlé de contes pour vous amuser, mais il n'est plus question de contes de *ma mère l'oie*. J'avais soumis à vos lumières certain drame[3] barbare que j'ai *débarbarisé* tant

1. Laverdy. (ÉD.) — 2. C'est ainsi que Voltaire appelait *l'Année littéraire*. (ÉD.)
3. *Olympie*. (ÉD.)

que j'ai pu, et sur lequel *motus* : il n'est plus question vraiment de bagatelles, vous devez être accablé de nouveaux amis, de serviteurs zélés, qui ont tous pris la part *la plus vraie, la plus tendre;* qui ont eu
l'attachement *le plus inaltérable*, qui *ont été pénétrés;* qui *seront pénétrés*, etc., etc., etc.; et Votre Éminence de sourire.

Si vous n'êtes pas toujours à Versailles, n'irez-vous pas quelquefois à
l'Académie ? Tant mieux : vous y serez le protecteur des *Remarques* im-
partiales sur Corneille. Vous aimez les choses sublimes; mais vous n'aimez pas le galimatias, les pensées alambiquées et forcées, les raisonnements abstrus et faux, les solécismes, les barbarismes; et certes vous
faites bien.

Monseigneur, quelque chose qu'il arrive, aimez toujours les lettres :
j'ai soixante-dix ans, et j'éprouve que ce sont de bonnes amies; elles
sont comme l'argent comptant, elles ne manquent jamais au besoin. Qu
Votre Éminence agrée le tendre respect du Vieux de la Montagne; ho-
norez-le d'un mot de souvenir, quand vous aurez expédié la foule.

P. S. Puis-je avoir l'honneur de vous envoyer un *Traité sur la tolérance*, fait à l'occasion de l'affaire des Calas, qui va se juger définiti-
vement au mois de février? Ce n'est pas là un conte de *ma mère l'oie.*
c'est un livre très-sérieux; votre approbation serait d'un grand poids,
Puis-je l'adresser en droiture à Votre Éminence, ou voulez-vous que ce
soit sous l'enveloppe de M. Janel, ou voulez-vous que je ne vous l'envoie point *du tout?*

MMMMXV. — A M. LE COMTE D'ARGENTAL.

Aux Délices, 20 janvier.

Ce n'est pas un petit renversement du droit divin et humain que la
perte d'un conte à dormir debout, et d'un cinquième acte qui pourrait
faire le même effet sur le parterre, qui a le malheur d'être debout à
Paris. J'ai écrit à mes anges gardiens une lettre ouverte que j'ai adressée à M. le duc de Praslin; j'adresse aussi mes complaintes doulou-
reuses et respectueuses à M. Janel, qui, étant homme de lettres, doit
favoriser mon commerce. Je conçois après tout que, dans le temps que
l'Antifinancier causait tant d'alarmes, on ait eu aussi quelques inquiétudes sur *l'Anti-intolérant* [1]; ce dernier ouvrage est pourtant bien honnête, vous l'avez approuvé. MM. les ducs de Praslin et de Choiseul lui
donnaient leur suffrage; Mme de Pompadour en était satisfaite. Il n'y
a donc que le sieur évêque du Puy et ses consorts qui puissent crier.
Cependant, si les clameurs du fanatisme l'emportent sur la voix de la
raison, il n'y a qu'à suspendre pour quelque temps le débit de ce livre,
qui aurait le crime d'être utile; et, en ce cas, je supplierais mes anges
d'engager frère Damilaville à supprimer l'ouvrage pour quelques mois,
et à ne le faire débiter qu'avec la plus grande discrétion. Ah ! si mes
anges pouvaient m'envoyer la petite drôlerie de l'hiérophante de Paris,
qu'ils me feraient plaisir! car je suis fou des mandements depuis celui
de Jean-George. Mes anges me répondront peut-être qu'ils ne se sou-

1. Le *Traité sur la Tolérance.* (ÉD.)

cient point de ces bagatelles épiscopales ; qu'ils veulent qu'Olympie
meure au cinquième acte, que c'est là l'essentiel : je leur enverrai incessamment des idées et des vers. Mais pourquoi avoir abandonné la
conspiration? pourquoi s'en être fait un plaisir si longtemps pour y renoncer? Si vous trouvez les roués passables, que ne leur donnez-vous
la préférence que vous leur aviez destinée? Si vous trouvez les roués
insipides, il ne faut jamais les donner. Répondez à ce dilemme : je vous
en défie; au reste, votre volonté soit faite en la terre comme au ciel ! Je
me prosterne au bout de vos ailes.

N. B. J'ai écrit une lettre fort bien raisonnée à M. le duc de Praslin
sur les dîmes.

Respect et tendresse.

MMMMXVI. — A M. LE MARÉCHAL DUC DE RICHELIEU.

A Ferney, 24 janvier.

J'ai des remerctments à faire à monseigneur mon héros de la pitié
qu'il a eue du sieur Ladouz, incendié à Bordeaux; et, si j'osais, je prendrais encore la liberté de lui recommander ce pauvre Ladouz ; mais mon
héros n'a besoin des importunités de personne quand il s'agit de faire
du bien.

On a ri, de Grenoble à Gex, d'une lettre de M. le gouverneur de
Guienne[1] à M. le commandant de Dauphiné, dans laquelle il demande
quelle est l'étiquette quand on pend les gouverneurs de province. J'espère qu'en effet on finira par rire de tout ceci, selon la louable coutume de la nation. Je ris aussi, quoique un pauvre diable de quinze-
vingts ne soit pas trop en joie.

On n'a pu envoyer à monseigneur le maréchal les exemplaires cornéliens, attendu qu'on n'a pas encore les estampes, que la liste des
souscripteurs n'est pas encore imprimée, et qu'il y a toujours des re-
tardements dans toutes les affaires de ce monde.

Je crois que M. le cardinal de Bernis finira par être archevêque[2] ; mais
Dalembert doute qu'ayant fait *les Quatre saisons*, il fasse encore la
pluie et le beau temps.

On prétend que l'électeur palatin se met sur les rangs pour être roi
de Pologne. Je le trouve bien bon, et je suis fort fâché, pour ma part,
qu'il veuille se ruiner pour une couronne qui ne rapporte que des dégoûts.

Je me mets aveuglément aux pieds de mon héros.

MMMMXVII. — A M. COLINI.

A Ferney, 26 janvier.

Les pauvres aveugles écrivent rarement, mon cher ami ; non-seulement les fenêtres se bouchent, mais la maison s'écroule. J'ai travaillé
pendant deux ans à l'édition de Corneille ; tous les détails de cette opération ont été très-fatigants; je n'ai pu m'absenter un moment pendant

---

1. Richelieu lui-même. (ÉD.)
2. Il fut nommé archevêque d'Albi le 30 mai 1764. (ÉD.)

tout ce temps-là ; et à présent que je pourrais respirer en faisant ma cour à Leurs Altesses Électorales, me voilà dans mon lit ou au coin de mon feu, dans une situation assez triste. Vous connaissez ma mauvaise santé : l'âge de soixante-dix ans n'est guère propre à rétablir mes forces. Je vous prie de me mettre aux pieds de Mgr l'électeur ; il y a longtemps qu'il n'a daigné me consoler par un mot de sa main ; je ne lui en suis pas assurément moins attaché avec le plus profond respect, et je porte toujours envie à ceux qui ont le bonheur d'être à sa cour. Je vous embrasse bien tendrement. Les lettres d'un malade ne peuvent être longues.

MMMMXVIII. — DU CARDINAL DE BERNIS.

Au Plessis, le 26 janvier.

Quand on est heureux, il faut être modeste. C'est pour cela, mon cher confrère, qu'après avoir remercié le roi, je suis venu remercier la campagne, qui m'a rendu la santé, et dont le séjour a achevé de me désabuser des grandeurs humaines. Vous devez avoir reçu une lettre de moi à mon retour de Versailles. J'ai publié une amnistie générale pour tous mes déserteurs ; je les reçois comme un homme du monde, qui est accoutumé au flux et au reflux des amis, selon les circonstances, et comme un philosophe qui plaint les hommes, outre les maladies qui affligent l'humanité, d'être encore sujets aux bassesses et aux platitudes. Les lettres feront mon occupation et mon bonheur, comme elles ont fait mon sort, ou du moins beaucoup contribué à ma fortune. Quand mes affaires seront arrangées, j'aurai l'hiver une maison à Paris, et je jouirai l'été de la dépense que j'ai faite sur les bords de l'Aisne. Voilà mon plan, que Dieu seul et la toute-puissance du roi peuvent déranger. Je crois vous avoir mandé que je n'ai rien perdu de l'ancienne amitié de Mme de Pompadour, et que j'ai beaucoup à me louer de M. le duc de Choiseul. C'est tout ce qu'en moi l'homme d'honneur et l'homme sensible pouvaient désirer. Un *Traité de la tolérance* est un ouvrage si important, mais si délicat, que je crois plus prudent de vous prier de ne pas me l'adresser. Je suis un peu enrhumé. Priez Dieu que je ne m'enrhume pas davantage à la procession des chevaliers de l'ordre. Il y a des gens qui se moqueraient de moi, en me voyant recourir à vos prières. Pour moi, j'aurai toujours espérance et confiance dans une âme que Dieu a embellie des lumières les plus pures et des sentiments les plus nobles.

Adieu, mon cher Tirésie, qui voyez si clair. L'hiver va finir : vous retrouverez vos yeux au printemps.

MMMMXIX. — A M. LE COMTE D'ARGENTAL.

Aux Délices, 27 janvier.

Dites-moi donc, mes anges, si vous avez enfin reçu un cinquième acte et un conte. Une certaine inquisition se serait-elle étendue jusque sur ces bagatelles, et quand le lion ne veut pas souffrir de cornes dans ses États, faut-il encore que les lièvres craignent pour leurs oreilles ? L'aventure de *la Tolérance* me fait beaucoup de peine. Je ne peux concevoir qu'un ouvrage que vous avez tant approuvé puisse être regardé comme dangereux. Je n'ai d'ailleurs et je ne veux avoir d'autre part à cet ouvrage que celle d'avoir pensé comme vous. Il y a trop de théologie, trop de sainte Écriture, trop de citations, pour qu'on puisse raisonnablement supposer qu'un pauvre faiseur de contes y ait mis la main. Je me borne à conseiller à l'auteur de supprimer cet ouvrage en France, si *la Tolérance* n'est pas tolérée par ceux qui sont à la tête du gouvernement. Mais enfin, quand Mme de Pompadour en est satisfaite, quand MM. les ducs de Choiseul et de Praslin témoignent leur approbation, quand M. le marquis de Chauvelin joint son enthousiasme au vôtre, qui donc peut proscrire un livre qui ne peut enseigner que la vertu?

Si le roi avait eu le temps de le lire chez Mme de Pompadour, l'auteur oserait se flatter que Sa Majesté n'en aurait pas été mécontente, et c'est sur la bonté du cœur du roi qu'il fonde cette espérance.

M. le chancelier, dans les premiers jours d'un ministère difficile, aurait-il abandonné l'examen de ce livre à quelqu'un de ces esprits épineux qui veulent trouver du mal partout où le bien se trouve avec candeur et sans politique?

Enfin, pourquoi a-t-on retenu à la poste de Paris tous les exemplaires que plusieurs particuliers de Genève et de Suisse avaient envoyés à leurs amis, sous les enveloppes qui paraissent devoir être les plus respectées? Cette rigueur n'a commencé qu'après que les éditeurs ont eu la circonspection dangereuse d'en envoyer eux-mêmes un exemplaire à M. le chancelier, de le soumettre à ses lumières, et de le recommander à sa protection. Il se peut que les précautions qu'on a prises pour faire agréer le livre soient précisément ce qui a causé sa disgrâce. Mes chers anges sont très à portée de s'en instruire. On peut parler ou faire parler à M. le chancelier. Je les conjure de vouloir bien s'éclaircir et m'éclairer. Tout Suisse que je suis, je voudrais bien ne pas déplaire en France. Je cherche à me rassurer en me figurant que, dans la fermentation où sont les esprits, on ne veut pas s'exposer aux plaintes de la partie du clergé qui persécute les protestants, tandis qu'on a tant de peine à calmer les parlements du royaume. Si ce qu'on propose dans *la Tolérance* est sage, on n'est pas dans un temps assez sage pour l'adopter. Pourvu qu'on ne sache pas mauvais gré à l'auteur, je suis très-content, et j'attends ma consolation de mes anges.

On me mande que plusieurs évêques font des mandements, à l'exemple de M. de Beaumont, et qu'ils iront tenir un concile à Sept-Fonts. Je ne sais si le rappel de tous les commandants est une nouvelle vraie. Je m'en tiens aux événements, et je n'y fais point de commentaires comme sur Corneille. Les graveurs seuls empêchent que l'édition de Corneille n'arrive.

Mais, encore une fois, pourquoi abandonner votre conspiration? est-ce le ton d'aujourd'hui de commencer une chose pour ne pas la finir?

Je vous salue de loin, mes divins anges, et je crois que ces mots *de loin* sont bien convenables dans le temps présent; mais je vous salue avec la plus vive tendresse.

27 janvier.

Vos lettres, mon cher frère, sont une grande consolation pour le quinze-vingts des Alpes; elles me font voir combien les philosophes sont au-dessus des autres hommes. Il me semble que vous voyez les choses comme il faut les voir.

Il est certain que les inondations ont arrêté quelquefois les courriers; mais il n'est pas moins vrai que les premières personnes de l'État n'ont pu recevoir de *Tolérance* par la poste. Vous savez qu'on me fait trop d'honneur en me soupçonnant d'être l'auteur de cet ouvrage; il est au-dessus de mes forces. Un pauvre faiseur de contes n'en sait pas assez pour citer tant de Pères de l'Église avec du grec et de l'hébreu.

Quel que soit l'auteur, il paraît qu'il n'a que de bonnes intentions. J'ai vu les lettres des hommes les plus considérables de l'Europe qui sont entièrement de l'avis de l'auteur depuis le commencement jusqu'à la fin; mais il y a des temps où il ne faut pas irriter les esprits, qui ne sont que trop en fermentation. J'oserais conseiller à ceux qui s'intéressent à cet ouvrage, et qui veulent le faire débiter, d'attendre quelques semaines, et d'empêcher que la vente ne soit trop publique.

Je vous remercie bien de l'exploit du marquis de Créqui. Voilà, de tous les exploits qu'ont faits les Français depuis vingt ans, le meilleur assurément. Cela vaut mieux que tous les mandements que vous pourriez m'envoyer. Christophe à Sept-Fonts [1] aura l'air d'un martyr, et j'en suis fâché; mais on se souviendra que *non Sept-Fonts, sed causa, facit martyrem* [2]. Les mandements des autres évêques ne feront pas, je crois, un grand effet dans la nation; mais le rappel des commandants, le triomphe des parlements, etc., sont une énigme dont je ne puis ou n'ose deviner le mot. C'est le combat des éléments, dont les yeux profanes ne peuvent découvrir le principe.

Je me flatte qu'enfin l'épidémie des remontrances va cesser comme la mode des pantins. Mais celle de l'Opéra-Comique subsistera longtemps; c'est là le vrai génie de la nation.

Voici un petit billet pour frère Thieriot. Je crains bien qu'il ne tâte aussi de la banqueroute de ce notaire [3]. C'était une chose inouïe autrefois qu'un notaire pût être banqueroutier; mais depuis que Mazade, Porlier, conseillers au parlement, Bernard, maître des requêtes, ont fait de belles faillites, je ne suis plus étonné de rien. Ce maître Bernard, surintendant de la maison de la reine, beau-frère du premier président de la première classe du parlement de France, et monsieur son fils, l'avocat général, ont emporté à Mme Denis et à moi environ quatre-vingt mille livres; et M. le président Molé a toujours été si occupé des remontrances sur les finances, qu'il a toujours oublié de me faire rendre justice de monsieur son beau-frère.

1. Après avoir choisi l'abbaye de Sept-Fonts pour lieu de son exil, l'archevêque demanda à aller à la Trappe, ce qui lui fut accordé. (ÉD.)
2. « Non pœna, sed causa, facit martyrem, » a dit Tertullien. (ÉD.)
3. Il s'appelait Deshayes. Sa banqueroute s'élevait à trois millions. (ÉD.)

Est-il vrai que M. de Laverdy a déjà fait beaucoup de retranchements dans les dépenses publiques et dans les profits de quelques particuliers? Si cela est, il sauve quelques écus, mais il doit des millions.

Je ne sais aucune nouvelle du tripot de la Comédie, ni des autres tripots qui se croient plus essentiels. Je serai affligé si la pièce de frère Saurin[1] essuie un affront, c'est un des frères les plus persuadés; je souhaite qu'il soit un des plus zélés. Frère Helvétius est-il à Paris? Tâchez d'avoir quelque chose d'édifiant à me dire touchant le petit troupeau. Cultivez la vigne, mon cher frère, et écr. l'inf...

MMMMXXI. — A MADAME LA MARQUISE DU DEFFAND.

Aux Délices, 27 janvier

Oui, je perds les deux yeux : vous les avez perdus,
O sage du Deffand! est-ce une grande perte?
Du moins nous ne reverrons plus
Les sots dont la terre est couverte.
Et puis tout est aveugle en cet humain séjour;
On ne va qu'à tâtons sur la machine ronde.
On a les yeux bouchés à la ville, à la cour;
Plutus, la Fortune et l'Amour
Sont trois aveugles-nés qui gouvernent le monde.
Si d'un de nos cinq sens nous sommes dégarnis,
Nous en possédons quatre; et c'est un avantage
Que la nature laisse à peu de ses amis,
Lorsqu'ils parviennent à notre âge
Nous avons vu mourir les papes et les rois;
Nous vivons, nous pensons; et notre âme nous reste.
Épicure et les siens prétendaient autrefois
Que ce sixième sens était un don céleste
Qui les valait tous à la fois.
Mais quand notre âme aurait des lumières parfaites,
Peut-être il serait encor mieux
Que nous eussions gardé nos yeux,
Dussions-nous porter des lunettes.

Vous voyez, madame, que je suis un confrère assez occupé des affaires de notre petite république de quinze-vingts. Vous m'assurez que les gens ne sont plus si aimables qu'autrefois : cependant les perdrix et les gelinotes ont tout autant de fumet aujourd'hui qu'elles en avaient dans votre jeunesse; les fleurs ont les mêmes couleurs. Il n'en est pas ainsi des hommes; le fond en est toujours le même, mais les talents ne sont pas de tous les temps; et le talent d'être aimable, qui a toujours été assez rare, dégénère comme un autre. Ce n'est pas vous qui avez changé, c'est la cour et la ville, à ce que j'entends dire aux connaisseurs. Cela vient peut-être de ce qu'on ne lit pas assez les

1. *Blanche et Guiscard.* (ÉD.)

Moyens de plaire de Moncrif. On n'est occupé que des énormes sottises qu'on fait de tous côtés :

> Le raisonner tristement s'accrédite.

Comment voulez-vous que la société soit agréable avec tout ce fatras pédantesque?

Vraiment on vous doit l'hommage d'une *Pucelle*. Un de vos bons mots est cité dans les notes de cet ouvrage théologique. Il n'y a pas moyen de vous l'envoyer, comme vous dites, sous le couvert de la reine; on n'aurait pas même osé l'adresser à la reine Berthe. Mais sachez que, dans le temps présent, il est impossible de faire parvenir aucun livre imprimé des pays étrangers à Paris, quand ce serait le *Nouveau Testament*. Le ministre même dont vous me parlez ne veut pas que j'envoie rien, ni sous son enveloppe, ni à lui-même. On est effarouché, et je ne sais pourquoi.

Prenez votre parti. Si dans quinze jours je ne vous envoie pas *Jeanne* par quelque honnête voyageur, dites à M. le président Hénault qu'il vous en fasse trouver une par quelque colporteur. Cela doit coûter trente ou quarante sous; il n'y a point de livre de théologie moins cher.

Je suis fâché que votre ami soit si couru; vous en jouissez moins de sa société; et c'est une grande perte pour tous deux. J'achève doucement ma vie dans la retraite, et dans la famille que je me suis faite.

Adieu, madame : courage; *faisons de nécessité vertu*. Savez-vous que c'est un proverbe tiré de Cicéron?

MMMMXXII. — A M. MARMONTEL.

28 janvier.

Puisque les choses sont ainsi, mon cher ami, je n'ai qu'à gémir et à vous approuver. Vous rendrez du moins justice à mes intentions; je voulais qu'aucune voix ne manquât à vos triomphes[1]. Ce que vous m'apprenez me fait une vraie peine. Je me consolerai si la littérature jouit à Paris de la liberté sans laquelle elle ne peut exister, si la philosophie n'est point persécutée, si une secte affreuse de rigoristes ne succède pas aux jésuites, si le petit lumignon de raison que vous contribuez à ranimer dans la nation ne vient pas bientôt à s'éteindre. On dit qu'un pédant[2] de l'Université écrit déjà contre *l'Esprit des lois*. Le principal mérite de ce livre est d'établir le droit qu'ont les hommes de penser par eux-mêmes. Voilà les vraies libertés de l'Église gallicane qu'il faut que votre aimable coadjuteur de Strasbourg[3] soutienne. Il y aura toujours en France une espèce de sorciers vêtus de noir qui s'efforceront de changer les hommes en bêtes; mais c'est à vous et à vos amis à changer les bêtes en hommes. On dit que ce Bougainville, à qui un homme de tant de mérite a succédé, n'était en effet

1. Le duc de Praslin était mécontent de l'élection de Marmontel. (ÉD.)
2. Crevier. (ÉD.) — 3. Le prince de Rohan. (ÉD.)

qu'une très-méchante bête; que c'était lui qui avait accusé Boindin d'athéisme, et qui l'avait persécuté même après sa mort. Si cela est, ce malheureux, connu seulement par une plate traduction d'un plat poëme, méritait quelques restrictions aux éloges que vous lui avez donnés. Il se trouve que l'auteur et le traducteur étaient persécuteurs.

L'auteur de *l'Anti-Lucrèce*[1] sollicita l'exclusion de l'abbé de Saint-Pierre, et le translateur prosaïque de *l'Anti-Lucrèce* priva Boindin de l'éloge funèbre qu'il lui devait. Cet *Anti-Lucrèce* m'avait paru un chef-d'œuvre quand j'en entendis les quarante premiers vers récités par la bouche mielleuse du cardinal; l'impression lui a fait tort. J'aime mieux un de vos *Contes moraux* que tout *l'Anti-Lucrèce*. Vous devriez bien nous faire des contes philosophiques, où vous rendriez ridicules certains sots et certaines sottises, certaines méchancetés et certains méchants; le tout avec discrétion, en prenant bien votre temps, et en rognant les ongles de la bête quand vous la trouverez un peu endormie.

Faites mes compliments à tous nos frères qui composent le *pusillum gregem*[2]. Que nos frères s'unissent pour rendre les hommes le moins déraisonnables qu'ils pourront; qu'ils tâchent d'éclairer jusqu'aux hiboux, malgré leur haine pour la lumière : vous serez bénis de Dieu et des sages.

Mme Denis et moi nous vous serons toujours bien attachés.

MMMMXXIII. — A M. LE COMTE D'ARGENTAL.

Aux Délices, 29 janvier.

Mes anges trouveront ici un mémoire qu'ils sont suppliés de vouloir bien donner à M. le duc de Praslin. On dit qu'ils sont extrêmement contents du nouveau mémoire de Mariette en faveur des Calas. Je crois que leur affaire sera finie avant celle des dîmes de Ferney Melpomène, Clio et Thalie, c'est-à-dire les tragédies, l'histoire et les contes, n'empêchent pas qu'on ne songe à ses dîmes, attendu qu'un homme de lettres ne doit pas être un sot qui abandonne ses affaires pour barbouiller des choses inutiles.

Je sais la substance du mandement de votre archevêque; mais je vous avoue que je voudrais bien en avoir le texte sacré. On dit que l'exécuteur des hautes œuvres de *messieurs* a brûlé la pastorale de monseigneur. Si M. l'exécuteur a lu autant de livres qu'il en a brûlé, il doit être un des plus savants hommes du royaume.

Mons du Puy-en-Velay n'a pas les mêmes honneurs : il voudrait bien être lu, dût-il être brûlé. L'historiographe des singes aura beau jeu quand il écrira l'histoire du temps.

Je suppose que mes anges ont reçu mes deux derniers mémoires envoyés à M. de Courcelles. Je cours toujours après mon cinquième acte et après mon conte, et je vois que les enfers ne rendent rien.

---

1. Le cardinal de Polignac. (ÉD.) — 2. Luc, XII, 32. (ÉD.)

J'ai reçu une lettre de M. de Thibouville. Lekain m'a écrit aussi, et je suis fâché qu'il soit dans le secret de la conspiration.

Je ne réponds à personne, je n'envoie rien; mes raisons sont qu'on joue *Castor et Pollux*[1]; qu'on va jouer *Idoménée*[2]; qu'on est fou de l'Opéra-Comique; qu'il faut du temps pour tout, et que j'attends les ordres de mes anges, me prosternant sous leurs ailes.

MMMMXXIV. — A M. LE COMTE DE VALBELLE[3].

Ferney, 30 janvier.

Je prie celui qui éternise les traits de Mlle Clairon sur le bronze, comme ses talents le sont dans les cœurs, de vouloir bien agréer mes très-humbles remercîments. J'espère que mes yeux me permettront bientôt de reconnaître des traits qui sont si chers au public. Je me consolerai, en voyant la figure de Melpomène, du malheur de ne la pas entendre, et je respecterai toujours les monuments de l'amitié.

MMMMXXV. — A M. DALEMBERT.

30 janvier.

Mon illustre philosophe m'a envoyé la lettre d'Hippias-*B*[4]. Cette lettre *B* prouve qu'il y a des *T*[5], et que la pauvre littérature retombe dans les fers dont M. de Malesherbes l'avait tirée. Ce demi-savant et demi-citoyen, Daguesseau, était un *T* : il voulait empêcher la nation de penser. Je voudrais que vous eussiez vu un animal nommé Maboul[6]; c'était un bien sot *T*, chargé de la douane des idées sous le *T* Daguesseau. Ensuite viennent les sous-*T*, qui sont une demi-douzaine de gredins dont l'emploi est d'ôter, pour quatre cents francs par an, tout ce qu'il y a de bon dans les livres.

Les derniers *T* sont les polissons de la chambre syndicale; ainsi je ne suis pas étonné qu'un pauvre homme qui a le privilége des fiacres à Lyon ne veuille pas s'exposer à la colère de tant de *T* et de sous-*T*. J'avoue qu'il ne doit pas risquer ses fiacres pour faire aller Gabriel Cramer en carrosse.

Vous remarquerez, s'il vous plaît, mon cher philosophe, que l'auteur de *la Tolérance* est un bon prêtre, un brave théologien, et qu'il y aurait une injustice manifeste à m'attribuer cet ouvrage. Je conseille à l'auteur de ne le pas publier sitôt; il n'est pas juste que la raison s'avise de paraître au milieu de tant de remontrances, de mandements, d'opéras-comiques, qui occupent vos compatriotes.

On dit qu'un naturaliste fait actuellement l'*Histoire des singes*. Si cet auteur est à Paris, il doit avoir d'excellents mémoires.

Je ne sais encore si le *carnifex* de *messieurs* a brûlé la pastorale de monseigneur. Que vous êtes heureux! Vous devez rire du matin au soir de tout ce que vous voyez. Vous avez assurément l'esprit en joie; vous m'avez écrit une lettre charmante.

1. Opéra de Bernard. (Éd.) — 2. Tragédie de Lemierre. (Éd.)
3. Le comte de Valbelle, amant de Mlle Clairon, et M. de Villepinte avaient fait frapper une médaille de cette actrice. (Éd.)
4. Bourgelat. (Éd.) — 5. T. Des tyrans. (Éd.) — 6. Censeur royal. (Éd.)

Je crois que l'auteur des *Quatre saisons* ne fera la pluie et le beau temps que dans un diocèse. Il a la rage d'être archevêque; j'en suis bien fâché. Je lui dirais volontiers :

Nec tibi regnandi veniat tam dira Cupido.

Virg., *Georg.*, I, 37.

Au milieu de toute votre gaieté, tâchez toujours d'écraser l'*inf*...; notre principale occupation dans cette vie doit être de combattre ce monstre. Je ne vous demande que cinq ou six bons mots par jour, cela suffit; il n'en relèvera pas. Riez, Démocrite; faites rire, et les sages triompheront. Si vous voyez frère Damilaville, il peut vous faire avoir le livre de du Marsais, attribué à Saint-Évremont[1]. Quand vous n'aurez rien à faire, écrivez-moi; vos lettres me prolongeront la vie : je les relis vingt fois, et mon cœur se dilate. Une lettre de vous vaut mieux que tout ce qu'on écrit depuis vingt ans.

Je vous aime comme je vous estime.

MMMMXXVI. — A M. DAMILAVILLE.

30 janvier.

Je demeure toujours persuadé avec vous, mon cher frère, que ce temps-ci n'est pas propre à faire paraître le *Traité sur la tolérance*. Je n'en suis point l'auteur, comme vous savez, et je ne m'intéressais à cet ouvrage uniquement que par principe d'humanité. Ce même principe me fait désirer que l'ouvrage ne paraisse point. C'est un mets qu'il ne faut présenter que quand on aura faim. Les Français ont actuellement l'estomac surchargé de mandements, de remontrances, d'opéras-comiques, etc. Il faut laisser passer leur indigestion.

Est-il vrai, mon cher frère, qu'on a mis en lumière, au bas de l'escalier du Mai, la pastorale de monseigneur? L'auteur sera assurément inséré dans le Martyrologe romain. Tout ceci ne fait pas de bien à l'*inf*.... Nos plus grands ennemis combattent pour la bonne cause, sans le savoir. Tout ce que je crains, c'est qu'un esprit de presbytérianisme ne s'empare de la tête des Français, et alors la nation est perdue. Douze parlements jansénistes sont capables de faire des Français un peuple d'atrabilaires. Il n'y a plus de gaieté qu'à l'Opéra-Comique. Tous les livres écrits depuis quelque temps respirent je ne sais quoi de sombre et de pédantesque, à commencer par l'*Ami des hommes*, et à finir par les *Richesses de l'État*. Je ne vois que des fous qui calculent mal.

Vous m'aviez promis le livre du *lourd* Crevier. Je vous demande en grâce de le joindre aux *Fonctions du parlement*[2]. Je souhaite que le livre attribué à Saint-Évremont, dont vous m'avez régalé, puisse être sur toutes les cheminées de Paris. Il a beau être farci de fautes d'impression, il fera toujours beaucoup de bien. Écr. l'*inf*..., écr. l'*inf*....

1. L'*Analyse de la religion chrétienne*. (ÉD.)
2. *Lettres historiques sur les fonctions essentielles du parlement*, par Lepaige. (ÉD.)

MMMMXXVII. — A M. DE CHAMFORT.

Janvier.

Je saisis, monsieur, avec vous et avec M. de La Harpe, un moment où le triste état de mes yeux me laisse la liberté d'écrire. Vous parlez si bien de votre art, que si même je n'avais pas vu tant de vers charmants dans la *Jeune Indienne* [1], je serais en droit de dire : « Voilà un jeune homme qui écrira comme on faisait il y a cent ans. » La nation n'est sortie de la barbarie que parce qu'il s'est trouvé trois ou quatre personnes à qui la nature avait donné du génie et du goût, qu'elle refusait à tout le reste. Corneille, par deux cents vers admirables répandus dans ses ouvrages; Racine, par tous les siens; Boileau, par l'art, inconnu avant lui, de mettre la raison en vers; un Pascal, un Bossuet, changèrent les Welches en Français; mais vous paraissez convaincu que les Crébillon et tous ceux qui ont fait des tragédies aussi mal conduites que les siennes, et des vers aussi durs et aussi chargés de solécismes, ont changé les Français en Welches. Notre nation n'a de goût que par accident; il faut s'attendre qu'un peuple qui ne connut pas d'abord le mérite du *Misanthrope* et d'*Athalie*, et qui applaudit à tant de monstrueuses farces, sera toujours un peuple ignorant et faible, qui a besoin d'être conduit par le petit nombre des hommes éclairés. Un polisson comme Fréron ne laisse pas de contribuer à ramener la barbarie; il égare le goût des jeunes gens, qui aiment mieux lire pour deux sous ses impertinences que d'acheter chèrement de bons livres, et qui même ne sont pas souvent en état de se former une bibliothèque. Les feuilles volantes sont la peste de la littérature.

J'attends avec impatience votre *Jeune Indienne*; le sujet est très-attendrissant. Vous savez faire des vers touchants; le succès est sûr; personne ne s'y intéressera plus que votre très-humble et obéissant serviteur.

MMMMXXVIII. — A M. LE MARQUIS D'ARGENCE DE DIRAC.

1er février.

Le mot *episcopos*, évêque, ne renferme pas le mot hébreu, *prêcheur, apôtre, envoyé à Jérusalem*. Ce ne fut qu'à la fin du premier siècle et au commencement du second qu'on distingua les *episcopois*, les *presbytériens*, les *pistois*, les *diacres*, les *catéchumènes* et *énergumènes*. Il n'est fait aucune mention, dans les *Actes des apôtres*, du voyage de Simon Barjone à Rome. Justin est le premier qui ait imaginé la fable de Simon Barjone et de Simon le magicien à Rome. Nulle primauté ne peut être dans Barjone, puisque Paul s'éleva contre lui sans en être repris par personne.

Il est clair, depuis les premiers siècles jusqu'aujourd'hui, que l'Église grecque, beaucoup plus étendue que la nôtre, n'a jamais reconnu la primatie de Rome. Saint Cyprien, dans ses lettres aux évêques de Rome, ne les appelle jamais que frères et compagnons.

Quant au *Pentateuque*, ces mots : *Au delà du Jourdain ; Le Cana-*

---

1. Comédie de Chamfort. (ÉD.)

néen était alors en ce pays-là; *Le lit de fer d'Og, roi de Bazan, est le même qui se trouve aujourd'hui en Rabbath; Il appela tout ce pays Bazan, et le village de Jaïr jusqu'aujourd'hui; Abraham poursuivit ses ennemis jusqu'à Dan; Avant qu'aucun roi ait régné sur Israël*[1]; tous ces passages et beaucoup d'autres prouvent que Moïse n'est point l'auteur de ces livres, puisque Moïse n'avait pas passé le Jourdain, puisque le Cananéen était de son temps dans le pays, etc. Le grand Newton et le savant Le Clerc ont démontré la vérité de ce sentiment.

Cette fausse citation, *Et il sera appelé Nazaréen*, n'est pas la seule; et, pendant deux siècles entiers, tout est plein de citations fausses et de livres apocryphes. On poussa l'impudence jusqu'à supposer ces vers acrostiches de la sibylle Érythrée :

> Avec cinq pains et trois poissons
> Il nourrira cinq mille hommes au désert;
> Et, en ramassant les morceaux qui resteront,
> Il remplira douze paniers.

Voilà une petite partie de ce qu'on peut répondre aux questions dont M. l'abbé veut bien honorer son serviteur et son ami. M. l'abbé ne peut rendre un plus grand service aux hommes qu'en favorisant la nouvelle édition du curé de But et d'Étrepigni en Champagne[2].

M. l'abbé devrait avoir reçu un sermon qui lui avait été adressé en droiture; mais il y a trop de curieux dans le monde : il faudra, quand il voudra écrire à son serviteur, qu'il fasse passer ses lettres par la couturière à laquelle on adresse celle-ci.

On fait mille tendres compliments à M. l'abbé.

MMMMXXIX. — A M. DAMILAVILLE.

1er février.

Mon cher frère, je n'ai point été trompé dans mes espérances. Le réquisitoire de maître Omer est un des plus plats ouvrages que j'aie jamais lus. Il n'y a pas quatre lignes qui soient écrites en français, et son style pédantesque est digne de lui. Je suppose, par les citations, que le mandement de maître Beaumont est aussi ennuyeux que le discours de maître Omer.

De tout ce que j'ai vu depuis dix ans sur toutes ces pauvretés qui ont agité tant d'énergumènes, je ne connais de raisonnable que la déclaration qui impose silence à tous les partis. Le roi me paraît très-sage, mais il me paraît le roi des Petites-Maisons. Qu'on se donne un peu la peine de se retracer dans l'esprit un tableau fidèle de tout ce qui s'est fait de plus fou en France depuis les billets de confession jusqu'à l'arrêt du parlement de Toulouse, qui défend qu'on reconnaisse le commandant du roi pour commandant; qu'on aille ensuite chez le directeur des Petites-Maisons prendre un relevé de tout ce qui s'y est fait et dit depuis dix ans; et ce n'est pas pour les Petites-Maisons que je parierai.

---

1. *Exode*, I, 1; *Genèse*, XII, 6; *Deutéronome*, III, 2, 13, 14; *Genèse*, XIV, 14, XXXVI, 31; *Juges*, XIII, 5. (ÉD.)
2. Jean Meslier. (ÉD.)

Heureux, encore une fois, ceux qui cultivent en paix et en liberté les belles-lettres loin de tant de fous, et qui préfère Cicéron et Démosthène à Beaumont et Omër!

J'ai bonne opinion du contrôleur général [1], parce qu'on n'entend point parler de lui. Le plus sage ministre est toujours celui qui donne le moins d'édits. Je n'aimerais pas un médecin qui voudrait guérir tout d'un coup une maladie invétérée.

Je crois, mon cher frère, que M. le duc de Praslin rapportera bientôt au conseil mon affaire des dîmes. J'espère que je me moquerai alors du concile de Latran, qui excommunie les particuliers possesseurs de dîmes inféodées. J'ai plusieurs causes assez agréables de damnation par devers moi. Il est vrai que j'ai un peu les yeux d'un excommunié, et je ne peux ni lire ni écrire; mais on dit que je serai guéri avant le mois de juin. En attendant, je vous demande toujours votre protection pour avoir les livres que j'ai demandés.

Ce n'est pas encore, je crois, le temps des contes; mais on enverra, le plus tôt qu'on pourra, à mon cher frère quelque bagatelle sur laquelle on lui demandera son avis.

J'ai peur que l'exploit signifié par M. de Créqui à son curé ne soit une plaisanterie. Les Français ne sont pas encore dignes que la chose soit vraie.

Nous avons un bien mauvais temps; ma santé est encore plus mauvaise. Je reprocherai bien à la nature de me faire mourir sans avoir vu mon cher frère. Recommandez-moi aux prières des fidèles. *Orate, fratres. Écr. l'inf....*

MMMMXXX. — A M. LE COMTE D'ARGENTAL.

1er février.

L'aveugle des Alpes a lu comme il a pu, et avec plus de plaisir que de facilité, la consolante lettre du 25 du mois de janvier, dont ses anges gardiens l'ont régalé. Le grand docteur Tronchin lui couvre les yeux d'une pommade adoucissante, où il entre du sublimé corrosif. Jésus-Christ ne se servait que de boue et de crachat, en criant *ephpheta* [2]; mais les arts se perfectionnent.

Mes anges avaient donc reçu le cinquième acte de la conjuration un peu radoubé; ils en sont donc contents, on pourrait donc se donner le petit plaisir de se moquer du public, de faire jouer la pièce de l'ex-jésuite [3], en disant toujours qu'on va jouer *Olympie*. Ce serait un chef-d'œuvre de politique comique, qui me paraît si plaisant, que je ne conçois pas comment mes conjurés ne se donnent pas cette satisfaction.

Cependant j'en reviens toujours à mon grand principe, que la volonté de mes anges soit faite au *tripot* comme au ciel!

Je remercie tendrement mes anges de toutes leurs bontés; c'est à eux que je dois celles de M. le duc de Praslin, qui me conservera mes dîmes en dépit du concile de Latran, et qui fera voir que les traités des rois valent mieux que des conciles. Figurez-vous quel plaisir ce

---

1. Laverdy. (ÉD.) — 2. « Ephpheta, quod est aperire. » Marc, VII, 24. (ÉD.)
3. *Le Triumvirat.* (ÉD.)

sera pour un aveugle d'avoir entre les Alpes et le mont Jura une terre grande comme la main, très-joliment bâtie de ma façon, ne payant rien au roi ni à l'Église, et ayant d'ailleurs le droit de mainmorte sur plusieurs petites possessions.

Je devrai tout cela à mes anges et à M. le duc de Praslin. Il n'y a que le succès de la conspiration qui puisse me faire un aussi grand plaisir. Je les félicite du gain du procès de la *Gazette littéraire*, qui fera braire l'âne littéraire. On m'avait envoyé d'Angleterre un gros paquet adressé, il y a un mois, à M. le duc de Praslin, pour travailler à sa gazette, dans le temps que j'avais encore un œil; mais il faut que le diable, comme vous dites, soit déchaîné contre tous mes paquets.

Il paraît (et je suis très-bien informé) qu'on a de grandes alarmes à Versailles sur *la Tolérance*, quoique tous ceux qui ont lu l'ouvrage en aient été contents. On peut bien croire que ces alarmes m'en donnent. Je m'intéresse vivement à l'auteur, qui est un bon théologien et un digne prêtre; je ne m'intéresse pas moins à l'objet de son livre, qui est la cause de l'humanité. Il n'y a certainement d'autre chose à faire, dans de telles circonstances, qu'à prier frère Damilaville de vouloir bien employer son crédit et ses connaissances dans la typographie, pour empêcher le débit de cet ouvrage diabolique, où l'on prouve que tous les hommes sont frères.

Je supplie très-instamment mes anges consolateurs de savoir, par le protecteur de la conspiration des roués, si l'on me sait mauvais gré à Versailles de cette *Tolérance* si honnête. Il peut en être aisément informé, et en dire trois mots à mes anges, qui m'en feront entendre deux; car, quoique je ne sois pas un moine de couvent, je ne veux pourtant pas déplaire à M. le prieur. La liberté a quelque chose de céleste, mais le repos vaut encore mieux.

Ma nièce et moi, nous remercions encore une fois nos anges; nous présentons à M. le duc de Praslin les plus sincères remercîments: nous en disons autant à frère Cromelin, qui d'ailleurs est un des fidèles de notre petite Église. J'ai lu, à propos d'Église, le réquisitoire de maître Omer contre maître de Beaumont. Je ne sais rien de plus ennuyeux, si ce n'est peut-être le mandement de Beaumont, que je n'ai point encore vu. Je ne trouve de raisonnable, dans toutes ces fadaises importantes, que la déclaration du roi, qui ordonne le silence.

MMMMXXXI. — A M. DAMILAVILLE.

4 février.

Mon cher frère, je suis dans les limbes de toute façon, car mes yeux ne voient plus, et je ne sais rien de ce qui se passe. Mais je vois, à vue de pays, la paix renaître dans l'intérieur du royaume, l'argent circuler, l'Opéra-Comique triompher, Grandval revenir grasseyer à l'hôtel des comédiens ordinaires du roi, et l'Opéra attirer la foule dans la belle salle du Louvre; mais, si j'étais à Paris, j'aimerais bien mieux souper avec vous et avec Platon que de voir toutes ces belles choses.

Laissons toujours dormir *la Tolérance*. Le bon prêtre qui est l'auteur de cet ouvrage me mande qu'il serait au désespoir de scandaliser les faibles. Mais si vous pouviez en prendre pour vous une douzaine d'exemplaires, et les faire circuler, avec votre prudence ordinaire, entre des mains sûres et fidèles, vous rendriez par là un grand service aux honnêtes gens, sans alarmer la délicatesse de ceux qui craignent que cet ouvrage ne soit trop répandu.

De tous les contes j'ai choisi le plus court et le plus philosophique, pour l'envoyer à mon cher frère. Les dames n'y entendront rien, mais les philosophes devineront plus qu'on ne leur en dit.

Au reste, *Thélème* [1] ne doit trouver place que dans un petit recueil que les gens de bien feront un jour. L'ouvrage est trop petit et trop sage pour être imprimé séparément.

Je suppose à présent tout tranquille, ce qui est bien triste pour des Français. Il ne s'agit plus que des plaisirs qu'ils peuvent goûter à la Comédie-Italienne. Qu'est-ce que c'est que cet *Idoménée* [2] ? l'a-t-on joué ? cela vaut-il mieux que celui de Crébillon ?

Je n'entends point parler du terrible ouvrage du lourd Crevier contre Montesquieu, ni du livre intitulé *Fonctions du parlement.* Si frère Thieriot veut bien m'envoyer ces livres, il me fera plaisir.

Je prie mon frère de vouloir bien faire parvenir l'incluse à frère Dumolard, au Gros-Caillou. Frère Dumolard est un bon cacouac,

Et sait du grec, madame, autant qu'homme de France.

Molière, *Femmes savantes*, acte III, scène v.

Le petit livret attribué à Saint-Évremont fait-il un peu de fortune ? L'âge, la maladie, les fluxions sur les yeux, n'attiédissent point mon saint zèle.

Vivez heureux, et écr. l'*inf....*

MMMMXXXII. — DE LOUIS-EUGÈNE.

À la Chablières, ce 4 février.

Je sais bien bon gré, monsieur, à cette belle princesse de me rappeler dans l'honneur de votre souvenir. C'est une marque bien précieuse qu'elle me donne de son amitié, et je saisis cette occasion avec tout l'empressement possible pour vous en remercier tous deux.

Si le titre de philosophe est le partage de ceux qui sont véritablement heureux, je conviens, monsieur, que j'y ai quelque droit. Je coule ma tranquille vie entre une épouse et un enfant que j'aime de tout mon cœur. Mes occupations domestiques sont à la fois mes devoirs et mes plaisirs, et je borne tous mes désirs à les remplir avec tendresse et avec exactitude.

Ce sont ces mêmes devoirs qui me privent du bonheur d'aller vous voir à Ferney. Ma femme, qui me charge de vous présenter ses hommages, est déjà assez avancée dans sa nouvelle grossesse, et je n'ai garde de l'abandonner dans une situation que mon absence lui rendrait encore plus pénible; et il me semble que ceci suffit pour vous prouver combien je l'aime.

1. *Thélème et Macare.* (ÉD.) — 2. De Lemierre. (ÉD.)

J'ignore parfaitement quelles seront les fêtes de Stuttgard et de Louisbourg; mais ce que je sais, c'est que tous les jours, que dis-je? tous les instants sont des fêtes pour moi; car il ne me faut qu'une caresse de ma femme et un sourire de mon enfant pour des les rendre tels. Après cela, vous sentez bien, monsieur, que je ne désire pas de changer de manière d'être. Mais, si toutefois la fortune avait résolu de me faire passer dans une autre situation, encore ne désespérerais-je pas de vivre heureux, et voici comme je ferais: je vivrais avec beaucoup de simplicité; je m'environnerais, autant qu'il me serait possible, d'honnêtes gens; je n'aurais pour but de ma conduite que le bonheur de ceux qui me seraient confiés, et je n'écouterais, pour le remplir, que la voix de ma conscience, et ce motif si louable et si consolant par lui-même. Voilà mon secret, et je suis bien persuadé que vous daignerez l'approuver. Je ne vous en dirai pas davantage; car que pourrais-je vous dire après cela? mais ce qui est bien sûr, c'est que l'avenir n'altérera jamais ma façon de penser à votre égard, et que je me ferai toujours un plaisir de vous convaincre des sentiments d'attachement que je vous ai voués, et avec lesquels j'ai l'honneur d'être, monsieur, votre, etc. LOUIS-EUGÈNE, *duc de Wurtemberg*.

MMMMXXXIII. — A M. LE DUC DE LA VALLIÈRE.

6 février.

Je crois *Macare* à Montrouge; monsieur le duc est encore plus fait pour Macare que pour des faucons [1]. S'il était de ces ducs et pairs qui ne savent pas le grec, on lui dirait que *Macare* signifie *bonheur*, et *Thélème*, volonté; mais on ne lui fera pas cette injure.

MMMMXXXIV. — DE FRÉDÉRIC, LANDGRAVE DE HESSE-CASSEL.

Cassel, 15 février.

Monsieur, j'ai reçu, avec tout le plaisir imaginable, votre lettre avec le *Traité sur la tolérance*. Je l'ai lu, et on n'a pas de peine à y reconnaître son auteur, toujours plein de feu, d'idées neuves, et d'un jugement admirable. Le sort de cette pauvre famille des Calas m'a touché jusqu'au fond de l'âme. Comment se peut-il que, dans un siècle aussi éclairé que celui où nous vivons, il se commette encore de pareilles choses, qui feraient honte aux siècles les plus reculés? J'ai eu soin de vous faire remettre par un marchand de Genève un petit secours pour cette pauvre famille. Que je serais charmé si je pouvais espérer de vous voir à ma cour! Je suis au désespoir que votre santé vous en empêche. Il faudra donc, malgré moi, me borner à vous prier de me donner souvent de vos nouvelles, auxquelles je m'intéresse beaucoup.

Je lis et relis vos ouvrages toujours avec le même plaisir. J'ai fait représenter *Olympie* à Manheim avec un plaisir infini; et ce dernier

1. Le duc de La Vallière, à qui Voltaire envoyait son conte de *Macare et Thélème*, était grand fauconnier de France. (ÉD.)

lieu, sur mon théâtre, les comédiens français nous ont donné *Sémiramis*, et ils se sont surpassés.

Je suis avec beaucoup d'amitié et d'estime, monsieur, votre très-humble et très-obéissant serviteur,   FRÉDÉRIC, *landgrave de Hesse.*

MMMMXXXV. — A M. DAMILAVILLE.

8 février.

Bon! tant mieux! ils sont piqués : c'est ce que nous voulions. Quand les mulets de ce pays-là ruent, c'est une preuve qu'ils ont senti les coups de fouet.

Mon cher frère doit avoir reçu *Thélème*, et je suis bien sûr que *Macare* est chez lui. J'ai été bien content des deux tomes de figures que j'ai reçus de Briasson; je vois que l'*Encyclopédie* sera un des plus beaux monuments de la nation française, malgré certains petits polissons qui y ont mis la main, et d'infâmes polissons qui ont voulu nous priver d'un ouvrage si utile.

Mon cher frère, j'ai des nouvelles assez satisfaisantes sur *la Tolérance*. On souhaite d'abord que vous en donniez quelques exemplaires à des personnes qui les trompetteront dans le monde comme un ouvrage honnête, religieux, humain, utile, capable de faire du bien, et qui ne peut faire de mal, etc. Alors il aura son passe-port, et marchera la tête levée. Rendez donc, mon cher frère, ce service aux honnêtes gens. Que frère Thieriot, dont on n'a jamais de nouvelles, en fasse passer quelques-uns à M. de Crosne, à M. de Montigni-Trudaine, à M. le marquis de Ximenès. C'est une œuvre charitable que je recommande à votre piété.

Songez toujours que vous m'aviez promis les sottises de Crevier sur Montesquieu. Je le payerai, sans faute, de toutes ses peines, dès que j'aurai son mémoire final.

On doit vous avoir envoyé une *Seconde lettre du quaker*, qui est un sermon très-orthodoxe et très-charitable. Ces petits ouvrages font beaucoup de bien aux bonnes âmes, et nourrissent la dévotion.

Je ne sais rien de nouveau de votre pays, et dans le nôtre il n'y a que de la pluie. Ma santé est toujours bien mauvaise; les fenêtres de la maison tombent : les Fréron seront bien aises :

Exoriare aliquis nostris ex ossibus ultor!
Virg., *Æneid.*, lib. IV, v. 625.

Il y a des gens qui font du bien dans les provinces; faites-en à Paris, mon cher frère. *Écr. l'inf....*

MMMMXXXVI. — A M. LE MARÉCHAL DUC DE RICHELIEU.

A Ferney, 11 février.

Et, pour vous souhaiter tous les *bonheurs* ensemble,
*Ayez un petit-*fils, *seigneur*, qui *vous* ressemble.
Corneille, *Rodogune*, acte V, scène IV.

Cela est d'autant plus nécessaire que, selon ce que j'entends dire, il n'y a personne qui vous ressemble aujourd'hui. Où est l'éclat, la gaieté, le brillant, qui vous accompagnaient de mon temps? Votre nom allait noblement et gaiement d'un bout de l'Europe à l'autre. Bien peu de gens soutiennent comme vous l'honneur de la nation, et mon héros laissera peu d'imitateurs.

Monseigneur le maréchal m'a bien fait l'honneur de me mander qu'il mariait M. le duc de Fronsac, mais le nom de la future est resté au bout de la plume; ainsi je ne lui fais qu'un demi-compliment : mais puisse votre maison s'éterniser comme vous avez immortalisé votre nom! Je commence à espérer que je ne perdrai pas les yeux, quoiqu'ils soient dans un très-piteux état; et si jamais vous retournez à Bagnères, je me ferai donner un ordre, signé *Tronchin*, pour vous y aller faire ma cour.

Je ne sais pas si vos noces sont déjà faites, mais je suis bien sûr que vous êtes le plus agréable et le plus gai de toute la compagnie. Jouissez longtemps de toutes les belles grâces que la nature vous a faites. Je ne dois pas vous importuner en vous félicitant; et les occupations de la noce, des présentations, des visites, m'avertissent de vous renouveler mon tendre et profond respect sans bavarderie.

MMMMXXXVII. — A M. L'ABBÉ DE SADE.

Ferney, 12 février.

Vous remplissez, monsieur, le devoir d'un bon parent de Laure, et je vous crois allié de Pétrarque, non-seulement par le goût et par les grâces, mais parce que je ne crois point du tout que Pétrarque ait été assez sot pour aimer vingt ans une ingrate. Je suis sûr que vos *Mémoires* vaudront beaucoup mieux que les raisons que vous donnez de m'avoir abandonné si longtemps; vous n'en avez d'autres que votre paresse.

Je suis enchanté que vous ayez pris le parti de la retraite; vous me justifiez par-là, et vous m'encouragez. Si je n'étais pas vieux et presque aveugle, Paul irait voir Antoine, et je dirais avec Pétrarque :

Movesi 'l vecchierel canuto e bianco
Dal dolce loco ov' ha sua età fornita,
E dalla famigliuola sbigottita,
Che vede 'l caro padre venir manco.
Part. I, Son. XIV.

J'irai vous voir assurément à la fontaine de Vaucluse. Ce n'est pas que mes vallées ne soient plus vastes et plus belles que celles où a vécu Pétrarque; mais je soupçonne que vos bords du Rhône sont moins exposés que les miens aux cruels vents du nord. Le pays de Gex, où j'habite, est un vaste jardin entre des montagnes; mais la grêle et la neige viennent trop souvent fondre sur mon jardin. J'ai fait bâtir un château très-petit, mais très-commode, où je me suis précautionné contre ces ennemis de la nature : j'y vis avec une nièce que j'aime. Nous y avons marié Mlle Corneille à un gentilhomme du voisinage qui demeure avec nous; je me suis donné une nombreuse famille que la nature m'avait refusée, et je jouis enfin d'un bonheur que je n'ai jamais goûté que dans la retraite. Je ne puis laisser la *famiglia sbigottita* : vous feriez donc bien, vous, monsieur, qui avez de la santé, et qui n'êtes point dans la vieillesse, de faire un pèlerinage vers notre climat hérétique. Vous ne craindrez pas le souffle empesté de Genève ; M. le légat vous chargera d'*agnus* et de reliques ; vous en trouverez d'ailleurs chez moi ; et je vous avertis d'avance que le pape m'a envoyé par M. le duc de Choiseul un petit morceau de l'habit de saint François, mon patron. Ainsi vous voyez que vous ne risquez rien à faire le voyage : d'ailleurs la ville de Calvin est remplie de philosophes, et je ne crois pas qu'on en puisse dire autant de la ville de la reine Jeanne.

Il y a longtemps que je n'ai été à ma petite campagne des Délices ; je donne la préférence au petit château que j'ai bâti, et je l'aimerai bien davantage, si jamais vous daignez prendre une cellule dans ce couvent : vous m'y verrez cultiver les lettres et les arbres, aimer et planter. J'oubliais de vous dire que nous avons chez nous un jésuite qui nous dit la messe ; c'est une espèce d'Hébreu que j'ai recueilli dans la transmigration de Babylone : il n'est point du tout gênant,

> ....*Non tanta superbia victis ;*
> Virg., *Æn.*, lib. I, v. 529.

il joue très-bien aux échecs, dit la messe fort proprement ; enfin c'est un jésuite dont un philosophe s'accommoderait. Pourquoi faut-il que nous soyons si loin l'un de l'autre, en demeurant sur le même fleuve !

Je suis bien aise que messieurs d'Avignon sachent que c'est moi qui leur envoie le Rhône ; il sort du lac de Genève, sous mes fenêtres, aux Délices. Il ne tient qu'à vous de venir voir sa source ; vous combleriez de plaisir votre vieux serviteur, qui ne peut vous écrire de sa main, mais qui vous sera toujours tendrement attaché.

MMMMXXXVIII. — A M. LE COMTE D'ARGENTAL.

12 n . er.

> Si Pygmalion la forma,
> Si le ciel anima son être,
> L'Amour fit plus, il l'enflamma.
> Sans lui, que servirait de naître?

Si mes anges trouvent ces versiculets supportables, à la bonne heure, sinon au rebut. J'aurai du moins eu le mérite de leur avoir obéi sur-le-champ, et c'est un mérite que j'aurai toujours.

Mes anges me donnent de très-bonnes raisons d'avoir mis Lekain de la conspiration ; ils ont très-bien fait, je les applaudis ; je leur ai toujours dit : « Votre volonté soit faite ; » mais je joins l'approbation à la résignation.

Je répète à mes anges que la nation a enfin trouvé son vrai génie, sa vraie gloire, qui est l'opéra-comique. On me mande partout qu'il y a de très-belles choses dans *Idoménée*, car je suis encore assez bon Français pour aimer le *tripot* de Melpomène.

Je joins ici la liste des tripotiers, que mes anges me demandent; j'y joins aussi un petit extrait pour la *Gazette littéraire*, dont j'envoie le double à M. Arnaud; je l'ai cru digne de votre curiosité. Tout Ferney (au curé près) remercie mes anges et M. le duc de Praslin. Bien est-il vrai que M. le duc de Praslin m'a fait tenir hier un petit paquet de je ne sais où, et qui contient les sermons dont j'envoie l'extrait; mais pour le gros paquet délivré à M. le comte de Guerchi par Paul Vaillant, schérif de Londres, je n'en ai point de nouvelle; et tout ce que je peux faire, c'est de joindre ici un petit mémoire de ce que contenait ce tardif paquet, qui était préparé depuis six mois, et qui viendra probablement en qualité d'almanach de l'année passée.

Mes yeux sont encore en très-mauvais état; mais dès que j'aurai des yeux et des livres nouveaux, je fournirai à M. l'abbé Arnaud tous les mémoires dont je pourrai m'aviser.

N. B. Pour peu qu'il y ait encore de bonne foi chez les hommes, mes anges doivent avoir reçu un double des *Trois manières*. M. Janel lui-même doit leur avoir envoyé deux *Olympie*; plus, des remontrances sur *Olympie*, accompagnées d'une lettre. Il y avait aussi une lettre avec les *Trois manières*, dans un paquet adressé à M. de Courteilles. Si rien de tout cela n'est arrivé, à quel saint désormais avoir recours? Je présente à mes anges la plus respectueuse tendresse.

MMMMXXXIX. — A M. DALEMBERT.

13 février.

Gardez-vous bien, mon très-cher philosophe, d'alarmer la foi des fidèles par vos cruelles critiques. Je ne vous demande pas de changer d'avis, parce que je sais que les philosophes sont têtus; mais je vous conjure d'immoler vos raisonnements au bien de la bonne cause. Le bonhomme auteur de *la Tolérance* n'a travaillé qu'avec les conseils de deux très-savants hommes. Vous vous doutez bien que ce n'est pas de son chef qu'il a cité de l'hébreu. Ces deux théologiens sont convenus avec lui, à leur grand étonnement, que ce peuple abominable qui égorgeait, dit-on, vingt-trois mille hommes pour un veau [1], et vingt-quatre mille pour une femme [2], etc., ce même peuple pourtant donne les plus grands exemples de tolérance; il souffre dans son sein une secte accréditée de gens qui ne croient ni à l'immortalité de l'âme ni aux anges. Il a des pontifes de cette secte. Trouvez-moi sur le reste de la terre une plus forte preuve de tolérantisme dans un gouvernement. Oui, les Juifs ont été aussi indulgents que barbares; il y en a cent exemples frappants : c'est cette énorme contradiction qu'il fallait développer, et elle ne l'a jamais été que dans ce livre.

On a très-longtemps examiné, en composant l'ouvrage, s'il fallait s'en tenir à prêcher simplement l'indulgence et la charité, ou si l'on devait ne pas craindre d'inspirer de l'indifférence. On a conclu unanimement qu'on était forcé de dire des choses qui menaient, malgré l'auteur, à cette indifférence fatale, parce qu'on n'obtiendra jamais des

1. *Exode,* XXXII, 28. (ÉD.) — 2. *Nombres,* XXV. (ÉD.)

hommes qu'ils soient indulgents dans le fanatisme, et qu'il faut leur apprendre à mépriser, à regarder même avec horreur les opinions pour lesquelles ils combattent.

On ne peut cesser d'être persécuteur sans avoir cessé auparavant d'être absurde. Je peux vous assurer que le livre a fait une très-forte impression sur tous ceux qui l'ont lu, et en a converti quelques-uns Je sais bien qu'on dit que les philosophes demandent la tolérance pour eux; mais il est bien fou et bien sot de dire que, « quand ils y seront parvenus, ils ne toléreront plus d'autre religion que la leur : » comme si les philosophes pouvaient jamais persécuter ou être à portée de persécuter ! Ils ne détruiront certainement pas la religion chrétienne; mais le christianisme ne les détruira pas, leur nombre augmentera toujours; les jeunes gens destinés aux grandes places s'éclaireront avec eux, la religion deviendra moins barbare et la société plus douce. Ils empêcheront les prêtres de corrompre la raison et les mœurs. Ils rendront les fanatiques abominables et les superstitieux ridicules. Les philosophes, en un mot, ne peuvent qu'être utiles aux rois, aux lois et aux citoyens. Mon cher Paul de la philosophie, votre conversation seule peut faire plus de bien dans Paris que le jansénisme et le molinisme n'y ont jamais fait de mal; ils tiennent le haut du pavé chez les bourgeois, et vous dans la bonne compagnie. Enfin, telle est notre situation, que nous sommes l'exécration du genre humain, si nous n'avons pas pour nous les honnêtes gens; il faut donc les avoir à quelque prix que ce soit; travaillez donc à la vigne, *écrasez l'inf....* Que ne pouvez-vous point faire sans vous compromettre ? ne laissez pas une si belle chandelle sous le boisseau. J'ai craint pendant quelque temps qu'on ne fût effarouché de *la Tolérance*, on ne l'est point; tout ira bien. Je me recommande à vos saintes prières et à celles des frères.

Le petit livret de *la Tolérance* a déjà fait au moins quelque bien. Il a tiré un pauvre diable des galères, et un autre de prison. Leur crime était d'avoir entendu en plein champ la parole de Dieu prêchée par un ministre huguenot. Ils ont bien promis de n'entendre de sermon de leur vie. On a dû vous donner *Macare et Thélème;* je crois d'ailleurs que Macare est votre meilleur ami, et vous le méritez bien.

N. B. M. Galatin était chargé pour vous de deux exemplaires cachetés. *Écr. l'inf...*, vous dis-je.

MMMMXL. — A M. LE MARQUIS ALBERGATI CAPACELLI.

A Ferney, 14 février.

Votre ami, monsieur, me fait trop d'honneur, et je suis obligé de vous avouer ma turpitude et ma misère. Le goût de la liberté, le voisinage de la Bourgogne, où j'ai quelque bien, la beauté de la situation, dont on m'avait fait des éloges très-mérités, m'ont engagé à bâtir dans le pays que j'habite depuis dix ans; mais une ceinture de montagnes couvertes de neiges éternelles gâte tout ce que la nature a fait pour nous. En vain nous sommes sous le quarante-sixième degré de latitude, les vents sont toujours froids et chargés de particules de glace. Presque aucune plante délicate ne réussit dans ce climat; on est obligé de semer de nouvelle graine de brocoli tous les deux ans; toutes les belles fleurs dégénèrent. Les vignes, quoique plus méridionales que celles de Bourgogne, ne produisent que de mauvais vin; le froment qu'on sème rend quatre pour un, tout au plus; les figues n'ont point de saveur, les oliviers ne peuvent croître. Enfin nous avons un très-bel aspect avec un très-mauvais terrain; mais aussi nous lisons, nous imprimons ce qui nous plaît, et cela vaut mieux que des olives et des oranges.

Je vous avoue à la fois ma misère et mon bonheur. Ce bonheur serait parfait, si je pouvais jamais embrasser un homme de votre mérite. Ma vieillesse et mes maux me privent d'une si douce espérance, sans m'ôter aucun de mes sentiments.

MMMMXLI. — A M. DAMILAVILLE.

15 février.

Ah, mons Crevier! ah, pédant! ah, cuistre! vous aurez sur les oreilles. Vous l'avez bien mérité, et nous travaillons actuellement à votre procès. Vous entendrez parler de nous avant qu'il soit peu, mons Crevier.

Mes chers frères auront des contes de toutes les façons; un peu de patience, et tout viendra à la fois. J'ai reçu la première partie des *Lettres historiques sur les fonctions du parlement*. Il est plaisant que cela paraisse imprimé à Amsterdam : il faut que l'auteur croie avoir dit partout la vérité, puisqu'il a fait imprimer son livre hors de France. Je remercie bien mon cher frère, et j'espère qu'il aura la bonté de me faire tenir la seconde partie. Je fais venir souvent des livres sur leurs titres, et je suis bien trompé. Ils ressemblent presque tous aux remèdes des charlatans : on les prend sur l'étiquette, et on ne s'en porte pas mieux. Mais au moins il y a quelque chose de consolant dans les mauvais livres : quelque mauvais qu'ils soient, on y peut trouver à profiter, et même dans celui du lourd Crevier contre le sautillant Montesquieu.

Tout ce que j'apprends des dispositions présentes conduit à croire qu'on ne fera pas mal de répandre quelques exemplaires de *la Tolérance*. Tout dépend de l'opinion que les premiers lecteurs en donneront. Il s'agit ici de servir la bonne cause, et je crois que mon cher frère ne s'y épargnera pas.

Je ne sais si je lui ai mandé que cet ouvrage avait déjà opéré la délivrance de quelques galériens condamnés pour avoir entendu, en plein champ, de mauvais sermons de sots prêtres calvinistes. Il est évident que nos frères ont fait du bien aux hommes. On brûle leurs ouvrages; mais il faudra bientôt dire : *Adora quod incendisti*, *incende quod adorasti*. Puissent les frères être toujours unis contre les méchants! Qu'ils fassent seulement pour l'intérêt de la raison la dixième partie de ce que les autres font pour l'intérêt de l'erreur, et ils triompheront.

On dit que le contrôleur général a fait retrancher les pensions sur la

...les tables des officiers de la maison, et diminuer les ... des financiers. Ces ménages de bouts de chandelles ne ... pas ce qui fait fleurir un État; mais, si on encourage le commerce et l'agriculture, on pourra faire quelque chose de nous.

J'embrasse tendrement mon cher frère et les frères. *Écr. l'inf...*

MMMMMXLII. — A M. LE COMTE D'ARGENTAL.

17 février.

J'envoie à mes anges de petits extraits où il y a des choses assez curieuses qui pourront les amuser un moment; après quoi ils pourront envoyer ce chiffon à MM. Arnaud[1] et compagnie, qui mettront mes matériaux en ordre. S'ils n'ont pas reçu un paquet des *Trois manières*, il y a certainement quelqu'un qui a une quatrième manière sûre de voler les paquets à la poste; et c'est sur quoi M. le duc de Praslin pourrait interposer doucement son autorité et ses bons offices.

Le ... affirme, de plus, avoir adressé à M. Janel (remarquez bien cela) à M. M. Janel lui-même, deux exemplaires d'*Olympie*, dont plusieurs pages griffonnées à la main.

Plus un mémoire justificatif contre les cruels qui veulent faire mourir ... au cinquième acte.

Plus un petit conte; mais je ne suis pas sûr que ce conte ait été mis dans les paquets. Ce n'est qu'une opinion probable : ce qui est démontré, c'est que je suis à mes anges avec respect et tendresse.

MMMMMXLIII. — A M. LE CARDINAL DE BERNIS.

A Ferney, 18 février.

Il y a longtemps, monseigneur, que j'hésite à vous envoyer ce petit conte ... même il m'a paru un des plus propres et des plus honnêtes ... je passe enfin par-dessus tous mes scrupules : vous verrez même, en le ... que vous y étiez un peu intéressé; et vous sentirez combien je suis fâché de ne pouvoir vous nommer. Votre Éminence a beau dire que le sacré collège n'est pas heureux en poëtes, j'ai dans mon portefeuille des choses qui feraient honneur à un consistoire composé de ... mais les temps sont changés; ce qui était à la mode du temps des cardinaux du Perron et de Richelieu ne l'est plus aujourd'hui ... est douloureux.

Je ne sais si Votre Éminence est au Plessis ou à Paris; si elle est à la campagne, c'est un vrai séjour pour des contes; si elle est à Paris, elle a autre chose à faire qu'à lire ces rapsodies. On m'a dit que vous pourriez bien être berger d'un grand troupeau; si cela est, adieu les belles-lettres. Je ne combattrai pas l'idée de vous voir une houlette à la main; au contraire, je féliciterai vos ouailles, et je suis bien sûr que vos ... seront d'un autre goût que celles du Puy-en-Velay; mais ... au fond de mon cœur j'aimerais mieux vous voir la plume que la houlette à la main. J'ai dans la tête qu'il n'y a personne aussi ... plus fait par la nature, et plus destiné par la fortune, pour

1. ... (*Cl.*)

jouir d'une vie charmante et honorée, que vous l'êtes; toutes les houlettes du monde n'y ajouteront rien, ce ne sera qu'un fardeau de plus : mais faites comme il vous plaira, il faut que chacun suive sa vocation. Je n'en ai aucune pour jouer de la harpe dont vous m'avez parlé; cet instrument ne me va pas, j'en jouerais trop mal ·

> *Tu nihil invita dices faciesve Minerva.*
>
> Hor., *de Art. poet.*, v. 385.

J'ai été enchanté que vous ayez retrouvé à Versailles votre ancienne amie[1]; cela lui fait bien de l'honneur dans mon esprit. Je suppose que M. Duclos, notre secrétaire, est toujours très-attaché à Votre Éminence. Il a le petit livre de *la Tolérance*; je vous demande en grâce de le lire et de le juger.

Je n'ai plus de place que pour mon profond respect et mon tendre attachement. *Le vieux de la Montagne.*

MMMMXLIV. — A M. LE PRINCE DE LIGNE.

A Ferney, 18 février.

Monsieur le prince, il n'y a que le bel état où mes yeux sont réduits qui m'ait pu priver du plaisir et de l'honneur de vous répondre. Je suis devenu à peu près aveugle, et je suis dans l'âge où l'on commence à perdre tout, pièce à pièce. Il faut savoir se soumettre aux ordres de la nature; nous ne sommes pas nés à d'autres conditions. Cela fait un peu de tort à notre théâtre : il n'y a point de rôle pour un vieux malade qui n'y voit goutte, à moins que je ne joue celui de Tirésie. Je n'ai d'autre spectacle que celui des sottises et des folies de ma chère patrie. Je lui ai bien de l'obligation; car, sans cela, ma vie serait assez insipide. Après avoir tâté un peu de tout, j'ai cru que la vie de patriarche était la meilleure. J'ai soin de mes troupeaux comme ces bonnes gens; mais, Dieu merci! je ne suis point errant comme eux, et je ne voudrais, pour rien au monde, mener la vie d'Abraham, qui s'en allait, comme un grand nigaud, de Mésopotamie en Palestine, de Palestine en Égypte, de l'Égypte dans l'Arabie pétrée, ou à pied ou sur un âne, avec sa jeune et jolie petite femme, noire comme une taupe, âgée de quatre-vingts ans ou environ; et dont tous les rois ne manquaient pas d'être amoureux. J'aime mieux rester dans mon ermitage avec ma nièce et la petite famille que je me suis faite.

Mme Denis a dû vous dire, monsieur, combien votre apparition nous charmés dans notre retraite; nous y avons vu des gens de toutes les nations, mais personne qui nous ait inspiré tant d'attachement et donné tant de regrets. Daignez encore recevoir les miens, et agréer le respect avec lequel j'ai l'honneur d'être, monsieur le prince, etc.

1. Mme de Pompadour. (ÉD.)

MMMMXLV. — A M. DALEMBERT.

18 février.

Tu dors, Brutus! et Crevier veille.

Souffrirez-vous, mon cher et intrépide philosophe, que ce cuistre de Crevier attaque si insolemment Montesquieu dans les seules choses où l'auteur de l'*Esprit sur les lois* a raison? n'est-ce pas vous attaquer vous-même, après le bel *Éloge* que vous avez fait du philosophe de Bordeaux? Le malheureux Crevier vous désigne assez visiblement dans sa sortie contre les philosophes à la fin de son ouvrage. Vous devez le remercier, car il vous fournit le sujet d'un ouvrage excellent; et vous pouvez, en le réfutant avec le mépris qu'il mérite, dire des choses très-utiles, que votre style rendra très-intéressantes. C'est à vous de venger la raison outragée.

On dit que le parlement de Toulouse refuse d'enregistrer la déclaration du roi qui ordonne le silence; on ne vous l'a pas ordonné. Daignez travailler pour l'instruction des honnêtes gens et pour la confusion des sots. Je vous embrasse très-tendrement, et je me recommande à vos prières.

MMMMXLVI. — A M. LE COMTE D'ARGENTAL.

20 février.

L'un de mes anges peut donc écrire de sa main : Dieu soit loué ! N'ont-ils pas bien ri tous deux du propos de la virtuose Clairon ? Votre conspiration me paraît de plus en plus très-plaisante; je ris aussi dans ma barbe. Je vous réponds que si nosseigneurs du *tripot* y ont été attrapés, nosseigneurs du parterre y seront pris. Puissions-nous jouir de ce plaisir vite et longtemps!

A l'égard d'*Olympie*, je n'ai plus qu'un mot à dire : c'est qu'à l'impossible nul n'est tenu, et qu'il m'est absolument impossible de faire le remue-ménage qu'on me propose. J'ai tourné la chose de mille façons; je me suis essayé; j'ai travaillé, et mon instinct m'a dit : « Vieux fou, de quoi t'avises-tu de vouloir mieux faire que tu ne peux? »

Mes anges doivent avoir reçu un paquet de matériaux pour la *Gazette littéraire*, adressé à M. le duc de Praslin. Je le servirai assurément tant que je pourrai.

Mes anges ne m'ont point mandé qu'il avait consulté MM. Gilbert de Voysins et Daguesseau de Fresne. Je leur ai sur-le-champ envoyé un mémoire qui n'est pas de paille, et dont je vais faire tirer copie pour mes anges gardiens, si la poste qui va partir nous en donne le temps.

N. Voici mon consentement pour ce gros Grandval; mais pour Mlle Dubois, comment voulez-vous que je fasse? dites-le-moi. Je serais fort aise qu'on jouât *le Droit du seigneur*, quoique je ne sois guère homme à jouir d'un si beau droit. Vous pensez bien que je ne connais Mlle d'Épinai que par le droit que les premiers gentilshommes ont sur les actrices. Pour mes anges, ils ont des droits inviolables sur mon cœur pour jamais.

MMMMXLVII. — A M. BERTRAND.

A Ferney, 21 février.

Mon cher philosophe, si j'avais eu du crédit, j'aurais dit *lapidibus istis ut aurum fiant* [1]. Je vous en aurais au moins fait avoir le double : mais les occasions sont si rares, qu'il ne fallait pas manquer celle-là. Je n'ai d'autre cabinet que mes champs, mes prés, et mes bois : le soleil et le coin du feu me paraissent les plus belles expériences du monde.

J'ignore encore pourquoi ma bougie et mes bûches se changent en flammes, et pourquoi un épi en produit d'autres; c'est ce qui fait que je m'amuse à faire des *Contes de ma mère l'oie*. Ce n'est pas un conte que ma tendre amitié pour vous.

MMMMXLVIII. — A M. DE CIDEVILLE.

22 février.

Mon cher et ancien ami, vous en usez avec nous comme les jansénistes avec la communion; vous nous écrivez

A tout le moins une fois l'an.

Cela n'empêche pas que nous ne vous aimions tous les jours. Nous prétendons d'ailleurs être plus philosophes à Ferney que vous ne l'êtes à Launay; car nous ne faisons nulle infidélité à nos campagnes, et vous quittez la vôtre. Le fracas et les folies de Paris ont encore pour vous des charmes; mais il paraît que les tragédies nouvelles n'en ont guère. Vous me parlez de contes; en voici un que je vous donne à deviner. Pour peu que vous vous ressouveniez de votre grec, vous n'aurez pas de peine; et si vous n'aviez pas quitté Launay, j'aurais cru que Macare était chez vous. Mais vous êtes hommes à le mener de la campagne à la ville. Macare est certainement chez Mlle Corneille, aujourd'hui Mme Dupuits : elle est folle de son mari; elle saute du matin au soir, avec un petit enfant dans le ventre, et dit qu'elle est la plus heureuse personne du monde. Avec tout cela, elle n'a pas encore lu une tragédie de son grand-oncle, ni n'en lira. Son grand-oncle commenté vous arrivera, je crois, avant qu'il soit un mois. Les Anglais, qui viennent ici en grand nombre, disent que toutes nos tragédies sont *à la glace*; il pourrait bien en être quelque chose; mais les leurs sont *à la diable*.

Il est fort difficile à présent d'envoyer à Paris des *Tolérances* par la poste; mais frère Thieriot, tout paresseux qu'il est, tout dormeur, tout lambin, pourra vous en faire avoir une, pour peu que vous vouliez le réveiller.

J'ai été pendant trois mois sur le point de perdre les yeux, et c'est ce qui fait que je ne peux encore vous écrire de ma main. Mme Denis vous fait les plus tendres compliments.

Si vous aimez les contes, dites à M. d'Argental qu'il vous fasse lire chez lui *les Trois manières*.

Adieu, mon cher et ancien ami.   V.

---

1. Matthieu, IV, 3 : « Dic ut lapides isti panes fiant. » Bertrand venait de vendre son cabinet de minéralogie à l'électeur palatin. (ÉD.)

MMMMXLIX. — DE M. DALEMBERT.

Paris, ce 22 février.

Je crains, mon cher et illustre maître, que votre frère et disciple
Protagoras ne vous ait contristé par ce que vous appelez ses cruelles
critiques. Quoique vous m'assuriez que mes lettres vous divertissent,
je suis encore plus pressé de vous consoler que de vous réjouir. Je
vous prie donc de regarder mes réflexions comme des enfants perdus,
que j'ai jetés en avant sans m'embarrasser de ce qu'ils deviendraient;
et surtout d'être persuadé que ces enfants perdus n'ont été montrés
qu'à vous, pour en faire tout ce qu'il vous plaira, et leur donner même
les étrivières s'ils vous déplaisent. Permettez-moi cependant, toujours
sous les mêmes conditions, d'ajouter deux ou trois réflexions, bonnes
ou mauvaises, à celles que je vous ai déjà faites. Les Juifs, cette canaille bête et féroce, n'attendaient que des récompenses temporelles,
les seules qui leur fussent promises : il ne leur était défendu ni de
croire ni d'attaquer l'immortalité de l'âme, dont leur charmante loi ne
leur parlait pas. Cette immortalité était donc une simple opinion d'école
sur laquelle leurs docteurs étaient libres de se partager, comme nos
vénérables théologiens se partagent en scotistes, thomistes, malebran-
chistes, descartistes, et autres rêveurs et bavards en *istes*. Direz-vous
pour cela que ces messieurs sont tolérants, eux qui jetteraient si volontiers dans le même feu calvinistes, anabaptistes, piétistes, spino-
sistes, et surtout philosophes, comme les Juifs auraient jeté Philistins,
Jébuséens, Amorrhéens, Cananéens, etc., dans un beau feu que les
pharisiens auraient allumé d'un côté, et les sadducéens de l'autre? Juifs
et chrétiens, rabbins et sorbonistes, tous ces polissons consentent à se
partager entre eux sur quelques sottises; mais tous crient de concert
haro sur le premier qui osera se moquer des sottises sur lesquelles ils
s'accordent. C'est une impiété de ne pas convenir avec eux que Dieu
est habillé de rouge, mais ils disputent entre eux si les bras sont de
la couleur de l'habit.

J'ai bien peur, ainsi que vous, mon cher et illustre confrère, qu'on
ne puisse faire un traité solide de la tolérance, sans inspirer un peu
cette indifférence fatale qui en est la base la plus solide. Comment voulez-vous persuader à un honnête chrétien de laisser damner tranquillement son cher frère? mais, d'un autre côté, c'est tirer la charrue en
arrière que de dire le moindre mot d'indifférence à des fanatiques
qu'on voudrait rendre tolérants. Ce sont des enfants méchants et ro-
bustes qu'il ne faut pas *obstiner*, et ce n'est pas le moyen de les gagner que de leur dire : « Mes chers amis, ce n'est pas le tout que d'être
absurde, il faut encore n'être pas atroce. » La matière est donc bien
délicate, et d'autant plus que tous les prédicateurs de la tolérance
(parmi lesquels je connais même quelques honnêtes prêtres et quelques évêques qui ne les en désavouent pas) sont véhémentement sus-
pectés (comme disent nosseigneurs du parlement), et plusieurs atteints
et convaincus, de cette maudite indifférence si raisonnable et si per-
icieuse. Mon avis serait donc de faire à ces pauvres chrétiens beau-

coup de politesses, de leur dire qu'ils ont raison, que ce qu'ils croient
et ce qu'ils prêchent est clair comme le jour, qu'il est impossible que
tout le monde ne finisse par penser comme eux; mais qu'attendu la
vanité et l'opiniâtreté humaines, il est bon de permettre à chacun de
penser ce qu'il voudra, et qu'ils auront bientôt le plaisir de voir tout
le monde de leur avis; qu'à la vérité il s'en damnera bien quelques-
uns en chemin jusqu'au moment marqué par Dieu le père pour cette
conviction et réunion universelle, mais qu'il faut sacrifier quelques
passagers pour amener tout le reste à bon port.

Voilà, mon cher et grand philosophe, sauf votre meilleur avis,
comme je voudrais plaider notre cause commune. Je travaille en mon
petit particulier, et selon mon petit esprit (*pro mentula mea*, comme
disait un savant et humble capucin), à donner de la considération au
petit troupeau. Je viens de faire entrer dans l'Académie de Berlin Helvétius et le chevalier de Jaucourt. J'ai écrit à votre ancien disciple
les raisons qui me le faisaient désirer, et la chose a été faite sur-le-
champ; car cet ancien disciple est plus tolérant et plus indifférent que
jamais. Je voudrais seulement qu'il prît le temple de Jérusalem un
peu plus à cœur.

J'ai lu et je sais par cœur *Macare et Thélème*; cela est charmant,
plein de philosophie, de justesse, et conté à ravir. On vous dira comme
M. Thibaudois[1] : *Conte-moi un peu, conte*; et, *Je veux que tu me
contes*, etc. C'est bien dommage que vous vous soyez avisé si tard de
ce genre, dans lequel vous réussissez à ravir, comme dans tant d'autres.
Ce n'est pourtant pas que je n'aie entendu faire de belles critiques de
ce charmant ouvrage à des gens qui à la vérité sont un peu difficiles,
excepté sur les feuilles de Fréron. Ce sont pourtant des gens que vous
louez, que vous croyez de vos amis, à qui vous écrivez, et même en
prose et en vers; je vous les laisse à deviner[2], mais si vous devinez juste,
ne me trahissez pas, et faites-en seulement votre profit.

À propos de lettres, vous en avez écrit une charmante au prince
Louis[3], qui en est ravi; il la montre à tout le monde; et en vérité il
mérite ce que vous lui dites par la manière dont il se conduit avec les
gens de lettres.

Nosseigneurs du parlement travaillent à force leurs grosses et pe-
santes remontrances sur le mandement de l'archevêque de Paris en
faveur des jésuites : cela est bien long, et surtout bien important. On
prétend pourtant que l'effet de ces remontrances sera d'expulser les
frères jésuites de Versailles, et peut-être du royaume : je leur souhaite
à tous bon voyage. Leur ami Caveirac, auteur de l'*Apologie* de la
Saint-Barthélemy, a fait en leur faveur un ouvrage forcené qui a pour
itre : *Il est temps de parler*[4]; je crois qu'on y répondra par, *Il est-*

1. Dufresny, *l'Esprit de contradiction*, scène VII. (ÉD.)
2. La marquise Du Deffand. (ÉD.)
3. Le prince Louis de Rohan, membre de l'Académie française. (ÉD.)
4. *Il est temps de parler, ou Compte rendu au public des pièces légales de-
M⁰ Ripert de Monclar, et de tous les événements arrivés en Provence à l'occasion de l'affaire des jésuites*. L'auteur de cet ouvrage est l'abbé Dazès. (ÉD.)

temps de partir. Notez que ce Caveirac, qui écrit pour de l'argent, a autrefois fait des factums contre le P. Girard en faveur de La Cadière : ainsi sont faits ces marauds-là.

Adieu, mon cher maître. Vous me conseillez de rire, j'y fais de mon mieux, et je vous assure que j'ai bien de quoi. Je ne sais de quel côté le vent tournera pour l'auteur des *Quatre-saisons;* mais si son ambition se borne à faire le saint chrême et à donner la confirmation, je le trouve bien modeste pour un cardinal philosophe. J'aimerais mieux qu'il donnât un soufflet au fanatisme en l'expulsant, qu'à ses diocésains en les confirmant. Adieu, encore une fois; je vous embrasse et vous révère. Vous prétendez que mes lettres vous amusent; je vous répondrai comme le feu médecin Dumoulin, grand fesse-matthieu de son métier : « Mes enfants, disait-il à ses héritiers, vous n'aurez jamais autant de plaisir à dépenser l'argent que je vous laisse que j'en ai eu à l'amasser. »

MMMML. — A M. ROBERT, PROFESSEUR ÉMÉRITE DE PHILOSOPHIE,
A PARIS.
Au château de Ferney, 23 février.

Je vous remercie, monsieur, et je vous félicite de votre *Plan d'études*[1]. Il semble qu'autrefois les colléges n'étaient institués que pour faire des grimauds; vous ferez des gens de mérite. On n'apprenait que ce qu'il fallait oublier, et, par votre méthode, on apprendra ce qu'il faudra retenir le reste de sa vie. La vraie philosophie prendra la place des sophismes ridicules, et la physique n'en sera que meilleure, en s'appuyant sur les expériences et sur les mathématiques plus que sur les systèmes. Newton a calculé le pouvoir de la gravitation, mais il n'a pas prétendu deviner ce que c'est que ce pouvoir. Descartes devinait tout : aussi n'a-t-il rien prouvé. Locke s'est contenté de montrer la marche et les bornes de l'entendement humain : malheur à ceux qui voudraient aller plus loin !

Votre plan, monsieur, est un service rendu à la patrie. Il faut espérer que les Français feront enfin de bonnes études, et qu'on y connaîtra même le droit public, qui n'y a jamais été enseigné. Je souhaite que tous ces nouveaux secours forment de nouveaux génies. Je suis près de finir ma carrière; mais je me consolerai par l'espérance que la génération nouvelle vaudra mieux que celle que j'ai vue. J'ai l'honneur d'être, etc.

MMMMLI. — A FRÉDÉRIC, LANDGRAVE DE HESSE-CASSEL.
24 février.

Monseigneur, l'aveugle remercie Votre Altesse Sérénissime pour les roués et autres martyrs; votre bonne œuvre pourra être récompensée dans le ciel, mais elle n'y sera pas plus louée qu'elle l'est sur la terre. On va juger incessamment le procès que la pauvre famille Calas intente à leurs juges. Il est vrai que cette abominable aventure semble être du temps de la Saint-Barthélemy, ou de celui des Albigeois. La

1. *Plan d'études et d'éducation, avec un discours sur l'éducation.* (ÉD.)

raison a beau élever son trône parmi nous, le fanatisme dresse encore ses échafauds, et il faut bien du temps pour que la philosophie triomphe entièrement de ce monstre.

J'ai encore à remercier Votre Altesse Sérénissime d'avoir donné la préférence aux acteurs français sur les châtrés italiens. Je n'ai jamais pu m'accoutumer à voir les rôles de César et d'Alexandre fredonnés en fausset par un chapon. Vous avez bien raison de faire plus de cas de votre cœur et de votre esprit que de vos oreilles. Que n'ai-je de la santé et de la jeunesse! j'irais à Cassel, et n'irais pas plus loin. Agréez le profond respect, ect.

MMMMLII. — A M. DAMILAVILLE.

26 février.

Ce n'est pas assurément un ministre d'État qui a écrit les *Lettres historiques sur les fonctions essentielles du parlement.* J'ai reçu, grâce aux bontés de mon cher frère, le tome second de cet ouvrage. L'auteur est un homme très-instruit; mais il ressemble à don Quichotte, qui voyait partout des chevaliers et des châteaux, quand les autres ne voyaient que des meuniers et des moulins à vent. Ne pourriez-vous point me dire à qui on attribue ce livre?

J'ai lu *Blanche* [1]. Nous prenons donc à présent nos tragédies chez les Anglais? quand prendrons-nous ce qu'ils ont de bon?

Il y a un petit volume du doux Caveirac, intitulé: *Il est temps de parler.* On ne devrait pas avoir le temps de le lire; mais je suis curieux. J'ai à peu près tout ce qui s'est fait pour et contre les jésuites; envoyez-moi, je vous prie, le doux Caveirac. Voudriez-vous aussi avoir la bonté de me faire connaître le conte de Piron intitulé *la Queue?* On prétend que le public a dit, comme le compère Matthieu:

Messire Jean, je n'y veux point de queue.

Que dites-vous du parlement de Toulouse, qui ne veut pas enregistrer l'ordre du roi, de garder le silence? Il faut que ces gens-là soient de grands bavards. A-t-on répondu à ce faquin de Crevier? Nous le tenons d'un autre côté sur la sellette; il sera condamné au moins à l'amende honorable. — *Quid novi? Écr. l'inf....*

Encore un mot à mon cher frère. Il a dû recevoir par M. de Laleu un certificat de vie, par lequel il apparait que je suis possesseur de soixante-dix ans. Je souhaite vivre encore quelques années, pour embrasser mon frère, et pour aider à *écr. l'inf....*

MMMMLIII. — A M. SAURIN.

28 février.

Vous avez fait, monsieur, bien de l'honneur à ce Thomson [2]. Je l'ai connu il y a quelque quarante années. S'il avait su être un peu plus intéressant dans ses autres pièces, et moins déclamateur, il aurait ré-

1. *Blanche et Guiscard.* (ÉD.)
2. *Blanche et Guiscard* est imitée de Thomson. (ÉD.)

formé le théâtre anglais, que Gilles Shakspeare a fait naître et a gâté; mais ce Gilles Shakspeare, avec toute sa barbarie et son ridicule, a, comme Lope de Vega, des traits si naïfs et si vrais, et un fracas d'action si imposant, que tous les raisonnements de Pierre Corneille sont à la glace en comparaison du tragique de ce Gilles. On court encore à ses pièces, et on s'y plaît en les trouvant absurdes.

Les Anglais ont un autre avantage sur nous, c'est de se passer de la rime. Le mérite de nos grands poëtes est souvent dans la difficulté de la rime surmontée, et le mérite des poëtes anglais est souvent dans l'expression de la nature. Le vôtre, monsieur, est principalement dans les pensées fortes, exprimées avec vigueur; je vois dans tous vos ouvrages la main du philosophe.

Vous savez qu'il n'y a pas un mot de vrai dans l'histoire de Sigismunda et de Guiscardo; mais je vous sais bon gré d'avoir donné des louanges à ce Mainfroi dont les papes ont dit tant de mal, et à qui ils en ont tant fait. Un temps viendra, sans doute, où nous mettrons les papes sur le théâtre, comme les Grecs y mettaient les Atrée et les Thyeste, qu'ils voulaient rendre odieux. Un temps viendra où la Saint-Barthélemy sera un sujet de tragédie, et où l'on verra le comte Raymond de Toulouse braver l'insolence hypocrite du comte de Montfort. L'horreur pour le fanatisme s'introduit dans tous les esprits éclairés. Si quelqu'un est capable d'encourager la nation à penser sagement et fortement, c'est vous sans doute. Je ne suis plus bon à rien; je suis comme ce Danois qui, étant las de tuer à la bataille d'Hochstedt, disait à un Anglais : « Brave Anglais, va-t'en tuer le reste, car je n'en peux plus. »

Adieu, mon cher philosophe. Vous ne me parlez plus de votre ménage; je me flatte qu'il est toujours heureux; conservez un peu d'amitié à votre véritable ami.

MMMMLIV. — A M. LE COMTE D'ARGENTAL.
29 février.

Voici ce que je dis d'abord à mes anges sur leur lettre du 23 février : Je les remercie du fond de mon cœur de toutes leurs bontés; je leur envoie une lettre de M. le premier président de Dijon, qui fera connaître à M. le duc de Praslin qu'il peut, en toute sûreté, protéger les mécréants contre les prêtres.

J'ajoute, à propos de la *Gazette littéraire*, que je pourrai rendre de plus prompts services en italien qu'en anglais, quand les choses seront en train. La raison en est que les Alpes sont plus près de l'Italie que de l'Angleterre. Mais il me semble que je ne dois établir aucune correspondance, ni faire venir les livres nouveaux d'Italie, sans un ordre exprès de M. le duc de Praslin. Je le servirai tant que l'âme me battra dans le corps, et que j'aurai un reste de visière; et quand je serai aveugle tout à fait, je dirai : *Buona notte*.

Mes anges, *que servirait de vivre* est fort bien; mais trouvez-moi une rime à *ivre*.

Pour *Olympie*, il y a du malheur, il y a de la fatalité dans mon fait. Je suis avec elle comme M. de Ximenès avec Mlle Clairon; vous savez qu'en trois rendez-vous il perdit partie, revanche, et le tout. Il arrive à mon imagination le même désastre qu'essuya sa tendresse. Mais j'aime bien les roués! Je suis fâché à présent de n'avoir pas joué un tout; c'était de faire attendre des changements pour Pâques, et, en attendant, on aurait pu donner les roués : mais n'en parlons plus; il faut se soumettre à sa destinée.

Il y a du malheur cette année sur les tragédies, et vous m'en avez envoyé une preuve.

Vous avez dû recevoir force rogatons; j'y joins une lettre ostensible que je vous écris pour être montrée à M. le duc de Duras; je crois que cela vaut mieux que de lui écrire en droiture.

Respect et tendresse à mes anges.

MMMMLV. — A M. DALEMBERT.

1er mars.

Je dois vous dire, mon très-cher philosophe, que si j'avais des citoyens à persuader de la nécessité des lois, je leur ferais voir qu'il y en a partout, même au jeu, qui est un commerce de fripons, même chez les voleurs :

Hanno lor leggi i malandrini ancora.

C'est ainsi que le bon prêtre auteur de la *Tolérance* a dit aux Welches, nommés Francs et Français : « Mes amis, soyez tolérants, car César, qui vous donna sur les oreilles, et qui fit pendre tout votre parlement de Bretagne, était tolérant. Les Anglais, qui vous ont toujours battus, reconnaissent depuis cent ans la nécessité de la tolérance. Vous prétendez que votre religion doit être cruelle autant qu'absurde, parce qu'elle est fondée, je ne sais comment, sur la religion du petit peuple juif, le plus absurde et le plus barbare de tous les peuples; mais je vous prouve, mes chers Welches, que tout abominable qu'était ce peuple, tout atroce, tout sot qu'il était, il a cependant donné cent exemples de la tolérance la plus grande. Or, si les tigres et les loups de la Palestine se sont adoucis quelquefois, je propose aux singes mes compatriotes de ne pas toujours mordre, et de se contenter de danser. »

Voilà, mon cher philosophe, tout le mystère de ce bon prêtre. Il voulait dans son texte inspirer de l'indulgence, et rendre dans ses notes les Juifs exécrables. Il voulait forcer ses lecteurs à respecter l'humanité, et à détester le fanatisme. Six personnes des plus considérables de votre royaume ont approuvé ces maximes, et c'est beaucoup.

On n'aurait pas, il y a soixante ans, trouvé un seul homme d'État, à commencer par le chancelier Daguesseau[1], qui n'eût fait brûler le livre et l'auteur. Aujourd'hui on est très-disposé à permettre que ce livre perce dans le public avec quelque discrétion, et je voudrais que

---

1. Daguesseau refusa, en 1741, le privilége pour l'impression des *Éléments de la philosophie de Newton*. (ÉD.)

frère Damilaville vous en fît avoir une demi-douzaine d'exemplaires, que vous donneriez à d'honnêtes gens qui le feraient lire à d'autres gens honnêtes; ces sages missionnaires disposeraient les esprits, et la vigne du Seigneur serait cultivée.

Je sais bien, mon cher maître, qu'on pouvait s'y prendre d'une autre façon pour prêcher la tolérance : eh bien, que ne le faites-vous? qui peut mieux que vous faire entendre raison aux hommes? qui les connaît mieux que vous? qui écrit comme vous d'un style mâle et nerveux? qui sait mieux orner la raison? Mais venons au fait. Cette tolérance est une affaire d'État, et il est certain que ceux qui sont à la tête du royaume sont plus tolérants qu'on ne l'a jamais été; il s'élève une génération nouvelle qui a le fanatisme en horreur. Les premières places seront un jour occupées par des philosophes; le règne de la raison se prépare; il ne tient qu'à vous d'avancer ces beaux jours, et de faire mûrir les fruits des arbres que vous avez plantés.

Confondez donc ce maraud de Crevier; fessez cet âne qui brait et qui rue.

Vraiment je sais très-bien à quoi m'en tenir depuis longtemps sur la personne dont vous me parlez; mais entre quinze-vingts il faut se pardonner bien des choses. Vous avez vous-même à lui pardonner plus que moi; vous savez d'ailleurs que dans la société on dit du bien et du mal du même individu vingt fois par jour. Pourvu que la vigne du Seigneur aille bien, je suis indulgent pour les pécheurs et les pécheresses. Je ne connais rien de sérieux que la culture de la vigne; je vous la recommande; provignez, mon cher philosophe, provignez.

Je suis bien aise que les *Contes de feu Guillaume Vadé* vous amusent. Mlle Catherine Vadé, sa cousine, en a beaucoup de cette espèce, mais elle n'ose les donner au public. Son cousin Vadé les faisait pour amuser sa famille pendant l'hiver au coin du feu; mais le public est plus difficile que sa famille. Elle craint beaucoup que quelque libraire ne s'empare de ce précieux dépôt, comparable au chapitre des torche-culs de Gargantua. Ce sont de petits amusements qu'il faut permettre aux sages : on ne peut pas toujours lire les Pères de l'Église, il faut se délasser. Riez, mon cher philosophe, et instruisez les hommes. Conservez-moi votre amitié. *Écr. l'inf...*

MMMMLVI. — DE M. DALEMBERT.

A Paris, ce 2 mars.

Je n'ai ni lu ni aperçu, mon cher et illustre maître, cet ouvrage ou rapsodie de Crevier dont vous me parlez; et j'en ignorerais l'existence si vous ne preniez la peine de m'écrire de Genève qu'un cuistre dans son galetas barbouille du papier à Paris. Vous êtes bien bon de le croire digne de votre colère, et même de la mienne, qui ne vaut pas la vôtre. Que voulez-vous qu'on dise à un homme qui, parlant dans son *Histoire romaine* d'un cordonnier devenu consul, dit, à ce qu'on m'a assuré, que cet homme *passa du tranchet aux faisceaux?* Il faut l'envoyer écrire chez son compère le savetier les sottises qu'il se chausse dans la tête; voilà tout ce qu'on y peut faire. Sérieusement ce livre est si par-

faitement ignoré, que ce serait lui donner l'existence qu'il n'a pas
que d'en faire mention; et je vous dirai, comme le valet du Joueur ·

Laissez-le aller;
Que feriez-vous, monsieur, du nez d'un marguillier[1]?

Il est vrai que cette canaille janséniste, dont Crevier fait gloire d'être
membre, devient un peu insolente depuis ses petits ou grands succès
contre les jésuites; mais ne craignez rien, cette canaille ne fera pas
fortune; le dogme qu'ils prêchent et la morale qu'ils enseignent sont
trop absurdes pour étrenner. La doctrine des ci-devant jésuites était
bien plus faite pour réussir; et rien n'aurait pu les détruire s'ils n'a-
vaient pas été persécuteurs et insolents. Les voilà qui font tous leurs
paquets plutôt que de signer; cela est attendrissant. Les jansénistes
sont un peu déroutés de leur voir tant de conscience, dont ils ne les
soupçonnaient pas. J'ai écrit en m'amusant quelques réflexions[2] fort
simples sur l'embarras où les jésuites se trouvent entre leur souverain
et leur général. Le but de ces réflexions est de prouver qu'ils font une
grande sottise de se laisser chasser, et qu'ils peuvent en conscience
(puisque conscience y a) signer le serment qu'on leur demande; mais
je suis si aise de les voir partir, que je n'ai garde de les tirer par la
manche pour les retenir; et si je fais imprimer mes réflexions, ce
sera quand je les saurai arrivés à bon port, pour me moquer d'eux;
car sous savez qu'il n'y a de bon que de se moquer de tout. Une autre
raison me fait désirer beaucoup de voir, comme on dit, leurs talons :
c'est que le dernier jésuite qui sortira du royaume emmènera avec
lui le dernier janséniste dans le panier du coche, et qu'on pourra
dire le lendemain les *ci-devant soi-disant jansénistes*, comme nosseigneurs du parlement disent aujourd'hui les *ci-devant soi-disant jésuites*. Le plus difficile sera fait quand la philosophie sera délivrée des
grands grenadiers du fanatisme et de l'intolérance; les autres ne sont
que des cosaques et des pandours qui ne tiendront pas contre nos
troupes réglées. En attendant, toutes les dévotes de la cour, que les
jésuites absolvaient

.... des petits péchés commis dans leur jeune âge[3],

crient beaucoup contre la persécution qu'on leur fait souffrir, et sur
la précipitation avec laquelle on les expulse. Je leur ai répondu que le
parlement ressemblait à ce capitaine suisse qui faisait enterrer sur le
champ de bataille des blessés encore vivants; et qui, sur les représen-
tations qu'on lui faisait, répondait que, si on voulait s'amuser à les
écouter, il n'y en aurait pas un seul qui se crût mort, et que l'enterrement ne finirait pas.
A propos de Suisse, savez-vous que frère Berthier se retire dans

1. Ces vers sont de Regnard; mais ils se trouvent dans *les Ménechmes*,
acte III, scène II, et non dans *le Joueur*. (ÉD.)
2. Les *Questions* qui furent imprimées à la suite de l'écrit intitulé *Sur la
destruction des jésuites en France, par un auteur désintéressé* (Dalembert). (ÉD.)
3. Vers du *Russe à Paris*. (ÉD.)

votre voisinage? les uns disent à Fribourg, les autres, chez l'évêque
de Bâle. Il prétend qu'il ne veut plus aller chez des rois, puisqu'on
l'accuse de les vouloir assassiner : mais l'évêque de Bâle est roi aussi
dans son petit village; et, à sa place, je ne me croirais pas en sûreté. Ce qu'il y a de fâcheux, c'est que ce frère Berthier, si scrupu-
leux sur son vœu d'obéissance, ne l'est pas tant sur son vœu de pau-
vreté, s'il est vrai, comme on l'assure, qu'il s'en aille avec quatre mille
livres de pension pour la bonne nourriture qu'il a administrée aux enfants de France. Par ma foi, mon cher maître, si cet homme est si
près de vous, vous devriez quelque jour le prier à dîner, et m'avertir
d'avance; je m'y rendrais; nous nous embrasserions; nous convien-
drions réciproquement, nous, que nous ne sommes pas chargés de
foi; lui, qu'il est ennuyeux; et tout serait fini, et cela ressemblerait à
l'âge d'or.

On dit que le *Corneille* arrive. J'ai bien peur qu'il n'excite de
grandes clameurs de la part des fanatiques (car la littérature a aussi les
siens), et que vous ne soyez réduit à dire, comme George Dandin :
« J'enrage de bon cœur d'avoir tort lorsque j'ai raison[1]. » Après tout,
l'essentiel est pourtant d'avoir raison; cela est de précepte, et la politesse n'est que de conseil. L'éclaircissement, comme dit la comédie[2],
nous éclaircira sur la sensation que produira cet ouvrage. En attendant, riez, ainsi que moi, de toutes les espèces de fanatiques, loyo-
listes, médardistes, homéristes, cornélistes, racinistes, etc.; ayez soin
de vos yeux et de votre santé; aimez-moi comme je vous aime, et
écrivez-moi quand vous n'aurez rien de mieux à faire; mais surtout
laissez ce Crevier en repos. Quand les généraux sont bien battus,
comme Jean-George et Simon son frère, les goujats doivent obtenir
l'amnistie. Adieu, mon cher maître; il faut que je respecte bien peu
votre temps pour vous étourdir de tant de balivernes.

MMMMLVII. — A MADAME D'ÉPINAI.

A Ferney, 2 mars.

En vous remerciant, madame, de la bonté que vous avez d'informer
des gens de l'autre monde du bel établissement que vous faites dans
celui-ci[3]. Vous serez toujours ma belle philosophe, quand même vous
m'auriez oublié. Je me mets aux pieds de Mme votre fille, à condition qu'elle sera philosophe aussi.

Savez-vous bien que je suis quelquefois en commerce de lettres avec
M. votre fils? Mais je lui demande pardon de n'avoir pas répondu à
sa dernière lettre; j'étais extrêmement malade. Je ne sors presque
plus du coin de mon feu; tout s'affaiblit chez moi, hors mon respectueux attachement pour vous. La tranquillité dont je jouis est la seule
chose qui me fasse vivre. Je crois, madame, que vous avez mieux que
de la tranquillité; vous devez jouir de tout le bonheur que vous méritez; vous faites celui de vos amis, il faut bien qu'il vous en revienne

1. Molière, *George Dandin*, acte I, scène VII. (ÉD.)
2. Dancourt, *le Galant Jardinier*, scène II. (ÉD.)
3. Mme d'Épinai mariait sa fille. (ÉD.)

quelque chose. Si avec cela vous avez de la santé, il ne vous manque rien. Pardonnez-moi, s'il vous plaît, de ne pas vous écrire de ma main; je deviens un peu aveugle; mais on dit que quand il n'y aura plus de neige sur nos montagnes, j'aurai la vue du monde la plus nette. Je ne veux pas vous excéder par une longue lettre; vous êtes peut-être occupée actuellement à coiffer la mariée. Je présente mes très-humbles respects à la mère et à la fille.

MMMMLVIII. — A M. DAMILAVILLE.

Aux Délices, 4 mars.

Mon cher frère, j'ai reçu votre lettre du 26 de février. Vous êtes un homme inimitable; et plût à Dieu que vous fussiez imité! Vous favorisez les fidèles avec un zèle qui doit avoir sa récompense dans ce monde-ci et dans l'autre.

M. Herman, qui est l'auteur de *la Tolérance*, vous doit mille tendres remercîments, en qualité de votre frère; et Cramer, en qualité de libraire, vous en doit autant. Vous savez combien je m'intéresse à cet ouvrage, quoique j'aie été très-fâché qu'on m'en crût l'auteur. Il n'y a pas de raison à m'imputer un livre farci de grec et d'hébreu, et de citations de rabbins.

M. Herman trouve que l'idée d'en distribuer une vingtaine à des mains sûres, à des lecteurs sages et zélés, est la meilleure voie qu'on puisse prendre. Il faut toujours faire éclairer le grand nombre par le petit.

Mon avis est que si la cour s'effarouchait de ce livre, il faudrait alors le supprimer, et en réserver le débit pour un temps plus favorable. Je ne suis point en France (et je suis même très-aise qu'on sache que je n'y suis pas); mais j'aurai toujours un grand respect pour les puissances, et je ne donnerai aucun conseil qui puisse leur déplaire.

J'aime M. Herman, mais je ne veux point faire pour lui des démarches qu'on puisse me reprocher. Il pense lui-même comme moi, quoiqu'il ne soit pas Français, et il s'en rapporte entièrement à vos bontés et à votre prudence.

Je n'ai envoyé *les Trois manières* qu'à M. d'Argental, à condition qu'il vous les montrerait. Dieu me préserve d'être assez ingrat pour vous cacher quelque chose! Vous me rendrez un très-grand service d'empêcher ce corsaire de Duchesne d'imprimer *les Trois manières*. Ce chien de *Temple du goût* [1], ou du dégoût, a mis en pièces cinq ou six de mes ouvrages : je suis indigné contre lui.

Tout ce qui s'est fait depuis quelque temps étonne les étrangers; mais on est persuadé de la prudence du roi, et on croit que le royaume lui devra sa paix intérieure, comme il lui doit sa paix publique.

On dit qu'il y a dans Paris cinq députés du parlement de Toulouse; j'espère qu'ils ne nuiront point aux pauvres Calas.

Vous m'apprenez qu'on tourmente les protestants d'Alsace : vous savez qu'il n'y a point de calvinistes dans cette province. mais des luthériens

1. L'enseigne du libraire Duchesne. (ÉD.)

à qui on a laissé tous leurs priviléges. Ils sont des sujets très-fidèles, et n'ont jamais remué : je serais bien surpris qu'on les molestât. Ce n'est assurément pas l'intention de M. le duc de Choiseul qu'on persécute personne.

J'ai communiqué à M. Herman votre remarque sur le peuple juif. On ne peut être plus atroce et plus barbare que cette nation, cela est vrai; mais si on trouve des exemples incontestables de la plus grande tolérance chez ce peuple abominable, quelle leçon pour des peuples qui se vantent d'avoir de la politesse et de la douceur! Si je voulais persuader à une nation d'être fidèle à ses lois, je ne trouverais point de meilleur argument que celui des troupes de voleurs qui exécutent entre eux les lois qu'ils se sont faites. Ainsi M. Herman dit aux chrétiens : « Si les barbares Juifs ont toléré les sadducéens, tolérez vos frères. »

Voyez si vous êtes content de cette réponse de M. Herman.

Vous ne parlez plus de Thieriot : est-il dans votre société aussi négligé que négligent?

Adieu, mon cher frère, Est-il vrai qu'il y ait des prêtres embastillés? c'est un bon temps pour *écr. l'inf...*.

MMMMLIX. — A M. LE COMTE D'ARGENTAL.

Aux Délices, 5 mars.

Je reçois la lettre du 27 février, dont mes anges m'honorent. Je suppose qu'ils ont reçu l'*Épître aux auteurs de la Gazette littéraire*; je suppose aussi qu'ils ont reçu celle que j'ai pris la liberté de leur adresser pour M. de Cideville, qui probablement a quelquefois le bonheur de les voir, et qui demeure rue Saint-Pierre.

Je suppose encore qu'ils ont la lettre de M. le premier président de Dijon, qui est tout à fait encourageante, conciliante, qui tranche toute difficulté, qui met tout le monde à son aise.

Mes anges m'ordonnent d'envoyer aux comédiens ordinaires du roi la disposition de mes rôles; je l'envoie *in quantum possum, et in quantum indigent*. Si mes anges ne trouvent pas que ma lettre pour M. le duc de Duras suffise, il faudra bien en écrire une directement, car j'aime à obéir à mes anges; leur joug est doux et léger.

Non, pardieu! il n'est pas si doux; ils voudraient que d'ici au 12 du mois, qu'on doit jouer cette *Olympie*, je leur fisse un cinquième acte. Je le voudrais bien aussi; ce n'est pas la mort de Statira au quatrième qui me fait de la peine, c'est la scène des deux amants au cinquième. C'est une situation assez forcée, assez peu vraisemblable, que deux amants viennent presser mademoiselle de faire un choix, dans le temps même qu'on brûle madame sa mère; mais je voulais me donner le plaisir d'un bûcher; et si Olympie ne se jette pas dans le bûcher aux yeux de ses deux amants, le grand tragique est manqué. La pièce est faite de façon qu'il faut qu'elle réussisse ou qu'elle tombe, telle qu'elle est. Ne croyez pas que je suis paresseux, je suis impuissant. Et puis d'ailleurs comment voulez-vous que je fasse à présent des vers? savez-vous bien que je suis entouré de quatre pieds de neige? j'entends quatre pieds en hauteur, car j'en ai quarante lieues en longueur; et, au bout de cet horizon, j'ai l'agrément de voir cinquante à soixante montagnes de glace en pain de sucre. Vous m'avouerez que cela ne ressemble pas au mont Parnasse : les Muses couchent à l'air, mais non pas sur la neige. Mon pays est fort au-dessus du paradis terrestre pendant l'été : mais pendant l'hiver il l'emporte de beaucoup sur la Sibérie. Si je faisais actuellement des vers, ils seraient à la glace.

On dit qu'on tolérera un peu la *Tolérance;* Dieu soit béni! D'ailleurs je ne conçois rien à tout ce qu'on me mande de chez vous; il semble que ce soit un rêve; je souhaite qu'il soit heureux. Mes anges le seront toujours, quelque train que prennent les affaires; ainsi je trouve tout bon.

Avez-vous lu le mandement de votre archevêque? Je sais que la pièce est sifflée; mais ne pourriez-vous pas avoir la bonté de me la faire lire? Certes ce que vous avez vu depuis quelques années est curieux.

Respect et tendresse.

Après cette lettre écrite et cachetée, des remords me sont venus au coin du feu. La scène d'Olympie entre ses deux amants, au cinquième acte, m'a paru devoir commencer autrement. Voici une manière nouvelle : je la soumets à mes anges : ils la jetteront dans le feu, si elle leur déplaît.

MMMMLX. — A MADAME LA MARQUISE DU DEFFAND.

Aux Délices, 7 mars.

Vous dites des bons mots, madame, et moi je fais de mauvais contes; mais votre imagination doit avoir de l'indulgence pour la mienne, attendu que les grands doivent protéger les petits.

Vous m'avez ordonné expressément de vous envoyer quelquefois des rogatons : j'obéis, mais je vous avertis qu'il faut aimer passionnément les vers pour goûter ces bagatelles [1]. Si ce pauvre Formont vivait encore, il me favoriserait auprès de vous; il vous ferait souvenir de votre ancienne indulgence pour moi; il vous dirait qu'un demi-quinze-vingts a droit à vos bontés.

Il faut bien que j'y compte encore un peu, puisque j'ose vous envoyer de telles fadaises. J'ose même me flatter que vous n'en direz du mal qu'à moi. C'est là le comble de la vertu pour une femme d'esprit.

Vous me répondrez que la chose est bien difficile, et que la société serait perdue si l'on ne se moquait pas un peu de ceux qui nous sont le plus attachés. C'est le train du monde; mais ce n'est pas le vôtre, et nous n'avons, dans l'état où nous sommes, vous et moi, de plus grand besoin que de nous consoler l'un et l'autre.

Je voudrais vous amuser davantage et plus souvent; mais songez que vous êtes dans le tourbillon de Paris, et que je suis au milieu de quatre rangs de montagnes couvertes de neige. Les jésuites, les remontrances, les réquisitoires, l'histoire du jour, servent à vous distraire, et moi je suis dans la Sibérie.

Cependant vous avez voulu que ce fût moi qui me chargeasse quelquefois de vos amusements. Pardonnez-moi donc quand je ne réussis

1. Les *Trois manières.* (ÉD.)

pas dans l'emploi que vous m'avez donné; c'est à vous que je prêche la tolérance : un de vos plus anciens serviteurs, et assurément un des plus attachés, en mérite un peu.

MMMMLXI. — A M. DAMILAVILLE.

11 mars.

Mon cher frère, je vous prie de me mander s'il est vrai qu'on va jouer *Olympie*; si les *Moyens de rappel en faveur des huguenots* [1] est un bon livre, si on peut avoir le mandement de Christophe, et celui du doux Caveirac; si l'ouvrage attribué à Saint-Évremont produit quelque bon fruit dans le monde; si vous avez reçu un petit billet que j'écrivais à Mariette, dans lequel je l'avertissais que M. le premier président de Dijon avait envoyé f.... f..... mon adverse partie; si on continue ou si on abandonne le procès de la pauvre Calas, etc., etc., etc.

Je crois que frère Berthier a passé aujourd'hui auprès de chez moi pour aller à Soleure. Je suis très-fâché de ne lui avoir pas donné à dîner : j'avais quelques Anglais avec moi qui auraient augmenté le plaisir de l'entrevue. Nous étions quinze à table, et je remarquais avec douleur que, excepté moi, il n'y en avait pas un qui fût chrétien. Cela m'arrive tous les jours; c'est un de mes grands chagrins. Vous ne sauriez croire à quel point cette maudite philosophie a corrompu le monde : la révolution des jésuites est bien moins étonnante et moins grande.

Mon frère, *écr.... l'inf....*

MMMMLXII. — A M. LE COMTE D'ARGENTAL.

11 mars.

C'est donc demain, mes anges, que vous prétendez qu'on fera le service d'*Olympie* dans le couvent d'Éphèse. Je doute fort que vous ayez un acteur digne d'officier et de jouer le rôle de l'hiérophante. J'ai représenté ce personnage, moi qui vous parle; j'avais une grande barbe blanche, avec une mitre de deux pieds de haut, et un manteau beaucoup plus beau que celui d'Aaron. Mais quelle onction était dans mes paroles! je faisais pleurer les petits garçons. Mais votre Brizard est un prêtre à la glace; il n'attendrira personne. Je n'ai jamais conçu comment l'on peut être froid; cela me passe. Quiconque n'est pas animé est indigne de vivre; je le compte au rang des morts.

Je n'entends point parler de votre *Gazette littéraire*; j'ai peur qu'elle n'étrenne pas. Si elle est sage, elle est perdue; si elle est maligne, elle est odieuse. Voilà les deux écueils; et tant que Fréron amusera les oisifs par ses méchancetés hebdomadaires, on négligera les autres ouvrages périodiques qui ne seront qu'utiles et raisonnables. Voilà comme le monde est fait, et j'en suis fâché. Mais le plus grand de mes malheurs est de n'avoir jamais pu parvenir à lire le mandement de Christophe, ni celui du doux Caveirac, dont la grosse face a, dit-on, été piloriée en effigie [2].

1. *Principes politiques sur le rappel des protestants en France*, par Turmeau de la Morandière. (ÉD.)
2. La condamnation de Caveirac par le Châtelet est du 23 février 1763. (ÉD.)

Vous avez reçu sans doute, mes divins anges, un bel arrêt du conseil, imprimé, que je vous ai envoyé pour mettre M. le duc de Praslin à son aise.

Voici une grande nouvelle : on m'assure qu'on a vu frère Berthier avec un autre frère, ce matin, allant par la route de Genève à Soleure. Si j'en avais été informé plus tôt, je les aurais priés à dîner.

Vous êtes heureux, mes anges, vous vivez au milieu des facéties : mais vous gardez votre bonheur pour vous, et vous ne m'en parlez jamais. Vous me parlez de Grandval plus que de Christophe ; vous oubliez les autres comédies pour celles du faubourg Saint-Germain ; vous ne daignez pas vous communiquer à un pauvre étranger. Quoi qu'il en soit, je vous adore.

MMMMLXIII. — DU CARDINAL DE BERNIS.

Au Plessis, le 11 mars.

Votre lettre et vos contes, mon cher confrère, sont venus à propos pour dissiper la mélancolie d'un rhume mêlé de goutte qui me retient depuis six semaines au coin du feu. Les lettres, qui font le plaisir le plus vif des gens sains, sont la véritable consolation des malades. Vos *Trois manières* sont toutes fort bonnes. Je voudrais seulement que *la triste Apamis* s'appelât *la tendre Apamis*. La tristesse emporte toujours l'idée de l'ennui. Je voudrais aussi que le corsaire de Théone évitât cette expression de corsaire : *Toutes deux je contenterai. Il voulut agir tout de bon*, est encore une façon de s'exprimer bonne à éviter. La délicatesse de notre langue se révolte encore plus contre les mots que contre les idées. A cela près, les trois contes sont, comme vous dites, assez *propres*, et pleins de ces vers heureux qui ont le sens juste des proverbes, et qui se gravent aisément et profondément dans la mémoire. Divertissez-vous à ce genre, dans lequel La Fontaine peut être surpassé ; mais, de grâce, n'ayez pas la paresse de fouiller dans vos poches ; vous les trouverez pleines des plus belles gazes du monde : il serait dommage que vous négligeassiez de vous en servir. Notre secrétaire est toujours de mes amis. Je devais aller demain passer quelques jours à Paris ; la goutte et le rhume ont tout dérangé. Je lirai le petit *Traité de la tolérance*; il est aisé aux particuliers d'en suivre les maximes ; c'est le chef-d'œuvre de la sagesse d'un gouvernement de les faire pratiquer sans exciter de fermentation, et sans blesser ou paraître blesser les principes. J'ai reçu votre *Histoire universelle* jusqu'à nos jours. Il s'en faut de peu (et il ne tiendra qu'à vous) que ce ne soit le tableau le plus vrai, comme il est le plus philosophique, le plus agréable et le plus varié. Nous nous verrons quelque jour ; cela sera fort doux pour moi, et ne vous sera peut-être pas inutile. Mon cœur est vivement affligé. Mme de Pompadour, mon amie depuis vingt-trois ans, à qui j'ai de très-grandes obligations, est attaquée à Choisy, depuis douze jours, d'une maladie dangereuse : le roi y perdrait une amie sincère, et les lettres une protectrice sûre et éclairée. Que la vie a peu d'instants heureux ! Les lettres ! les lettres ! les arts ! il n'y a que cela qui console dans l'affliction, et qui jette un voile heureux sur toutes nos misères. Adieu, mon cher confrère, conservez votre santé; elle est utile à la mienne; je vous regarde comme le meilleur médecin de l'Europe.

MMMMLXIV. — DE FRÉDÉRIC, LANDGRAVE DE HESSE-CASSEL.

Cassel, 13 mars.

Monsieur, c'est toujours avec un sensible plaisir que je reçois vos lettres. Il y règne un feu auquel l'on peut aisément découvrir le Nestor et le père de la littérature. Que je serais charmé si votre santé vous permettait, dans la belle saison, de venir ici, et de renouveler notre ancienne amitié!

Vous avez bien raison de n'avoir jamais pu vous faire à voir représenter à un chapon les rôles des empereurs romains. Ces cris perçants et ces cadences à la fin des vers m'ont toujours révolté, et j'avoue que, quoique j'en aie un qui soit assez bon, je préférerai toujours la tragédie et la comédie françaises. Vous pourriez, monsieur, donner à mon spectacle un nouveau lustre, et qui le mettrait en réputation : ce serait de m'envoyer une tragédie qui n'aurait point encore paru. Fouillez seulement dans votre portefeuille, et alors vous pourrez aisément me faire ce plaisir.

Je suis avec les sentiments d'amitié la plus sincère, monsieur, votre très-humble, etc.   FRÉDÉRIC, *landgrave de Hesse.*

MMMMLXV. — A M. LE CLERC DE MONTMERCI [1].

Aux Délices, 13 mars.

Vous êtes donc, monsieur, comme Raphaël, qui s'amusait quelquefois à peindre des fleurs sur des pots de terre. Vraiment je vous suis bien obligé d'avoir orné à ce point mon vieux pot cassé. Vous avez prodigué des vers charmants sur le sujet le plus mince; j'en suis aussi honteux que reconnaissant.

J'ai encore à vous remercier d'avoir dit tant de bien de M. de Vauvenargues, homme très-peu connu, et bien digne de vos louanges et de vos regrets. C'était un vrai philosophe; il a vécu en sage, et est mort en héros, sans que personne en ait rien su : je chérirai toujours sa mémoire. Tout ce que vous dites de lui m'attendrit autant que ce que vous dites de moi me fait rougir.

Je m'étonne qu'avec le talent de faire des vers si faciles, si agréables, si remplis de philosophie et de grâces, vous ne choisissiez pas quelque sujet digne d'être embelli par vous. La nature vous a donné la pensée, le sentiment, et l'expression; il ne vous manque qu'une toile pour y jeter vos belles couleurs. Peu de gens sentiront votre mérite, vu le sujet que vous avez traité; et moi je le sens, malgré le sujet. Je m'intéresse à vous indépendamment de la reconnaissance : je voudrais savoir ce que vous faites : si vous êtes aussi heureux que philosophe; et je suis très-fâché d'être à plus de cent lieues de vous. Une santé misérable

---

1. Le Clerc de Montmerci, avocat au parlement de Paris, est auteur de *Voltaire*, poëme en vers libres, qu'il avait envoyé à Voltaire. (*Note de M. Beuchot.*)

et une fluxion horrible sur les yeux m'empêchent de vous remercier de ma main ; mais elles n'ôtent rien aux sentiments avec lesquels je serai toujours le plus sincèrement du monde, monsieur, votre, etc.

MMMMLXVI. — A M. LE MARQUIS D'ARGENCE DE DIRAC.

14 mars.

Je vous conjure, mon cher monsieur, de ne point disputer avec les gens entêtés ; la contradiction les irrite toujours, au lieu de les éclairer ; ils se cabrent, ils prennent en haine ceux dont on leur cite les opinions. Jamais la dispute n'a convaincu personne ; on peut ramener les hommes en les faisant penser par eux-mêmes, en paraissant douter avec eux, en les conduisant comme par la main, sans qu'ils s'en aperçoivent. Un bon livre qu'on leur prête, et qu'ils lisent à loisir, fait bien plus sûrement son effet, parce qu'alors ils ne rougissent point d'être subjugués par la raison supérieure d'un antagoniste. Cette méthode est la plus sûre, et on y gagne encore l'avantage de se procurer le repos.

Je suis très-édifié, monsieur, de voir que vous érigez un hôpital, et que, par les justes mesures que vous avez prises, vous guérirez trois cents personnes par année. Nous ne sommes dans ce monde que pour y faire du bien.

Je vois que l'affaire des jésuites a effarouché quelques esprits ; mais tout sera calmé par la sagesse du roi. Vous savez sans doute qu'on a condamné au bannissement l'abbé de Caveirac, qui avait fait l'apologie de la Saint-Barthélemy, et qui s'était mis à faire celle des jésuites. Vous savez que ces pères ne sont plus à Versailles ; leur éloignement semble dissiper tout esprit de faction : mais ce qu'il y a de plus heureux, c'est que les finances sont en très-bon état. Les voisins de la France s'y intéressent autant que les Français ; le crédit public renaît : jamais on n'a été plus en droit d'espérer des jours heureux.

Il faut qu'il y ait eu quelques manœuvres secrètes de la part des jésuites, qui ont donné un peu d'alarmes, et qui ont peut-être fait saisir, dans le bureau des postes, des paquets indifférents qui ont pu être soupçonnés d'avoir quelques rapports à ces tracasseries. C'est un mal très-médiocre dans la félicité publique. Je ne sais ce que c'est que la *Lettre du quaker ;* j'en ai entendu parler, mais je ne l'ai point vue ; et, sur ce qu'on m'en a dit, je serais fâché qu'on l'attribuât à mes amis ou à moi.

Vous savez, monsieur, avec quels sentiments je vous suis dévoué pour la vie.

MMMMLXVII. — A M. DAMILAVILLE.

14 mars

Mon cher frère, je reconnais votre cœur au zèle et à la douleur que l'intérêt d'un ami vous inspire. Vous avez l'un et l'autre une belle âme. Mais rassurez-vous ; votre ami n'a certainement rien à craindre de la rapsodie dont vous me parlez. Quand même cette satire[1] aurait cours

1. *La Dunciade,* de Palissot. (ÉD.)

pendant huit jours (ce qui peut bien arriver, grâce à la malignité humaine), la foule de ceux qui sont attaqués dans cette rapsodie ferait cause commune avec M. Diderot, et cette satire ne lui ferait que des amis. Mais, encore une fois, ne craignez rien; on m'écrit que cet ouvrage a révolté tout le monde. L'auteur n'est pas adroit. Quand on veut nuire dans un ouvrage, il faut qu'il soit bon par lui-même, et que le poison soit couvert de fleurs : c'est ici tout le contraire.

Il est vrai que l'auteur a des protecteurs; mais les protecteurs veulent être amusés, et ils ne le seront pas. L'ouvrage sera oublié dans quinze jours; et le grand monument qu'érige M. Diderot doit faire à jamais l'honneur de la nation. J'attends l'*Encyclopédie* avec l'impatience d'un homme qui n'a pas longtemps à vivre, et qui veut jouir avant sa mort. Plût à Dieu qu'on eût imprimé cet ouvrage en pays étranger! Quand Saumaise voulut écrire librement, il se retira en Hollande : quand Descartes voulut philosopher, il quitta la France : mais puisque M. Diderot a voulu rester à Paris, il n'a d'autre parti à prendre que celui de s'envelopper dans sa gloire et dans sa vertu.

Il est bien étrange, je vous l'avoue, que la police souffre une telle satire, et qu'on craigne de publier *la Tolérance*. Mais rien ne m'étonne; il faut savoir souffrir, et attendre des temps plus heureux.

On dit que l'abbé de La Tour-du-Pin est à la Bastille pour les affaires des jésuites; c'est un parent de Mlle Corneille, devenue Mme Dupuits. C'est lui qui sollicita si vivement une lettre de cachet pour ravir à Mlle Corneille l'asile que je lui offrais chez moi. Où en serait cette pauvre enfant, si elle n'avait eu pour protecteur que ce mauvais parent? Mon cher frère, les hommes sont bien injustes; mais de toutes les horreurs que je vois, la plus cruelle, à mon gré, et la plus humiliante, c'est que des gens qui pensent de la même façon sur la philosophie déchirent leurs maîtres ou leurs amis. On est indigné quand on voit Palissot insulter continuellement M. Diderot, qu'il ne connaît pas; mais je suis bien affligé quand je vois ce malheureux Rousseau outrager la philosophie dans le même temps qu'il arme contre lui la religion. Quelle démence et quelle fureur de vouloir décrier les seuls hommes sur la terre qui pouvaient l'excuser auprès du public, et adoucir l'amertume du triste sort qu'il mérite!

Mon cher frère, que je plains les gens de lettres! Je serais mort de chagrin, si je n'avais pas fui la France; je n'ai goûté de bonheur que dans ma retraite. Je vous prie de dire à votre ami combien je l'estime et combien je l'honore. Je lui souhaite des jours tranquilles; il les aura, puisqu'il ne se compromet point avec les insectes du Parnasse, qui ne savent que bourdonner et piquer. Mon ambition est qu'il soit de l'Académie; il faut absolument qu'on le propose pour la première place vacante. Tous les gens de lettres seront pour lui, et il sera très-aisé de lui concilier les personnes de la cour, qui obtiendront pour lui l'approbation du roi. Je n'ai pas grand crédit assurément, mais j'ai encore quelques amis qui pourront le servir. Notre cher ange, M. d'Argental, ne s'y épargnera pas.

Je vois bien, mon cher ami, qu'il est plus aisé d'avoir des satires côntre le prochain que d'avoir le mandement de Christophe, et le livre intitulé : *Il est temps de parler.*

Je vous embrasse de tout mon cœur. *Écr. l'inf....*

MMMMLXVIII. — A M. LE COMTE D'ARGENTAL.

14 mars.

Divins anges, j'ai reçu la *Gazette littéraire*, et j'en suis fort content. L'intérêt que je prenais à cet ouvrage, et la sagesse à laquelle il est condamné, me faisaient trembler ; mais, malgré sa sagesse, il me plaît beaucoup. Il me paraît que les auteurs entendent toutes les langues ; ainsi ce ne serait pas la peine que je fisse venir des livres d'Angleterre. Paris est plus près de Londres que Genève, mais Genève est plus près de l'Italie ; je pourrais donc avoir le département de l'Italie et de l'Espagne, si on voulait. J'entends l'espagnol beaucoup plus que l'allemand, et les caractères tudesques me font un mal horrible aux yeux, qui ne sont que trop faibles. Je pense donc que, pour l'économie et la célérité, il ne serait pas mal que j'eusse ces deux départements, et que je renonçasse à celui d'Angleterre ; c'est à M. le duc de Praslin à décider. Je n'enverrai jamais que des matériaux qu'on mettra en ordre de la manière la plus convenable. Ce n'est pas à moi, qui ne suis pas sur les lieux, à savoir précisément dans quel point de vue on doit présenter les objets au public ; je ne veux que servir et être ignoré.

A l'égard des roués, je n'ai pas dit encore mon dernier mot, et je vois avec plaisir que j'aurai tout le temps de le dire.

Mme Denis et moi nous baisons plus que jamais les ailes de nos anges ; nous remercions M. le duc de Praslin de tout notre cœur. Les dîmes nous feront supporter nos neiges.

Je suis enchanté que l'idée des exemplaires royaux, au profit de Pierre, neveu de Pierre, rie à mes anges ; je suis persuadé que M. de La Borde, un des bienfaiteurs, l'approuvera.

Nous nous amusons toujours à marier des filles ; nous allons marier avantageusement la belle-sœur [1] de la nièce à Pierre ; tout le monde se marie chez nous ; on y bâtit de tous côtés, on défriche des terres qui n'ont rien porté depuis le déluge ; nous nous égayons, et nous engraissons un pays barbare ; et si nous étions absolument les maîtres, nous ferions bien mieux. Je déteste l'anarchie féodale ; mais je suis convaincu par mon expérience que si les pauvres seigneurs châtelains étaient moins dépendants de nosseigneurs les intendants, ils pourraient faire autant de bien à la France que nosseigneurs les intendants font quelquefois de mal, attendu qu'il est tout naturel que le seigneur châtelain regarde ses vassaux comme ses enfants.

Je demande pardon de ce bavardage ; mais quelquefois je raisonne comme Lubin ; je demande pourquoi il ne fait pas jour la nuit. Mes anges, je radote quelquefois, il faut me pardonner ; mais je ne radote point quand je vous adore.

1. Mlle Dupuits, sœur du mari de Marie-Françoise Corneille. (ÉD.)

MMMMLXIX. — A M. DAMILAVILLE.

16 mars,

En réponse, mon cher frère, à votre lettre du 9 de mars, je ne suis point surpris que la plate et ennuyeuse satire[1] pour laquelle on avait obtenu une permission tacite ait attiré à son auteur l'indignation et le mépris. Mme Denis, qui a voulu la lire, n'a jamais pu l'achever. Il n'y a certainement que les intéressés qui puissent avoir le courage de lire un tel ouvrage jusqu'au bout, et ceux-là n'en diront pas de bien. S'il y avait quelque chose de plaisant, ce serait de voir M. Diderot au nombre des sots.

Il faut bien se donner de garde de répondre en forme à une telle impertinence; mais je pense qu'on ne ferait pas mal de désigner cet infâme ouvrage dans l'*Encyclopédie*, à l'article *Satire;* et d'inspirer au public et à la postérité l'horreur et le mépris qu'on doit à ces malheureux qui prétendent être en droit d'insulter les plus honnêtes gens, parce que Despréaux s'est moqué, en passant, de quelques poëtes. Il faut avouer que le premier qui donna cet affreux exemple a été le poëte Rousseau, homme, à mon sens, d'un très-médiocre génie. Il mit ses chardons piquants dans des satires où Boileau jetait des fleurs. Les mots de belître, de maroufle, de louve, etc., sont prodigués par Rousseau; mais du moins il y a quelques bons vers au milieu de ces horreurs révoltantes, et la prétendue *Dunciade* n'a pas ce mérite. Ceux qu'il attaque, et ceux qu'il loue, doivent être également mécontents; le public doit l'être bien davantage, car il veut être amusé, et il est ennuyé : c'est ce qui ne se pardonne jamais.

Je crois, mon cher frère, qu'il n'est pas encore temps de songer à la publication de *la Tolérance;* mais il est toujours temps d'en demander une vingtaine d'exemplaires à M. de Sartine. Vous les donneriez à vos amis, qui les prêteraient à leurs amis; cela composerait une centaine de suffrages qui feraient grand bien à la bonne cause; car, entre nous, les notes qui sont au bas des pages sont aussi favorables à cette bonne cause que le texte l'est à la tolérance.

Je vous admire toujours de donner tant de soins aux belles-lettres, à la philosophie, au bien public, au milieu de vos occupations arithmétiques et des détails prodigieux dont vous devez être accablé.

Puisque votre belle âme prend un intérêt si sensible à tout ce qui concerne l'honneur des lettres et les devoirs de la société, il faut vous apprendre que Jean-Jacques, ayant voulu imiter Platon, après avoir imité Diogène, vient de donner *incognito* un détestable opuscule sur les dangers de la poésie et du théâtre[2]. Il m'apostrophe dans cet ouvrage, moi et frère Thieriot, sous des noms grecs; il dit que je n'ai jamais pu attirer auprès de moi que Thieriot, et que je n'ai réussi qu'à en faire un ingrat. Si la chose était vraie, je serais très-fâché : j'ai toujours voulu croire que Thieriot n'était que paresseux.

Je vous embrasse bien tendrement, mon cher frère. *Écr. l'inf....*

1. *La Dunciade,* de Palissot. (ÉD.) — 2. *De l'Imitation théâtrale.* (ÉD.)

MMMMLXX. — A MADAME LA MARGRAVE DE BADE-DOURLACH.

A Ferney, 20 mars..

Madame, la bonté que Votre Altesse Sérénissime a bien voulu témoigner dans l'aventure affreuse des Calas est une grande consolation
pour cette famille désolée, et le secours que vous daignez lui donner
pour soutenir un procès qui est la cause du genre humain est l'augure
d'un heureux succès. Quand on saura que les personnes les plus respectables de l'Europe s'intéressent à ces innocents persécutés, les juges
en seront certainement plus attentifs. Il s'agit de réhabiliter la mémoire
d'un homme vertueux, de dédommager sa veuve et ses enfants, et de
venger la religion et l'humanité en cassant un arrêt inique. Il est difficile d'y parvenir; ceux qui, dans notre France, ont acheté à prix
d'argent le droit de juger les hommes composent un corps si considérable, qu'à peine le conseil du roi ose casser leurs arrêts injustes. Il a
fallu peu de temps pour faire mourir Calas sur la roue, et il faut plusieurs années et des dépenses incroyables pour faire obtenir à la famille
un faible dédommagement, que peut-être encore on ne lui donnera
pas. Heureux, madame, ceux qui vivent sous votre domination! Il est
bien triste pour moi que mon âge et mes maux me privent de l'honneur de venir vous renouveler le profond respect avec lequel je serai
toute ma vie, madame, de Votre Altesse Sérénissime, etc.

MMMMLXXI. — A MADAME LA MARQUISE DU DEFFAND.

21 mars.

Je ne vous dirai pas, madame, que nous sommes plus heureux que
sages; car nous sommes aussi sages qu'heureux. Vous tremblez que
quelque malintentionné n'ait pris le petit mot qui regardait mon confrère Moncrif pour une mauvaise plaisanterie. J'ai reçu de lui une lettre
remplie des plus tendres remerciments. S'il n'est pas le plus dissimulé
de tous les hommes, il est le plus satisfait. C'est un grand courtisan,
je l'avoue; mais ne serait-ce pas prodiguer la politique que de me remercier si cordialement d'une chose dont il serait fâché? Pour moi, je
m'en tiens, comme lui, au pied de la lettre, et je lui suppose la même
naïveté que j'ai eue quand je vous ai écrit cette malheureuse lettre
que des corsaires ont publiée.

Sérieusement, je serais très-fâché qu'un de mes confrères (et surtout
un homme qui parle à la reine) fût mécontent de moi : cela me ruinerait à la cour, et me ferait manquer les places importantes auxquelles je pourrai parvenir avec le temps; car enfin je n'ai que dix ans de
moins que Moncrif, et l'exemple du cardinal de Fleury, qui commença
sa fortune à soixante-quatorze ans, me donne les plus grandes espérances.

Vous ferez fort bien, madame, de ne plus confier vos secrets à ceux
qui les font imprimer, et qui violent ainsi le droit des gens. Je savais
votre histoire du lion; elle est fort singulière, mais elle ne vaut pas
l'histoire du lion d'Androclès. D'ailleurs mon goût pour les contes est
absolument tombé : c'était une fantaisie que les longues soirées d'hiver

m'avaient inspirée. Je pense différemment à l'équinoxe : l'esprit souffle où il veut, comme dit l'autre.

Je me suis toujours aperçu qu'on n'est le maître de rien : jamais on ne s'est donné un goût; cela ne dépend pas plus de nous que notre taille et notre visage. N'avez-vous jamais bien fait réflexion que nous sommes de pures machines? J'ai senti cette vérité par une expérience continue : sentiments, passions, goûts, talents, manières de penser, de parler, de marcher, tout nous vient je ne sais comment. Tout est comme les idées que nous avons dans un rêve; elles nous viennent sans que nous nous en mêlions. Méditez cela; car nous autres, qui avons la vue basse, nous sommes plus faits pour la méditation que les autres hommes, qui sont distraits par les objets.

Vous devriez dicter ce que vous pensez quand vous êtes seule, et me l'envoyer; je suis persuadé que j'y trouverais plus de vraie philosophie que dans tous les systèmes dont on nous berce. Ce serait la philosophie de la nature; vous ne prendriez point vos idées ailleurs que chez vous; vous ne chercheriez point à vous tromper vous-même. Quiconque a, comme vous, de l'imagination et de la justesse dans l'esprit peut trouver dans lui seul, sans autre secours, la connaissance de la nature humaine; car tous les hommes se ressemblent pour le fond, et la différence des nuances ne change rien du tout à la couleur primitive.

Je vous assure, madame, que je voudrais bien voir une petite esquisse de votre façon. Dictez quelque chose, je vous prie, quand vous n'aurez rien à faire : quel plus bel emploi de votre temps que de penser? Vous ne pouvez ni jouer, ni courir, ni avoir compagnie toute la journée. Ce ne sera pas une médiocre satisfaction pour moi de voir la supériorité d'une âme naïve et vraie sur tant de philosophes orgueilleux et obscurs : je vous promets d'ailleurs le secret.

Vous sentez bien, madame, que la belle place que vous me donnez dans notre siècle n'est point faite pour moi; je donne, sans difficulté, la première à la personne à qui vous accordez la seconde. Mais permettez-moi d'en demander une dans votre cœur; car je vous assure que vous êtes dans le mien.

Je finis, madame, parce que je suis bien malade, et que je crains de vous ennuyer. Agréez mon tendre respect, et empêchez que M. le président Hénault ne m'oublie.

MMMMLXXII. — A MADAME DE BUCHWALD.

Au château de Ferney, pays de Gex, 25 mars.

Madame, Son Altesse Sérénissime a daigné m'instruire de votre perte et de votre douleur. Elle savait combien je m'intéresse à tout ce qui vous touche. Que ne puis-je, madame, vous offrir quelques consolations! mais la plus grande que vous puissiez recevoir est dans le cœur et dans les attentions charmantes de l'auguste princesse auprès de qui vous vivez. Il n'y a point avec elle de douleur qu'on ne supporte : elle adoucit toutes les amertumes de la vie. Comptez que, sans elle, vous seriez le premier objet des regrets que j'ai emportés d'Allemagne. Recevez les sincères respects, madame, d'un laboureur et d'un maçon qui vous sera attaché toute sa vie. VOLTAIRE.

MMMMLXXIII. — A M. DAMILAVILLE.

26 mars.

Vous voyez bien, mon cher frère, que vous aviez conçu trop d'alarmes au sujet de frère Platon; et qu'un aussi mauvais ouvrage que la *Palissotie* ne pouvait nuire en aucune manière qu'à son auteur. Il est vrai qu'il est protégé par un ministre[1]; mais ce ministre, plein d'esprit et de mérite, aime fort la philosophie, et n'aime point du tout les mauvais vers. S'il fut un peu sévère, il y a quelques années, envers l'abbé Morellet, il faut lui pardonner. L'article indiscret inséré dans une brochure, au sujet de Mme la princesse de Robecq, indigna tous les amis de cette dame, qui en effet n'apprit que par cette brochure le danger de mort où elle était. Je suis persuadé que tous nos chers philosophes, en se conduisant bien, en n'affectant point de braver les puissances de ce monde, trouveront toujours beaucoup de protection.

Ce serait assurément grand dommage que nous perdissions Mme de Pompadour; elle n'a jamais persécuté les gens de lettres, et elle a fait beaucoup de bien à plusieurs. Elle pense comme vous; et il serait difficile qu'elle fût bien remplacée.

Je me console de n'avoir pu parvenir à voir les fatras de l'archevêque de Paris et de l'abbé de Caveirac, et je suis honteux de m'être fait une bibliothèque de tout ce qui s'est écrit, depuis deux ans, pour et contre les jésuites. Il vaut bien mieux relire Cicéron, Horace, et Virgile.

Vous aurez incessamment le *Corneille* commenté; j'ai pris la liberté de vous en adresser un ballot de quarante-huit exemplaires, dont je vous supplie d'envoyer douze à M. Delaleu; vous ferez présent des autres à qui il vous plaira; c'est à vous à distribuer vos faveurs. Il y a des gens de lettres qui ne sont pas assez riches pour acheter cet ouvrage, et qui le recevront de vous bien volontiers gratis. Je vous supplie en grâce d'en faire relier un pour M. Goldoni, d'en donner un exemplaire à M. de La Harpe, un autre à M. Le Mierre. Je compte bien que M. Diderot sera le premier qui aura le sien, quoique le fardeau immense dont il est chargé ne lui laisse guère le temps de lire des remarques sur des vers. Les fanatiques de Corneille n'y trouveront peut-être pas leur compte; mais je fais plus de cas du bon goût que de leur suffrage. J'ai tout examiné sans passion et sans intérêt, j'ai toujours dit ce que j'ai pensé, et je ne connais aucun cas dans lequel il faille dire ce qu'on ne pense point. Comptez, mon cher frère, que je dis la chose du monde la plus vraie, quand je vous assure de mon très-tendre attachement.

MMMMLXXIV. — A M. COLINI.

A Ferney, 28 mars.

Mon cher ami, je vous adresse un voyageur qui est digne de voir Manheim, votre bibliothèque, votre Académie, et toutes vos raretés,

1. M. le duc de Choiseul. (Éd.)

mais surtout le respectable maître de toutes ces belles choses; c'est
M. Mallet, d'une très-bonne famille de Genève, homme d'un vrai mérite. Il a été longtemps à la cour de Copenhague, où il est fort regretté;
il a fait l'*Histoire de Danemark*, comme vous celle du Palatinat. Je vous
prie de le recommander à M. Harold avec le même empressement que
je vous le recommande.

Votre théâtre de Schwetzingen a porté bonheur à *Olympie*; on dit
qu'elle est bien jouée et bien reçue à Paris. Le public a témoigné qu'il
ne serait pas fâché de voir l'auteur; mais si je pouvais faire un voyage,
ce serait vers le Rhin que j'irais, et non vers la Seine; mon état me
permet moins que jamais ce bonheur. Je dépéris tous les jours; je
suis actuellement au lit, avec un peu de fièvre; mes souffrances sont
continuelles; je fais ce que je peux pour ne pas perdre patience. On
dit que la philosophie rend heureux; mais je crois que les gens qui
ont dit cela se portaient bien. Je vous embrasse de tout mon cœur.

MMMMLXXV. — A MADAME LA MARGRAVE DE BADE-DOURLACH

A Ferney, 28 mars.

Madame, Votre Altesse Sérénissime se doute bien que je porte une
furieuse envie à celui qui aura l'honneur de vous rendre cette lettre.
Il jouira de l'avantage de voir une cour dans laquelle tout le monde
voudrait vivre, et d'être admis auprès d'une princesse dont on voudrait
être né sujet. C'est, madame, un citoyen de Genève, d'une des meilleures familles de cette république; il se nomme Mallet; il a été longtemps à la cour de Danemark, où il est fort estimé; j'ose dire qu'il
est digne d'être présenté à Votre Altesse Sérénissime : personne n'est
plus sensible que lui au mérite supérieur; enfin, madame, quoiqu'il
ne soit qu'un voyageur, il deviendra votre sujet dès qu'il aura eu le
bonheur de vous voir et de vous entendre; c'est le sort de tous ceux
qui ont passé à Carlsruhe : cette noble retraite est devenue, grâce à
Votre Altesse Sérénissime, l'asile de la vertu et du bonheur. Que
reste-t-il à tous ces rois qui ont ébranlé l'Europe par leurs guerres,
que de revenir chacun dans leur Carlsruhe? Vous êtes, madame, plus
sage qu'eux tous, car vous êtes demeurée en paix chez vous, et ils
sont forcés enfin de vous imiter.

Je suis, avec un profond respect, madame, de Vos Altesses Séré-
nissimes, etc.

MMMMLXXVI. — A M. DAMILAVILLE.

30 mars.

J'ai à peine le temps, mon cher frère, de vous remercier, en deux
mots, de tout ce que vous m'avez écrit de charmant le 22 de mars. Les
belles-lettres sont dans un étrange avilissement à Paris! mais je me
trompe; ce ne sont pas les belles-lettres, ce sont les vilaines, les infâmes lettres; c'est la satire sans sel, la grossièreté sans esprit, l'envie
sans aucune raison d'être envieux, la méchanceté dans toute sa laideur.

Plus on cherche à mordre notre ami Platon[1], et plus je lui suis at-

1. Diderot. (ÉD.)

taché. Votre zèle pour la saine littérature est infatigable : vous êtes bien loin de ressembler à ceux qui ont le temps d'aller dîner tous les jours très-loin de chez eux, et qui n'ont pas le temps, pendant six mois, d'écrire une seule lettre à leurs amis; ceux-là glacent le cœur, et vous l'échauffez. Je serais fort étonné si l'on permettait actuellement *la Tolérance.* J'ai toujours pensé qu'il fallait attendre; mais mon cher frère voit les choses de plus près, et mieux que moi.

Je crois que le frère Gabriel Cramer a fini d'imprimer les *Contes de Guillaume Vadé.* Il y a des choses un peu vives; on y a ajouté quelques morceaux de Jérôme Carré. Jérôme et Guillaume sont des gens hardis; mais la plaisanterie fait tout passer. Vous pouvez dire, dans l'occasion, aux gens difficiles, que c'est un recueil de plusieurs polissons dont aucun, ne se donnant pour un homme sérieux, ne mérite pas d'être examiné à la rigueur. Adieu, mon très-cher frère.

MMMMLXXVII. — A M. LE COMTE D'ARGENTAL.

2 avril.

Il faut que je demande les ordres de mes anges sur une affaire d'État de la plus haute importance. Je sais que la grande règle des conspirateurs est de n'admettre jamais dans leur complot que ceux qui peuvent les servir, et de tuer sans miséricorde tous ceux qui peuvent se douter de la conspiration. Il y a plusieurs mois que je balance sur la manière dont je dois m'y prendre pour assassiner M. de Chauvelin l'ambassadeur. Il prétend, depuis un an, que je lui ai promis quelque chose pour le mois d'avril, et que ce n'est pas un poisson d'avril que je lui ai promis. Il était alors très-vraisemblable qu'*Octave et Antoine*[2] paraîtraient avant Pâques; la destinée a voulu que *le Couvent d'Éphèse*[3] eût la préférence. Enfin nous voici au mois d'avril; voyez, mes anges, si vous voulez que M. de Chauvelin soit de la conspiration : son caractère semble l'en rendre digne; cela est absolument du ministère des affaires étrangères. Je ne ferai rien sans vos ordres. J'ai résisté une année entière; il ne sait rien du tout, et je ne rendrai la place que quand vous m'aurez ordonné de capituler. En ce cas, il faudra qu'il fasse serment par écrit, lui et sa jeune femme, de ne jamais révéler la conspiration.

Il n'en est pas de même de M. de Thibouville; il croit fermement, avec Mlle Clairon, que je travaille à *Pierre le Cruel.* Il est bon de fixer ainsi les incertitudes des curieux, mais le fait est que je ne puis travailler à rien; je suis très-malade; la fin de l'hiver et le commencement du printemps m'ont infiniment affaibli, et je crois qu'il faut dire adieu à toute espèce de vers et de prose. Je ne sais si je me trompe, mais il me semble que j'avais fourni quelques matériaux assez curieux pour votre gazette. J'ai encore un petit cahier à vous envoyer, supposé que vous ayez été contents des premiers; mais, après cela, je ne sais pas ce que je deviendrai : les nouveautés me manquent, et les forces aussi.

1. Thieriot. (ÉD.) — 2. *Le Triumvirat.* (ÉD.) — 3. *Olympie.* (ÉD.)

Je vous supplie de vouloir bien me donner des nouvelles de la santé de M. le duc de Praslin; je suis fâché de le voir goutteux avant le temps, car il me semble que la goutte n'est bonne qu'à mon âge.: il ne faut jamais qu'un ministre soit malade. C'est une chose affreuse que de souffrir et d'avoir à travailler, cela mine l'esprit et le corps. Il n'y a que l'entière liberté de n'avoir jamais rien à faire que ce que je veux, et d'être le maître de tous mes mouvements, qui m'a fait supporter la vie. Portez-vous bien, mes divins anges.

P. S. Voyez d'ailleurs, avec M. le duc de Praslin, si vous voulez que j'assassine M. de Chauvelin, ou que je lui révèle le secret. Je sais bien qu'assassiner est le plus sûr, mais c'est un parti que je ne peux prendre sans votre permission expresse.

MMMMLXXVIII. — A M. LE MARQUIS DE CHAUVELIN
2 avril.

Votre Excellence est assez bonne pour avoir des griefs contre moi. J'en ai moi-même un bien fort : c'est que je n'en peux plus, c'est que j'ai absolument perdu la santé, et qu'étant menacé de perdre la vue, tout ce que je peux faire, c'est de dicter une malheureuse lettre. Je suis tombé tout d'un coup, mais ce n'est pas de bien haut. Je ne savais pas que Mme l'ambassadrice eût été malade; je vous assure que je m'y serais plus intéressé qu'à ma propre misère, par la raison que j'aime beaucoup mieux les pièces de Racine que celles de Pradon, et que les beaux ouvrages de la nature inspirent plus d'intérêt que les autres.

J'avoue que j'ai eu grand tort de ne pas vous envoyer *les Trois manières;* mais puisque vous les avez, je ne peux plus réparer mon tort : tout ce que je peux faire, c'est de vous donner *Madame Gertrude* [1], si vous ne l'avez pas.

A l'égard de ce qui devait vous revenir vers le mois d'avril, ne prenez pas cela pour un poisson d'avril, s'il vous plaît; je tiendrai ma parole tôt ou tard; mais donnez un peu de temps à un pauvre malade. J'ai été accablé de fardeaux que mes forces ne pouvaient porter; et, dans l'état où je suis réduit, il m'est impossible de m'appliquer. J'ai consumé la petite bougie que la nature m'avait donnée; il ne reste plus qu'un faible lumignon que le moindre effort éteindrait absolument.

Oserais-je demander à Votre Excellence si elle est contente de la *Gazette littéraire?* Il me semble que cette entreprise est en bonnes mains, et que, de tous les journaux, c'est celui qui met le plus au fait des sciences de l'Europe : c'est dommage qu'il ne parle point de mandements d'évêques, qu'on brûle tous les jours. Tout ce que je vois jette les semences d'une révolution qui arrivera immanquablement, et dont je n'aurai pas le plaisir d'être témoin. Les Français arrivent tard à tout, mais enfin ils arrivent. La lumière s'est tellement répandue de proche en proche, qu'on éclatera à la première occasion;

_____

1. Personnage du conte intitulé *l'Éducation d'une fille.* (ÉD.)

et alors ce sera un beau tapage. Les jeunes gens sont bien heureux; ils verront de belles choses.

A propos, je n'ose vous envoyer un conte à dormir debout[1], qui est très-indigne d'un grave ambassadeur; mais pour peu que Mme l'ambassadrice se plaise aux *Mille et une nuits*, je l'enverrai par la première poste. En attendant, voici un petit avis d'un nommé Vadé à mes chers compatriotes. Ce Vadé-là était un homme bien difficile à vivre. Mille sincères et tendres respects.

MMMMLXXIX. — A M. DAMILAVILLE.

2 avril.

Mon cher frère, je vous envoie l'avis d'*Esculape*-Tronchin. Tout Esculape qu'il est, il ne vous apprendra pas grand'chose : vous savez assez que la vie sédentaire fait bien du mal aux tempéraments secs et délicats. Si j'étais assez insolent pour ajouter quelque chose aux oracles d'Esculape, je conseillerais les eaux de Plombières, ou quelques autres eaux chaudes et douces, en cas que la fortune de la malade lui permette de faire ce voyage sans s'incommoder, car il n'est permis qu'aux gens riches d'aller chercher la santé loin de chez eux; et à l'égard des pauvres, ils travaillent et guérissent. Le voyage, l'exercice, des eaux qui lavent le sang et qui débouchent les canaux, rétablissent presque toujours la machine. Je voudrais aussi qu'on fît lit à part : un mari malsain et une femme malade ne se feront pas grand bien l'un à l'autre, attendu que mal sur mal n'est pas santé. Voilà l'avis d'un vieux routier qui n'est pas médecin, mais qui depuis longtemps ne doit la vie qu'à une extrême attention sur lui-même.

J'ai oublié, dans ma dernière lettre, de vous prier de m'envoyer *Macare* imprimé, avec la lettre au grand fauconnier. Il faut que ce grand fauconnier ait le diable au corps de faire imprimer ces rogatons.

Ne pourrai-je jamais m'édifier avec l'instruction pastorale de Christophe? Je suis fou des pastorales, depuis celle de Jean-Georges; elles m'amusent infiniment. Est-il vrai qu'il y a un jésuite, nommé Desnoyers, qui a bravement signé le formulaire imposé aux ci-devant soi-disant jésuites?

Est-il vrai qu'on a mis au pilori la grosse face de l'abbé Caveirac, apologiste de la Saint-Barthélemy et de l'institut de Loyola? S'il est de la maison de Caveirac, c'est un homme de grande qualité; mais il se peut que ce soit un polisson qui ait pris le nom de son village.

Il me paraît que nosseigneurs du parlement vont grand train. Quand serai-je assez heureux pour avoir le libelle de ce prêtre[2]? C'est un coquin qui ne manque pas d'esprit; il est même fort instruit des fadaises ecclésiastiques, et il a une sorte d'éloquence. Frère Thiériot devrait bien s'amuser un quart d'heure à m'écrire tout ce qu'on dit et tout

1. *Ce qui plaît aux dames.* (ÉD.)
2. *Il est temps de parler*, que Voltaire croyait être de Caveyrac, mais qui est de l'abbé Dazès. (ÉD.)

ce qu'on fait. Vous ne me parlez plus de ce paresseux, de ce négligent, de ce loir, de cet ingrat, de ce liron qui passe sa vie à manger,
à dormir, et à oublier ses amis. Il n'a rien à faire, et vous, qui êtes
accablé d'occupations désagréables, vous trouvez encore du temps
pour écrire à votre frère.

Dieu vous le rende! vous avez une âme charmante. *Écr. l'inf....*

MMMMLXXX. — A M. PALISSOT.

Ferney, 4 avril.

Je n'avais pas envie de rire, monsieur, quand vous m'envoyâtes
votre petite drôlerie. J'étais fort malade. Mon aumônier, qui est, ne
vous déplaise, un jésuite, ne me quittait point. Il me faisait demander
pardon à Dieu d'avoir manqué de charité envers Fréron et Le Franc
de Pompignan, et d'avoir raillé l'abbé Trublet, qui est archidiacre. Il
ne voulait pas permettre que je lusse votre *Dunciade*. Il disait que je
retournerais infailliblement à mes premiers péchés, si je lisais des
ouvrages satiriques. Je fus donc obligé de vous lire à la dérobée. J'ai le
bonheur de ne connaître aucun des masques dont vous parlez dans
votre poëme. J'ai seulement été affligé de voir votre acharnement contre M. Diderot, qu'on dit être aussi rempli de mérite et de probité que
de science, qui ne vous a jamais offensé, et que vous n'avez jamais
vu. Je vous parle bien librement; mais je suis si vieux, qu'il faut me
pardonner de vous dire tout ce que je pense. Je n'ai plus que ce plaisir-là. Il est triste de voir les gens de lettres se traiter les uns les autres
comme les parlements en usent avec les évêques, les jansénistes avec
les molinistes, et la moitié du monde avec l'autre. Ce monde-ci n'est
qu'un orage continuel : sauve qui peut! Quand j'étais jeune, je croyais
que les lettres rendaient les gens heureux : je suis bien détrompé! Il
faut absolument que nous demandions tous deux pardon à Dieu, et
que nous fassions pénitence. Je consens même d'aller en purgatoire, à
condition que Fréron sera damné.

MMMMLXXXI. — A M. LE COMTE D'ARGENTAL.

4 avril.

J'ai vu, mes anges, de fort bons vers de M. de La Harpe sur les talents naturels de Mlle Dumesnil, et sur les talents acquis de Mlle Clairon. Je me souviens qu'autrefois cette petite innocente de Gaussin me
disait tout doucement : « Allez, allez, Mlle Clairon sera une grande
actrice, mais ne fera jamais pleurer. »

Mais quoi! est-il possible que Mlle Clairon ne dise pas

Empêchez-moi surtout de le revoir jamais,
                    Olympie, acte III, scène III.

d'une manière à se faire claquer, mais claquer pendant un quart
d'heure? On trouve qu'il n'y a pas assez d'amour dans son rôle : je
maintiens, moi, que ce vers vaut toute une églogue. Allez, allez, la
pièce est pleine d'intérêt; et voilà ce qui la soutient. Que quelque
auteur s'avise un jour de mettre un bûcher et point d'intérêt dans sa

pièce, comptez qu'on y jettera Monsieur, pour réchauffer son ouvrage. Il faut qu'il y ait un grand appareil au spectacle, c'est mon avis; mais il faut que cet appareil fasse toujours une situation intéressante, et qui tienne les esprits en suspens : tel est le troisième acte de *Tancrède*, et le quatrième acte de *Mahomet*. Tâchons de parler à la fois aux yeux, aux oreilles, et à l'âme; on critiquera, mais ce sera en pleurant. Je suis bien las des drames qui ne sont que des conversations; ils sont beaux, mais, entre nous, ils sont un peu à la glace.

Je suis très-fâché que Mme d'Argental ait pris médecine par nécessité; mais je serais plus fâché encore si elle l'avait prise sans nécessité, car c'est alors que les médecines font très-grand mal. J'ai lu votre écriture tout courant, et sans hésiter un moment, malgré toute la faiblesse de mes yeux. Mon cœur aime passionnément les caractères des deux anges. Envoyez-moi, je vous prie, quand vous n'aurez rien à faire, toutes les critiques possibles d'*Olympie* : qui sait si elles ne me piqueront pas d'honneur, et si à la fin je ne trouverai pas quelque chose de nouveau?

M. Gilbert de Voysins[1] n'est-il pas infiniment plus vieux que moi? J'ai une très-mauvaise opinion de ce corps-là, et je m'imagine qu'il pourrait bien m'aller juger incessamment dans l'autre monde : mais surtout que M. le duc de Praslin se débarrasse vite de sa goutte, et qu'il songe bien sérieusement à sa santé. Je vous le répète, le ministère est un fardeau affreux quand on souffre.

On m'avait mandé que Mme de Pompadour était absolument hors d'affaire; mais ce que vous me dites, le 29 de mars, me donne beaucoup de crainte. Je lui avais fait mon compliment sur sa convalescence; je suis bien fâché d'avoir eu tort. Mille tendres respects; tout Ferney baise le bout des ailes de mes anges.

MMMMLXXXII. — De M. Dalembert.

A Paris, 6 avril.

Je vous dois une réponse depuis longtemps, mon cher et illustre maître; et il y a plus de quinze jours que vous l'auriez, si je n'en avais été empêché par un débordement de bile, non pas au moral et au figuré (quoique en vérité ce monde si parfait en vaille bien la peine), mais au propre et au physique, et presque aussi abondamment que Palissot vient d'en verser dans sa *Dunciade*. Avez-vous lu ce joli ouvrage, ou plutôt avez-vous pu le lire? Il faut avouer que de pareils écrivains font bien de l'honneur à leurs Mécènes. Ce qu'il y a de plaisant, c'est que l'auteur, pour avoir représenté, dans sa pièce des *Philosophes*, de très-honnêtes gens comme des cartouchiens, a été loué à la cour, protégé, récompensé. Il s'avise, dans sa *Dunciade*, de dire que Crevier est un âne; Crevier, vieux janséniste, se plaint au parlement; le parlement veut mettre Palissot au pilori; et les protecteurs de Palissot le font exiler pour le soustraire au parlement; on le traite

1. Avocat général. Il avait fait, en 1734, le réquisitoire contre les *Lettres philosophiques*. (ÉD.)

avec la même faveur que l'archevêque de Paris. Dites après cela que
les lettres ne sont pas favorisées. Quant à moi, j'en suis fort content;
et si je fais jamais une *Dunciade*, je me flatte d'en être quitte aussi
pour quelques mois d'absence. Mais je ne ferai point de *Dunciade*, ou,
si j'avais le malheur d'en faire une, ce ne serait ni M. Blin, ni M. du
Rosoi, ni M. Sabatier, ni M. Rochon, ni même Fréron, que j'y mettrais, ce serait des noms plus illustres.

Laissons toutes ces infamies, et parlons d'*Olympie*. Je vous félicite
de son grand succès. Vous y avez fait des changements heureux. Le
rôle de Statira et celui de l'hiérophante sont beaux, celui de Cassandre
a des moments de chaleur qui intéressent, celui d'Antigone et d'Olympie m'ont paru faibles; mais Mlle Clairon y est admirable au dernier
acte. Quand elle serait un mandement d'évêque[1], ou l'*Encyclopédie*,
elle ne se jetterait pas au feu de meilleure grâce. Voiture lui dirait qu'on
ne lui reprochera pas de n'être bonne ni à rôtir ni à bouillir. Le spectacle est d'ailleurs grand et auguste, et cela s'appelle une tragédie bien
étoffée : la représentation m'a fait très-grand plaisir, et la lecture que
j'en ai refaite depuis a ajouté au plaisir de la représentation.

J'ai lu aussi depuis peu, par une espèce de fraude, un certain conte
intitulé *l'Éducation d'un prince*; cela me paraît bien fort pour feu
Vadé; croyez-vous qu'il ait fait cela? Pour moi, sans faire tort à la
manière de Vadé, j'aime encore mieux ce conte-là que tous ceux qu'il
nous a donnés, et que j'aime pourtant beaucoup. Mais, à propos de
ces contes, permettez-moi, mon cher maître, de vous dire que vous
êtes un drôle de corps. Je vous écris qu'une personne, qui se dit de
vos amies, dénigre *Macare*; le fruit de cet avertissement (après m'a-
voir marqué le peu de cas que vous faites de cette personne et de ses
jugements) est une longue lettre que vous lui écrivez, et à laquelle
vous joignez le conte des *Trois manières*, en la priant de vouloir bien
lui être favorable; cela s'appelle offrir une chandelle au diable. Encore
passe si vous n'en offriez qu'à des diables de cette espèce, qui, après
tout, ne sont que des diablotins; mais vous avez des torts bien plus
grands, et vous *sacrifiez sur les hauts lieux*[2], ce qui, comme vous le
savez, est une *abomination devant le Seigneur*, du moins si je me
souviens encore du livre des *Rois* et des *Paralipomènes*, dont vous
vous souvenez mieux que moi.

Nous touchons au moment de n'avoir plus de jésuites; et ce qui m'é-
tonne, c'est que les herbes poussent comme à l'ordinaire, et que le
soleil ne s'obscurcit pas. La dernière éclipse même n'a pas été aussi
forte que nous nous y attendions. L'univers ne sent pas la perte qu'il
va faire (voilà un beau vers de tragédie).

J'ai reçu une lettre charmante de votre ancien disciple; il me mande
que depuis qu'il a fait la paix, il n'est en guerre ni avec les cagots ni

1. *L'Instruction pastorale de l'archevêque de Paris*, Chr. de Beaumont, en
faveur des jésuites, avait été condamnée au feu le 21 janvier 1764. (ÉD.)
2. IVe livre des *Rois*, chap. XXI, versets 2 et 3; et IIe livre des *Paralipomènes*, chap. XXXIII, versets 2 et 3. (ÉD.)

avec les jésuites, et qu'il laisse à une nation belliqueuse comme la française le soin de ferrailler envers et contre tous.

Que je confonde, dites-vous, ce maraud de Crevier? je m'en garderai bien; je n'ai pas d'envie d'être au pilori ou exilé. Ah, monsieur Crevier, que je trouve que vous avez raison dans tout ce que vous dites!

Cette *Tolérance* n'est point encore tolérée, et je ne sais quand elle pourra parvenir à l'être. Il me semble qu'on n'en distribue point encore. Nous attendons le *Corneille;* il est entre les mains d'un cuistre nommé Marin, qui doit décider si le public pourra le lire. Il faut rire de cela, ainsi que de tout le reste. Adieu, mon cher confrère.

MMMMLXXXIII. — A FRÉDÉRIC, LANDGRAVE DE HESSE-CASSEL.

7 avril.

Monseigneur, si je suivais les mouvements de mon cœur, j'importunerais plus souvent de mes lettres Votre Altesse Sérénissime; mais que peut un pauvre solitaire, malade, vieux et mourant, inutile au monde et à lui-même? Votre Altesse Sérénissime me parle de tragédies: donnez-moi de la jeunesse et de la santé, et je vous promets alors deux tragédies par an; je viendrai moi-même les jouer à Cassel, car j'étais autrefois un assez bon acteur. Rajeunissez aussi Mlle Gaussin, qui n'a rien à faire, et qui sera fort aise de recevoir de vous cette petite faveur. Nous nous mettrons tous les deux à la tête de votre troupe, et nous tâcherons de vous amuser; mais j'ai bien peur d'aller bientôt faire des tragédies dans l'autre monde; pour peu que Bezébuth aime le théâtre, je serai son homme. Les dévots disent en effet que le théâtre est une œuvre du démon : si cela est, le démon est fort aimable, car de tous les plaisirs de l'âme, je tiens que le premier est une tragédie bien jouée.

J'envie le sort d'un Génevois qui va faire sa cour à Votre Altesse Sérénissime. Il est bien heureux, mais il est digne de l'être; c'est un homme plein d'esprit et de sagesse. La liberté génevoise est une belle chose, mais l'honneur de vous approcher vaut encore mieux.

Je songe, monseigneur, que, pour perfectionner votre troupe, vous pourriez prendre, au lieu des chapons d'Italie, que vous n'aimez point, quelques-uns de nos jésuites réformés; ils passaient pour être les meilleurs comédiens du monde; je crois qu'on les aurait actuellement à fort bon marché.

Pardonnez à un vieillard presque aveugle de ne vous pas écrire de sa main. Je suis, etc.

MMMMLXXXIV. — DU PRINCE LOUIS DE WURTEMBERG.

Le . . . .

Je serais trop heureux, monsieur, de mériter l'éloge que vous me donnez dans votre lettre. La bonne opinion que vous avez de moi me pénètre et m'encourage à m'en rendre digne. Il est plus singulier que difficile de suivre le bien, et c'est cette singularité qui écarte le grand nombre d'un chemin si peu battu. L'approbation d'un homme comme vous sert d'aiguillon à un cœur fait pour connaître la vertu, et de guide pour l'y conduire.

Je serais trop heureux si je pouvais encore avoir le bonheur de vous voir ici. Je ne partirai qu'après l'arrivée du roi à Berlin, et je ne doute nullement que j'aurai la satisfaction de vous assurer de bouche que l'on ne saurait être, avec des sentiments plus distingués que les miens, votre, etc.   Louis.

MMMMLXXXV. — A M. LE COMTE D'ARGENTAL.
10 avril.

Mes divins anges, voilà le *tripot* fermé : il ne vous revient plus qu'un quatrième acte des roués, que je vous enverrai quand il vous plaira; et ce sera à vous à me dire comment j'en dois user avec les ambassadeurs de France à Turin; c'est une affaire d'État dans laquelle je ne puis me conduire que par vos instructions et par vos ordres. Mais une affaire d'État plus considérable, que nous mettons plus que jamais, maman et moi, à l'ombre de vos ailes, c'est cette fatale dîme pour laquelle on recommence vivement les poursuites. Nous allons être à la merci d'un prêtre ivrogne, notre terre va être dégradée, tous les agréments dont nous jouissons vont être perdus, si M. le duc de Praslin n'a pas pitié de nous. Cette affaire est enfin portée sur le rôle, et elle est la première pour la rentrée du parlement : on dépouillera le vieil homme à la Quasimodo. Maman m'a proposé de mettre le feu au château et de tout abandonner. Ce serait en effet un parti fort agréable à prendre, surtout après m'être ruiné à embellir cette terre; mais je crois qu'un bel arrêt du conseil vaudrait bien mieux, et je l'espérerai jusqu'au dernier moment. Nous vous demandons en grâce de vouloir bien nous dire sur quoi nous pouvons compter, et ce que nous devons faire.

Je n'ai point reçu de nouvelles de M. le maréchal de Richelieu touchant son bellâtre de Bellecour [1]; mais je vous avoue que j'ai toujours du faible pour *le Droit du seigneur*, et que je serais curieux d'apprendre qu'il aura été joué, à la rentrée, par Grandval. Est-il possible que vous n'ayez que Lekain pour le tragique, et qu'il soit si difficile de trouver des acteurs? Cela décourage des jeunes gens comme moi, et je crains bien d'être obligé de renoncer au théâtre à la fleur de mon âge.

Si vous le jugez à propos aussi, vous brûlerez, ou vous communiquerez à l'abbé Arnaud, le petit mémoire ci-joint. J'ai cru que ces discussions littéraires pourraient quelquefois piquer la curiosité du public, que le simple énoncé des ouvrages nouveaux n'excite peut-être pas assez. Si l'on ne peut faire nul usage de ces mémoires, il n'y aura de mon côté qu'un peu de temps perdu et beaucoup de bonne volonté inutile. Il est difficile d'ailleurs de rencontrer de si loin le goût de ceux pour qui l'on travaille.

Respect et tendresse.

1. Acteur du Théâtre-Français. (ÉD.)

MMMMLXXXVI. — A M. DAMILAVILLE.

12 avril.

Mon cher frère, c'est un ex-jésuite[1], archifanatique et archifripon, qui a fait le mandement de l'archevêque gascon, archiimbécile. On dit que l'archibourreau de Toulouse l'a brûlé au haut ou au bas de l'escalier des plaids. Je ne sais si vous vous souvenez d'un chant de *la Pucelle* dans lequel tous les personnages deviennent fous[2], et où chacun donne sur les oreilles à son voisin, qui le lui rend du plus grand cœur; de sorte que tous combattent contre tous, sans savoir pourquoi. Voilà bien l'image de tout ce qui se passe aujourd'hui. Il faut que les honnêtes gens profitent de la guerre que se font les méchants. La seule chose qui m'afflige, c'est l'inaction des frères. C'est une chose déplorable que l'auteur de la *Gazette ecclésiastique* puisse imprimer toutes les semaines les sottises qu'il veut, et que les frères ne puissent donner une fois par an un bon ouvrage, qui achèverait d'extirper le fanatisme. Les frères ne s'entendent point, ne s'ameutent point, n'ont point de ralliement; ils sont isolés, dispersés; ils se contentent de dire à souper ce qu'ils pensent, quand ils se rencontrent. Si Dieu avait permis que frère Platon, vous et moi, eussions vécu ensemble, nous n'aurions pas été inutiles au monde. Mon cœur est desséché quand je songe qu'il y a dans Paris une foule de gens qui pensent comme nous, et qu'aucun d'eux ne sert la cause commune. Il faudra donc finir, comme Candide, par cultiver son jardin.

Puisse seulement notre petit troupeau demeurer fidèle! Adieu, mon cher frère. *Écr. l'inf....*

MMMMLXXXVII. — A M. MARMONTEL.

Aux Délices, 12 avril.

On a fait bien de l'honneur, mon cher confrère, aux ouvrages de Simon Le Franc, en les faisant servir à envelopper du tabac. Je connais des citoyens de Montauban qui ont employé les vers et la prose de ce grand homme à un usage qui n'est pas celui du nez. Ce qu'il y a de bien bon, c'est que lorsque maître Simon nous fit l'honneur de demander une place à l'Académie, c'était dans le dessein d'y introduire après lui monsieur son frère Aaron. Tous deux prétendaient y faire une réforme et s'ériger en dictateurs. Le ridicule nous a défaits de ces deux tyrans; Dieu veuille que nous n'en ayons pas d'autres! Il me semble que les lettres sont peu protégées et peu honorées dans le moment présent; et je suis le plus trompé du monde, si nous n'allons pas tomber sous le joug d'un pédantisme despotique. Nous sommes délivrés des jésuites, qui n'avaient plus de crédit, et dont on se moquait. Mais croyez-vous que nous aurons beaucoup à nous louer des jansénistes? Je plains surtout les pauvres philosophes; je les vois éparpillés, isolés et tremblants. Il n'y aura bientôt plus de consolation dans la vie que de dire au coin du feu une partie de ce qu'on pense. Que

1. Patouillet. (ÉD.) — 2. Chant XVII. (ÉD.)

nous sommes petits et misérables, en comparaison des **Grecs**, des **Romains** et des **Anglais** !

Je ne sais nulle nouvelle de Pierre Corneille ; les libraires de Genève se mêlent de tous les détails, et moi je n'ai eu d'autre emploi que celui de dire mon avis sur quelques pièces étincelantes des beautés les plus sublimes, défigurées par des défauts pardonnables à un homme qui n'avait point de modèle. J'ai dit très-librement ce que je pensais, parce que je ne pouvais dire ce que je ne pensais pas.

Je vous ferai parvenir un exemplaire, dès qu'un petit ballot qui m'appartient sera arrivé à Paris. La nièce de Pierre va nous donner incessamment un ouvrage de sa façon ; c'est un petit enfant. Si c'est une fille, je doute fort qu'elle ressemble à Émilie et à Cornélie ; si c'est un garçon, je serai fort attrapé de le voir ressembler à Cinna : la mère n'a rien du tout des anciens Romains ; elle n'a jamais lu les pièces de son oncle ; mais on peut être aimable sans être une héroïne de tragédie.

Adieu, mon cher confrère ; le sort des lettres en France me fait pitié. Conservez-moi votre amité, elle me console.

MMMMLXXXVIII. — A M. D'ALEMBERT.

14 avril.

Mon cher philosophe, auriez-vous jamais lu un chant de *la Pucelle* dans lequel tout le monde est devenu fou, et où chacun donne et reçoit sur les oreilles à tort et à travers ? Voilà précisément le cas de vos chers compatriotes les Français. Parlements, évêques, gens de lettres, financiers, antifinanciers, tous donnent et reçoivent des soufflets à tour de bras ; et vous avez bien raison de rire ; mais vous ne rirez pas longtemps, et vous verrez les fanatiques maîtres du champ de bataille. L'aventure de ce cuistre de Crevier fait déjà voir qu'il n'est pas permis de dire d'un janséniste qu'il est un plat auteur. Vous serez les esclaves de l'Université avant qu'il soit deux ans. Les jésuites étaient nécessaires, ils faisaient diversion ; on se moquait d'eux, et on va être écrasé par des pédants qui n'inspireront que l'indignation. Ce que vous écrit un certain goguenard couronné doit bien faire rougir votre nation belliqueuse.

Répandez ce bon mot tant que vous pourrez ; car il faut que vos gens sachent le cas qu'on fait d'eux en Europe. Pour moi, je gémis sérieusement sur la persécution que les philosophes et la philosophie vont infailliblement essuyer. N'avez-vous pas un souverain mépris pour votre France, quand vous lisez l'histoire grecque et romaine ? trouvez-vous un seul homme persécuté à Rome, depuis Romulus jusqu'à Constantin, pour sa manière de penser ? le sénat aurait-il jamais arrêté l'*Encyclopédie* ? y a-t-il jamais eu un fanatisme aussi stupide et aussi désespérant que celui de vos pédants ?

Vraiment oui, j'ai donné une chandelle au diable ; mais vous auriez pu vous apercevoir que cette chandelle devait lui brûler les griffes, et que je lui faisais sentir tout doucement qu'il ne fallait pas manquer à ses anciens amis.

A l'égard des hauts lieux dont vous me parlez, sachez que ceux qui habitent ces hauts lieux sont philosophes, sont tolérants, et détestent les intolérants, avec lesquels ils sont obligés de vivre.

Je ne sais si le *Corneille* entrera en France, et si on permettra au roi d'avoir ses exemplaires. Ce dont je suis bien sûr, c'est que tous ceux qui s'ennuient à *Sertorius* et à *Sophonisbe*, etc., trouveront fort mauvais que je m'y ennuie aussi; mais je suis en possession depuis longtemps de dire hardiment ce que je pense, et je mépriserai toujours les fanatiques, en quelque genre que ce puisse être. Ce qui me déplaît dans presque tous les livres de votre nation, c'est que personne n'ose mettre son âme sur le papier, c'est que les auteurs feignent de respecter ce qu'ils méprisent. Vos historiens surtout sont de plates gens; il n'y en a pas un qui ait osé dire la vérité. Adieu, mon cher philosophe; si vous pouvez écraser l'*inf*..., écrasez-la, et aimez-moi, car je vous aime de tout mon cœur.

MMMMLXXXIX. — A M. DAMILAVILLE.

Aux Délices, 16 avril.

Mon cher frère, mon cher philosophe, voici le temps arrivé où le fanatisme va triompher de la raison; mais la philosophie ne serait pas philosophie si elle ne savait s'accommoder au temps. On reprochait aux jésuites la persécution et une morale relâchée : les jansénistes persécuteront bien davantage, et auront des mœurs intraitables; il ne sera plus permis d'écrire, à peine le sera-t-il de penser. Les philosophes ne peuvent opposer la force à la force; leurs armes sont le silence, la patience, l'amitié entre les frères. Plût à Dieu que je fusse avec vous à Paris, et que nous pussions parvenir à les réunir tous! Plus on cherche à les écraser, plus ils doivent être unis ensemble. Je le répète, rien n'est plus honteux pour la nature humaine que de voir le fanatisme rassembler dans tous les temps sous ses drapeaux, faire marcher sous les mêmes lois, des sots et des furieux, tandis que le petit nombre des sages est toujours dispersé et désuni, sans protection, sans ralliement, exposé sans cesse aux traits des méchants et à la haine des imbéciles.

Je vous ai envoyé, mon cher frère, la réponse que j'ai faite à M. Marin; je vous ai supplié de la lui faire tenir, après l'avoir lue : il est même essentiel pour moi que M. de Sartine la voie. Frère Cramer a imprimé les *Contes* de Guillaume Vadé, qui sont très-innocents, et y a joint quelques pièces étrangères qui pourraient alarmer les ennemis de la raison, et fournir des armes aux persécuteurs. Je suis bien aise qu'on sache que je ne prends en aucune manière le parti de ces ouvrages, que je ne me mêle pas de faire entrer en France une feuille de papier imprimé, que je n'exige rien, que je ne veux rien. Je n'ai quitté la France que pour vivre en repos. Il faut me laisser perdre mes yeux et aller à la mort par la maladie, sans persécuter mes derniers jours. Je ne vous parlerai point de frère Thieriot, il a mis l'indifférence à la place de la philosophie. Il me faut des cœurs plus sensibles; le vôtre inspire bien de la chaleur au mien. *Écr. l'inf*...

MMMMXC. — A M. LE MARQUIS DE CHAUVELIN.

A Ferney, 17 avril.

Voilà *les Trois manières*. La discrétion et la crainte d'envoyer de gros paquets qui ne valent pas le port m'empêchent d'envoyer à Votre Excellence d'autres rogatons, et d'ailleurs je crois que *les Trois manières* sont la moins mauvaise rapsodie du recueil.

Quant au poisson d'avril, vous ne l'aurez probablement qu'à la fin de mai, attendu que la sauce de ce poisson est trop difficile à faire, et qu'à mon âge je suis un assez mauvais cuisinier. Je me flatte que Mme l'ambassadrice jouit actuellement d'une parfaite santé. Quand on est fait comme elle, comment peut-on être malade? Je lui ai vu l'air d'Hébé et d'Hygiée; mais l'air des Alpes est toujours dangereux à quiconque n'y est pas né.

On dit que Mme de Pompadour est retombée, et que la rechute dans ces maladies-là est toujours dangereuse.

Adieu, monsieur; conservez vos bontés à ce vieux solitaire qui vous sera toujours attaché avec la tendresse la plus respectueuse.

MMMMXCI. — A M. DAMILAVILLE.

18 avril.

Ah! ah! mon cher frère! vous faites donc de très-jolis vers! et vous les faites sur un bien triste sujet! voilà la seule consolation de nous autres pauvres Français : il nous reste de pouvoir gémir avec nos amis, soit en vers, soit en prose.

Je vous disais, à propos de nos sages dispersés, ce que vous me disiez quand nos lettres se sont croisées. Nous pensons de même en tout. Je vous demande en grâce de penser comme moi sur Guillaume Vadé et Jérôme Carré. Je vous répète qu'il y a dans ce recueil de Guillaume et de Jérôme deux ou trois pièces que je ne voudrais pas pour rien au monde ni avouer ni avoir faites : car enfin il faut un peu de politique, et il ne serait que ridicule de se sacrifier pour gens qui ne se soucient point du tout du sacrifice.

J'ai très-grand'peur que les ouvriers de Gabriel Cramer n'aient mis à la tête de l'ouvrage le titre impertinent de *Collection complète des OEuvres de V*. Ce V. ne s'accommoderait point du tout de cette sottise, et je ne manquerais pas d'écrire à M. de Sartine pour désavouer le livre, et le prier très-instamment de le supprimer. Je laisse aux Le Beau, aux Crevier, la petite gloire de faire imprimer leurs noms et leurs qualités en gros caractères à la tête de leurs déclamations de collége, je n'ai jamais eu cette ambition; et quand ce maudits libraires ont mis mon nom à mes ouvrages, ils l'ont toujours fait malgré moi.

Je compte, mon cher frère, que vous avez eu la bonté de donner la lettre à M. Marin. Je souhaite que M. de Sartine sache combien je m'intéresse peu à la plate gloire d'auteur, et au débit de mes œuvres. M'imprimera qui voudra; pourvu qu'on ne me défigure pas, je suis content.

Avez-vous reçu les quarante-huit exemplaires du *Corneille*, que Cra-

mer doit vous avoir envoyés? Je m'attends bien que des gens, qui n'ont
que des préjugés au lieu de goût, ne seront pas contents de moi, mais
il faut fouler aux pieds les préjugés dans tous les genres.

Mon cher frère, que ne puis-je m'entretenir avec vous!

MMMMXCII. — A M. LE COMTE D'ARGENTAL.

18 avril.

Nous élevons nos cris à nos anges, du sein des mers qui submer-
gent nos vallées, entre nos montagnes de glace et de neige. Nous of-
frons volontiers à notre curé la dîme de tout cela; mais pour la dîme
de nos blés, Dieu nous en préserve!

Après nos dîmes, l'affaire la plus intéressante est que mes anges
aient la bonté de nous envoyer nos roués [1]. J'y ai fait tant de corrections, tant de changements, j'y en ferai tant encore, qu'il faut absolument que je fasse porter sur votre copie tous les petits cartons qu'il
y faut faire. Voyez-vous, je cherche, par un travail assidu, à mériter
vos bontés. Le Ximenès a beau me trouver décrépit, je veux que mes
anges me trouvent jeune; je veux que la conspiration à la tête de laquelle ils sont réussisse. Jamais rien ne m'a tant réjoui que cette conspiration. Mettez tout votre esprit, mes anges, toute votre adresse,
toute votre politique, pour conduire à bien cette plaisante aventure [2]
le plus promptement que vous pourrez. Je vous renverrai votre copie,
la première poste après celle où je l'aurai reçue.

Les frères Cramer ont envoyé à Paris les *Contes* de Guillaume Vadé,
avec quelques autres pièces qu'on pourrait très-bien brûler comme un
mandement d'évêque. Vous pensez bien que ces pièces ne sont pas de
moi. Lesdits frères Cramer se sont imaginé très-mal à propos qu'ils
vendraient mieux leurs denrées s'ils y mettaient mon nom. Ils ont fait
imprimer un titre qui est très-ridicule. Ils intitulent ce volume de
Contes de Guillaume Vadé, *Suite de la Collection des Œuvres de V.*, etc.
J'en ai été indigné; ils m'ont promis de supprimer cette impertinence;
j'ai tout lieu de croire qu'ils ne l'ont pas fait : en ce cas, je vous demande en grâce de vous servir de tout votre crédit pour faire saisir
l'ouvrage. J'en écrirai moi-même à M. de Sartine avec une violente
véhémence, et je me vengerai de cet horrible attentat d'une façon
exemplaire. Je voudrais que mon nom fût anéanti, et que mes œuvres
subsistassent. J'aime les *Contes* de Guillaume Vadé; mais je voudrais
qu'on ne parlât jamais de moi. Je voudrais n'être connu que de mes
anges, et je prétends bien que je serai entièrement ignoré dans notre
belle conspiration; mais je vous avertis qu'il faudra absolument un nom;
car si on ne nomme personne, on me nommera. Il faudra au moins
dire que c'est un jeune jésuite; par exemple, celui au derrière duquel
Pompignan marchait à la procession, ou bien quelque abbé qui veut
être prédicateur du roi.

Que voulez-vous que je dise à M. de Richelieu, quand il me mande

1. *Le Triumvirat.* (ÉD.)
2. De faire représenter le *Triumvirat* comme l'œuvre d'un jeune auteur. (ÉD.)

qu'il a arrangé tout avec ses camarades les premiers gentilshommes ?
Je ne crois pas que, de ma petite métairie des Délices, en pays génevois, je puisse lutter honnêtement contre quatre grands officiers de
la couronne. Ma destinée est d'être écrasé, persécuté, vilipendé, bafoué,
et d'en rire. Pour me dépiquer, je mets sous les ailes de mes anges
le petit mémoire ci-joint pour la *Gazette littéraire*. Je n'ai encore rien
reçu d'Italie et d'Espagne. Je tire de mon cerveau ce que je peux, mais
ce cerveau est bientôt desséché, il n'y a que le cœur d'inépuisable.

MMMMXCIII. — A M. DAMILAVILLE.

23 avril.

Comptez, mon cher frère, que les vrais gens de lettres, les vrais philosophes, doivent regretter Mme de Pompadour. Elle pensait comme
il faut; personne ne le sait mieux que moi. On a fait, en vérité, une
grande perte.

J'ai lu la *Vie du chancelier de L'Hospital*[1]; c'est l'ouvrage d'un jeune
homme, mais d'un jeune homme philosophe. Ce chancelier l'était, et
je ne crois pas que notre Daguesseau doive lui être comparé. Il y a des
discours de L'Hospital aux parlements dont ils ne seront pas trop contents. On ne parlerait pas aujourd'hui sur un pareil ton.

Il y a des fanatiques partout. Ceux qui ne savent pas distinguer les
beautés de Corneille d'avec ses défauts ne méritent pas qu'on les éclaire;
et ceux qui sont de mauvaise foi ne méritent pas qu'on leur réponde.
Si je suis obligé de dire un mot, ce ne sera qu'en faveur de la liberté
de penser, et ce qui me paraît la vérité.

Je suis trop heureux, je vous le répète, que la philosophie et les
lettres m'aient procuré un ami tel que vous.

MMMMXCIV. — A M. LE CARDINAL DE BERNIS

Aux Délices, 23 avril.

Je crois, monseigneur, que vous avez fait une véritable perte. Mme de
Pompadour était sincèrement votre amie; et, s'il m'est permis d'aller
plus loin, je crois, du fond de ma retraite allobroge, que le roi éprouve
une grande privation; il était aimé pour lui-même par une âme née
sincère, qui avait de la justesse dans l'esprit, et de la justice dans le
cœur : cela ne se rencontre pas tous les jours. Peut-être cet événement
vous rendra encore plus philosophe; peut-être en aimerez-vous encore
mieux les lettres; ce sont là des amies qu'on ne peut perdre, et qui
vous accompagnent jusqu'au tombeau. Songez que, dans le XVI° siècle, ceux qui cultivaient les lettres avec le plus de succès étaient
gens de votre étoffe : c'étaient les Médicis, les Mirandole, les cardinaux
Sadolet, Bembo, Bibiena, de La Pole, et plusieurs prélats dont les
noms composeraient une longue liste. Nous n'avons eu, dans ces derniers temps, que le cardinal de Polignac qui ait su mêler cette gloire
aux affaires et aux plaisirs; car les Fénelon et les Bossuet n'ont point
réuni ces trois mérites. Quoi qu'il en soit, tout ce que je prétends dire

---

1. Par Lévesque de Pouilly. (ÉD.)

à Votre Éminence, c'est que nous n'avons aujourd'hui que vous, c'est qu'il faut que vous soyez aujourd'hui à notre tête, que vous nous protégiez, et surtout que vous nous fassiez prendre un meilleur chemin que celui dans lequel nous nous égarons tous aujourd'hui.

Je ne sais si vous avez lu quelque chose des *Commentaires sur Corneille;* j'en avais déjà soumis quelques-uns à votre jugement, et vous m'aviez encouragé à dire la vérité. Je me doute bien que ceux qui ont plus de préjugés que de goût, et qui ne jugent d'un ouvrage que par le nom de l'auteur, seront un peu effarouchés des libertés que j'ai prises; mais enfin je n'ai pu dire que ce que je pensais, et non ce que je ne pensais pas. J'ai voulu être utile, et je ne l'aurais pas été si j'avais été un commentateur à la façon des Dacier. Ce commentaire n'a pas seulement servi au mariage de Mlle Corneille, mariage qui ne se serait jamais fait sans vos générosités, et sans celles des personnes qui vous ont secondé; il fallait encore empêcher les jeunes gens de tomber dans le faux, dans l'outré, dans l'ampoulé, défauts qu'on rencontre trop souvent dans Corneille au milieu de ses sublimes beautés.

Si vous avez du loisir, je vous exhorte à lire la *Vie* du chancelier *de L'Hospital;* vous y trouverez des faits et des discours qui méritent, je crois, votre attention. Je voudrais que le petit livre de *la Tolérance* pût parvenir jusqu'à vous; il est très-rare, mais on peut le trouver. Je crois d'ailleurs qu'il est bon qu'il soit rare. Il y a des vérités qui ne sont pas pour tous les hommes et pour tous les temps. Que Votre Éminence conserve ses bontés à son Vieux de la Montagne, qui lui est attaché avec le plus tendre et le plus profond respect.

MMMMXCV. — A M. LE COMTE D'ARGENTAL.

Aux Délices, 23 avril.

Quoique Mme de Pompadour eût protégé la détestable pièce de *Catilina* [1], je l'aimais cependant, tant j'ai l'âme bonne; elle m'avait rendu quelques petits services; j'avais pour elle de l'attachement et de la reconnaissance; je la regrette, et mes divins anges approuveront mes sentiments. Je m'imagine que sa mort produira quelque nouvelle scène sur le théâtre de la cour; mes anges ne m'en diront rien, ou peu de chose. *Olympie* est morte pour Versailles, et je pense que Mlle Clairon veut l'enterrer aussi à Paris. Elle est comme César; elle ne veut point du second rang, et préfère sa gloire aux intérêts de sa patrie. Tout le monde doit se rendre à des sentiments si nobles.

J'envoie à mes anges, pour leur divertissement, un petit extrait qui peut être inséré dans la *Gazette littéraire*, pour laquelle ils m'ont inspiré un grand intérêt. J'espère que leur protection y fera insérer ce mémoire, quand même les auteurs auraient déjà parlé du sujet. Je me résigne à la volonté de Dieu sur toutes les choses de ce monde, et particulièrement sur les droits des pauvres terres du pays de Gex. Je tremble d'être obligé de plaider à Dijon : je demande en grâce à mes anges de me dire bien nettement à quoi je dois m'attendre. Les bontés

1. Par Crébillon. (ÉD.)

de M. le duc de Praslin me sont encore plus chères que mes dîmes; et cependant mes dîmes me tiennent terriblement à cœur. Mes divins anges, priez pour nous en ce saint temps de Pâques.

Je reconnais la bonté de mes anges à ce qu'ils font pour Pierre Corneille. Je crois qu'on peut donner quelques exemplaires à Lekain, et qu'on ne peut mieux les placer, quoique dans mes remarques je condamne quelquefois les comédiens qui mutilent les pauvres auteurs.

MMMMXCVI. — AU MÊME.

25 avril.

Je reçois, mes divins anges, la lettre du 19 avril, qui n'est point du tout griffonnée, et que mes beaux yeux d'écarlate ont très-bien lue. Nous sommes pénétrés, maman et moi, de vos bontés angéliques, et de celles de M. le duc de Praslin. Il est vrai que nous sommes un peu embarrassés avec le parlement de Dijon, parce que si nous lui disons: « Notre affaire est au conseil, » nous l'indisposons; si nous demandons des délais, nous semblons nous soumettre à sa juridiction. M. le premier président[1] ne peut refuser plus longtemps de mettre la cause sur le rôle. Je m'abandonne à la miséricorde de Dieu.

Pour l'affaire des roués[2], elle est toute prête, et j'ose croire qu'ils vaudront mieux qu'ils ne valaient. J'attends votre copie pour la charger d'énormes cartons depuis le commencement jusqu'à la fin.

Honneur et gloire aux auteurs de la *Gazette littéraire!* qu'ils retranchent, qu'ils ajoutent, qu'ils adoucissent, qu'ils observent les convenances que je ne peux connaître de si loin; tout ce que j'envoie leur appartient, et non à moi. Je me suis adressé à Cramer pour l'Espagne et l'Italie, mais je n'ai rien du tout.

Ce Duchesne est comme la plupart de ses confrères; il préfère son intérêt à tout, et même il entend très-mal son intérêt en baissant un prix[3] qu'il devrait augmenter. J'ai passé ma vie dans ces vexations-là; je n'ai connu que vexations, et j'espère bien en essuyer jusqu'à mon dernier jour. Je m'attends bien aussi aux clameurs des fanatiques de Pierre Corneille; mais je n'ai pu dire que ce que je pense, et non ce que je ne pense pas. Il me suffit du témoignage de ma bonne conscience. Puissent mes deux anges jouir d'une santé parfaite! que les eaux fassent tout le bien qu'elles peuvent faire! Je vous souhaite beaucoup de bonnes tragédies et de bonnes comédies pour cet été; mais ni les étés ni les hivers ne donnent pas beaucoup de ces sortes de fruits; ils sont très-rares en tous pays. Aimez-moi, je vous en conjure, indépendamment de votre passion pour le théâtre. Je vous aime uniquement pour vous, et je vous serai attaché à tous deux jusqu'au dernier moment de ma vie.

1. Fyot de La Marche. (ÉD.) — 2. *Le Triumvirat.* (ÉD.)
3. Il s'agissait d'imprimer séparément les *Commentaires* de Voltaire sur le *Théâtre* de P. Corneille. (ÉD.)

MMMMXCVII. — A M. L'ABBÉ D'OLIVET

Au château de Ferney, 25 avril.

Mon cher maître, votre grave magistrat a l'air d'avoir la gravité des chats-huants. Ils ont la mine sérieuse, et ils craignent que les oiseaux ne leur donnent des coups de bec. Il ne veut donc pas

Qu'on découvre en riant la tête de Midas?

Il faut qu'il ait ses raisons. Non, l'agriculture n'est point un sujet riant pour des Parisiens. Ils ne savent pas la différence d'un sillon à un guéret, mais ils se connaissent en ridicule : malheur à qui chanterait Cérès, au lieu de rire des sots !

Je voudrais que vous lussiez l'*Appel aux Nations*, au sujet de notre procès du théâtre de Paris contre le théâtre de Londres. J'ai été malheureusement le premier qui aie fait connaître en France la poésie anglaise. J'en ai dit du bien, comme on loue un enfant maussade devant un enfant qu'on aime, et à qui on veut donner de l'émulation ; on m'a trop pris à mon mot.

> Biaux chires leups, n'écoutez mie
> Mere tenchent chen fieux qui crie.
> La Fontaine, liv. IV. fab. xvi.

L'archidiacre est l'agresseur ; il a donc tort. Ne pouvait-il pas louer La Motte et son *OEdipe* en prose, sans attaquer gens qui ont bec et ongles? Ce monde-ci est une guerre ; j'aime à la faire, cela me ragaillardit.

> *Ille*
> *Qui me commorit (melius non tangere, clamo)*
> *Flebit, et insignis tota cantabitur urbe.*
> Hor., lib. II, sat. 1, v. 44-46.

Il n'y a rien de si dangereux qu'un homme indépendant comme moi, qui aime à rire, et qui hais les sots ; mais je ne mets pas l'archidiacre au rang des sots ; et, après l'avoir pincé tout doucement, je lui accorde généreusement la paix.

Mon cher maître, il y a longtemps que nous sommes dans le siècle du petit esprit ; celui du génie est passé.

Tout est devenu brigandage ; sauve qui peut! C'est bien assez qu'il y ait eu un *siècle* depuis la fondation de la monarchie ; Rome n'en a eu qu'un. Il n'y a pas de quoi crier. Buvons gaiement la lie de notre vin !

A propos, je suis fâché que nous mourions sans nous revoir.

> *Urbis amatorem* Olivetum *salvere jubemus*
> *Ruris amatores.*
> Hor., lib. I, ep. x.

MMMMXCVIII. — A M. NOVERRE [1].

Au château de Ferney, le 26 avril.

Les vieillards impotents comme moi, monsieur, s'intéressent rarement à l'art charmant que vous avez embelli; mais vous me transformez en jeune homme, vous me faites naître un violent désir de voir ces fêtes dont vous êtes l'ornement principal; mes désirs ne me donnent que des regrets, et c'est là mon malheur. J'ai d'ailleurs une raison de vous admirer qui m'est particulière; je trouve que tout ce que vous faites est plein de poésie; les peintres et les poëtes se disputeront à qui vous aura. Je ne cesse de m'étonner que la France ne vous ait pas fixé par les plus grands avantages; mais nous ne sommes plus dans ces temps où la France donnait des exemples à l'Europe; tout est bien changé: vous devez au moins être regretté de tous les gens de goût. Regardez-moi, monsieur, comme un de vos partisans les plus attachés, et comptez sur l'estime sincère avec laquelle j'ai l'honneur d'être votre très-humble serviteur, VOLTAIRE.

MMMMXCIX. — A M. LE COMTE D'ARGENTAL.

Avril.

Je croyais avoir envoyé *Thélème* à mes anges; mais puisque je l'ai oublié, je répare ma faute. Il se peut faire qu'aucun de mes anges ne sache le grec; mais, comme ils ont le nez fin, ils verront bientôt que *Thélème* signifie *la volonté, le désir*, et que *Macare* signifie *le bonheur*; et puis ils ont Macare chez eux, ils feront avec lui le commentaire.

Il me semble encore que mes anges m'avaient ordonné de donner *Olympie* à Mlle Dubois. L'ai-je fait? je n'en sais rien. Tout ce que je sais, c'est que j'adore toujours mes anges du culte d'hyperdulie. Permettez-vous que je fourre ici l'incluse?

MMMMC. — AU MÊME.

Aux Délices, 1er mai.

Mes charmants anges, voici vos roués; je les ai rajustés comme j'ai pu. Ne me demandez pas un vers de plus, pas un hémistiche; car je deviens si vieux, si vieux, si dur, si sec, si stérile, si incapable, qu'il faut avoir pitié de moi. Il faut être possédé du démon pour faire une tragédie. Je n'en connais pas une seule qui n'ait de grands défauts, et la multitude des détestables est prodigieuse.

Faites-moi un plaisir, mes anges, dites-moi habilement si Mme la duchesse de Grammont a personnellement du crédit auprès du roi; j'aurais peut-être besoin qu'elle lui dît un mot; car, tout Suisse qu'on est, on ne laisse pas de se souvenir de sa patrie: enfin j'ai besoin de savoir si je peux m'adresser à Mme la duchesse de Grammont pour une chose extrêmement aisée à faire. J'ai pardonné aux mânes de Mme de Pompadour les prédilections qu'elle avait pour la *Sémiramis* de Cré-billon, pour son *Catilina*, et pour son *Triumvirat*. Ce sont, sans con-

1. Maître de ballet. (ÉD.)

tredit, les plus impertinents et les plus barbares ouvrages qu'un ennemi du bon sens ait jamais pu faire. Mme de Pompadour me faisait l'honneur de me mettre immédiatement après ce grand homme; mais, après tout, elle m'avait rendu quelques bons offices dont je me souviendrai toujours.

On dit que M. de Marigni fait travailler à un superbe mausolée[1] pour Pradon, l'abbé Nadal et Danchet : je lui recommande Guillaume Vadé; car pour moi, qui ne serai pas enseveli en terre sainte, je ne prétends pas aux monuments. Dites-moi, je vous prie, ce qu'on fait au *tripot*, quel nouveau chef-d'œuvre on représente. On dit que la salle est déserte aux comédies, depuis la retraite de Mlle Dangeville; vous n'avez qu'un acteur tragique; le *tripot* me paraît aller mal.

Mes anges, conservez votre santé l'un et l'autre; que les eaux vous fassent du bien! Ayez tout le plaisir que vous pourrez; cela n'est pas toujours aussi aisé qu'on le pense.

Respect et tendresse.

MMMMCI. — AU MÊME.

Aux Délices, 3 mai.

Mes anges, les anges doivent avoir reçu les roués, cartonnés en cent endroits. Je ne sais pas quel acteur jouera le rôle d'Octave, mais il est impossible à l'auteur de ne pas faire d'Octave un jeune homme; il n'avait que vingt et un ans au temps des proscriptions : on le donne dans toute la pièce comme un homme qui lutte contre les passions de la jeunesse, comme un jeune débauché qui s'est formé sous Antoine à la licence, au crime, et à la politique.

Je me donne mille mouvements pour empêcher qu'on ne vende l'édition de Corneille à d'autres qu'aux souscripteurs, et pour empêcher les libraires d'imprimer les *Commentaires* à part; mais que puis-je du fond de mes vallées au pied du mont Jura? Je ressemble à saint Jean comme deux gouttes d'eau; il s'appelait la voix qui crie dans le désert, et vous savez que les voix de ces braillards des déserts ne sont guère entendues dans les villes.

Mme ange prend-elle toujours des eaux? M. ange va-t-il toujours à la Comédie? s'amuse-t-il? lui donne-t-on de belles pièces nouvelles? J'ignore tout. Je n'ai pas pu avoir les quatre vers qui sont au bas du portrait du duc de Sulli, donné par Mme de Pompadour à M. le contrôleur général; il était fort aisé de faire quatre jolis vers sur cette galanterie.

Nous avons un billet de douze mille francs, payable au mois de septembre, pour en faire un emploi en faveur de M. et de Mme Corneille, réversible à leur fille. Je prie M. de Laleu de chercher un emploi sûr; j'ai, Dieu merci, rempli tous les devoirs que je me suis imposés. Je n'ai plus qu'à traîner doucement les restes d'une vieillesse très-languissante, et je voue ce petit reste à mes anges, à qui je souhaite santé, prospérité, amusement, et gaieté.

1. Le mausolée pour Crébillon. (ÉD.)

MMMMCII. — A M. DAMILAVILLE.

Aux Délices, 5 mai.

Je reçois, mon cher frère, votre lettre du 28 d'avril. Frère Cramer m'assure qu'il a ôté mon nom qu'il avait mis malheureusement à la tête des *Contes de Guillaume Vadé*, et qu'il n'en paraîtra pas un seul exemplaire avec ce malheureux titre.

Au reste, je ne prends aucun intérêt à Guillaume Vadé, ni à son recueil, ni aux autres pièces qu'on a pu y insérer; et pour peu que l'on trouve dans ce recueil des choses trop hardies, qui me seraient sans doute imputées, je vous demande en grâce de dire à M. de Sartine que non-seulement je n'ai nulle part à ces pièces, mais que j'en demande moi-même la suppression, supposé qu'on me les attribue. Je sais à quel excès pourrait se porter une cabale dangereuse de fanatiques qui n'ont que trop de crédit. J'avais, dans Mme de Pompadour, une protectrice assurée; je ne l'ai plus. Je suis dans ma soixante et onzième année, et je veux finir mes jours en paix : je suis une victime échappée au couteau des prêtres; il faut que je paisse en repos dans les pâturages où je me suis retiré.

Mon cher frère, abuserai-je encore de vos bontés jusqu'à vous prier de vouloir bien donner à Briasson le papier ci-joint? S'il n'est pas du nombre des libraires qui ont le privilége de Corneille, il les connaît du moins, et il peut leur faire parvenir cette déclaration de ma part, en cas qu'elle soit approuvée par vous et par mes anges. Elle peut toujours servir à différer l'exécution de l'entreprise très-hasardée des libraires; c'est servir, autant que je le peux, la famille Corneille. L'auteur de *Cinna* m'est cher, malgré *Théodore*, *Pertharite*, *Agésilas*, et *Suréna;* comme j'aime les belles-lettres, malgré l'horrible abus qu'on en fait.

La permission qu'on a donnée à Fréron de les déshonorer deux fois par mois, la secrète envie de gens en place qui prétendaient à l'éloquence, ont été des coups mortels; et la littérature est devenue un champ de bataille, dans lequel le pédant à robe noire a écrasé le philosophe, et où l'araignée de l'*Année littéraire* a sucé son sang. Le pis de tout cela, c'est la dispersion des fidèles : c'est là le grand objet de vos gémissements et des miens.

S'ils avaient pu se rassembler, c'eût été la plus belle époque de l'histoire de l'esprit humain. Les stoïciens, les académiciens, les épicuriens, formaient des sociétés considérables. Le sénat de Rome, partagé entre ces trois sectes, n'en était pas moins le maître de la terre connue. Et on ne peut rassembler six philosophes dans le misérable pays des Welches! En ce cas, renonçons de bonne grâce à la petite supériorité que nous prétendons dans la littérature, et avouons franchement que nous sommes des demi-barbares.

Orate, fratres, et écr. l'*inf*... tant que vous pourrez.

Que nos lettres, mon cher frère, ne soient que pour nous et pour les adeptes.

MMMMCIII. — A M. Bertrand.

Aux Delices, 7 mai.

Je me flattte, mon cher philosophe, que vous avez reçu, ou que vous recevrez bientôt, un petit présent de l'électeur palatin au-dessus du prix du cabinet d'histoire naturelle ; ce sera le pot-de-vin du marché. Je voudrais que vous eussiez une fortune égale à votre mérite. Je crois qu'on est à présent un peu occupé à Berne de la situation des affaires de Lucerne. Non-seulement les Bernois rendent leurs sujets heureux, mais ils veulent aussi le bonheur de leurs voisins. Ce sont là de ces occasions où M. de Freudenreich ne s'épargne pas. Je vous prie de lui présenter mes respects, aussi bien qu'à madame. Conservez-moi votre amitié, et comptez sur les sentiments qui m'attachent à vous pour jamais.   V.

MMMMCIV. — A M. Dalembert.

Aux Délices, 8 mai.

Les uns me disent, mon cher philosophe, qu'il y aura un lit de justice ; les autres, qu'il n'y en aura point, et cela m'est fort égal. Quelques-uns ajoutent qu'on fera passer en loi fondamentale du royaume l'expulsion des jésuites, et cela est fort plaisant. On parle d'emprunts publics, et je ne prêterai pas un sou ; mais je vous parlerai de vous et de Corneille. On me trouve un peu insolent, et je pense que vous me trouvez bien discret ; car, entre nous, je n'ai pas relevé la cinquième partie des fautes : il ne faut pas découvrir la turpitude de son père [1]. Je crois en avoir dit assez pour être utile ; si j'en avais dit davantage, j'aurais passé pour un méchant homme. Quoi qu'il en soit, j'ai marié deux filles [2] pour avoir critiqué des vers ; Scaliger et Saumaise n'en ont pas tant fait.

Avez-vous regretté Mme de Pompadour ? oui sans doute, car dans le fond de son cœur elle était des nôtres ; elle protégeait les lettres autant qu'elle le pouvait : voilà un beau rêve de fini. On dit qu'elle est morte avec une fermeté digne de vos éloges. Toutes les paysannes meurent ainsi ; mais à la cour la chose est plus rare, on y regrette plus la vie, et je ne sais pas trop bien pourquoi.

On me mande qu'on établit une inquisition sur la littérature ; on s'est aperçu que les ailes commençaient à venir aux Français, et on les leur coupe. Il n'est pas bon qu'une nation s'avise de penser ; c'est un vice dangereux qu'il faut abandonner aux Anglais. J'ai peur que certains hommes d'État ne fassent comme Mme de Bouillon, qui disait : « Comment édifierons-nous le public le vendredi saint ? faisons jeûner nos gens. » Ils diront : « Quel bien ferons-nous à l'État ? persécutons les philosophes. » Comptez que Mme de Pompadour n'aurait jamais persécuté personne. Je suis très-affligé de sa mort.

S'il y a quelque chose de nouveau, je vous demande en grâce de m'en informer. Vos lettres m'instruisent, me consolent, et m'amusent,

---

1. *Lévitique*, XVIII, 7, 8. (Éd.)
2. Mlle Corneille et sa belle-sœur Mlle Dupuits. (Éd.)

vous le savez bien; je ne peux vous le rendre, car que peut-on dire du pied des Alpes et du mont Jura?

Rencontrez-vous quelquefois frère Thieriot? Je voudrais bien savoir pourquoi je ne puis pas tirer un mot de ce paresseux-là.

On m'a dit que vous travaillez à un grand ouvrage; si vous y mettez votre nom, vous n'oserez pas dire la vérité : je voudrais que vous fussiez un peu fripon. Tâchez, si vous pouvez, d'affaiblir votre style nerveux et concis, écrivez platement; personne assurément ne vous devinera; on peut dire pesamment de très-bonnes choses; vous aurez le plaisir d'éclairer le monde sans vous compromettre; ce serait là une belle action, ce serait se faire tout à tous pour la bonne cause, et vous seriez apôtre sans être martyr. Ah! mon Dieu! si trois ou quatre personnes comme vous avaient voulu se donner le mot, le monde serait sage, et je mourrai peut-être avec la douleur de le laisser aussi imbécile que je l'ai trouvé.

Avez-vous toujours le projet d'aller en Italie? Plût à Dieu! je me flatte qu'alors je vous verrais en chemin, et je bénirais le Seigneur. Je vous embrasse de trop loin, et j'en suis bien fâché.

MMMMCV. — A MADAME LA MARQUISE DU DEFFAND.

Aux Délices, 9 mai.

C'est moi, madame, qui vous demande pardon de n'avoir pas eu l'honneur de vous écrire, et ce n'est pas à vous, s'il vous plaît, à me dire que vous n'avez pas eu l'honneur de m'écrire. Voilà un plaisant honneur : vraiment il s'agit entre nous de choses plus sérieuses, attendu notre état, notre âge, et notre façon de penser. Je ne connais que Judas dont on ait dit qu'il eût mieux valu pour lui de n'être pas né [1], et encore est-ce l'Évangile qui le dit : Mécène et La Fontaine ont dit tout le contraire :

> Mieux vaut souffrir que mourir,
> C'est la devise des hommes.
> Fables, liv. I, fab. XVI.

Je conviens avec vous que la vie est très-courte et assez malheureuse; mais il faut que je vous dise que j'ai chez moi un parent de vingt-trois ans [2], beau, bien fait, vigoureux; et voici ce qui lui est arrivé : il tombe un jour de cheval à la chasse, il se meurtrit un peu la cuisse, on lui fait une petite incision, et le voilà paralytique pour le reste de ses jours, non pas paralytique d'une partie de son corps, mais paralytique à ne pouvoir se servir d'aucun de ses membres, à ne pouvoir soulever sa tête, avec la certitude entière de ne pouvoir jamais avoir le moindre soulagement : il s'est accoutumé à son état, et il aime la vie comme un fou.

Ce n'est pas que le néant n'ait du bon; mais je crois qu'il est impossible d'aimer véritablement le néant, malgré ses bonnes qualités.

Quant à la mort, raisonnons un peu, je vous prie : il est très-cer-

1. Marc, XIV, 21. (ÉD.) — 2. Daumart. (ÉD.)

tain qu'on ne la sent point; ce n'est point un moment douloureux; elle ressemble au sommeil comme deux gouttes d'eau; ce n'est que l'idée qu'on ne se réveillera plus qui fait de la peine; c'est l'appareil de la mort qui est horrible, c'est la barbarie de l'extrême-onction, c'est la cruauté qu'on a de nous avertir que tout est fini pour nous.

A quoi bon venir nous prononcer notre sentence? elle s'exécutera bien sans que le notaire et les prêtres s'en mêlent. Il faut avoir fait ses dispositions de bonne heure, et ensuite n'y plus penser du tout.

On dit quelquefois d'un homme : « Il est mort comme un chien; » mais vraiment un chien est très-heureux de mourir sans tout cet attirail dont on persécute le dernier moment de notre vie. Si on avait un peu de charité pour nous, on nous laisserait mourir sans nous en rien dire.

Ce qu'il y a de pis encore, c'est qu'on est entouré alors d'hypocrites qui vous obsèdent pour vous faire penser comme ils ne pensent point, ou d'imbéciles qui veulent que vous soyez aussi sots qu'eux; tout cela est bien dégoûtant. Le seul plaisir de la vie, à Genève, c'est qu'on peut y mourir comme on veut; beaucoup d'honnêtes gens n'appellent point de prêtres. On se tue, si on veut, sans que personne y trouve à redire; ou l'on attend le moment sans que personne vous importune.

Mme de Pompadour a eu toutes les horreurs de l'appareil, et celle de la certitude de se voir condamnée à quitter la plus agréable situation où une femme puisse être. Je ne savais pas, madame, que vous fussiez en liaison avec elle; mais je devine que Mme de M.... [1] avait contribué à vous en faire une amie. Ainsi vous avez fait une très-grande perte, car elle aimait à rendre service. Je crois qu'elle sera regrettée, excepté de ceux à qui elle a été obligée de faire du mal [2], parce qu'ils voulaient lui en faire; elle était philosophe.

Je me flatte que votre ami [3], qui a été malade, est philosophe aussi; il a trop d'esprit, trop de raison, pour ne pas mépriser ce qui est très-méprisable. S'il m'en croit, il vivra pour vous et pour lui, sans se donner tant de peines pour d'autres. Je veux qu'il pousse sa carrière aussi loin que Fontenelle, et que dans son agréable vie il soit toujours occupé des consolations de la vôtre.

Vous vous amusez donc, madame, des *Commentaires sur Corneille.* Vous vous faites lire sans doute le texte, sans quoi les notes vous ennuieraient beaucoup. On me reproche d'avoir été trop sévère; mais j'ai voulu être utile, et j'ai été souvent très-discret. Le nombre prodigieux de fautes contre la langue, contre la netteté des idées et des expressions, contre les convenances, enfin contre l'intérêt, m'a si fort épouvanté, que je n'ai pas dit la moitié de ce que j'aurais pu dire. Ce travail est fort ingrat et fort désagréable, mais il a servi à marier deux filles [4] ce qui n'était arrivé à aucun commentateur, et ce qui n'arrivera plus.

Adieu, madame; supportons la vie, qui n'est pas grand'chose; ne craignons pas la mort, qui n'est rien du tout; et soyez bien persuadée

1. Probablement Mme de Mirepoix. (ÉD.) — 2. Les jésuites. (ÉD.)
3. Le président Hénault. (ÉD.)
4. Mlle Corneille, puis sa belle-sœur Mlle Dupuits. (ÉD.)

que mon seul chagrin est de ne pouvoir m'entretenir avec vous, et vous assurer, dans votre couvent, de mon très-tendre et très-sincère respect, et de mon inviolable attachement.

MMMMCVI. — A M. DE CIDEVILLE.

Aux Délices, 10 mai.

Que vous êtes heureux, mon ancien ami, d'avoir conservé vos yeux, et d'écrire toujours de cette jolie écriture que vous aviez il y a plus de cinquante ans! Votre plume est comme votre style, et pour moi je n'ai plus ni style ni plume.

Mme Denis vous écrit de sa main; je ne puis en faire autant. Il est vrai que l'hiver passé je faisais des contes, mais je dictais; et actuellement je peux à peine écrire une lettre. Je suis d'une faiblesse extrême, quoi qu'en dise M. Tronchin; et mon âme, que j'appelle *Lisette*, est très-mal à son aise dans mon corps cacochyme. Je dis quelquefois à Lisette : « Allons donc, soyez donc gaie comme la Lisette de mon ami. » Elle répond qu'elle n'en peut rien faire, et qu'il faut que le corps soit à son aise pour qu'elle y soit aussi. « Fi donc, Lisette! lui dis-je; si vous me tenez de ces discours-là, on vous croira matérielle. — Ce n'est pas ma faute, a répondu Lisette; j'avoue ma misère, et je ne me vante point d'être ce que je ne suis pas. »

J'ai souvent de ces conversations-là avec Lisette, et je voudrais bien que mon ancien ami fût en tiers; mais il est à cent lieues de moi, ou à Paris, ou à Launay, avec sa sage Lisette; il partage son temps entre les plaisirs de la ville et ceux de la campagne. Je ne peux en faire autant; il faut que j'achève mes jours auprès de mon lac, dans la famille que je me suis faite. Mme Denis, maîtresse de la maison, me tient lieu de femme; Mlle Corneille, devenue Mme Dupuits, est ma fille; ce Dupuits a une sœur que j'ai mariée aussi; et quoique je sois à la tête d'une grosse maison, je n'ai point du tout l'air respectable.

J'ai été fort affligé de la mort de Mme de Pompadour; je lui avais obligation; je la pleure par reconnaissance. Il est bien ridicule qu'un vieux barbouilleur de papier, qui peut à peine marcher, vive encore, et qu'une belle femme meure à quarante ans, au milieu de la plus belle carrière du monde. Peut-être si elle avait goûté le repos dont je jouis, elle vivrait encore.

Vous vivrez cent ans, mon ami, parce que vous allez de Paris à Launay et de Launay à Paris, sans soins et sans inquiétudes. Ce qui pourra me conserver, c'est le petit plaisir que j'ai de désespérer le marquis de Lezeau. Il est tout étonné de ne m'avoir pas enterré au bout de six mois. Je lui joue, depuis plus de trente ans, un tour abominable [1]. On dit que nous avons un contrôleur général [2] qui ne pense pas comme lui, et qui veut que tout le monde soit payé.

Bonsoir, mon ancien ami; soyez heureux aux champs et à la ville, et aimez-moi.

1. En 1733, Lezeau avait pris de Voltaire dix-huit mille livres en rente viagère; il eut à la servir pendant quarante-cinq ans. (ÉD.)
2. Laverdy. (ÉD.)

MMMMCVII. — A M. DAMILAVILLE.

Aux Délices, 11 mai.

Mon cher frère, ce que vous me dites de l'intolérance m'afflige et ne m'étonne point. Je m'y attendais, et c'est par cette raison que je vous ai supplié de dire à M. de Sartine que je ne répondais ni ne pouvais répondre de tout ce qu'on s'avise d'imprimer sous mon nom; bien entendu que vous n'auriez la bonté de faire cette démarche que quand vous la jugeriez nécessaire.

J'écrirai incessamment à M. le maréchal de Richelieu au sujet de ce comte d'Olban [1]. Je ne conçois pas cette rage de vouloir paraître en public, quand on déplaît au public. Ce n'est pas l'amour qu'il fallait peindre aveugle, c'est l'amour-propre.

Je ne sais aucunes nouvelles du théâtre de Paris. On dit que Lekain est le seul qu'on puisse entendre. Nous manquons d'hommes presque en tous les genres. Si nous n'avons point de talents, tâchons au moins d'avoir de la raison.

J'ai toujours sur le cœur la tracasserie qu'on m'a voulu faire avec Cramer. N'est-il pas bien singulier qu'un homme s'avise d'écrire de Paris à Genève que je jette feu et flamme contre les Cramer, que je parle d'eux dans toutes mes lettres avec dureté et mépris, que je veux faire saisir leur livre, etc.? Et pourquoi, s'il vous plaît, tout ce fracas? parce que je n'ai pas voulu que mon nom figurât avec la famille Vadé, et que je me suis cru indigne de cet honneur. Quand on l'a ôté, j'ai été content, et voilà tout.

Vous me feriez grand plaisir d'écrire à Gabriel qu'on l'a très-mal informé; que celui qui lui a mandé ces sottises n'est qu'un semeur de zizanie. M. Cromelin, qui est un ministre de paix, ne la sèmera pas sans doute, et je crois avoir fait assez de bien aux Cramer pour être en droit de compter sur leur reconnaissance. Je ne veux avoir pour ennemis que les fanatiques et les Fréron. Les Cramer sont mes frères; ils sont philosophes, et les philosophes doivent être reconnaissants; je leur ai fait présent de tous mes ouvrages, et je ne m'en repens point.

Quant à l'édition qu'on veut faire des commentaires du *Corneille* détachés du texte, je crois que les libraires de Paris doivent me savoir quelque gré des mesures que je leur propose, uniquement pour leur faire plaisir. Je ne veux que le bien de la chose. Je donne tout gratis aux comédiens et aux libraires. Je fais quelquefois des ingrats; ce n'est pas la seule tribulation attachée à la littérature.

Cramer s'était chargé de donner des exemplaires du *Corneille* à Lekain, à Mlle Clairon, à Mlle Dumesnil; pour moi, je n'en ai qu'un seul exemplaire, encore est-il sans figures. Je ne me suis mêlé de rien, sinon de perdre les yeux avec une malheureuse petite édition de Corneille, en caractère presque illisible; édition curieuse et rare [2], sur laquelle j'ai fait la mienne. J'ai été le seul correcteur d'épreuves; je me suis donné des peines assez grandes pendant deux années entières;

1. L'un des personnages de *Nanine*, que voulait jouer Bellecour. (ÉD.)
2. L'édition de 1644. (ÉD.)

elles ont servi du moins à marier deux filles; mais je ne me suis mêlé en aucune manière des autres détails.

Adieu, mon cher frère. Vous m'avez envoyé un livre sur l'inoculation[1]; cela me fait croire qu'elle sera bientôt défendue. O pauvre raison, que vous êtes étrangère chez les Welches!

MMMMCVIII. — A M. LE COMTE D'ARGENTAL.

Aux Délices, 14 mai.

Voici, mes divins anges, un petit chiffon pour vous amuser, et pour entrer dans la *Gazette littéraire*. Je n'ai rien d'Italie ni d'Espagne. Si M. le duc de Praslin veut m'autoriser à écrire au secrétaire de votre ambassadeur à Madrid, et au ministre de Florence, j'aurai bien plus aisément, et plus vite, et à moins de frais, tous les livres de ce pays-là, qui pourront m'être envoyés en droiture. Je ne crois pas qu'après la belle lettre de Gabriel Cramer, que je vous ai envoyée, il s'empresse beaucoup de me servir. Il est évident que c'est Cromelin qui a fait cette tracasserie, uniquement pour le plaisir de la faire. Il aura trouvé surtout que j'ai manqué de respect à la majesté des citoyens de Genève. Vous me feriez un très-grand plaisir de me renvoyer la lettre dans laquelle je me plaignais assez justement d'avoir vu mon pauvre nom joint au nom illustre de Guillaume Vadé. Je voudrais voir si je suis en effet aussi coupable qu'on le prétend.

Tout le monde s'adresse à moi pour avoir des *Corneille*. Les souscripteurs qui n'avaient point payé la moitié de la souscription n'ont point eu le livre. Tout ce que je sais, c'est que ni Mme Denis, ni Mme Dupuits, ni moi, n'en avons encore. Lorsque je commençai cette entreprise, les deux frères Cramer, qui étaient alors tous deux libraires, offrirent de se charger de tout l'ouvrage en donnant quarante mille francs à Mlle Corneille. On en a tiré enfin environ cinquante-deux mille livres, dont douze pour le père et quarante mille livres de net pour la fille. De ces quarante mille livres il y en a eu environ trente mille de payées, lesquelles trente ont composé la dot de la sœur de M. Dupuits. Le reste n'est payable qu'au mois d'auguste ou de septembre.

Je m'imagine que vous avez reçu tout ce qui concerne la conspiration; ainsi il ne tiendra qu'à vous de mettre le feu aux poudres quand il vous plaira, comme disait le cardinal Albéroni. Pour moi, mes anges, je me sens dans l'impossibilité totale de travailler davantage à ce drame[2]. Mes roués ne feront jamais verser de larmes, et c'est ce qui me dégoûte; j'aime à faire pleurer mon monde : mais du moins les roués attacheront, s'ils n'attendrissent pas. Je vous demande en grâce qu'on n'y change rien, qu'on donne la pièce telle qu'elle est. Jouissez du plaisir de cette mascarade, sans que les comédiens me donnent l'insupportable dégoût de mutiler ma besogne. Les malheureux jouent *Régulus*[3] sans y rien changer, et ils défigurent tout ce que je leur donne. Je ne

1. *Réflexions sur les préjugés qui s'opposent aux progrès et à la perfection de l'inoculation* (rédigées par Morellet, sous la dictée de Gatti). (ÉD.)
2. *Le Triumvirat*. (ÉD.) — 3. Tragédie de Pradon. (ÉD.)

conçois pas cette fureur : elle m'humilie, me désespère, et me fait faire trop de mauvais sang.

J'avais une grâce à demander à Mme la duchesse de Grammont, mais je ne sais si je dois prendre cette liberté. Je ne sais rien, je ne vois le monde que par un trou, de fort loin, et avec de très-mauvaises lunettes. Je cultive mon jardin comme Candide; mais je ne suis point de son avis sur le meilleur des mondes possibles; je crois seulement avec fermeté que vous êtes de tous les anges les plus aimables et les plus remplis de bonté pour moi : aussi ma dévotion pour vous est sans bornes.

MMMMCIX. — A M. BERTRAND.

Aux Délices, 15 mai.

Iliacos intra muros peccatur et extra.

Hor., lib. I, ep. II, v. 16.

Mais, mon cher philosophe, Berne aura la gloire de tout pacifier; il lui suffira de dire : *Quos ego....* On ne connaît pas trop ici les fadaises de Guillaume Vadé; ce sont des joujoux faits pour amuser des Français, et dont les têtes solides de la Suisse ne s'accommoderaient guère. Cependant, s'il y a ici quelques exemplaires, je ne manquerai pas de vous en faire avoir un. J'aimerais bien mieux être chargé par l'électeur palatin de vous présenter quelque chose de plus essentiel.

Je vous suis infiniment obligé de la bonté que vous avez eue de m'envoyer ces *Irrigations*[1]. Je vous supplie de présenter mes très-humbles remercîments à l'auteur respectable; nous lui devrons, mes vaches et moi, de grandes actions de grâces. Nous ne sommes pas, dans notre pays de Gex, de si bons cultivateurs que les Bernois; mais je fais ce que je peux pour les imiter, et je crois rendre service à mon prochain, quand je fais croître quatre brins d'herbe sur un terrain qui n'en portait que deux. J'ai bâti des maisons, planté des arbres, marié des filles; l'ange exterminateur n'a rien à me dire, et je passerai hardiment sur le pont aigu[2]. En attendant, je vous aimerai bien véritablement, mon cher philosophe, tant que je végéterai dans ce monde.

MMMMCX — A M. LE CLERC DE MONTMERCI.

Aux Délices, 16 mai.

Il y a des traits charmants, monsieur, dans tous les ouvrages que vous faites, des vers heureux et pleins de génie. Souffrez seulement que je vous dise qu'il ne faut pas prodiguer l'or et les diamants. Quand vous voudrez vous amuser à faire des vers, gardez-vous de trop d'abondance. Vous savez mieux que moi que quatre bons vers valent mieux que quatre cents médiocres. Quand vous en ferez peu, vous les ferez tous excellents. Vous sentez qu'il faut que je vous estime beaucoup pour oser vous parler ainsi.

Si vous n'avez rien à faire, et que vous vouliez quelquefois m'écrire des nouvelles de littérature, ou même des nouvelles publiques, à vos heures de loisir, vous me ferez beaucoup de plaisir; mais surtout ne

1. Par M. Bertrand. (ÉD.) — 2. Expression du *Sadder*. (ÉD.)

vous gênez pas. On ne doit faire ni vers ni prose, ni même écrire un
billet, que quand on se sent en verve. C'est l'attrait du plaisir qui doit
nous conduire en tout; malheur à celui qui écrit, parce qu'il croit
devoir écrire! Vous êtes philosophe, et par conséquent un être très-
libre. Ma philosophie est la très-humble servante de la vôtre, et l'amitié que vous m'avez inspirée me fait espérer que vous en aurez un peu
pour moi. Que cette amitié commence par bannir les cérémonies.

MMMMCXI. — A M. DAMILAVILLE.

Aux Délices, 19 mai.

Je vous remercie bien, mon cher frère, de votre lettre du 11 de mai.
Je me souviens que Catherine Vadé pensait comme vous, et disait à
Antoine Vadé, frère de Guillaume : « Mon cousin, pourquoi faites-vous
tant de reproches à ces pauvres Welches? — Eh! ne voyez-vous pas,
ma cousine, répondit-il, que ces reproches ne s'adressent qu'aux pédants qui ont voulu mettre sur la tête des Welches un joug ridicule?
Les uns ont envoyé l'argent des Welches à Rome; les autres ont
donné des arrêts contre l'émétique et le quinquina; d'autres ont fait
brûler des sorciers; d'autres ont fait brûler des hérétiques, et quelquefois des philosophes. J'aime fort les Welches, ma cousine; mais
vous savez que quelquefois ils ont été assez mal conduits. J'aime
d'ailleurs à les piquer d'honneur, et à gronder ma maîtresse. »
Voilà ce que disait ce pauvre Antoine, dont Dieu veuille avoir l'âme!
et il ajoutait que tant que les Welches appelleraient un *angiportus*
cul-de-sac, il ne leur pardonnerait jamais.
A l'égard du dessein où sont les libraires de Paris d'imprimer les
remarques à part, ce dessein ne pourrait être exécuté que longtemps
après que M. Pierre Corneille, le petit-neveu, se serait défait de sa
pacotille; et si je ne puis empêcher cette édition, il vaut mieux qu'elle
soit bien faite et correcte qu'autrement. Ainsi, quand vous verrez mes
anges, je vous prie d'examiner avec eux s'il n'est pas convenable de
faire dire aux libraires, de ma part, que je les aiderai de tout mon
cœur dans leur projet; cette espérance qu'ils auront les empêchera de
se hâter, et ils pourront faire un petit présent à M. Pierre : voilà
quelle est mon idée.
Dans ma dernière, il y en avait une pour Briasson, qui ne regarde
en aucune manière l'édition de Corneille. Je lui demande seulement
la *Démonstration évangélique* de Huet, dont j'ai besoin. Je sais que
cette démonstration n'est pas géométrique; mais on se sert quelquefois en français du mot de *démonstrations* pour signifier fausses apparences.
Il est fort plaisant qu'on dise que Jérôme Carré a proposé la paix à
maître Aliboron. En vérité c'est comme si on prétendait que Morand,
en disséquant Cartouche, lui fît proposer un accommodement.
J'ai reçu le factum pour Potin et pour l'humanité[1]; j'en remercierai
frère Beaumont. *Interim, écr. l'inf....*

---

1. *Mémoire en faveur de l'état des protestants*, par Élie de Beaumont. (ÉD.)

MMMMCXII. — A MADAME GEOFFRIN.

Aux Délices, 21 mai.

M. le comte de Creutz, madame, était bien digne de vous connaître; il mérite tout ce que vous m'avez fait l'honneur de me dire de
lui. S'il y avait un empereur Julien au monde, c'était chez lui qu'il
devrait aller en ambassade, et non chez des gens qui font des autoda-fé et qui baisent la manche des moines. Il faut que la tête ait tourné
au sénat de Suède, pour ne pas laisser un tel homme en France : il y
aurait fait du bien, et il est impossible d'en faire en Espagne.

Je vous souhaite, madame, les jours et l'estomac de Fontenelle;
vous avez tout le reste. Agréez le respect du Vieux de la Montagne.

MMMMCXIII. — A M. MARMONTEL.

Aux Délices, 21 mai.

Mon cher confrère, je n'ai eu chez moi M. le comte de Creutz qu'un
jour. J'aurais voulu passer ma vie avec lui. Nous envoyons rarement
de pareils ministres dans les cours étrangères. Que de Welches, grand
Dieu, dans le monde! Je vous avoue que je suis de l'avis d'Antoine
Vadé, qui prétend que nous ne devons notre réputation dans l'Europe
qu'aux gens de lettres. Ils ont fait sans doute une grande perte dans
Mme de Pompadour. Nous ne pouvions lui reprocher que d'avoir protégé *Catilina* et le *Triumvirat*; elle était philosophe. Si elle avait vécu,
elle aurait fait autant de bien que Mme de Maintenon a fait de mal.
M. le comte de Creutz me disait qu'en Suède les philosophes n'avaient
besoin d'aucune protection; il en est de même en Angleterre : cela
n'est pas tout à fait ainsi en France. Dieu ait pitié de nous, mon cher
confrère! M. de Creutz m'apporta aussi une lettre du très-philosophe
frère Dalembert. Dites, je vous prie, à ce très-digne et très-illustre
frère que je ne lui écris point, parce que je lui avais écrit quelques
jours auparavant.

Vous devez avoir reçu un *Corneille*; vous en recevrez bientôt un
autre. Cramer a un chaos à débrouiller; je ne me suis mêlé en aucune
manière des détails de l'édition, et je n'ai encore en ma possession
qu'un exemplaire imparfait, que je n'ai pas même relu.

J'ai été très-affligé de la *Dunciade*, ainsi que de la comédie des
Philosophes; mais j'ai toujours pardonné à Jérôme Carré les petits
compliments qu'il a faits de temps en temps à maître Aliboron, dit
Fréron. Ce Fréron n'est que le cadavre d'un malfaiteur qu'il est permis de disséquer.

On dit que frère Helvétius est allé en Angleterre, en échange de
frère Hume. Je ne sais si notre secrétaire perpétuel[1] me conserve toujours un peu d'amitié. Les frères doivent se réunir pour résister aux
méchants, dont on m'a dit que la race pullule. Frère Saurin doit aussi
se souvenir de moi dans ses prières. J'exhorte tous les frères à combattre avec force et prudence pour la bonne cause. Adressons nous

1. Duclos. (ÉD.)

communes prières à saint Zénon, saint Épicure, saint Marc-Antonin, saint Épictète, saint Bayle, et tous les saints de notre paradis. Je vous embrasse bien tendrement.   *Frère* V.

MMMMCXIV. — A M. LE COMTE D'ARGENTAL.

Aux Délices, 21 mai.

Que le nom d'ange vous convient bien, et que vous êtes un couple adorable! que les libraires sont Welches, et qu'il y a encore de Welches dans le monde! Tout ira bien, mes divins anges, grâce à vos bontés. Vous avez raison, dans votre lettre du 14 de mai, d'un bout à l'autre. Je conçois bien qu'il y a quelques Welches affligés; mais il faut aussi vous dire qu'il y avait une page qui raccommodait tout; que cette page ayant été envoyée à l'imprimerie un jour trop tard, n'a point été imprimée; que cet inconvénient m'est arrivé très-souvent, et que c'est ce qui redoublait ma colère de Ragotin[1] contre les libraires.

J'ai eu une longue conversation avec Mlle Catherine Vadé, qui s'est avisée de faire imprimer les fadaises de sa famille. Elle a retrouvé dans ses papiers ce petit chiffon que je vous présente pour consoler les Welches[2].

J'ai eu l'honneur aussi de parler aux roués[3]. Il est très-vrai qu'il ne faut pas dire si souvent à Auguste qu'il est un poltron; mais quand on veut corriger un vers, vous savez que souvent il en faut réformer une douzaine. Voyez si vous êtes contents du petit changement. En voilà quelques-uns depuis la dernière édition; vous pourriez, pour vous épargner la peine de coudre tous ces lambeaux, me renvoyer la pièce, et je mettrais tout en ordre.

Je corrige tant que je peux avant la représentation, afin de n'avoir plus rien à corriger après.

A l'égard des coupures, et de ces extraits de tragédie, et de ces sentiments étranglés, tronqués, mutilés, que le public, lassé de tout, semble exiger aujourd'hui, ce goût me paraît welche. C'est ainsi que dans *Mérope* on a mutilé, au cinquième acte, la scène du récit, en le faisant faire par un homme, ce qui est doublement welche. Il fallait laisser la chose comme elle était; il fallait que Mlle Dubois fît le récit, qui ne convient qu'à une femme, et qui est ridicule dans la bouche d'un homme. Ces irrégularités serraient le cœur du pauvre Antoine Vadé.

Serez-vous assez adorables pour dire à M. le premier président de Dijon[4] combien nous lui sommes attachés? Le ciel se déclare en notre faveur; car ce M. Le Bault, qui préside actuellement le parlement de Bourgogne, est celui qui nous fournit de bon vin, et il n'en fournit point aux curés.

Nota. Ce n'est point un ex-jésuite qui a fait les roués; c'est un jeune novice qui demanda son congé dès qu'il sut la banqueroute du P. La Valette, et qu'il apprit que nosseigneurs du parlement avaient un

1. Personnage du *Roman comique* de Scarron. (ÉD.)
2. *Supplément du Discours aux Welches.* (ÉD.) — 3. *Le Triumvirat.* (ÉD.)
4. Fyot de La Marche. (ÉD.)

malin vouloir contre saint Ignace de Loyola. Le public, sans doute, protégera ce pauvre diable; mais le bon de l'affaire, c'est qu'elle amusera mes anges. Je crois déjà les voir rire sous cape à la première représentation.

Je ne pourrai me dispenser de mettre incessamment M. de Chauvelin de la confidence. Comme c'est une affaire d'État, il sera fidèle. S'il était à Paris, il serait un de vos meilleurs conjurés; mais vous n'avez besoin de personne. Je viens de relire la pièce; elle n'est pas fort attendrissante. Les Welches ne sont pas Romains; cependant il y a je ne sais quel intérêt d'horreur et de tragique qui peut occuper pendant cinq actes.

Je mets le tout sous votre protection. Respect et tendresse.

FIN DU TRENTE-NEUVIÈME VOLUME.

COULOMMIERS
Imprimerie PAUL BRODARD.

RAPPORT

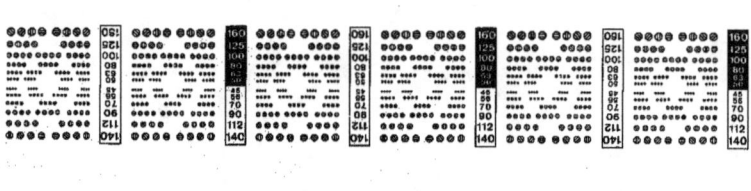

MIRE ISO N° 1

NF Z 43-007

CONTRÔLE :

1   10

www.ingramcontent.com/pod-product-compliance
Lightning Source LLC
Chambersburg PA
CBHW070755030726
47504CB00003B/566